새우
까
와
촛
불
파
스
②

새우깡과 추파 춥스 2

ⓒ 남궁현 2015

초판1쇄 인쇄 2015년 4월 2일
초판1쇄 발행 2015년 4월 9일

지은이 남궁현

펴낸이 박대일
편집 이문영 · 임유리 · 박현주
교정 박준용
마케팅 송재진
표지디자인 김은희

펴낸곳 파란미디어
출판등록 2004년 9월 14일 제313-2004-00214호

주소 121-897 서울시 마포구 성지1길 32-36(합정동)
전화 02.3141.5589(영업부) 070.4616.2012(편집부)
팩스 02.3141.5590
전자우편 paranbook@gmail.com
카페 http://cafe.naver.com/paranmedia
트위터 @paranmedia

ISBN 978-89-6371-184-3(04810)
978-89-6371-182-9(전2권)

새우깡과 촉파조스 2

남궁현 장편소설

파란

차
례

11 세상 어디에도 없는 남자

혜서의 말이 끝나기도 전에 그는 두 팔을 거세게 흔들며 부정했다. 아니라고. 둘 다 절대 아니라고.

"나 그런 말 한 적 없어!"

"들은 그대로 말한 거야. 한 글자도 안 보탰어."

"누나가 거짓말했다는 게 아니고, 내가 그 누…… 그런 적이 없다는 거야. 진짜 그런 적 없어! 믿어 줘."

"그럼 그 여자가 이상한 거네."

"미안해. 그런 말 듣게 해서."

"이젠 가도 되지?"

"화 풀고 가, 응?"

"니가 다른 여자 사귀었던 게 화나는 게 아니야. 몰랐던 것도 아니고. 근데 진세현, 딱 한 번만 입장 바꿔 생각해 봐."

혜서의 전 남자 친구였다는 새끼가 내 귀에 대고 '혜서 키스 잘하지? 너한테도 같이 자자고……' 상상만으로도 살인 충동이 일어났다. 의지와는 전혀 상관없이 일어난 일이지만, 의도한 것도 아니지만, 죽을죄를 지은 거라는 건 익히 알았다. 지유와 헤어졌던 날이 떠올랐다. 이건 예의 없는 이별에 대한 늦은 벌일까?

"이렇게 들어가면 나 잠 못 자."

"하룻밤 못 잔다고 안 죽어. 따라오지 마. 소리 지를 거야."

차갑게 돌아서는 혜서의 등을 바라보며 그는 무기력하게 입을 열었다.

"내일 전화할게. 꼭 받아."

대답하지 않았다. 세현 쪽으로 다시 돌아설 수도 없었다. 억지로 참았던 눈물이 쏟아져 나왔기 때문에. 엘리베이터를 타고 올라가면서 눈물을 재우려고 몇 번이나 심호흡을 했다. 그래, 나도 남자 친구 있었잖아. 쟤가 몇 명을 만났는지는 모르지만 나도 여럿 사귀었잖아. 오늘처럼 운 나쁘게 마주치지 않았을 뿐이지. 키스? 그까짓 거 나도 해 봤는데 뭘. 잘한다고? 아무렴. 키스 못하는 남자가 얼마나 짜증 나는데. 설마 키스 잘한다는 말이 섹스도 잘한다는 뜻은 아니겠지. 그것까지 잘한다는 소린 안 했으니까. 남자는 원래 다 하고 싶어 하잖아. 나도 예전 남자 친구들한테 그 비슷한 말을 들어 봤잖아. 응하지 않았을 뿐이지.

혜서는 매너란 매너는 죄다 팔아 치운 스물셋 동갑내기 여자가 한 말이 전부 사실은 아닐 거라고 부정했다. 세현을 믿어야 한다. 그게 낫다. 그러나 아무리 좋게 생각해 봐도 변함없는 사실이 하나 있었다. 다른 여자를 질투했다는 것. 그것도 남자 친구의 예전 여자 친구를.

'질투라니. 내 사전에 질투란 단어가 등재되다니!'

방에 들어온 혜서는 휴대폰에 저장된 '이긴 세현'을 '진 세현'으로 바꿨다.

귀양 가는 역적이 이런 기분일까? 세현은 동굴 같은 지하철 창 너머를 응시하다가 눈을 감았다. 내일은 사약이 기다리고 있는 게 아닐까. '너 이거 마시고 죽어!' 하는 게 아닐까. 꼴도 보기 싫다고 하면 어떡하지? 이미 들어 봤던 말이므로 그 정돈 괜찮다. 헤어지자고 한다면? 그건 못 견딜 것 같다. 상상조차 끔찍하다. 갑자기 그 커피숍의 별스럽던 메뉴가 떠올랐다. 독한 추억. 사는 게 그렇지 뭐.

성선설을 믿고 싶었는데. 그가 아는 지유는 그 정도로 질 낮은 여자가 아니었다. 못 본 사이 돌아 버린 걸까? 미치지 않고서야 어떻게 그런 말을 할 수가 있지?

아무리 생각해도 그냥 넘어갈 일은 아니지 싶다. 가능한 한 빨리 어떤 식으로든 해결해야 한다. 겨우 기억해 낸 전 여자 친구의 전화번호로 몇 번이나 통화 버튼을 눌러 봤지만, 휴대폰은 내내 꺼져 있었다.

현관문을 열고 조심스럽게 들어가는데 안방에서 엄마의 울음소리가 새어 나왔다. 오늘 안팎으로 왜 이래? 노크하고 방문을 살짝 열었다. 침대에 기대앉아 펑펑 우는 엄마를 아버지가 달래고 있었다. 설마, 아버지가 엄마한테 무언가를 엄청나게 잘못한 걸까? 나처럼?

"무슨 일 있어요?"

표정을 보니 아버지 잘못은 아닌 것 같다. 하긴 나처럼 사고칠 분이 아니지.

"아니야. 걱정하지 말고 문 닫고 나가."

방으로 들어와 옷을 갈아입는데 동생이 도둑고양이처럼 나타났다.

"형, 왜 이렇게 늦게 왔어? 문자에 답장도 없고."

"하고 싶은 말 얼른 해."

"엄마 왜 우는지 알아?"

"아버지 때문은 아니지?"

"아빠가 엄마를 저렇게 울릴 일 있겠어? 나나 형이라면 몰라도."

'그렇지. 나하곤 다르겠지.'

"아까 엄마가 이모하고 통화하는 소릴 들었는데 엄마가 막 화내던데. 소리 지르면서."

"소릴 질러? 엄마가 이모한테?"

"그러니까 엄청 화났다는 뜻이지. 이모하고 싸우는 거 한 번도 못 봤잖아. 잘은 모르겠는데, 외할머니하고 외할아버지랑 관련된 일 같아."

"외할아버지?"

"응. 그건 분명해."

외할아버지는 검색 사이트에 이름만 치면 언제라도 볼 수 있는 분이다. 당대의 미남 가수로 유명했던 그분이 외손자에게 물려준 물질적 재산은 하나도 없다. 그러나 수십 년의 세월을 거친 유전자는 몇 단계 업그레이드되어 시대에 어울리는 비주얼을 탄생시켰다. 타고난 춤 솜씨, 할아버지만은 못하지만 들어 줄 만한 노래 실력 역시 3대에 걸친 유전의 결과물이다.

엄마에게 직접 전해 들은 얘긴 아니다. 엄마는 어린 세 자식과 아내를 버리고 떠난 아버지를 입에 올리기도 싫어하니까. 그 역시 외할아버지가 누군지 떠들고 다닌 적이 없다. 그건 이 집안에선 일종의 불문율처럼 비밀 아닌 비밀이 됐다. 나름의 이유는 있었겠지만, 조강지처 버린 남자치고 끝까지 잘되는 법 없다는 말 증명하듯 외할아버지는 퇴락의 길을 밟으셨다. 불륜의 끝은 비참했고 화려한 재기의 시절은 짧았다.

세현은 다시 한 번 그 말을 실감했다. 남자는 여자를 잘 만나야 한다는 것. 여자 울리는 남자는 크게 못 된다는 것.

다음 날 오전, 눈을 뜨자마자 지유에게 전화부터 했다. 역시 받지 않는다. 이 정도면 의도적으로 피하는 거겠지? 세현은 가슴 위에 벽돌 100장을 쌓아 놓은 기분으로 혜서에게 전화를 걸었다. 그녀도 받지 않았다. 세상 모든 여자한테 까이는군. 썩 내키지 않았으나 할머니 집으로 전화해 보았다. 겉치레 인사를 몇 마디 건넨 뒤 바로 여쭈었다.

"누나 집에 없어요?"

— 좀 전에 씻으러 들어갔어. 너희 둘 또 싸웠냐?

싸움은 서로가 맞붙어야 하는 거 아닌가. 어제 같은 날 감히 정혜서를 상대로 싸우다니. 그러므로 그건 절대 싸움으로 분류할 수 없다.

"그건 아닌데. 왜요?"

갑자기 할머니 목소리가 작아졌다.

— 아니긴 뭐가 아니야. 너하고 싸웠느냐고 물으니까 금세 눈이 벌게지던데. 밤새 얼마나 울었는지 얼굴이 퉁퉁 부었더라.

후우…… 자결해야겠다.

— 도대체 무슨 일이 있었던 거야? 어제 아침까진 멀쩡히 잘 지내 놓고.

"그럴 일이 좀 있었어요."

— 남자가 어디 할 짓이 없어서 여자나 울리고. 에이그, 혜서 졸업식 때 혜서 엄마 올라오면 슬쩍 말이나 해 보려고 했더니만 말아야겠다. 싸운 지 얼마나 됐다고 또 싸워? 애가 별스럽기나 하면 이해나 하지. 그 순한 걸. 쯧쯧.

"그런 거 아니에요. 일부러 그런 건…….

— 연애고 뭐고 다 때려치워라. 너 아니어도 탐내는 집 많아. 끊어!

욕실 안. 이 집 거울 중 제일 예뻐 보이는 거울이지만 오늘은 보기 싫다. 남자 때문에 울고 밤새도록 뒤척인 현실이 싫었다. 한때라지만 그런 여자와 사귀었던 진세현도 싫었다. 혜서는 샤워기 아래에서 눈을 감았다.

유토피아. Ou topos. '세상 어디에도 없는 나라'란 뜻의 그리스어에서 기원한 말이다. 그래, 진세현은 유토피아가 아니지. 그 앤 그저 스무 살일 뿐이야. 혜서는 뜨거운 물줄기에 얼굴을 맡기고 부기가 가라앉기를 기다렸다.

'도대체 세현이 녀석이 무슨 짓을 했길래 이 앨 울렸을꼬?'

인희는 말없이 국을 뜨는 혜서를 슬쩍 바라보았다. 당장 이 집을 나가겠다고 하지 않는 거로 봐선 일어나선 안 되는 일을 저지른 것 같진 않은데. 미우나 고우나 내 손자인데 내가 챙겨야지 싶어진 인희는 혜서를 살살 달랬다.

"세현이가 너한테 뭘 많이 잘못했냐?"

"아니요."

"좀 전에 전화해서 너 찾더라. 잘은 모르지만 일부러 그런 건 아니라고 하던데."

"맞아요. 세현이가 일부러 그런 건 아니에요."

"그래도 진짜 잘못한 일이면 그냥 넘어가면 안 돼. 혼구녕이 나야 정신 차리고 다음부턴 안 그러지. 사내란 물건들은 하나같이 모자라서 어설프게 봐주면 또 그래. 앞으로 뭘 잘못하면 나한테 다 일러. 알았지?"

"……."

말하다 보니 혹시 여자 문제인가 싶어 걱정이 앞선다. 어떻게 알았는지 이 집까지 찾아온 여자애들이 있었을 정도니 밖이

나 학교에선 오죽할까. 인희는 손자가 그 잘난 얼굴로 인물값 하며 돌아다닐까 봐 늘 노심초사였다. 한 번이 어렵지 두 번부터는 쉬운 게 계집질 아니던가. 애초부터 여러 여자에 맛을 들여선 안 된다.

"혜서야, 우리 세현이 아무 여자한테나 막 정 주고 그러는 애 아니야. 쌀쌀맞다 싶을 정도로 키워 준 나하고도 같은 그릇의 밥을 못 먹는 애 아니냐. 그런데 너하곤 아무렇지도 않게 한 그릇에 비빈 밥도 먹고 아이스크림도 같이 떠먹고 하더라. 제 엄마한테도 안 그러는 애야, 걔가. 무슨 말인지 알지?"

"네."

"그래. 앉아. 밥 먹자."

평소와 같은 시간의 아침 식사. 밥알이 곱게 넘어갈 턱이 없다. 집안 분위기가 잔뜩 가라앉아서 거르겠다고 할 수도 없었다. 아버지가 아침을 차리셨다. 통조림 참치를 넣고 끓인 김치찌개에 냉장고에 있던 밑반찬 몇 가지, 조미된 김이 전부다. 평소 눈치 없던 동생조차 조용해서 음식 삼키는 소리와 수저 부딪치는 소리만 괴괴히 들린다. 식탁엔 세 남자뿐이다. 더는 못 참겠는지 우현이 입을 열었다.

"아빠, 엄마 왜 그래?"

"아빠 생각엔 넌 몰라도 될 일 같은데."

"되게 궁금한데. 저 외할아버지 만나 보고 싶어요."

"……다음에 만나러 가자."

"진짜?"

어서 밥 먹으라는 아버지를 보며 세현은 엄마가 알면 기절할 일이라고 생각했다. 피 한 방울 섞이지 않은 발달장애아들에겐 그토록 친절하고 따스한 엄마가 세상에 태어나게 해 준 아버지에겐 남보다 못한 이유가 가끔은 이해가 안 됐다. 아무리 미워도 친아버지 아닌가.

언젠가 슬쩍 아버지께 외할아버지를 한 번도 못 뵀느냐고 여쭤 본 적이 있다. 그를 지그시 바라보던 아버진 엄마 몰래 만난 적이 있다고 대답하셨다. 결혼 전에 수소문해 혼자 뵈러 갔었다고. 네가 어렸을 때, 할머니 집에 맡기기 직전 너만 데리고 가서 한 번 더 뵀다고.

그로선 기억에 전혀 없는 일이니 만난 것 같지 않았다. 거울을 보며 외할아버지의 흔적을 찾아본 적이 있다. 짙은 눈썹이, 서양인처럼 오똑한 코가, 차가워 보이는 입술선이 닮았다. 외할아버진 엄마처럼 쌍꺼풀이 짙은 눈매였다. 닮은 구석도 많았지만, 눈매의 형태와 얼굴선만으로도 느낌이 꽤 달랐다. 그날 아버진 이렇게 말씀하셨다.

"세현아, 네가 알아들을지 모르겠지만 인생은 선택의 연속이야. 진라면을 먹을지 신라면을 먹을지, 버스를 탈지 지하철을 탈지, 크게는 대학을 갈지 말지, 어떤 배우자를 만나게 될 건지까지. 때론 아주 사소한 선택처럼 보이는 것들이 큰 결과를 낳기도 해. 간혹 인생 자체가 바뀌는 계기가 될 수도 있고. 사람은 누구나 실수를 하고 후회도 하면서 살아가. 너도 그렇고 아빠도 그렇고. 그래도 해서는 안 되는 실수가 있는 거야. 사람들이 유치원에서 배운 대로만 살아도 세상은 지금보다 훨씬 좋은 곳일 텐데. 그렇지?"

유치원에서 가르쳐 준 것들을 생각해 봤다. 남을 때려선 안 되고, 거짓말해선 안 되고, 남을 흉봐서도 안 되고, 남의 것을 욕심내선 안 되고, 내 차례가 될 때까지 기다릴 줄 알아야 하고, 먼저 베풀고, 이웃과 친구를 사랑하고……

유치원 다닐 때도 그는 인기가 많았다. 여자애들도 좋아했고 여선생님들도 그를 귀여워했다. 하루는 어떤 여자애가 그를 세워 놓고 톡톡 쏘아 가며 따졌다.

"넌 애가 왜 그래? 수지가 준 선물도 받고, 지은이가 준 것도, 민아가 준 것도 다 받더라. 너 걔네들 다 좋아해?"

"주니까 받은 건데? 거절하면 기분 나쁠 거 아냐."

"그러니까 문제지. 무슨 남자가 그러냐? 한 여자만 좋아해야지."

"나 걔들 다 안 좋아해."

"그럼 너 오늘부터 나만 좋아해라."

"싫어. 안 돼."

"왜?"

"한 사람만 좋아하는 거라면서? 나 좋아하는 누나 있어."

아버지는 아직 어린 그를 바라보며 몇 마디 덧붙이셨다.

"너도 곧 어른이 되겠지. 여자 친구도 생기고. 남자는 책임지지 못할 일을 만들어선 안 돼. 처자식이 있는 남자라면 더

더욱. 그건 가족을 위해서이기도 하지만 본인을 위해서이기도 해. 세상엔 돌이킬 수 있는 실수가 있고, 돌이킬 수 없는 실수가 있단다. 우리 아들은 돌이킬 수 있는 실수만 하면서 살았으면 좋겠다."

어제 일은 돌이킬 수 없는 실수였을까? 하지만 억울한 것도 사실이다. 과거가 발목을 잡는다는 말을 이런 식으로 이해하고 싶진 않았는데.

이지유의 전화번호는 그사이 결번이 되어 있었다. 아예 번호를 없앴다? 결국, 처음 연결해 준 친구에게 연락했다. 세현은 주헌이 전화를 받자마자 이지유의 바뀐 번호를 알아봐 달라고 요구했다.

— 설마 너 지유 누나 다시 만나려고?

"너희 누나하고 이지유하고 절친이라며? 늦어도 오늘 오후 5시까지 연락해라. 그 시간이 마지노선이야."

— 그 누나 요새 로스쿨 다니는 남자하고 사귄대.

"잘됐네. 뜨겁게 사귀라고 해. 넌 연락처나 알아봐."

— 무슨 일 있어?

"있지. 만약 못 알아오면 니가 대신 사망할지도 모르겠다. 친구야, 이젠 맘 놓고 19금 볼 수 있는데 벌써 죽고 싶진 않지?"

죽을 때 죽더라도 억울함은 풀어야 했다. 혜서에게 다시 전화해 봤지만 받지 않았다. 차라리 욕을 하고 때리는 게 낫지. 무릎은 못 꿇어도 한나절 정도는 맞아 줄 수 있는데. 세현은 혜서에게 곱디고운 문자를 보내 놓고 끔찍한 하루를 시작했다.

샤워를 하고 나왔어도 답장은 없었다. 그럴 줄 알았다.

일부러 전화를 피한 건 아니다. 씻고 있을 때 한 번, 택배 찾으러 나갔을 때 한 번 전화가 와 있었다. 문자도 같이. 평소처럼 통화하기가 껄끄러웠다. 웃으면서 왜 했느냐고 묻기도 힘들고, 마냥 화를 낼 수도 없으니. 그래도 내가 누난데 속 좁게 이러면 안 되지 싶다가도, 그 여자가 했던 말만 떠올리면 사실 여부와 상관없이 부글부글 끓어올랐다.

속 끓여 봐야 나만 손해다 싶어진 혜서는 2월의 하루를 즐겁게 지내기로 했다. 진세현이 세상 전부는 아니잖아? 점심때 같은 과 친구와 약속이 있다. 혜서는 화장품을 모조리 펼쳐 놓고 붙박이장을 열어 놓은 뒤 온갖 방법을 동원해 자신을 꾸미기 시작했다.

요요가 다시 오는지 영진의 몸은 원위치를 찾아가는 것 같다. 본인도 인정했다. 10킬로그램 뺀 데서 다시 6킬로그램 쪘다고. 그나마 다행인 건 축 처져 가던 가슴에 볼륨이 살아난다는 것. 결과적으로 현재 다이어트와 가슴 중 하나를 선택할 갈림길에 섰다는 것. 그러면서도 햄버거를 먹으러 가자고 하는 친구를 말릴까 하다가 몇 달 만에 패스트푸드점을 찾았다. 영진이 소셜 쿠폰으로 산 불고기버거 두 개와 감자튀김, 치즈스틱을 들고 돌아왔다.

"너 뭐야? 왜 갈수록 예뻐지는데? 어디 기죽어서 같이 다니겠어."

혜서는 너도 예쁘다는 식으로 대답하지 않았다. 친구는 국어 교사 지망생답게 내용 파악을 잘했다. 상대방의 말이 빈말인지 아닌지 기가 막히게 알아듣고 화낼 친구였다.

"지성과 인격으로 커버하면 되지 뭘."

"어휴, 그런 게 밥 먹여 주냐. 인물이 밥 먹여 주는 시대 아니냐."

"꼭 그렇지만도 않아. 내가 예전에 잠깐 과외 할 때 정우성 닮은 애를 가르쳤었거든. 정말 리틀 정우성 같았어. 근데 애가 머리가 너무 안 따라 주고 눈빛이 멍하니까 인물까지 죽더라. 둘 중 하나를 택해야 한다면 난 외모보단 지성을 택할 거야."

"판에 박힌 위로 고맙다. 내일모레면 결과 발표 나네. 떨어지진 않겠지?"

"난 몰라도 넌 붙겠지. 공부 하면 오영진이잖아."

"그래도 만약이라는 게 있으니까."

"니체가 옳았어. 뭐가 이렇게 불공평해. 하아."

"나, 나가 죽을까?"

"그건 안 되지. 연애도 몇 번 더 해 보고……."

영진이 갑자기 목소리를 줄이더니 얄궂은 눈길을 보냈다.

"남자랑 잠도 자 봐야지. 난 그거 하기 전엔 억울해서 못 죽어. 공부만 하다 죽을 순 없잖아."

혜서도 늘 그 의견에 동의했었다. 오늘은 맞장구를 칠까 말까 고민 중이다. 친구가 은근한 목소리로 물어왔다.

"너 아직 안 해 봤지? 그새 했냐?"

"하여간 양기가 입으로 다 몰려 가지고."

"설마, 한 거야?"

"아니."

"하긴 남자가 있어야 하지. 상상도 하루 이틀이지."

영진아, 있어. 에너자이저처럼 몇 시간 동안 죽지도 않는 젊은 남자가 있어. 그제 밤, 그녀가 원했다면 상상만 하던 그걸 실행할 수도 있었다. 98퍼센트. 지금 심정과는 너무나 동떨어진 추측이지만.

그 앤 아직 동정일까? 예전 여자 친구의 말만으로는 판단이 쉽지 않았다. 자자고 졸라서 했다는 건지, 그래도 안 했다는 건지. 오랜만에 먹는 햄버거가 느글느글한 게 영 별로다. 혜서는 콜라를 쪽 빨아들이며 친구를 바라보았다.

"있지, 영진아. 내 친구의 친구가 얼마 전에 이런 일을 겪었대. 니 생각 좀 말해 줄래? 넌 객관적으로 평가 잘하잖아."

혜서는 어젯밤 그 날벼락 같은 일들을 적당히 각색해 풀어 놓았다. 마지막 그 여자가 한 말을 듣는 순간, 영진의 표정이 싹 바뀌었다.

"이런 조카 크레파스 18색 같은 년이 있나! 3대가 시베리아 벌판에서 귤 까먹다 얼어 죽을 년! 매너를 발바닥에 깔고 다니나. 뭐 그런 개진상이 다 있어? 아, 조팝꽃!"

"목소리 좀 낮춰. 다들 쳐다보잖아."

"그러게. 내가 왜 흥분하지? 아니, 그년 돈 거 아냐? 어떻게 그런 말을 해? 다 된 밥에 똥을 뿌려도 유분수지. 니 친구의 친구는 그걸 그냥 놔뒀대?"

"그럼 어떡해?"

"그 자리에서 시시비비를 따졌어야지."

"그게 좀 그렇지 않아? 더 비참해지는 것 같고. 자세히 알아봐야 좋을 것도 없을 것 같고 말이야. 아마, 그랬다나 봐."

"여자를 만나도 어떻게 그런 걸 만났을까? 남잔 멀쩡하다니?"

"정말 멀쩡해. 잘생기고 공부도 잘하고 친구의 친구한테도 무섭게 잘해 준대. 집안끼리도 잘 아나 봐. 남자 쪽 집안은 뭐 하나 부족한 게 없어. 집안 어른들도 다 좋다던데?"

"말로만 듣던 엄친아군. 결론 또 복잡해지네. 남잔 절대 아니라고 했다고? 친구의 친구한테 지금 납작 엎드렸다고?"

"응. 진짜 아닌 것 같았⋯⋯대."

"그래도 속상하겠다. 자꾸 그 생각 날 거 아니야. 그런 년은 거열형을 내리든가 능지처참을 해야⋯⋯."

"영진아, 제발. 그 여자가 남자한테 아직 미련이 있는 게 아닐까? 친구의 친구한테 그 남자 친구하고 헤어지라고 할까?"

"니 친구의 친구는 그 남자 아직도 좋아한대? 그런 말을 듣고도?"

"⋯⋯그럴걸?"

"많이?"

"아마 그럴걸?"

"그럼 한번 봐줘. 막말로 양다리 걸치다 들킨 것도 아닌데. 넌 연애 한 번도 안 했어? 너도 남자 여럿 갈아치웠잖아. 내가 아는 것만 해도……"

"내 얘기인 거 티 났어?"

"연기 좀 잘해라. 뮤지컬 배우 하고 싶다는 애가. 친구의 친구라고 할 때부터 티 났거든?"

"끝까지 모른 척 좀 하지."

"내가 그게 안 되잖니. 그나저나 언제 남자를 만났대? 겁나 의뭉스러운 것."

"사귄 지는 한 달밖에 안 됐어. 예전에 알던 앤데 나도 이렇게 될 줄 몰랐어."

"어떤 남잔지 자세히 좀 풀어 봐."

"나중에. 지금은 그럴 기분 아니야."

"하여간 뒤끝 쩔어요. 휴대폰이나 내놔 봐. 남친 사진은 있지?"

"있긴 한데, 꼭 봐야겠어? 그냥 잘생겼다고 생각해."

"잘생김에도 레벨이 있고 장르가 있거든. 내가 사람 많은 데서 꼭 무력을 써야겠어?"

첫 사진을 본 순간, 영진이 부츠 굽으로 혜서의 발등을 내리찍었다. 마지막 사진을 확인한 시점엔 발등이 얼얼할 정도였다.

"야이, 씨! 이게 그냥 잘생긴 거냐?"

불난 집에 기름 붓는 것 같아서 실물이 더 낫다는 말은 하지 않았다. 살짝 겸손도 떨어 보았다.

"외모는 3개월이라잖아."

"웃기시네. 결혼해서 부부 싸움이라도 해 봐. 너 같으면 못

생긴 남편을 용서해 주기 쉽겠냐, 잘생긴 남편을 용서해 주기 쉽겠냐? 그거 다 인물 떨어지는 배우자하고 사는 사람들이 만들어 낸 말이야. 아님, 그런 사람들 위로하려고 지어낸 말이거나. 상대가 개차반이 아닌 다음에야 외모 3개월 간다는 거 그냥 듣기 좋으라고 하는 말이야. 우리 큰언닌 부부 싸움만 하면 자기가 전생에 나라를 몇 번을 팔아 치웠기에 이렇게 살아야 하는 거냐고 울고불고 난리도 아냐. 내가 그 말을 분기별로 꼭 한 번씩은 들어요."

"너희 형부 돈 잘 버는 회계사라며. 너한테도 무지 잘해 준다며."

"내가 키 작고 못생긴 회계사라는 말은 안 했냐?"

"영주 언니 선보고 결혼한 거야?"

"그랬음 말을 안 해요. 2년 반이나 연애하고 결혼한 거란다. 그 긴 세월 동안 얼굴은 안 보고 뭘 본 거야. 명품 가방 약발이 떨어진 거지 뭐. 역시 외모는 최고의 경쟁력인 게 맞아. 이왕이면 다홍치마라는 말이 괜히 나왔겠어?"

"보기 좋은 떡이 맛도 좋다도 있어."

"아 냐, 그새 겸손이 사라졌구먼."

"겸손이 아니라, 먼발치에서 보는 연예인이라면 모를까 너무 잘생긴 거 생각보다 별로야. 내가 더 못나 보이는 거 같고. 같이 다니면 사람들이 날 흘끔거린다니까. 내가 돈 많게 생겼냐?"

"없어 보이진 않아. 너 정도면 어디 가서 외모로 꿇릴 일은 없지. 솔직히 이 남잔 너무 부담스럽네. 가는 데마다 주목받을 거 아니야."

"내 말이. 그래서 지속적으로 세뇌시키고 있어. 키가 너무 크다. 보통 여자보다 얼굴 작은 남잔 진짜 별로다. 난 부드러운 훈남이 좋다. 뭐 그렇게."

다리에 털이 왜 그렇게 많으냐고 놀렸던 얘긴 차마 할 수 없었다.

"그게 먹혀?"

"먹히더라. 저번엔 이렇게 생겨서 미안하다고 하는 거 있지. 자기 얼굴 안 작다고 모자까지 내 머리에 씌워 확인시키면서 막 변명을 하고. 근데 정말 모자가 나한텐 크더라고. 엄청난 짱구야."

"학생이야? 전공은?"

"H대 건축학과."

……에 입학 예정이야. 자세히 묻지 말아 줘.

"거기 건축학과 중 제일 유명한 데잖아. 아, 짜증."

그 말만은 절대 안 물었으면 좋겠는데 질문의 기본이니 피할 수가 없었다.

"근데 몇 살이야? 군대는 다녀왔어?"

"아직."

"하. 니가 군대까지 보내야 하는 거야? 우리도 이제 예비역 만날 때 되지 않았니? 너보다 나이 많아?"

'그만 좀 물어봐. 거짓말 힘들어.'

"그건 아니고."

"오빠 같던데. 그럼 동갑?"

차마 세 살이나 어리다고 할 수가 없었다. 아직 고등학교 졸업도 못 했다고 할 수는 더더욱 없었다. 교생과 학생 사이로 다시 만났다고 했다간 부츠 굽에 찍혀 죽을지도 모른다.

"……응."

"아유, 진퇴양난. 계륵이다, 잘난 계륵. 2년 기다려야겠네?"

"계속 사귀게 되면 그래야겠지."

"근데 너 남자 오래 못 만나잖아. 말이 2년이지 절대 짧지 않다. 대한민국 젊은 연인들의 비극의 시발점이 그거 아니냐. 군대."

두 여자 입에서 동시에 한탄이 흘러나왔다.

"길겠지? 그 앤 약혼이라도 하고 군대 갈 기세야."

"요새 세상에 무슨 약혼이야. 만난 지 얼마나 됐다고."

'영진아, 만난 지는 좀 됐어.'

"그냥 좀 더 만나 봐. 이제 와서 하는 말이지만, 니 예전 남자 친구들 다 그저 그랬어. 니가 늘 아까웠다고."

"그땐 왜 말 안 해 줬어? 그러고도 니가 친구야?"

"한두 번이라야 말을 하지. 너 나중에 뮤지컬 배우 됐을 때 과거에 발목 잡히는 거 싫다고 눈곱만큼도 안 유명하면서 사생활 관리한 애잖아. 아예 남자를 만나질 말든가."

"나도 진심으로 후회하고 있어."

"진짜 좋아하나 보네?"

세현을 만나기 전엔 남자 친구의 첫사랑엔 관심을 가져 본 적이 없다. 안타까울 것도 애탈 것도 없는 한 인간의 과거일 뿐. 이럴 줄 알았으면 교생 나갈 때까지 수절할 걸 그랬다.

"그 애가…… 내 첫사랑이 아니어서 너무 속상해."

"모든 사랑은 다 첫사랑이야."

"말도 안 돼."

"그렇게 생각해야 마음 편하잖아. 솔직히 같이 잠도 안 잤는데 무슨 사랑? 그건 그냥 풋연애에 풋사랑이지."

"풋사랑은 뭔가 풋풋해야 할 것 같은데 풋풋하게 기억되는 사람도 없어. 다 싫증 나서 헤어진 기억밖에. 내가 미쳤지. 외롭다고 나 좋다는 남자들이나 만나 주고."

"그래도 니가 연애를 몇 번 해 봐서 남자 보는 눈이 생긴 거야. 정혜서가 늦복이 터지려나 보다. 열라 부러운 것. 니체가 진짜 옳다니까."

사진을 한 번 더 확인한 영진이 혜서에게 휴대폰을 던졌다. 마지막 심술을 부리는 것도 잊지 않았다.

"난 줘도 못 갖겠다. 부담스러워서 이런 애랑 어떻게 키스를 해? 너, 해 봤어?"

"그런 것 좀 묻지 마."

"했네, 했어. 내 참. 용케 살아 있네."

운전 학원에 막 들어서는데 주헌에게서 문자가 왔다. 새로 바뀐 이지유의 연락처로 문자부터 보냈다. 만약 전화를 안 받을 땐 나도 나 자신을 감당할 자신이 없다고. 받는 게 여러 사

람 살리는 길이라고. 신호가 가고 2초도 지나지 않아 지유가
전화를 받았다.

"나한테 할 말 있지?"

— 세현아, 미안해. 어젠 너무 화나서 그랬어. 걔 몇 살이야?

사람이 이렇게 어리석을 수가 있나? 이 와중에도 나이를 묻
는 섬세함 하며.

"그건 알 거 없고. 내가 누나한테 같이 자자고 졸랐어? 언제?"

— 걘 그걸 그새 일러바쳤니?

"말 안 하려는 걸 내가 억지로 물어봤어. 없는 말 만들어 낸
게 더 나쁜 거 아냐? 내 기억엔 누나가 나한테 치근댔던 것 같
은데."

— 너 왜 이렇게 잔인해? 나하곤 같은 접시 음식도 안 나눠
먹더니. 니가 어제 걔한테 아이스크림만 안 떠먹여 줬어도 그
냥 왔을 거야. 너 나한텐 한 번도 그런 적 없잖아.

만나는 동안 살갑지 않게 군 건 인정한다. 그때의 그는 그런
남자였다. 미안했다는 말을 할까 하다 말았다. 다시 돌아간대
도 다정할 자신이 없다.

"지금 남자 친구한테 먹여 달라고 해. 그래, 내가 심한 부분
도 있었을 거야. 근데 누나가 어제 한 짓은 뭐라고 생각해? 그
게 인격을 가진 사람으로서 할 짓이야?"

— 미안하다고 했잖아.

"끝이야? 진짜 심플하다. 조만간 모르는 전화 오면 꼭 받아.
그리고 내 여자 친구한테 사과해."

— 야! 미쳤니? 난 자존심도 없는 줄 알아?

"어. 누나 자존심 없는 사람이야. 그 정돈지 정말 몰랐어. 거짓말에도 급이 있는 거야."

— 너 진짜! 나한텐 냉혈 인간처럼 뒤도 안 돌아보고 그만 만나자고…….

"누난 다른 남자한테 그런 적 없어? 다시는 마주쳐도 아는 척하지 말자. 끊을게."

녹음은 잘됐다. 과연 이걸 혜서에게 들려줘야 할지 아직은 판단이 안 서지만. 퇴근 시간에 맞춰 혜서가 일하는 커피숍으로 갔다. 아는 척도 안 할 줄 알았는데 뜻밖에 주문을 받으러 왔다. 세현은 여자 친구를 향해 간절한 눈빛을 보냈다.

"커피에 관해 물어봐도 돼요?"

"우리 사장님이 전문가니까 사장님 보내 드릴게요."

"그럼 안 들을래요. 에스프레소 더블 샷으로 주세요. 사약처럼 쓰게."

"꾹꾹 눌러 담아 드리죠."

주문한 커피는 다른 여자가 가지고 왔다. 정혜서 손가락은 이 여자처럼 짧고 통통하지 않다. 다 필요 없고 그는 혜서의 손을 만지고 싶었다. 그 손에서 이어진 팔을 만지다가, 그 팔에 이어진 몸통을 끌어안고 싶었다. 제일 만지고 싶은 건 그녀의 아랫배였다. 겨우 이틀 밤을 같이 잔 것뿐인데 습관이 된 것처럼 잠을 설쳤다. 옛 연인인 데이지와 우연히라도 만나기 위해 매일 밤 사교 파티를 여는 '제이 개츠비'가 된 느낌이다. 위대한 개츠비의 최후는 전혀 위대하지 않았다. 아버지 설명대로 그 소설은 지고지순하고 가슴 아픈 평생의 사랑 얘기가 아닐지도 모른다. 사랑이 그렇게 비참해서야.

정각 11시. 세현은 기다리겠다는 문자를 보낸 뒤, 데이지의 사랑을 갈구하는 개츠비가 된 심정으로 가방을 챙겼다.

갑자기 손님이 들이닥쳐서 시간이 지체됐다. 혜서는 추운 길거리에서 기다릴 남자를 신경 쓰는 자신이 못마땅했다. 얼어 죽든 말든. 일을 마친 뒤 옷을 챙겨 입고 커피숍 밖으로 나왔다. 모퉁이에서 그가 기다리고 있었다. 묵묵히 따라오는 세현이 자꾸 걸렸다. 이래서 연애는 피곤한 거다.

무슨 말부터 해야 할지 고민하다가 세현이 겨우 꺼낸 얘기는 고작 이랬다.

"우동 먹으러 갈래?"

"생각 없어."

"보고 싶었어."

"봤잖아. 내내."

"만나 주면서 화내면 안 돼? 내 얼굴 좀 보고 말해."

가로등 아래를 지날 무렵, 갑자기 혜서가 걸음을 멈췄다.

"진세현, 내 눈 보고 말해. 거짓말하면 내가 사흘 안에 죽는다고 생각하고 대답해. 어제 그 여자가 한 말 진짜 거짓말이야?"

"원한다면 삼자대면도 시켜 줄 수 있어. 원해?"

"아니. 보고 싶지 않아."

"나도 그래."

"다시는 다른 여자한테 그런 말 안 듣게 할 거야?"

"약속할게."

"또 그런 말 듣게 하면 난 너 평생 안 봐. 우리 이젠 누나, 동생으로도 못 돌아가는 거 알지?"

"그게 내 의도가 아닐 때도 있잖아. 어제처럼. 그런 건 좀 봐줘야……."

여자의 눈초리가 가파르게 올라가는 걸 느낀 그는 바로 꼬리를 내렸다.

"알았어! 그럴게."

"춥다. 어서 가."

"집 앞까지만."

다시 묵묵히 걷기 시작했다. 할머니 집이 너무 가까워 안타까웠다. 혜서 어깨에 손을 올려도 되나 그런 고민도 했다. 굿나잇 뽀뽀는 분명 안 해 주겠지? 미리 실망까지 했다. 동 바로 앞이다. 이번엔 현관 앞까지 데려다준다고 우겼다. 꼭대기 층이 아닌 게 또 안타깝다. 엘리베이터 성능이 좋아서 더 빨리 올라간다. 벌써 6층.

"키스하면 안 돼? 뽀뽀라도."

"CCTV로 광고할 일 있어?"

"언제부터 화 다 풀릴 거야?"

"그게 목적이야? 스킨십?"

"아니. 난 그냥…… 아니야."

19층. 다 왔다. 현관 앞에서라도 안아 줘야지 했는데 문이 열리자마자 앞집 아저씨가 보였다. 배턴 터치하듯 아저씨가 타자마자 세현은 얼른 현관문을 가리고 버렸다. 목에 절단기를 들이대도 이대로 들여보낼 수는 없다.

"비켜. 안 비켜? 그럼 내가 갈게."

"어딜 가? 이 밤중에."

"그건 내가 알아서 해."

진짜 독한 여자다. 졌다, 졌어.

"내가 갈게! 이따가 휴대폰으로 음성 파일 하나 보낼 거야. 그거 꼭 듣고 자."

"그게 뭔데?"

"들어 보면 알아. 나도 그런 거 보내고 싶지 않은데 대충 넘어갈 순 없으니까. 듣고 바로 지워."

"알았어."

"한 번만 안아 보면 안 돼?"

"어. 안 돼."

바보 같은 진세현. 한 번만 더 물어보지. 허전한 마음으로 방에 들어왔을 때 파일이 도착했는지 알림이 울렸다. 20분 뒤, 침대에 누운 혜서는 망설이다 파일을 재생시켰다. 싸늘한 남자의 목소리와 어제와는 사뭇 다른 여자의 목소리가 번갈아 들렸다. 3분 남짓한 살벌한 대화. 삼자대면은 필요 없을 것 같다. 잡아먹을 듯 바라보던 여자의 두 눈이 떠올라 몸서리가 쳐졌다.

'살살 좀 말하지. 여자가 한을 품으면 오뉴월에도 서리가 내린다는데.'

민재는 아파트로 들어가기 전이면 먼발치에서라도 혜서가 일하는 커피숍을 바라보곤 한다. 아무렇지도 않게 전화도 하고 알은체하고 싶은데 그날 혜서 앞에서 수인과 같이 있는 모습을 보인 게 꺼림칙했다.

오랜만에 일찍 귀가한다. 수인과 다시 만나라는 엄마의 질긴 설득이 지겨워 집이 싫어질 정도다. 요샌 독립에 대한 생각을 구체적으로 하고 있다. 오늘도 엄마는 앵무새처럼 그 얘길 꺼낼까.

"얼마나 조건이 좋으니? 똑똑하고 직업 좋고 능력 있으니 앞길 탄탄할 테고. 인물도 그만하면 질리지 않게 생겼고. 무남독녀니 그 재산 다 너희 차지가 될 거……."

민재는 엄마의 노골적인 속물근성이 갈수록 버거웠다. 처음부터 그 정도는 아니었다. 부잣집 딸인 큰형수를 맞이한 형이 처가의 도움을 받아 병원을 개업하고 승승장구하면서, 일개 인턴이었던 누나가 병원장의 아들과 맺어지면서 엄마의 욕심은 부풀어만 갔다. 늦둥이로 자란 민재까지 그 대열에 합류한다면 완벽한 가족으로 재탄생하리라는 게 엄마의 기대다.

"네가 의사가 싫으면 네 집사람이라도 의사를 맞아들여."

"몇 번을 말해요. 전 그런 결혼 안 한다고요."

"살아 봐라. 집안이 엇비슷해야 무난하게 사는 거야. 네 형하고 누나를 보렴. 어울리는 사람끼리 만나니까 무탈하게 잘살잖니. 얼마나 보기 좋아."

"뭐가 엇비슷해요? 조건으로만 따지면 형수 집안이나 매형 집안이 훨씬 낫지. 솔직히 형은 형수 집안에 팔려 간 꼴이잖아요. 엄마도 형수나 매형 앞에선 할 말도 제대로 못 하고. 차로 20분 거리 아들 집 가는 게 유럽 가기보다 더 어렵죠. 간다고 편하긴 하나. 빈말이라도 형수가 더 계시다 가라고, 주무시고 가라고 잡은 적 한 번이라도 있어요? 둘 다 이 집안의 상전들이잖아요."

돈은 가족 사이에도 계층을 만들었다. 금수저를 물고 태어난 형수나 매형은 그것이 본인이 노력해서 얻은 것인 양 당당해했다. 신라 시대의 성골이나 진골 출신 같다고 느낀 적이 한두 번이 아니다. 엄마는 그의 말에 수긍하지 않았다. 그걸 인정하는 순간, 비참해질 테니까.

"더 솔직히 말씀드려요? 전 수인이가 사이 나빠진 가족 같아요. 이젠 손도 잡기 싫다구요. 그런 여자하고 어떻게 잠을 자고 애를 낳아요? 엄마 같으면 그런 사람하고 결혼할 수 있어요? 제가 성에 안 찬다고 먼저 떠났던 애예요. 다른 남자 만난다면서. 내가 병신이에요? 그걸 다시 받아 주게. 다신 걔 얘기 꺼내지 마세요."

정혜서가 가진 조건은 엄마의 기준으로 보면 발끝에도 찰턱이 없다. 아버진 돌아가신 걸로 알고 있고, 막 월급쟁이가 된 오빠는 대기업에 다닌다고는 하나 일개 평사원일 뿐이다. 어머닌 지방 어디에 머물며 일한다던가. 민재에겐 아무 문제도 안 되는 것들이 엄마에겐 가장 큰 문제가 될 것이다. 정혜서가 얼마나 매력적인지, 얼마나 아름답고 똑똑한지는 그다음 문제다.

운이 좋아 혜서가 받아 준다 해도 엄마 앞에 그녀를 데려갈 생각을 하면 갑갑하다. 부모님이 혜서를 선뜻 받아들일 리 없다. 그가 고집할수록 더더욱. 그렇게 예쁜 아이에게 그렇게 판에 박힌 방식으로 상처를 주기는 싫은데. 혜서를 감당할 자신이 있는지도 확신이 안 섰다. 네 살이나 어린 게 매사에 만만치 않았다. 그래서 더 좋았지만.

민재는 결국 휴대폰을 열어 그녀의 전화번호를 누르기 시작했다.

오늘은 한 시간 이른 출근이다. 커피숍에서 빨리 나와 달라고 연락이 왔다. 어젯밤 음성 파일을 듣고 나서 심란한 마음은 많이 가라앉았지만, 완벽하게 제거되기엔 시간이 짧았다. 친구 말대로 혜서는 뒤끝이 있는 편이었다. 하고 싶은 대로 다 하며 성질을 부려 대곤 금방 화가 풀렸다고 하는 사람들을 그녀는 좋아하지 않는다. 저만 풀리면 다인가? 같이 풀려야지.

차라리 바쁜 게 나았다. 아침에 세현에게서 문자가 왔다. 오늘 하루도 잘 지내고 추우니 따뜻하게 입고 나가라고. 이렇게 다정한 애를 그 여잔 왜 냉혈 인간 같다고 표현했을까? 할머니나, 그의 전 여자 친구나 하나같이 입을 모아 말하는 그것.

'진세현은 아무 여자한테나 안 그런다.'

오후 늦게 이주영 선생님이 예쁘게 차려입고 잠깐 들렀다. 근처로 소개팅을 하러 왔다고. 혜서는 오늘 그 자리에 좋은 남자가 나와 잘되길 바랐다. 그만하면 혼자 오래 지냈다.

샌드위치로 간단히 저녁을 때우고 설거지를 하는데 문자가 왔다. 김민재. 밤 9시 넘어 놀러 가도 되느냐는 질문. 일하는 데 방해만 안 한다면 괜찮다고 했다. 그는 얌전히 앉아 퇴근 시간까지 기다리겠다는 답장을 보내왔다. 그래, 세상에 남자가 진세현만 있는 게 아니지. 나 그렇게 인기 없는 여자 아니야. 니가 보든 안 보든 그건 좀 알았으면 해.

한 시간 일찍 일이 끝났다. 민재는 멀리 갈 거 없이 여기서 차를 마시자고 했다. 저녁에만 커피를 두 잔이나 마신 터라 허브티를 주문했다. 민재는 레모네이드. 혜서는 '누구하고 차 마시는 취향까지 비슷하군.' 하는 생각에 피식 웃었다.

주문받으러 온 보린이 혜서에게 눈짓을 하며 엄지손가락을 척 들고 갔다. 민보린, 이 정도에 뭘. 니가 그 배우 겸 모델 같다던 남자가 내 남자 친구인 걸 알면 기절하겠구나. 민재가 읽던 책이 궁금했다.

"어떤 내용이에요?"

"조선 풍속사에 관한 책이야."

"오, 재미있겠다."

"다 읽고 빌려줄까?"

"그러든가."

"넌 무슨 책을 주로 읽어?"

"왜? 내가 읽는 책으로 나를 판단해 보려고?"

야무지고 당돌한 혜서를 보며 미소 지을 수밖에 없었다. 웃으면서도 씁쓸했다. 너무나 가지고 싶은데 가져선 안 될 것 같은 이 기분은 뭘까?

"난 만화책도 가끔 읽고 로맨스, 추리물도 좋아해. 인문학 서적, 역사책, 일반 소설까지 닥치는 대로 다 읽어요. 김 쌤, 평가해 봐. 난 어떤 사람인데?"

"넌, 매력적인 애."

"와, 또 이런다. 못 들은 걸로 할게요."

내 앞에 왜 이렇게 늦게 나타났니? 몇 해만 일찍 태어나지. 그렇게 생각하면서 민재는 다른 질문을 꺼냈다.

"정혜서, 나한테 궁금한 거 없어?"

"아, 그거?"

"어, 그거."

"솔직히 누군지 궁금하긴 한데 그날 분위기 보니까 안 묻는 게 나을 것 같네."

"내 첫 여자 친구였어. 아직까지는 마지막 여자 친구고."

"진짜? 그 나이 되도록 한 명밖에 안 사귀었어요?"

"진지하게 만난 건 그 친구가 유일해."

"혹시 아직도 못 잊은 거야? 남자는 첫사랑을 평생 잊지 못한다던데."

"아니. 없는 데서 이런 말 미안하지만, 여자한테 질려서 아무 생각 없었어. 근데 니가 나타난 거야. 너는 나하고 사귈 마음은 없다고 하고. 나 어떡해야 하나?"

만약에 진세현이란 존재가 없다면 대답이 달라졌을까. 혜서는 그날 밤을 떠올렸다.

"그날 김 쌤 가고 그 여자분 좀 울더라."

"울어? 걔가?"

"내 눈엔 그래 보였어. 술이나 마시러 갈래?"

우현은 매주 화요일과 목요일에 두 시간씩 형에게 수학을 배운다. 아예 안 배우면 제일 좋겠지만 학원보다는 나았다. 형의 목소리와 얼굴이 지루함을 커버해 주니까. 가끔은 이렇게 쉬운 문제를 이렇게 쉽게 설명해 주는데 왜 이해를 못 하는지 이해가 안 된다는 표정으로 자기를 바라보는 형이 진짜 이해 안 되지만, 그래도 형하고 있는 시간이 싫지 않았다.

간혹 그런 상상을 한다. 혜서 누나가 큰누나면 얼마나 좋을까. 그러면 완벽한 3남매가 될 텐데. 지난 1년 동안 우현은 10센티미터 넘게 자라 또래 평균 키를 따라잡았다. 다행히 몸무겐 거의 늘지 않았다. 앞으로 17센티미터만 더 자라면 형 키와 같아진다. 얼굴은 다시 태어나기 전엔 따라잡지 못할 것이다.

김이 서린 욕실 거울을 볼 때면 그래도 이 정도면 잘생겼지 싶다가도, 형의 얼굴과 마주치는 순간 기분 좋은 착각은 산산조각 나고 만다. 아빠는 본인을 닮은 작은아들이 정말 마음에 든다지만, 그저 위로의 말이 아닐까. 아마 형에겐 엄마를 닮아 더 좋다고 할지도 모른다.

우현은 오늘따라 형이 수업에 집중 못 하는 것이 이상했다. 집중력 하면 이 사람 아닌가.

"형, 요새 왜 그래? 그 기간이야?"

형의 입가에 삐딱한 미소가 물렸다. 치아가 하나도 안 보여 더 으스스하다.

"진우현, 가만 보면 너는 목숨을 가볍게 여기는 경향이 있어. 그렇지?"

"형아, 잘못했어. 내가 아까부터 질문했잖아. 대답해 줄 타이밍이 지났는데?"

"후우⋯⋯. 오늘은 도저히 못 하겠다. 목요일에 몰아 하자."

"엄마한텐 말 안 할게."

"그래야 내 아우지. 대신 숙제 두 배로 내 줄 테니까 지금부터 풀어."

"아, 형아! 이건 아니지."

"아니, 이건 맞아. 너 이대로 하다간 의대 못 가. 아플 때 병원은 갈 수 있겠지. 환자 신분으로."

"나 의사 꿈 접었는데?"

"또 바뀌었냐?"

"원래 이 나이 땐 그런 거잖아. 형 요새 누구 만나? 작년에 봤던 그 여잔 아니지?"

"말도 꺼내지 마. 기분 나쁘니까."

"그렇게 예쁜 여자가 왜 기분 나빠?"

세현은 여드름이 하나둘 생겨나는 동생의 동그스름한 얼굴을 바라보며 경험으로 터득한 이치를 들려주었다.

"외모와 인성이 늘 비례하는 건 아니거든. 너 아무 여자나 만나고 다니다 걸리면……."

우현이 요새 관심 가지고 있는 여자애는 객관적으로 그리 예쁜 편이 아니었다. 그의 눈에는 예뻐 보이는데, 보는 친구마다 그 앤 그저 귀여울 뿐 전혀 예쁜 얼굴이 아니라고 입을 모아 평가했다. 서운했지만 인정할 수밖에 없었다. 다수가 말하는 게 맞겠지.

"난 여자 외모 별로 안 봐. 성격을 보지."

'니가 나보다 낫구나.'

"그럼 누구 만나? 형한텐 혜서 누나 같은 타입도 어울릴 것 같은데. 누나 나이가 더 많긴 하지만."

동생에게 놀란 표정을 들키지 않으려고 듣기 싫은 말인 양 눈썹을 찡그렸다.

"누나하고 내가?"

"응. 노래도 완전 잘하고 외모도 그 정도면 일반인 중에선 상위 클래스잖아. 무엇보다 재미있고. 난 재미없는 여잔 딱 질색이야. 형 생각에 누난 어때?"

"뭐?"

"하긴, 친남매 같은 사이인데."

'친남매 같은 사이 물 건너간 지 오래다.'

"혜서 누나 내 친구 형한테 소개시켜 줄까? 내 절친한테 아홉 살 위 형이 있는데 벌써 군대도 다녀왔대. 나도 본 적 있는데 그 형 되게 착해. 친절하고."

"서비스업 직원 뽑냐? 사람을 한 번 보고 어떻게 알아?"

"여러 번 봤는데? 그 형 공부도 잘해서 장학생……."

"니가 혜서 누나 연애에 왜 신경 쓰는데?"

'진짜 이상한 놈이네?'

"누나 만나는 남자 없다며?"

"그러니까 그걸 니가 왜 신경 쓰냐고. 누나가 알아서 할 일
이지."

이런 것도 혈육이라고! 세현은 평소보다 세 배 많은 양의 숙
제를 내 주었다. 우현이 그의 바짓가랑이에 매달려 징징댔다.
반만 줄여 달라면서. 눈치 없는 자식. 이 집 식구들은 하나같이
눈치를 덤핑가로 넘겨 버렸다.

욕실로 들어간 세현은 뭘 기대해서는 아니지만 샤워하고 양
치도 새로 했다. 현재 그의 안티인지 팬인지 구분이 안 되는 여
자를 보러 가기 위해. 그가 커피숍에 들어가서 들은 첫말은 혜
서가 앞의 남자에게 한 마지막 말이었다.

"……술이나 마시러 갈래? 생맥주 500cc만 마시고 헤어지자.
기분 별로인 사람들끼리."

더 불쾌한 건 김민재 씨가 세상에 아무도 없는 것처럼 그녀
의 얼굴에 푹 빠져 있었다는 거다.

"바로 일어나자."

"이거 다 마시고. 아깝잖아."

혜서의 등을 지그시 노려보며 생각했다. 이젠 말도 텄네? 김

민재와 단둘이서 술을 마시겠다? 기분 별로인 사람들끼리? 정혜서, 니가 남자한테 먼저 가자고 한 거 다 들었어. 500cc가 5000cc 되고, 오빠가 바로 여보 되는 단순한 시스템을 아직도 몰라? 지금 내 기분도 별로야. 그것도 아주 많이. 그럼 나도 가도 되겠네? 남자를 너무 믿는 경향이 있는데, 전부 나 같은 줄 알아? 차라리 늑대나 호랑이한테 재워 달라고 해. 그게 더 안전하니까.

11시 퇴근 시간 전에 도착해서 기다렸다가 얌전히 집까지 데려다주려고 했다. 다른 건 아무것도 바라지 않으려고 했다. 그러나 오늘 곱게 들어가긴 글러 먹은 것 같다. 세현은 테이블을 향해 성큼성큼 다가가 등을 돌리고 앉은 여자의 어깨를 두드렸다.

12 Perfect Number

보린이 그 남자가 들어오는 걸 본 건 밤 10시 30분쯤이었다. 바로 전에 언제 일이 끝나나 시계를 봤기 때문에 정확히 기억한다. 어, 저 배우 겸 모델 같은 남자 또 왔네? 내심 쾌재를 불렀다. 누군가를 찾던 그의 시선은 곧 혜서 언니에게로 향했다. 1초도 지나지 않아 남자의 얼굴 주변에 빠직, 찌리릿! 번개표 같은 섬광이 비쳤다. (맹세코 보았다.)

남자는 망설임 없이 직진해 혜서 언니에게로 갔다. 앉아 있는 두 남녀는 그때까지 전혀 눈치채지 못했다. 남자가 살벌한 표정으로 언니의 어깨를 툭툭 건드렸다. '저 사람 왜 저러지?' 한 순간, 혜서 언니가 고개를 돌렸다. 언니의 안 그래도 큰 눈이 더 커지는데 이상하게 못 볼 걸 본 느낌이었다.

"어, 세현아!"

당연히 혜서는 놀랐다. 곧이어 뭔가를 잘못한 느낌이 온몸을 스멀스멀 감쌌다. 아, 나 좀 전에 무슨 얘기 하고 있었지? 술…… 마시러 가자고 했지? 혹시, 들었나?

"진세현이네. 오랜만이다."

당연히 민재도 놀랐다. 이런 곳에서 이 앨 보다니. 더 어른스러워진 것 같은데. 근데 표정이 왜 저래? 그나저나 우리 술 마시러 가야 하는데.

"네."

당연히 세현은 길게 말하고 싶지 않았다. 당장에라도 정혜서를 끌고 나가고 싶었지만, 최소한의 예절을 지키느라 어금니를 물었다. 그래도 이대로 묻고 지나갈 수는 없지.

"앉아도 되죠?"

세현은 일부러 민재 옆에 앉았다. 스무 살의 진세현과 스물일곱의 김민재를 직접 비교해 보라고. '백문이 불여일견'이란 표현은 이럴 때 써도 되겠지? 누나, 김민재가 마흔 살일 때 나는 서른셋이야. 눈과 머리가 있다면 알아서 판단해.

민재가 차를 마시겠느냐고 묻자, 세현은 혜서를 지그시 노려보며 입을 열었다.

"두 분이 어딜 간다고 들은 것 같은데요?"

"근처에서 맥주나 한잔하려고 했어."

"누나, 나도 데려가면 좋겠는데."

혜서에게 물었는데 민재가 대답한다.

"너 아직 술……."

"스무 살 됐어요. 그러니까 가도 되죠?"

"혜서야, 같이 가도 되지?"

세현의 날카로운 눈빛이 뚫을 듯 그녀를 응시했다. 무서워지기 시작했지만 혜서는 꾹 참고 고개를 끄덕였다.

"당연히 되지. 아마 세현이가 김 쌤보다 술 잘 마실걸?"

"그래? 나보다 약하기가 쉽진 않지. 아무리 고딩이래도."

"저 이제 고등학생 아니거든요."

"대학생도 아니잖아. 졸업 전인데."

그 모든 과정을 지켜보던 보린은 도대체 이 황당한 상황은 뭔가 싶었다. 저 언니 저 두 남자와 아는 사이였어? 아님, 그새 나 모르게 사귄 거야? 설마, 양다리? 와, 혜서 언니 그렇게 보이긴 했지만 진짜 능력자네? 민재가 계산하는 동안 보린은 혜서를 좁은 재료실 안으로 끌고 들어갔다.

"언니, 저 두 남자 다 아는 사이야?"

"그게, 어. 파란 니트 티 입은 남잔 같이 교생실습 했던 선생님인데 요 앞 래미안 살고, 진회색 코트 입은 남잔 할머니 집이 저 뒤 자이인데 나하고도 잘 아는 사이야. 실은…… 내 남자 친구야."

보린이 짧고 통통한 새끼손가락을 세워 까딱까딱 흔들며 거듭 물었다.

"뭐라고? 5퍼센트 조 아무개, 김 아무개, 다니엘 아무개가 언니의 애인?"

"객관적으로 보면 그 셋보다 더 낫지 않나? 난 그렇게 생각하는데."

"와, 진짜. 머리털 검은 짐승은 믿는 게 아니라더니. 언니가 연기자야?"

"미안해. 여긴 일터잖아. 내가 저 친구한테 모른 척하라고 했어. 나 지금 가야 돼. 내일 한꺼번에 혼날게. 내일 얘기하자."

"죽을 각오하고 오도록 해."

"당연히 그래야지."

민재가 근처에 아는 호프집이 있다며 앞장섰다. 늦어진다는 전화를 하려는 혜서에게 세현이 나지막이 속삭였다.

"친구 집에서 자고 아침에 들어간다고 해."

"……왜?"

"난 할머니 집에서 잔다고 집에 연락할 테니까. 누나 오늘, 나하고 잘 거야."

"뭐?"

순간 온몸에 소름이 물결치듯 퍼졌다. 심상치 않은 일이 일어날 것 같은 예감에 혜서는 울상이 됐다. 세현은 여전히 차가운 표정이었다.

"내가 대신 문자 보내?"

"무섭게 왜 그래."

"뭐가 무서워? 남자 친구도 아닌 남자한테 겁도 없이 술 마시러 가자고 꼬드기는 여자가."

"누가 누굴 꼬드겼다고. 민재 쌤이 왜 무서워?"

이 여자 남자를 너무 믿네. 세현이 속으로 혀를 찰 동안 민재는 무언가를 계속 속닥거리는 두 사람을 지켜보았다. 언제부터 저렇게 친했지?

"둘이 무슨 할 말이 그리 많아? 소외감 느껴질라 그런다."

"원래 그래요. 우린."

우리? 민재는 세현의 태도가 조금은 껄끄러웠다. 갑자기 혜서가 두 남자를 앞질러 성큼성큼 걸어갔다. 여자치곤 보폭이 큰 편이다.

"정혜서, 어딘지 알고 먼저 가냐? 거기서 우회전해. 조금만 더 가면 돼. 혜서야, 거기 사장님 젊고 잘생겼다. 안주도 싸고, 맛있고."

세현은 민재가 부르는 '혜서야.'란 소리가 너무 싫었다. 당신이 뭔데 내 여자 이름을 막 불러? 그냥 정 선생이라고 하지. 선생답게.

호프집은 건물 3층에 있었다. 실내는 깔끔했지만 조명은 어두웠다. 적당한 높이의 칸막이에 적당히 시끄러운 음악. 술 마시다 키스하기에 딱 좋을 분위기. 이런 곳에 둘이 오려고 했다 이거지?

혜서를 먼저 앉힌 뒤 세현은 그 옆에 냉큼 앉았다. 민재는 어쩔 수 없이 맞은편 의자에 자리 잡았다.

원하는 맥주를 골라서 마시는 시스템이다. 보통의 호프집보다 맥주 종류가 많았다. 생맥주도 맛있다는 말에 우선 그걸 주문했다. 마른안주와 맥주가 먼저 나왔다. 세 사람 모두 잔을 부딪쳐 가며 '위하여!' 같은 걸 할 기분이 아니었다. 한 번에 500cc를 다 비우는 세현을 보며 혜서는 간이 쪼그라드는 것 같았다. 민재가 전화를 받으러 나간 틈을 타 그녀는 속에서 맴돌던 말을 꺼냈다.

"너 무서워. 너 아닌 것 같아."

"결정해. 내가 말할까, 누나가 말할래?"

"뭘?"

"나하고 사귀는 거 김민재 선배한테 말해야지. 그래야 저분이 더는 삽질을 안 할 거 아니야."

"나 민재 쌤한테 분명히 말했어. 사귈 마음 전혀 없다고."

"그런 사람하고 둘이 술을 마시러 와? 불 꺼 놓고 다시 불붙여? 내가 볼 땐 정혜서에 대한 김민재의 관심은 현재진행형이야. 그러니까 오면 바로 말해."

"너 대학 입학이라도 하고 나서 말하면 안 돼? 아직은 민망하다고."

"내가 창피해?"

"니가 창피한 게 아니라 고등학생이 창피해. 너도 생각해봐. 니가 학교에 교생으로 왔다가 고딩인 나하고 사귀게 됐어. 그 사실을 같이 일했던 동료 교사한테 당당하게 말할 수 있어? 학생이 젊은 교생 좋아하는 건 통과의례라 치고, 선생이 학생 좋아하면 그것 자체가 불법인 거야. 비도덕적인 거라고."

"우린 처음부터 선생 제자 사이로 만난 게 아니잖아. 그래 봤자 한 달짜리 교생 주제에. 나하고 두 번이나 같이 자 놓고선."

"야, 누가 들어. 말 좀 살살 해. 내가 자자고 했어? 니가 맘대로 자고 간 거잖아. 잠만 잤잖아."

"그게 딱 잠만 잔 거야? 진짜 그래?"

말문이 막힌 혜서는 맞은편의 남자를 흘겨보았다.

"아니, 뭐. 너 치사해."

"암튼 오늘 일 그냥은 못 넘어가. 이따가 다시 얘기해. 술 많이 마시지 말고."

"알았어. 너도 많이 마시지 마."

아무리 느슨하게 생각하려 해도 기분이 풀어지지 않는다. 여태껏 만난 어떤 여자도 그가 남자 친구인 걸 가리거나 숨기고 싶어 한 적이 없었다. 늘 너무 티를 내고 싶어 해서 문제였지. 도무지 화가 삭지 않는다.

"누나 지금 어장관리 해?"

"그래 보였어?"

"난 이런 걸 어장관리라고 생각하는데."

"그럼 내가 먼저 말 안 하고 김민재 쌤이 말해서 온 거면? 그것도 어장관리야?"

"그건 기분 나쁜 거."

"내가 거절하면?"

"나야 고맙지."

"너 대학 가면 이성 친구들하고 어울릴 일이 얼마나 많은지 알아? 그때마다 여자들 낀 술자리나 모임엔 아예 안 나갈 거야? 그렇게 해선 사회생활 못 해."

"남자하고 둘이 술 마시러 오는 게 사회생활이야? 기분 별로인 사람끼리 술 마시자고 제안하는 게 사회생활이냐고!"

사실 찔리는 구석이 전혀 없는 건 아니었다. 혜서는 자신에게 평균 이상의 끼가 있다는 걸 안다. 그걸 주로 춤이나 노래로 풀어 왔을 뿐이지 남자로 풀었다면 대단했을 거라고 짐작하고 있다. 세현이 민재를 좋아하지 않는다는 것도 알았다. 그러나 김민재 씨는 다른 의미로 만나고 싶은 사람이었다. 아는 것도 많았고 책 읽는 취향도 비슷했다. 직업이 같으니 공통의 화제도 많은데다 같이 있으면 편했다. 남자, 여자의 관계가 아니어도 인생의 멘토처럼 계속 만나고 싶은 사람. 보는 사람에 따라 어장관리 정도의 행동으로 보일 수도 있을 것이다. 남자 친구라면 더더욱. 하지만 그 정도 사이로 단순하게 치부한다면 억울한 면도 있다.

그럼 난 이 젊은 나이부터 가족 아닌 사람은 여자만 만나야 해? 남자는 평생 너만 만날 수 있어? 나를 좋아하는 남자는 누구도 만나면 안 돼? 혜서는 이래서 늘 진지한 관계가 불편했다. 넌 내 여자니까 그렇게 하면 안 돼. 내가 너의 남자 친구니까 이렇게 해야 해.

"내 기분 안 좋은 것도 너한테 문제가 돼? 사람이 어떻게 늘 기분이 좋아?"

"그제 그 일 때문에 그런 거잖아. 그 정도 확인시켜 줬으면 된 거 아냐? 삼자대면도 싫다며, 뭘 어떻게 더 해?"

그런 것도 없잖아 있지만, 너 지금 나한테 화내는 거냐? 이렇게 당할 혜서가 아니었다.

"그것 때문만은 아닌데. 낼 2차 발표 나잖아. 나 사실 많이 초조해. 떨어질까 봐 걱정되고. 진짜 하고 싶은 일도 미루면서 공부했는데 1년을 또 막연하게 살긴 싫다고. 너야 구 여친 일만 생각하고 있었겠지만."

아! 그걸 잊고 있었네. 그저께까지 기억하고 있었는데. 그런 대로 유리하게 몰아가던 분위기가 순식간에 반전됐다. 세현은 일단 미안한 일에 사과부터 했다.

"미안. 계속 기억하고 있었는데, 미안. 그럼 날 불렀어야지. 나하고 술 마시면 되지 왜 다른 남자하고……."

역시, 아무리 똑똑해도 나이는 못 속인다. 갑자기 화장품 광고 멘트가 생각났다. 놓치지 않을 거예요. 이 기회를.

"너한테는 내가 너 아닌 남자하고 술 마신다는 사실이 더 중요하겠지. 내가 술 마시고 싶은 그 이유보다."

"그게 아니라……."

이게 아닌데. 하지만 여기서 물러설 그가 아니었다. 나 어리다고 무시하면 큰코다칠 줄 알아. 다른 남자하고 술 마시니까 우심방 좌심실이 바운스 바운스 하지?

"김민재 씨가 누나 좋아하는 거 알잖아. 희망고문 하는 것도 아니고 왜 그래? 그건 나쁜 거야. 옳지 않은 거라고. 저런 타입의 남잔 관심 없는 여잔 절대 따로 안 만나. 누날 왜 만난다고 생각해? 내가 다른 여자한테 그러면 좋겠어? 누가 봐도 괜찮은 여자를 상대로 나 그 여자 여자로 좋아하는 건 아니야. 그저 인간으로 존경하고 좋아해. 그래서 밤늦은 시간이라도 안 만날 수가 없어. 술도 안 마실 수가 없어. 내가 누나한테 그런 식으로 말하면 좋겠냐고."

'얘 왜 이렇게 말을 잘해? 제 엄마 닮았나 봐. 아, 나 지는 거 같아. 어떡하지? 더는 변명할 말이 안 떠올라. 지기 싫은데.'

그때 '손님, 여기서 이러시면 안 됩니다.' 할 것 같은 얼굴의 종업원이 안주를 가져왔다. 잘 튀겨진 프라이드치킨과 무절임에 방울토마토가 얹힌 양배추샐러드. 혜서는 차라리 잘됐다 싶어 배고픈 사람처럼 치킨에 포크를 찔러 넣었다. 대화는 싹둑 끊겼고 둘은 따로 온 사람처럼 맥주를 들이켰다. 민재가 미안하다며 테이블로 돌아왔다.

둘이 왜 이래? 15분 남짓 자리를 비운 사이 무슨 일이 일어난 건지 분위기가 싸하게 가라앉아 있었다. 민재의 기분도 썩 좋진 않았다. 술에 취한 수인이 전화를 걸어 한탄 반 울음 반 섞인 넋두리를 늘어놓는 걸 억지로 들어 주고 왔던 것이다. 그만 끊겠다고 했더니 그러면 죽겠다는 협박까지 했다. 이젠 하다 하다 협박까지. 배운 사람이면 배운 티가 나야 하는 거 아닌가.

민재는 의사와 결혼하기 싫었다. 허울은 좋지만 30대 중반이 되도록 애도 마음대로 못 낳고 신혼여행 가는 것조차 눈치 보는 생활을 해야 하는 걸 잘 알았기에. 가까이는 누나만 해도 그랬다. 그나마 병원장의 며느리라는 프리미엄 덕에 마음 놓고 첫 임신을 했지만, 대개의 여의사에겐 편안한 임신과 출산, 자발적인 육아는 꿈 같은 일이다.

그는 일찍 결혼해서 아이도 적당히 낳고 평범하게 살고 싶었다. 돈 잘 버는 의사 아내를 뒷바라지하면서 육아를 전담할 마음은 전혀 없었다. 늦둥이로 외동처럼 자란 그에겐 돈보다 가족과 많은 시간을 공유하는 삶이 더 중요했다.

예전 여자 친구에게 애정이 남아 있다 해도 달라질 건 없다. 이제 겨우 레지던트 1년 차에 접어든 수인과는 요원하기만 한 미래다. 겨우 어르고 달래서 전화를 끊고 왔다. 너는 내 첫 남자야. 그 소리가 좋았던 때도 있었지만, 번번이 걸고넘어지는 그 말이 이젠 끔찍할 정도다. 첫사랑에 대한 판타지는 어떤 인간이 만든 걸까. 누가 첫사랑이 아름답기만 하대? 이렇게 피곤한데.

"무슨 통화가 그렇게 길어요?"

"그렇게 됐어. 혜서 넌 벌써 얼굴이 빨개졌다? 한결같네."

세현이 보기에도 김민재 선배는 딱히 흠잡을 데 없어 보이는 남자였다. 집안 사정이야 잘 모르지만 사는 집을 보면 가난하진 않을 테고, 그 외의 것들도 뭐 하나 거슬리는 부분이 없다. 그중 군대 갔다 온 건 정말 부러웠다. 그래서 더 빈정 상하는 건지도.

호출 버튼을 눌러 맥주를 주문하는 세현을 민재는 '이 녀석 봐라?' 하는 눈으로 쳐다보았다. 졸업이 낼모레인 고등학생이라기엔 애 같은 구석이 전혀 없다.

맥주를 한 모금 마신 혜서가 물수건으로 손을 닦아 낸 뒤 닭

날개를 집어 들었다. 오물오물 뼈를 쏙쏙 빼내며 맛있게도 발라 먹는다. 그 모습에 세현은 또 생각하지 않을 수 없었다. 날개 좋아하면 바람 잘 피운다는데. 나 진짜, 이 여자 믿어도 돼?

"넌 뭘 먹어도 맛있게 먹더라."

"맛있으니까요."

"하하. 정답이네."

"김 쌤은 100프로 붙겠지?"

"그거야 모르지."

"모르긴 뭘 몰라. 그런 겸손은 넣어 둬요. 화나. 오미수도 떨어지고 최한주도 떨어졌는데 나라고 무사하겠어. 1차에서 붙은 것도 기적이지."

"수업 실연하고 심층 면접 잘하지 않았어? 넌 2차는 무조건 통과야. 너무 걱정하지 마. 혹시 알아? 난 떨어지고 너만 붙을지."

"설마요. 말도 안 돼."

"사람 앞일은 누구도 모르는 거니까."

세현은 민재의 말에 쓴웃음을 삼켰다. 나 들으라고 하는 말 같군.

"선생님은 무조건 붙어요. 쌤이 가는 학교 학생들은 복 받은 거지 뭐."

민재는 누구나 가고 싶어 하는 학군이 아닌 서울에서 가장 낙후된 지역으로 발령 나길 기대하고 있다. 그에겐 교사로서 사명감 같은 게 있었다. 수학을 저주하는 아이들에게 수학이 얼마나 즐거운 학문인지 알려 주고 싶었다. 더불어 혜서와 같은 학교에 발령 나는 천운이 따르길 간절히 바란다. 같은 학교가 아니면 같은 지역이라도. 그것도 안 된다면 같은 방향이라도.

"너야말로. 너 재미있게 잘 가르치잖아. 니 표정만 봐도 지루한 줄 모를 텐데."

'너, 너, 너. 누구보고 자꾸 너래?'

세현은 구겨지는 얼굴을 가리려고 고개를 숙여 채 썬 양배추를 바라보았다. 방울토마토는 혜서가 다 집어 먹었는지 그새 사라졌다. 다람쥐처럼 양 볼 가득 방울토마토를 넣고 우물거리는 모습이 떠올랐다. 약해지면 안 돼.

"됐어요. 난 붙느냐 아니냐가 더 문제야. 구석탱이 작은 학교라도 가라면 갈 거야. 기라면 길 거고. 근데 김 쌤, 붙긴 했는데 발령이 1년쯤 뒤에 나면 어떡하지?"

세현은 묵묵히 두 사람의 대화를 들었다. 이미 반사회인들 앞에 겨우 대학 입학 허가만 받은 그는 끼어들 자리가 없다. 건축학과는 5년이나 다녀야 한다. 졸업 후 유학도 할 생각이다. 그사이 군대도 다녀와야 한다. 그것만 해도 10년이 훌쩍 지나간다. 그럼 언제부터 돈을 벌지? 돈도 못 버는데 결혼을 할 수가 있나. 부모님께 손 벌리기는 싫었다. 조부모님께 미리 유산을 떼어 달라고 하기엔 죄송하다. 여자 등쳐 먹고 사느니 죽는 게 낫지 싶다. 그때까지 기다려 달라고 할 수도 없고, 그때까지 기다려 줄지도 모르고. 이 모든 과정을 속성으로 마스터할 수는 없나.

민재는 턱을 괴고 생각에 잠긴 세현을 바라보았다. 자식, 언제 봐도 기죽게 잘생겼네. 스무 살 포스가 뭐 저래. 보면 볼수록 완전수(Perfect Number) 같은 아이다.

"세현이 너 담배 피우고 싶으면 피워라. 니 말대로 이젠 성인인데."

당돌한 답변이 바로 돌아왔다.

"얼마 전에 끊었어요."

"그래? 담배 끊기 어렵다던데 대단하네."

"여자 친구가 키스할 때 담배 냄새 난다고 해서요. 바로 끊게 되던데요."

'헉. 세현아. ㅠㅠㅠ'

혜서는 테이블 아래로 기어 들어가고 싶었다. 이미 붉어진 얼굴이라 그나마 다행이었다.

"여자 친구 있구나?"

"네. 결혼할 거예요."

'헉! 진세현. ㅠㅠㅠㅠㅠ'

이젠 딴 세상으로 증발하고 싶다. 날 차원 이동시켜 주세요.

"결혼? 결혼! 내가 잘못 들은 거 아니지?"

"제대로 들으셨는데요."

"하하하. 너 재미있다. 나중에 후회하면 어쩌려고 벌써 결혼 타령이야?"

"후회할 만한 여자가 아니에요. 보면 바로 아시겠지만."

'그냥 나라고 말해.'

"그러니까 더 궁금한데. 어떤 여자인지?"

"사진 있는데 보여 드려요?"

'그래, 니 맘대로 해라. 어차피 밝혀질 거.'

"아니, 됐어. 잘 사귀어. 예쁘게."

"고맙습니다."

주문한 생맥주가 도착했다. 기분이 풀어진 세현은 혜서에게 150cc 정도의 맥주를 덜어 주었다. 혜서는 화장실 가고 싶은 걸 내내 참고 있다. 자리를 비운 사이 이 무모한 스무 살이 무슨 말을 할지 몰라 불안했다.

"진세현, 안주 좀 먹어. 속 버려."

보다 못한 혜서가 그의 손에 닭다리를 들려 주었다. 세현이 그녀를 향해 씩 웃었다. 맞은편의 민재는 그 모습을 물끄러미 바라보며 생각했다. 얘네 둘은 도대체 어떤 사이야? 갑자기 취기가 훅 올랐다.

혜서는 머릿속이 복잡했다.

첫 번째 파이. 누구 맘대로 집에 못 들어가? 나 니가 가라면 가고 말라면 마는 사람 아니야. 두 번째 파이. 기선을 잡고 싶다 이거지? 내가 너보다 2년 반을 더 살았는데 그렇게 만만하게 보면 안 되지. 세 번째 파이. 집에 안 들어가면 어디서 자려고? 숙박업소? 나 그런 데 진짜 싫어해. 온갖 사람이 갖은 짓을 다 하던 침대에서 뭐 하자고? 네 번째 파이. 넌 언제 나이 드니? 한 해에 세 배씩 2년만 크면 안 되겠니?

문제의 마지막 파이. 술 마시는 진세현은 담배 피우는 모습만큼이나 중독성이 강했다. 어린 게 왜 이리 섹시한 거야. 며칠 동안 포옹조차 안 했더니 몸이 근질거리는 것 같다. 혜서는 남자 친구의 입술 라인을 슬쩍 곁눈질했다. 언뜻 보기엔 차갑지만, 사실은 용광로처럼 뜨거운 저 입술. 미친다. 650cc의 생맥주는 그녀의 심신을 자꾸만 흩뜨렸다.

30분 뒤, 세현은 휴대폰을 열어 시간을 확인했다. 일어나야겠다. 이 시간 이후의 계획은 간단명료했다. 먼저 김민재를 보내고 다른 장소로 이동한다. 둘만 있을 수 있는 곳으로.

"선배님, 그만 마시고 일어나죠."

"혜서 너는? 그만 마실래?"

"가요. 피곤하네."

"누난 제가 데려다줄게요."

"그럴래?"

"당연히 그래야죠."

다시 밤거리. 자정이 살짝 넘은 시각. 둘만 남았다. 세현은 혜서의 어깨에 팔을 둘러 자기 쪽으로 빙그르르 돌려세웠다. 품 안에 갇힌 여자가 술기운에 흐려진 눈으로 그를 올려다본다.

"다른 남자는…… 그렇게 보면 위험해."

"……응."

"다른 남자 만나지 마."

"그건 불가……."

"아예 만나지 말라는 게 아니야. 나한테 미리 말하고 나서 만나라고."

"그렇게."

"……집에 가고 싶어?"

"가야지. 지금은 말고."

주변을 둘러봤다. 갈 만한 데가 눈에 띄었다. 당장에라도 가고 싶지만 차마 갈 수 없는 곳. 하지만 하루에도 몇 쌍의 커플이 뒹굴던 모텔방에서 둘만의 첫날밤을 보낼 순 없다. 그런 대접을 받아선 안 되는 여자다. 남자의 입술이 여자의 이마에 살짝 내려앉았다. 심장의 두근거림이 혈관을 타고 구석구석 퍼지는 것 같다.

"정혜서, 사랑해."

"나도."

어둠을 벽 삼아 두 개의 그림자는 하나가 된다. 세현은 입맞춤만으로도 축 늘어지려는 혜서를 꼭 끌어안았다. 이러면 곤란하다. 미쳐 버리니까. 졸업 선물은 벌써 받았는데 입학 선물을 미리 달라고 할까?

"세현아, 나 거짓말했어."

"누구한테?"

"친구한테 남자 친구가 생겼다고 했는데 자꾸 나이를 물어서 동갑이라고 했어."

니가 고등학생인 걸 알았다면 걔가 날 신고했을지도 몰라. 그러고도 남을 애야.

"그래? 그럼 지금부터 이름 부른다. 그래도 되지?"

"둘이 있을 때만."

숙박업소를 제외하고 사방이 막힌 곳이 어디 있나. 이래서 사람에겐 집이 필요한 거다.

"노래방 갈래?"

세현이 노래하는 동안 혜서는 캔맥주를 하나 더 마셨다. 계속 취해 있고 싶었다. 소파에 기대앉아 있던 그녀는 그의 팔에 기대 있다가 다리를 베고 모니터를 향해 누웠다. 마이크를 들고 있지 않은 남자의 한 손은 내내 그녀의 머리카락과 얼굴에 머물렀다. 갑자기 노래가 멈추고 그녀의 몸이 달싹 들렸다.

마지막 노래의 뮤직비디오는 저 혼자 돌아갔다. 노래가 끝나도 남자의 입술은 떨어질 줄 몰랐다. 게다가 이 커다란 두 손은 왜 여기에! 육체는 얼마나 정직한가. 혜서는 아까부터 존재감을 과시하는 그의 하체가 불안했다.

"집에 가자. 누가 볼 거 같아."

큰일이다. 가지고 싶은 게 점점 많아진다. 아무리 키스를 하고 껴안아도 부족했다. 허벅지에 안긴 여자의 몸이 움직일 때마다 자극은 커지기만 했다. 참기가 너무 힘들어 몸이 떨릴 정도다.

"하아……. 돌아 버리겠네."

"가서 나 재워 주고 가."

혜서는 흥분을 이기지 못해 어쩔 줄 모르는 세현을 살살 달랬다.

"얼른 집에 가자, 응? 일어나."

해 본 사람은 안다. 다 큰 남자를 진정시키는 게 쉬운 일이 아니라는 걸. 구석구석 퀴퀴한 냄새가 스며든 노래방 안을 둘러봤다. 중고등학생들이 이런 데서 사고를 많이 친다지. 그 애들을 가르칠 내가 이러면 안 되지. 그렇게 생각하자 환각 상태에서 조금은 벗어날 수 있었다. 옷을 추스른 혜서는 세현을 억지로 잡아끌어 밖으로 나왔다. 찬바람을 맞으니 차츰 정신이 돌아오는 것 같다. 서로의 손을 꼭 잡고 말없이 집 쪽으로 걸었다. 먼저 입을 뗀 건 그였다.

"미안해. 내가 너무……. 미안."

"아냐."

"성인이 된 게 아니라 짐승이 된 것 같네. 때려도 할 말이 없다."

"나도 비슷해. 너만큼 티가 안 나서 그렇지."

"진짜? 나만 좋아서 난리치는 거 아니지?"

고개를 끄덕여 동의했다. 아파트 앞이다. 세현은 무조건 혜서 뜻에 따르기로 했다. 가라면 가고, 말라면 말고.

"얌전히 재워 줄 수 있어? 그럼 올라가고."

"인간답게 행동할게."

살그머니 현관문을 열고 각자의 방으로 들어갔다. 먼저 씻은 혜서가 침대에 누웠을 때 문자가 왔다. 10분쯤 뒤에 가겠다고.

욕실 안에 들어온 세현은 거울을 물끄러미 바라보았다. 발정기 짐승의 눈빛이 이럴까. 아직도 두 손 안에 여자의 가슴이 들어 있는 것 같다. 억지로 죽였던 아랫도리가 되살아난다. 아무리 딴생각을 해 봐도 눈치 없는 물건은 용적률을 높이며 커지기만 한다. 타일 벽에 머리도 찧어 보고 노래도 흥얼거려 보고 머리도 감았지만, 도무지 말을 들어 먹지 않는 물건이다. 애국가라도 부를까.

"동해 물과 백두산이 마르고 닳도록…… 빨아 보고 싶다."

그대로 혜서 방에 들어갔다간 무슨 짓을 할지 몰랐다. 결국 세현은 오랫동안 자제했던 행위를 시작했다. 그리 오래 걸리진 않았다. 여자의 이름과 함께 울컥울컥 한참을 쏟아져 나온 그것이 뜨거운 물과 섞여 수챗구멍으로 사라졌다. 심신이 너덜너덜해진 그는 샤워기를 틀어 놓은 채 욕조에 드러누웠다.

시간이 한참 지났는데도 노크 소리가 들리지 않는다. 아직 씻나? 혹시 잠들었나? 문자라도 보내 볼까 하다가 왠지 보채는 것 같아서 참았다. 까무룩 잠이 들려는 순간, 방문이 열렸다. 문 잠그는 소리가 들리고 남자의 몸이 침대로 스며드는 동시에 스탠드가 꺼졌다. 그의 긴 팔이 혜서의 등을 감싸 안았다. 어둠 속에서 서로의 익숙한 체취를 찾았다.

"졸려."

"자. 완전히 잠드는 거 보고 나갈게."

"왜 이렇게 늦었어?"

"……그냥."

아무리 솔직한 게 좋대도 욕실에서 있었던 일을 말할 순 없다. 그건 짐승들의 영역이다. 인간에게 발설해선 안 된다. 품으로 파고드는 혜서의 등을 토닥이던 그는 문득 깨달았다. 중간에 걸려야 할 것이 없었다. 아래부터 위까지 몇 번을 쓸어 봐도 마찬가지.

"그거 안 입었어?"

"응. 나 되게 친절하지?"

"아무한테나 이런 식의 친절 베풀면 안 된다?"

"당연하지. 나는 니가 만지는 것만 좋아."

여자에게만 허용된 그 속옷은 신기한 동시에 불편했다. 보기는 좋았지만 풀기는 번거로웠다. 덕분에 아무런 장애 없이 목적지로 직진할 수 있었다. 탱글탱글한 젖가슴이 찰떡처럼 감겨 온다. 살아 있는 생물처럼 느껴질 정도다. 세현은 여자에게 가슴을 부여한 조물주에게 절이라도 올리고 싶었다.

"화내지 말고 들어. 여기, 불 켜고 봐도 돼?"

"너 봤잖아. 예전에."

"그땐 불가항력이었고. 누난 내 얼굴 한 번 보고 다신 안 봐?"

"이게 얼굴이야?"

"그럼 내 가슴도 보여 줄게. 남자치곤 제법 커."

유혹의 멘트치곤 너무 황당했다. 그런 것에 한 번도 혹해 본 적이 없는 혜서다.

"안 당겨."

다급해진 세현이 혜서의 손을 제 가슴팍에 얹으며 말했다.

"여자들은 남자들 복근이나 가슴 근육에 막 환장하고 그러지 않나? 일단 한번 만져 봐."

혜서의 손이 꼼짝을 하지 않는다. 정녕 이 가슴에 매력을 못 느끼는 건가?

"별로. 난 거북이 등짝 같은 거에 왜 그 난리인지 이해가 안 되더라."

초콜릿 복근이란 좋은 말을 놔두고 거북이 등짝이라니! 자연스레 생성되던 감미로운 분위기가 이상하게 변질되고 있다. 이건 그가 원하는 전개가 아니었다.

"보여 줘, 응? 내 기억이 맞는지 확인하고 싶어. 혜서야, 으응?"

"잠 다 깼네. 졸업부터 하고 와."

"나 미성년자 아니잖아."

"누가 들으면 국민훈장이라도 받은 줄 알겠어요. 너 나 재워 주려고 온 거 맞아?"

말이 끝나기 무섭게 그녀의 얼굴 앞으로 남자의 가슴팍이 들이밀어졌다. 반성할 줄 알았는데. 눈앞이 캄캄하다.

"뭐하자는 거야!"

"만지든가 빨든가 핥든가. 반드시 두 갠 해야 해. 난 셋 다 좋아."

그것도 모자라 제가 입은 티셔츠까지 벗으려고 한다. 혜서는 진세현의 알몸을 보고 싶지 않았다. 적어도 지금은.

"잠깐만! 있잖아, 내 입장에서 생각해 봐. 내가 얼마나 창피 하겠어."

"뭐가 창피해? 내가 예쁘다는데. 내가 좋다는데. 도대체 누 가 본다고."

어쩌다 이런 애와 엮인 걸까. 끝이 없다.

"어차피 결혼하면 매일 볼 건데 조금 일찍 본다고……."

졌다. 졌어.

"봐. 봐."

혜서는 앉은 상태에서 가슴을 보여 주고 싶었다. 누우면 퍼져 보이는데. 앉아 있을 때가 더 예쁜데. 그에게 그건 하나도 중요하지 않았다. 주황빛이 감도는 불빛 아래 혜서의 상체가 고스란히 드러났다. 두 개의 앙증맞은 돌기가 남자의 눈길을 받고 꼿꼿이 살아난다. 마른침이 삼켜지고 짜르르 소름이 돋는다. 도저히 못 참겠다는 하소연과 함께 그의 입술이 내려앉았다.

흥분을 가라앉히고 온 터라 괜찮을 줄 알았다. 전혀 괜찮지가 않았다. 보기만 해야지 했는데 빨고 싶어졌다. 빨기만 해야지 했는데 다른 것까지 하고 싶었다. 그것만으로도 좋았지만 본능은 더한 것을 원했다.

그건 혜서도 마찬가지였다. 상상은 현실의 발끝에도 미치지 못했다. 아, 이런 세상이 있었어. 억지로 신음을 참고 흥분을 참고 불안감을 참았다. 몇 가지 감정이 뒤죽박죽된 상태에서 남자의 손이 속옷 위로 올라온 걸 뒤늦게 깨달았다.

파자마 안으로 손을 넣었는데 말리지 않아서 이상하다고 생각하긴 했다. 더는 깊이 생각할 수 없었다. 작은 팬티 아래 제법 도톰한 살집이 만져졌다. 환상이다. 조금 더 내려 만졌더니 속옷이 흥건히 젖어 있었다. 여자가 뭍에 버려진 물고기처럼 파닥이며 귓가에 신음을 토해 낼 때 남자를 조이던 나사가 툭

빠져 버렸다.

"혜서야……."

팬티 안으로 들어가려는 손을 겨우 잡아챘다. 힘으로 하려면 충분히 할 수 있었을 것이다. 착하게도 그의 손은 순순히 끌려 나왔다. 혜서는 가쁜 숨을 소화하며 남자의 가슴팍에 얼굴을 묻었다. 욕망과 이성이 그녀 안에서 치열하게 싸움을 벌인다. 겨우 이성 쪽으로 기울었다 싶은 순간, 그의 커다란 손이 엉덩이 쪽으로 내려왔다. 찰나의 순간도 놓치지 않는 남자다.

"하지 마! 하지 마아."

그의 귀엔 혜서의 목소리가 먼 메아리처럼 들렸다. 늘 느끼지만 손을 뗄 수 없는 몸이다. 탐욕스러운 그의 손이 그녀의 엉덩이를 제 것처럼 주물렀다. 천국은 생각보다 가까이 있었다.

"그만하는 게…… 좋을 것 같아. 그만하자, 응?"

불안감이 혜서를 덮쳐 왔다. 총알이 빗발치는 전쟁터에서 알몸으로 사랑을 나누는 기분이다.

"어떻게 이럴 수가 있어? 천만 불짜리다, 진짜. 여기, 입 맞추고 싶어."

어디에 뭘 해? 거기가 어디라고!

"진짜 안 돼. 진정해. 나 지금 아, 이런 말 너한테…… 못 하겠다."

"못 할 말이 어디 있어? 우리 사이에."

혜서가 기어들어 가는 소리로 속삭였다.

"가임기야. 뭔지 알지?"

끙. 여자들에겐 그런 게 있었지. 아무리 혜서가 좋아도 벌써 아빠가 될 마음은 없었다. 세현은 이러다 스무 살에 도를 터득하는 게 아닐까 생각하며 여자의 목덜미에 얼굴을 묻었다. 그제야 안심한 혜서가 그의 등을 부드럽게 토닥였다.

"인간답게 행동한다더니."

"여자들은 잘 모르겠지만…… 그 정도면 인간답게 군 거야. 이번엔 진짜 재워 줄게. 얌전히. 키스는 해도 되지?"

"우린 키스도 하면 안 될 것 같아. 그걸로 끝난 적이 없잖아."

그랬다. 하늘에서 내리는 우박을 피할 수 없는 것처럼.

"아, 내가 그 말 안 했지?"

"뭐?"

"이건 정말 믿어 줘야 하는데, 나 아직 동정이야."

"나이가 몇인데 당연한 거 아니야? 그럼 고딩 때 딱지 떼려고 했었어?"

"왜 얘기가 그쪽으로 흘러가?"

칭찬은 못 할망정.

"나 안 만났으면 졸업 전에 할 거 다 했겠지 뭐. 안 본다고 모르나. 쳇."

그쯤에서 말꼬리를 잘라 낸 세현이 능청맞은 몸짓으로 혜서를 끌어안았다. 맞춘 것처럼 그의 품에 쏙 들어온다. 이러니 어떻게 안 반하냐고.

"그래서 말인데, 첫 출근 선물로 주고 싶어."

이 정도면 인간 능구렁이가 아닌가.

"아직 합격 발표도 안 났거든."

"붙을 거야. 내가 면접관이면 학생들 사기 진작을 위해 무조건 뽑아 준다."

"다 좋은데, 과연 그게 나를 위한 선물인지 모르겠다."

"선물이라고 느끼게 해 줄게."

다음 날, 그녀의 합격 소식을 제일 먼저 알려 준 것은 세현이었다. 뜻밖에도 혜서는 마냥 기뻐하지 않았다.

경훈이 어머니의 연락을 받은 건 2월 중순이다. 전화를 끊은 뒤 제일 먼저 생각한 건 '난 왜 이렇게 좁게 보고 사는 걸까?'였다. 가끔은 옆도 보고 뒤도 돌아봐야 하는데 한 번에 여러 일을 잘 못했다. 어떤 일에 빠지면 주변 상황은 저절로 암전되며 물러났다. 겨울방학을 틈타 미국의 경제학자가 쓴 책을 번역하는 중이었다. 좋아하던 스키를 한 번도 안 타러 갈 정도로 그 일에 몰두했다.

"혜서하고 세현이가 사귄다고요? 언제부터요?"

어머니는 놀라워하는 아들을 설득시켰다. 그 아이들은 그럴 수밖에 없다고. 그렇게 태어난 아이들이니 물 흐르듯 가게 놔두라고. 경훈은 어머니의 현명함을 늘 믿었지만 이건 경우가 달랐다. 스무 살밖에 안 된 아들이 결혼까지 생각할 정도로 누군가를 좋아한다는 말은 놀라움 이상이었다.

두 아이 사이가 좋은 줄은 알지만 어려서도 각별했으니 그러려니 했다. 집에선 워낙에 내색을 안 하는 아들이다. 혜서를 데리고 온 적도 없었다. 주말을 반포에서 지내는 건 늘 있어 왔던 일이니 크게 의미를 두지 않았다. 갑자기 오래전 아내가 한 말이 떠올랐다.

'쟤네 둘 남매 같지 않아요? 닮았어. 세현이가 혜서 앞에선 참 잘 웃네. 어려서도 그러더니.'

그저 사이좋은 오누이 정도로 생각하고 싶었던 걸까. 스무 살. 누군가를 좋아하기엔 어린 나이가 아니다. 그러나 결혼을 생각하기엔 너무 어린 나이다. 경훈은 무거운 짐을 하나 더 짊어진 기분으로 마무리 작업에 신경을 돌렸다.

남편에게 시어머니의 말을 옮겨 들은 서연은 웃을 수도 울 수도 없었다. 이번에도 시어머니한테 면목이 없게 됐다. 시어머니는 아들의 또 다른 엄마였다. 인정하기 싫어도 다시 한 번 인정해야 했다. 낳기는 그녀가 낳았으나 할머니 손에서 대부분 자랐으니 조부모의 인성이 많이 투과된 아이였다.

어려서도 혜서를 생각하는 마음이 남달랐다. 보통의 사내아이들과는 사뭇 달랐지만, 정이 고파서 그러겠거니 했다. 무르팍에 앉혀 키우지도 못하고 눈앞에 두고 볼 수도 없으니 일일이 그 마음을 헤아리지 못했다. 한쪽에 서서 봤을 땐 그런가 보다 했던 일들이 다른 쪽에서 보니 그게 아니었다. 그래도 그렇지 가볍게 사귀는 것도 아니고 결혼까지 하고 싶어 한다니. 고작 고등학교를 마친 아이가. 안 그래도 친정 부모 때문에 심란한 서연의 마음은 무거워지기만 했다.

운 좋게 모교에서 자리를 잡은 서연은 칼럼 기고에 책 출판,

각종 강연에 방송 일까지 고정적으로 하는 터라 수입이 꽤 많았다. 베스트셀러에 스테디셀러까지 된 책이 네 권이나 됐다. 40대 중반에 들어서부터는 남편보다 벌이가 컸다. 누가 뭐래도 열심히 살았지만, 눈에 띄는 외모와 유려한 말솜씨가 그녀에게 좋은 일자리와 금전을 쉽게 물어다 준 것도 사실이다.

작든 크든 수입의 절반 가까이 떼어 엄마에게 보내 드린 세월이 20년이다. 남편에게 버림받은 엄마가 돈으로라도 기죽지 않길 바랐다. 하나밖에 없는 올케에게도 너그럽고 넉넉한 시모가 되라고 자주 말씀드렸다. 그런 시부모의 며느리로 산다는 게 얼마나 큰 복인지 서연은 익히 알았다. 이젠 동생들도 그런대로 자리를 잡아 가니 엄마가 본인의 건강만 챙기면 큰 걱정이 없었다.

언제부턴가 엄마가 이상하다는 생각은 했다. 3남매가 정기적으로 용돈을 보내 드리는데도 이상하게 쪼들리는 느낌이었다. 열흘 전쯤 출장길에 잠깐 들러 통장을 보여 달라고 했다. 엄마가 살 아파트를 사면서 받은 대출의 원금과 이자가 자동이체로 빠져나가긴 하지만 생활비를 하고도 남을 돈을 보내 드렸는데 통장에 잔액이 얼마 없었다. 적게는 몇십만 원에서 백만 원 단위까지 현금으로 인출된 게 꽤 많았다. 생색내는 것 같아 다그쳐 묻진 않았으나 아무래도 이상해서 동생에게 은밀히 알아보게 했다.

여동생이 뜻밖의 소식을 알려 온 게 지난주였다. 이모를 구슬려 알아봤더니 1년 전부터 엄마가 병들고 혼자된 아버지의 병원비와 생활비를 대고 있다고.

서연은 아버지를 사랑했다. 아버지 역시 자신을 많이 닮은 첫딸을 유난히 예뻐했다. 우리 큰딸이 나를 제일 많이 닮았어. 그래도 넌 가수나 배우 하지 마라. 팔자 사나워진다. 우리 서연인 똑똑하니까 공부 열심히 해서 교수 돼. 대학교수.

사랑의 반대말은 그저 미움이 아니었다. 하나로 단정 지을 수 없는 온갖 감정과 회한을 가슴에 새긴 채 긴 세월을 보내야 했다. 상냥하고 웃음 많던 소녀는 자기 연민을 걷어 내지 못한 외골수로 자랐다. 비뚤어진 속을 완벽히 치유해 줄 수 있는 사람은 세상 어디에도 없었다. 다시 그 시절 전으로 돌아가지 않는 다음에야.

'아버지'란 단어. 서연은 평범한 집에서 태어나 평범하게 자라는 아이들이 제일 부러웠다. 새 음반을 내 줄 능력이 있는 여자에게로 떠난 아버지는 애틋한 그리움의 대상이 될 수 없었다. 가난한 아버지라도 함께 있어 주었다면 미워하진 않았을 것이다. 그렇게 유명한 사람이 아니었다면 그토록 괴롭지도 않았을 터다. 다락방으로 쫓겨난 소공녀 세라를 보듯 하는 사람들의 시선은 어린 서연의 상처를 짓이겼다. 동정도 관심도 받고 싶지 않았다.

한때 친구라고 생각했던 아이들은 그녀의 외모와 재능을 노골적으로 질투했고, 말을 보태 가며 수군거렸다. 잡지에 난 거 봤어? 쟤네 아빠가 젊은 여자랑 바람나서 이혼했대. 재벌가의 숨겨진 딸로 자란 여잔데 쟤보다 열 살밖에 안 많대. 돈 많은 여자와 바람이 난 건 맞았지만 재벌가의 숨겨 둔 여식은 아니었다. 20대 중반으로 보이는 외모였으나 서른이 넘은 여자였다. 한 시대를 풍미한 미남 가수로 유명했던 아버진 여자가 많이 따라서 엄마의 속을 무던히도 썩였다. 춤은 또 얼마나 잘 추는지 아버지와 눈을 마주하며 한 번이라도 스텝을 밟은 여자는 저절로 치마를 내리고 가랑이를 벌린다는 소문까지 돌았다.

그래도 같이 살 때는 다정한 아버지였다. 여자 문제로 부부싸움을 할 때면 3남매가 이불을 뒤집어쓰고 불안에 떨었지만, 자식들에게만은 너그러웠다. 아이들이 원하는 것이라면 돈을 빌려서라도 사다 주셨던 분. 돌이켜 보면 실속 없고 허풍 많은 성격이기도 했다. 그렇게 떠난 아버진 봄가을로 얼굴이 달라지는 세 아이를 보러 오지 않았다. 새 여자가 그걸 죽도록 싫어한다는 게 이유였다. 아들 세현을 낳고서야 들은 소리지만, 엄마는 이혼 전 아버지께 배다른 자식만은 낳지 말라고 부탁했다고 한다. 그게 이혼의 첫째 조건이었다.

서연이 대학에 들어간 해부터 생활비가 드문드문 오더니 그다음 해부턴 아예 끊겼다. 사회생활 경험이 없던 엄마는 이모와 함께 가진 재산을 싹 털어 식당을 차렸다. 말아먹는 덴 6개월이 채 걸리지 않았다. 한때나마 사모님으로 불렸던 엄마는 작은 분식집을 하며 근근이 살림을 꾸려 가야 했다. 아무리 기분 좋을 때라도 돌이키기 싫은 시절이다. 가족을 버리고 떠났을 때 아버진 마흔 살이었다. 엄마는 고작 서른다섯.

40년이 다 된 일인데 아직도 기억나는 일이 있다. 어느 날 새벽, 술에 취해 들어온 아버지는 원치 않은 임신으로 결혼을 해야 했다며 엄마를 원망했다. 네가 그때 애만 뗐어도 내가 이렇게 내리막길을 걷진 않았어. 너하고 결혼하고부터 내 인생은 망가졌어. 나보다 못 나가던 동료, 후배들이 이젠 나보다 더 잘 나가. 이젠 내 음반을 내 주려는 회사가 없다고! 밤무대에서 술 취한 사람들 상대로 노래하는 건 지긋지긋하다고! 그런데 또 애를 가져?

그때 엄마는 막냇동생을 임신 중이었다. 잠귀가 밝은 그녀의 귀에 아빠의 한탄이 고스란히 들려왔다. 엄마가 또 미안하다고 했다. 뭐가 그렇게 미안한 거지? 애를 혼자 만드는 것도 아닌데. 그건 남편을 자신보다 더 사랑한 여자의 원죄였다. 어린 그녀는 쉬지 않고 흘러나오는 눈물을 훔쳐 내며 생각했다. 나는 바보 같은 엄마 덕에 태어났구나.

아이는 좋아했지만 자식 욕심은 없었다. 자식 때문에 저당 잡힌 부모의 인생을 반복하기 싫었다. 시부모와 남편을 생각하면 아예 안 낳을 수는 없으니 세현 하나만 잘 키우려고 했다. 꿈도 못 꿀 일이 일어났다. 박사 과정을 반 남짓 밟았을 때 덜컥 둘째가 생긴 것이다. 하나밖에 없는 아들도 같이 살지 못하는데 둘째라니. 계획에 없는 아이였다. 주변엔 박사 논문을 쓰다가 이혼한 부부 천지였다. 직장 생활에 공부만으로도 벅찬데. 큰애도 못 키우면서…….

친구들은 아이를 지우라고 했다. 외동으로 자란 남편은 특별한 대책도 없이 낳자고 그녀를 설득했다. 당신 닮은 딸이면 얼마나 예쁘겠느냐면서. 이러지도 못하고 저러지도 못한 채 시간을 보내다 문득 그날을 떠올렸다. 엄마가 아빠의 말을 들어 날 지웠다면 난 세상에 없는 사람일 텐데. 펄떡펄떡 심장이 뛰는 이 생명을 내 맘대로 사라지게 해도 될까? 남편에게 아이를 낳겠다고 했다. 공부가 좀 늦어져도 둘째는 직접 키우겠노라고. 경훈은 기뻐하며 요리만 빼고 집안일을 도맡아 하겠노라고 선언했다.

둘째까지 키우느라 귀국이 더 늦어졌다. 큰아들을 불러들이고 싶었으나 아들은 한국 생활에 이미 적응한 뒤였고 새로운 환경을 거부했다. 우현을 온전히 얻은 대신 세현과는 더 멀어졌다. 모두 가지고 싶었지만, 인생은 그렇게 호락호락하지 않았다.

다시 부모님을 생각하니 한숨이 나온다. 아무리 천륜이라지만 30여 년은 결코 적은 세월이 아니다. 내가 낳은 두 자식도 보여 주지 않고 살았는데 이제 와서 어떡하자고. 이모에게 건네 들은 말이지만 친정엄마는 첫사랑이자 마지막 사랑인 아버지와 다시 살고 싶어 한단다. 이젠 다른 여자들이 거들떠보지도 않는 늙고 병든 육신만 남은 아버지와.

지난주였다. 동료 교수 몇과 짧은 술자리를 끝내고 들어왔더니 아내가 방에 웅크리고 앉아 울고 있었다. 놀라 무슨 일이냐고 물으니 우느라 제대로 말을 잇지 못할 정도였다. 가슴 깊이 박힌 상처는 세월이 흐른 만큼 희석되지 않았다. 큰사위로서 진작 정리했어야 했나 싶은 게 착잡했다.

결혼 전 아내는 경훈에게 이런 말을 했다. 나는 당신이 돈 못 벌고 출세 못 하고 아파도 견딜 수 있지만, 다른 여자를 사랑하는 건 견딜 수 없다고. 자식이 생긴 이후라면 더더욱. 한 여자만 사랑할 자신이 없다면 이 결혼 그만두라고. 경훈은 우는 아내를 달래며 안아 주었다. 아내의 울음 끝은 길었다. 겨우 알아듣게 말을 마친 서연은 친정엄마가 밉고 불쌍하다고 했다.

"난 이 나이에도 당신 품에 안겨 자는 게 좋은데 우리 엄만 서른다섯부터 혼자 살았어. 혼자 잠들고 혼자 일어나고 혼자 이불 개고. 그때가 여자로서 얼마나 좋은 나이인데 그 긴 세월을 버림받은 이혼녀로 살았다고. 사람들이 그렇게 재혼하래도 안 하더니 자길 버린 남자가 뭐가 좋다고. 여태 기다렸나 봐. 우리 엄마 왜 이렇게 바보 같아? 아버진 무슨 염치로 이제 와서……."

사랑이 컸던 만큼 미움도 컸으리라 짐작했다. 장모도 이해하고 화내는 아내도 이해했다. 이미 오래전부터 후회하고 살았을 장인도 어느 정도 이해했다. 세 살배기 아들을 데리고 찾아갔을 때 손자의 얼굴을 들여다보며 눈물짓던 장인은 아무것도 바라지 않으니 서연이만 잘 다독여 가며 살라고 부탁했다. 그날 경훈은 아들을 안고 돌아오며 아내에게 친정아버지가 못 준 사랑까지 주리라 다시 마음먹었다.

터울 많은 처남이 있지만 서연은 처가의 가장이자 기둥이었다. 젊어선 남편 눈치에 늙어선 자식들의 눈치까지 보는 장모님은 큰딸의 처분만을 기다리시리라. 거기에 아들 세현이 걱정거리를 더 보탰다.

아들의 몇 번째 여자 친구인지는 모르겠다. 누군가를 끊임없이 만나는 것 같긴 했지만, 데리고 온 적도 제 입으로 먼저 말을 꺼낸 적도 없으니. 하지만 이번엔 달랐다. 상대가 특별했고, 상대를 대하는 아들의 마음은 더 특별했다. 경훈은 아내가 걱정하는 게 무엇인지 짐작했다. 둘 다 아직 너무 어리다. 사랑의 감정이 바람처럼 왔다가 깃털처럼 가볍게 사라질 나이. 아내는 세현이 상처를 주는 사람이 되어서도, 상처받는 입장이 되어서도 안 된다고 생각할 터였다.

"어쩜 난 이렇게 바보 같을까. 엄마가 아버지를 그렇게 그리워하는 것도 모르고, 아들이 코앞의 여자를 좋아하는 것도 모르고. 난 딸 자격도 없고 엄마 자격도 없는 것 같아."

"무슨 그런 말을 해. 당신도 노력했어."

"어머니께도 너무 죄송해. 여보, 우리 아들이 말린다고 그만둘 애가 아니지? 자기 닮았으면 꿈쩍도 안 할 거야."

"알면서 뭘 물어."

"그것도 모르고 혜서한테 다른 남자를 소개해 주려고 했으니 내가 엄마로 보이지도 않았겠다."

"그 일이야 내가 한심하지. 내가 주선한 셈이니. 당신이 걱정하는 일 없게 따로 불러서 얘기할게."

아내가 고개를 끄덕이며 대답했다.

"하긴. 그렇게 예쁜 애가 눈앞에 왔다 갔다 하는데 어떻게 안 좋아해. 시간 내서 혜서 데리고 놀러 오라고 해요. 우리 집엔 한 번도 안 와 봤잖아."

"그래. 좀 누워 있어."

"여보, 세현이한테 그 말은 해야 해."

"무슨 말?"

"피임 꼭 하라고. 나 벌써 할머니 되기 싫어. 왜 웃어? 자긴 그 나이에 할아버지 되고 싶어?"

이럴 때 보면 철들다 만 소녀 같다. 경훈은 피곤한 안색의 아내를 향해 빙긋이 웃어 주었다. 모든 걱정을 등 뒤로 감춘 채.

13 내가 짐승을 키웠지!

9시가 되기 직전 '오후의 칼디'에 도착했다. 키가 작은 아르바이트생과 사장이라는 여자의 눈길이 신경 쓰였지만, 모른 척 구석 자리에 앉았다. 혜서가 그를 향해 생긋 웃어 보였다. 신규 교사 연수를 다녀온 터라 일주일 만에 보는 얼굴이다. 그런데 저 여자 바지가! 지난번에는 당근 껍질을 벗겨 만든 것 같은 바지를 입고 나오더니, 오늘은 시금치색을 입었다. 엉덩이가 유난히 도드라져 보이는 게 몹시 거슬린다. 찢어진 청바지도 모자라 한물간 소녀시대처럼 저게 뭐냐고. 옷장을 통째로 갖다 버리고 싶다. 시금치색 바지가 주문을 받으러 왔다.

"일주일 만에 보는데도 여전히 미남이시네요."

"내일 멀쩡한 바지 좀 사러 가자."

"내 바지가 이상해?"

아니. 바지가 무슨 잘못이 있겠어. 그걸 만든 디자이너가 이상한 거지. 그걸 눈에 띄게 걸어 놓고 파는 장사꾼이 이상한 거지. 그걸 좋다고 사 입는 사람이 제일 이상한 거지. 표정만으로 충분히 의사가 전달된 것 같아서 두말은 않기로 했다.

"손님, 오늘은 제가 쏠게요. 뭐 드실래요?"

메뉴판을 들여다보던 세현이 고개를 들어 진지하게 주문했다.

"정혜서로 정했어요."

또 시작이군. 혜서는 터지려는 웃음을 안으로 거두며 짐짓 담담하게 응수했다.

"그런 건 안 팔고요, 얼음냉수 한 사발 갖다 드릴게요."

"잠깐 앉았다 가면 안 돼?"

"여기가 시골 다방이야?"

"티켓은 안 파나? 우선 열 장 정도만 사고 싶은데."

"어디서 주워들은 건 많아 가지고. 자꾸 까불면 새우젓 배에 태워 보내는 수가 있어."

'난 당신 배가 더 좋은데.'

촉감, 질감, 온도 뭐 하나 빠질 것 없이 마음에 든다. 배는 타라고 있는 거지. 이 배나 저 배나 배는 올라타라고……

"진세현, 무슨 생각을 그렇게 해?"

"……조국의 미래."

"따윈 생각해 본 적도 없겠지. 너 엉뚱한 생각 했지?"

"어. 말해 줘?"

"아니, 하지 마. 당분이 좀 필요할 것 같네요. 케이크 갖다 줄까? 여기 케이크 맛있어."

"다음에 먹을게. 저녁 먹고 바로 왔거든. 대신 음료는 권하는 대로 마실게요."

"오늘은 레모네이드 말고 다른 거 마셔 봐. 카페모카 만들어 올게."

이미 한바탕 보린과 사장 언니에게 구박 아닌 구박을 받았던 혜서는 그의 등장으로 다시 한 번 나노 단위로 씹혔다. 두 여자 다 혜서가 임용고시에 합격한 것을 기뻐해 주었지만, 그만큼 아쉬워하기도 했다. 그새 정이 많이 들었다. 미령이 부드러운 목소리로 말했다.

"너 교사 됐다고 발길 딱 끊으면 안 된다?"

"오며 가며 들를게요. 혹시 나 선생 잘리면 다시 받아 주나?"

"힘들게 합격했는데 좋은 직장 그만두면 안 되지. 오면 아무 때나 받아 줄게."

"사장 언니, 혜서 언니 그만두면 바로 매출 떨어지는 거 아닐까요?"

미령이 미간에 주름을 잡으면서 쓰게 입을 열었다.

"확인 사살 하지 마. 가슴 아프니까."

"어떻게 난 매출에 전혀 도움을 안 주는 얼굴로 태어났을까. 우리 의느님의 힘을 빌려 다시 태어날까요?"

그새 미간이 펴진 미령이 목소리를 대폭 줄여 대답했다.

"나 한 차례 고친 얼굴이야. 눈하고 코. 몰랐니?"

"헐, 대박. 어쩜 그렇게 티가 안 나요?"

"욕하는 것 같다?"

"칭찬이에요, 칭찬!"

중용의 맛을 한껏 살렸다는 커피를 한 모금 마신 세현은 혜서가 선물한 책에 집중했다. 스페인의 천재 건축가 안토니오 가우디에 관한 이야기다. 학창 시절의 그는 최하위의 성적을 받고 간신히 건축사 자격을 딴다. 정형화돼 있지 않은 그의 설계안은 당시의 심사 위원들을 불쾌하게 만들곤 했다. 건물은 네모반듯해야 한다고 진리처럼 믿던 시대였다.

가난한 그의 실험적인 작품은 사업가인 구엘 백작을 만나면서부터 빛을 보게 된다. 어릴 적 대장장이 아버지로부터 물려받은 디자인 감각도, 지중해의 자연이 준 영감도 경제적인 후원이 없었다면 실현되지 못했을 터였다.

젊은 시절 인정받지 못한 예술가는 흔하다. 살아생전 인정받지 못한 천재 역시 적지 않다. 세현은 그가 가진 것이 얼마나 많은 사람인지 다시 한 번 절감했다. 얼마 전까지만 해도 물질에 큰 가치를 두지 않았다. 다 누리고 살면서도. 얼마나 오만한 생각이었나.

'예술은 아름다움이고 아름다움은 진실의 광채다. 진실이 없으면 예술은 있을 수 없다. 진실을 알기 위해서는 본질을 연구하지 않으면 안 된다.'라는 부분을 반복해서 읽고 있을 때 혜서가 나비처럼 날아와 의자에 사뿐히 내려앉았다. 확인해 보니 막 10시를 지난 시각. 늘 입던 매장용 앞치마를 벗어젖히고 하나로 묶었던 머리도 풀어 헤친 모습이다.

"이렇게 불성실하게 일해도 됩니까?"

"사장 언니가 오늘 한 시간 먼저 가도 된대. 언니 마음 바뀌기 전에 얼른 나가자."

고개를 들어 카운터 쪽을 보니 사장이란 여자가 이쪽을 바라보고 있었다. 세현은 고개를 살짝 숙여 감사를 표시한 후 잽싸게 책을 챙겨 넣었다. 30초도 안 돼서 커피숍을 벗어났다. 한 시간 더 볼 수 있다는 것만으로 부자가 된 기분이다. 혜서의 볼에 입술부터 댔다. 그새 얼굴이 차가워져 있다. 세현은 그녀의 어깨를 가두듯 끌어안았다.

"보고 싶어 죽는 줄 알았네. 나만 그랬겠지 뭐."

이젠 불쌍한 척도 할 줄 알고. 제법 남자 친구답다. 마주 잡은 두 손이 남자의 코트 주머니 속으로 쏙 들어갔다.

"솔직히 불어. 연수 가서 몇 명이나 꼬시고 왔어?"

"눈에 차는 남자가 하나도 없더라. 눈만 높아져서 큰일이야. 나 매일 밤 니 생각하면서 잤다?"

"어디까지 상상했는데?"

"어머, 뭘 상상해야 하는 거야? 그런 거야?"

"진짜 진지하게 묻는 건데, 다른 남자들 앞에서도 이래?"

"아니."

"그럼 됐어. 뭐 먹고 들어갈까?"

"참을래. 2킬로쯤 찐 거 같아. 연수 가서 너무 잘 먹었나 봐."

"난 통통해도 좋은데. 억지로 빼지 마."

"니가 말하는 '통통'이 혹시 특정 부위만을 가리키는 건 아니지?"

미처 몰랐는데 여성의 인체엔 그런 곳이 골고루 분포되어 있었다. 거기, 거기, 거기. 아, 거기도.

"경고하는데 뱃살은 절대 빼지 마."

마냥 기쁘지만은 않은 졸업식. 4년을 다녔던 학교를 떠나려니 기분이 영 이상했다. 대학원엔 갈 일이 없을 테니 이젠 영영 학생 신분으로 돌아가지 못하는 건가.

졸업식엔 세현의 할아버지, 할머니까지 오셨다. 출장 때문에 못 온 오빠와 돌아가신 아빠의 빈자리를 조금이라도 채워 주고 싶어 한 세현의 마음 씀씀이이리라. 그녀는 남자 친구의 졸업식엔 가지 않았다. 미안했지만 불필요한 소문을 자발적으로 만들 이유가 없었다. 정신없는 졸업식을 마치고 예약해 둔 식당으로 가기 위해 다시 차에 몸을 실었다. 학교는 시야에서 금방 사라졌다.

혜서는 옆자리에 앉은 엄마의 손을 끌어와 가만히 들여다보았다. 세월의 더께가 쌓인 손에서 엄마의 지난 시간을 유추해 본다. 기억 속에선 늘 예쁜 손인데. 억지로 시간을 내 새벽같이 올라왔을 엄마가 유난히 피곤해 보였다.

"엄마, 잠깐이라도 자."

"그래, 동생. 차도 막히니 눈 좀 붙여 둬."

연희는 세현 할머니를 언니라고 부른다. 같은 '희' 자 돌림인데다 얼굴까지 닮아서 그렇게 부르는 게 당연해 보일 정도다. 터울 많은 큰언니라고 하기에도 나이 차가 났으나 인희가 먼저 그렇게 불러 달라고 했다. 그게 편하다며.

"언니, 괜찮아요. 뭐라고 감사의 말씀을 드려야 할지. 어린애 졸업식에 세현이 할아버지까지 와 주시고."

말없이 운전하던 용민이 기분 좋게 웃으며 대답했다.

"혜서는 손녀딸 같기만 한데 당연히 와야지요."

"그럼, 그렇고말고. 혜서하고 같이 사니 우리 내외가 심심하지도 않고 얼마나 사는 것 같은지 몰라."

연희는 빙그레 웃으며 조수석에 앉은 세현의 뒤태를 바라보았다. 언제 저렇게 듬직하게 자랐을까. 처음 마주쳤을 때는 누군지 몰라 존대부터 했었다. '아줌마, 저 세현이예요. 진세현.' 그 말을 듣고서도 실감이 나지 않았다. 혜서에게 그렇게 여러 번 들었는데도. 어려선 귀엽고 예쁘장하게 생긴 아이였다. '아줌마, 아줌마.' 하며 주는 대로 잘 먹고, 아들처럼 잘 따랐던 앞집 꼬마가 이렇게 변했을 줄이야. 오늘도 일찍 도착해서 내내 따라다니며 사진도 찍어 주고 혜서를 얼마나 챙기는지, 친동생도 그렇게는 못 할 거라는 생각이 들 정도다. 딸이 안고 있는 꽃다발을 바라보며 슬쩍 물었다.

"어디서 이렇게 예쁜 꽃다발을 샀어? 암만 둘러봐도 세현이가 준비한 꽃이 제일 예쁘더라."

"그냥 가까운 데서 샀어요."

"말도 마. 그 꽃 산다고 새벽에 고속터미널 지하상가까지 다녀왔다니까. 내 생일에도 그렇게는 안 하지, 아마."

차 안에 자잘한 웃음이 번졌다. 민망해진 세현은 대답 없이 창밖을 응시했다. 곧 봄이다. 입학을 하고 출근을 하고 어쨌든 시간은 흐를 것이다. 시간이 5배속으로 흘렀으면 좋겠다. 예약해 둔 식당에 도착했다. 졸업식 날은 짜장면을 먹어야 한다는 게 할아버지 의견이었다. 풀코스로 나오는 중국요리를 차례차례 맛보며 묵은 대화를 나눴다.

"동생, 그 노인네는 요새 좀 어때?"

"오래 못 가실 것 같아요. 좀 좋아지나 싶었는데 다시 안 좋아지셨어요."

"이제 여든 좀 넘은 사람이 왜 그리 골골댈꼬. 돈도 많다면서 건강 좀 미리미리 챙기지."

"젊어서부터 마음고생을 많이 하셨나 봐요. 먼저 가신 남편 분이 몇 번이나 첩살림을 했대요. 자식들도 배가 다 다르더라고요."

"어이구, 배다른 자식까지 뒀어? 하여간 그딴 식으로 바람피우는 것들은 한데 깡그리 모아 놓고 불을 질……"

"아이고, 이 사람 또 살벌하게 나오네. 좋은 자리에서."

아차 싶었다. 세현이 외할아버지를 생각하면 그렇게까지 대놓고 말해선 안 되는 거였다. 그나마 그 양반은 배다른 자식까지는 안 두었으니 고맙다고 해야 할까.

"그러게 말이에요. 내 입이 촉새네. 다들 어서 먹어. 여기 음식 잘 나오는구먼."

연희는 보기 드물게 훤히 자란 세현이 볼수록 신기했다. 어려선 할머니의 손을 잡고 장 보러 나갔다가 돌아올 때면 그녀의 등에 업혀 오곤 했던 아이다. 잠결에도 떨어질세라 그녀의 목을 꼭 끌어안던 꼬마의 온기.

"세현인 어쩜 이렇게 의젓하니? 누가 널 막 고등학교 졸업한 애로 보겠어?"

"그렇지, 동생? 우리 세현이가 오늘 대학교 졸업했대도 믿겠지?"

"하하, 그러게 말이에요. 보기만 해도 든든하네."

"진세현, 노안!"

혜서의 장난에 세현이 피식 웃는다. 연희가 나란히 앉은 두 아이를 바라보며 입을 열었다.

"너희 둘 같이 다니면 혜서가 동생인 줄 알지?"

"어? 우리 그 말 몇 번이나 들었는데."

"그래도 젊어서 나이 들어 보이는 얼굴이 나중엔 잘 안 늙는다? 세현인 나이 들면 오히려 젊어 보이는 얼굴이 될걸."

엄마 말에 혜서는 가슴이 철렁했다. 어떡해! 나만 늙고 세현인 쭉 이 얼굴 그대로면? 내가 세 살이나 더 많은데.

"엄마, 동안은?"

"너는 아빠처럼 계속 어려 보이는 얼굴일 거야."

나이 차이가 꽤 났던 아빠와 엄마는 또래처럼 보였다. 그럼 그냥 동안 해야겠다. 기분이 풀어지면서 다시 입맛이 돌았다.

세상엔 맛있는 음식이 너무 많다.

"혜서가 엄마 옆에 있으니 막내티가 나네."

"천방지축을 데리고 계시느라 고생이 많으세요."

"무슨 소리. 하는 짓마다 얼마나 예쁜지 몰라. 동생만 괜찮으면 우리야 오래오래 같이 살고 싶지."

세현은 식사 내내 종알대는 혜서가 귀엽기만 했다. 식탁에 메인 요리로 올라왔대도 한입에 꿀꺽 삼킬 수 있을 것 같다. 왜 상식을 가진 인간은 조리된 음식만 먹어야 하는가.

"난 깐풍기가 제일 맛있더라. 이거 닭 튀긴 다음에 양념 어떻게 하면 돼? 엄마도 이거 할 줄 알지?"

딸뿐 아니라 남편 역시 좋아해서 종종 만들던 중국요리다. 연희는 딸 쪽으로 깐풍기 접시를 슬쩍 밀어 주는 세현을 보며 고개를 끄덕였다.

"서울 올라오면 많이 해 줄게."

식사를 마치고 다 같이 집으로 왔다. 혜서는 엄마와 또 헤어지는 게 싫었다. 그렇다고 그 할머니가 얼른 돌아가시라고 빌 수도 없었다. 몇 번 뵈었던 그 할머닌 혜서가 졸업한다는 말에 옷이라도 사 입히라며 용돈까지 챙겨 보내셨다. 돈과 자식은 많으나 외로운 할머니였다.

"엄마, 30분 있으면 일어나야겠네? 같이 나가요."

"제가 모셔다드릴게요."

연희는 두 아이에게 손사래를 치며 푸근하게 웃었다.

"날도 추운데 뭘 줄줄이 나와. 코앞인걸. 혼자 가도 돼."

"혜서 엄마도 어서 올라왔으면 좋겠네. 같은 서울 하늘 아래 살게."

"아무래도 올여름까진 못 버티실 것 같아요. 본인도 이젠 힘들어하셔서."

세현은 혜서의 어머니가 떠나기 전에 어떻게든 그 말을 꺼내야겠다고 마음먹었다. 지금이 그때인 것 같다.

"아줌마, 드릴 말씀 있어요."

"나한테?"

엄마 옆에 앉아 있던 혜서가 고갯짓, 눈짓을 하며 그를 말렸지만 소용없었다.

"저 혜서 누나 좋아해요. 저희 정식으로 사귀는 거 허락해 주세요."

"……응? 혜서야, 세현이 말이 무슨 소리야?"

"누나한테 뭐라 하지 마세요. 제가 안 된다는 걸 계속 따라다녔어요."

용민은 손자 녀석의 용기에 감탄하면서도 그 자릴 벗어날 궁리를 했다. 아내가 어서 이 불편한 공기를 싹 정리해 주길 바랐다. 얼굴이 빨갛게 달아오른 혜서는 입을 꾹 다물고 있다. 인희는 속으로 한숨을 내쉬며 얼떨떨해하는 연희를 바라보았다. 딸을 도둑놈 소굴에 들여보냈다고 생각하겠구먼. 아유, 내 새끼의 새끼니 내가 처리해야지 어떡해.

"동생, 세현이가 어려서부터 혜서를 그렇게 따르고 좋아했잖아. 혜서 아니었으면 맘 잡고 대학 공부도 안 했을 거야. 내 손자라서 하는 말이 아니라 세현이가 몇 살 어리긴 해도 나이보다 철도 들었고 생각도 깊어. 요새 세상에 세 살 차이야 무슨 문제가 되나. 나하고 우리 영감도 두 살 차이 나지만 아무 탈 없이 잘살았어. 내가 세현이 마음은 진즉 알았는데, 고등학교도 졸업 안 한 애 얘길 꺼내자니 차마 입이 안 떨어지더라고. 둘이 있는 거 보면 뭘 해도 얼마나 잘 어울리는지 몰라. 만나게 허락해 주면 안 되겠나?"

"미리 언질 좀 주시지. 갑자기 들으니 좀 놀라서요. 세현아, 아줌마가 무슨 말인지 알아들었어."

"그럼 허락해 주시는 거예요?"

"현서 형도 알아야 할 것 같고, 생각 좀 해 볼게. 우리 혜서가 막내로 자라서 나이만 들었지 아직 철이 없어. 모르긴 몰라도 네 속 좀 썩일 거다."

아들 현서의 말로는 혜서가 남자 친구를 그렇게 자주 바꾼다고 했다. 한 철 이상 만나는 남자가 없다고. 아예 모르는 사이도 아니고, 예전처럼 그러다 말면 다신 얼굴 보기도 껄끄러워질까 봐 걱정이 앞섰다. 게다가 이젠 형편이 너무 차이 났다. 아직 어리다고 생각한 딸이 갓 스물 된 아이를 좋아한다니 흔쾌히 허락할 수도 없었다. 딸이 아무 말 없는 걸 보니 이미 둘 사이는 떼어 놓기 힘들 것 같지만.

"철이 없긴. 얼마나 야무지고 엽렵한데. 우리 세현이만 잘하면 되지."

"언니, 내려가서 전화드릴게요. 이젠 정말 일어나야 할 것 같아요."

두 아이가 연희를 따라 나와 불러 놓은 택시에 올랐다. 세현은 조수석을 놔두고 굳이 뒷좌석에 자리를 잡았다. 연희는 확실한 대답을 못 듣고 안절부절못하는 세현이 막내아들처럼 귀엽기도 했다. 그 집에 두는 게 아니었어. 그렇게 자주 보니 정이 안 들 수가 있나.

"딸, 넌 왜 이렇게 조용해?"

"엄마, 우리 그냥 사귀면 안 돼? 나 세현이 진짜 좋은데."

얌전히 앉아 있던 딸이 드디어 제 얼굴을 보여 주나 싶어서 너털웃음이 나온다. 혜서의 말에 세현은 입이 찢어질 것 같아서 고개를 밖으로 돌렸다.

"둘 다 너무 어려서, 너희들 사귀다 헤어질까 봐 그러지. 세현아, 혜서 생긴 것만 보고 착하다고 여기면 안 돼. 큰코다친다."

'알죠. 이미 대충 알고 있어요. 그렇지만 그건 제 복이니까 제가 알아서 할게요.' 할 수는 없었다.

"안 헤어져요. 누나하고 결혼까지 할 생각이에요."

'진세현! 차라리 나를 차에서 밀어내.'

"결혼?"

"네. 결혼을 전제로 사귀고 싶어요."

"아유, 하하하. 그런 건 드라마에나 나오는 대사 아니냐? 결혼? 아이고, 혜서 너 세현이한테 도대체 무슨 짓을 한 거야?"

'엄마, 무슨 짓은 내가 하는 게 아니고 애가 한다고요. 애가

날 그냥 안 놔둔다고요.'

"억울해."

택시에서 내린 연희는 고속버스를 기다리며 나란히 앉은 두 아이를 바라보았다. 혼자 있을 땐 날씬하니 보기 좋게 큰 딸이 세현 옆에선 소녀처럼 앙증맞아 보였다. 저렇게 잘난 사내를 뭇 여자들이 구경만 할까? 저 아이가 평생 내 딸만 사랑해 줄 수 있을까? 젊어서 한 사랑의 서약을 지키는 남자는 많지 않다. 흔치 않은 남자의 사랑을 받고 살았으나, 남편 역시 그녀 옆을 끝까지 지켜 주지 못했다.

"세현아, 아줌만 솔직히 우리 혜서 결혼 안 하길 바랐어. 저 하고 싶은 거 하면서 편히 살았으면 해. 한다 해도 아직은 너무 일러."

"갑작스럽게 말씀드려서 죄송해요. 빠른 것도 알아요. 그래 도 전 군대 다녀와서 바로 결혼하고 싶어요."

젊어선 모른다. 겁이 없을 때니까. 살아 보니 인생이란 게 100미터 달리기처럼 단순한 게 아니었다. 출발선부터 결승점 까지 한눈에 보이는 인생은 없다. 굳이 마라톤에 비유하지 않 더라도 한마디로 정의 내릴 수 없는 긴 코스가 인생 아니던가. 처음부터 서두르다간 지레 지치고 페이스를 잃을 수도 있다. 사랑도 마찬가지.

"너무 앞서 가서 더 걱정이네."

"엄마, 결혼은 세현이 혼자 생각이고, 당분간 그냥 사귀어 볼게."

"그냥은 또 뭐야? 연애가 장난이야? 어르신들 걱정 안 하게 둘 다 행동 조심해. 세현아, 아줌마가 너 믿는다."

"네."

엄마가 탄 버스가 출발한 걸 확인하자마자 혜서는 그의 등을 소리 나도록 세게 때렸다.

"내가 너 때문에 미쳐! 사귄다는 말도 민망해 죽겠는데 거기서 결혼 애긴 왜 꺼내?"

"결혼할 거니까. 그래야 맘 편히 같이 자지."

"엄마가 너 믿는다니까 알았다며?"

"그럼 거기서 '저 믿으시면 안 돼요.' 그래? 몰래 하는 연애 체질에 안 맞아."

"누군 체질에 맞아서 하니? 너하고 그런 다음 날 아침이면 얼마나 후회하는지 알아? 내가 짐승을 키웠지."

짐승이라니! 조금은 억울하지만 대부분 인정한다. 그 역시 더 참지 못한 걸 늘 후회하니까.

"그래도 속이는 거 싫어. 앞으론 자제할게. 조심할게. 근데 진짜 진짜 좋은데……."

여자는 요물이다. 특히나 정혜서는 특급 요물이다. 같이 엉겨 붙어 있다 보면 여자에 혹해 왕위를 반납하거나 나라를 팔아 치우는 파렴치한이 이해되는 순간도 있다.

"조만간 우리 오빠한테 전화 올 거야. 오늘 그 말 한 거 200프로 후회할 거다."

"왜?"

"받아 보면 알 거야."

그녀의 예전 남자 친구들은 늘 연애 초기 친오빠라는 사람에게 한 통의 전화를 받았다. 그들은 살 떨리게 살벌한 여자 친구 오빠의 발언을 일방적으로 경청해야 했다. 그리고 죽음을 각오하지 않고서는 그녀와 마음껏 스킨십을 누릴 수가 없었다. 세현은 분위기 파악이 덜 됐는지 해맑았다. 이렇게 말하는 걸 보니.

"나온 김에 데이트나 하고 들어갈까?"

현서 형이 전화를 걸어 온 건 도로 연수를 마치고 집에 들어갈 때였다. 이틀 전 혜서에게 들은 말이 생각나 긴장한 목소리로 인사를 건넸다.

— 엄마한테 얘기 들었어. 혜서 좋아한다고?

"네, 형."

— 저번에 나 만났을 땐 그 말 왜 안 했냐?

"누나가 대답을 안 해 줘서요."

— 혜서하고 진짜 결혼까지 할 마음 있어?

"네."

— 너 군대 갔을 때 혜서가 고무신 거꾸로 신으면 어떡할래?

와, 이 집 남매 진짜. 고무신만 있는 게 아니라 군화도 있다는 걸 아셔야죠.

"그럼 그 전에 결혼하고 갈게요."

— 허허. 내 참. 형 스물아홉인데 아직 장가 못 갔거든. 너

고작 스무 살이야.

"법적으론 허락 안 받아도 결혼할 수 있는 나이잖아요."

— 법 앞에 주먹이란 게 있지. 그리고 말이야, 니가 결혼하고 싶다면 우리 집에서 언제든 허락할 거라고 생각하는 거냐?

"그건 아니에요. 근데 전 혜서 누나하고 꼭 하고 싶어요. 결혼."

— 니가 눈에 뭐가 씌어서 아직 잘 모르나 본데, 걔 만만한 애 아니다. 혜서, 감당할 수 있겠어?

"해 볼게요, 형."

— 하긴 너도 만만치 않게 생겼지만. 세현이 너 딴짓 하다 들키면 죽는다. 괜히 하는 말 아니야.

"그럴 일 없을 거예요."

— 마지막. 긴말 안 할게. 너니까 이 정도로 순화해서 표현하는 건데, 결혼할 때까지 우리 혜서 건드리지 마라. 무슨 말인지…… 알아들었지?

"……."

— 왜 대답이 없어? 갑자기 혜서 만나기 싫어졌어?

"아니요. 그럴게요, 형."

통화를 마친 그는 하늘을 올려다보았다. 혹시 무너져 내렸는가 싶어서.

다시 이틀 뒤. 아버지에게서 호출이 왔다. 드문 일이다. 비보잉을 같이 하면서 알게 된 형들과 헤어진 세현은 집 근처 식당으로 발걸음을 옮겼다. 아버지가 먼저 와 계셨다. 무슨 말씀을 하시려는지 대충 짐작이 갔지만 기다렸다. 어차피 벌어진 일, 뭐든 확실히 짚고 넘어가는 게 좋다. 낙지연포탕을 주문하던 아버지가 그를 쳐다보았다.

"술 한잔할래? 너 아무거나 잘 마시지?"

"소주 마실게요."

"하하. 그러자."

연포탕이 끓기를 기다리는 동안 아버지께 소주를 따라 드렸다. 따라 주신 술도 한 잔 받았다.

"나한테는 왜 먼저 말 안 했냐? 서운하더라."

구체적으로 거론하진 않았으나 혜서와의 일임을 짐작했다.

"할머니가 알아서 얘기하실 텐데요 뭘. 아줌마한테 먼저 허락도 받아야 했고요."

"허락은 받았고?"

결혼할 때까지 혜서를 건드리지 말라는 걸 보면 허락받은 거겠지?

"그런 것 같아요."

"좋으냐?"

"좋아요."

"엄마가 걱정이 많으셔. 혜서 어머니나 할머니, 할아버지 다 마찬가지일 거야."

"어떤 점에서요?"

"네가 너무 진지하니까. 결혼까지 하고 싶다고 했다면서?"

"네."

"아버진 네가 좀 경솔했다고 본다. 언제부터 혜서를 좋아한 건지는 모르겠는데 결혼 얘긴 함부로 꺼내는 게 아니야. 더군다나 네 나이와 상황을 생각하면."

"제가 어려서요? 군대도 안 다녀온 데다 공부도 이제 시작이고 돈벌이도 못 해서요?"

"그것도 그렇고. 너 혜서 전에도 여자 친구 여럿 있었지? 제일 오래 만난 기간이 얼마나 돼?"

"이건 경우가 달라요."

"그래. 그전과 다른 건 아버지도 알아. 그래도 결혼이란 건 때가 있는 거야. 오늘 널 만나러 오는데, 아버지가 엄마를 네 나이에 만났다면 결혼까지 할 수 있었을까 하는 생각이 들더라. 만약 우리 집안이 먹고살 만한 집이 아니라 하루 벌어 하루 사는 집이라면 네 엄마를 잡을 수 있었을까 하는 생각도 들고."

그가 아는 아버지라면 엄마를 더 좋은 남자에게 가라고 했을지도 모르겠다. 나이도 어리고 가진 것도 없었다면. 하지만 그는 아버지가 아니다.

"너무 이른 결혼은 실패할 확률이 높다는 통계가 있어."

아들의 눈이 커진다. 들어선 안 되는 말을 들은 것처럼.

"왜요?"

"아무래도 준비 안 된 결혼이 많아서 그렇겠지. 경제적으로나 정신적으로나. 너는 네가 다 자랐다고 생각할지 모르지만 어른들이 보면 아직 애야. 너하고 혜서하고 20대 중반만 됐어도 이렇게 걱정스럽진 않을 것 같다."

"무슨 말인지 알아들었어요. 제가 잘할게요."

"그 마음 변치 않을 자신 있어? 5년, 10년이 지나도?"

"네."

"약속 지켜라. 늘 얘기하지만 책임질 수 있는 행동만 해."

"그럴게요."

"아버진 혜서 마음에 든다."

"저도 마음에 들어요."

"내 딸이었으면 좋겠다고 생각한 적도 있어."

"그건 곤란해요."

부자가 마주 보며 웃었다. 경훈은 아들을 보며 생각했다. 목소리하고 웃는 모습은 날 닮았어. 부자는 익힌 채소와 낙지를 건져 먹으며 소주 한 병을 천천히 비웠다. 세현은 한 병 더 하겠느냐고 묻는 아버지 말씀에 고개를 저었다. 술 냄새 풍기며 혜서를 만나고 싶진 않았다.

"혜서의 어떤 점이 그렇게 좋으냐?"

"전부 다 좋아요. 은근 고집 센 것까지 좋아요."

경훈은 만만치 않게 고집이 센 아내를 떠올렸다. 너도 날 닮아 가는 게냐? 속 좀 썩을 텐데. 그것도 네 복이지만 말이다.

"혜서는 세상을 보는 눈이 답답하지 않아서 좋더라. 주관도 확실하고."

"배울 점이 많아요. 아는 것도 많고."

"너도 너 좋아하는 것만 하지 말고 두루 공부해. 건축은 종합

96

예술이란 말도 있잖아. 말 안 통하는 사람끼리는 오래 못 만나."

"네. 그러려고요."

호출 버튼을 눌러 산낙지 한 접시와 밥을 볶아 달라고 부탁한 경훈은 아들의 잘생긴 얼굴을 흐뭇하게 바라보았다. 식당에 들어오는 사람마다 세현의 얼굴을 몇 번씩 눈여겨 돌아본다. 아들은 익숙한 일처럼 신경 쓰지 않았다. 혜서를 다시 만난 이후 한결 밝아진 모습이다. 안타깝지만 부모가 하지 못한 걸 그 아이는 했다는 걸 인정해야 했다.

종업원이 와서 김가루와 파, 다진 미나리까지 넣어 밥을 볶아 놓고 갔다. 아들이 앞접시에 밥을 담아 그에게 건넸다. 그는 아들 앞으로 백김치 접시를 밀어 주었다. 꿈틀거리며 접시를 벗어나려고 기를 쓰는 토막 난 낙지도 도착했다. 불쌍하다며 산낙지를 못 먹던 어린 아들에게 낙지에겐 통점이 없어 고통을 못 느낀다고 알려 주었던 것이 기억났다. 그래도 선뜻 못 먹던 아이다.

"이건 술 한 병 더 마시고 하려던 얘긴데 그만 마신다니까 지금 해야겠다."

세현은 물을 마시며 아버지의 얼굴을 바라보았다. 온화하고 중후하게 나이 드는 모습이 아버지의 인품을 그대로 드러내는 것 같다.

"여자는 남자하고 많이 달라. 아이를 품고 낳아야 하는 몸이니까. 언제 어디서든 귀하게 대해. 혜서가 원치 않는 일은 절대 하지 마. 아버진 네가 응당 그러리라 생각하지만."

하아, 우리 아버진 참 대단하셔. 방금까지 펄펄 살아 움직이던 낙지를 먹여 놓고 금욕하래. 차라리 고사리비빔밥에 율무차나 사 주시지. 그래도 온 가족이 한마음으로 이 연애를 반대하지 않는 게 어딘가. 반대한대도 뜻을 따를 생각은 전혀 없지만 정신적으로 피곤해질 게 뻔했다.

"네."

아들의 얼굴이 어두워진다. 같은 남자니 그게 얼마나 어려운 일인지 모르지 않았다. 더군다나 그렇게 예쁜 여자 친구가 있다면 말이다. 그래도 아는 집안의 귀한 딸을 상대로 본능에 충실하라고 조언할 수는 없는 법. 귀한 대접을 받고 싶으면 먼저 귀하게 대하라고 했다.

세현은 술 한 병 더 마셔야 할 수 있는 말을 어렵게 꺼냈다. 왠지 좀 억울했다.

"아버지도 결혼 전에 엄마하고 같이…… 잔 적 없어요?"

"없는데."

1초의 망설임도 없었다. 이런 걸로 거짓말할 분이 아니다. 오늘부터 더 존경해야겠다. 하지만 그는 존경받는 성인聖人보다는 본능에 적절히 충실한 범인凡人이 되고 싶었다.

"두 분이 만난 지 얼마 만에 결혼하셨어요?"

"음…… 8개월 정도?"

'그러니까 가능했겠네요. 우린 처음 만나고 16년 됐어요. 다시 만나서도 1년 다 돼 가고. 객관적인 비교 자체가 불가능하다고요.'

"이건 아버지 생각인데, 너 주말에 할머니 집에서 자고 오는 거, 혜서 거기에 살 때까진 그만하는 게 낫겠다. 아예 가지 말라는 게 아니라 가서 놀고 잠은 집에 와서 자. 혜서 어머니도 그게 신경 쓰이실 것 같은데."

무너지려는 하늘을 힘들게 받치고 버텼더니 땅이 먼저 꺼진 형세다. 대답하기 싫었다. 그래서 다 먹었으니 일어나자고 했다. 아버지가 계산을 끝내길 기다리다 식당 밖으로 나왔다.

"집에 같이 가자."

"혜서 만나러 가요."

아들의 말에 절로 미소가 지어졌다. 코앞에 있는 할머니 집까지 데려다주기 위해 30분 거리를 오가는 걸 보니 결혼 전 서연의 집을 제집처럼 다니던 것이 떠올랐다. 아들과 헤어지기 직전 경훈은 할까 말까 망설였던 그 말을 꺼냈다.

"흠흠! 혹시 몰라서 하는 말이야. 이건 엄마 부탁인데…… 정말 피치 못할 땐 피임 잘하란다. 너도 그 나이에 아빠 되긴 싫지?"

병 주고 약 주고, 채찍으로 때리다가 당근 다발 던져 주고. 이번엔 아예 대답하지 않았다. 딱히 할 말도 없는데다 말하는 아버지나 듣는 아들이나 쑥스럽긴 마찬가지였다.

"세현아, 우리 스킨십 누가 오래 참나 내기할래? 니 생일까지 뽀뽀도 하지 말자."

다들 왜 이러는 건데? 어디 할 짓이 없어서 그런 내기를 하느냐고.

"안 그래도 사방에서 압박인데 무슨 내기를 하자고? 내가 요 며칠 어떤 말을 들었는지 알아?"

"나야 모르지."

세현은 한숨을 효과음으로 깔면서 현서 형과 아버지께 들은 얘기를 요약해 들려주었다. 엄마가 했다는 말까지 전할 순 없었다. '피임'이란 단어는 아직 부담스럽다.

"세상 오빠들은 다 그런 거야?"

"내가 세상 모든 오빠를 겪어 본 게 아니라서. 오빠들은 대충 그렇지 않나?"

솔직한 마음은 죽을 때 죽더라도 끝까지 다 해 보고 싶었다. 설마 죽이기야 하겠느냐는 마음도 약간 있었다.

"현서 형 주먹 세?"

"너하고 비슷할걸. 울 오빠 팔뚝 봤지? 그거 폼 아니다. 만져 보면 진짜 딴딴해."

"팔뚝 굵다고 힘 좋은 거 아니거든. 싸움은 기술이야."

"아, 너 잘 싸우지. 참, 작년에 학교에서 왜 싸운 거야? 오명준인가 하는 그 남자애랑."

"알 거 없어. 그 개자식 아직도 살아 있나 몰라."

"하하. 세현아."

"그런 새끼한테는 욕도 사치야."

혜서는 세현이 욕하는 모습조차 싫지 않았다. 드디어 중증이 된 건가. 남자에게 이렇게 푹 빠져 본 건 태어나 처음이다.

어린 게 왜 이리 매력적이야? 감당 안 되게.

"울 오빠도 참. 자기 연애나 신경 쓰지. 그래서 알겠다고 했어?"

"아예 사귀지 말라고 할까 봐 알아들었다고 했지. 누나 건드리면 그냥 안 둔다잖아."

"치. 자기는 연지 언니랑 손만 잡나."

언젠가부터 오빠와 연지 언니 사이가 특별해졌다는 걸 느꼈다. 눈빛이 달라지고 몸짓이 달라졌다. 붙어 있는 자세와 간격이 더 좁아진 건 물론이다. '말하지 않아도 알아요.' 딱 그 CF 내레이션이 떠오를 정도였다.

지난해 초, 친구를 만나러 나갔다가 몸이 아파 일찍 돌아온 적이 있었다. 현관 번호키 비밀번호를 두 번이나 잘못 눌러 세 번째 누르고서야 겨우 안으로 들어갔을 때였다. 둘이 뭘 했는지 몰라도 얼굴이 벌게져서 뚝 떨어져 앉아 있는 게 아닌가. 그때 아파서 잔다고 하고 방으로 바로 들어왔지만, 지금 생각해 보니 뭔가 있었던 게 틀림없다. 분명 심상치 않았어. 내 이분들을 당장! 증거가 인멸됐으니 추궁할 방법이 없네.

"너 이제 나하고 못 자겠네. 니가 재워 주는 게 좋긴 한데."

여자 친구의 정수리에 연달아 입을 맞춘 세현이 느긋이 입을 열었다.

"잊은 거 같은데, 나 그렇게 말 잘 듣는 애 아니야. 시야를 넓혀. 세상에 방이 거기밖에 없을 거라고 생각하지 마."

그렇지. 세상은 넓고 침대는 많지.

"나 모텔, 호텔 그런 숙박업소 진짜 싫어한다니까."

"모텔에 무슨 안 좋은 기억 있어?"

망설이던 혜서는 미팅에서 만난 남자와 레몬소주를 마시다 취한 채 업혀 모텔에 끌려갈 뻔했다는 얘기를 짧게 들려주었다. 그의 이맛살에 점점 힘이 들어간다. 얼마나 찌푸렸는지 이마가 쩍 갈라질 것 같다.

"그 새끼 전화번호 알아?"

"몰라. 그 남자 학교에 소문 쫙 퍼져서 휴학까지 했어. 난 덕분에 학교에서 대시하는 남자가 팍 끊겼고. 6개월이나. 암흑의 시절이었지."

이걸 좋아해야 해, 말아야 해? 한숨이 나온다.

"그거 봐. 아무 남자랑 술 마시고 그럼 안 된다니까. 처음 만난 남자하고 왜 소주를 마셔? 제정신이야?"

"선배가 소개해 준 남자니까 걱정 안 했지. 레몬소주가 그렇게 쉽게 취하는 건지 몰랐어. 달착지근해서 쓴 줄도 몰랐고."

"불안해 죽겠네. 요새 세상이 어떤 세상인데. 다 나 같은 줄 알아?"

"진세현, 그런 말 안 찔려?"

"전혀."

세현은 가던 길을 멈추고 여자의 허리를 낚아채 차가워진 입술을 삼켰다. 달아오르는 건 순식간이었다. 여자의 달콤한 혀가 조심스럽게 감겨 왔다. 남자의 혀는 망설임이 없었다. 고층 아파트의 키 큰 어둠은 두 연인의 깊은 입맞춤을 적절하게 가려

주었다. 혜서가 숨을 몰아쉬며 떨어지지 않으려는 그의 몸을 밀어냈다. 아랫배가 단단히 뭉쳐지면서 그 아래가 촉촉이 젖어 든다. 뇌로 가는 산소를 입술에 뺏긴 것처럼 머릿속이 멍해졌다. 남자의 가라앉은 목소리가 둔해진 뇌를 살짝 건드렸다.

"이러면서 내기를 하재. 우린 그런 내기 못 해."

"너도 몸이 바로바로 이상해져? 키스만으로도?"

"아니. 생각만 해도 그래. 확인해 볼래? 얼마나 이상해졌는지?"

"아니! 가자."

혜서가 먼저 뚜벅뚜벅 걸어갔다. 가기 싫지만 가야 했다. 세현이 잽싸게 걸어와 그녀의 손을 잡았다. 그새 속옷이 차가워져 찝찝해졌다. 속옷부터 갈아입어야지. 아니, 씻는 게 먼저인가? 그 전에 대화 소재를 바꿔야겠다. 건전하고 무난한 것으로. 가우디 얘기나 더 할까? 세계적으로 유명한 건축가가 누가 또 있더라. 우리나라의 건축가는 또 누구…… 아, 건축을 예술로 승화시켰다는 김수근. 얼마나 유명한지 타임지에까지 실렸다지. 도무지 진정이 안 된다. 이 정도로 자주 했으면 적응이 돼야 이치에 맞는 거 아닌가. 세현이 불 켜진 아파트를 가리켰다.

"저기가 우리 둘이 사는 집이면 좋겠다."

"이젠 진짜 같이 자면 안 되겠어."

진짜 사고 칠 것 같다고. 니가 날 상대로 무슨 짓을 해도 기꺼이 허락할 것 같다고.

"싫은데."

혜서는 엘리베이터에 같이 타려는 세현을 또 밀어냈다.

"여기서 그냥 돌아가."

"여기 우리 할머니 집이야."

"할머니 주무실 거야."

"깨워서라도 뵙고 가야지. 여기까지 왔는데."

세현은 CCTV의 사각지대를 이용해 혜서의 코트 안으로 손을 집어넣었다. 빨아 먹고 싶은 내 츄파춥스가 이 안에 들어 있는데. 그는 가야 할 층의 버튼을 지우고 꼭대기 층을 다시 눌렀다. 꼭대기까지 올라갔던 엘리베이터가 다시 아래로 내려간다. 남자의 손아귀에 점점 힘이 들어갔다. 혜서는 감시 카메라를 의식해 표정 관리를 하느라 엉덩이로 그의 바지 앞섶을 자꾸 자극한다는 걸 미처 몰랐다. 19층 도착.

조용히 현관문을 열고 들어갔을 때 웬일인지 할머니가 깨어 계셨다. 할머니껜 죄송하지만 세현은 적잖이 실망했다. 주무실 때가 벌써 지났는데. 얼굴이 빨개진 혜서는 인사를 드리자마자 방으로 쏙 들어갔다.

"둘이 같이 왔네? 오늘은 왜 이렇게 일찍 왔어? 11시도 안 됐는데."

"일이 좀 일찍 끝났어요."

소파에 털썩 주저앉는 손자가 어딘지 모르게 불편해 보였다. 열이 있나? 표정도 영 안 좋은 것이.

"어디 아프냐? 교제 허락도 받았는데 왜 이리 기운이 없어?"

"아니에요."

"할머니가 혜서 엄마 설득하느라 얼마나 애썼는지 알아?"

"아줌마가 저 별로래요?"

"혜서 엄마가 그런 말 할 사람이야? 둘 다 나이가 어리니까 걱정하는 거지. 원래 아는 집끼리는 더 어려운 거란다. 딸 가진 엄마 마음이야 오죽하겠어. 더군다나 아빠 없이 혼자 키운 딸인데. 그거 아무나 하는 거 아니다."

"알아요. 제가 잘할게요."

"그래야지. 그럼."

"할머니, 저 이젠 여기서 못 자요."

"왜?"

"아버지가 누나랑 교제하는 거 알고 여기서 자면 안 된대요."

"그랬으면 할 수 없지."

믿었던 할머니마저! 브루투스에게 배신당한 카이사르의 심정을 드디어 실감했다.

"아버지한테 얘기 좀 해 주세요. 도대체 사람을 어떻게 보고 (이 말 하면서 찔리기는 했다.) 여기서 잠도 못 자게 하고. 이게 말이 돼요?"

"말이 왜 안 돼? 엄마, 아빠 말 들어. 놀다가 밤에 가면 되지. 근데 집에 안 가냐?"

"갈 거예요. 한 시간만 놀다가."

"거실에서 놀아. 혜서 방에 들어갈 생각 말고. 할머닌 먼저 잔다."

일이 이렇게 돌아갈 줄 알았다면 연애한다는 걸 아예 속일

걸 그랬다. 소파에 널브러져 눈을 감았다. 왜? 아예 손도 잡지 말라고 하지? 얼굴도 보지 말라고 하지? 결혼 첫날밤에서야 마주치게 하지? 누워 있다 보니 코끝에 향긋한 향기가 감돌았다. 연애는 하되 건드려서도 안 되고, 사랑은 하되 방에 들어가서도 안 되는 여자가 왔군.

"자?"

"안 자."

"피곤하면 집에 가."

"가라는 소리 좀 그만해. 가지 말래도 때 되면 갈 거니까."

혜서는 이맛살을 찌푸린 채 눈을 감고 있는 세현이 귀여웠다. 그래도 잘 참아 주고 있다. 비타민을 한 알 줘야 할 것 같아서 볼에 입을 맞췄다. 너무 약한가? 꿈쩍도 안 한다. 이번엔 불만 가득한 그의 입술을 슬쩍 핥았다. 이 정도 해 줬으면 눈이라도 떠야 하는 거 아니야? 빈정 상하려고 한 순간 세현이 그녀를 낚아채 소파에 눕혔다. 남자의 단단한 다리가 그녀의 몸을 꼼짝 못하게 옭아맸다.

"야, 할머니."

"안 나오셔. 누나 방에도 들어가지 말래, 이젠."

"그래서 화난 거야?"

"그럼 내가 춤추게 생겼어? 근데 이건 무슨 향이야? 되게 좋다. 복숭아? 살구?"

친구 영진이 짓궂은 미소를 띠며 건네준 작은 향수를 처음 발라 봤다. 그렇게 잘난 애는 한시도 딴생각할 수 없게 훈육해야 한다는 게 친구의 논지였다. 향수로 훈육이 되느냐는 혜서의 물음에 영진은 단정 짓듯 말했다. 그럼. 남자는 시각과 촉각, 후각에 약하거든. 시각과 촉각은 니가 전적으로 책임지고 후각은 얘한테 맡겨. 보기보다 상당히 비싼 애야. 그렇게.

"복숭아. 같은 과 친구가 준 향수인데 처음 발라 봤어. 마음에 들어?"

뭔들. 세현은 혜서의 허리를 끌어안고 목덜미에 코를 박았다. '사실은 살 냄새가 더 좋지만 이것도 나쁘지 않네.' 생각하며.

졸업에 출근 준비, 거기에 아르바이트까지 병행하느라 2월의 마지막 주를 정신없이 보낸 그녀는 자고만 싶었다. 문제는 진세현은 잠이 없다는 거다.

"목에 자국 만들지 마. 저번에도 며칠을 목폴라만 입고 다녔다고."

"또 뭐 하지 말까? 숨도 쉬지 마?"

혜서가 몸을 돌려 그의 얼굴을 구석구석 어루만졌다. 여자의 부드러운 손길에 스르르 눈이 감겼다.

"눈은 왜 감아? 뽀뽀해 달라고?"

"하고 싶음 해. 대신 대충 하기 없기."

"속눈썹 진짜 길다. 부러워."

"뽑아 가."

"코도 니가 더 높아."

"베어 가."

"귀는…… 밝히게 생겼어."

"그만해."

"입술은 가만있을 땐 차가워 보여. 알고 보면 되게……."

세현이 장난스럽게 한마디 하려는 순간, 혜서의 입술이 그의 눈꺼풀에 내려앉았다. 콧등과 인중을 거쳐 내려온 입술이 그의 입술을 슬쩍 피해 턱에 안착했다. 그 턱을 깨무는 순간, 돌아 버릴 게 뻔했다.

"방으로 들어가서 조금만 더 할래?"

"오늘은 여기서 끝낼래."

입술이 뚝 떨어진다. 그냥 입 다물고 있을걸. 늦은 후회를 해 보지만 알아줄 여자가 아니다. 세현은 혜서의 몸을 꼭 끌어안고 속내를 털어놓았다. 한 치의 장난기 없이 진지했다.

"정혜서, 약속은 지키라고 있는 거지만 안 지키는 사람이 많으니까 지켜야 한다고 더 강조하는 거겠지?"

"하고 싶은 말이 뭐야?"

"다들 나한테는 그러면 안 된다니까. 여자가 원치 않는 건 하면 안 된다니까…… 나 좀, 덮쳐 줄래?"

14 이리 와, 내 새우깡

텔레비전 화면에 푹 빠져 있는 용민을 바라보며 인희는 속으로 혀를 찼다. 한때는 그 어느 사내보다 남자답던 양반이었다. 좋아하는 드라마를 시간 체크까지 해 가면서 챙겨 보는 남편을 보노라면 50여 년 전 그녀를 설레게 했던 모습은 찾기 어렵다. 세월을 거스를 수 있는 이는 아무도 없나 보오.

드라마가 끝나고 광고가 나올 때에서야 남편에게 마음 편히 말을 걸 수 있었다. 집에 들어오자마자 옷도 안 갈아입고 누구도 방해하지 말라는 자세로 화면에 집중했던 탓이다.

"그렇게 재미있어요?"

"드라마 쓰는 사람들은 손끝으로 사람을 죽였다 살렸다, 조마조마해 죽겠네. 맺어 주려면 어서 맺어 주든가. 오늘도 또 그냥 보냈구먼. 눈은 장식으로 달고 다니나. 코앞에 두고도 그게 안 보여? 바보 천치도 아니고 도대체 왜 저러는데?"

"그래야 다음 회를 또 보지. 이제 중반인데 알콩달콩 희희덕 대기만 하면 무슨 재미로 끝까지 봐요. 원래 남녀 사이는 맺어지기 직전이 제일 설레는 거 아니유?"

"난 이젠 기운 달려 그런 거 못 기다려. 삼시 세끼 밥 대신 꽈배기를 먹고 사나. 이리 꼬았다, 저리 꼬았다. 다치기도 잘 다치고 불치병도 잘 걸리고. 어떻게 사고만 나면 기억상실이야. 내 평생 그런 사람은 보질 못했구면."

"그래도 재미있다고 잘 보면서 뭘. 여보, 내가 드라마보다 더 재미있는 얘기 해 드릴까?"

용민의 서글서글한 눈이 궁금증으로 커졌다. 인희는 조금 더 애를 태우고 싶었다. 늙은 남편 애태우는 거야 밥 태우는 것보다 쉬운 일 아니던가.

"씻고 옷 갈아입고 와야 해 드릴 건데? 나이 들수록 자꾸 씻어야 해요. 안 그럼 냄새나. 젊은이들이 피해 다닌다고요."

공들여 씻은 뒤 꽃향기가 폴폴 나는 보디로션까지 바르고 파자마로 갈아입었다. 인희는 말끔해진 남편에게 홍삼 진액을 들이밀었다. 아내가 주는 거라면 양잿물도 마실 양반인지라 뭐냐고 물어보지도 않고 주는 대로 마신다. 궁금해 죽을 지경이었지만 사내 체면에 자꾸 보챌 수는 없었다. 인희는 짐짓 모르는 척 아침 국거리 준비를 마무리했다. 결국 못 참은 용민이 들으라는 듯 헛기침을 뱉어 냈다.

"나 졸려. 어서 말해."

"잠깐만 기다려요. 같이 누웁시다. 이부자리나 좀 펴 놓으시지."

돋보기를 쓰고 엎드려 책을 읽고 있노라니 얼굴에 물기를 묻힌 아내가 욕실에서 나왔다. 화장대 의자에 앉은 아내가 그게 그것 같은 화장품을 차례차례 바른다. 늙어도 여자는 여자네. 세상에 예쁜 여자야 많지만 아내만큼 귀한 여자는 없었다. 나이 들수록 더했다.

용민은 아내가 자기보다 먼저 세상을 등질까 봐 늘 노심초사였다. 1년에 한 번이면 충분한 건강검진을 봄가을로 끌고 다니며 받게 하는 것도 그였다. 아내 인희는 노인네가 너무 오래 사는 것도 흉이라 했지만, 그때마다 그를 두고 먼저 죽으면 안 된다는 다짐을 받아 냈다. 사람 목숨이란 게 다짐을 받는다고 해서 길어지는 건 아니나 그거라도 해야 안심이 됐다. 잠옷으로 갈아입은 아내가 이부자리로 쏙 들어왔다. 용민은 기다렸다는 듯 아내의 몰랑몰랑한 젖가슴을 찾아 옷자락을 파고들었다.

"아우, 귀찮아. 손 좀 빼요."

"아니, 내 거 만져 달라는 것도 아닌데 뭐가 귀찮아. 가만히 누워만 있으면 되는데. 어서 그 말이나 해 봐."

"지겹지도 않아요? 어째 평생 젖가슴을 받쳐."

"우리 어머니가 마흔 넘어 날 낳는 바람에 젖이 늘 모자랐다잖아. 아까 그 얘기나 해."

"왜 내 친구 양숙이 있잖아. 교장까지 하고 퇴직한 애. 걔가 사주를 잘 본다고 소문이 자자해."

"그런 걸 왜 믿어? 젊어서도 점집을 안 다니더니."

"굿하라고 부추기는 점쟁이들하곤 달라요. 양숙이가 우리 세현이 사주가 아주 좋다고 했댔잖아요. 저번 모임에서 내가 우리 손자가 만나는 여자가 있다니까 먼저 봐 주겠다고 하더라고. 믿는 사람이 이러면 안 되지 싶긴 한데, 어떡해. 계속 그 생각이 나는걸. 며칠 있다가 슬쩍 혜서 생년월일시를 가르쳐 줬지."

"궁합을 본 거야? 그래서?"

"궁합이라기보다는 이것저것 두루두루. 아들, 며느리 것도 안 봤는데 이상하게 계속 궁금한 거야. 우리 세현이 기가 보통 센 게 아니라잖아요. 웬만한 여자는 감당 못 한다고. 양숙이 첫 마디가 뭔 줄 알아요?"

"묻지 말고 그냥 쭉 말해."

"어디 공장에서 이런 앨 찍어서 만들어 왔느냐고 합디다. 여자도 기가 센데 둘이 엎치락뒤치락하면서도 잘 어울린다네. 어느 한쪽으로 기우는 것도 아니고, 서로 없으면 못 견딜 정도로 좋아한다는데?"

"자식은? 애도 많이 낳는데?"

"성격도 급하셔. 둘이 속궁합이 말도 못 하게 좋대요. 바싹 마른 장작에 불붙여 놓은 것 같을 거라고 하면서 막 웃습디다. 세현이가 혜서를 그렇게 좋아한대요. 밤낮으로 떨어지려고 하질 않는다네. 양숙이 하는 말이 '자식복이야 부부 사이가 좋으니 저절로 굴러 오겠지.' 하던데? 아무 걱정하지 말라면서. 그 게 문제가 아니라, 이런 인연 놓치면 세현인 평생 한 여자한테 정착 못 한대요. 그 말이 걸리더라고."

"그게 무슨 소리야? 다른 여자는 아예 안 만난다고?"

"거꾸로요. 이 여자 저 여자 수도 없이 갈아 치우다 혼자 늙 을 거래요. 딴 여자한텐 마음을 못 준대. 일찍 결혼 안 하면 팔 자에 아예 혼인수가 없다는데?"

인희는 약간의 과장을 섞어 친구의 말을 전했다. 어쨌거나 두 아이가 찰떡궁합인 것만은 분명했다.

"원 별소릴 다 듣겠네. 그 친구 돌팔이 아니야? 혜서는 어 떻대?"

"혜서는 다른 남자하고도 웬만큼 맞춰 산다고 하대요. 따르 는 남자도 많고. 두 아이 다 이성이 줄줄이 따르는 사주랍디다. 둘이 붙어 있어야 그게 잠잠해진대요."

"사고 치기 전에 얼른 결혼시켜야겠구먼. 이젠 좋아진대 도 걱정일세."

"그러게 말이에요. 세현이가 혜서랑 동갑만 돼도 그냥 결혼 시키는 건데 너무 어려서. 군대부터 어서 다녀오라고 할까? 그 나저나 내가 혜서가 선생이 됐다니까 양숙이가 이상하다네. 나 라 녹을 먹을 사주가 아니래요. 이름이 널리 알려질 팔자라는 데? 우리 세현이도 그렇고."

"그래? 둘이 뭐로 유명해지려나. 근데 그런 거 믿을 수 있는 거야?"

"뭐, 혜서하고만 맺어지면 별 문제 없이 잘산다니 그건 믿어야죠."

2월의 마지막 토요일이다. 느지막이 아침을 차려 먹은 혜서는 바로 화장을 시작했다. 오늘은 각자 볼일을 보기로 했다. 언제나처럼 커피숍으로 데리러 온다는 세현을 살살 달랬다. 혜서는 자신에게 점점 집착하는 세현이 조금은 부담스러웠다. 본인은 할 거 다 하고 만난다지만, 서로의 사적인 영역은 어느 정도 지켜 줄 필요가 있다. 자꾸 이러면 숨 막혀 못 살겠다는 게 솔직한 심정이었다.

어제 점심때쯤 '소울 티 컴퍼니'라고 저장해 둔 번호가 액정에 떴다. 뜻밖의 연락에 깜짝 놀란 혜서는 헛기침을 두어 번 하고 전화를 받았다. 극단의 장해인 대표였다. 가능한 한 빨리 찾아오라는 장 대표의 말에 혜서는 내일 오전에 찾아뵙겠다고 대답했다.

대표실 앞에서 혜서와 마주친 장 대표는 '얘를 어디서 봤더라?' 하며 고개를 갸웃했다. 인사를 건네는 목소리를 듣고서야 오늘 만나기로 했던 아이임을 깨달았다.

"너 왜 이렇게 예뻐졌니? 성형은…… 아닌 것 같고 다이어트 했어?"

"그때는 일부러 찌웠던 거예요. 성량 키운다고."

"그런 거야? 조승우, 김소현이 몸집이 커서 뮤지컬 스타냐. 실제로 봐라. 종아리가 내 팔뚝보다 가늘어."

봐서 안다. 그래서 더 좌절했었다. 그 작은 몸집으로도 그렇게 잘 부르는데 왜 난.

"대표님도 살 빠지신 것 같은데요? 예뻐지셨어요."

"난 단식했어. 건강이 안 좋아져서. 오늘도 바빠?"

"괜찮아요. 오후 시간 다 비워 두고 왔어요."

소파에 앉은 장 대표는 임용고시에 합격했느냐는 질문부터 했다. 혜서가 붙었다고 하자 조금은 황당한 대답이 돌아왔다.

"난 떨어지길 바랐는데."

"죄송해요. 붙어서."

장 대표의 호탕한 웃음소리가 좁은 사무실을 가득 채웠다.

"지난가을 공연 때도 그랬고, 이번 여름에 올릴 작품을 준비하면서도 이상하게 자꾸 네 생각이 나는 거야. 네가 하면 잘할 것 같은 배역이 몇 개 보였거든. 사실 성격상 한번 내친 애는 잘 안 불러들이는데, 그때 일부러 불성실하게 한 것도 아니니 기회를 주고 싶었어. 너도 알겠지만 스타가 되지 않은 다음에야 이 일 불안한 직업인 거 맞아. 고생한 만큼 대가가 주어지지 않으니까. 페이 받은 만큼만 일하면 되지 생각하는 사람도 꽤 있어. 근데 그런 마인드로 얼마나 가겠니. 주인 의식이 없는데. 공연이 꾸준히 잘되면 나도 다만 얼마라도 꼬박꼬박 월급을 주고 싶은데 아직은 뜻대로 안 되네. 난 널 제대로 가르치고 싶은데 교사가 됐다니 뭐라고 해야 좋을지 모르겠다. 잘사는 애 괜히 끌어들이는 것 같아서."

혜서는 있는 그대로의 속마음을 꺼냈다. 그럴 수밖에 없는 형편도 털어놓았다.

"기다려만 주신다면 생활을 좀 안정시켜 놓고 다시 하고 싶어요. 돈 안 받아도 좋으니까 주말이나 시간 날 때 아무거라도 시켜 주시면 안 돼요? 연습하는 거 구경이라도 하고 싶어요."

"끼가 넘치는 애들이 바글바글한 게 이 바닥이잖니. 요샌 집에서 뒷받침해 주는 애들도 꽤 많고. 어려서부터 레슨 받아 온 애들하고 경쟁하는 게 말처럼 쉬운 일은 아닐 거야. 알음알음 엮인 애들 사이에서 텃새도 있을 거고. 당장 보이는 것만 따지면 경쟁력이 떨어져. 근데 너한텐 사람을 끌어당기는 매력이 있다? 제대로 배우질 못해서 그렇지 트레이닝만 받으면 잘할 것 같아. 너만 노력하면 가능성 있는 도전이야. 이건 내 감을 믿어도 돼. 갚아야 할 대출이 많아?"

"학자금 대출은 많지 않은데 엄마 일 좀 쉽게 해 드리고 싶어서요. 혼자서 저희 남매 키우느라 고생을 많이 하셨거든요."

"그래. 무슨 말인지 알겠다. 이제 스물셋 됐지? 생일이 가을이니까 만 나이로 스물하나. 많이 늦진 않았는데 좀 아깝네. 정혜서, 나중에라도 진짜 뮤지컬 할 마음 있어?"

"대표님, 솔직히 말하면 전 교사 하기 싫어요. 오늘부터 여기서 살라고 하면 살 수도 있어요. 저 혼자만 생각하면."

"하하하. 너 피팅 모델 같은 거 할래? 큰돈은 안 돼도 생활비 정도는 벌 수 있을 거야. 다른 돈벌이 알아봐 줄 수도 있고. 아, 교사 그만둔다면 말이야. 난 네가 오디션 볼 때부터 마음에 들었어. 실수하고도 아무렇지도 않게 넘어가는 거 보니 웬만한 일로 기죽을 애가 아닌 것 같아서. 무대 체질인 것 같아서 더 좋았고. 레슨 시간표 줄 테니까 시간 날 때마다 와서 배워. 무조건 배우고 연습해. 방학 땐 여기서 살아. 노래방, 클럽 같은 데 그만 다니고. 아, 살은 더 빼지 마라. 화면발 걱정할 직업은 아니니까. 규칙적으로 운동도 해. 체력 달리면 이 일 하기 힘들어."

"네, 그럴게요. 고맙습니다. 대표님, 저 각서 같은 거 안 써도 돼요?"

"각서? 뭐라고 써 줄 건데?"

빙그레 웃던 장해인 대표가 이어 말했다.

"너 사람 속이고 그럴 애 아니잖아. 내가 보기엔 그런데?"

"잘 보셨어요."

오후 내내 단원들이 연습하는 걸 보고 돌아온 혜서는 남자친구에게 긴 하루를 보고했다.

"올해 들어 가장 기쁜 일이야. 나 은근 운 좋은 것 같아."

— 축하해. 나하고 사귄 건 몇 번째로 기쁜 일이야?

"어우, 그거야 두말할 것 없이 영순위지."

전화를 끊은 혜서는 자신의 순발력을 마구마구 칭찬했다.

일요일. 새벽같이 일어난 세현은 샤워만 하고 반포로 가는 지하철에 몸을 실었다. 7시 반밖에 안 됐는데 도착한 손자를 보며 용민은 며칠 전 아내가 한 말이 떠올라 허허 웃고 말았다. 오랜만에 함께하는 아침 식사다. 떨어져 살던 네 식구가 1년 만에 만난 것처럼 밥상이 화기애애했다.

아침상을 치우자마자 어르신들은 미사를 보러 가셨다. 집 안엔 둘뿐이다. 그 사실이 야릇한 긴장감을 조성한다. 애써 무시하고 혜서는 나갈 채비를 서둘렀다. 예쁘게 보이고 싶었다. 화장을 마쳐 갈 즈음 세현이 방문을 노크했다.

"들어가도 돼?"

"바빠. 거기서 말해."

"바쁘긴. 입을 옷 골라 줄게. 문 연다."

제 방처럼 유유히 들어온 세현이 한숨을 들이쉬고 내쉬며 옷장을 들여다봤다.

"진짜 이 정도일 줄은 몰랐다. 입을 게 하나도 없네."

"그 안에 걸린 건 다 뭔데?"

"천이지, 천."

이 특이한 안목은 누구에게 물려받은 걸까? 아줌마나 형도 점잖고 멀쩡한 옷만 입고 다니시던데. 맨 아래 서랍까지 뒤져서야 그나마 마음에 드는 옷을 찾을 수 있었다.

"너 말이야, 내 사생활에 터치가 너무 심하다는 생각 안 해?"

"전혀 안 하는데? 내가 골라 준 옷 입고 나간 날 반응이 더 좋지?"

"나도 돈만 많으면 더 예쁜 옷 살 수 있어."

"과연 그럴까 싶다. 욕구불만 있어? 옷들이 다 왜 이 모양이야? 여름옷들은 아주 가관이네. 짧고 얇고 뻥뻥 뚫리고."

"볼일 다 봤으면 나가 줄래?"

"아우, 피곤해. 너무 일찍 일어났나."

아예 침대로 기어 올라간 세현이 헤드에 기대앉아 그녀를 신기한 듯 바라보았다. 거울 안에서 눈이 마주쳤다.

"화장 안 해도 예쁜데."

그 눈길에 손가락이 배배 꼬일 것 같다. 혜서는 낯선 부끄러움에 얼굴이 달아올랐다.

"나가 있으면 안 돼?"

"없다고 생각해."

"넌 존재감이 너무 크다고."

씩 웃던 세현이 옆에 와서 앉으라며 매트리스를 툭툭 두드렸다. 혜서는 재빨리 고개를 저었다. 너를 믿느니 오늘 밤 태양이 뜬다는 말을 믿겠다.

"안 오면 내가 간다?"

"나, 이 화장 20분 동안 한 거야. 지워지면 안 돼."

일단은 알았다고 했다. 이단은 하느님도 모른다. 삼단은 신의 영역이다. 10분 후, 남자의 입술은 여자의 입술에서 20센티미터쯤 벗어난 위치에 있었다. 화장이 지워지면 안 되니까. 츄파춥스를 한 번도 못 먹어 본 아이는 안 먹어도 사는 데 지장 없다. 하지만 한 번이라도 맛본 아이는 그 맛을 잊기 어렵다. 츄파춥스가 눈앞에 있다면 더더욱.

지금 일어나지 않으면 무슨 일이 생길지 몰랐다. 혜서는 그이상을 원치 않았다.

"이제 나가."

"넌 날 굉장히 과대평가하는 경향이 있어."

"아니. 난 널 120퍼센트 믿어."

"그런 말 젤 싫어해."

그러면서도 세현은 밖에서 기다리겠다며 벌떡 일어났다. 잠시 널브러져 있던 혜서는 한 시간 전에 갈아입은 속옷을 새로 갈아입고 립스틱을 다시 발랐다. 발그레한 볼에 반짝이는 눈동자를 가진 여자가 그녀를 바라본다.

'정혜서, 행복해 보이네.'

아무래도 오늘 '특별한 남자가 있는 여자'라는 티가 팍팍 나는 반지가 손가락에 끼워질 것 같다. 미루고 미뤄 왔던 일이다. 며칠 전부터 링 안에 새길 문구를 생각해 오라는 주문을 받은 터다. 혜서는 그에게 마지막 조언을 하고 싶었다.

"세현아, 판단 잘해. 그거 나한테 끼워 주는 순간 진짜 코 꿰이는 거야."

"말을 해도 꼭. 알았어."

"그때부터 넌 나만 좋아하고, 나만 사랑해야 해. 괜찮겠어?"

"괜찮다니까."

"만약 니가 그 약속을 깨면 난 널 무생물 취급할 건데? 이게 마지막 기회야."

"당신은요, 딴 놈한테 눈길이나 주지 마세요."

"툭하면 그래. 내가 바람둥이야?"

"신사임당 같은 타입이라곤 말 못 하지."

"너도 율곡 이이 같은 스타일 아니거든?"

"순식간에 족보 이상하게 만드네."

커플링이라니. 수십 번을 생각해 봐도 부담스럽다. 준비를 마치고 밖으로 나와 보니 진세현이 소파에 드러누워 이따위 노래를 흥얼거리고 있었다.

"손이 가요, 손이 가. 정혜서에 손이 가요. 오른손, 왼손 자꾸만 손이 가."

혜서를 발견한 그가 짓궂은 눈빛을 하고 안기라는 듯 두 팔을 벌렸다. 지금 그깟 반지가 문제가 아닌 것 같다.

"세현아, 병원부터 가야 하는 거 아닐까?"

"왜?"

"상태가 많이 안 좋아 보여."

"아주 멀쩡해. 이리 와, 내 새우깡."

동생 수학 과외를 하는 날. 2학년이 된 우현은 중3 과정을 선행하고 있다. 한동안 잘 따라오더니 오늘은 자꾸 딴 데로 새고 싶어 하는 게 영 집중을 못 한다.

"형, 대학생 되니까 좋아?"

"어. 부러우면 너도 열심히 공부해."

"학교에 예쁜 여대생 많지?"

"글쎄다."

"건축학부에는? 혜서 누나보다 예쁜 여자 있어?"

같은 과 1학년에 복학한 선배가 있다. 눈에 띄는 외모라 등교 첫날부터 남학생들의 열렬한 지지를 받았다. 건축대학원 장오성 교수의 고명딸이라는 소문이 하루 만에 파다하게 퍼졌다.

장오성 교수는 직원이 300명이나 되는 대형 건축사 사무소의 대표이사이기도 하다.

학교 안 남자들이 그 선배의 비현실적인 얼굴 크기와 이국적인 갈색 눈동자를 찬양할 때 세현은 의아한 생각이 들었다. 그로선 작은 얼굴에 가득 들어찬 선명한 이목구비가 부담스럽기만 했다. 누나라고 해 봐야 재수한 애들하곤 동갑이고 삼수생들엔 오히려 한 살 어렸으니 동기처럼 마냥 개기는 애들도 있었다.

소문을 듣자 하니 지난해 휴학할 때도 아쉬움에 몸이 배배 틀린 남학생들이 학교 정문부터 2호선 9번 출구까지 이열종대로 줄을 섰다나. 몇 번이나 봤다고 덩달아 휴학하고 군대에 간 선배들도 한둘이 아니었단다.

"없어, 예쁜 여자."

"형 눈엔 혜서 누나가 제일 예뻐? 정말로?"

"무슨 말을 듣고 싶은 거냐?"

"형, 그거 커플링이지? 진짜 혜서 누나하고 사귀는 거 맞아?"

"알면서 묻는 것 같다?"

"들어도 믿을 수가 없어서. 반지 안에 글자도 새기고 그랬어? 하트 그림도 새기고? 정혜서, 가운데 하트, 진세현, 뭐 그렇게?"

"오늘은 또 이렇게 시간 때우시게?"

"아니야. 형, 반지 좀 빼 보면 안 돼? 어떻게 손에서 1초도 빼질 않냐. 안 민망해?"

아버지가 결혼반지 빼고 다니는 거 봤냐? 아버지가 결혼반지 부끄러워하는 거 봤느냐고.

"어떤 점에서 민망해야 하는데?"

"난 정말, 형은 안 그럴 줄 알았어. 세상 남자 다 그래도 형만은 이런 짓 안 할 줄 알았다고."

'나도 내가 이럴 줄 몰랐다.'

"짓? 짓!"

"아니, 나는 형이 만화책에 나오는 남자들처럼 카리스마 작렬하면서 누나를 확, 막 휘어잡을 줄……."

"고만 까불지? 어린 게 벌써 마초 기질만 살아서. 여자 이겨서 뭐하게? 여자 휘어잡아서 어쩔 건데?"

"와, 놀라운 유전자의 힘. 지금 이 순간 아빠랑 똑같다!"

"아버지만큼만 살아도 성공한 인생이야."

우현이 고개를 끄덕이며 수긍하더니 화제를 돌렸다.

"엄마가 누나 왜 안 데리고 오냐고 하잖아. 누나가 우리 집 오기 부끄럽대?"

"다음 주쯤 데리고 올 거야. 요새 바빠. 학교에 적응도 해야 하고."

"형, 진짜 궁금한 게 있는데 둘이 언제부터 그렇고 그런 사이가 된 거야?"

"그렇고 그런 사이가 뭐냐?"

"노래 제목에도 있잖아. 설마 고3 1학기 때부터?"

"내가 말해 줄 것 같아?"

"아니. 둘이 만나면 뭐 해?"

동생이 두 눈을 초롱초롱 빛내며 그를 바라보았다. 참자, 참아. 하느님도 못 고친다는 중2잖아. 병은 때려서 고치는 게 아니지.

"형아, 누나한테 아직 누나라고 불러? '자기야, 혜서야, 혜서 씨.' 뭐 그래야 하는 거 아냐?"

"공부할 거야, 말 거야?"

"할게. 그 대답만 듣고."

"자기야? 혜서 씨? 너 같으면 그런 말이 나오겠냐?"

"왜 못 해? 요샌 사귀면 바로 여보라고 하는 애들도 있어."

"조그만 것들이 까져 가지고. 그런 것들은 확 신고해 버려."

"나도 요새 애들 이해 안 가는 거 많아. 그래도 누나라곤 안 부르지? 그건 좀 아닌 것 같아. 연인이나 부부 사이는 동등한 거잖아. 나이와 상관없이."

"다 했냐?"

"난 형이 혜서 누나랑 사귀어서 좋아. 형이 누나하고 결혼하면 누나가 나한테 '도련니이임.' 그렇게 부르는 거야? 흐흐흐. 난 형수님이라고 부르고?"

우현은 미처 흐뭇함을 감추지 못하는 형이 갑자기 낯설어졌다. 이젠 나하고 완전히 다른 세상에 사는 사람 같네. 예쁜 여자 친구가 있는 형이 부러웠다. 비록 엄마한테 물려받은 거지만 본인 명의의 차까지 있는 건 더 부럽다. 가장 부러운 건 형이 대학생이 된 거다. 뭔가를 검색할 때면 자꾸 성인 인증을 받아야 한다고 해서 짜증이 난다.

'언제 스무 살이 되나. 아직 5년이나 남았는데.'

퇴근 시간에 맞춰 혜서가 근무하는 학교 근처로 데리러 갔다. 여자를 태운 건 처음이라 조심스러웠다. 조수석에 앉은 혜서가 차 안을 두리번거렸다. 7년 넘게 쓴 차치곤 깨끗하다. 엄마의 성격이 차에 기록된 것처럼.

"피곤해 보이네. 애들이 힘들게 해?"

"내가 학교에 적응하느라 피곤한 거지 뭐. 넌 초본데도 운전 잘한다. 역시 운동신경이 좋아. 근데 차 뒤에 뭐 써 붙여야 하는 거 아냐? 차 안에 까칠한 아기가 타고 있어요. 당황하면 후진합니다. 그런 거?"

빵 터진 세현이 웃는 동안 혜서가 포장된 뭔가를 꺼냈다. 백미러에 포푸리 매다는 걸 보며 세현이 장난스레 말문을 열었다.

"누나 사진이나 가져오지. 붙이고 다니게."

"안전 운행에 지장 줄까 봐."

긴 웃음이 그치길 기다려 혜서가 그에게 할 말이 있음을 알렸다. 평소와 다르게 조심스러운 말투다.

"어제보다 더 사랑한다고?"

"어디 가는 거야?"

"말 돌린다?"

"완전히 사랑하지. 인간 세상에선 경쟁 대상이 없다."

"아, 그래? 완전히 감동이다. 할 말이 뭐였어?"

시외로 빠지는 길목이 꽤 막혔다. 그럴듯한 곳에 가서 근사한 저녁을 사 주고 싶었다. 선불로 받은 과외비 덕분에 주머니가 두둑했다.

"엄마가 병구완하시던 할머니가 며칠 전 돌아가셨어. 내일 집 구하러 올라오실 거야. 오빠하고 같이. 늦어도 다음 달 안에는 할머니 집에서 나갈 거 같아. 1년은 채울 줄 알았는데. 그래도 오래 살았다."

너무 갑작스럽다. 종일 코앞에 두지는 못해도 혜서가 할머니 집에 있다는 사실에 늘 안심됐는데. 아주 멀리 떠나는 것도 아닌데 왜 이럴까. 가지 말라고 하고 싶은데 붙잡을 구실이 없다. 어릴 때 엄마가 미국에 가는 걸 알면서도 보내기 싫었던 것처럼. 딱 그때 같다.

"그럼 어떤 집에서 살아?"

"모르지 뭐."

한동안 잊고 살았다. 가난한 집 딸이라는 걸. 세상이 한 사람을 판단하는 기준은 때론 아주 단순했다. 휴대폰 고리에 달랑거리는 아파트 키를 확인한 순간, 상대방 표정이 너그러워진다.

'아, 너 부자 동네에 사는 사람이구나.'

이제 호박마차에서 내려와 화려한 드레스를 벗어 놓고 현실로 돌아갈 준비를 해야 한다. 엄마가 오는 건 좋은데 왜 이렇게 서운할까. 눈물이 쏟아질 것 같아 혜서는 창밖으로 휙휙 스쳐지나는 키 큰 나무들을 바라보았다. 봄이라지만 아직은 추운 날씨다. 그래도 곧 꽃이 피겠지.

세현은 속이 상하다 못해 쓰릴 정도였다. 서울 안에서 가진 돈으로 어떤 집을 구할 수 있을까. 전세가 얼마나 많이 올랐는지 아무리 신문, 방송에서 떠들어 대도 관심 둘 이유가 없었다. 다달이 내야 하는 월세가 어떤 부담인지 그는 모른다. 그가 몰랐던 시간, 혜서가 얼마나 힘들었을지 속속들이 짐작하는 건 사실 막연하다. 이건 목적에 맞게 편집된 다큐멘터리도 아니고, 가난한 주인공이 고군분투하는 드라마도 아니다. 현실. 더도 덜도 아닌 현실. 혜서를 어딘지 모를 남루한 집으로 들여보내기 싫었다.

세현은 아주 오랜만에 눈시울이 뻐근해지는 걸 느끼며 혜서를 바라보았다. 나와 결혼하면 내가 가진 걸 마음껏 나눠 쓸 수 있을 텐데. 갓길에 차를 세우는 그를 보며 혜서가 담담하게 말했다.

"난 괜찮아. 더 힘들게 살 때도 있었는데 뭘."

"내가 안 괜찮아. 정혜서, 나한테 시집올래?"

"내가 불쌍해?"

"아니, 그건 아니고."

"그럼 프러포즈야?"

"이게 무슨 프러포즈야. 시시하게. 이사 간다니까 이상하게 멀리 귀양 보내는 거 같아서."

"어디서 살게 될지는 모르지만 거기도 다 사람 사는 곳이야."

"그래도."

"아니라고 하지만 넌 날 불쌍하게 여기고 있어."

틀린 말은 아니다. 하지만 그게 나쁜 건가? 사람이 사람을 가여워하는 게? 좋아하는 여자의 일이라고 생각하니 더 안타까울 뿐인데, 그게 잘못된 건가?

"화내는 거 아니야. 니 입장에선 충분히 그럴 수 있어. 근데 세현아, 너 이제 대학교 1학년이야. 부모님께 손 벌려 가면서 살려고?"

"나도 돈 벌 수 있어. 과외 몇 팀만 뛰면······."

"그러지 마. 과외 적당히 하고 공부에 집중해. 건축학과는 공부할 게 엄청 많다며? 넌 아르바이트 안 해도 되잖아. 니 상황에 맞게 살아. 나한테 맞추려고 하지 말고."

"우리 부모님도 유학할 때 할아버지가 생활비 다 대 주셨대. 자리 잡을 때까지. 나중에 돈 벌어서 갚으면 되잖아. 왜 굳이 힘들게 살려고 해?"

부모님께서 한국으로 다시 돌아오셨을 때 조부모님은 같은 단지에 집을 사 두었으니 들어가서 살라고 하셨다. 부모님은 조심스럽게 거절하고 대출을 받아 20평대 전셋집에서 국내 생활을 시작했다. 더는 도움받기 죄송하다며 엄마가 고집한 것으로 알고 있다. 방이 두 개밖에 없는 아파트였다. 부모도 낯선데 터울 많은 동생과 방까지 같이 써야 했다. 동생과 친하게 지내라는 의도가 있었을지 모르나, 똘똘 뭉친 세 식구 틈에 낀 모난 돌이 된 것 같아 불편했다.

집을 보고 온 할머니 역시 그를 보내고 싶어 하지 않으셨다. 배울 만큼 배우고 직업도 확실한 맞벌이 가정이 감당하기에도 우리나라의 집값은 너무 올랐다. 중간에 30평대 아파트로 한 번 옮겼다가 지금 사는 40평대 아파트를 산 것이 겨우 3년 전이다.

"지금도 너희 할머니 집에서 편히 살잖아. 염치없는 짓 그만 할래."

"왜 그렇게 생각해? 두 분이 누날 얼마나 좋아하는데. 알잖아. 손자며느릿감으로 생각하는 거. 할아버지 돈 많아. 다 쓰지도 못할 정도로 많다고. 근데 누나가 고생하는 거 보고 싶겠어? 나도 싫어. 진짜 속상해."

넉넉한 형편이라면 엄마도 오래 사귄 여자 친구가 있는 오빠의 결혼을 서둘렀을 것이다. 형편만 되면 둘이 살 집도 마련해 주고 차도 사 주고 싶다고 하지 않았던가. 그녀는 엄마를 이해했다. 출발이 다르다는 건 결과 역시 다를 가능성이 높다는 뜻이니까. 혜서 역시 돈 걱정 없이 살아 보고 싶다는 욕망을 늘 마음 한구석에 안고 살았다. 하지만 욕망은 욕망일 뿐이다. 현실을 인정해야 한다.

"괜찮다니까. 바라는 대로 하나하나 이루어지고 있어. 오빠도 좋은 회사에 취직했고, 나도 교사 됐고, 엄마도 올라오시고. 그냥 너희 할머니 집에서 나오는 게 서운해서 그래. 되게 좋았거든. 두 분하고 같이 사는 거. 너하고도 그 집에서 살면서 좋아하게 됐잖아."

"……난 물려받을 재산 많다고 대놓고 자랑하는 새끼들 진짜 싫어하거든. 미안한데 나도 좀 할게. 할아버지가 나한테 다

물려주신다고 했어. 몇천, 몇억 정도가 아니야. 내가 어머니도 모시고 살게. 편히 살게 해 드리고 싶다고."

"하, 내가 어떻게 이런 남자를 만났지? 니가 진짜 인간 로또구나."

그녀의 네 번째 남자 친구는 그런 말을 자주 했다. 다음 달에 엄마한테 차 바꿔 달래야지. 난 나중에 아빠 회사에 취직할 거야. 일에 목숨 걸면서 살 생각 없어. 목숨 거는 순간 즐거지지가 않거든. 부잣집 늦둥이로 자란 세 살 터울의 오빠였다. 일흔이 다 된 아버질 아빠라고 부를 정도로 막내티가 줄줄 흘렀다.

처음 혜서의 눈길을 끈 건 평범한 외모도 돌아보게 할 정도로 뛰어난 패션 감각이었다. 마르고 키도 작은 편이었지만 그 모든 걸 눈감아 줄 만큼 세련된 남자였다. 디자인을 전공한 사람답게 그림도 잘 그려서 혜서를 앉혀 놓고 30분 만에 약식 초상화를 그려 주기도 했다. 성격도 순한 편이라 둘 사이에 특별한 문제는 생기지 않았다.

문제는 지나친 가족애였다. 그 남잔 매사를 가족의 테두리에서 벗어날 줄 몰랐다. '우리 큰형이 S그룹 회장 직속 비서실에서 근무하는데, 우리 작은형이 다니는 로펌이 국내 3대 로펌 중 하난데, 아빠 회사에서 새 공장을 짓는데 주차장만 1000평이 넘어…….' 누가 봐도 자랑할 만한 가족이지만 좋은 소리도 한두 번이었다. 처음엔 그런가 보다 했던 말들이 도돌이표처럼 반복되자 더없이 한심해졌다. 어떻게 했는지 몰라도 아들만 셋인 집안인데 군대도 면제된 데다 마마보이 기질도 심했다. 데이트를 하다가도 수시로 엄마와 통화를 했다. 나중엔 스킨십 횟수까지 일러바칠 것 같아 더는 만나고 싶지 않았다.

그만 만나자고 하는 혜서에게 그 남잔 눈물을 줄줄 흘리며 매달렸다. 만난 지 석 달도 안 됐을 때라 깊은 정도 없던 사이였다. 집에 가서 뭐라고 말했는지 엄마란 분의 전화까지 받아야 했다. 우리 애가 밥도 못 먹고 누워 있으니 굶지 말고 뭐라도 먹으라고 해 주면 안 되느냐고. 엄마 품에 안겨서 아이처럼 우는 남자의 모습이 저절로 연상됐다. 그나마 남아 있던 정까지 뚝 떨어졌다. 전혀 의미 없는 만남은 아니었다. F 정도로 지칭할 수 있는 그 남잔 인간은 나이순으로 철드는 존재가 아님을 여실히 깨닫게 해 주었으니까.

"세현아, 난 물려받을 재산이 많은 것보다 니가 니 능력으로 번 돈을 주면 훨씬 좋을 거 같아. 지금은 말고 나중에. 너하고 나하고 같이 벌어서 저축도 하고 집도 사면 재미있을 거 같지 않아?"

"그래. 그러니까 결혼하자고."

"지금은 싫어. 너 이제 스무 살인데 어디 가서 결혼한다고 말할 수 있어? 미안한데, 난 못 해."

"또 내가 창피해?"

"니가 아니라 스무 살이 창피해. '우리 신랑 이제 스무 살이에요.' 그 말을 어떻게 해? 그것도 모자라 '내가 가르쳤던 제자예요.' 그 말은 또 어떻게 하고. 난 진짜 못 해. 진세현, 가슴에 손을 얹고 진지하게 생각해 봐. 진짜 결혼이 하고 싶은 거야,

아니면 나하고 같이 살고 싶은 거야?"

"둘 다."

"어떤 게 더 커?"

"⋯⋯같이 살고 싶어. 같은 집에서."

"그렇지? 나하고 같이 살고 싶고, 같은 방에서 자고 싶은 게 더 크지? 지금으로선 결혼해야만 가능하니까."

"꼭 그런 건 아니야. 하나 고르래서 고른 거지."

"진세현은 결혼 타령만 안 하면 완벽한 남자 친군데."

"⋯⋯."

이 심각한 청년을 어쩌면 좋아. 혜서는 이 남자의 순수함이 싫지 않았다. 스무 살에 결혼하자고 조르는 것도 아무나 할 수 있는 일은 아니다.

"난 너한테 늘 솔직한 사람이 될 거야. 자고 싶으면 잠도 같이 잘 거야. 결혼 전이라도 상관없어. 상대가 너라면. 그러니까 결혼 얘기 그만해. 솔직히 너처럼 좋은 남자 만날 자신도 없어."

"내가 군대 가면?"

"기다려야지."

"나하고 결혼을 하긴 할 거야?"

"결혼이란 걸 하게 된다면 너하고 할 거야. 약속할게."

"하게 된다면은 또 뭐야? 언제?"

"군대는 갔다 와야지. 니가 군화 거꾸로 신으면 어떡해? 나 닭 쫓던 개 되라고?"

웃자고 한 말에도 세현은 계속 진지했다.

"만약 지금 내가 군대 다녀온 상태면?"

"그래도 당장은 못 해. 난 혼수 준비할 돈 없어. 학자금 대출 받은 것도 갚아야 해. 빚만 잔뜩 진 상태에서 결혼할 마음 전혀 없어."

"내가 갚아 주면 안 돼? 차 사려고 모아 둔 돈 굳었다고 했잖아. 통장에 2500만 원 정도 있어. 그 정도면 대출금 갚을 수 있어?"

"너 그 돈 어려서부터 모은 거라며? 그걸 왜……. 내가 쓴 건데 내가 갚아야지. 더 말하다간 싸우겠다. 니가 나보다 부자니까 저녁이나 사 주라."

한숨을 푹 내쉰 세현은 다시 시동을 걸고 운전대를 잡았다. 혜서는 심각한 싸움으로 번지지 않은 걸 감사하며 학교에서 있었던 일들을 하나하나 늘어놓았다. 1학년 담임을 맡아서 하루가 어떻게 지났는지 헷갈릴 정도다. 연차가 있는 교사들은 대개 담임을 기피했다. 학기 초라 잡무가 많은데다 수업 준비에 보충수업까지 해야 해서 퇴근도 불규칙했다. 내일은 토요일. 주 5일 수업제를 처음 만든 공무원에게 다시 한 번 감사하며 남자 친구의 단단한 팔뚝을 만졌다.

"와, 니 팔뚝 굵다. 더 굵어졌네?"

밖은 그새 어두워졌다. 혜서가 팔에 기대는 걸 느끼며 세현은 곰곰 생각했다. 마음에 드는 말도 있고 안 드는 말도 있지만, 아무리 생각해 봐도 틀린 말은 없는 것 같다. 그는 여자 친구의 현명함에 고마워하며 볼에 뽀뽀하라는 명령을 내렸다.

"입술에 하면 안 돼? 볼이 뭐야, 시시하게."

"차 또 세워?"

"그냥 볼에 할게요."

"근데, 정혜서."

"응?"

"나하고 언제쯤 자고 싶을 거 같아? 난 아무 때나 좋아."

"넌 부끄럽지도 않아?"

"왜 부끄러워? 사랑하는 여자하고 자고 싶은 게? 나도 미리 준비 좀 해 놓으려고."

"무슨 준비?"

"있어, 그런 게."

"아! 아아."

"뭔 줄 알고 '아아.' 하는 거야?"

"니가 생각하는 그거."

"까져 가지고."

"그래서 나 좋아하는 거 아니었어? 그런데 있잖아."

"있으니까 말해."

"스무 살은 좀 그래."

"그 소리 좀 안 할 수 없어? 스무 살이 뭐 잘못했어?"

"그게, 내가 너를 막 악의 구렁텅이로 몰아넣는…… 뭐랄까, 죄짓는 기분? 스무 살은 진짜 좀 그래."

"진짜 별소릴 다 듣겠네. 그래, 난 대역 죄인이라고 치고, 그래서 나하고 언제 잘 건데?"

여자의 매운 주먹이 그의 팔뚝에 내리꽂혔다. 때릴 때의 호기는 어디 가고 혜서가 수줍게 웅얼거렸다.

"그래도 스물한 살은 돼야……."

"9개월이나 남았잖아. 그냥 스물한 살이라고 생각하면 안 돼? 나 정신연령은 서른 근처야."

"왜 그렇게 안달이야? 내가 어디 가?"

'내가 가지. 군대를. 끼 많은 애인을 둔 미필자의 심정을 당신이 알아?'

"아무짝에도 쓸모없는 죄책감 좀 버려. 가져도 내가 가져야지 왜 여자가."

"지금 남녀 차별하는 거야?"

"차별당할 사람도 아니면서. 그러니까 나하고……."

"아유, 시달릴 거 생각하니 벌써부터 피곤해진다. 웬만큼 집요해야지."

'내 집요함의 끝을 보여 주지.'

"어린이날 선물로 어때?"

"됐어."

"그럼 어버이날."

"됐다고."

"좋아. 현충일로 미뤄 줄게."

"대한민국 국경일 다 없애든가 해야지. 아으."

"인간적으로 광복절은 너무 멀어. 2학기잖아."

애초에 대꾸조차 말았어야 했다.

"밝아. 배고파."

두 노인의 고즈넉한 저녁. 청국장을 끓여 이른 저녁을 해치우고 얼려 두었던 홍시까지 흡족하게 나눠 먹었는데 어딘지 씁쓸한 밤이다. 뉴스를 기다리던 용민은 가사도우미 아주머니가 치워 놓고 간 거실을 휘휘 둘러보았다. 늙어 갈 일만 남은 두 사람에게 60평 아파트는 휑하기만 하다.

시간이 남아도니 잡념도 늘어난다. 난이나 몇 촉 더 들여놓을까. 산수화라도 한 점 사다 걸까. 택시를 다시 할까. 70대 택시 기사는 드물지 않게 만날 수 있다. 많게는 여든 넘은 기사도 있으니. 노는 것도 하루 이틀이고, 돈 쓰는 것도 하던 사람이나 하는 법인지 도무지 재미가 없다. 성당 봉사활동이니 골프니 날을 정해 하곤 하지만 그래도 시간이 남아돌았다. 타고나길 부지런한 그에게 노년의 하루는 길기만 했다.

혜서가 없으니 세현도 없다. 손자 녀석은 밖에서 저녁 먹고 늦게 올 거라며 전화만 한 통 하곤 내내 무소식이다. 아무리 제 아비가 예서 자지 말랬대도 그렇지, 서운할 정도로 손자 얼굴 보기가 어려워졌다. 어떨 땐 혜서를 데려다줄 때 잠깐 얼굴을 비치고 휑하니 가 버리기도 한다. 한낮의 그림자처럼 제 여자를 따라다니는 손자를 보니 우습기도 하다. 돋보기를 쓰고 수필집을 읽던 인희는 기어이 한숨을 내쉬며 책을 내려놓았다.

"그래서 어디 땅이 꺼지겠어? 왜 그러는데?"

"얘네 둘 지금 어디서 뭐 하는가 몰라. 벌써 8신데."

"밥 먹을 시간이니 저녁 먹겠구먼."

"집에 와서 같이 먹고 놀면 좀 좋아. 돈도 굳고, 얼굴도 보여주고."

"어이구야, 당신 같으면 예 와서 주야장천 죽치고 싶겠어? 둘이 얼굴만 봐도 좋을 때인데."

"몰라 그러나. 여보, 둘이 저렇게 돌아다니다 사고라도 치면 어떡해요? 헤서 엄마 얼굴을 어떻게 봐. 세현이한테 다시 한 번 단속시켜야 하는 거 아니야?"

"우리 세현이가 무턱대고 그럴 애가 아니잖아. 나하고도 약속했는데."

"천 번을 약속했대도 뜻대로 안 되는 게 그거 아니유. 당신은 안 그랬어요? 애만 안 생겼지 틈만 나면 조르고 또 조르고. 우리 엄마가 잠깐 자리만 비워도 내 치마를 걷지 못해 안달복달……. 당신 닮았으면 세현이도 어지간히 조를 거야. 안 본다고 모르나."

"흠. 그만하지."

용민은 두 살 많은 누이였던 스물둘의 인희를 떠올렸다. 도시락에 깔린 달걀부침 두 개로 풋정이 깊어진 젊은 남녀는 오래지 않아 시쳇말로 불이 붙었다. 다소 일방적인 시작이었다. 어쩌다 보니 품에 안았고, 어쩌다 보니 입을 맞췄고, 어쩌다 보니 젖가슴까지 움켜쥐었고, 어쩌다 보니……. 남녀상열지사라는 게 어디 뜻대로 계획대로 되는 일인가.

볼이 발그레한 게 토실토실하니 만지는 재미가 있었다. 살

결은 또 얼마나 차진지 비단에 비할 바가 아니었다. 파리가 낙상할 피부라며 하염없이 온몸을 쓸어내리곤 했는데. 젊은 날의 아내를 떠올리니 바로 이부자리를 펴고 싶을 정도로 음심이 동했다. 일찍 잠자리에 들자고 할까. 오늘은 뜻대로 잘되려나. 마누라가 또 귀찮아하진 않으려나. 용민은 동상이몽 중인 아내의 얼굴을 넌지시 들여다보며 헛기침을 두어 번 했다. 아내의 입이 다시 열린다.

"불안해서 원. 혜서야 대학 졸업도 하고 스물셋이니 지금 결혼한대도 큰 흠은 아니지만, 우리 세현인 고작 스무 살이니. 아유, 애 나이를 뻥튀기시킬 수도 없고. 내일 눈뜨면 스물다섯 살로 자라 있으면 좋겠네."

"이 사람아, 바랄 걸 바라. 기다리다 보면 나이도 먹겠지. 그나저나 여보, 우리도 일찍 잠자리에 들까? 으응?"

"이 영감이 진짜. 아직 9시도 안 됐구먼. 바랄 걸 바라요!"

혜서는 스테이크보다 갈비를 더 좋아한다. 하지만 오늘 같은 날은 주는 대로 먹는 게 나을 것 같아 상냥한 얼굴로 미디엄 웰던을 주문했다. 같은 메뉴로 주문한 세현은 웨이터를 보며 미디엄 레어로 익혀 달라고 부탁했다.

건물 입구 인테리어부터 '여기 진짜 비싼 식당'이라고 노골적으로 광고하는 레스토랑이다. 연인으로 보이는 사람들이 많았다. 중년 부부도 간혹 보였다.

"저 사람들은 불륜일까, 부부일까? 오른쪽 옆 테이블 티 나지 않게 살짝 봐 봐."

나란히 앉아 서로를 그윽하게 응시하는 중년의 남녀였다.
둘 다 한껏 차려입은 모습이다.

"글쎄."

"불륜하고 진짜 부부 구분하는 법 가르쳐 줄까? 부부는 계산
할 때 여자가 할인 쿠폰 가져와 내고, 불륜은 남자가 현금으로
계산한대. 카드로 하면 기록 남으니까."

"그런 건 어디서 배웠어?"

"오늘 점심 먹을 때 학교 유부녀 선생님께."

"좋은 학교 다니네. 그런 것도 가르쳐 주고."

"더 있는데 하지 마?"

"해 봐."

"찜질방에서 잘 때 진짜 부부는 떨어져서 코 골며 자고, 불
륜은 딱 붙어서 팔베개해 준대. 잠도 안 자고 속닥거리면서."

"우리 부모님은 지금도 그렇게 하시던데?"

"나도 이 구분법은 마음에 안 들어. 난 결혼하면 불륜처럼
살 거야."

비유를 해도 꼭. 가끔 저 작은 머리통을 뜯어보고 싶을 때가
있다. 세현은 혜서를 향해 씨익 웃어 주었다. 무슨 말을 해도
밉지 않다.

"아! 우리 찜질방 갈래? 한 번도 안 가 봤잖아."

공식적으로 같이 잘 수 있는 곳. 찜질방을 왜 생각 못 한 거
지? 혜서가 얼른 고개를 끄덕였다.

"내일은 안 되겠네? 집 보러 다녀야 하니까."

"난 안 데리고 다닌대. 낼 오전에 가자. 저녁때 엄마하고 오빠 만나기로 했는데 같이 만날까?"

"당연하지. 내가 예비 사위인데."

"진짜 일관성 있다. 울 오빠 안 무서워?"

"아니. 어려서도 착했잖아. 현서 형."

"니가 아직 우리 오빠를 잘 모르는구나."

15 지나친 애정 행각 하고 싶다!

찜질방에 도착한 시간은 토요일 오전 10시. 30분 뒤에 만나자는 세현에게 혜서는 30분을 추가 요구했다. 불륜 커플은 때같은 건 안 밀고 샤워만 하고 만나는지 모르지만, 오랜만에 목욕탕에 왔으니 본전을 뽑을 생각이다. 샤워기 앞의 거울에 상체를 요리조리 돌려 확인해 보았다. 다행히 아무 흔적도 없다.

지난밤, 오늘은 얌전히 집에 가야지 했는데 그게 혼자만의 의지로 가능한 게 아니었다. 입맞춤 한 번에 발화한 세현이 참지 못하고 가슴팍으로 얼굴을 들이밀었던 것이다. 주변의 압력인지 몰라도 한동안 자제하긴 했다.

"흔적 남기면 내일 찜질방 못 가."

"안 남길게. 살살 입만 댔다 뗄게."

"내가 넌 믿는데 니 몸은 못 믿어서. 한 번도 빠지지 않고 그랬던 거 알아?"

두 손으로 집요하게 주무르면서도 만족 못 하는 남자다. 탐욕은 끝이 없다.

"생각해 봐. 복숭아를 만지는 게 더 좋아, 먹는 게 더 좋아?"

"진짜 흔적 안 남길 수 있어?"

옷 안으로 들어와 있던 손이 잽싸게 빠져나갔다. 남자의 손이 성급하게 단추를 풀어내느라 자꾸 헛손질했다. 차 안이 어두웠지만 남자의 입술은 정확히 왼쪽 가슴을 삼켰다. 입술의 선택을 받지 못한 쪽은 그의 손이 터뜨릴 듯 움켜쥐고 있다. 부드럽고 따뜻한 혀가 젖무덤을 왕복하며 지분거린다. 향기로운 두 개의 백도는 금세 타액으로 번들거렸다.

"여긴 진짜 귀여워."

가끔 입술로 올라와 키스도 해 주었다. 평소보다 자제하는 게 느껴졌다. 그렇다고 해서 평소보다 덜 흥분되는 게 아니었다. 어떻게 된 몸뚱이가 수치를 몰랐다. 입 안 가득 껍질 벗긴 레몬을 물고 있는 것처럼 탄성이 터져 나왔다.

"쉿! 하지 마. 소리 내지 마. 이러면 나 못 참아."

혜서는 머리를 감다 말고 19금 잡념에 빠진 자신이 한심했다. 남자를 경험하지 못한 그녀에겐 그의 미세한 움직임 하나하나가 힘겨운 자극이었다. 생각만으로도 유두가 꼿꼿이 일어선다. 가슴을 희롱하던 남자의 노골적인 목소리가 나른하게 재생된다. 떼어서 갖고 싶어. 밤새 물고 자고 싶어……. 탕으로 들어간 혜서는 달아오른 얼굴에 뜨거운 물을 뿌렸다.

사우나로 들어온 세현은 몇 번이나 되새김했던 지난밤을 또 떠올리고 말았다. 그의 아랫도리를 살포시 건드리던 혜서의 손길을 생각하니 피시식 웃음이 비어져 나온다. 크리스털 유리잔을 다루는 것처럼 얼마나 조심스럽던지. 결국 혜서의 손바닥을 펴게 해서 자신의 아랫도리를 꾹 누르게 했다. 그대로 가만히 누르고만 있어 달라고. 그렇게라도 진정시켜야 했다. 아침 이후로 씻지 않은 몸이라 바지 안으로 손을 넣어 달라고 할 수는 없었다. 원치 않는데 만져 달라고 요구하는 것도 미안했다.

그나저나 어느새 또 잔뜩 성을 내는 골치 아픈 물건이라니. 건식 사우나 안의 열기에 숨이 막혀 오는데 일어설 수가 없다. 수건으로 덮어도 티가 났다. 다리를 꼬아서 가려 보았지만 숨기기에 적당한 크기가 아니다. 게다가 부러운 눈길로 힐끔거리는 중년의 아저씨들이라니. 세현은 질식해 죽기 직전에야 겨우 사우나를 빠져나올 수 있었다.

찜질복으로 갈아입고 다시 만났다. 혜서가 가져온 가방 안에는 책 두 권과 간식이 들어 있다. 세현은 책만 달랑 가져왔다. 구운 달걀 두 개와 식혜 반 컵을 비운 혜서가 다시 양치를 하고 왔다. 프랑스식 키스를 원하느냐는 남자의 짓궂은 질문에 그녀는 벽을 가리켰다. 굉장히 마음에 안 드는 문구가 붙어 있었다.

아이들이 보고 있습니다. 지나친 애정 행각을 삼가해 주세요.

"저거 사실 틀린 표현인데. '삼가해 주세요.'가 아니라 '삼가 주세요.'라고 하는 게 맞을껄."

"지금 그 말 '맞을껄.'이 아니라 '맞을걸.' 아니야?"

"니 말이 맞아. 이것도 틀렸지? '네 말이 맞아.' 이래야 하니까. 끝이 없다. 우리 그냥 구어체로 하자."

"콜!"

안기라는 듯 한쪽 팔을 떡하니 벌리고 있는 남자 옆으로 조심스럽게 몸을 눕혔다. 너무 개방된 공간이라 더 쑥스럽다. 팔베개를 하고 그의 얼굴을 마주 보았다.

"설마 이 동네까지 우리 학교 애들이 오는 건 아니겠지? 불안하다."

"찜질방 오는 게 불법은 아니잖아. 어제 잘 잤어?"

"나 요새 잠들기 전에 늘 니 생각해. 너도 그래?"

"난 자면서도 생각해. 제발 내 꿈에 나타나지 마. 날 말려 죽일 셈이야?"

흘겨보는 것도 예쁘다. 찜질방의 경건한 문구 따윈 개무시하고 끌어안고 입 맞추고 싶다. 무슨 병인지 한 치의 틈만 생겨도 만지고 싶어진다. 만지다 보면 핥고 싶고, 핥다 보면 빨고 싶고, 빨다 보면 깨물고 싶고, 그다음은 말해 줄 수 없다.

"세현아, 운명의 붉은 실에 대해 들어 봤어?"

혜서는 이야기 주머니를 차고 다니는 사람처럼 끝없이 이야깃거리를 만들어 낸다. 그는 이 여자의 재능을 열렬히 사랑했다.

"아니. 그게 뭐야?"

중국 설화에 나온다는 '운명의 붉은 실'에 대해 들으며 세현은 친화수(우애수라고 부르기도 함. 자신의 약수의 합이 다른 수가 되는 두 수. 대표적으로 220과 284가 있음)를 생각했다. 기원전 6세기 피타고라스학파가 처음 발견했다는 숫자.

"다른 얘기 또 해 줘."

"이거 알려나? 내가 중학교 때 본 드라만데……."

세현은 혜서의 목소리에 느긋하게 반응하면서 그녀의 머리카락을 만졌다. 이곳은 스카이 찜질방이 아니라 누가 뭐래도 천국이다. 재잘대던 목소리가 차츰 줄어들고 잠잠해지더니 한순간 뚝 끊겼다. 잠에 빠진 혜서를 보니 그 역시 졸음이 쏟아졌다.

두 시간 넘게 낮잠을 잤다. 세현은 깊이 잠들어 있었다. 수염이 파릇파릇 돋아난 턱을 만지며 놀고 있는데 그의 얼굴에 빙그레 미소가 지어졌다. 눈은 여전히 감은 채다.

"깼어?"

까슬까슬 가라앉은 목소리가 짧게 대답한다.

"응."

여기가 어디지? 무릉도원? 유토피아? 극락정토? 눈을 뜨면 파라다이스가 보일까?

"언제 일어났어?"

"10분 전쯤? 잘 자더라."

에덴동산이라고 우기기엔 둘 다 입은 것이 너무 많았다. 주변인들도 지나치게 많았다. 겨우 눈을 뜬 그는 말없이 혜서의 얼굴을 들여다보았다. 검은 눈동자를 가득 담고 있는 여자의 큰 눈이 수줍게 깜빡였다. 쌍꺼풀이 졌다 말았다 하는 이 눈이 좋다. 마음에 드는 게 어디 눈뿐일까. 입술 라인을 어루만지던 그의 손가락이 슬그머니 들어가 치아 안쪽을 훑었다. 혜서의 단단한 치아가 장난하듯 손가락을 깨문다. 두 쌍의 눈동자가 하고픈 말을 품은 채 허공에서 마주쳤다. 그에겐 작은 소원이 하나 있었다.

"하아……. 지나친 애정 행각 하고 싶다."

"배 안 고파? 미역국이나 먹으러 가자."

그새 자세를 바꿔 납작 엎드린 세현이 괴로운 듯 고개를 흔들었다.

"못 일어나. 10분만 기다려."

"또 그래? 이건 진지하게 묻는 건데, 너…… 변태는 아니지?"

"내가 변태면 대한민국 남성 8할 이상이 다 변태야."

무대 위에서 비보잉을 하다 보면 가끔 오르가슴 비슷한 느낌을 맛볼 때가 있다. 깊은 밤, 방문을 닫고 속옷을 내리고 자괴감에 시달리며 묵은 성욕을 분출할 때와는 질이 다른 환희. 다른 여자한테는 이러지 않았다. 시도 때도 없이 아무한테나 치근덕대는 인간들과 비교하면 기분 나쁘지. 난 특정 인물에게만 반응하니까. 이렇게 구차한 변명을 생각해 낼 때 혜서가 장난스럽게 물어 왔다.

"니 또래 남자들은 원래 그래? 넌 좀 심한 것 같아."

"나 원래 이런 놈 아니었어. 내 탓 아니야."

"그럼 나 때문이라고? 내가 뭘 했다고 그래."

"뭘 했어. 많이 했어."

다시 드러누운 혜서가 그의 얼굴과 목을 간질이며 장난쳤다. 이렇게 자극하면서 변태라고 하지. 세현은 살짝 빼문 여자의 붉은 혀를 쪽 빨아들이고 싶었다. 펑퍼짐한 찜질복 윗도리 안으로 얼굴을 들이밀고 그 안을 전부 핥아 내리고 싶었다. 탱글탱글한 가슴과 입 안에 넣고 굴리면 금세 단단해지는 내 여자의 맛있는…… . 10분 추가.

드디어 깨달았다. 사람이 많은 곳에선 세현이 어떤 눈길로 바라봐도 흥분되지 않는다는 걸. 좋기는 하지만 이 딱한 남자처럼 바로바로 반응이 오진 않는다. 그녀의 흥분 지수는 오직 둘이 있을 때라야 요동쳤다. 이제부턴 내가 갑이야. 넌 을. 혜서는 이 상황이 마냥 뿌듯했다.

"세현아, 너희 과 애들이 미팅하자고 안 그래?"

"그래."

"하고 싶지 않아?"

"별로. 안 해 본 것도 아닌데 뭘."

"그래도. 대학생일 때 하는 것하곤 다르지. 하고 싶으면 딱 한 번만 해 봐. 그것도 경험인데."

"너 가끔 이상한 거 알아? 내가 싫다는데 왜 그래?"

화가 난 세현은 그녀를 '너'라고 지칭한다. 생각해 보니 기분이 좋을 때도 그러는 것 같다. 두 개의 '너'에 어떤 차이점이 있는지 모르겠지만.

"그럼 나중에 나 때문에 미팅 한번 제대로 못 해 봤다고 말하기 없기다?"

"알았어."

"다음 주에 음식 만들어 줄까? 먹고 싶은 거 있어?"

"상 주는 거야?"

불리할 땐 침묵이 최선. 입꼬리를 살짝 올리며 웃던 세현이 다시 말했다.

"할 줄 아는 걸 말해 봐."

"유부초밥, 김밥, 비빔국수, 볶음밥, 카레라이스, 샌드위치, 떡볶이, 뭐 그 정도? 샌드위치 강추."

"그거."

"오케이. 맛있게 해 줄게. 다음 주엔 나가서 돈 쓰지 말고 집에서 놀자. 10분 다 된 거 같은데 일어날 수 있겠어?"

"아무래도 생체리듬이 망가진 거 같아."

"다른 데 가 있을게. 심신이 안정되면 전화해."

약속한 시각에 겨우 맞춰 식당에 갈 수 있었다. 오빠에게서 10분 안에 도착할 거라는 연락이 왔다. 테이블에 나란히 앉아 낮에 읽던 소설 얘기를 마저 했다. 혜서는 깍지 낀 손으로 턱을 받치고 남자 친구의 목소리를 들었다. 이 남자 목소린 시시한 얘기도 전혀 시시하지 않게 들린다는 단점이 있다. 가끔은 정말 치명적이다.

"그런 작가가 그렇게 일찍 죽은 건 세계적인 손해야. 넌 나보다 오래 살 거지? 약속해."

세상에 혼자 남겨진 모습을 떠올리며 혜서는 부르르 떨었다. 한날한시에 같이 자연사하려면 어떡해야 하나. 추억을 반추하며 오래 사느니 먼저 죽는 게 낫지 싶다.

"그래. 상 잘 치르고 바로 따라 죽을게."

"공식적으로 재혼할 수 있는 절호의 기회인데 괜찮겠어?"

"싫어. 다른 여잔. 근데 정혜서, 우리 대화는 왜 늘 이 모양일까? 누구 탓인 것 같아?"

"내 탓이겠지 뭐."

병이다, 병. 바닥에 눕혀 놓고 키스를 퍼붓고 싶다.

"손."

혜서가 그가 내민 손바닥에 살포시 두 손을 얹었다. 열 개의 손톱엔 투명 매니큐어가 깔끔하게 발려 있다. 손가락 길이에 비해 짧은 손톱이 앙증맞다. 다른 여자들은 손톱에 온갖 치장을 하고 다니던데, 별스러운 옷차림에 비해 손톱은 심심할 정도로 단정했다.

"넌 손톱 길어서 좋겠다. 난 아빠 닮아서 작은 편인데."

"완전 귀여워. 손이 하얘서 진한 색 매니큐어 바르면 어울릴 거 같……."

"진세현, 그 손 안 놓냐?"

언제 왔는지 현서 형이 내려다보고 있었다. 다행히 웃는 얼굴이다.

"엄마는?"

"화장실. 금방 오실 거야."

자리에 앉은 현서가 두 사람 손에 끼워진 반지를 넌지시 들여다보며 물었다.

"너희도 반지 안에 글씨 새기고 그랬냐?"

쑥스러워진 세현은 대답을 피했고, 혜서는 별걸 다 묻는다며 툴툴댔다.

"비밀이야? 우리 혜서 커플 반지 낀 거 처음 보네."

일부러 처음이란 걸 강조해서 말한 효과가 있었다. 애써 웃음을 감추는 세현을 보며 현서는 너도 어쩔 수 없는 남자구나 싶었다. 하나뿐인 여동생의 남자 친구. 세상 어느 공간에 데려다 놔도 눈에 띌 아이다. 마냥 좋아할 수 없는 건 오빠이기 때문일까. 그때 혜서가 짜증을 내며 뜻밖의 반응을 보였다.

"그걸 오빠가 왜 말해?"

"세현아, 애 왜 화내는 거냐? 도저히 이해가 안 되네."

빙글거리며 웃던 세현이 그를 보며 대답했다.

"저한텐 열 번째 커플링이라고 했었거든요. 장난인 줄은 알았는데 처음 한 건지는 몰랐어요. 진짜 반지 처음 받은 거야? 의외로 인기가 없었나 봐?"

혜서의 둥근 눈초리가 샐쭉해졌다.

"열 번도 넘게 받을 수 있었어. 그깟 반지. 그렇지만 다 내가 거절한 거야. 그렇게만 알아 둬."

"철딱서니야, 장난칠 게 따로 있지. 그게 자랑이야? 세현아, 애 안 피곤해? 진지하게 권하는데 지금이라도 그만두는 건 어때? 형 안 말린다."

그로선 들으나 마나 한 소리다. 수십 명을 사귀었다 한들 어쩌겠는가. 속은 쓰리지만 과거인데.

"어, 엄마다! 엄마, 여기요!"

벌떡 일어난 세현이 얼른 혜서 어머니의 가방을 받아 들며 인사를 건넸다.

"엄마, 집은 구했어?"

"저녁 먹으면서 얘기하자. 세현인 뭐 좋아해?"

"전 아무거나 잘 먹어요. 드시고 싶으신 거로 주문하세요."

"그럼 뜨끈한 탕이나 먹을까?"

해물탕이 끓기를 기다리며 이야기를 나누었다. 하루 만에 집을 구하는 게 쉬운 일이 아닌 모양이다. 출퇴근하기 편한 곳으로 알아보고 있다는데, 거론되는 동네마다 한 번도 안 가 본 지역이었다. 아예 시 외곽으로 갈지도 모른다는 말까지 나왔다. 혜서가 근무하는 학교에서 가까운 동네로. 결국, 원점이다. 아무 데도 보내고 싶지 않다는 마음만 더 커진다. 애가 탄 세현은 물만 들이켰다.

"그럼 반전세로 알아봐요. 외지거나 위험한 집은 피하고. 엄마, 그 돈으론 서울에서 살 만한 전세 못 구해요."

"정 안 되면 그렇게 해야지."

종업원이 다가와 부글부글 끓는 해물탕 냄비에서 막 건져낸 낙지를 잘랐다. 혜서가 앞접시에 건더기와 국물을 듬뿍 떠 엄마에게 건넸다.

"엄마, 오늘 힘들었지? 나도 같이 다닐 걸 그랬나 봐."

"뭘 셋이 우르르 몰려다녀. 집 사는 것도 아닌데. 배고프겠다. 어서 먹어."

조미료가 적절히 첨가된 해물탕을 먹고 나온 네 사람은 두 패로 나뉘어 움직이기로 했다. 혜서는 남자 친구를 끌고 가려는 오빠가 내심 불안했다.

"오빠, 세현이 괴롭히지 마."

"그건 내 마음이지. 남자들 일에 신경 끄셔."

"그럼 나도 연지 언니한테 시누이 노릇 제대로 할 거야. 알아서 하셔!"

현서가 여자들의 주목을 그렇게 많이 받아 본 건 태어나서 두 번째였다. 이유는 딱 하나. 그때마다 옆에 진세현이 있었다는 것. 혜서도 같이 다니면 한두 번 정도는 되돌아볼 예쁜 얼굴이지만, 이 아인 더 눈에 띄는 것 같다. 181센티미터인 그보다 몇 센티미터 더 큰 키인데 얼굴은 되레 작았다.

"넌 불편해서 어떻게 사냐? 사람들이 저렇게 쳐다보는데."

"무시하면 돼요."

"아무 데나 들어가자. 내공이 없어서 무시가 안 되네."

닭 안심살을 튀겨 파는 작은 호프집이다. 세현은 현서 형의 얼굴에서 혜서와 닮은 점을 찾아보았다. 형의 피부색이 검은 편이라 썩 닮아 보이진 않지만, 웃는 입매와 옆모습은 꽤 비슷했다.

"솔직히 불어. 너 술 세지? 주량이 얼마나 돼?"

"정확히 몰라요. 몸을 못 가눌 정도로 마셔 본 적이 없어서."

"술 센 거 자랑 아니다. 지질한 놈들이나 그런 걸 자랑으로 알지. 잡기에 능한 놈치고 제 밥벌이 제대로 하는 놈 없더라."

동생의 남편감으로 생각하고 하는 말 같아서 형의 잔소리가 싫지 않았다. 남매가 똑같이 술이 약했다. 그의 얼굴을 물끄러미 쳐다보던 현서가 짧은 침묵을 깼다.

"내가 여섯 살 가을에 혜서가 태어났어. 유치원에서 가을 운동회 하고 난 다음 날. 병원 대기실에서 아버지하고 한참을 기다렸는데, 엄마가 동생을 낳다가 죽는 게 아닐까 걱정돼서 눈물이 나오더라고. 무섭기도 하고. 사실은 30분 정도였다는데 몇 시간처럼 길게 느껴졌어. 간호사가 나와서 공주님이라고 하는 순간 아버지하고 하이파이브를 했어. 그 병원 아기들 다 둘러봐도 혜서처럼 예쁜 아기가 없더라."

갓난아기인 혜서를 상상하며 세현은 처음 듣는 얘기에 귀를 기울였다.

"신기하게 혜서는 엄마란 말보다 아빠란 말을 제일 먼저 했어. 그다음엔 오빠, 그리고 엄마. 우리 아버지가 서른여덟에 낳은 딸이야. 얼마나 예뻤겠냐. 안 그래도 예쁜 짓만 골라 하는 앤데."

아저씨가 누나를 얼마나 귀여워했는지는 잘 기억하고 있다. 저녁나절까지 집 앞 놀이터에서 놀고 있으면 퇴근하던 아저씨가 꼭 들르곤 했다. '어지간히 놀아라, 이 녀석들아.' 하시며.

그때마다 누나는 달려가 안기며 아저씨 옷에 흙먼지를 묻히곤 했다. 아저씬 한 번도 싫은 티를 내지 않고 웃는 얼굴로 누나를 안아 올렸다.

"아빠, 과자 사 줘. 엄만 안 된대. 아무리 졸라도 안 사 줘."

두드러기가 자주 생기는 혜서 누나를 위해 아줌마는 늘 음식을 직접 만들어 먹이셨다. 간식까지. 아줌마에게 허락받지 못한 걸 아저씨에겐 허락받을 수 있었다. 딸만 데리고 갈 수도 있었겠지만, 아저씬 늘 그의 손까지 잡고 슈퍼마켓으로 향하곤 하셨다. 단 한 번도 '세현인 먼저 집에 가라.' 하지 않으셨던 분이다.

"여자티가 나기 시작하니까 사내새끼들이 그렇게 알짱거려. 고등학교도 일부러 여고로 보낸 거야. 내 친구 중에서도 혜서한테 눈독 들이는 놈들 많았어. 가당치도 않은 새끼들. 내가 혜서 때문에 대학 다닐 때도 친구 놈들을 집에 편히 못 데리고 왔다. 이 자식들이 한 번만 보면 만나게 해 달라고 지랄. 자기한테 시집보내라고 발광. 난 동생이라 그런지 귀엽기만 한데. 아, 요샌 부쩍 예뻐졌지만 그땐 지금보다 안 예뻤거든. 그냥 하얗고 순하게 생긴 여자애였지."

'몸매가 끝내주잖아요. 청바지만 입어도 다들 흘끔거리는데.' 할 수가 없어서 세현은 애매하게 웃어 보였다. 어쨌거나 듣기 좋은 말은 아니었다.

"가족이 아닌 눈으로 보면 혜서가 예쁘냐?"

"죄송한데 저도 처음에 예쁜 줄 몰랐어요."

"으하하. 이거 혜서도 알아?"

"알던데요. 제가 어떻게 생각하든 신경도 안 써요. 지금이 태어나서 제일 예쁜 상태인데 같이 다니면 자기가 평범해 보인다고 짜증도 내는걸요. 제가 뭘 크게 잘못한 것 같아요."

"혜서가 좀 웃기긴 하지?"

"황당할 때가 한두 번이 아니에요."

"야, 근데 넌 심하게 잘생겼어."

"그럼 뭐해요. 전혀 플러스 요인이 안 되는걸."

거기까지 말한 세현은 맥주를 한 모금 마시고 피식 웃었다. 사람들이 자꾸 쳐다봐서 같이 다니기 싫다고 투덜대던 게 떠올랐던 것이다. 헤어진 지 한 시간도 안 됐는데 벌써 보고 싶다. 병에 차도가 없다.

"잘 들어갔는지 연락해 볼까요?"

"니가 해."

현서는 얼마 전 동생과의 통화 내용이 떠올라 슬며시 미소 지었다.

'나 원래 그런 얼굴 안 좋아했거든? 근데 자꾸 보니까 적응 됐나 봐. 내가 걔 기고만장해질까 봐 일부러 찬양은 안 하는데, 무슨 애가 24시간 내내 완전 잘생김 상태야. 아침에 눈 뜨자마자 봐도 말짱해. 눈꺼풀 한쪽도 안 부어 있다니까. 물어볼 데가 없어서 그러는데, 오빠가 객관적으로 대답해 봐. 내가 세현이에 비해 많이 달려?'

동생에게 장난치고 싶었던 그는 이런 대답을 내놓았다.

'넌 민간인 중에서 예쁜 편이고, 세현인 배우들 틈에 세워 놔도 돋보일 외모?'

제법 자란 머리 길이. 한결 탄탄해진 몸집. 지난해 처음 봤을 때보다 인상도 부드러워졌다. 이런 얼굴을 쳐다보며 까불대는 혜서도 보통 깡은 아니지 싶다.

"넌 내 동생이 왜 좋아?"

세현이 무슨 말도 안 되는 질문을 하느냐는 눈으로 그를 바라보았다.

"'좋아하는 데 무슨 이유가 필요해?' 그런 거야?"

"아니요. 전 그 말 진짜 이해 안 돼요. 이유 없이 사람을 좋아할 수가 있어요?"

"없지. 혹시나 해서 하는 말인데, 이 연애가 어렸을 때 추억에 연민, 호기심 뭐 그런 게 버무려진 합작품이라면 오래 못 간다. 사람 자체가 좋아야지."

"사실 저도 그 생각해 봤는데요, 누나가 예전에 알던 사람이 아니었대도 좋아했을 것 같아요. 하지만 어려서부터 알던 사이라는 게 훨씬 좋아요. 다시 만나게 된 건 천운이라고 생각하고요."

"하하하. 너 왜 이렇게 오버가 심해졌냐?"

"말도 잘 통하고 재미있는데다, 무엇보다 수가 읽히지 않잖아요. 그런 여자 찾기 힘들어요."

"수가 읽히는 여잘 만나 봤었나 보네?"

"형, 그런 질문…… 네."

"솔직하네."

"죄송해요."

"죄송할 것까지야."

"웃긴 게요, 자꾸 안 착한 척하는데 정말 착해요. 행동하는 거 보면 알아요. 마음에서 우러나와서 하는 건지, 남에게 보여 주려고 하는 건지."

"알아주니 내가 고맙네. 한 잔 더 할래?"

"제가 시킬게요."

술이 센 녀석이다. 술만 셀까. 세현이 맥주와 안주를 주문하자 40대 중반으로 보이는 여주인 얼굴에 화색이 돌았다. 아주머니, 애 스무 살이에요. 당신 아들뻘이라고. 정작 당사자는 무관심에 무표정. 할 말만 딱 하고 시선을 거두어들인다. 현서는 실망하는 여주인의 표정에 웃음이 터질 것 같아 주먹으로 입가를 가렸다.

맥주가 도착하자마자 문자 알림 소리가 들렸다. 액정을 확인하는 얼굴에 숨길 수 없는 미소가 맴돈다. 현서는 혜서의 답장이라는 데 남은 인생을 걸 수도 있다고 생각하며 술잔을 비웠다.

"잘 갔다지?"

"네. 어른들끼리 얘기 나누고 계신대요."

현서는 빈 잔에 술을 채워 주며 슬그머니 잔소리를 했다.

"혜서 술 많이 마시는 남자 싫어해. 걔가 끼가 많은 것 같아도 기본은 지키는 애야. 눈치챘겠지만 술 마시고 허튼짓하는 거 절대 안 봐줄걸?"

"알아요. 화나면 되게 무서워요."

"여자 무서운 줄 알면 됐다. 혜서가 겉으론 털털해 보여도 은근 예민하거든. 너한테 팁 주는 거야."

"팁 좀 더 주세요."

주문한 술이 도착했다. 적당히 차가운 맥주를 마시며 현서는 여동생의 남자 친구를 바라보았다. 객관적으로 평가해도 더는 훌륭할 수 없는 조건이다. 그런데 그 완벽함이 걸리기도 한다. 너무 많이 가진 아이. 이 아이에게 결핍은 무엇일까. 현서는 아무에게나 털어놓기 힘든 말을 시작했다.

"병장 된 지 얼마 안 돼서야. 저녁밥 먹고 내무반에 들어와 쉬고 있는데 갑자기 날 찾아. 얼른 집에 가 보라면서 병원 주소가 적힌 쪽지를 주더라고. 손이 벌벌 떨리더라. 집의 누가 잘못된 것 같긴 한데 아무도 말을 안 해 주는 거야. 그냥 가족 중 누가 아프대. '누가 아픈 게 그나마 나을까?' 가면서 그 생각마저 해 봤다. 제정신이 아닌 거지. 병원에 도착해 보니까 아버진 벌써 돌아가셨고…… 엄마하고 혜서는 넋이 빠져 있더라. 우리 집이 힘들어져 여기저기 떠돌 때도 그렇게까지 막막하진 않았어. 그땐 아버지가 살아 계셨으니까. 장례 치르고 부대로 돌아오는데 정말 미치겠대. 내가 첫사랑 여자 친구가 고무신 거꾸로 신었을 때도 탈영 생각을 안 했는데, 부대 위병소가 보이는 순간 다시 집에 가야겠다는 생각만 들더라. 엄마하고 동생을 생각하니까 돌아 버리겠는 거야. 혜서가 죽어 가는 아버지 곁에 혼자 있었던 걸 생각하면……. 그 일 겪고 우리 혜서 원형탈 모까지 왔었어. 휴가를 나왔는데 애 머리에 구멍이 숭숭 나 있는 거야. 내가 잘 안 우는데 그날 그거 보고 펑펑 울었다.”

그로선 영원히 잊고 싶은 기억이다. 마주 앉은 세현의 눈가가 확 붉어졌다.

“……저한텐 그런 말 한 적 없어요.”

“뭐 좋은 얘기라고 하고 싶겠냐. 나도 그렇지만 우리 세 식구 그때 기억 떠올리는 거 싫어해. 우리 혜서가 공부를 제법 잘했어. 학원도 하나 못 보내 줬는데. 집에서 뒷바라지만 잘해 줬으면 지방 의대라도 갔을 거야.”

“의대요? 수의학과가 아니라?”

“수의사 되고 싶어 한 적도 있었는데, 아버지 그렇게 되고 나서는 의대 가고 싶다는 말을 하더라고. 근데 걔가 수학이 달려서. 전형적인 문과생이었거든.”

“겁이 없어서 의사 하면 잘했을 것 같은데.”

“당돌한 구석은 있지만 겁도 많아. 부대에서 전화하면 오빠 언제 휴가 나오느냐고 그렇게 물어. 여자들끼리만 사는 게 무서웠겠지. 밤에 야자하면 엄마가 늘 데리러 다니셨어. 우리 엄마도 고생 많이 하셨지. 지금도 그렇지만.”

이렇게까지 자세히 듣는 건 처음이었다. 세현은 다음 말을 기다리며 현서의 입을 뚫어져라 응시했다.

“난 혜서가 해 달라는 건 다 해 주고 싶어. 차도 사 주고 싶고, 좋은 가방도 사 주고 싶고. 마음은 늘 그래. 학교 다닐 땐 아르바이트도 못 하게 했어. 나 몰래 하다 들킨 적도 몇 번 있는데, 돈 번다고 서빙하고 과외하고 그러는 게 이상하게 싫더라고."

"저도 싫어요. 누나가 커피숍에서 아르바이트하는 거."

"엄마가 지방으로 내려가시고 나서부턴 밥도 내가 해 줬어. 그래도 아버지가 될 순 없더라. 니가 어려서부터 혜서 좋아하고 잘 따랐던 거 기억해. 너도 나이보다 어른스러운 것 같고, 너희 가족 모두 좋은 분들인 거 잘 알고 있어. 한 해 동안 조부모님이 우리 혜서 잘 돌봐 주신 것도 정말 고맙게 생각해. 나도 그 은혜 잊지 않을게. 솔직히 혜서가 스무 살밖에 안 된 너하고 엮이게 될 줄은 진짜 몰랐다."

"……."

세상에 둘도 없는 사랑은 입으로 하는 게 아니다. 목숨만큼 사랑한다느니, 누구보다 아낄 자신 있다느니 떠드는 놈치고 끝까지 약속 지키는 걸 못 봤다. 현서는 세현이 나이답지 않게 의젓하고 입바른 소리가 없어서 마음에 들었다.

"혜서가 누굴 닮았는지 끼가 참 많아. 아버지가 노랠 잘 부르시긴 했는데, 내가 보기에도 보통이 아니야. 그게 잘 풀리면 좋겠지만 거꾸로 자칫 탈선할 수도 있는 거거든. 사실 좀 버거울 때도 있었어. 옷 단속에, 남자 단속에."

"아, 형. 그 옷 좀 어떻게 안 돼요? 찢어진 청바지만 해도 신경 쓰이는데, 쫄쫄이 스타킹 같은 바지에, 티도 꼭 한 치수 작은 것만 입는 것 같고……. 하아."

자랑할 만한 몸매인 것은 틀림없지만 그걸 타인과 공유하고 싶은 생각은 절대 없다. 하나부터 열까지 전부 그의 것이어야 한다. 세현은 혜서의 옷장만 생각하면 속이 끓었다.

"지금은 양호한 거야. 예전엔 한겨울에도 민소매에 한 뼘 반 바지 입고 살았어. 가만히 있어도 속에서 열이 뻗친다나? 할머니 집에선 그 정돈 아니었지?"

"아무래도 어른들이 계시니까요. 밖에 나가서 연락 안 되면 불안해 죽겠어요. 춤추는 거 좋아하지, 술은 약하지, 남이 주는 술 넙죽 받아 마시다…… 제가 심한 거 아니죠?"

"심하긴. 나 같으면 혜서 같은 애 안 만나. 오래 살고 싶으면 이쯤에서 헤어져라. 명 줄어."

"형, 진짜 이러기예요?"

"하하. 혜서가 하자는 대로 다 해 주지 마. 니가 어려도 남자 잖아. 아무리 좋아도 안 되는 건 안 되는 거라고 할 줄 알아야 지 우습게 안 봐."

"누나 철없고 어리진 않은데. 학교에서도 애들이 참 좋아했 어요. 사람 안 가리고 편하게 대해 줘서 학생들이 잘 따를 거예 요. 지금 학교에서도."

"그래? 내 앞에서만 더 그러는 건가?"

"오빠니까요. 형, 혜서…… 누나가 뮤지컬 배우 하고 싶어 하는 건 아세요?"

"집에서 뒷바라지를 못 해 줬어. 하고 싶어 하는 건 알았 는데."

"작년에 뮤지컬 극단에서 한 오디션에 붙었었어요."

서글서글 시원한 현서의 눈이 커다래졌다. 그것까진 몰랐던 모양이다.

"근데 임용고시 준비한다고 포기했어요. 연습을 제대로 못 하니까 극단에서 뭐라고 했나 보더라고요. 얼마 전에 다시 연락이 와서 시간 될 때마다 가고 있어요. 극단 대표하고 나중에라도 꼭 배우가 되겠다고 약속했대요. 지금은 돈 벌어야 하니까."

혜서의 대출금을 대신 갚아 주고 싶다는 말은 차마 할 수 없었다. 누구보다 자존심 강한 남매다. 단순히 빚이 문제가 아니라는 것도 안다. 하지만 이 말은 꼭 하고 싶었다.

"전 혜서 누나가 뮤지컬 배우가 됐으면 좋겠어요. 그쪽으로 재능이 많잖아요."

"형편도 안 됐지만 일부러 포기하게 한 면도 있어. 그런 일 하면 끼 많은 사람들하고 자꾸 엮이게 되잖아. 주변에 물어보니 다들 그쪽은 아예 발도 들이게 하지 말라고 하던데. 그래도 괜찮아?"

"그 부분은 제가 알아서 할게요. 형도 도와주세요. 하고 싶어 하는 일 마음 편히 할 수 있게."

밤차로 내려가겠다는 엄마와 하룻밤이라도 같이 자고 싶어서 집에 모시고 왔다. 미리 전화를 드려 놓은 터라 어르신들도 반겨 주셨다. 며칠 전 돌아가신 할머니 얘기를 하다가 뜻밖의 말을 들었다. 그동안 까다로운 늙은이 치다꺼리하느라 고생했다며 할머니가 큰돈을 주고 가셨다고. 자식들 모르게 친정 남동생을 시켜 하신 일이라고 했다.

배다른 자식들은 할머니의 건강이 회복되는 것보다 유산을 더 기다렸다. 친자식들은 이복형제에게 재산이 갈까 봐 눈에 불을 켜고 지켰다. 병든 할머니가 드실 식사를 준비하고 밤새 곁을 지킨 건 병구완하느라 살이 빠져 50킬로도 안 나가는 엄마였다. 그게 돌아가시기 한 달 전쯤 일이라고. 3000만 원. 한 해에 1000만 원씩 계산한 셈인가. 헤서 집엔 큰돈이었다.

"세상에! 잘됐네. 착한 끝은 있다니까. 헤서 엄마가 오죽 잘해 드렸겠어. 그 노인네 자네가 한 음식만 드셨다며."

"아무도 못 믿으시더라고요. 음식도 제가 먼저 한술 떠야 드셨어요."

"에휴, 돈이 아무리 많으면 뭐해. 자식이 차려 준 밥 한 끼 편히 못 먹고 가신걸. 그래도 자식이라고 다 물려줬겠지."

"그러신 것 같아요. 부모 된 죄죠."

"장례식장이 난리였겠구먼. 내가 적네, 니가 많네 하면서."

엄마의 얼굴에 씁쓸한 표정이 떠올랐다.

"그거 보니 재산 많은 게 안 부럽더라고요."

"돈이 아무리 좋아도 사람 위에 있으면 안 되지."

인희는 혜서 엄마의 거친 손을 마주 잡으며 푸근하게 웃어 주었다. '노인네, 돈도 많다면서 죽으면 쓰지도 못할 거 5000쯤 주고 가지 좀스럽게 3000이 뭐야.' 싶었지만 내색은 하지 않았다. 그래도 그 돈을 전세 보증금에 보탤 수 있으니 얼마나 다행인가. 공짜 돈이라면 만 원도 받을 성격이 아님을 알았기에 그동안은 아예 말도 꺼내지 않았다. 혜서를 데리고 있는 것만으로도 얼마나 미안해하고 고마워하는지, 뭘 해 주고 싶어도 혜서 엄마가 먼저 신경 쓰이곤 했다.

방으로 들어온 모녀는 잠자리를 펴고 나란히 누웠다. 방이 널찍해서 침대 옆에 2인용 이불을 펴고도 자리가 남았다. 상을 치른 데다 집을 구하느라 종일 돌아다닌 연희는 방바닥으로 빨려 들어가는 것처럼 노곤했다. 내일은 오전 일찍 내려가 짐을 정리하고 언니가 사는 시골에서 한 달 정도 쉬다 올 생각이다. 고맙게도 세현이 할아버지가 아는 부동산을 통해 살 집을 알아봐 주시겠다고 하셨다.

두 아이가 걱정할까 봐 내색은 못 했지만, 긴장이 풀리니 안 아픈 데가 없다. 남편이 더더욱 생각나는 밤이다. 바로 내일도 안 보일 만큼 막막했던 7년 전. 갑작스러운 가장의 죽음은 한 가족의 인생행로를 바꾸어 놓았다. 돈만 준다면 무슨 짓이라도 할 수 있을 것 같은 때도 있었다. 말이 7년이지 70년처럼 긴 시간이었다.

남편 하나밖에 모르고 살았으니 추억할 남자도 하나뿐이다. 여자를 버리기엔 젊은 나이였으나 버려야만 살 수 있었다. 밥벌이에 지친 몸으로 이부자리에 누우면 단단한 팔 하나와 따뜻한 품을 내어 줄 남편이 그리웠다. 살아서는 더 많은 걸 원했지만 보내고 나니 모든 게 사치였다. 자식이 없었다면 산목숨이 아니었을 것이다. 그러나 아빠 없는 아이로 자랄 아이들에게 엄마까지 없다는 굴레를 씌울 수는 없었다. 두 아이가 살아갈 이유가 됐고 목적이 됐다. 아들 현서는 그나마 성인이 돼서 아버지의 죽음을 맞이했지만, 아직 어린 혜서를 보면 늘 가슴이 저렸다. 저걸 남기고 어떻게 눈을 감았을까. 저 예쁜 걸 두고.

남편이 세상을 버린 날 아침, 해장국을 끓여 놓고 출근을 서둘렀다. 잠든 남편 얼굴이라도 한번 쓸어 주고 나갈걸. 눈이라도 한번 마주칠걸. 나중에 그 생각을 수없이 했다. 그 전날 밤을 떠올리는 건 아직도 괴롭다. 남편은 결제 대금을 고의로 부도내고 도망간 거래처 사장의 부모가 사는 곳을 알아냈다며 새벽같이 집을 나섰었다. 종일 연락도 안 되고 전화도 없기에 조바심 내며 기다리고 있는데 자정쯤 남편이 들어왔다. 역한 소주 냄새가 물씬 풍겼다.

"가 봤더니 두 양반이 다 쓰러져 가는 폐가에서 밥도 제대로 못 끓여 드시고 겨우 목숨만 부지하고 있는 거야. 예전에 그 거래처 사장 집에 가 본 적이 있거든. 80평이라든가. 으리으리하게 차려 놓고 외제차 끌고 다니던 사람이 제 부모는 그렇게 살게 놔뒀더라고. 들어 보니 대학 공부시킨다고 땅 팔고, 사업한다고 집 팔고, 해 줄 건 다 해 준 모양이던데."

"그 사람 인상은 좋아 보이더니 어쩜 그래. 돈은커녕 아들이 어디 사는지도 모르겠네."

"연락 안 된 지 한참이래. 두 노인네가 하도 딱해서 쌀이랑 부식이랑 사다 드리고 왔네."

모서리가 너덜거리는 반지갑을 열어 보니 달랑 1000원짜리 두 장이 남아 있었다. 그런 남편에게 또 화가 났다. 제 앞가림도 못 하면서 오지랖은. 당신이 그리 귀애하는 딸은 하고 싶은 것도 못 하고 학원 한 군데를 못 보내는데, 남 불쌍한 것만 눈에 보이더냐고 넋두리를 늘어놓고 싶었다. 제 눈에서 피가 날지언정 남의 눈에 눈물 고이는 건 못 보는 사람. 애초에 성직자가 맞춤옷처럼 어울릴 양반이었다.

머리가 지끈지끈 아프다며 겨우 씻고 돌아온 남편이 돌아누운 그녀의 가슴팍에 손을 올렸다. 씻어도 술 냄새는 쉬이 가시지 않았다.

"그래도 난 당신도 있고 애들도 건강하니 행복한 사람이야."

좋은 말도 한두 번이지. 그날 오후에도 새 운동화가 필요하다는 딸의 투정을 달래야 했다. 혜서야, 조금만 기다려. 금방 사 줄게. 당장은 할 말이 그것밖에 없었다. 아이들이 공부할 때 필요한 컴퓨터는 오래전에 고장 났는데 바꿔 줄 여력이 없었다. 학교 숙제를 해야 할 때면 두 아이는 PC방을 가거나 친구 집에서 숙제를 해 오곤 했다. 딸이 애지중지하던 피아노는 생활비가 부족해 팔아 버린 지 오래였다. 그것조차 피아노를 좋아하는 외손녀가 안쓰러웠던 친정엄마가 몇 년을 모았을 용돈을 주어 중고로 들인 것이었다.

하루에도 몇 번씩 속에서 뜨거운 것이 치밀어 올랐다. 언제까지 저 허울뿐인 말을 들어야 하나. 재기할 수 있을까. 남편을 믿고 싶은데 믿어지지 않아서 괴로웠다. 연희는 가슴께를 어루만지는 남편의 손을 귀찮아하며 빼냈다.

"그 인간은 저 먹고살 거 다 빼돌리고 제 자식들은 유학 보내 놨다며? 착하게 살면 누가 알아줘? 남들이 바보라고 그래. 우리 애들은 뭔 죄야. 사기꾼 자식도 잘 먹고 잘사는데."

"미안해, 연희야. 내가 당신 고생한 거 잊지 않을게. 조금만 더 참자, 응? 정신 차리고 다시 일어날 테니까 힘들어도 조금만 더 견뎌."

남편에게 건넬 위로나 격려의 말 따윈 떨어진 지 오래였다. 고단한 한숨을 안으로 삭이며 등을 지고 누웠다. 똑바로 누우면 숨이 차올라 몸을 웅크려야 했다.

"여보, 얼굴 좀 보자. 오랜만에 우리 마누라 좀 안아 볼까."

"머리 아프다면서 무슨. 그냥 자요. 현서 아직 공부하잖아."

방이 두 개뿐이라 거실을 현서가 쓰고 있었다. 대신 남편의 손을 끌어와 젖가슴에 얹어 주었다.

"당신 좋아하는 거 실컷 만지면서 자."

"우리 연희 데려와 고생만 시키고……."

몸을 되돌려 남편을 바라보았다. 몇 년 새 숱 많던 머리가 휑해진 게 두 배는 늙어 보였다. 없이 시작한 살림. 남들처럼 사치 한번 안 부리고 산 세월이 억울했다. 어차피 이렇게 될 줄 알았다면 하고 싶은 거나 실컷 하며 살걸. 하소연할 데가 없으니 더 미칠 지경이었다. 부쩍 희끗희끗해진 남편의 머리를 부여안았다. 아이처럼 한참을 가슴에 매달려 있던 남편이 돌연 천장을 보고 눕더니 느리게 웅얼거렸다.

"이젠 제대로 서지도 않네. 낮일도 못 하고, 밤일도 못 하고. 살아도 산목숨이 아닌 건가……."

몇 년 사이 너무나 약해진 남편이 적응이 안 됐다. 평생의 그늘이 되어 줄 나무 같은 사람일 줄 알았건만, 남편은 낡고 오래된 벽처럼 하루가 다르게 허물어져 갔다. 어서 자요. 머리 아프다면서. 그게 그이와 나눈 마지막 대화였다. 그래서 더 미안했고, 그래서 더 미웠다. 괜찮다고 해 줄걸. 빈말이라도 좋은 날이 올 거라고 해 줄걸. 언제나 당신을 믿는다고……. 그날, 그랬더라면 남편은 아직 살아 있을까.

온갖 상념이 넘실대는 밤이다. 꼬박꼬박 저축한 돈과 생각지도 않은 목돈, 거기에 아파트 월세 보증금까지 합치면 작은 빌라 전세 정도는 구할 수 있을 거로 생각했는데, 집값이 너무 올랐다. 다시 지하로 내려가지 않는 삶. 월세를 내지 않아도 되는 두 칸짜리 집을 구하는 게 눈앞의 목표가 됐다.

내년 초쯤 결혼 예정인 아들은 사택이 있어서 당장에 집 걱정은 안 해도 될 것 같다. 알뜰하고 이해심 많은 여자를 만난 건 아들의 복일 터이다. 연희는 엇나가지 않고 잘 자라 준 두 아이가 새삼 고마웠다. 남편이 내려다볼 수 있다면 칭찬해 주지 않을까. 잘 견뎌 주었다고.

그녀의 손을 잡고 지압하듯 주무르던 딸이 조용히 말문을 열었다.

"엄마, 이젠 일하지 마. 나 밥해 주면서 엄마 하고 싶은 거 하고 살아. 옛날처럼 수영도 다니고 취미 생활도 하고 그래. 친구들도 만나고. 친구들 만난 지 한참 됐지? 나도 이젠 돈 벌잖아. 보충수업까지 하면 수입이 꽤 쏠쏠하대. 대출 갚고 저축도 하면서 우리 둘이 충분히 먹고살 수 있어."

"말만 들어도 좋은걸. 엄마 아직 젊으니까 같이 벌어서 더 좋은 집으로 옮기자."

"엄만 좀 쉬어야 해. 하도 고생을 해서 폭삭 늙었어. 우리 엄마 참 예뻤는데."

"지금은 안 예쁘냐?"

"예쁜데 주름이 너무 많아졌어. 푹 쉬면서 살 좀 찌워."

예쁘다는 말을 마지막으로 들은 게 언제더라? 남편이 세상을 뜨기 얼마 전 해 준 게 마지막인가.

'우리 연희 곱게 한복 입고 폐백 드리던 모습이 엊그제 같은데 흰머리가 생겼네. 그래도 아직 예쁘다, 내 마누라.'

이젠 기억조차 가물가물하다. 가끔은 남편의 얼굴조차도. 선명히 기억나는 건 듬성듬성 흰 수염이 섞여 있던 거친 턱. 눈물이 터지면 걷잡을 수 없을 것 같아 안으로 삼키는 게 습관이 됐다. 목울대가 시큰하게 저려 왔다.

"이젠 아들딸 다 돈 버는데 뭐가 걱정이야. 오빠도 매달 생활비 보내 준댔어."

"결혼하면 둘이 살 궁리를 해야지. 엄마가 아무것도 못 해 줬는데."

"엄마가 뭘 못 해 줬어? 이 정도 키워 줬으면 됐지. 연지 언닌 오빠 많이 좋아하니까 다 이해할 거야."

"아이고, 딸. 그렇게 생각하면 안 돼. 행여나 새언니 앞에서 내색도 하지 마. 지금은 어떤지 몰라도 사람 마음이 그게 아니란다. 연지도 보고 듣는 게 있을 텐데, 살다 보면 다른 시댁하고 자연스럽게 비교가 되겠지. 그게 사람인걸."

"그럴 수도 있겠네. 그래도 오빠 정도면 어디 내놔도 빠지지 않잖아."

"그거야 그렇지. 너나 현서나 다른 집에서 태어났으면 더 잘됐을 텐데. 엄마가 너무 미안해."

"무슨 그런 말을 해. 엄마가 있었으니 이렇게나마 사는 거지."

내 속으로 어떻게 이런 딸을 낳았을까. 이 아이가 있어서 버틸 수 있었다.

"당분간은 작고 허름한 집에서 살 수도 있어."

"응. 난 괜찮아."

"여기 사는 동안 어르신들께 늘 예의 바르게 행동해. 저런 분들 만나기 쉽지 않아."

"네."

"아빠가…… 너한테 보내 준 분들인가 보다."

어쩌면 남편이 보내 준 은인일까. 끝까지 좋은 인연이어야 할 텐데. 걱정이 하나 늘었다.

"세현이 어리다고 함부로 대하지 마. 부를 때 '너, 너.' 그러지 좀 말고."

"그럼 뭐라고 불러. 내가 누난걸. '세현 씨.'는 좀 우습고, 호칭 없이 부르긴 불편한데. 간지럽게 '자기야.'라고 해?"

딸의 엉뚱한 대답에 옅은 웃음이 터졌다.

"그러든가."

"나 오징어 되라고? 생각만 해도 몸이 근질근질하네."

"세현인 좋아할걸. 엄마 말이 틀렸는가 한번 해 봐라. 그나저나 너 진짜 결혼까지 할 마음 있는 거야?"

"하지 말까?"

"그걸 왜 엄마한테 물어. 네가 더 잘 알 거 아니야. 도대체 뭘 어떻게 했길래 스무 살짜리가 결혼한다고 난리야. 내가 그 생각만 하면 기가 막혀서."

'엄마는. 내가 뭘 어떻게 하는 게 아니라 걔가 뭘 어떻게 한대도요.'

"괜히 혼자 그러는 거야. 그러다 말겠지."

"언젠 죽어도 결혼 안 한다더니 이젠 나중에 한다네? 내가 너 그럴 줄 알았다."

"난 내가 이럴 줄 몰랐는데. 나중에 결혼하면 엄마하고 같이 살까?"

"아니. 둘이 재미있게 살아. 엄만 엄마대로 계획이 있어."

"무슨 계획?"

"그건 비밀. 아고, 이제 자야겠다. 내 다리가 내 다리 같지가 않네."

"다리 주물러 줄까?"

"괜찮아. 엄마 잔다. 너도 자."

"낮에 한 일도 없는데 뭐. 엄마, 다리 쭉 뻗어 봐."

엄마는 5분도 안 돼 바로 잠들었다. 코 고는 소리가 점점 커진다. 아빠가 돌아가신 뒤로 자다가 깨서도 엄마의 숨소리를 확인하곤 했다. 엄마의 콧김이 느껴지면 안심이 됐고, 엄마의 코 고는 소리가 멈추면 불안하던 시절이었다. 혜서는 부쩍 주름이 는 엄마의 얼굴을 한참 들여다보다 엄마 배를 껴안고 잠이 들었다.

남자 친구 집에 가는 건 태어나 처음이다. 오전 일찍 혜서를 데리러 온 세현은 아무래도 혹이 하나 붙을 것 같다며 못마땅한 기색을 대놓고 내비쳤다. 집에서 놀다가 오후엔 우현을 동반해 영화를 봐야 한다. 예매까지 해 두셨단다. 말하자면 어린 동생이 있는 연인의 가정사에 맞춘 스케줄이 그녀를 기다리고 있다.

"그 자식 분명 눈치 없이 가운데 끼어 앉으려고 할 거야."

"뭐 어때. 그럼 내가 가운데 앉을게."

"안 돼. 내 옆에 앉아. 맨 끝에."

"왜 자꾸 그래. 귀엽잖아."

"진우현이 귀여워? 진심이야?"

"그럼 잘생겼다고 해?"

"그 자식 속이 얼마나 시커메졌는지 알아? 얼마 전엔 야동 보다가 나한테 딱 걸렸다고. 겁도 없이 친구랑 길거리를 걸으면서 그걸 보고 있는 거야, 글쎄. 휴대폰 사진 폴더엔 캡처한 누드 사진까지. 귀엽기는 개뿔."

"여지없이 그 어린양도 호환, 마마보다 더 무섭다는 그 길에 접어들었구나. 너도 그 나이 때 그랬어?"

"난 중학교 때까진 순진 그 자체였어. 공부하고 운동밖에 몰랐던 사람이라고."

"너 중3 때부터인가 춤바람났다며?"

"춤바람? 허 참, 비보이 하던 형들이 날 순수천사라고 불렀다는 걸 모르나 보네."

"아! 그럼 고등학교 와서 망가진 거야?"

"뭘 망가져? 정혜서, 솔직히 불어. 거짓말하면 천벌 받는다. 본 적 있지?"

친구들이랑 몰래 몇 번 본 게 전부야. 혼자서 본 적은 한 번도 없어. 솔직히 혜서는 재미도 감동도 없이 징그럽기만 한 그걸 밝히는 남자들이 이해가 안 됐다. 남자들은 원래 다 그렇다니까 그런가 보다 하지만.

"대답이 없다?"

"변호사 불러 줘. 묵비권 행사할래."

"이거 봐, 이거. 내가 이럴 줄 알았다니까."

가만 보면 얼굴하고 머릿속하고 따로 논단 말이지. 세현은 순진한 얼굴과 말간 눈빛의 혜서를 보며 피식 웃고 말았다. 스물세 살이잖아. 여태 안 본 게 이상한 거지.

"그래도 우현인 아직 순진한가 보다. 증거를 줄줄 흘리고 다니는 거 보면. 너라면 분명 완전범죄를 저질렀을 텐데."

"이 얼굴로 이만큼 순수하게 사는 건 쉬운 줄 알아? 미성년자라고 봐주는 것도 없었다고."

오죽이나. 안 본다고 모르겠니. 앞으로 더하면 더했지 덜하진 않을 텐데. 그래도 나는 널 방목해서 키울 거야.

"세현아, 넌 어떤 유혹이 와도 다 물리칠 자신 있어?"

"당연히 그래야지. 사자가 풀 보듯 할게."

"사람 일은 한 치 앞을 모르는 거야. 매사에 너무 자신하지 마."

그래도 그렇게 대답해 주는 세현이 고맙다. 혜서는 그의 볼에 조촐한 입맞춤을 선물했다.

"니 방 어떻게 생겼는지 궁금했어."

"별거 없어. 옷장, 침대, 책장, 책상, 그런 거지 뭐."

"그래도 니가 사는 방이잖아. 그럼 별거 있어."

"이건 또 어디서 배운 스킬이야?"

"이런 걸 어디서 배워? 타고난 거지."

알고 그러는지 모르겠지만 이럴 때 보면 애교를 넘어서 교태가 줄줄 흐른다. 얼굴만 말가면 뭐하느냐고. 목소리에서 색기가 넘치는걸. 단지 그 생각만 했을 뿐인데 머릿속이 혜서의 간헐적인 신음으로 가득 들어찬다. 인간에겐 왜 본능이란 난제가 주어진 걸까. 집이 아닌 다른 곳으로 가고 싶다.

"빨간불! 앞에 좀 봐. 너 또 딴생각했지?"

"묻지 마. 대답 안 할 거야."

"말하지 마. 알 것 같아."

동시에 웃음이 터졌다. 혜서의 웃음이 그치길 기다려 다시 입을 열었다.

"우리 집, 할머니 집보단 작아. 할머니 집이 더 좋아."

"세상 대부분 집들이 다 그래. 난 너희 부모님 서재가 궁금해. 책 많지?"

"아무래도 전문 서적이 많으니까. 재미없는 책 60퍼센트, 재미있지도 없지도 않은 책 25퍼센트, 재미있는 책 15퍼센트 정도? 아버지가 책을 많이 읽으셔."

"아저씬 학교에서 인기 많으시지? 남편감으로도 아저씨 같은 타입이 딱 좋지 뭐. 어른한테 이런 표현 좀 그렇지만, 평생 딴짓은 안 하실 것 같아."

"나는 어떤데? 솔직히 말해도 돼."

"진세현은 학교에서 인기 많을 것 같아. 남편감으로는 진세현 같은 타입이 딱 부담스럽지 뭐. 아직 어린 청년한테 이런 표현 좀 그렇지만, 가끔 딴짓도 할 것 같아. 미안해. 너무 솔직했지?"

아버지한테 비교당하는 아들의 심정이 이런 거였군. 그가 여자라도 아버지가 더 안전한 남자로 보이긴 할 것 같다.

"뭘 어떡해야 믿음을 얻지? 내가 어떻게 했으면 좋겠어? 이마에 임자 있는 남자라고 낙인이라도 찍고 다녀?"

"뭘 또 그렇게까지. 생긴 대로 사는 거지. 우리 다음 주엔 도서관에 갈까? 건축설계 쪽은 공부할 게 되게 많다던데."

안 그래도 너무 막연한 감정으로 건축학과를 지원한 게 아닌가 하는 고민이 커지고 있다. 적성에서 그리 먼 과목이 아니라 건축학과를 택하면서도 큰 걱정은 하지 않았다. 사람이 머무는 공간을 만드는 일이니 문화사나 사회 전반적인 분야를 두루 이해해야 한다는 아버지의 조언이 점점 실감 나는 참이다. 캐드, 포토샵, 3D 등 컴퓨터 기술은 물론 드로잉에 스케치까지 배우고 있다. 실제로 전공 수업 시간엔 미술이 들어 있다.

"공부할 게 너무 많아. 5년도 너무 길고. 건축공학과로 갈 걸 그랬나 싶기도 해. 그게 수학에 더 가깝거든."

"너하고 건축 어울려. 잘할 거야. 도와줄 거 있으면 말해. 예를 들면 리포트 쓰는 거라든가."

"댁은요, 밤늦게 돌아다니면서 불안하게 하지나 마세요. 그게 날 도와주는 거예요."

"왜 이러세요. 난 집하고 학교하고 극단만 쳇바퀴 돌듯 다닌다고."

"그 사이에 유흥업소가 쭉 늘어서 있겠지. 내 일은 내가 알아서 할 테니까 레슨이나 열심히 받아. 꿈을 이뤄야지."

꿈. 어려선 그 말이 좋기만 했는데 이젠 부담스럽다. 현실은 늘 꿈보다 우선순위였다. 현실은 늘 그녀에게 타협과 포기를 먼저 권했다.

"세현아, 꿈을 이룬 사람이 되면 세상이 어떻게 달라질까. 상상이 잘 안 돼."

"잘은 모르지만 이건 분명해."

집 앞 사거리. 빨간 신호등에 걸렸다. 차가 스르르 멈추고 눈이 마주쳤다.

"……세상이 정혜서를 다르게 대할 거야."

현관문이 열리자 우현이, 그 뒤로 아저씨가 보였다. 인사를
드리고 준비한 선물을 우현에게 건넬 때 아줌마가 다가오셨다.
앞치마를 두른 모습이다.

"어서 와. 살이 더 빠졌네?"

"학기 초라서 정신이 없어서요. 아줌마도 살 좀 빠지신 것
같아요."

"나도 학기 초잖니. 하하. 들어와."

쑥스러운 표정으로 서 있던 세현이 그녀의 구두를 벗겨 준
다. 민망해진 그녀는 그 손을 슬쩍 밀어냈다.

"엄마, 누나가 이거 가져왔어. 누나, 이게 뭐야?"

"너 읽을 책 몇 권하고 쿠키."

"누나가 만든 거야?"

"아니. 사 온 거야. 학교 근처 제과점에서 파는 건데 맛있
어서."

"나 쿠키 좋아하는데. 우리 엄마도 좋아해."

"아줌마도 잘 먹을게. 다음부터는 빈손으로 와도 돼. 편하게
다녀도 되는 집이잖아."

"그럴게요."

"여보, 혜서 주스라도 갖다 줘요."

집에 들어온 순간부터 말이 없어진 세현이 혜서를 소파에
앉히고 주스잔을 건넸다. 우현이 옆에서 턱을 치받들고 그녀를

바라보고 있다. 거실엔 텔레비전이 아예 보이질 않았다. 발코니 창 쪽으로 2미터쯤 되는 직사각형 원목 테이블이 가로로 놓여 있었다. 인테리어를 새로 했는지 집 안 곳곳이 안주인처럼 세련된 모습이다.

"누나, 학교에서 별명이 '정 여신'이지? 맞지?"

사실 그렇게 불러 주는 학생들이 제법 있다. 하지만 그걸 대놓고 수긍할 만큼 혜서는 뻔뻔하지 않았다.

"언제부터 여신이 그렇게 흔해졌어? 나까지 끼면 신전이 미어터지겠다."

"누나 정도면 교사치고는 여신이지."

그녀의 미모를 수식하는 말엔 늘 이런 보조사가 붙는다. 학생치고는. 일반인치고는. 교사치고는.

"우리 학교엔 누나만큼 예쁜 선생님이 없어. 눈을 씻고 봐도 없어. 망했어."

"전국 학교를 다 돌아다녀 봐라. 있나."

"엄마, 형이 이상해! 드디어 맛이 갔어!"

주방 쪽에서 아줌마의 웃음소리가 크게 들려왔다. 뭘 하시는지 두 분이 등을 보인 채 나란히 서 계셨다. 엄마만 있는 집에선 볼 수 없는 부러운 풍경이다. 편히 있으라고 하셨지만 혜서는 뭐라도 해야 할 것 같아 불편했다.

"우리도 가서 도울까?"

세현이 고개를 슬쩍 저었다.

"괜찮아. 부담 갖지 마. 주방 쪽엔 오지 말라셨잖아."

"아직 멀었어. 점심 차려지려면. 머리 좋은 사람이 요리도 잘한다던데 그것도 아니라는 걸 몸소 실천하시는 분이지. 우리 모친이."

동생의 말에 세현이 눈가를 찡그린다.

"아주 끝없이 까부는구나. 어떻게 적정선이 없어."

"형, 나 중2야."

"중2가 벼슬이냐? 혜…… 누나, 집 좀 둘러볼래? 어디부터 보고 싶어?"

"당연히 니 방이지."

"우웩. 나 들어갈래."

"제발."

현관 입구 쪽에 있는 제법 큰 방이 세현이 쓰는 방이었다. 상상했던 것과 크게 다르지 않은 모습이었지만, 상상도 못 했던 물건이 하나 보였다. 레고로 만든 집 모형이 피아노 위에 놓여 있었다. 오래된 모형인데, 투명 아크릴 상자 안에 들어 있어서 새것처럼 깨끗했다. 피아노는 아저씨가 쓰던 걸 물려받은 것으로 기억한다. 족히 40년은 된 국산 브랜드다.

"이거 너하고 나하고 같이 만든 레고 아니야? 우리 어렸을 때."

"기억나?"

"까맣게 잊어버렸는데 보는 순간 떠올랐어. 우리 둘이 하루 내내 만든 거잖아."

"이거 만들 때 나중에 크면 이런 집 짓고 같이 살자고 했던 건 기억 안 나?"

"그런 말을 했다고? 니가? 내가?"

"내가 그랬겠어. 어린 게 뭘 안다고."

"에이, 설마. 내가 그런 말을 했다고?"

"초등학교도 안 간 어린애한테 같이 살자고 꼬드긴 게 누군데."

"툭하면 꼬드겼대."

"그때 나한테 2층에서 살라고 했었어. 누난 1층에서 살면 된다면서. 그래서 2층에서 바로 밖으로 이어지는 계단도 만든 거잖아."

"그것까진 기억 안 나. 이걸 여태 안 버리고 갖고 다녔어? 상자는 언제 만든 거야?"

아무리 기다려도 누나는 오지 않았다. 레고로 만든 집엔 뿌연 먼지가 쌓여 갔다. 알코올 묻힌 화장솜과 면봉으로 꼼꼼하게 먼지를 닦아 낸 세현은 할아버지께 상자를 만들어 달라고 부탁했다. 레고 집엔 더는 먼지가 내려앉지 않았지만, 그의 가슴엔 묵은 그리움이 쌓여 갔다.

"내 전화 많이 기다렸어?"

"이해가 안 됐어. 그렇게 갑자기 떠난 것도. 전화 한번 안 해주는 것도. 혹시 사고가 나서 누나가 죽은 게 아닐까 하는 상상도 가끔 했었어."

울리지 않는 전화기를 바라보며 우두커니 앉아 있었을 작은 사내아이가 그려졌다. 혜서는 훌쩍 커 버린 이웃집 꼬마의 허리를 껴안고 그 가슴에 얼굴을 묻었다.

"세현아, 미안해. 내가 잘못했어."

"일부러 그런 거 아니잖아."

울리려고 한 말은 아니었는데. 혜서가 물기가 그렁그렁한 눈으로 고개를 끄덕였다. 다시 만났으니 됐다.

"더 많이 사랑해 줄게."

"가만 보면 내가 할 말을 자꾸 채 가서 하더라. 서재 구경 할래?"

제일 큰 방이 서재였다. 혜서는 세현에게 어깨를 잡힌 채 책장 앞을 한참 서성였다. 짐작대로 전문 서적이 가장 많았지만 뜻밖에 소설책도 꽤 있었다.

"책장이 반으로 나뉜 것 같은데? 이쪽은 아줌마 거, 저쪽은 아저씨 거. 맞나?"

"은근 똑똑하단 말이야."

"나도 평균 지능은 훌쩍 넘어. 너보다 낮으니까 입 다물고 사는 거지, 어디 가도 부끄러운 아이큐는 아니라고."

"왜 흥분하고 그래? 뽀뽀하고 싶게. 우리도 나중에 이렇게 서재 꾸밀까?"

"그런 말 자꾸 하면 결혼하고 싶어지잖아. 안 넘어가."

"난 서재에서 공부만 하지 않을 거야. 3인용 소파도 하나 놓고, 싱글 침대도 들여놓으려고."

"방이 엄청 커야겠네?"

"아마도. 누가 될지 모르지만 와이프 의견을 최대한 반영해 주려고. 공부 말고 뭐 할 건지 안 궁금해?"

서재에 굳이 3인용 소파와 싱글 침대가 필요한 이유가⋯⋯ 있다면 있겠지. 공부하다가 피곤하면 잘 수도 있⋯⋯.

"누워서 책 읽어야지. 방금 이상한 상상했지?"

"틈만 나면 누나를 가지고 놀아요."

"나이 많다고 자랑하는 거 봐. 자랑할 게 그렇게 없어?"

"하나 더 있어. 이건 진짜야."

혜서가 그에게만 들리도록 속닥거렸다. 두 개의 까만 눈동자가 작은 별처럼 반짝인다. 이 거짓 같은 별 안으로 빠져들 것 같다.

"나한테 남자 친구가 있는데, 정말 끝내줘. 어디 하나 버릴 구석이 없어."

서재에 들어간 두 아이 웃음소리가 주방까지 들려왔다. 아들을 행복하게 해 주는 여자. 맞춤옷 같은 상대를 만나는 건 누구에게나 주어지는 행운이 아니다. 아마도 세현은 대를 이어 행운아가 될 모양이다. 무슨 생각을 하는지 아내의 입가에도 옅은 웃음이 감돈다. 토마토를 썰다 말고 서연이 그의 얼굴을 바라보았다.

"여보, 신기하지?"

"신기하네."

"왜, 우리 집에까지 같은 학교 여자애들 가끔 찾아왔었잖아. 내가 그 애들 거실에서 대접하고 있으면 세현인 방에 들어가서 나와 보지도 않고. 난 우리 아들이 되게 쌀쌀맞은 남자인 줄 알았어."

"제가 좋아하는 여자가 아니니까."

"혜서 보는 눈길 봤어? 간도 빼 주고 쓸개도 갈아 주겠더라."

"그걸 말이라고."

"신기하고 부럽고 그러네. 나도 저 나이로 돌아가서 연애하고 싶다."

아직은 소녀 같은 구석이 많은 아내다. 쉰이 가까운 나이에도 사랑이 제일 중요한 여자. 경훈은 그런 아내가 귀여웠다.

"누구하고 연애할 건데?"

엄마처럼 무능한 여자로 버림받기 싫었던 그녀에게 대안은 하나밖에 없었다. 악착을 떨며 공부할 때는 힘은 들었어도 두려움은 없었다. 사랑은 달랐다. 첫 남자에게 받은 상처는 오래가지 않았다. 그만한 가치가 없는 남자란 걸 곧 깨달았으니까.

40대 초반까지만 해도 서연은 남편이 다른 여자를 사랑하는 날이 올까 봐 두려워했다. 시들어 가는 시기를 늦추려고 운동을 하고 식단 조절도 했다. 임신 기간을 제외하곤 먹고 싶은 만큼 먹은 적이 거의 없을 정도였다. 젊고 싱그러운 조교나 여대생들과 늘 함께하는 남편을 생각하면 믿음이 흔들릴 때도 있었다. 가끔은 새 여자를 찾아 떠난 아버지와 남편이 오버랩되는 악몽도 꿨다. 뒷모습은 분명 아버지였는데 돌아선 얼굴은 남편이었다. 누구도 믿지 않을 것이다. 여전히 아름답고 성공의 길을 달려온 김서연이 그런 불안감과 동거해 왔다는 걸.

한국으로 돌아온 다음 해 일이다. 그즈음 경훈은 학교에서 늦어지는 일이 많았고 늘 바빠했다. 잠들기 직전 입맞춤만 진하게 해 줘도 옷을 벗기고 파고들던 남편이었는데, 누우면 바로 곯아떨어졌고 때론 정신이 팔린 사람처럼 건성이었다. 섹스를 애정의 척도로 삼지 말라는 말은 성생활의 중요성을 무시하는 사람이나 하는 소리다. 기다리다 못해 안아 달라고 했는데 단칼에 거절당했다. 결혼 후 처음이었다. 그날 밤 남편은 어떤 설명도 없이 등을 돌리고 잤다.

대학이 어떤 곳인지 누구보다 잘 아는 그녀였다. 캠퍼스는 학문을 숭상하는 사람들만 모이는 장소가 아니다. 젊은 대학원생 조교와 통화하는 남편의 목소리는 성우처럼 근사했고, 발칙한 여대생들은 수시로 애교스럽게 연락해 왔다.

대학 밖 세상이라고 안전한가. 돈만 있으면 온갖 유흥을 즐길 수 있는 나라가 대한민국 아닌가. 먼저 떠나는 사람이 될지언정 남은 사람은 되지 말자고 생각했던 그녀였다. 다시 미국으로 돌아가고 싶었다. 여자라곤 그녀밖에 모르던 시절로.

그 며칠 뒤, 남편이 젊은 여자를 데리고 와서 자기를 놓아 달라고 하는 꿈을 꿨다. 25년지기 친구의 남편이 스물한 살 여대생과 바람이 나 집을 나갔다는 하소연을 들은 날이었다. 친구는 불임 전문의로 이름을 날리는 의사였고, 친구의 남편은 이제 겨우 전임이 된 강사였다. 친구는 남편이 그 어린 여자애를 임신까지 시킨 것 같다며 자근자근 밟아 죽이고 싶다고 표현했다. 아내가 번 돈으로 산 비싼 차를 끌고 다니며 젊은 여자와 놀아난 남자. 잘나면 잘난 대로 못나면 못난 대로 맞는 상대가 있게 마련이었다.

경훈은 동시에 두 여자를 사랑할 수 없는 사람이다. 한 여자는 버려질 것이 틀림없었다. 흐느끼는 서연을 깨운 남편이 그녀를 걱정스럽게 바라보았다. 참지 못하고 물었다. 좋아하는 여자가 생겼느냐고.

어이없어하는 표정으로 그녀의 말을 듣던 남편은 한숨부터 내쉬었다. 40대 중반에 접어든 경훈은 미국과는 전혀 다른 국내 대학에 적응하느라 스트레스에 시달리고 있었다. 주관이 뚜렷한데다 고집스러운 성격의 경훈에겐 장사치로 전락한 대학 사회가 거절하기 어려운 초대장처럼 부담스러웠다. 누적된 스트레스는 몸에도 변화를 가져왔다. 또 실패할까 봐 두려웠다고, 솔직하지 못해서 미안하다고 그는 사과했다.

남편의 고백을 들은 서연은 내심 안심했다. 천만다행이라고 할 수는 없었지만 최악의 상황은 아니었다. 서연은 남편을 진심으로 위로했고, 갖은 노력을 기울여 오래지 않아 원상태로 돌려놓았다. 어떤 약도 쓰지 않고.

"누구하고 연애할 거냐니까? 대답 잘해."

남편이 웃는 듯 아닌 듯 묘한 표정으로 그녀를 바라본다. 요 몇 년 새 흰머리가 부쩍 늘었지만 그게 어울린다. 아내의 걱정을 알고부터는 염색도 안 하는 사람이다. 살아온 인생이 얼굴에 보인다는 말은 이런 사람을 두고 하는 걸까. 다시 태어난다 해도 만나기 힘들 남자.

"당연히 경훈 씨하고 해야지. 우리 다음엔 더 일찍 만나요. 스무 살 때."

살면서 몇 번이나 들었던 말. 그래서 그의 기를 꾸준히 살려 주었던 말.

"스무 살의 김서연을 못 본 게 정말 아쉽네. 얼마나 예뻤을까. 지금도 이렇게 예쁜데."

"나도 자기 스무 살 때 모습 라이브로 보고 싶어."

마침 방에서 나온 작은아들이 코를 킁킁대며 종알거렸다.

"웩! 우리 엄마, 아빠 또 연애하시네. 근데 뭐 타는 거 아니야? 냄새 안 나?"

"어머! 스튜! 어떡해!"

방금까지도 느끼지 못했던 냄새가 거짓말처럼 덮쳐 왔다. 경훈이 부지런히 아내를 따라가 살아남은 스튜를 덜어 낼 새 냄비를 꺼냈다. 우현은 그런 부모님의 모습을 보며 고개를 절레절레 저었다.

"점심은 한 시간 뒤로 연기되겠군요. 저 안의 젊은 커플은 이 냄새가 안 느껴지나? 형! 둘이 방에서 뭐 해? 안 나오고!"

서재에서 큰아들의 목소리가 들려왔다.

"나간다, 인마!"

"점심 늦어져서 어떡하니. 배 안 고파?"

"아직 괜찮아요. 그릇이라도 꺼낼까요? 저 일 좀 시켜 주시면 안 돼요?"

붙임성이 좋은 아이다. 처음 시부모를 뵈러 갔던 날, 그녀는 이렇게 생글거리지 못했다. 그 후로도 한참을 어려워만 한 것 같다. 서연은 그릇장을 가리키며 혜서에게 식기를 꺼내 달라고 부탁했다. 널찍한 6인용 식탁 한쪽에 심플한 디자인의 그릇과 클래식한 커트러리가 가지런히 놓였다.

"어, 이거 되게 무겁네?"

아들 세현이 혜서 손에 들린 냄비를 낚아채 식탁에 올려놓는다. 냄비를 걱정하는 건 아니겠지.

"그게 무쇠로 만든 냄비라서 그래."

"무쇠요? 이렇게 무거운 냄비 처음 봐요. 그릇들이 다 예뻐요."

"마음에 드는 거 골라 놔. 나중에 물려줄게."

"뭘 쓰던 걸 준다고 그래요? 새거 사 주지."

"우리 큰아들 또 이러네. 좋은 그릇은 대를 이어 쓰는 거야. 이거 다 이모 추천으로 산 그릇들이야."

조용하던 우현이 끼어들어 혜서에게 중간 설명을 했다.

"우리 이모가 푸드스타일리스트야. 집에 가면 온통 그릇 천지. 밟혀, 막."

"예쁜 그릇 되게 많겠네? 보고 싶다!"

"하여간 예쁜 거 되게 밝혀. 취향이 난해해서 그렇지."

"그래서 내가 널 좋아하잖아."

서연은 혜서의 다음 대답이 '난해해서.'일 거라고 추측했다. 예스만 외치는 여자가 아들의 성에 찰 까닭이 없다. 세현이 제 여자 친구를 보며 피식 웃는다.

"다음에 아줌마가 이모 집에 데리고 갈게. 집이 작업실이야. 여기서 안 멀어."

"네."

쑥스럽게 대답하는 혜서를 향해 작은아들이 소리를 낮춰 속닥거린다.

"근데 우리 이모가 만든 음식은 할머니가 만든 것보다 맛없어. 그래서 요리사 안 하고 푸드스타일리스트 하나 봐."

"진우현. 너 이모한테 이른다? 이모 앞에선 맛있다고 있는 말 없는 말 다 하더니."

"그거야 이모가 용돈을 많이 주니까 보은 차원에서 그런 거지."

작은아들의 능청스러운 대답이 서연을 즐겁게 했다. 형에게 매사 비교당하는 아이지만, 사근사근하고 붙임성 있는 우현에게 애착이 많았다. 손안에 두고 키워서일까.

"혜서도 요리에 관심 있니?"

"별로 없었는데요, 할머니 집에 살면서 생겼어요. 저 어렸을 때도 있던 스테인리스 냄비하고 그릇을 지금도 쓰시더라고요. 아직도 새거 같아요."

"우리 어머니가 워낙에 깔끔하시잖아. 살림도 잘하시고."

"맞아요. 제가 아는 할머니 중 제일 똑똑하세요."

"좀 비싸도 좋은 물건 사서 오래 쓰는 것도 똑똑한 소비지, 아빠?"

우현의 말에 아저씨가 빙긋이 웃으며 고개를 끄덕이셨다. 따로 봐도 부자 사이겠거니 짐작될 정도로 닮은꼴이다.

"우리 어머니가 남자로 태어나셨으면 대통령도 할 양반이지. 너희 엄마도 음식 솜씨 좋으시잖아. 우현이 임신했을 때 엄마가 칼국수를 면까지 직접 밀어서 한 냄비 가득 끓여 주신 적이 있거든. 내가 그날 혼자 반 냄비를 먹었잖니. 같이 먹으라고 주신 겉절이도 얼마나 맛있던지 미국 들어가서도 한동안 생각나더라."

그녀의 기억엔 없는 일이다. 조용하던 세현이 입을 열었다.

"아줌마가 면 요리를 되게 잘하셨던 거 같은데. 잔치국수, 비빔국수, 팥칼국수 그런 거. 짜장면도 직접 만들어 주셨잖아."

우현이 믿을 수 없는 말이라는 듯 눈을 동그랗게 뜨며 혜서에게 물어 왔다.

"짜장면을 집에서도 만들 수 있단 말이야? 간짜장이랑 쟁반짜장도?"

"응. 아빠가 그런 걸 좋아하셨거든."

"나도 면 요리 되게 좋아하는데. 누나네 엄마 보고 싶다. 누난 부모님 중 누굴 더 닮았어?"

친가 쪽 사람들은 현서보다 혜서가 친탁을 했다고 입을 모아 말하곤 했다. 오랜만에 아빠의 장례식장에서 만난 큰아버지와 고모들은 그녀의 얼굴을 들여다보며 후회의 눈물을 쏟았다. 저승 사람이 된 혈육의 흔적을 이승의 조카에게서 찾았으리라. 그러나 그뿐, 형식적인 죽음의 예를 마친 그들은 살던 곳으로 돌아갔다. 남은 사람은 어떻게든 살아야 했고, 한 다리 건넌 핏줄까지 살뜰히 거둘 만큼 너그러운 친척은 없었다. 아버지의 피붙이들은 그렇게 영영 멀어져 갔다.

"난 우리 아빠 많이 닮았는데. 사람들이 아빠랑 판박이래. 누나는?"

이젠 아무리 노력해도 만날 수 없고, 머물 수 없는 사람.

"누나도 아빠 많이 닮았어."

억지 미소를 짓는 혜서를 보며 세현은 동생을 발로 걷어차고 싶었다. 방으로 데리고 들어갈까 생각했을 때, 뜻밖에도 엄마가 혜서의 손을 잡아끌었다.

"엄마, 왜요?"

아들이 촉수를 드러내는 곤충처럼 자기 영역을 확인시킨다. 서연 역시 아버지란 말만 들어도 눈시울이 붉어지던 시절이 있었다.

"줄 게 있어서 그래. 금방 나올 거야."

침실 문이 닫히자마자 세현은 동생의 입을 틀어막으면서 뒷덜미를 꾹 눌렀다.

"악 소리도 내지 마. 너, 누나 앞에서 또 아빠 얘기 꺼내기만 해. 죽는다?"

우현이 형의 손을 걷어 내며 억울함을 항변했다.

"내가 먼저 꺼낸 거 아니야. 누나가 먼저 아저씨……."

"그 입은 숨 쉬고 먹을 때만 쓰면 안 되냐? 오늘만이라도."

철없고 눈치 없는 둘째 아들을 지켜보던 경훈이 큰아들에게 짧게 지시했다.

"방으로 데리고 가서 때려."

한쪽 벽면을 가득 채운 붙박이장 안엔 옷과 가방이 가지런히 자리 잡고 있었다. 아줌마가 마음에 드는 걸 고르라며 가방 몇 개를 꺼내 보였다. 혜서라고 명품을 아예 모르는 건 아닌지라 과자 고르듯 선뜻 집을 수가 없었다.

"왜? 마음에 드는 게 없어?"

"그게 아니고요, 너무 비싼 거라."

"나중에 세현이가 며느릿감 데리고 오면 물려줘야지 하고 겸사겸사 사 둔 거야. 아주 비싼 거 아니야. 이건 어때?"

앙증맞은 크기의 검은색 토트백이다.

"나한텐 너무 작고 어려 보여서 이젠 안 갖고 다녀. 몇 번 안 들고 다녔어."

"정말 감사한데 나중에 주세요."

"내가 딸이 없잖니. 네가 딸 같아서 그래."

"주시는 건 받고 싶은데, 혹시라도 제가 세현이하고 헤어지면 괜히 주셨다 하실지도 몰라서요."

"진짜 며느리 될 사람한테 주라는 뜻이야?"

"네."

서연은 혜서의 손을 잡아 침대 끝에 나란히 앉았다. 하고 싶은 말이 있었다.

"우리 세현이가 너랑 처음 만났을 즈음 소아 우울증 초기였어. 알고 있었니?"

"아뇨. 처음 들어요. 그 말."

"어머니가 얘기 안 하셨구나. 세 살 때 우리하고 갑자기 떨어져 살게 되면서 세현이가 많이 힘들어했어. 나도 너무 힘들었고. 그만한 나이의 아이가 우울증 걸리는 게 흔한 일이 아니거든. 너 이사 오고 나서부터 좋아진 거야. 병원에서 그사이 무슨 일이 있었길래 애가 이렇게 달라졌느냐고 놀랄 정도였어. 난 너희 가족 아니었으면 공부도 못 마치고 돌아왔을 거야. 둘이 다시 만나서 아줌만 얼마나 좋은지 몰라. 네가 세현이 옆에 있으면 거짓말처럼 걱정이 사라져."

"저 아니어도 잘 자랐을 거예요. 어른스럽고 똑똑하잖아요."

"혜서야, 우리 세현인…… 예전에 세현이가 키웠던 강아지 기억나니?"

"캔디요?"

"그래. 캔디가 포메라니안이잖아. 아들을 이렇게 표현해서 미안한데, 세현인 개로 치면 딱 포메라니안 같은 타입이야. 까칠하고 예민하고 사람을 귀찮아하지만, 영리하고 주인밖에 모르는. 세현인 너밖에 모르고 살 거야. 그건 걱정하지 마."

아들이 한 여자를 진지하게 좋아할 수 있는 사람이라는 게 얼마나 다행인지 모른다. 누군지 모를 여자애들을 만나고 다닐 때 늘 조마조마했다. 아들을 못 믿는다기보다는 세상을 믿지 못했다. 그동안은 먼저 여자 친구 얘기를 꺼내거나 집에 데리고 온 적이 한 번도 없었다. 아들의 지난 여자 친구들은 미지의 공간에서 부모의 조바심을 키우는 존재였을 뿐이다.

"지금 마음 변치 말고 우리 아들 계속 좋아해 줘."

"노력할게요."

서연은 혜서의 대답이 마음에 들었다. 사랑처럼 변덕스러운 감정이 또 있을까.

"아줌마도 중학교 다닐 때부터 아빠 없이 살았어. 혹시 세현이한테 들었니?"

혜서가 고개를 살짝 끄덕였다. 이 집의 비밀 아닌 비밀. 얼마 전 그가 외할아버지 얘기를 해 주었다. 가족이 아닌 사람에겐 처음 하는 거라면서.

"경우는 좀 다르지만 널 보면 꼭 날 보는 것 같아. 아줌마나 아저씨한테 부탁할 일 있으면 언제라도 해. 우리가 할 수 있는 일이면 도와줄게. 이건 자존심 상하고 그런 거 아니야. 우리도 세현이 조부모님 도움 많이 받고 살았어. 가방 같은 건 돈만 있으면 얼마든지 살 수 있는 물건이잖아."

엄마의 가난한 옷장과 싸구려 반지 하나 끼워져 있지 않은 거친 손이 떠올랐다. 이런 가방을 사는 게 누구한테나 쉬운 일은 아니에요. 하지만 혜서는 제 생각을 안으로 거두어들였다. 아줌마에게도 그런 시절이 있었을 것이다.

"넌 우리 아들한테 훨씬 좋은 걸 주잖니. 부모도 못 주는 걸. 그러니까 우리가 주는 건 편히 받아도 돼. 이런 거라도 줄 수 있어서 아줌만 좋아."

"그럼 하나만 받을게요. 나머진 나중에 주세요."

"그래. 잘 보관하고 있을게."

세 아이가 영화를 본다고 우르르 나가자 집 안이 한겨울 절간 같아졌다. 영화를 보고 나선 할머니 집에 놀러 가기로 했다고. 기특하게도 혜서 생각이란다.

"이상하게 쓸쓸하네. 집 안이 휑한 게."

남편도 같은 생각인 것 같다. 서연은 대답 없이 빙긋이 웃기만 했다. 아이들은 금방 자라고 어디론가 떠나게 마련이다. 조금 더 빠르거나 조금 더 늦춰질 뿐.

"우리도 영화 보러 갈 걸 그랬나?"

남편이 그녀를 바라보며 대답을 기다렸다. 그러고 싶지만 할 일이 많았다.

"당신 논문 마무리해야 한다면서? 커피 한 잔 마시고 해요. 나도 내일까지 잡지사에 칼럼 넘길 거 있어."

경훈은 늘 연한 아메리카노에 각설탕 한 개를 넣어 마신다. 서연은 그때그때 기분에 따라 다르다. 오늘은 캐러멜 시럽을 듬뿍 넣은 카페모카. 단것이 당겼다.

"여보, 아까 혜서 노래 부르는 거 들었지? 세현이가 피아노 치고."

"나도 귀가 있으니까."

"썰렁하기는. 어쩜 그렇게 노래를 잘해? 그것도 90년대 노래를. 혜서는 말하는 것도 꼭 노래 부르는 것 같더라."

부부가 아들 방에서 새어 나오는 노랫소리를 한참 귀 기울여 들었었다.

"덕분에 세현이가 치는 피아노 소리 오랜만에 들어 봤네."

"난 혜서가 가식이 없어서 좋아."

"세상 사는 방법을 본능적으로 아는 것 같아. 세현이한테 부족한 걸 가진 아이야."

"우리 아들보다 성격이 좋다는 거지?"

"인정하기 싫어도 인정해."

"100퍼센트 인정."

경훈은 두 손을 들어 올리며 수긍하는 아내를 향해 웃어 보였다.

"나중에 며느리하고 말 안 통해서 답답할 일은 없겠어. 정치적 성향도 우리하고 비슷하고."

"자기 진짜 용의주도하다니까. 아까 일부러 그런 질문 계속 던졌지?"

"정치적 성향이 다른 사람하고 가족이 되는 게 얼마나 피곤한 일인지 몰라?"

"왜 몰라. 우리 아들 책 많이 읽어야겠다. 무시당하지 않으려면."

"내 말이 그 말이야."

"아까 세현이가 혜서 구두 벗겨 주는 거 봤어?"

"그랬어?"

"어. 나갈 때 신기 편하게 발 앞에 갖다 바치더라. 나 솔직히 자기 없었으면 되게 서운했을 것 같아. 우리 엄마가 정우한테 집착하는 게 조금은 이해가 돼."

"어머니의 처남 사랑이야 누구도 못 말리지."

"정우는 아버지 대신이니까."

"그래. 그리고 말이야, 이 시점에서 꼭 짚고 넘어갈 게 있는데 다 자란 아들은 남의 남자야. 그러니 당신은 나한테나 집착해."

꽤 오랜 시간 이 남자의 사랑이 다른 여자에게로 옮겨 갈까 두려워했었다. 그렇게 어리석게 살았다. 남편의 다감한 눈길을 보니 묵은 애정이 샘솟는다.

"여보, 우리 낮잠 잘래?"

"칼럼 써야 한다며?"

"알람 맞춰 놓고 딱 한 시간만 자자, 응? 싫어? 내가 재워 주려고 했는데⋯⋯."

대답 없이 남은 커피를 비운 경훈은 장난이었다며 내빼려는 아내의 손을 낚아채 침실 문을 열었다. 집 안엔 아무도 없었지만, 방문 잠그는 것도 잊지 않았다.

세현's Diary

오늘 여자 친구를 집에 처음 데리고 왔다. 쑥스럽고 간질간질하고 남의 집에 처음 온 것처럼 어색했다. 하마터면 현관에 혜서를 두고 '이따 데리러 올게.' 할 뻔했다.

붙임성 좋은 내 여자는 아버지와 이름도 처음 들어 본 작가 얘기를 나누더니, 제목도 처음 들어 본 책을 세 권 빌렸다. 돈은 그냥 줘도 책은 안 빌려주는 아버지한테 말이다. 특별한 맛도 없는 엄마의 요리를 맛있다며 더 먹는 배려심까지 발휘했음은 물론이다. 나의 유일한 형제인 진우현한테는 새 책을 다섯 권이나 선물했다. 그런데 가장 가까운 나한텐 국물도 없다. 방으로 데리고 들어와 일부러 투덜댔다.

"밤에 헤어질 때 줄게. 넘겨짚을까 봐 말하는데 뽀뽀 비슷한 거 아니야."

"그게 왜 선물이야? 당연한 거지. 뭐 줄 건데? 지금 주면 안 돼?"

"이따가 줄게. 잊어버리고 있어."

"얼마나 대단한 걸 주려고 이래?"

"아예 안 주는 수가 있어."

12세 이상 관람가 영화는 재미있었다. 동생이 따라오지 않았다면 더 재미있었겠지만, 오랜만에 형 노릇을 한 것 같아서 나쁘지 않았다. 영화를 보고 3남매처럼 할머니 집으로 몰려가 늦은 저녁을 먹었다.

혜서에겐 주변 사람을 기분 좋게 하는 재주가 있다. 신기한 건 같이 있으면 내가 원래의 나보다 더 괜찮은 사람 같아진다는 거다. 그녀는 내게 원래도 괜찮은 사람이었다고 하지만.

집에 가기 싫어 미적미적 두어 시간 더 놀았다. 우현이만 아니면 무슨 핑계를 대서라도 자고 왔을 것이다. 난 그 앨 보호감호 할 생각이 없는데 사람들은 내게 그걸 강요한다. 핏줄이니까. 하나밖에 없는 동생이니까. 정혜서 말에 의하면 먼저 태어난 죄란다.

그래, 내겐 그런 원죄가 있다 치고 난 내 여자와 하고 싶은 게 몇 가지 있었다. 사람이 밥만 먹고 살 수 있나? 이 표현은 이럴 때 쓰는 말이다. 핑계를 만들어 방까지 들어왔는데 차마 젖먹이처럼 '찌찌 줘.' 할 수가 없었다. 스무 살은 그런 나이다.

"금방 갈 거야. 선물 줘."

이런, 이런! 아이처럼 손을 내밀었더니 내 손을 윗도리 안으로 끌어넣어 주며 마시멜로 같은 입술까지 대 준다. 이런 상식을 뛰어넘는 행동, 얼마나 바람직한가. 문제는 문밖에 상상력이 최고조를 향해 달리고 있을 15세 중학생이 있다는 것. 그러므로 지금은 여기까지가 최선이란다. 난 이제 시작인데.

"세현아, 진정해."

정혜서 앞에서만큼은 의지박약인 내 몸은 쉽게 말을 들어 먹지 않는다. 이쪽도 버거워 죽겠는데 바깥에서 동생 목소리가 꽥꽥 들려왔다.

"형, 안 가?"

이런 일로 혈육을 버릴 수는 없지.

"간다, 가!"

그녀가 내게 준 선물은 읽은 티가 제법 나는 책이었다. 동화와 소설의 중간쯤 되는 이야기라고.

"난 열 번 정도 읽었어."

"그렇게 재미있어?"

"재미도 있고 슬프기도 하고. 읽으면 마음이 편해져."

슬픈 책은 내 취향이 아니지만, 열 번을 읽었다면 그럴 만한 이유가 있겠지. 혜서가 말했다.

"군데군데 형광펜으로 밑줄 친 데가 있을 거야. 내 편지라고 생각해."

집에 도착하자마자 읽기 시작했다. 120쪽 남짓한 짧은 소설이었다.

메이 아줌마는 우리가 사람으로 태어나기 전에는 모두 천사였다고 했다. 그리고 사람으로서 삶이 끝나면 다시 천사로 되돌아간다고. 그러면 다시는 고통을 느끼지 않아도 된다고 했다. 그렇다면 사람들은 왜 이 지상에 머무르고 싶어 할까? 왜 그런 끔찍한 고통을 겪으면서도 이곳에 머무르려 할까? 예전엔 죽음이 두려워서 그런 줄만 알았다. 하지만 지금 생각해 보니, 사람들은 헤어지는 것을 견딜 수 없어 하는 것 같다.

— '그리운 메이 아줌마' 중에서

내겐 정혜서가 메이 아줌마 같은 존재다. 늘 내 곁에 있겠다고 약속했지만, 가끔은 나의 메이 아줌마를 잃을까 봐 두렵다.

세현이 그 연예 기획사를 찾아간 건 생일을 며칠 앞둔 날이었다. 한참을 고민한 일이다. 기획사에서 먼저 찾아올 때와는 마음가짐부터 달랐다. 평판이 좋은 매니지먼트 회사인 것도 한몫했다. 입구부터 제지당할 줄 알았는데, 연습생이라고 생각한 건지 아니면 연예인이라고 여긴 건지 막는 사람이 아무도 없었다.

자기 집처럼 들어와 사무실 안을 훑어보는 젊은 남자를 발견한 여직원이 벌떡 일어나 그에게 어떻게 왔느냐고 물었다.

"저한테 명함을 주신 실장님이 여기서 일하시는데 그분 찾아왔어요."

그의 목소리가 사무실에 울리는 순간, 약속한 것처럼 실내의 모든 사람이 고개를 들었다.

"성함은 기억 안 나고요, 이 실장님이었어요. 죄송한데 명함은 잃어버렸어요."

"우리 회사엔 이 실장님이 세 분이나 계신데요."

사실 명함을 받자마자 버렸지만 곧이곧대로 말하긴 미안했다. 남자 직원이 다가와 찾는 사람의 인상착의를 물었다.

"중간키에 몸집이 탄탄하셨고, 피부는 검은 편이고 쌍꺼풀이 짙었어요. 작년 봄을 기준으로 머리는 짧은 편이셨고요."

윤지훈 이사가 사무실 안으로 들어온 건 그때였다. 키 큰 남자가 사무실 가운데 떡하니 버티고 서 있는 게 보였다. 또 연예인이 되고 싶어 환장한 애가 무작정 찾아온 건가? 그래도 뒷모습에서 무시할 수 없는 아우라가 느껴졌다. 근처 여직원에게 고갯짓을 했다.

"누구야?"

윤 이사를 발견한 남자 직원이 얼른 인사부터 했다.

"이사님, 들어오셨어요?"

세현은 등을 돌려 이사라는 사람에게 꾸벅 인사했다. 젊은 남자 직원이 하던 말을 이었다.

"작년 H대 축제 때 명함을 받았대요. 이 실장을 찾아 달라는데, 들어 보니 이상윤 실장 같아요."

실장 선에서 마무리 지을 얼굴이 아니었다. 까다로운 이상윤 실장이 명함을 줬을 정도면 맹물도 아닐 것이다. 그런데 이 앨 어디서 봤지? 낯이 익다.

"너 이름이 뭐냐?"

"진세현입니다."

"진……세현? 혹시 춤 잘 추는 얼짱으로 유명한 애? J고등학교 다녔던?"

"네. 지금은 대학생이지만."

"석 주임, 이 실장한테 연락해서 빨리 들어오라고 해. 넌 나 따라오고."

이상윤 실장을 기다리면서 질문을 받았다. 그가 하고 싶은 말은 세 가지 정돈데 상대방의 질문은 끝이 없었다.

"너희 어머니가 김서연 교수 맞지? 방송 자주 나오시는."

"……네."

"그런 말이 돌던데. 너희 외할아버지가 혹시…….."

"이사님, 전 제 가족 얘기를 하려고 온 게 아닌데요. 가족하고 계속 엮으실 거면 지금 일어나겠습니다."

"어린 게 성깔 있네. 찾아온 이유를 말해. 너 연예인 절대 안한다고 그 많은 러브콜 다 물리친 애잖아. 그걸로 유명하던데, 대학생 되니까 갑자기 가수가 하고 싶어졌어?"

"아뇨."

"그럼 배우?"

"아뇨."

윤지훈 이사의 얼굴에 황당한 표정이 떠올랐다.

"매니저 하려고 온 건 아닐 테고."

"황당하신 거 알아요. 제가 지금부터 하는 말은 더 황당할지도 몰라요."

"그래, 얼마나 황당한지 들어나 보자."

"거절하셔도 좋은데요, 건방지게 들려도 잠깐만 참아 주세요. 돈을 벌고 싶어요. 근데 연습생 생활하면서 배우나 가수 될 마음은 없어요. 공부해야 하거든요. 그래도 제가 쓰일 데가 있다면 써 주세요. 예를 들면 광고 모델 같은 거요."

"내가 듣기론 너희 집 넉넉하다던데? 그래서 집안에서 결사반대한 거 아니었어? 돈이 왜 필요한데? 사고 쳤냐?"

"아뇨. 제 능력으로 돈을 벌고 싶어서요. 집에서 연예인 하는 걸 썩 내키진 않으시지만, 그것보다는 제가 크게 마음이 없어서 안 한 거예요. 만약 하고 싶었다면 무슨 수를 써서라도 했을 거예요. 모델은 연예인이 아니잖아요."

"뭐, 굳이 따지면 그렇지. 방송 안 하고 모델 일만 하면."

"다른 일로 벌 수도 있지만 좀 많이 벌고 싶어서요."

"왜?"

"죄송하지만 그것까지 말하고 싶진 않습니다."

안 그래도 피곤한 며칠이었다. 버석버석한 얼굴에 마른세수를 하던 윤 이사는 제집처럼 편히 앉아 있는 청년을 바라보았다. 보통의 얼짱들과는 달리 사진보다 실물이 더 좋았다. 스무 살이라는 게 믿기지 않을 정도로 남자다웠고 서늘하고 섹시한 매력까지 엿보인다. 놀랍게도 미소 짓는 순간 어린아이 같은 순수함이 배어 나왔다. 수많은 이미지가 공존하는 얼굴. 여러 기획사에서 목을 맨 이유가 있었다.

"우리가 거절하면?"

"다른 회사 찾아가 봐야죠."

"허허허. 너 이 일을 너무 쉽게 생각하는 거 아니냐?"

"그건 아니에요. 맡은 일은 잘할 자신 있습니다. 하게만 해 주신다면 손해 안 끼치도록 최선을 다할게요."

"여기가 구멍가겐 줄 알아? 이건 마음에 들고, 저건 별로고, 니 맘대로 고르게? 100명의 연습생들이 들어오면 몇이나 살아 남을 거 같아? 10프로도 안 돼. 그것도 수백 명, 수천 명 중에서 고르고 고른 애들이야. 걔네들이 몇 년이나 고생하다 첫 무대에 오를 것 같아? 그 정도 얘긴 들어 봐서 알지?"

"죄송합니다. 그럼 안 되는 걸로 알고 가 보겠습니다."

미련 없이 일어나는 모습에 질렸다. 뭐 이런 놈이 다 있어? 이런 경우가 처음은 아니다. 그러나 이렇게까지 자기 할 말 다 하는 녀석은 처음 봤다. 그냥 보내면 후회할 것이다. 분명. 방송가에서 10여 년을 굴러먹으면서 발달한 촉수가 말을 걸었다. 잡아 둬야 한다고.

"있어 봐. 대표님 금방 들어오실 거야. 바둑 둘 줄 알아?"

"네. 조금요."

"바둑이나 한 판 두면서 기다리자."

"좋아요. 이사님, 저하고 내기하실래요?"

"뭐 걸고? 니가 이기면 너 하고 싶은 거 시켜 달라고?"

"아뇨. 진 사람이 만 원 내기로요."

"오늘은 윤동주 시인의 '자화상'과 서정주 시인의 '자화상'을 비교해 볼 거야. 둘 다 워낙에 유명한 시라 모르면 무식하다는 소리 듣는다. 중졸인 줄 알아."

1학년 여학생반. 아직 중학생티를 벗지 못한 아이들이 이 정도 말에도 깔깔 웃어 준다. 시를 과연 공부할 수 있는가에 대해선 늘 의문을 갖지만 가르쳐야 살아남는 직업이니 어쩔 수 없다. 두 편의 시를 대조 분석하고 헤집은 뒤 그럴듯하게 재조립해서 내놓아야 한다.

서른 명 가까운 아이들이 그녀의 얼굴을 지켜보고 있다. 시를 제대로 낭독하는 건 사실 쉽지 않다. 어른도 어려워하는 게 낭독이니까. 혜서는 시 낭독법을 알려 준 뒤 먼저 시범을 보였다.

집중할 수밖에 없는 목소리에 아이들은 턱을 빠뜨리고 그녀를 쳐다보았다. 정혜서는 현재 이 학교에서 가장 핫한 교사다. 직업을 잘못 선택한 게 아니냐고 따지기엔 교사로서도 딱히 나무랄 데가 없었다. 질투 많은 여고생들은 그게 불만이었다. 재수 없게 다 가졌어. 특히 저 몸매.

요새 아이들은 유난히 시를 어려워한다. 시적 감수성이 떨어진다고 보는 게 적절할까.

"자화상은 서정주 시인이 스물셋에 쓴 시야. 2연은 이렇게 시작하지. 스물세 해 동안 나를 키운 건 8할이 바람이라고. 1연이 빈곤에 시달리는 가족의 삶을 말했다면, 2연은 시인 자신의 젊은 날을 고백하는 거야. 시인 개인에 대한 논란을 벗어나서 얘기하고 싶지만, 2연을 보면 언급 안 할 수가 없겠지? 자, 이 부분. 어떤 이는 내 눈에서 죄인을 읽고 가고 어떤 이는 내 입에서 천치를 읽고 가나 나는 아무것도 뉘우치지 않으련다……."

설명을 마치고 바로 질문했다. 낭독하고 싶은 사람? 선뜻 손 드는 학생이 없었다. 자기가 이 반에서 제일 예쁘다고 생각하는 사람? 한 명이 바로 손을 들었고 나머지 아이들은 와르르 웃었다. 동의할 수 없다는 소리가 두서없이 들려왔다. 손든 아이는 아무렇지도 않은 표정으로 고개를 바짝 쳐들고 있다. 미인의 범주에 넣기 어려운 얼굴이었으나 혜서는 그 여학생이 귀여웠다. 저 아이도 자기가 예쁘지 않다는 것쯤은 알고 있을 것이다.

두 아이가 번갈아 낭독하고 남은 수업 시간은 25분 남짓. '자화상'을 글감으로 시를 써 보기로 했다. 대부분 질색하는 얼굴이다. 혜서는 입가에 느긋한 미소를 띠고 아이들을 빙 둘러보았다.

"시를 쓴다는 건 그렇게 거창한 게 아니야. 어떻게 보면 시만큼 자유로운 장르도 드물지. 다들 '자화상'이란 제목의 그림 본 적 있지? 자화상을 그린 화가는 아주 많아. 같은 제목의 시도 적지 않지. 그만큼 예술가들은 자신을 돌아보는 일에 게으름을 피우지 않는다고 볼 수도 있을 거야. 사람이 자기 자신을 정확히 안다는 건 쉬운 일이 아니지만……."

고등학교 1학년. 그때가 스물셋 혜서의 인생에서 가장 힘든 시기였다. 공부, 공부, 또 공부. 3년 내내 코앞의 시험과 대학 진학에 매달려 사는 아이들이 10년 후, 20년 후의 미래를 제대로 그릴 수 있을까. 혜서 역시 뮤지컬을 하고 싶었으나 사범대

진학을 위해 공부에 매달렸다. 선풍기로 감당하기 힘들 만큼 더운 날에는 속옷 차림으로 욕실 바닥에 엎드려 문제집을 풀었다. 오기로 버틴 시간이기도 했다. 지름길은 없었고, 손을 뻗어 잡기에 꿈은 너무 까마득했다. 현실과 이상은 늘 같은 길을 걷지 않았다.

말이 쉽지 이 아이들에게 자신을 객관적으로 파악하라는 건 불가능에 가까운 주문일지 모른다. 머리를 남자처럼 짧게 자른 아이가 손을 들었다. 미소년처럼 보이는 여학생이다.

"선생님, 오늘 제 생일인데 너무하시는 거 아니에요? 자화상이라니요. 힝."

"아, 진짜? 생일 축하해. 이따가 선생님께 오면 초코파이 줄게. 두 개!"

17세 여고생들이 단체로 까르르 웃는다. 얼마나 착한 아이들인가.

"오죽하면 시인은 하늘이 내린다는 말까지 있겠니. 너무 부담 갖지 말고 시 안에 너희의 일상, 생각, 가치관이 드러나게 쓰면 돼. 선생님은 어떤 내용이라도 소화할 수 있으니까 편히 써 봐. 시간이 많지 않네. 5분 남겨 두고 두 명 정도만 발표할게. 나머진 걷어서 평가한 후 다음 시간에 돌려주는 걸로."

수업 종료 5분 전. 여학생 하나가 자기 짝이 쓴 시를 꼭 들어야 한다고 강력하게 주장했다. 옆의 학생은 한 사람을 생각하는 열일곱 소녀의 일상을 썼다고 수줍게 밝혔다.

"남자인가 보네?"

"당연하죠. 대학도 그 오빠가 다니는 학교에 가려고 열심히 공부하고 있어요."

"그래? 얼마나 대단한 남잔지 궁금한데?"

"시로 말할게요. 서정주 시인의 자화상을 살짝 패러디했어요."

추천한 여학생이 킥킥 웃었다. 아이가 일어나 진지한 목소리로 낭독하기 시작했다. 첫 소절의 첫 단어를 듣는 순간 혜서 입에서 마른기침이 터져 나왔다.

진세현은 내 님이다. 밤이 깊어도 그는 오지 않았다.
그저 내 속만 늙은 할머니 머리카락처럼 하얗게 세고 있을 뿐이었다.
열일곱 해 곱디고운 내 머릿속을 채운 건 8할이 그였다.
세월이 아무리 가도 가도 그립기만 하더라……

도대체 누굴 가리키는 건지 모르겠다는 얼굴로 멀뚱거리는 아이들도 있었지만, 대부분 책상을 두드리며 미친 듯이 웃어 댔다. '진세현'이 누군지 모른다 해도 고1 여학생이라면 웃고도 남을 시였다. 설마 그 진세현은 아니겠지? 아닐 거야. 아니어야 해. 세상에 동명이인이 얼마나 많은데. 하찮은 인간이라서 묻지 않을 수 없었다.

"그 사람이 누구지? 좋아하는 오빠? 혹시 연예인 중에 그런 사람이 있니?"

제발 있다고 해 줘. 아이돌 가수든, 신인 탤런트든, 개그맨

이든 뭐든 다 좋으니까 내가 아는 그 진세현만 아니라고 해 줘.

"연예인은 아니고요, J고등학교 출신 얼짱인데 비보이로도 유명해요. 공부도 잘했대요. 이번에 대학생 됐어요. 저 그 오빠 팬 카페 회원이에요. 근데 선생님, 이렇게 쓰는 것도 패러디 맞아요? 심하게 노골적으로 쓴 것 같아서⋯⋯."

퇴근길 지하철 안. 혜서는 국어 시간을 다시 떠올렸다. 팬 카페가 있다는 소리는 오래전에 들었다. 고백하면 '진세현'을 검색해 본 적도 있다. 농담처럼 하는 말이길 바랐는데 정말 팬 카페가 있었다. 회원 숫자를 보니 어설픈 연예인 팬 카페 회원보다 많았다. 교생실습 할 때도 그의 인기를 눈으로 확인할 기회가 적지 않았다. 그래도 이건 아니지.

떨리는 목소리로 낭독하며 얼굴을 붉히던 여학생은 야유를 받으면서도 '그 오빠'와 결혼하고 싶다는 말까지 했다. 그렇게 되길 바란다는 격려는 도저히 할 수 없었다.

애야, 그 남자가 내 남자야. 선생님 손에 낀 반지 보이지? 이거 그 오빠가 준 거야. 우리가 어떤 사이인 줄 알아? 알면 눈물 나올 텐데⋯⋯. 점심 먹은 게 얹혔는지 오후 내내 속이 거북했다.

목적지의 중간쯤 갔을 때 시의 주인공에게서 문자가 왔다. 극단 가는 길이지? 돈 아깝다고 아무거나 대충 먹고 다니지 마. 밤에 전화할게. 조심해서 다녀. 다정도 하다.

새 학기인데다 둘 다 새 학교에 적응하느라 바빴다. 세현은 공부에 과외에 동아리 활동까지 겸하느라 분주했다. 그녀 역시 시간 날 때마다 극단으로 밤 출근을 했다. 혜서를 기억해 주고 반가워하는 사람도 있었지만, 굴러 들어온 돌 취급하거나 시샘 어린 시선을 던지는 단원들도 적지 않았다. 장해인 대표도 알고 있었다.

"정말 잘하는 애들은 그러지도 않지만, 혹시 텃세 부리고 따돌려도 참고 견뎌. 그게 널 지키는 길이야. 사람들 눈엔 네가 특별대우 받는 걸로 보일 수도 있어. 그건 네가 이해해야지."

특별대우를 받는다는 건 그만큼 감당해야 할 부분이 많다는 뜻이다. 혜서는 사람들이 귀찮아하는 일을 눈치껏 찾아 했다. 알아서 길 때도 있다. 밥값을 못 한다는 자격지심이 그녀를 수시로 괴롭혔다.

오늘따라 유난히 세현이 보고 싶었다. 일주일이 열흘이었으면. 하루가 40시간이었으면. 틈틈이 시간 맞춰 만난다 해도 한집에 살았던 사람들 성에 찰 턱이 없었다. 사랑에 푹 빠진 연인에게 공평한 시간은 늘 가혹하기만 했다.

그에게 처음 바둑을 가르친 건 할아버지다. 세현이 바둑에 소질이 있다는 걸 알아챈 할아버지는 그를 유명 바둑 기사가 운영하는 바둑교실에 보냈다. 프로 바둑 기사가 되길 바란 건 아니었다. 바둑판 위에 인생이 있다고 생각한 조부는 손자가 두 치, 세 치 앞을 보는 남자로 자라길 바랐다.

가로세로 각각 열아홉 줄, 총 361개 선택점 안에서 펼쳐지는 바둑의 묘수는 변화무쌍하고 무궁무진하다. 상대방의 실수로,

혹은 꼼수를 부려 이득을 볼 수는 있으나 승패를 결정하는 건 결국 실력이다. 열 살 터울의 형이든 스무 살 위 아저씨든 급수가 같으면 그에게 어른 대접을 해 주었다. 실력 외에 어떤 것도 통하지 않는 세상. 바둑판 앞에서만큼은 누구나 평등하고 공정했다.

하나 더. 복기(한 번 두고 난 바둑의 판국을 비평하기 위하여 두었던 대로 다시 처음부터 놓아 보는 것)를 통해 자신의 잘못을 되짚어 볼 수 있다는 점이 좋았다. 그의 놀라운 집중력과 기억력은 타고난 부분도 있지만 바둑을 통해서도 길러졌다. 프로 바둑 기사로 키워 보자는 제안도 있었으나 그러기엔 그는 몸을 움직이는 일을 좋아했다. 매력적인 취미지만 한나절씩 꼼짝 않고 앉아 바둑을 두며 평생을 보낼 생각은 처음부터 없었다.

"너 누구한테 바둑 배웠냐?"

"어려선 바둑교실 다녔고요, 할아버지하고 자주 뒀어요."

"할아버지가 몇 단이신데?"

"아마(아마추어) 6단 정도요."

"너도 그 비슷하겠다. 그보다 못하진 않을 것 같은데."

"이사님도 잘 두시는데요?"

"왜 나 안 봐줬냐? 만 원 주기 싫어서 하는 말은 아니고."

웃는 얼굴로 지갑을 연 윤지훈 이사가 그의 손에 만 원을 쥐여 주었다. 세현은 빈말로도 마다치 않았다.

"봐 드리면 기분 나쁘지 않으세요? 정정당당한 게 좋잖아요."

"니 말이 맞아. 근데, 이렇게 와서 다른 건 절대 안 하고 모델 일만 하겠다고 하는 건 정정당당하다고 생각해?"

"아니요. 외모 덕 보려고 하는 거, 저도 알아요. 그래도 운이 좋으면 가능할지도 모른다고 생각했어요."

남자가 봐도 매력적이다. 바둑 둘 때의 집중력으로 연기를 하면 대성할 것 같다. 춤을 잘 춘다지만 목소리를 들어 보면 댄스 가수보다는 발라드가 어울릴 듯싶다. 어떤 면에서 봐도 써먹을 데가 많은 녀석이다. 노크 소리가 들리고 여직원이 홍기열 대표가 왔다는 소식을 전해 주었다. 두 남자는 바로 일어나 대표실로 향했다.

세현이 홍 대표에게 인사하고 있을 때 축제 때 명함을 줬던 이상윤 실장이 들어왔다. 네 남자가 검은색 가죽 소파에 자리 잡고 앉았다. 홍 대표는 작고 날카로운 눈으로 그의 온몸을 평가하듯 훑었다. 윤지훈 이사가 대신 그의 이름을 밝히고 회사를 찾아온 이유를 간단히 설명했다. 홍 대표는 웃지 않았고, 이 실장은 슬쩍 미소를 띠며 세현을 바라보았다. 얘가 그 유명한 얼짱이구나. 그런 줄도 모르고 명함을 줬네. 내가 보는 눈이 있었어.

내내 침묵을 지키던 홍기열 대표가 입을 열었다.

"너, 이렇게 쳐들어오는 방법은 어디서 주워들었냐?"

이 사람들은 날 언제 봤다고 무조건 반말이야. 내가 아무리 어려도 그렇지. 기분이 썩 좋지는 않았지만 세현은 내색하지 않고 대답했다.

"주워들은 게 아니고 생각한 건데요."

"너 같은 애 1년이면 수십 명을 본다. 다른 건 다 싫고 광고 모델만 하고 싶다고?"

홍기열 대표는 국내 엔터테인먼트 사업의 입지전적인 사람 중 하나로 꼽힌다. 원석을 찾고 최대 가치로 세공해서 매장에 선보여 팔아먹는 데 탁월한 소질이 있는 사업가. 그 앞에 오랜만에 대형 원석이 나타났다. 그것도 제 발로 걸어서. 스무 살밖에 안 된 애가 이미 반쯤 세공된 모습으로 보였다.

"네. CF만 찍을 수는 없는 거예요? 모델료를 좀 적게 받으면 안 돼요?"

하늘 높은 줄 모르고 건방진 거야, 세상 넓은 줄 모르고 순진한 거야? 분식집 메뉴 고르듯 저 먹고 싶은 것만 먹겠다고? 말하는 모양새나 눈빛을 보니 보통 깡이 아니다. 마음만 먹으면 뭐가 되도 될 놈인데, 덥석 물자니 내내 피곤할 것 같은 예감이 든다. 선뜻 줍지는 못하겠고, 대뜸 버리자니 아깝고, 그렇다고 아무 데나 두고 갈 수도 없는 물건 아닌가. 앞으로의 계약을 생각하면 이런 식의 선례를 남겨서도 안 됐다. 그래도 이 아이를 다른 매니지먼트사에 넘기는 짓은 하기 싫었다. 분명 땅을 치고 후회할 터다. 우선 잡아 두고 살살 설득해 볼까. 돈과 인기의 맛을 보면 쉽게 놓지는 못할 텐데.

지켜보기에 답답했던지 이번엔 윤지훈 이사가 나섰다.

"이쪽 일이 니 생각처럼 단순하면 얼마나 좋겠냐만……."

그의 구체적인 설명을 들으며 세현은 섣부른 판단이었음을 깨달았다. 쉽게 될 거라고 기대하지는 않았지만, 이 정도로 복잡한 줄은 몰랐다.

"결정적으로 넌 모델만 하기엔 너무 잘생겼어. 상품보다 얼굴이 더 튄다고."

"이해했습니다. 오늘 실례가 많았습니다. 안녕히 계세요."

벌떡 일어나는 그를 윤 이사가 도로 주저앉혔다. 바둑 한 판 둔 것도 정이라고 그냥 보내기 아쉬웠다.

"얘 보기보다 성질 급하네. 모델만 하고 싶은 진짜 이유가 뭐야? 스타 되기 싫어?"

"아까도 말씀드렸지만 돈이 목적이에요. 전 스타 되고 싶은 마음 전혀 없어요. 그러고 싶었다면 중3 때부터 준비했을 거예요."

내 자식이 아니라면 잡아야겠지만, 내 자식이라면 박수 쳐주고 싶은 결정이다. 이 바닥에 한 발이라도 들여놓게 되면 평범하게 사는 건 과거에서나 가능한 일이 될 것이다. 과거조차 타인의 뜻대로 각색되는 게 이 직업이니까. 지훈은 아직 어린 두 딸에게도 연예인은 할 일이 못 된다고 늘 강조했다. 이쪽에 끼와 재능이 없음을 고맙게 여기기도 했다. 그러나 그는 진세현의 아버지가 아니었다.

잘만 관리하면 10년 안에 몇백억, 많게는 몇천억의 매출을 올릴 재목이 될 스무 살 청년. 아직 어리지만 스펙도 내세울 만하고 집안도 좋다. 명문대 교수이자 유명 방송인인 어머니에 올곧은 사회경제학자로 정평이 난 아버지, 왕년에 인기 가수였던 외할아버지 얘기까지 덧씌워지면 화제의 인물이 되는 건 순식간일 것이다. 더 따질 것도 없다. 지금으로도 넘치게 훌륭하다.

홍기열 대표는 중년의 아저씨들 앞에서도 전혀 주눅 들지 않는 청년을 바라보며 생각했다. 오랜만에 그물 안에 들어온 대어를 내 손으로 놓아주어야 하나. 써먹을 데가 많아 보이는 조건이다. 외모와 목소리로 판단하건대 가수보다는 배우로 키우는 게 나을 것 같다. 이 비주얼에 재능만 어느 정도 갖춰 주면 머지않아 스타가 될 것이다. 돈이 필요하다고는 하지만, 집안 형편이 어려운 애도 아닌데다 연예인이 되고 싶은 건 더더욱 아니라니 왜 왔는지 속을 알 수가 없다.

"갖고 싶은 것만 골라 가지는 건 니 돈을 주고 무언가를 살 때 할 수 있는 일이야. 돈을 벌고 싶으면 하기 싫은 것도 할 줄 알아야지."

"죄송합니다."

이대로 돌려보내기엔 미련이 남는다. 뭐라도 먹이면서 다시 구슬려 볼까? 기열은 아까부터 이 아이 약지에 끼워진 반지가 궁금했다. 특별한 의미가 있는 건가?

"손에 그 반지는 뭐냐?"

"커플링이요."

허, 숨겨도 모자랄 판에 대놓고 말해? 이젠 헛웃음까지 나온다. 일을 하겠다는 거야, 말겠다는 거야?

"여자 친구 있어?"

"네."

처음 명함을 줬던 이상윤 실장이 세현을 보며 물었다.

"설마 작년 그 여대생 지금도 만나는 거야?"

"네."

종일 사람에 시달린 홍 대표는 뱃가죽이 내장에 달라붙는 기분이었다. 술도 한잔하고 싶었다. 가정도 회사도 그럴싸하게 유지하는 게 갈수록 버거웠다. 누구에게도 내색은 안 했지만 요샌 젊고 똑똑한 대표이사를 따로 앉히고 한 걸음 뒤로 물러날까 하는 생각마저 하고 있는 요즘이다. 너무 피곤해서 빨리 결정 내리고 싶었다.

"진세현이라고 했지? 그래, 광고 찍게 해 줄게. 근데 너만 조건 걸면 되겠냐? 이 조건은 다른 기획사 가도 마찬가지일 거야. 더하면 더했지 덜하진 않을 거란 말이다. 오늘은 말고, 여자 친구하고 헤어지면 그때 다시 찾아와."

하루가 유난히 긴 날이다. 체한 게 가라앉지 않아서 저녁을 걸렀더니 속이 쓰렸다. 작은 우유 한 팩을 사 들고 지하철에 몸을 실은 혜서는 좋아하는 뮤지컬 넘버를 반복해 들으며 어두운 창밖을 응시했다. 배워야 할 건 끝이 없는데 시간은 늘 부족하다. 성악식 발성, 연기, 탭댄스, 발레에 자세까지.

뮤지컬 배우는 30대에 만개하는 경우가 많다. 아직 어린 편이니까. 그렇게 자신을 위로해 보지만 시간이 갈수록 막막해진다. 관객은 작품과 배우를 선택할 권리가 있다. 하지만 배우는 제작자에게든, 관객에게든 선택돼야만 살아남는 운명이다. 태생적으로 을의 처지다. 갑의 위치에 올라선 뮤지컬 배우는 손가락으로 꼽을 정도로 적다.

안정적인 직장까지 버리고 뮤지컬 무대로 뛰어들었는데 장 밋빛 카펫은커녕 가시밭길이 끝없이 펼쳐진다면? 누구 말대로 공부가 가장 쉬웠다는 말이 하루에도 몇 번씩 떠오르는 요즘이다.

혜서는 다 마신 우유 팩을 딱지처럼 곱게 접어 가방 앞주머니에 넣었다. 세현이 보고 싶었다. 과외가 아직 안 끝났나? 끝났으면 바로 연락했을 텐데. 문자라도 보낼까? 잠시 망설이는 사이 민재에게서 전화가 왔다. 2월 초 셋이 호프집에서 만났던 이후로 두 번째 통화다. 조금은 어색한 기분으로 짧은 인사를 주고받았다.

— 학교 적응은 잘하고 있지?

"그럭저럭요. 김 쌤은?"

— 나도. 할 말이 있어서 연락했어. 이런 질문 해도 되나 모르겠는데 도저히 참아지지가 않네.

"그럼 하지 마세요."

— 왜 말 높이냐. 서운하게. 내가…… 이걸 안 물어보면 화병 날 것 같아서.

"남자도 화병에 걸리는구나. 아! 정조와 태조 이성계도 화병에 시달렸다고 읽은 것 같네."

— 정혜서, 만나는 남자 있어?

"그 남자가 남자 친구를 말하는 거라면, 있어요."

— ……나도 아는 남자야?

"맞아요."

— 너보다…… 어려?

"혹시 누군지 알고 묻는 거 아니에요?"

— 내가 생각하는 그 애 맞아? 아주 어려서부터 아는 사이였
다는 그 애?

과외가 끝나려면 10분 정도 남았다. 바로 집 밖으로 나갈 수
있으면 좋겠는데. 이 집 모녀는 지나치게 친절하다. 오늘은 어
떤 멘트를 준비했을까. 거실을 투명인간처럼 통과하고 싶다.
게다가 열 개를 인풋 시키면 바로 열 개를 아웃풋 시키는 신비
의 능력을 가진 이 녀석. 저장 능력이 아예 없는지 뇌가 구멍이
숭숭 뚫린 체 같다.

"쌤, 우리 누나가 원래 매일 늦는데 저 수학 과외 하는 날은
일찍 들어오는 거 알아요? 우리 엄마도 집에선 화장 안 하는데
쌤 오는 날엔 꼭 화장을 해요. 미장원도 갔다 오고. 신기하죠?"

"난 니가 더 신기하다."

오늘따라 시간이 더디 간다. 얼른 끝내고 혜서 얼굴이나 봤으
면 좋겠다. 내리 사흘을 못 봤더니 눈에서 진물이 날 지경이다.

"쎄애앰, 이 문제는 아무리 생각해도 모르겠어요."

"진짜 생각은 했냐? 여기서 어떻게 더 쉽게 설명하지? 지구
인의 언어로는 더는 표현할 말이 없는데. 그 정도 설명해 줬으
면 아프리카 사람도 알아들었겠다. 석중아, 니 한 달 과외비가
얼만지 알아? 부모님께 안 죄송해?"

"우리 집 돈 많아요. 우리 할아버지 엄청 부자예요. 땅이 어마어마하게 많대요."

"내가 볼 땐 넌 과외보다 더 필요한 게 있는 것 같다."

"쌤 정도 외모면 연예인 해서 쉽게 돈 벌 수도 있잖아요. 뭐 하러 힘들게 과외를 해요? 내가 쌤 반만큼이라도 생겼으면 공부 안 하고 연예인 할 텐데."

몇 시간 전 홍기열 대표가 한 말이 떠올랐다. 그로선 고민할 것도 말 것도 없는 제안이었다. 그게 선조건이라면 대답은 하나밖에 없었다.

"헤어질 일 없을 거예요. 덕분에 오늘 좋은 경험했습니다."

돈이 필요했다. 5000만 원 정도. 하루라도 빨리 뮤지컬에 몰두하게 해 주고 싶었다. 통장에 생활비를 넉넉히 넣어 주고 남은 돈으로는 여름방학을 이용해 뉴욕에 같이 가자고 할 생각이었다. 열흘 정도 머물면서 하루에 두 편씩 브로드웨이에서 공연하는 뮤지컬을 관람하고 싶었는데. 그 열흘을 꿈꿀 때가 좋았다. 일주일에 두 번 과외를 해선 5년, 아니, 10년 후에나 가능한 일일까.

짧은 시간에 큰돈을 벌 수 있는 길을 찾다 보니 남는 게 그 것밖에 없었다. 무모하고 성급한 판단이었다. 무슨 돈으로 뉴욕엘 데리고 가지? 돈이 없는 건 아니지만 그건 쓰지 말라니 방법이 없다. 어려서부터 모은 돈이라고 하지 말 걸 그랬나.

"쌔엠, 여자 친구 있어요? 그 반지 커플링이에요?"

"있어. 커플링 맞아. 너 이딴 식으로 공부할 거면 나하고 결별하자."

"전 쌤 좋은데요? 하나만 더요. 쌤 여자 친구 우리 누나보다 예뻐요?"

"난 너희 누나 얼굴 제대로 본 적 없거든?"

"이따 나갈 때 꼭 보세요. 누나가 아주 좋아할 거예요."

과외가 끝나고 엘리베이터에 타자마자 혜서에게 전화를 걸었다. 어디냐고 물으니 집 근처 지하철역까지 다섯 정거장 남았다고. 혜서가 먼저 와서 기다리고 있었다. 내려서 문을 열어 주고 다시 운전석으로 왔다. 입이 저절로 시동을 건다. 요샌 뇌와 입이 시차를 두고 따로 놀 때가 많다.

"내 눈 좀 이상해졌지?"

"어? 어디? 멀쩡한데?"

"짓물렀을 거야. 잘 봐."

실내등을 켠 혜서가 고개를 갸웃거리며 그의 눈가를 요리조리 살폈다.

"아파? 보기엔 괜찮은데."

"누구 보고 싶어서 짓물렀을 텐데. 멀쩡할 리가 없어."

"너 나 만나러 오기 전에 무슨 말 할지 미리 생각해 두지?"

"아니! 볼 때마다 살이 빠지는 것 같다?"

"티 나?"

"얼굴이 점점 작아지잖아. 손가락도 가늘어졌네."

"다리는 점점 굵어지는 것 같아. 맨날 서서 수업해서 그런가."

"남자들은 젓가락 같은 다리 싫어해. 무조건 가는 다리 좋아할 거란 생각은 여자들의 착각이야."

그의 손이 혜서의 허벅지 위로 슬쩍 올라왔다. 세현이 그녀의 다리를 유난히 좋아하는 건 익히 알았다. 생각해 보니 유난히 예뻐하는 부위가 몇 군데 더 있다.

"살찌는 거나 먹으러 가자."

"근데 너 원래 마른 스타일 좋아하지 않았어?"

뭘 모를 땐 옷 입은 모습으로만 판단했지. 뭘 좀 알고 나니 마른 여자는 취향이 아님을 알게 됐고.

"체지방률 좀 높여. 맨 처음 봤을 땐 통통해서 귀여웠는데."

"애 봐라. 너 그때 '왜 이렇게 뚱뚱해졌지?' 하는 눈길로 나 봤어. 인정하지?"

"미안. 그땐 어려서 뭘 몰랐어. 이리 와."

혜서를 끌어당겨 오동통한 입술에 잽싸게 입을 맞췄다. 길게 키스하고 싶었으나 주위 여건이 허락하지 않았다. 현실은 혼잡한 지하철역 근처. 깊은 숲 속 옹달샘 옆 오두막으로 순간이동을 하고 싶은 순간이다.

"오늘은 니가 되게 보고 싶더라. 종일."

세현은 혜서가 밀고 당기는 연애의 기술을 발휘하지 않아서 좋았다. 할 줄 몰라서는 아닐 것이다. 그는 언제나 솔직하겠다는 여자 친구의 약속을 의심 없이 믿었다. 그 역시 다른 여자를 만날 때처럼 이리저리 재고 따지고 문자 하나도 보낼까 말까 하는 고민 따위는 하지 않는다. 돌이켜 보면 그런 짓을 한다고 해서 애정이 더 깊어진 적도 없다.

"나는 얼마나 보고 싶었는지 울 뻔했어. 진짜야."

"울어 봐."

"얼굴 보니까 눈물이 쏙 들어가더라."

깔깔대며 웃던 혜서가 그의 팔에 슬며시 머리를 기댔다. 남자를 이렇게 좋아해 본 건 태어나 처음인 것 같다. 하루하루 기록 경신 중이다.

"저녁을 걸렀더니 배고파."

"굶고 다니지 말랬지? 왜 이렇게 말을 안 들어?"

"낮에 체해서 일부러 거른 거야."

"왜 체했어? 잘 안 체하잖아."

"먹고 말해 줄게."

야식을 먹고 집으로 가는 길. 혜서가 수업 시간에 있었던 일을 간추려 들려주었다. 입 밖으로 꺼내 보니 유치한 웹툰 에피소드의 한 토막 같다.

"그래서 체한 거야?"

"그건 모르겠는데 그 일 외엔 딱히 충격받은 일 없었거든. 너 아는 애들 꽤 되더라. 역시 특별시 얼짱은 달라. 우리 이러고 다니면 알아보는 사람들 있을 거 같지 않아?"

"신경 쓰지 마. 알아보면 어때?"

"난 직업이 좀 그렇잖아. 워낙에 보수적인 데라."

"내가 범죄자야? 미성년자야? 유부남이야? 별걸 다 걱정해."

"걱정이라기보단 괜한 말 도는 게 싫어서 그래. 그 애가 너랑 결혼하고 싶대. 대박이지?"

"돌았구나. 누구 맘대로 그런 상상을 하고 지⋯⋯. 하아. 진짜 왜 그래? 싫다, 싫어."

"연예인 아닌데도 이 정도니 진짜 연예인 됐으면. 어우, 니얼굴 보기도 힘들어지는 건가."

"내가 연예인 하는 거 싫어?"

상상해 본 적이 있다. 비밀 연애. 잦은 다툼. 스케줄이 바빠서 자연스럽게 멀어졌어요. 좋은 친구로 남기로 했어요. 그렇게 전형적인 절차를 밟을 것 같은 예감에 진저리가 쳐졌다.

"알잖아. 내가 어떻게 생각하는지."

"그래도 내가 연예인 한다고 우기면?"

"나도 뮤지컬 하고 싶어 하는데 뭘. 니가 진짜 하고 싶어 하면 말리진 못할 것 같아. 니 인생이니까."

"그럼 헤어질 것 같다며?"

"기획사에서 그렇게 하게 놔둘까. 연애도 하고 연예인도 하라고. 선택의 갈림길에 설 때가 오겠지. 말 나온 김에 마저 할게. 연예인 한다고 했으면 절대 너랑 사귀지 않았을 거야."

세현은 주차할 곳을 찾는 동안 한마디도 하지 않았다. 생각을 정리하고 싶었다. 유명 방송인이 된 엄마와 같이 다니면 늘 불편했다. 연예인이 아닌데도 알아보는 사람이 많았다. 얼굴도 본 적 없는 외할아버지 얘기는 암암리에 주변을 배회했다. 대단했었다는 인기는 뜬구름처럼 흘러갔는지 모르지만, 구설수는 오래된 전설처럼 살아남아 외가 사람들을 괴롭혔다. 가족 중 그가 연예인이 되길 바라는 사람은 아무도 없다. 그러나 가족이 아닌 사람들은 그를 하나로 단정 지어 생각했다. 너 같은 애가 연예인 안 하면 누가 해?

"흥분하지 말고 내 말 끝까지 들어. 오후에 작년에 우리한테 명함 줬던 기획사 찾아갔었어."

빠르기도 하지. 그 말만으로 혜서 눈에 눈물이 고인다. 세현은 서둘러 기획사에 찾아가게 된 이유를 설명했다. 그제야 불편한 심기가 풀리는 혜서다.

"왜 자꾸 아빠처럼 행동하려고 해? 니가 우리 아빠야?"

"아빠면 큰일 나지. 결혼해야 하는데. 안 할 거야. 안 한다고 했어."

"내가 너무 예민했던 것 같아. 미안해. 조심해서 가."

"그냥 내리면 헤어지자고 할 거야. 키스하고 내려."

"이젠 막 명령하고 그런다? 손만 잡아도 좋아 죽더니."

"이젠 미성년자가 아니니까."

"하여간 되게 강조해. 실내등 꺼 줘."

"우린 언제 환한 불 아래서 당당하게 스킨십 나눠? 범죄자들도 아니고 이게 뭐야."

"내가 죄인이잖아. 싸나이 가슴에 불을 지른⋯⋯. 미안, 이건 진짜 아닌 것 같다. 죽을죄를 지었어."

"이리 와. 죗값 치르게."

이사 날짜가 확정됐다. 신림동 번화가에서 벗어난 작은 빌라. 말이 빌라지 5층짜리 작은 다세대주택이다. 할아버지가 깨끗하고 문제없는 집으로 골랐고, 주변 치안도 나쁘지 않은 곳이라고 하셨어도 세현은 안심되지 않았다. 영영 떠나는 것도 아니고 집에서 먼 곳도 아닌데 하루하루가 아쉽기만 하다.

자기 전에 혜서와 통화하는 게 습관이 됐다. 어쩌다 통화를 못 한 날은 양치를 안 하고 잠든 것처럼 찝찝했다.

— 세현아, 생일 선물 뭐 받고 싶어?

"말하면 뭐든 들어줄 거야?"

혜서가 갑자기 하하하 웃었다.

— 자는 거 빼고.

"그거 아니야."

물론 주기만 한다면 기꺼이 선물을 받아 줄 용의는 있다.

— 아! '자기야.' 해 달라고? 나 그거 못 해. 안 해."

"그게 뭐가 어려워? 돈 드는 거 아니잖아."

— 어떻게 너한테 '자기'라는 말을 하냐. 닭살이 으으으. 나 벌써 반인반계 됐어.

나는 새 됐거든? 여보라고 부르라는 것도 아니고 자기가 어려워? 그깟 자기가? 기분이 팍 상한 그는 선물 수준을 확 높여 불렀다.

"약혼할래?"

뭘 해? 동아리 친구가 약혼 기념으로 까르띠에 반지를 받았다고 자랑할 때도 큰 관심이 없었다. 나중에 반지 가격을 알고는 깜짝 놀랐지만.

— 요새는 약혼식 생략한다던데? 그런 절차가 굳이 필요해?

"왜? 말만 들어도 뭔가 좀 있어 보이고 클래식하지 않아?"

― 하하. 별로.

"그럼 뭔가 좀 없어 보이고 현대적이면서 대중적인 혼인신고는 어때?"

한참을 깔깔 웃던 혜서가 겨우 웃음을 그치고 대답했다.

― 나중에 엄마한테 말해 볼게.

"어느 세월에? 그냥 생일 선물 해 주기 싫다고 해. 결과적으로 준다는 게 아무것도 없잖아."

― 아, 내가 그거 말 안 했지? 김민재 쌤한테 니가 남자 친구인 거 말했어. 잘했지?

"아직도 그 선배랑 연락해? 보기보다 끈질기네."

― 좋은 사람이야. 너무 그러지 마.

"지금 편들어?"

― 넌 내가 좋아하는 남자고. 생각해 둔 선물이 있는데 좋아할지 모르겠네.

"나 좀 까다로워. 알지?"

― 그럼. 나나 되니까 널 만나지 다른 여자 같으면 벌써 나가떨어졌을걸.

이런 대화를 나눈 게 며칠 전이다. 혜서가 준비한 생일 선물은 생일상이었다. 어차피 비밀도 아닌지라 같이 시장을 봤다. 단출해 보이는 메뉴인데도 시장 보는 데만 한 시간이 걸렸다. 집에 그냥 들어가기가 아쉬워 오랜만에 '오후의 칼디'에 들렀다. 찻잔을 내려놓은 세현이 짧은 침묵을 깼다.

"나 할 말 있어."

"아우, 이 말 진짜 무시무시한 느낌이구나. 남자들이 왜 싫어하는지 알겠다."

"별거 아니야."

그에게 대학 홍보 모델 제의가 온 건 이틀 전이었다. 담당 교수님이 추천한 데다 학교 측에서 워낙에 적극적으로 의사를 물어 왔다. 계획에 없던 일이지만 나쁘지 않아 보였다. 대학 홍보 모델이 되면 이점이 많았다. 활동비는 적었지만 부수입이 짭짤했고, 인맥을 넓힐 기회도 된다. 시간적 손해가 적지 않지만 얻는 게 훨씬 많다는 게 공통된 견해였다.

'수시 합격자 워크숍 하면 꼭 데리고 가려고 하겠네. 이탈자가 하나도 없겠어.'

"이건 연예 활동 아니지? 지원해도 돼?"

"부모님은 아셔?"

"이제 말씀드려야지. 나쁠 건 없을 것 같은데."

"솔직히 진세현을 모델로 안 쓰면 학교가 손해지. 하고 싶으면 해. 나한테 일일이 묻지 말고. 자꾸 이러시면 제가 미안해지잖아요오."

"돈 때문에 잠시 혹했던 거지 진짜 연예인 할 마음 있었던 건 아니야."

"혹시 무료봉사 할 거야?"

"돌았어? 학교 재단이 나보다 부잔데 일했으면 대가를 받아야지."

"우리 학교 연영과 다니는 연예인들은 무료로 대학 홍보 모델 해 주더라고."

"그 사람들한테는 돈 말고 다른 이익이 남겠지. 일어나야겠다. 데려다줄까?"

"난 여기서 좀 더 놀다 갈게."

"그럼 장 본 건 집에 갖다 놓을게. 오늘은 할머니 집에서 잘 거야. 아침에 말씀드리고 나왔어. 밤에 방으로 놀러 갈 거니까 자지 말고 기다려."

원래 하던 날짜에서 일주일을 넘겼는데도 생리 소식이 없었다. 지난겨울부터 불규칙해지던 주기가 점점 심해지는 것 같다. 걱정을 너무 했는지 그제는 생리하는 꿈까지 꿨다. 드디어 어제 터질 게 터졌다. 이런 것도 예지몽인가?

"으…… 난 별로 놀고 싶지 않은데."

"놀고 싶어질 거야."

세현이 과외를 마치고 할머니 집에 도착했을 때 불청객이 기다리고 있었다. 그에겐 딱 불청객이었다. 세상 오직 하나뿐인 형제님. 사랑하는 어머니가 친히 데려다 놓고 가셨단다.

"나도 오늘 여기서 잘 거야. 오랜만에 형하고 같이 자겠네? 엄마, 아빠 내일 저녁 전에 오신대."

한동안 잊고 있었다. 가족이 안티였다는 걸. 가만, 저 녀석 잠귀가 밝던가? 늦게 자는 습관은 없던가? 지금 그게 문제가 아니다. 동생이 있다면 혜서는 방 안에 발가락 하나도 못 들이게 할 게 틀림없다. 그러고도 남을 여자다. 종일 부풀어 오르던 기대감에 재가 뿌려진 기분이다.

벌써 12시 10분 전. 거실엔 두 명의 20대와 한 명의 미성년 자가 뭉개고 있다. 미성년자가 제일 쌩쌩하다. 초저녁에 잠깐 잠이 들었었단다. 그는 정말이지 하나뿐인 형제를 미워하고 싶지 않았다. 그저 혜서의 아랫배를 조몰락대며 희희낙락하고 싶을 뿐이다. 오늘따라 진우현은 쓸데없이 질문이 많았다. 이 시간에 국어 문제는 왜 물어보는 건데? 이 시간에 시를 공부하고 싶은 이유가 뭔데! 혜서가 어린애처럼 눈을 비빈다.

"졸려?"

"어."

일주일의 고단함이 최대치로 쌓인 날이라 몸이 찌뿌드드했다. 5분 뒤면 내일이다. 혜서는 생일 축하 인사를 하고 들어가려고 졸음을 참고 있다. 아침에 일어나자마자 돈가스용 고기부터 재 놓아야 한다. 평범한 모양이 아닌 스틱 모양 돈가스를 만들 예정이다. 언젠가 분식집에서 먹어 본 건데 꼭 해 주고 싶었다. 그것 말고도 세 가지 메뉴를 더 만들어 주기로 약속했다. 너무 거창한 선물을 준비한 게 아닌가 하는 후회가 슬슬 밀려왔다.

'내 주제에 무슨 요리야. 그냥 똥배나 실컷 만지게 해 줄걸.'

신데렐라도 집으로 돌아간다는 시간. 불만 섞인 표정으로 옆자리를 지키던 남자 친구에게 축하의 인사말을 건네고 바로 일어섰다.

"들어가려고?"

쩍 벌어지려는 입을 손바닥으로 가리며 고개를 끄덕였다. 끊임없이 하품이 나온다. 눈가에 찔끔 맺힌 눈물을 손등으로 찍어 낸 혜서는 세현에게 손을 흔들었다.

"또 생일 축하해. 우현이도 잘 자."

"응. 누나도."

"데려다줄게."

왜 저래, 저 사람? 설마 집 안에서 방 못 찾을까 봐? 우현은 10미터도 안 되는 거리를 데려다준다는 형이 너무 이상했다. 혜서 누나가 그런 형을 말렸다. 저게 정상이지.

"뭘 따라와. 코앞인데."

"내 맘이야."

집이 베르사유궁전처럼 넓었으면 좋겠다. 방까지 걸어가다가 잠도 깨고 더불어 마음도 바뀌게. 세현은 긴 다리를 방문 사이에 끼우고 서서 무언의 시위를 했다. 혜서는 그저 눕고 싶었다. 지금 그녀를 가장 괴롭히는 욕구는 수면욕이다.

"밤에 몰래 들어올 생각 하지 마. 들어오면 절교야."

하아. 이게 정녕 방금 생일을 맞이한 사람에게 할 소린가? 최대한 애처로운 눈빛을 보냈지만 씨알도 먹히지 않았다.

"울고 싶다, 진짜."

목소리를 낮춘 혜서가 그의 얼굴을 감싸 안으며 살그머니 속살거렸다.

"다음에 격하게 사랑해 줄게."

혜서가 그를 향해 입술을 쭉 내밀었다. 그가 성에 안 찬다는 듯 고개를 젓자 분홍빛 혀를 살그머니 내주었다. 잽싸게 쪽 빨아들였더니 순식간에 타액이 잔뜩 고인다. 몇 차례 더 빨아들이자 수백, 수천 개의 혀 돌기가 빨딱 일어나 아우성친다. 마치 여기서 멈추면 넌 남자도 아니라는 듯. 그러니 이쯤에서 멈춰야 한다.

"이불 잘 덮고 푹 자."

"응, 너도."

"난 잘 자긴 다 글렀어."

투덜대면서도 세현은 혜서의 하얀 이마에 굿나잇 키스를 했다. 여자를 삼킨 방문은 바로 닫혔다.

시간은 늦는 법이 없다. 미련도 없다. 뒤도 돌아보지 않는다. 하루가 지나고 일주일이 지나고 열흘, 스무날이 지나니 떠날 날이 됐다.

이사 전날, 혜서는 마지막 저녁 식사를 하러 일찍 귀가했다. 언제나처럼 사이좋게 앉아 계신 두 분을 보니 마음이 푸근해진다. 찬기에 나물을 담던 혜서가 문득 할머니를 바라보았다.

"할머니."

"응? 왜?"

"저는 할머니가 진짜 우리 할머니면 좋겠다고 자주 생각했어요."

"나도 네가 우리 손녀면 좋겠다고 늘 생각했다."

"제가 할머니 될 때까지 두 분 다 오래오래 사셨으면 좋겠어요."

"고맙긴 한데 늙은이가 너무 오래 살아도 볼썽사나워."

"두 분은 안 그래요. 할머니, 할아버지 덕분에 세현이가 더 잘 자란 것 같아요. 그동안 정말 감사했어요."

"자주 놀러 와라. 근처에 오거나 배고프면 아무 때나 들러."

"네."

떠나는 마음도 떠나보내는 마음도 홀가분하지 않았다. 인희는 혜서가 좋아하는 육개장을 뜨며 한숨을 잠재웠다. 죽으러 가는 것도 아닌데 마음 편히 보내야지 하면서도 자꾸 붙잡고 싶어진다. 아무 절차도 안 치른 사이라지만 손자며느리 혼자 고생시키는 것 같아 마음이 좋지 않았다.

부쩍 짧아진 밤은 금세 아침 해를 토해 냈다. 사람을 불러 짐부터 뺐다. 가사도우미 아주머니가 오는 날이니 그냥 두고 가래도 굳이 방바닥까지 쓸어 낸 혜서가 손자의 차를 타고 떠났다. 두 아이가 나가자 집이 더 휑해진 것 같다. 든 자리는 표 안 나도 난 자리는 표 난다더니 한숨이 감춰지지 않는다. 그런 아내를 바라보는 용민도 착잡하긴 마찬가지였다.

"얼른 다시 불러들이자고. 결혼시켜서 이 동네에 집도 장만해 주고 오가며 살면 되지. 그럼 되지? 에이그, 애처럼 울긴 왜울어."

객식구들을 다 보낸 집엔 연희와 혜서, 세현 셋만 남았다. 지은 지 두 해밖에 안 된 집인데다 짐도 적고 미리 치워 놓아서

인지 반나절 만에 정리가 끝났다. 편하게 나가서 먹자는 두 아이의 말을 마다하고 연희는 서둘러 저녁상을 차렸다. 종일 고생한 세현에게 저녁이라도 든든히 먹여 보내고 싶은 마음이다. 아직은 사윗감이라기보다는 막내아들 같다. 웃을 때면 어릴 때 모습이 언뜻언뜻 보인다.

"세현아, 10분만 기다려. 거의 다 했어."

"천천히 하셔도 돼요."

방 두 개짜리 빌라라고 해서 걱정했는데 실내는 생각보다 깔끔했다. 방 하난 제법 넓었다. 이제 거울만 달면 끝이다. 작고 낡은 연두색 테두리의 거울을 달며 새로 하나 사지 굳이 왜 가지고 왔을까 궁금했다.

"이거 버리고 새로 사면 안 돼? 버려도 누가 주워 가지도 않겠다."

"난 그 거울 평생 쓸 건데?"

"왜? 첫사랑이 사 준 거야?"

대답 잘해라. 알지? 나 진세현이야.

"오빠가 생일 선물로 준 거야. 중학교 2학년 때."

"그래? 그래도 너무 낡았잖아. 새로 하나 사자. 예쁜 걸로 사 줄게."

"그냥 쓴다니까."

"도대체 왜?"

"아, 이건 말해 주기 싫은데. ……그 거울로 보면 내가 진짜 예뻐 보여. 그런 거울 세상에 다신 없다고."

여자들은 그런 이유로도 거울을 평가하는군. 거울을 떼어 내 앞뒤로 꼼꼼히 살폈다. 리폼하면 쓸 만해질 것 같다.

"거울만 살리면 되지? 테두리 나무로 바꿀까? 스틸 소재?"

"진짜 할 수 있어?"

"어렵지 않을 것 같은데. 디자인해서 업체에 맡기면 금방 될 거야. 일주일 정도만 다른 거울 보고 살아."

"하, 나 좀 울어도 돼? 어떻게 된 사내가 버릴 구석이 요만큼 도 없어. 전무후무다, 진짜."

"또 시작했네."

문밖에서 저녁 준비 다 됐다는 소리가 들렸다.

"엄마, 금방 나갈게요! 세현아, 내가 밥 떠먹여 줄까?"

"작작 하라고."

"뽀뽀는?"

"10분 있다가 나간다고 말씀드리고 올게. 잠깐 기다려."

"잘못했어. 그만 까불게."

푸짐하게 차린 저녁을 먹고 후식으로 과일도 먹었다. 벌써 일어났어야 할 시간인지도 모르겠다. 피곤해하시는 아줌마를 보니 더는 뭉갤 수가 없었다. 집에서 나온 세현은 크게 원을 그리며 동네를 빙 둘러보았다. 고만고만한 빌라와 오래된 아파 트, 단독주택이 밀집된 동네다. 길은 좁은데 골목은 많았다. 파 출소가 멀지 않은 곳에 있긴 한데 새로 지은 아파트 단지처럼 안전해 보이지는 않는다.

나란히 세워진 두 동짜리 빌라 3층에 자리한 20평 남짓한 작은 집. 집들이 선물로 뭐가 좋을지 생각해 봤다. 묵은 살림을 버린 게 많아 기본적인 것도 없는 게 많았다. 소파, 텔레비전, 아직은 이르지만 에어컨도. 주방은 4인용 식탁을 세로로 놓아야 할 정도로 좁아 보였다. 그래도 식탁이 좋겠다고 생각하며 차에 시동을 걸었다.

"키 큰 애가 나가니까 집이 만주 벌판 같네."

인간이 이렇게 간사한 존재인가. 어제까지 60평 아파트에 살다 온 혜서에겐 만주 벌판은커녕 답답해 보이기만 했다. 15평짜리 아파트에 살던 때가 고작 1년 전인데.

"엄마, 세현이 같은 막내아들 있으면 좋겠지?"

"둘도 겨우 밥만 먹여 키웠는데 무슨 고생을 시키려고 셋씩이나. 내 아들로 안 태어난 게 다행이지. 살아 보니 부모 잘 만나는 게 복 중에 제일이더라. 너하고 오빠도 이런 부모 안 만났으면 더 잘됐을 텐데. 하고 싶은 거 다 하고."

"세상에 이상한 부모가 얼마나 많은데. 난 엄마 딸인 게 좋아. 예전에도 지금도. 세현이도 엄마 좋대."

"하하하. 지금은 우리 집 현관 손잡이도 좋을 거다. 10년 뒤에 다시 물어봐."

"나 조금이라도 싫다고 하면 차 버릴 거야. 그런 사람은 필요 없어."

"사람이 물건처럼 쉽게 버려지는 건 줄 알아? 이 철딱서니야."

네가 먼저 버려지면 어쩌려고? 차마 그 말까진 할 수 없어도 걱정이 앞설 때는 있다. 한 치 앞을 못 보는 게 사람의 일이고,

한 길 속도 모르는 게 사람 아닌가.

"그래도 그런 남자하곤 못 만나."

"남녀 사이가 어떻게 늘 좋아. 더 좋을 때도 있고, 좀 싫은 날도 있고 그런 거지. 그거 이해 못 하면 혼자 사는 거고. 엄만 세현이 같은 사위 마음에 들지만, 너 결혼 안 해도 반대 안 해. 진짜야."

"근데 엄마, 나도 결혼을 꼭 해야 한다고 생각하진 않는데, 세현이가 다른 여자하고 결혼하면 끔찍할 것 같아. 그 꼴을 어떻게 봐?"

"그거 보기 싫어서 결혼한다고?"

"그렇다기보다는 남 주기 싫어. 다른 사람 좋은 일 안 시킬래."

"에이그, 좋으면 그냥 좋다고 해. 애먼 이유 갖다 붙이지 말고. 사람 하나만 뚝 떼어 내면 너도 뭐 하나 빠질 거 없지만, 이것저것 다 따지면 과분한 집이지. 그런 집하고 인연 맺은 거 보면 네가 복이 많은가 보다."

이부자리에 누운 엄마가 연신 하품을 한다. 이사한다고 새벽같이 올라오신 터라 피곤한 게 당연했다.

"얼른 주무세요. 낼 아침은 내가 차릴 테니까 푹 자."

"나야 좋지. 딸이 차린 밥 좀 먹어 볼까?"

"오늘은 엄마랑 같이 잘래."

몇 마디 나눈 지 얼마 안 돼 엄마의 숨소리가 잦아든다. 이모 집에 가 있는 한 달 새 3킬로그램이 늘었다더니 얼굴 주름도 줄어든 것 같다. 기대치를 한껏 낮춰서인지 집도 그럭저럭 마음에 들었다. 지하철역까진 걷기에도 버스를 타기에도 애매한 거리지만 운동 삼아 걸어 다니기로 했다.

세현의 할머니 집에선 초라해 보이던 가구들이 이 집엔 잘 어울린다. 가구가 집을 제대로 만났다. 사야 할 살림살이가 꽤 많았다. 엄마는 살면서 천천히 사들이자고 했지만. 혜서는 음식 만들기를 즐겨 하는 엄마를 위해 작은 김치냉장고라도 사야겠다고 마음먹었다.

집이 낯설어서 그런지 금방 잠이 오지 않았다. 아직 어수선한 한쪽 벽을 보니 세현의 할머니 집 방에 있던 커다란 붙박이장이 그리워진다. 발코니 폭이 그 아파트의 반도 안 된다. 주방과 부엌이 분리된 게 아니라 거실까지 한눈에 보이는 구조다. 도대체 뭘 바라는 거니? 이젠 여기가 현실인데. 혜서는 제 생각에 어이가 없어 피식 웃었다. 언제나처럼 금방 적응할 수 있다.

내일이 월요일이 아니라 다행이다. 혜서는 커다란 쿠션이 남자 친구였으면 좋겠다고 생각하며 그 위에 다리를 척 걸쳤다.

약속 장소인 한정식집은 찾기 어렵지 않았다. 깔끔하게 단장된 지하 계단으로 내려가는 발걸음이 무겁다. 평소의 그녀답지 않은 마음의 무게다.

종업원에게 안내받은 조용한 내실. 민재가 먼저 와서 기다리고 있었다. 마지막 봤을 때보다 부쩍 야윈 모습이다. 오늘, 늦은 감이 있지만 한 번 정도는 털고 지나가야 할 감정을 꺼내려왔다. 평소처럼 온화한 미소를 지으며 민재가 말문을 열었다.

"내가 적당한 걸로 주문해 놨는데 괜찮아?"

"한식은 다 좋아해요."

"살이 더 빠진 것 같네?"

"이래저래 바쁘게 지내다 보니 저절로 빠지더라고요."

"말 놔. 부담 갖지 말고. 프러포즈하려고 부른 거 아니니까."

"하, 왜 이렇게 이상하지. 김 쌤, 이런 기분 태어나 처음이에요."

"……배고프겠다. 음식 빨리 들여오라고 할까?"

민재를 보며 고개를 저었다. 다른 남자라면 이런 미안함 따윈 갖지 않았을 것이다.

"말해야 한다고 생각했는데, 말하기가…… 말할 수가 없었어요. 세현이 얘기."

"그래. 이해해."

"나 이사 너무 자주 다니죠? 이상하지 않아요?"

"이사 자주 할 수도 있지."

혜서가 대답하려던 순간, 인기척이 나고 문이 열렸다. 비어 있는 위부터 달랠 죽이 그녀 앞에 놓였다.

"먹으면서 얘기하자."

화제를 바꿔 학교생활을 중심으로 소소한 대화를 나누었다. 정갈하게 담긴 음식이 골고루 나왔지만 입맛은 살아나지 않았다.

"별로야? 난 괜찮은데."

"맛있어요. 우리 엄마 모시고 한번 와야겠다."

"엄마랑 같이 사니까 좋아?"

"그럼요. 엄만데."

"좋은 엄마를 뒀구나. 뵌 적은 없지만 그럴 것 같아."

"안 좋은 엄마도 있나요?"

"있지. 세상 모든 엄마가 똑같은 무게의 모성애를 타고나는 건 아니니까."

"모성애는 길러지는 거라던데. 우리 엄만 정말 좋은 분이지만 가끔 짜증도 내고 엉뚱한 일에 화도 내고 그래요. 엄마도 사람이니까."

혜서는 그런 엄마를 이해한다. 안 그래도 힘든 엄마에게 세상 모든 것으로부터 초연한 성녀의 삶과 인성까지 요구할 순 없다. 아빠가 돌아가시기 몇 년 전부터 집은 예전 같은 분위기가 아니었다. 잦은 이사, 엄마의 한숨, 후회가 깃든 아빠의 뒷모습, 집안을 맴도는 냉기, 정체가 모호한 불안감. 부부 싸움을 하지 않을 때조차 무슨 일이 터질 것 같아 초조했다. 아이러니하게도 아빠가 돌아가시고 나서야 생활이 점점 안정되기 시작했다. 가난하긴 마찬가지였지만 엄마는 일에 집중했고, 오빠와 그녀는 공부에 열중했다. 온 식구가 원시시대 인류처럼 아주 단순하게 살던 시절이었다.

"그래, 엄마도 사람이지. 그걸 자주 잊고 사는 것 같네."

식사를 마치자 후식이 나왔다. 민재가 종업원에게 팁을 준 뒤 상을 치워 달라고 부탁했다. 두 가지 음료와 과일을 사이에 두고 다시 시선을 마주했다. 혜서는 언제나처럼 진중하고 명민한 민재의 눈을 보며 어렵게 입을 뗐다.

"내가 바로 전에 살았던 아파트, 김 쌤 동네요. 그 동네에서만 7년 정도를 살았어요."

"예전에도 살았었어? 성북 쪽에서 산 게 아니고?"

"어렸을 때요. 초등학교 들어가기 직전부터 중학교 1학년 봄까지."

"아! 어려서 살았던 동네구나."

"일곱 살 되던 해에 이사 왔는데 세현이가 우리 앞집에 살았어요. 그 애 부모님이 미국에서 유학하고 있을 때라 거긴 조부모님 집이었고. 그때 세현인 고작 네 살이었는데 처음부터 날 친누나처럼 잘 따랐어요. 이상할 정도로. 형제도 없고 외로운 아이라 그랬겠죠."

민재가 말없이 고개를 끄덕였다.

"이사 온 날 오후에 처음 만났는데, 그 꼬마 손끝이…… 열 손가락이 모두 너덜너덜하더라고요. 지문도 희미할 정도로. 하도 이빨로 뜯어서 피까지 맺혀 있고. 그런 손 처음 봤어요, 그때. 아직까지도 그런 손은 본 적이 없어요. 세현인 다섯 살 될 때까지 귤도 못 깠어요. 손톱이 자랄 틈이 없었거든요."

"그래서 단지 그 이유로 좋아하게 된 건 아닐 테고……."

"그냥 귀여운 남동생 같은 아이였어요. 아빠 사업이 힘들어지면서 하루아침에 이사를 하게 됐고, 거의 10년 동안 연락이 끊겼어요. 만약 내가 교생으로 그 학교에 가지 않았다면 이렇게 연결될 일은 없었을 거예요. 세현일 만난 게 작년 그때가 처음이라면 그 한 달이 인연의 전부였겠죠. 미성년자인 학생과 교생 사이의 추문 따윈 절대 만들고 싶지 않으니까요."

"세현이가 아직 어리긴 해도 여자들이 좋아할 만한 애지. 인정해."

"내가 기억하는 가장 행복한 시절은 그 아파트가 5층짜리 주공아파트일 때였어요. 그때의 난 세상 모든 걸 가질 수 있는 공주는 아니었지만, 부족한 건 모르고 살았어요. 그게 물질이든 애정이든. 김 쌤은 한때라도 가난하게 살아 본 적 있어요?"

"늘 부자는 아니었지만 그런 적은 없었던 것 같네."

"가난하다는 건 미안하다는 말, 죄송하다는 말을 많이 해야 한다는 뜻인가? 그런 생각을 한 적이 있어요."

반포를 떠나기 전에도 집안 분위기가 종종 이상했다. 집으로 모르는 사람 전화가 자주 왔고, 은행이나 공공기관의 우편물이 쌓였고, 엄마는 누군가와 통화를 하며 죄송하다, 미안하다는 말을 끊임없이 했다.

"홀어머니를 모시고 사는 가난한 집안의 딸. 그게 지금의 나예요. 사람들은 저한테 어디서나 당당하고 기죽지 않는 애라고 평하지만, 사실 그렇게 보이려고 무지 노력해요. 이렇게 사는 게 내 탓은 아니니까."

"그게 왜 네 탓이야. 네 생각이 옳아."

"아프니까 청춘이다, 난 그런 말 진짜 싫어해요. 자기들이 뭔데 우리가 아픈 게 당연하대."

그러면서도 생각한다. 사는 게 안 힘들고, 안 아픈 나이도 있을까?

"차 좀 마셔. 식겠다."

"대학 들어가서 처음 사귄 남자 친구가 같은 학년 의대생이었어요. 근데 그 애 엄마가 날 아주 싫어했어요. 자기 아들을 내가 어떻게 할까 봐 걱정됐나 봐요. 난 그 애한테 특별히 바라는 게 없었는데. 그냥 외로워서⋯⋯ 만날 남자 친구가 필요했을 뿐인데. 한번은 그 애의 같은 과 동기가 저한테 그러더라고요. 그 친구 엄마가 널 왜 그렇게 싫어하느냐고. 웃기죠. 난 그 아줌마 얼굴도 본 적 없는데, 마주 앉아 차 한 잔 안 마신 나를 그렇게 싫어해. 살면서 누군가에게 그런 식의 미움을 받아 본 건 그때가 처음이었어요. 나중에 들었는데, 내가 아빠도 없고 별 볼 일 없는 가난한 집 딸이라는 걸 알고 헤어지라고 했대요. 아마 그 애 엄만 아들한테 병원을 차려 줄 며느릿감이 필요했나 봐요."

우리 엄마 같은 여자였구나. 민재는 마치 제가 저지른 잘못인 양 미안해졌다. 열아홉의 혜서는 그저 외로움을 나눌 존재가 필요했을 뿐인데.

"첫사랑, 그런 말은 나한테 큰 의미가 없어요. 그 애한테 헤어지자고 했죠. 그런 대접을 받고 만날 이유가 없잖아요. 그 앤 못 헤어진다고 울고불고 죽는다면서 거의 한 달을 따라다녔어요. 걔가 정말 홧김에 죽기라도 할까 봐 걱정한 적도 있어요. 그런데 웃긴 건요, 다음 학기가 되자마자 새 여자 친구가 생겼대요. 그 애 동기가 나한테 자기랑 사귀자면서 그걸 고자질하더라고요. 난 사람을 잘 못 믿어요. 누군가를 책임져야만 하는 관계가 너무 무서워요. 그래서 결혼 같은 건 할 마음도 없었고."

"지금은 바뀌었어?"

"아니, 아니요. 그래도 전보다는 나아졌어요. 세현인 내가 가장 행복했던, 거리낌 없이 당당했던 시절을 아는 사람이라서 좋아요. 그 앤 우리 아빠를 좋은 옆집 아저씨로 기억해 주고, 우리 엄마가 젊고 예뻤을 때를 기억해 주고, 나를 좋은 누나로 기억해요. 그 애의 부모님이나 조부모님도 그 시절의 나를 아는 분들이고 그때처럼 날 편히 대해 주세요. 그게 어떤 기분인지 김쌤은 잘 모를 거예요. 주변 상황 때문에 푸대접받아 본 적이 없을 테니까. 내가 살던 그 아파트, 세현이 할머니 집이에요. 사연이 좀 복잡한데 그 집에서 1년 동안 살면서 주말마다 그 앨 만났어요. 원래도 주말이면 할머니 집에서 보내곤 했대요."

"그렇게 된 거구나. 일이."

"세현이가 날 좋아하는 걸 알고 피해도 봤고, 좋아하지 않으려고 무지 노력했는데 뜻대로 안 됐어요. 정식으로 사귀기 시작한 건 올해 들어서예요."

'담배를 단박에 끊게 했다던 진세현의 여자 친구.'

"좋아하는 건 맞는데 이게 순수한 사랑인지 뭔지 아직도 잘 모르겠어요. 분명한 건, 난 세현이 앞에선 못 할 말이 없고 못 할 행동이 없어요. 그 앤 내가 진짜 뭘 하고 싶은지 알고 응원해 줘요. 내가 무슨 짓을 해도 받아 주고 있는 그대로 날 좋아해 줘요. 아마 세현이가 먼저 헤어지자고 하지 않는 한 나도 그 애한테 그 말을 하지 않을 것 같아요. 오늘 내가 김 쌤한테 하고 싶은 말은 이거예요."

스무 살, 스물세 살. 사랑이 차지하는 영역이 인생 어느 때보다 클 나이. 그 역시 짧은 순간이나마 그런 시절이 있었다. 지나고 보니 아무것도 아님을 알게 됐지만.

"부탁인데 단정 짓지 마. 우리가 이 일을 하는 한 언제라도 다시 만날 수 있으니까."

"세현이가 김 쌤 만나는 거 되게 싫어해요."

"나 같아도 그랬을 거야."

"그래서 편히 만나는 게 점점 어려워져요. 불편한 사람은 못 만나는데."

이 여자를 안 보고 살 수 있을까? 지난 두 달도 너무 힘들었다.

"만약 네가 그 애를 만나지 않았더라면, 나한테도 기회가 왔을까?"

"난 그런 가정은 하지 않아요. 의미가 없으니까."

그에겐 혜서가 질색할 만한 부모가 있고, 공유할 어린 시절의 추억이 없다. 사랑한다고 매달릴 용기도 없고, 그럴 상황도 안 된다. 모두 그가 감당해야 할 몫이다. 그래도 하나 정도는 주어졌으면 좋겠다.

"그럼 아주 나중에라도…… 네 선택을 되돌리고 싶을 때가 오면 나한테 기회를 한 번만 줘. 이게 오늘 내가 너한테 하고 싶은 말이야."

좋은 소식이 날아들었다. 이주영 선생님이 지난번 소개팅한 남자와 여름방학 때 식을 올린단다. 안 그래도 조짐이 심상치 않았다. 얼마 전부터 통화를 할 때면 목소리가 반 옥타브쯤 들떠 있었다.

두 달 만에 만난 이 선생님의 외모는 놀랄 만큼 달라져 있었다. 사랑받는 여자티가 물씬 풍겼다. 혜서가 하고 싶은 말을 주영이 먼저 꺼냈다.

"자기 왜 이렇게 예뻐졌니? 광민 씨랑 같이 만나면 안 되겠다."

"제가 하고 싶은 말이에요. 선생님 정말 여성스러워졌어요. 살도 많이 빠졌죠?"

"사실 요새 관리받아. 피부과도 다니고, 다이어트 한약도 먹고. 돈 좀 썼지."

좋아하는 남자와 하루가 멀다고 체온과 체액을 나눴더니 하루가 다르게 몸에서 윤이 나더란 말은 차마 할 수 없었다. 남자는 지난 사랑에 집착하고 여자는 지금 사랑에 집중한다는 말이 아주 틀린 말은 아닌 모양이다. 오랫동안 잊지 못하던 옛 남자친구 생각은 어느새 하지 않게 됐다.

결혼을 서두른 건 남자 쪽이었다. 아이를 빨리 낳자고 한 것도 그였다. 직업도 안정적인데다 크진 않아도 서울 안에 전셋집을 장만해 둔 알뜰함도 마음에 들었다. 외모, 경제력, 학벌,

집안 모두를 비교해 봐도 넘치거나 모자라지 않는 상대. 그래서 편했다. 눈썹이 짙은 대신 머리숱이 살짝 부족한 건 못 본 척 묻어 두었다. 남자가 서두르면 서두르는 대로 못 이기는 척 끌려다니다 보니 어느덧 결혼 날짜가 잡혀 있었다.

"그럼 이제 송승헌은 버린 거예요?"

"애, 누가 들을라. 내가 아무리 좋아한들 사귈 수 있는 것도 아니고. 미쳤니? 그분이 날 만나 주게. 세상에 나란 여자가 있는지도 모를 텐데."

"늘 그게 문제죠. 우린 그들을 아는데 그들은 우릴 모른다는 거."

"그래도 눈썹 진한 건 비슷해. 눈썹만. 좀 슬프네."

둘이 마주 보고 웃었다. 치아 미백을 했는지 주영의 웃음이 전보다 환해 보였다.

"어떻게 몇 달 만에 결혼을 결정해요? 설마, 라면 먹고 가라고 했어요?"

"푸하하하. 나 부모님하고 같이 살잖아."

"아!"

"그래서 광민 씨 집에서 라면 좀 끓여 달라고 했어."

"오! 결혼을 결심하게 된 결정적인 계기 같은 게 있어요?"

"음…… 한번은 같이 영화를 보는데 나보다 더 많이 울더라고. 슬픔을 느끼고, 슬플 때 울 줄 아는 남자라는 게 마음에 들었어. 모든 면에서 척하지 않아서 좋아. 허풍도 없고. 그냥 나한테 넘치지도 모자라지도 않는 그런 사람이야."

"그래도 막상 결혼한다고 생각하면 두렵지 않아요?"

"무섭지. 지금은 내가 보고 싶은 것만 보는 건지도 모르니까. 같이 살기 전엔 모르는 게 분명 있겠지. 미래를 미리 알 수 있다면 얼마나 좋겠어."

"전 내 마음대로 안 되는 누군가와 함께 살고, 그런 존재를 낳는다는 게 겁나요. 사실 애 낳는 게 제일 무서워요. 남자는 버려도 아이는 버릴 수 없잖아요."

"자식은 버리면 안 되지. 난 이제 개과천선 그런 거 안 믿어. 천성을 믿지. 생각해 보니까 사랑은 아무 잘못이 없더라. 변하는 건 늘 사람 쪽이지."

사랑. 한 번도 두렵지 않던 감정인데 가끔은 겁이 난다. 싸우고 지치고 포기하고 버리는 과정을 계절이 돌아오듯 밟게 될까 봐.

"평생 애인이나 배우자 한 사람한테만 사랑을 느끼는 그런 약이 있으면 좋겠어요. 결혼할 때 한 알씩 먹이게."

"특허 내면 대박이겠다! 글로벌 재벌 되는 거지."

"근데 선생님, 먹일 땐 좋았는데 나중에 먹인 게 후회되면 어떡하죠? 그거야말로 비극이다."

호탕하게 웃던 주영은 한결 갸름해진 혜서의 얼굴을 바라보았다. 같은 직업을 가진 사람으로서 궁금한 게 있었다.

"자기는 교사란 직업에 만족해?"

"그럴 때도 있고, 아닐 때도 있고. 그래도 지금은 이게 최선이니까요. 가끔 학생들이 무서울 땐 있어요. 여러 가지 의미로."

"미성년자라고 봐주는 게 너무 많지? 개네들 속을 까놓고 보면 기함을 할 거다."

풀어진 눈빛으로 그녀의 몸을 훑는 남학생들을 떠올리자 순식간에 소름이 돋았다. 선의를 선의로 받아들이지 못하는 학생도 있다. 아이들의 세계라고 해서 어른들의 세계보다 늘 선하고 단순한 건 아니다.

"내가 정 선생 정도의 재능이나 외모면 난 당장 교사 때려치운다."

"뭐 하시려고요?"

"세상 남자 다 후리고 다닐 거야. 바람처럼 돌아다니면서. 진담이야."

순간, 주영의 눈이 환상에 취한 듯 가늘어졌다. 진담이라는 말이 진담인가 보다.

"나이 들면 겁이 많아져. 현실에 순응하게 되고. 하고 싶은 거 있으면 한 살이라도 어릴 때 도전해 봐."

"저도 그러고 싶어요."

"그나저나 그 연하 남친은 언제 보여 줄 거야?"

'쌤, 이미 오래전에 보신 적 있어요.'

"얼굴 보니 잘 만나는 거 같은데?"

"이번엔 정착할까 싶어요."

"되게 좋은가 보네. 건축학과 학생이라고 했지? 요샌 건축 경기가 바닥이라 취직이 힘들다던데. 하긴 능력만 있으면 경기가 무슨 상관이겠어. 사진이라도 보여 줘 봐. 사진은 있지?"

"……사진 보면 충격받을지도 몰라요."

"왜? 너무 못생겼어? 흐흐흐, 설마."

"그건 아니고요. 보고 화내기 없기예요."

"왜 그래? 나도 아는 사람이야?"

"……네."

쭈뼛거리며 휴대폰 사진 폴더를 여는 혜서를 주영은 의아한 눈으로 바라보았다. 도대체 어떤 사람이기에 놀라지 말라는 거야? 연예인이라도 사귀나? 건축학과 다니는 20대 초반의 연예인이 있던가. 에이, 설마. 그럼 내가 알 만한 남자가 누가 있지? 더는 생각을 확장할 틈이 없었다. 사진 속의 남자는 아는 남자가 분명했다. 충격을 받은 것도 사실이다. 화내고 싶어질 거라는 건 비교적 정확한 예측이었다.

"진세현? 진짜 진세현?"

"진짜 진세현 맞아요."

"허허허, 나 진짜. 둘이 진짜 사귄다고?"

"믿어지지 않죠? 저도 그래요. 어쩌다 보니 그렇게 됐어요. 아시잖아요. 제가 일곱 살 때부터 아는 사이라는 거."

"일어나."

"화장실 뒤로 데리고 가서 때리시려고요?"

"맞을 짓 한 건 알아?"

"내내 밝히고 싶긴 했는데 말하기가 좀 그래서요. 선생님 제자였잖아요."

"잊었니? 자기 제자이기도 해. 비록 한 달짜리지만. 정 선생,

어디까지 진도 나갔어?”

“네?”

“벌써 진도 다 뺐어? 같이 라면 먹었느냐고.”

“아, 진짜 이런 질문. 아직 학기 중반이잖아요.”

“6월 중순이 학기 중반이야? 걔가 얼마나 똑똑한 앤데. 월반을 해도 벌써 몇 번 월반을……”

“우린 아직 그런 사이가……. 선생님 진도는요? 결혼 날짜까지 잡으셨으니…….”

“어? 아…… 우린…… 둘 다 철학적이야. 정신적 교감을 무엇보다 중요하게 생각하지. 음, 예를 들면 플라토닉한 사랑? 아가페적 사랑? 안 믿어지나? 못 믿는 얼굴인데? 그래, 갈 데까지 갔어. 속이 시원해?”

“제 속이 시원할 것까지야. 소문 안 내실 거죠?”

“정 선생 뭘 모르네. 그런 애랑 사귈 땐 여기저기 소문부터 내는 거야.”

17 함부로 맛보아선 안 되는 그것

　정신없었던 한 학기가 끝나 간다. 기말고사 채점까지 마무리해 놓은 터라 조금은 느긋한 기분이다. 첫 여름방학을 기대하며 오랜만에 홀가분한 마음으로 데이트를 했다. 이른 저녁을 먹고 영화도 봤지만 그냥 헤어지기엔 아쉬웠다. 만날 때마다 아쉬움은 커졌다. 신림동으로 이사한 후 데이트 횟수가 약간 줄었다. 헤어지는 시간은 더 빨라졌다.

　집에서 엄마가 해 주는 밥을 같이 먹고 거실에서 늦도록 놀다가 가는 적은 종종 있지만, 밖에서 하는 늦은 데이트는 아무래도 엄마 눈치가 보였다. 세현은 헤어지기 직전이면, 더더군다나 키스라도 진하게 해 주면 미쳐 버리려고 했다. 속옷 안으로 들어오려는 손을 탁탁 쳐 내다 보면 가끔은 제3세계의 어린이처럼 가여웠다.

10분 전 끝난 영화는 미성년자 관람 불가. 노골적인 성애가 나오는 영화를 같이 본 건 처음이다. 침 넘어가는 소리가 들릴까 봐 숨도 제대로 못 쉬었다. 이러다 질식사하는 거 아닌가 싶을 정도로.

영화 엔딩 크레디트가 올라가는데도 세현은 금방 일어나지 못했다. 그녀에겐 꽤 익숙한 일이라 그 옆에서 휴대폰을 가지고 놀았다. 오늘 밤은 굿나잇 키스도 생략해야겠네. 섣불리 불을 붙였다간 화상을 입을 수도 있다.

돌아오는 길. 세현이 평소답지 않게 소심하게 입을 열었다.

"아까 그 영화 여주인공 말이야."

"너무 예뻐서 자꾸 아른거려?"

"아니. 예쁜 거 모르겠던데. 어디가 예뻐?"

마음에 쏙 드는 대답이다. 내심 짓궂은 미소를 짓던 혜서는 그를 놀려 주고 싶었다.

"난 그 정도로 다 벗고 나올 줄 몰랐어. 배우 아무나 하는 거 아니더라. 남자들은 그런 영화 보면 어떤 생각이 들어?"

그의 입에서 질문과 동떨어진 대답이 흘러나왔다.

"오늘도 느꼈는데, 혜서 너만큼 가슴이 예쁜 여잔 없는 것 같아."

인어가 환생한 듯한 다리도 예쁘고 탐스럽고 탱탱한 힙도 끝내주지만. 분명, 더 예쁜 데가 또 있겠지.

"세상 여자 걸 다 본 것처럼 말하네? 엄청 많이 봤나 봐?"

'인종별로, 크기별로 좀 봤지.'

"지금 묵비권 행사하는 거야?"

세현이 운전에 집중하며 담담히 대꾸했다.

"남자들한테 그런 질문이 무슨 의미가 있어. 빤하지."

"아니, 내가 궁금한 건 나 말고 실제로 본 적 있냐고."

"차가 왜 이렇게 안 막히지? 오늘따라 길도 빵빵 뚫리고. 저녁을 너무 일찍 먹었나. 출출하네. 집에 가서 라면이나 끓여 먹어야겠다."

"진세현, 나한텐 언제나 솔직하게 대한다며? 왜 말 돌려?"

"아가씨, 대답을 꼭 들어야겠어요?"

"당신이 그러니까 더 듣고 싶네요."

"좋아. 솔직히 말할게. 대신 상처받지 마. 다 지난 일이니까."

언제나 호기심이 문제다. 연인의 과거나 캐묻는 여자가 됐으니 구겨진 내 이미지는 어쩔 거야. 그래도 듣고 싶었다. 혜서는 고개를 돌려 네온사인이 번쩍이는 길거리를 응시했다. 어서 말해라.

"봤어. 몇 번."

한 번도 아니고 몇 번? 얘가 진짜! 하향 곡선을 그리던 아드레날린 수치가 수직 낙하한다. 요새 애들은 정말.

"말세다, 말세."

"화 안 낸다며?"

"화내는 거 아니거든."

"어떤 여잔지 안 물어봐?"

"운전이나 똑바로 해."

"질투도 하고. 아, 귀여워. 이제 좀 여자 같네."

"넌 내가 다른 남자 거 봤다면 기분 좋아? 그것도 몇 번이나? 나도 실물로 본 적 있다, 왜!"

"잠깐 차 세울게. 얘기 좀 하자."

잔뜩 깔린 음성으로 몇 마디 내뱉은 세현이 주차할 곳을 찾았다. 기가 눌린 혜서가 얼른 그의 팔을 잡았다.

"바바리맨 아저씨! 나도 보고 싶지 않아. 완전 추잡하고 징그러웠어! 보자마자 눈 돌렸다고. 학교 정문 앞까지 와서 그 짓을 하는데 내가 무슨 수로 그걸 예측해서 피해."

무서울 정도로 가라앉았던 그의 표정이 거짓말처럼 풀리더니 실실 웃음 짓는 게 아닌가. 기분이 아주 좋아 보였다.

"은근 귀엽다니까. 우쭈쭈. 바바리맨 한번 안 마주친 대한민국 여성이 어디 있겠어."

"난 지금 니가 몹시 싫어."

"세상에 미친놈들이 그렇게 많아. 그러니까 늦게 다니지 말라고 누누이 말하는 거고. 연락 안 되면 얼마나 불안한지 알아? 옷 좀 얌전히 입고 다녀. 내가 빈다, 빌어."

잠시 무릎 꿇고 싹싹 비는 진세현을 상상했다. 절대 시키지 말아야겠다. 어느새 집으로 들어서는 골목 어귀다. 어차피 망가진 이미지. 아예 뿌리 뽑기로 했다.

"그래서 누구 가슴 봤는데?"

"누군 누구야. 우리 할머니랑 엄마지. 너무 오래전이라 가물가물하네."

번번이 말려든다. 그 좋은 머리를 이렇게 쓴다면 할 말은 없지만.

"그래서 말인데 한 번만 보여 주라, 응?"

분명한 건, 과정이 어떻든 결과적으로 갑은 늘 그녀일 수밖에 없다는 거다. 혜서는 그 사실이 한없이 뿌듯했다.

"안 돼. 절대 안 돼. 보기만 하는 것도 안 돼. '딱 한 번만.' 그런 거 안 통해."

짐승 같다고 할까 봐, 넌 매일 그 생각만 하느냐고 할까 봐 요샌 입도 뻥긋 안 했지만 오늘은 정말 헤어지기 싫었다. 대형 스크린에 가득 들어찬 여배우의 인공 가슴을 보는 순간, 혜서의 손을 부여잡고 극장 문을 박차고 나가고 싶었다. 중간고사 4.0 이상 되면 허락해 줄래? 그게 약하면 기말고사까지 평균 내서? 이제 그런 내기는 시도도 하지 않는다. 이미 써먹은 수법이라 약발이 받을 리 없다. '20대 초반 남성의 성 구조' 운운하기엔 얼굴 가죽이 덜 두껍다.

"아무리 생각해도 이해가 안 돼서 그러는데, 스물하고 스물하나하고 무슨 차이가 있어? 20대 초반이긴 마찬가진데?"

"체감 나이가 다르잖아. 마치 졸업하기만을 기다렸다는 듯. 아우, 난 천벌을 받을 거야."

"벌을 받으면 내가 받아야지 왜. 나이 든 척하느라 진짜 애쓴다."

아무래도 이 여잔 그에게 더없이 순수한 스무 살을 선물할 모양이다. 포기는 배추 셀 때만 쓰는 거라고? 그건 가진 자의 언어유희일 뿐이다. 구차해서 더는 말하기도 싫다. 그래도 마지막 발악은 해야 했다.

"내일 바로 스물한 살이면 좋겠다."

"오늘도 고마워요오오."

"키스도 안 해 줘?"

"오늘은 생략이에요오오."

"애교부리지 마. 짜증 나니까."

"알았어요오오."

현관 앞까지 데려다준 세현은 그래도 불안한지 집 안에 불이 켜지는 걸 확인하고서야 떠났다. 엄마는 아직 도착 전이다. 씻고 나오니 엄마 번호로 부재중 전화가 와 있었다. 바로 통화 버튼을 눌렀다. 비가 그치길 기다려 늦게라도 올라오려고 했는데 그곳은 빗줄기가 점점 거세진다고. 아침 일찍 엄마는 친구를 만나러 대전에 내려가셨다.

"여긴 비 안 오는데."

— 다행이네. 엄마 없어도 되겠어?

혜서가 비 오는 날을 유난히 싫어하는 걸 잘 아는 엄마다.

"내가 앤가 뭐. 푹 주무시고 내일 천천히 올라오세요. 나도 학교 안 가잖아. 아, 내일 아침에 세현이하고 놀이공원 가기로 했어요. 일찍 나갈 거야."

— 그래. 재미있게 놀고 와. 문단속 잘하고.

들어올 땐 피곤했는데 막상 자려니 청개구리처럼 잠이 싹

가신다. 학교 도서관에서 빌려 온 책 중 한 권을 골라 침대에 누웠다. 몇 장 안 읽었는데 세현에게서 문자가 왔다. 집에 도착했다고. 답장을 보낸 혜서는 다시 읽던 부분을 펼쳤다.

앞부분은 진도가 더디 나갔지만 50페이지쯤 읽자 몰입이 됐다. 제목은 로맨틱한데 내용은 괴기소설에 가까운 판타지였다. 으스스한 장면이 시작된 지 얼마 안 됐을 때, 그래서 이젠 그만 봐야겠다고 생각했을 때 갑자기 번개가 치더니 천둥이 울렸다. 화들짝 놀란 혜서는 사태를 과학적으로 분석해 보았다. 소리보다 빛이 더 빨라서 그래. 그것뿐이야.

하늘이 미친 모양이다. 잔뜩 준비해 놓고 있다가 한꺼번에 쏟아 붓는 것처럼 천둥 번개를 동반한 비가 퍼붓기 시작했다. 거센 빗줄기가 건물 외벽과 창문을 사납게 두드렸다. 이 책 괜히 읽었어. 후회하며 이어폰을 끼고 이불 속으로 기어들어 가 코믹 웹툰을 찾고 있는데 전화가 왔다. 역시 세현이었다.

— 천둥 치던데 괜찮아?

목소릴 들으니 저절로 어리광이 나왔다.

"세현아, 무서워."

— 어머니 오셨어?

"대전에 비가 많이 와서 내일 올라오신대."

— 그럼 혼자 있는 거야? 많이 무서워?

"좀 전까지 무서운 책 읽었는데 괜히 읽었나 봐. 자꾸만 생각나."

— 그 책 갖다 버려.

"빌린 거야."

— 거실에 내다 놔.

"문밖으로 못 나가겠어."

— 잠들 때까지 통화할래?

30분 넘게 통화했는데도 비는 여전했다. 세현은 하늘을 원망할지, 하늘에 감사할지 잠시 고민하다 후자 쪽으로 마음을 굳혔다. '천우신조'란 단어가 떠올랐지만 애써 외면했다.

— 지금 집으로 갈게. 오지 말라고 하지 마.

"날씨가 이런데 어딜 와. 위험하게."

— 택시 타고 가면 되지. 가만히 누워 있어. 비밀번호가 몇 번이야?

혜서가 무서워하니까 가는 거야. 잠만 재워 주고 올 거야. 진짜야. 다른 의도는…… 없어. 없어야 해. 한 달 전부터 사 놓은 콘돔도 안 챙겨 가잖아. 이것보다 더 확실한 증거가 어디 있어. 다들 자는지 그가 나오는 걸 눈치챈 식구도 없었다. 운이 따랐는지 택시도 금방 잡혔다. 하늘이 적극 돕는다.

집 안은 어두웠다. 방문을 노크하고 조심스럽게 열었다. 작은 스탠드를 켜 놓아서인지 방 안은 어둡지 않았다. 침대 위의 작은 덩어리를 발견한 세현은 피식 웃고 말았다. 겁 많은 어린애처럼 이불 속에 웅크리고 있던 혜서는 그의 얼굴을 보자마자 바로 안겨들었다. 이마와 목덜미가 땀으로 축축했다. 땀에 젖은 잔머리를 정리해 주고 이마에 찬바람을 후후 불어 주며 다독였다.

"그렇게 무서워? 나한테 성질부릴 땐 소도 때려잡을 것 같더니."

"와 줘서 고마워. 꼭 안아 줘."

마치 나에게 들어오라는 말을 들은 것처럼, 에로스의 마법에 걸린 것처럼 순식간에 두 개의 입술이 얽혔다. 네 개의 팔과 네 개의 다리가 겹쳐지고 두 개의 뜨거운 혀가 친친 감겼다. 혜서는 얇은 어깨끈 민소매 티에 짧은 반바지 차림이었다. 손바닥 아래로 도도록하게 솟아난 돌기가 만져졌다. 시간은 많다. 훔친 사과를 씹는 것처럼 서두르고 싶지 않았다.

"원래 이렇게 입고 자?"

"사실은 더 벗고 자는데 너 온다고 해서 겨우 일어나 입었어."

"이런 말은 나한테만 하는 거야."

"당연하지. 안 더워?"

바지까지 벗으란 뜻은 아니었다. 티셔츠와 바지를 벗어 던진 세현이 방문을 잠그고 침대로 돌아왔다. 불룩해진 속옷 앞섶을 불안하게 바라보던 혜서가 고개를 저었다.

"걱정하지 마. 끝까지 안 해."

"바지 다시 입고 와."

"더워. 눈 감아 봐. 기분 좋게 해 줄게."

"그럼 더 벗지 마."

고개를 끄덕인 세현은 하얀색 티 위에 살짝 비치는 유두와 유륜을 혀로 쓸어내렸다. 얇은 옷감이 젖어 들며 도드라진 돌기의 형태를 온전히 드러냈다. 그 끝을 살짝 깨물었다가 덥석 물어 쭉 빨아들였다. 천과 함께 젖가슴이 입 안으로 빨려 들어오는 순간, 혜서 입에서 감탄사가 흘러나왔다. 여자의 가슴이 두 개인 건 누구에게든 고마워할 일이다. 한 몸에 있는 같은 부위인데 묘하게 느낌이 달랐다. 옷을 밀어 올리고 반대쪽을 찾아 살며시 머금었다. 맨살의 촉감이 그를 즐겁게 했다. 다르지만 같다. 맛있다는 점에서. 한참 동안 혜서의 등과 엉덩이에서 헤매던 그의 한 손이 앞으로 옮겨 왔다.

"만져도 돼? 조심할게."

여자에게서 흘러나온 건 감탄사만이 아니었다. 남자보다 훨씬 부드러운 여자의 모든 것이 온전히 만져졌다. 따뜻하고 도톰하고 촉촉하다. 숨어 있는 무언가를 찾아 성마르게 손을 놀리며 혜서의 입술을 다시 갈랐다. 온기를 품은 습지가 빠른 속도로 영역을 넓힌다. 그에 비례해 소리의 농도도 짙어진다. 여자들은 알까. 이 기분을. 손이 두 개인 게, 입이 하나뿐인 게 안타깝다. 더 즐겁게 해 주고 싶은데.

갑자기 혜서가 손을 뻗어 그의 두 귀를 막았다. 답답해진 세현이 고개를 들어 그녀의 눈을 빤히 바라보았다.

"왜?"

얜 진짜 부끄러움이 없구나. 조금 전의 그 소리가 안 들린 건 아닐 테고. 마치 작은 우물이 된 것처럼 그녀의 몸은 민망한 소리를 끝없이 퍼 올렸다.

"소리, 창피해."

"내가 좋으면 된 거 아니야? 조용한 여자 싫어."

말을 마치자마자 세현은 그녀의 두 팔을 만세 하듯 위로 올려 꼼짝 못하게 했다. 그러고는 보이는 살결마다 입 맞추고 빨았다. 달아오른 그의 혀가 여자의 겨드랑이를 핥아 내리는 순간, 혜서의 입에서 정제되지 않은 신음이 터져 나왔다. 세현은 휘몰아치는 흥분을 잠재우려고 여자의 목덜미에 얼굴을 묻었다. 언제 맡아도 좋은 체향이 한결 감미롭다. 아주 힘든 시험에 든 기분이다.

"참는 게…… 너무…… 힘들어."

이해한다. 그녀 역시 그를 받아들이고 싶은 욕구와 임신에 대한 불안감 사이에서 갈등했으니까. 결국 불안감이 이겼다. 그래도 이 순간을 놓치긴 싫었다. 그의 귓가에 입술을 묻고 부끄럽게 속삭였다.

"세현아, 가슴."

그녀가 뭘 좋아하는지 잘 아는 그다. 한껏 부풀어 오른 젖가슴을 내려다보던 세현은 약 올리듯 그곳을 턱으로 비볐다. 혜서가 다시 그의 머리를 끌어안으며 무언의 재촉을 했다. 충직한 노예처럼 시키는 대로, 하라는 대로 할 수밖에 없었다. 여자의 몸 안에 자기를 새겨 넣고 싶은 충동을 억누르며 다시 애무의 범위를 넓혀 갔다. 매끄러운 팔과 등을 만지고, 굴곡진 허리를 부여안고, 둥근 엉덩이를 감싸 안았다. 어디 하나 불만족스러운 부분이 없다. 예쁘면 예쁘다고, 좋으면 좋다고 일일이 표현했다. 간절히 맛보고 싶은 부위가 있었지만, 차마 입 밖으로 꺼내기 어려웠다.

"깊이, 만지고 싶어."

"하고 싶어?"

"하고 싶지. 당연히. 참아 볼게."

혜서는 안심하고 남자의 손길에 온몸을 맡겼다. 원하지 않으면, 싫어하는 것이라면 하지 않을 거란 믿음이 생겼다. 뜨거운 살집을 더듬어 단단하게 부풀어 오른 부위를 찾아낸 남자는 그 부분을 지그시 굴리다가 손바닥으로 여성 전체를 누르듯 비벼 댔다. 아, 왜 이러지. 혜서는 제 몸의 철저한 배신에 당황했다.

당황스럽긴 그 역시 마찬가지였다. 이렇게 뜨겁고 부드러운 세상이 있다니! 여자의 몸이 튕기듯 휘면서 흐느끼듯 그의 이름을 불러 댔다. 그게 좋아서 몇 번이고 반복했다. 그건, 또 다른 세계였다. 계속된 애무에 지친 혜서가 그의 손길을 막으며 고백했다. 이런 기분 처음이라고. 총체적 난국이다. 집에 두고 온 게 자꾸 생각났다.

"더 좋게 해 줄게. 나한테 전부 맡겨."

자기를 내어 주니 경계가 흐려졌다. 소리를 내는 것이 나인지 그인지, 흥분을 이기지 못해 배배 꼬이는 몸이 내 것인지 그의 것인지 헷갈릴 즈음 혜서가 부들부들 떨며 남자의 어깨를 깨물었다. 그의 쉼 없는 입맞춤과 애무만으로 절정을 느낀 것이다.

혜서가 난생처음 경이로운 감각과 맞닥뜨렸을 때, 세현은 어이없는 실수를 하고 말았다. 수도 없이 머릿속에서 이 상황을 시뮬레이션해 보곤 했다. '아무리 처음이라지만 10분은 버텨야지. 더 하고 싶어도 참아야지. 너무 오래 하면 아플 거야.' 그런 야무진 생각조차 했었다. 삽입도 하기 전에 사정할 상황이 벌어지리라곤 단 한 번도 예상해 본 적이 없다. 어느 틈에 벗겨졌는지 그의 속옷은 한쪽 종아리에 걸려 있었다.

"아, 미안. 얼른 닦아 줄게."

물티슈를 찾아낸 세현은 혜서의 나신을 감탄하며 바라보았다. 전신을 본 건 처음이다. 우선 배를 깨끗이 해 주고 싶었다. 젠장, 많이도 나왔네. 티슈를 잔뜩 뽑아 아랫배 주변을 깨끗이 닦아 냈다. 여자의 검은 수풀을 본 건 두 눈인데 살아난 건 남자의 아랫도리였다. 혜서가 부끄러운지 이불로 몸을 가렸다. 뒤처리를 하고 이불 속으로 들어간 세현은 혜서의 허리를 꼭 끌어안았다.

"미안해. 나도 모르게. 더럽지 않아?"

"니 건데 왜 더러워."

이 여자 진짜 좋아. 세현은 여자의 머리카락에 코를 묻고 긴 다리로 여자의 몸을 단단히 옭매었다.

"다음엔 이런 실수 안 할게."

진짜 괜찮았다. 여자에 익숙한 남자 같지 않아서 오히려 귀여웠다. 배 위에 쏟아진 그것까지 귀여워하긴 힘들었지만. 젊고 단단한 몸이 그새 자라나 그녀를 찔러 왔다. 신기하다. 포르노 속 남자는 징그럽기만 하던데 그런 생각이 전혀 안 든다. 한 번 만져 볼까 하다가 참았다. 만져 달라는 소리조차 안 하니 그게 또 신기하다.

"진짜 부드럽다. 온몸에 오일이 스며든 것 같아."

"친구들이 난 벗는 게 더 낫대. 입은 것보다."

"그러니까 꽁꽁 싸매고 다니라고."

"난, 니가 만져 주는 게 좋아."

"다행이네. 난, 만지는 게 더 좋은데."

숨을 쉬는 것처럼 자연스럽게 서로의 입술을 찾게 된다. 남자의 두 손은 부지런히 여자의 온몸을 쓰다듬고 주무르다가 가끔 다리 사이를 확인하곤 했다. 그때마다 그곳은 사시사철 습지인 것처럼 젖어 있어 그를 기쁘게 했다. 한참 후 혜서가 뜻밖의 제안을 했다.

"우리 놀이공원 가지 말자. 비 오잖아."

"그럼 어디 가고 싶어?"

눈을 뜨니 침대엔 혼자였다. 데리러 온다는 시간이 40분밖에 안 남았다. 정확한 시간은 가늠할 수 없지만 새벽이 다 될 때까지 껴안은 채 자다 깨다를 반복했던 것 같다.

아침은 과일로 간단히 때웠다. 평소보다 예쁘게 보이고 싶었다. 옅게 화장하고 안팎으로 신경 써서 차려입었다. 커다란 가방 안에 이것저것 챙겨 넣었음은 물론이다.

차에 기대서 있던 세현은 혜서가 걸어오는 모습을 보며 심장 부근에 손을 얹었다. 어제보다 더 좋아할 수도 있나? 오늘 새벽보다 더 사랑할 수도 있나? 그게 가능한 모양이다. 가방을 받아 뒷좌석에 놓고 차 문을 열어 주었다. 빗줄기가 한결 가늘어졌다. 정오쯤이면 비가 갠다고 한다.

"빨리 나오고 싶어서 혼났네."

"언제 갔어?"

"새벽 6시쯤? 잘 자더라."

나오기 직전 이불을 살짝 들쳐 벗은 몸을 한 번 더 확인했다는 건 비밀이다.

"잠도 제대로 못 자고 피곤해서 어떡해?"

"그래서 자러 가잖아."

그쯤에서 혜서는 그를 시험에 들게 하고 싶었다.

"세현아, 아침에 생각해 봤는데 호텔 안 가고 싶어졌어. 그래도 돼?"

"가기 싫어?"

"좀 무서워. 다음에……."

무섭다니. 실망스러움보다 미안한 마음이 먼저 든다. 그는 혜서의 어깨를 끌어안으며 머리카락을 쓰다듬어 내렸다.

"알았어. 괜찮아. 가고 싶을 때 말해. 우리 어디 갈까? 박물관? 미술관? 그냥 드라이브할래?"

통과. 진세현은 역시 시험에 강하다.

"진짜 미안한데…… 나 마음 안 바뀌었어. 니 반응이 궁금해서. 화내지 마."

기가 막혀 웃던 세현은 그녀의 코를 잡아당기며 짧게 말했다. 좀 맞자. 혜서가 때리라며 입술을 오리처럼 내밀었다. 지난밤 애정 행각의 후유증으로 그 부위가 평소보다 부풀어 있었다. 그 입술을 치료하듯 어루만지며 넌지시 물었다.

"가방이 왜 그렇게 무거워? 호텔로 여행 가?"

"책이랑 간식, 음료수, 껌, 그런 거 챙겼어."

"과연 우리가 책 읽을 시간이 있을까?"

사실 새벽에 혜서의 집에서 나오자마자 무언가를 검색했다. 그로선 굉장히 중요한 일이었다. 초등학교 6학년 때 수술을 시켜야 한다는 조부모와 시킬 필요가 전혀 없다는 부모의 대화를 엿들은 적이 있다. 위생 상태를 걱정하는 할아버지에게 아버진 반박할 수 없게 대답하셨다.

'입 냄새 난다고 입을 도려내진 않잖아요. 깨끗이 씻으면 돼요. 우리 마음대로 결정할 수 있는 문제가 아니에요. 세현이 몸이니까요. 나중에 자라서 스스로 선택하게 해 주세요.'

또래 친구들이 고래를 잡느니 뭐니 하면서 비뇨기과에서 생긴 일들을 과장 섞어 떠들고 다닐 때였다. 그땐 무서운 수술을 안 해도 된다는 것만으로도 마음이 놓였다. 그는 스물이 될 때까지 자연스럽게 자랐다.

어쨌든 이젠 두 사람의 문제가 됐다. 어떤 상태를 더 좋아할지 직접 물어볼 수가 없어서 신경 쓰였다. 사실 나 정도면 수술은 필요 없는 거 아닌가 하는 마음도 있다. 집에 와서도 궁금한 점을 계속 검색했다. 두 번의 실패는 자존심 문제다.

"나 입술 부푸니까 섹시해 보이지?"

"그쪽 아니라니까."

"와, 어젯밤 니가 나한테 무슨 말 했는지 그새 잊었어? 그럴 리가 없을 텐데. 읊어 줘?"

"하지 마. 그거 나 아니었어."

"난 그 남자도 좋던데. 그런 남자 좋아. 딱 내 타입이야."

"유념할게."

길은 막히지 않고 술술 뚫렸다. 도착한 곳은 서울 근교 소도시. 근처 미술관을 관람한 뒤 점심으로 냉면을 먹고 30분 정도 산책했다. 마주 잡은 손이 땀으로 은근히 젖어 들 즈음 세현은 혜서의 어깨를 잡아끌어 차로 데려갔다.

"니가 체크인해. 난 모르는 사람처럼 따로 서 있을 거야."

미리 검색해 둔 호텔을 찾아 들어갔다. 집에는 밤 10시까지 들어가면 된다니 여덟 시간 남짓 함께할 수 있다. 혜서는 엘리베이터 안에서도 모르는 여자처럼 딴 데를 보고 서 있었다.

"뭐가 그렇게 창피해? 아직도 얼굴이 빨개."

"목적이 너무 뚜렷하니까. 대낮부터. 나 이제 이런 데 다신 안 올래."

이러지 마. 난 아직 당신을 데리고 갈 집이 없다고.

"여행 왔다고 생각해. 우리 다음엔 좀 멀리 갈까? 울릉도는 어때?"

"좋아. 그 대신 우리 엄마한테 니가 허락받아."

"자꾸 이럴래?"

"자신 없어? 난 호텔 구경이나 해야겠다."

그래 봤자 한눈에 다 보이는 구조다. 외관은 그럴싸하게 지었을지 모르나 실내 인테리어는 조잡했다. 요샌 눈에 보이는 건물마다 평가를 하게 된다. 꼼꼼한 여행객처럼 객실 안을 구석구석 둘러보던 혜서가 갑자기 그에게 물어 왔다.

"우리 이제 뭐 해?"

방문을 닫기도 전에 옷을 벗어 던지며 미친 듯이 파고드는 건 영화에서나 가능한 일인가. 그답지 않게 괜히 쭈뼛거려졌다. 어차피 이렇게 된 거 직구를 날려 보았다.

"같이 샤워할래?"

"아니!"

"우리 어려서도 둘이 목욕한 적 있잖아."

"그게 목욕이야? 욕조에서 물놀이한 거지!"

"왜 그래? 벌써 흥분한 거야?"

"아유, 진짜. 따라오지 마!"

욕실 문이 닫히자마자 세현은 침대에 벌렁 드러누웠다. 준비한 콘돔 한 상자엔 총 열 개가 들어 있다. 몇 개나 쓰고 갈 수 있을까. 체력이 부족하진 않겠지. 설마 지난밤 같은 불상사가 또 생기진 않겠지. 실수는 한 번으로도 넘친다. 혜서에게 평생 잊지 못할 순간을 만들어 주고 싶었다. 벌떡 일어난 세현은 팬티 바람으로 푸시업을 시작했다.

'어떻게 된 애가 조절을 못 해. 조절을.'

가슴이 얼룩송아지처럼 얼룩덜룩하다. 오늘은 유난히 심하다. 뽀얀 젖무덤 위로 솟아난 붉은 유두가 도발적으로 치켜 올라가 있다. 밤새 얼마나 시달렸는지 아직도 쓰라리다. 여자의 몸은 때론 무기가 될 수 있다는 걸 새삼 깨닫는 중이다. 거울을 향해 씩 웃어 보인 혜서는 아침에 감은 머리를 또 감고 아침에 씻은 몸을 또 씻었다. 10분 뒤, 손목과 귀밑에 향수를 살짝 뿌리고 비치된 가운을 입었다.

세현은 창밖을 바라보며 속옷 바람으로 서 있었다. 1년 전만 해도 꽤 말랐던 몸이었는데 이젠 전체적으로 커진 느낌이다. 틈만 나면 헬스를 한다더니 어깨까지 넓어졌다. 기척을 느끼고 돌아선 그가 성큼성큼 걸어와 혜서를 끌어안았다.

"향수 뿌렸어?"

"응. 잘 보이려고."

기분 좋게 웃던 세현이 그녀의 턱을 들어 입술에 살짝 키스했다.

"향수 같은 거 필요 없어. 금방 올게."

침대에 픽 쓰러진 혜서는 어떤 자세로 남자 친구를 맞이할지 또 고민했다. 잠 한번 자는데 생각해야 할 것이 너무 많다. 무슨 절차가 이렇게 복잡해. 가운 안엔 팬티 한 장뿐이다. 더 입을까 말까 고민하다 텔레비전을 켰다. 집중이 될 턱이 없다. 불도 켜지 않았는데 실내가 밝았다. 커튼을 치고 돌아와 책 읽는 척을 하는데 욕실 문 열리는 소리가 들렸다. 드디어 올 것이 왔다.

침대로 다가온 세현이 하반신에 두른 수건을 풀어 던지는 순간 혜서는 눈을 감았다. 아직은 대놓고 볼 자신이 없었다. 사각거리는 시트 안에서 두 개의 알몸이 비스듬히 겹쳐졌다.

"사랑한다고 해 봐. 그래야 시작할 거야."

"난 이걸로 충분한데?"

"내가 뭐 잘못했어?"

굉장히 억울해하는 그를 보며 즐거워하던 혜서가 다시 심각해졌다.

"세현아, 나 죽어서 지옥 가면 어떡해? 스무 살밖에 안 된 널 내가……."

더는 말 못 하게 입을 막았다. 키스의 유일한 단점은 상대방의 신음을 듣지 못하는 게 아닐까. 마음이 급했지만 세현은 이 여자의 말도 안 되는 죄책감을 덜어 주고 싶었다.

"나중에 분명 천국 갈 거야. 착하다고."

밤새 달궈졌던 몸이라 그런지 오래지 않아 뜨거워졌다. 여자의 몸에서 흘러나온 따뜻한 물기가 침대 시트를 적셨다. 샘 같고, 늪 같고, 난로 같다. '난 복 받은 인간이야.' 그 생각이 절로 드는 그다.

"여기, 키스해도 돼? 하고 싶었어."

잠시 망설이던 혜서가 고개를 끄덕였다. 조심스레 시트를 젖힌 세현은 저절로 벌어지지 않는 다리를 어루만지며 소담한 수풀 위에 입술을 얹었다. 인공적인 느낌이 전혀 없는 검고 향기로운 숲이다. 빙 둘러 속속들이 입을 맞추던 세현은 혀를 내밀어 젖은 문을 열었다. 그다음부턴 여유를 부릴 수가 없었다. 그가 말할 수 있는 건 상상했던 것보다 훨씬 더 좋았다는 거.

말로는 다 표현 못 할 무언가가 그 안에 있다는 거.

그건 혜서도 마찬가지였다. 가슴을 애무해 줄 때와는 다른 느낌이었다. 둘 다 좋았지만, 하나를 고르라면 오늘 처음 경험한 이것을 말할 것 같다. 혜서는 그 모든 생각을 적절히 표현했다. 그녀의 솔직함은 그를 한껏 자극했다.

"이젠 들어가도 돼?"

"응."

거기까지는 순조로웠다. 콘돔이 문제였다. 미리 연습하고 올걸. 겨우 짜증 나는 그것을 착용한 세현은 혜서의 나긋한 상체에 몸을 겹치며 한숨을 토해 냈다. 뭐든 잘하고 싶었는데. 손으로 아래를 확인해 보니 그새 건조해졌다. 이대로 침입하면 더 아플 것 같은데. 가장 손쉬운 방법을 생각해 냈다. 다시 적시면 된다. 눈을 마주 보며 입을 맞추고 젖가슴을 핥아 내렸다. 부지런한 그의 혀는 아랫배를 거쳐 허벅지로 이동했고 발등과 무릎까지 이내 점령했다.

'난 왜 이리 흥분을 잘할까.'

혜서는 순식간에 달아오르는 제 몸을 원망해야 할지 칭찬해야 할지 고민하다 생각을 놓쳐 버렸다. 남자의 머리가 다시 허벅지 사이로 파고들었기 때문에. 두툼하고 섬세한 혀가 일일이 확인하듯 여성을 정복해 갔다. 커다란 꽃송이로 변해 버린 느낌이다.

"기분이…… 너무 이상해. 소리 내도 돼?"

"……하고 싶은 대로."

말은 그렇게 했지만 여자의 신음은 지나치게 자극적이었다. 언제까지나 서론에서만 머물 순 없었다. 세현은 흠뻑 젖어 든 얼굴을 들어 혜서를 바라보았다. 평소처럼 초롱초롱한 눈이 아닌데도 한숨이 나올 만큼 아름답다.

"너, 정말 예뻐."

혜서가 손을 뻗어 번들거리는 그의 입가를 부끄럽게 훔쳐 냈다. 세현은 그 손을 잡아 부드럽게 핥았다. 여자의 검은 눈이 더 흐려진다.

"아프면 말해. 이번엔 멈추지 못할 것 같아."

"응."

"힘들어도 좀 참아. 오래 안 할게."

상상하거나 보는 것과는 분명 다르겠지. 그래도 본능을 믿어 보기로 했다. 세현은 입술을 겹치며 손으로 입구를 찾았다. 다행히도 여전히 촉촉했다. 보는 것과 만지는 것과 하는 것엔 차이가 있었다. 생각만큼 만만한 문이 아니었다. 마음은 급한데 진도는 느렸다. 반도 안 들어갔는데 아픈지 혜서의 몸이 자꾸 경직됐다.

"많이 아파?"

"참아 볼게. 그냥 빨리 들어와."

"미안해."

동시에 거의 밖으로 나와 있던 그것을 깊숙이 찔러 넣었다. 혜서의 입에서 고통의 신음이 흘러나왔다. 극도의 인내심을 발휘해 움직임을 멈추고 찡그린 여자를 내려다보았다. 이 순간,

사랑한다고 말하면 속 보일까? 진짜 사랑하는데.

"난, 다른 여자는 쳐다도 안 볼 거야. 약속해."

혜서가 고개를 끄덕이자마자 남자의 몸이 여성 안에서 움직이기 시작했다. 그 몸짓이 너무나 조심스러워서 아픔이 저절로 희석됐다. 둘은 서로에게서 한시도 눈을 떼지 않았다. 영혼이 바뀐 사람처럼 서로를 눈빛으로 이해했다. 그녀는 이물감과 쓰라림을 참았고, 그는 더 깊이 더 빨리 움직이고 싶은 욕망을 참아 냈다. 이마에서 시작된 땀이 턱을 타고 뚝뚝 떨어졌다. 혜서가 그의 얼굴에 흐르는 땀을 닦아 내며 속삭였다.

"니가 좋아."

세현은 바로 무너졌다.

얼마나 지났을까. 혜서의 아랫배를 한참 어루만지던 그는 몸을 일으켜 매트리스 위에 깔아 놓은 두툼한 타월을 걷어 냈다. 뜨거운 물에 수건을 적셔 온 세현은 창피해하는 혜서를 달래 가며 그가 남긴 흔적을 꼼꼼히 지웠다. 다시 욕실로 가 세면대에 수건을 담갔다. 찰박찰박 붉어진 물살에 흔들리며 수건이 제 색을 찾아 간다. 세현은 제 여자의 순결한 청춘이 수챗구멍으로 사라지는 걸 안타깝게 지켜보았다.

먼저 잠에서 깬 건 그였다. 품 안의 여자는 쌔근쌔근 숨소리를 내며 곤히 잠들어 있다. 몇 시지? 흐르는 시간을 잡고 싶다. 조심스럽게 허리에 감긴 팔을 풀고 욕실을 다녀왔다. 침대로 돌아가 10분쯤 안고 있자 혜서가 그의 턱을 슬쩍 건드렸다.

"아까보다 더 자랐네. 수염."

"잘 잤어?"

"계속 자고 싶어."

나가야 할 시간이 세 시간도 남지 않았다. 이 귀한 시간을 잠만 자면서 보낼 수는 없지. 혜서의 정수리에 입을 맞춘 세현은 제 눈높이에 맞춰 여자의 몸을 끌어올렸다. 잠이 덜 깬 눈이 그를 힘없이 응시했다. 무슨 수를 써서라도 깨워야 한다.

"뭐 먹을래?"

시트로 가슴팍을 가린 혜서가 침대 헤드에 기대 물과 과자를 번갈아 먹는 동안 세현은 모로 누워 그 모습을 지켜봤다. 에어컨 바람이 제법 차다.

"안 추워?"

"조금."

"안 춥게 해 줄까?"

눈빛만으로도 당뇨병 걸리겠다. 때가 때이니만큼 혜서는 그 눈길이 부담스러웠다.

"왜 자꾸 봐. 민망하게."

"내 거 내가 보는데 왜?"

"아무 때나 니 거 아니거든요."

세현이 입꼬리를 올리며 씩 웃었다. 그래도 넌 내 거야.

"아까 보니까 잔뜩 부었던데, 지금은 어때?"

혜서가 얼굴을 붉혔다. 솔직히 말하면 남자의 그것이 몸 안에서 움직일 때보다는 그 전까지가 훨씬 좋았다. 세현이 좋아

274

하는 것 같아 참긴 했지만, 절대 한 번 더 해 달라고 조르고 싶진 않다. 소변을 볼 땐 너무 쓰라려 저절로 몸이 움츠러들었다.

"아직 아파. 넌 괜찮아?"

"남자도 아프다는 건 왜 아무도 말 안 해 주지?"

"진짜? 나, 너한테 미안해하지 않아도 되지?"

"아, 진짜…… 귀여워 죽겠네. 나가고 싶어?"

"어두워지면 나가자. 너랑 둘이 있는 게 제일 좋아."

그는 감정에 솔직한 혜서가 좋았다. 좋다는 말을 자주 해서 더 좋았다.

"두 번째로 하면 얼마나 덜 아픈지 느껴 보고 싶지 않아?"

"아니! 그냥 상상할게."

그러란다고 그럴 사람이 아니다. 세현은 혜서의 몸을 끌어당겨 꼼짝 못하게 눕혔다. 여자의 입술 안에서 과자 맛이 났다. 그건, 좁은 문 안쪽에서 나던 맛과 비슷했다. 하, 죽었다. 이 과자를 볼 때마다 그 생각이 든다면.

혜서는 생각했다. 키스는 언제나 옳다. 친절한 남자의 입술이 목덜미와 젖가슴을 간질간질 적셨다. 애무도 옳다. 아랫배를 거친 남자의 혀가 숲을 헤치고 가려진 문을 파닥파닥 파고들었다. 쓰라림은 잠깐이고 금세 기분이 좋아졌다. 아, 애무는 진짜 옳다. 완벽하게 옳다. 멀지 않은 곳에서 잔뜩 가라앉은 목소리가 들려왔다.

"내 거 만져 볼래? 한 번도 안 만졌잖아."

대답도 하기 전에 남의 손을 갖다가 척 올려 버리는…….

헉, 니가 날 죽이려고 작정을 했구나.

"가져."

"오늘은 그만."

"안 들려. 안 들려."

말대꾸를 못 하게 아예 입을 막아 버렸다. 키스는 약식 섹스다. 사랑이란, 상대가 좋아하는 걸 하는 거다. 그래서 혜서가 가장 좋아했던 걸 다시 시작했다. 이 여자, 반응이 빨라서 더 좋다. 누가 우리나라가 물 부족 국가래? 흐물흐물 녹아내린 혜서의 영혼은 콘돔 뜯는 소리를 듣지 못했다. 그는 두 번의 실수는 용납하지 않았다. 어? 어? 이게 아닌데. 여자가 남자를 야멸차게 밀어냈다.

"여기까지만 하면 안 돼?"

"하아……. 그럼 우리 언제 또 할 수 있어?"

"……한 달에 한 번 정도?"

"차라리 날 죽여라."

"내 생각엔 니가 지금 날 죽일 것 같은데?"

"이번엔 괜찮을 거야. 장담해."

한 번만 더 속아 보기로 했다. ……역시나, 애무까지만 옳았다. 세현은 아까처럼 느리지도 참아 주지도 않았다. 모든 게 처음보다 자유로웠다. 남자가 그녀의 이름을 간헐적으로 불러 댔다. 부르고 싶어서 부르는 건 아닌 것 같다. 여전히 아프긴 했지만, 그 뜨거운 목소리가 마취제처럼 여자에게서 고통을 앗아 갔다. 땀으로 흠뻑 젖은 남자가 그녀의 이름을 크게 부르더니 곧 가슴 위로 엎어졌다. 그 순간 아픔을 넘어선 짧은 희열이 그녀를 덮쳤다.

혜서는 그의 젖은 등을 어루만지며 곰곰 생각했다. 어쩌면 이것도 옳을지 모르겠다고.

우현은 수업에 영 집중 못 하는 형이 오늘따라 이상하다고 생각하지 않았다. 요샌 자주 이상했다. 돌이켜 보니 정혜서의 공식 남친이 되고부터 시작된 증상이다. 아니, 가만. 그 전부터 그랬던 것 같기도 하고. 그걸 고려한다 해도 오늘은 유독 심하다. 무슨 생각에 빠진 건지 몇 번을 불러도 못 듣는 이 사람을 어쩔 거야. 우현은 아주 오랜만에 형이 만만해 보였다.

"이 문제 틀렸잖아. ……형!"

"어?"

"이거 계산 과정 틀렸다고."

"……그러네. 알면 알아서 좀 고치지?"

"저기, 선생이 너무 선생답지 않다고 생각하지 않아? 제대로 좀 가르치지?"

"어우, 진우현 많이 컸다. 얼마나 자랐는지 한번 만져 볼까?"

"어딜 만지겠다는 거야! 성추행한다고 엄마한테 이른다!"

"왜 이리 오버야? 니 머리 말이야, 내일 당장 잘라. 학생이면 학생답게 하고 다녀."

형을 따라 길러 보고 싶었다. 기운 빠지게 똑같이 머리를 길러도 결과가 너무 판이하다. 초록에 노랑을 섞으면 똑같이 연두가 나와야 정상 아닌가. 염색하고 머리를 기른 형은 모델이나 배우 같기만 한데, 아무리 거울을 들여다봐도 그런 기적은 일어나지 않았다. 머리카락이 유난히 굵은데다 외할머니를 닮은 곱슬머리라 더 그렇다. 양쪽 집안의 모든 열성인자를 쏙쏙 피해 태어난 인간이 눈앞에서 심각한 표정을 짓고 있다. 곱슬머리가 우성인자라고 한 과학자가 누구야? 현실에선 지극히 열성인자일 뿐인데.

"형, 나 여자 친구하고 헤어졌어."

"만난 지 얼마나 됐다고 벌써 헤어지냐?"

"일곱 달 만났으면 진짜 오래 만난 거지. 누가 요새 그렇게 오래 사귀어? 어제 만나고 오늘 헤어지는 애들도 있는데. 형은 안 그랬어? 내가 아는 여자만 해도……."

"그 입 다물라. 혜서 앞에서 그런 말 하기만 해."

'오! 혜서래, 혜서! 드디어 완전히 맛이 갔어!'

"나도 그 정도 눈치는 있다고. 누나하고 언제까지 사귈 거야?"

"아주 죽고 싶어 용을 쓰지?"

"형아, 진짜 혜서 누나하고 결혼할 거야?"

"넌 내가 심심풀이로 누나 만나는 것처럼 보이냐?"

"아니. 완전 진지해 보여. 너무 진지해서 부담스러울 정도야. 그래서 언제 결혼할 건데? 군대 다녀와서? 대학 졸업하고? 유학 갔다 와서?"

누구 죽일 일 있어? 유학까지 마치면 아무리 빨라도 서른이다. 그 나이엔 기필코 애 아빠가 돼 있을 계획이다. 적어도 둘.

딸 하나 아들 하나. 물론 이 계획은 그 외엔 아무도 모른다.

"너보단 먼저 하겠지."

"근데 누나가 형 군대 가면 기다려 줄까? 요샌 24개월이야? 아, 21개월인가? 20개월만 해도 연애 네 번은 하겠다. 무려 6백 일이네? 어, 애 둘은 낳을 수 있는 기간이잖아? 와, 짧은 줄 알았더니 엄청나게 기네."

도대체 이 아인 누굴 닮은 걸까? 온 집안을 뒤져 봐도 이런 유전자는 찾을 수가 없는데. 아버지를 빼닮은 얼굴이 아니었다면 엄마를 의심할 뻔했다.

이제 군대는 그의 아킬레스건이 되고 있다. 특별한 이유 없이 입대를 계속 미룰 수도 없고, 미필자와는 결혼을 안 한다니 안 갈 수도 없다. 후딱 다녀오자니 혜서를 두고 차마 발길이 안 떨어진다. 정혜서의 진면목을 안다면 어떤 남자라도 목숨을 걸려고 할 것이다.

"내 친구 형이나 삼촌들은 군대 가서 여친들하고 다 헤어졌대. 훈련소 기간도 못 참고 고무신 거꾸로 신는 여자도 있대. 그건 너무 심하지 않나? 그래도 일병 될 때까진 기다려 줘야 하는 거 아니야? 상병까진 바라지도 않아. 요새 여자들은 지조가 없어요."

저 듣고 싶은 말만 듣고 하고 싶은 말만 하는 녀석이다. 지금 그게 문제가 아니라고.

"형, 그때 형 생일에 누나가 만든 돈가스 맛있었지? 솔직히 엄마가 한 것보다 낫지 않았어? 나도 혜서 누나 같은 타입으로 이상형 바꿀까 봐. 누나 빨리 오라고 해. 보고 싶다."

세현은 제법 남자티가 나기 시작하는 동생을 바라보며 생각했다. 이거 이상한 놈이네? 니가 왜 혜서를 보고 싶어 해?

"오늘 못 와. 아파."

언제 봐도 잘난 형의 얼굴에 씁쓸한 표정이 드리워진다. 이래서 내내 저기압이었군. 어제도 만났다고 하지 않았나? 설마, 그새 또 보고 싶은 건가? 예전의 형을 떠올리니 도무지 적응이 안 된다. 사람이 너무 변했다.

"왜? 어디가 아픈데?"

왜 그런지, 어디가 아픈지 정직하게 대답해 줄 수가 없다. 진우현은 아직 미성년자이므로. 미성년자가 아닌 부모님께도 솔직히 말할 수 없었다. 자신 때문에 몸져누웠다고. 안 그래도 엄마가 혜서도 부르라고 하셨지만 휴대폰은 꺼져 있었다. 집으로 연락해 보니 몸살이 났는지 일어나지도 못한다는 어머니의 대답이 돌아왔다. 잠깐 일어났다가 아침도 거르고 다시 잠들었다고. 통화하는 내내 찔려서 죽는 줄 알았다.

— 어제 얼마나 놀았으면 애가 일어나지도 못해. 적당히 좀 놀지. 오늘 푹 쉬어야 내일 출근할 수 있을 것 같은데? 일어나면 전화 왔었다고 전할게.

어제 거기서 끝냈어야 했다. 두 개만 쓰려고 노력한 건 사실이다. 그러나 세 개를 사용한 것도 사실이다. 호텔에서 나오기 전, 아쉬운 마음에 한 번 더 키스를 나눈다는 게 결국 다시 옷을 벗기고 말았다. 세현은 당장에라도 혜서에게 날아가고 싶은 충동을 누르며 동생의 공부를 마저 봐주었다.

아침 미사를 다녀온 인희는 밀폐 용기를 쭉 꺼내 놓고 아들
집에 보낼 밑반찬부터 챙겼다. 한 달에 두 번 있는 가족 모임
날이다. 용민은 아내를 물끄러미 바라보며 식탁에 앉아 있다.
언제 다 만들었는지 식탁 위에 반찬통이 그득하다.

'아니, 어느 틈에 생긴 거야?'

아내의 얼굴에 못 보던 검버섯이 들어앉아 있다. 저게 저승
꽃이라지. 저승이라니. 아내가 없는 이승은 상상조차 끔찍하
다. 얼마 전 상처喪妻한 동창을 문상하고 온 뒤부터 그 생각이
머리를 떠나지 않는다. 돈을 주고 살 수 있는 거라면 아내의 수
명을 끝없이 연장하고 싶은 심정이다. 용민은 내일 당장 피부
과에 데리고 가서 보기 싫은 검버섯을 빼 줘야겠다고 생각하며
아내에게 말을 걸었다.

"내가 할까?"

"이까짓 게 뭐 힘든 일이라고 같이 해. 뭣 좀 줘요? 안 출출
해요?"

"금방 점심 먹으러 나갈 건데 뭘. 앉아서 해. 다리 아프다며."

"나이 들수록 하체 살이 자꾸 빠지네. 나도 예전처럼 당신
따라 골프나 할까 봐. 수영은 재미없고 등산은 힘에 부치고."

"그럼 나야 좋지. 음식 만드는 것도 도우미 아주머니 시키지
그래."

"아이고, 남이 만든 건 잘 먹지도 않으면서. 어떻게 그렇게

기가 막히게 알아채요? 둔하면 좀 좋아."

"남이 해 준 건 잘 안 넘어가니 난들 어떡해. 당신이 장모님 솜씨를 그대로 물려받았잖아. 오늘따라 우리 장모님이 더 그립네."

"우리 엄마가 당신 참 예뻐했는데. 10년만 더 사시지. 우리 세현이 장가가는 것까지 보고 가시게."

"그러게 말이야. 당신은 오래 살아. 나보다 오래."

한두 번 들은 소리가 아니건만, 인희는 언제나처럼 너그럽게 대답해 주었다.

"알았어요. 당신보다 오래 살 테니 건강이나 잘 챙겨요. 나이 드니 풍채 좋은 게 좋은 것만도 아닌 것 같아. 키 큰 사람이 혈압도 높다던데. 그나저나 혜서 본 지도 꽤 됐네."

"엊그제 혜서네 갔을 때 못 봤어?"

"거의 매일 늦는대요. 뭘 배우러 다닌다네. 혜서 엄마도 답답해하더라고. 노니까 몸이 더 아프대."

"일하던 사람이라 그래. 노는 것도 놀던 사람이나 놀지. 그렇다고 힘든 간병 일을 또 하라고 할 수도 없고."

"혜서가 그건 절대 못 하게 한대요. 밤에 편히 잠도 못 잔다고. 월급도 고스란히 엄마한테 맡긴다던데? 저는 용돈 받아서 쓰고. 제 엄마 운동하라고 수영 강좌도 끊어 줬대요."

"아이고, 착하기도 해라."

"엄마가 고생한 걸 아는 거지. 그런데 여보, 혜서 엄마가 일자리가 생길 모양이던데? 병구완하던 할머니 있잖아. 그 양반

모시고 다니던 한의원인데, 거기 원장이 와서 일 좀 봐 달라고 하나 봐요. 자기도 혼자 있으니 따로 집은 구하지 않아도 된다면서. 혜서 엄마야 간병 교육도 받았고 하니 금방 적응하지 않을까. 카운터 보면서 부항 뜨고 탕약 관리하는 정도래요."

"그 원장 혹시 혜서 엄마한테 마음 있는 거 아냐?"

"호호호. 영감, 생각하고는. 50대 중반 여자 한의사래요. 애들은 외국 가서 공부하고, 남편은 공무원이라 세종시에 있다고 합디다. 혼자 청양 내려가서 자리 잡은 거라는데? 아무튼 가고 싶긴 한데 출퇴근할 거리가 아니라 선뜻 대답을 못 하나 보더라고요. 서울 올라온 지도 얼마 안 됐으니 혜서 혼자 두고 또 내려가기가 뭐할 테지. 들어 보니 월급은 많지 않아도 일도 크게 안 힘들고 다른 조건도 괜찮던데. 종일 딸만 기다리며 집 지키는 것도 못 할 노릇이잖우. 딸이 번 돈 맘 편히 쓰며 돌아다닐 사람도 못 되니."

"그럼 내려가라고 해. 우리 집이 있는데 뭐가 걱정이야. 세현이가 들으면 좋아서 입이 귀에 걸리겠네."

"혹시라도 가게 되면 혜서는 우리가 데리고 있겠다고 했는데 그냥 웃더라고요. 어떻게 또 맡기느냐면서. 썩은 울타리도 없는 것보단 있는 게 낫다는데 딱해서 원. 혜서 아빠가 살아 있었으면 좀 좋아. 아들딸 잘 키워 놨으니 두 내외가 의지하고 편히 살면 우리도 혜서 일찍 데려와도 미안하지 않을 텐데. 거실 장식장 위에 혜서 아빠 사진 올려놓은 걸 보는데 내가 괜히 눈물이 핑 돌더라고. 혜서 엄마도 아직 고운데 혼자 사는 거 보면 안쓰럽고."

"재혼 생각은 없대? 현서나 혜서도 재혼 반대 안 한다면서?"

"싫대요. 그 나이에 새 남자 비위 맞추고 살 이유가 있냐고 손사래 칩니다. 하기야 자식 둘 다 번듯하게 키워 놨는데 뭐하러 또 시집을 가. 나 같아도 마다하겠네. 나이 들면 남자도 귀찮아."

늙고 주름진 몸뚱이를 보듬어 줄 사람이라곤 이제 아내밖에 없다. 용민은 아직은 서슬 퍼렇게 뿌리치지 않는 아내가 새삼 고마웠다.

"혜서 아빠를 못 잊었겠지. 내외가 금실이 그렇게 좋았는데."

"문밖이 저승이라더니 사는 게 참 허무해. 병구완할 시간도 안 주고 유언 한마디 없이 떠난 게 그렇게 원망스럽더래요. 아유, 사람을 잊는 게 쉬운 일이 아니야."

단골로 다니는 일식집에 여섯 식구가 모였다. 세현은 서빙하러 온 종업원에게 초밥도시락 4인분을 따로 포장해 달라고 부탁했다. 마음은 이미 혜서 집에 가 있었지만, 지난 모임에도 빠진 터라 바로 일어날 핑계가 없었다. 아침을 샌드위치로 대충 때웠는데도 입맛이 없다. 밥이 술술 넘어가면 사람도 아니지.

인희는 점심을 먹는 둥 마는 둥 하는 큰손자가 내내 신경 쓰였다. 낯빛이 어두운 게 걱정거리가 있는 얼굴이다. 혜서가 아프다더니 그 때문인가.

"많이 아프다니?"

"그게…… 몸살이 났나 봐요."

"학교 다니느라 힘든가 보네. 저번에도 보니까 살이 많이 빠졌던데. 작년에 통통했을 때가 제일 예뻤는데."

용민이 고개를 끄덕이며 맞장구쳤다.

"그러게 말이야. 얼굴이 반쪽이 됐어. 1년 전만 해도 토실토실하니 복스러웠는데."

한 손에 쏙 들어오던 허리와 갈비뼈가 만져지던 옆구리가 생각나 더 미안해진다. 억지로라도 먹여서 살을 찌우든가, 근육운동이라도 시켜야겠다고 마음먹으며 세현은 물을 들이켰다. 아, 보약을 먹일까?

"튀김도 골고루 해 달래서 가져가. 새우튀김 잘 먹던데."

서연은 할머니를 향해 미소 짓는 큰아들이 내심 우스웠다. 내내 죽상을 하고 있더니 여자 친구 이름을 듣고서야 얼굴이 펴진다. 미국에 가지 말라며 바짓가랑이를 붙잡고 울던 꼬마는 어디 갔을까. 세월은, 쏜 화살. 흘러간 강물. 지나간 계절이다. 내가 이만큼 늙었으니 저 아이가 저만큼 자랐나 싶어 쓸쓸해진다. 까꿍 한마디에 까르르 넘어가던 아들은 이젠 어디에서도 찾을 수가 없다. 말 없고 무뚝뚝하게 자란 큰아들을 웃게 하는 혜서가 고맙고 한편 부럽다. 표정이 많은 혜서의 얼굴을 떠올려 봤다. 그런 딸을 낳고 싶었는데 딸 가진 엄마가 되는 복까지는 주어지지 않았다.

"혜서 아픈 거 나으면 엄마한테 전화 좀 하라고 할래?"

"왜요?"

별것도 아닌 말에 바짝 가시를 세우는 아들이 어이없어 너털웃음이 나온다.

"얘가 진짜. 네 여자 친구하고 둘이 하고 싶은 게 있어서 그래. 다음 주 일요일 정도가 좋을 것 같으니까, 그 전에 미리 전화하라고 해."

주말의 하루는 혜서와 온종일 같이 있을 수 있는 유일한 날이다. 그 귀한 시간을 김서연 박사에게 고스란히 바치라고? 이유나 말씀해 주시든가.

"뭐 하시게요?"

"여보, 우리 아들 왜 이래? 누군 연애 안 해 봤나."

경훈은 솔직한 말투로 아내를 서운하게 하는 아들을 바라보며 눈을 찡긋했다. 그 역시 서연이 다른 남자를 보며 웃는 것조차 싫을 때가 있었다. 지금도 그리 좋지는 않지만. 짐작건대 아들은 더하면 더했지 덜하진 않을 모양이다. 제 여자를 위해서라면 부모도 등지고 목숨도 바칠 수 있는 나이 아닌가.

"그렇게 불안하면 따라오든가. 잊지 말고 꼭 전해."

"……알았어요."

"형, 누나가 그렇게 좋아? 엄마가 보는 것도 아까워? 증세가 좀 심한 거 아니야?"

"넌 하던 거나 마저 해."

우현이 다시 회 접시에 젓가락을 들이밀었다. 이젠 먹는 시늉조차 하지 않는 모습을 본 인희는 손자를 콩밭으로 보내 주기로 했다. 마침 따로 주문한 초밥도시락과 튀김도 도착했다.

"세현이 먼저 일어나라. 가서 같이 먹어. 혜서도 회 좋아하잖아."

"할아버지, 그래도 돼요?"

"그럼. 어서 가 봐. 얼마나 아프면 일어나지도 못해. 보기보다 몸이 약한 거 아닌가?"

"사람이 아플 때도 있지 어떻게 매일 팔팔해요? 일이 고돼서 그런 거지."

"그런 거면 다행이고. 나는 식구들 아픈 게 제일 싫다. 무조건 건강이 우선이야. 세현 어미도 많이 먹어. 어째 살이 좀 빠진 것 같아."

서연은 시아버지의 걱정에 회를 두어 점 집어 먹었다. 남편이 앞접시에 단호박튀김을 올려 준다. 생판 모르던 남녀가 부부가 되어 50년을 탈 없이 해로한다는 건 기적 같은 일이 아닐까. 피를 나눈 가족조차 틀어지는 세상인데.

성인 남자 손바닥만 한 자갈돌 위에 놓인 숙성회와 문어숙회를 보며 서연은 젊은 아버지를 떠올렸다. 우리 큰딸이 나를 닮아 회를 잘 먹지. 입맛까지 날 빼다 박았어. 아버진 왜, 한 지어미만 거느리고 살지 못했나요. 그랬다면 이렇게 복 많은 여자로 살아가는 큰딸을 떳떳이 볼 수 있을 텐데.

"아버지, 사케 하실래요? 저랑 한 병 나눠 마셔요."

"그래, 그러자. 갈 때 운전은 당신이 해."

"알았어요. 나도 술이나 배워 둘 걸 그랬어. 사는 낙 하나를 놓쳤네."

며느리와 시아버지는 회를 안주 삼아 주거니 받거니 낮술을 마셨다.

아버지 차를 타고 온 터라 대중교통을 이용해야 했다. 택시를 탈까 하다 지하철 입구를 찾아 내려갔다. 돈 아깝다고 웬만한 거리는 걸어 다니는 여자 친구를 생각하면 택시는 사치였다. 지하철로 20분 거리. 지하철역에서 빠른 걸음으로 10분 정도 더 걸어야 한다. 개찰구를 지나면서 다시 전화했다.

"세현인데요, 혜서 아직도 자요?"

'얼마 전까진 누나라더니 이젠 혜서라고 부르네?'

— 계속 누워 있어.

"저 지금 신림동 가는 길이에요. 늦어도 30분 안엔 도착할 것 같아요."

— 그래? 일어나라고 할까?

"아뇨. 그냥 두세요. 점심 드셨어요?"

— 혜서 일어나면 같이 먹으려고. 세현이 넌 먹었니?

"초밥 넉넉히 사 가니까 아무것도 차리지 마세요."

방으로 들어온 연희는 모로 누워 잠든 딸을 가만히 내려다보았다. 얼굴만 보면 갓 스물이나 돼 보일까. 오목조목 들어찬 이목구비에서 아직 어린 티가 묻어난다. 이 어린 게 돈을 번다고 아침마다 전쟁터 같은 지하철에 몸을 싣는 걸 보면 안쓰럽기만 하다. 뮤지컬 배우가 되고 싶다는 딸을 설득해야 했던 시절은 돌이키기 싫다. 하루하루 버티는 것도 힘들었지만, 하고 싫어 하는 걸 못 하게 했다는 죄책감은 그녀를 오래 괴롭혔다.

"혜서야, 세현이 오고 있대."

그 한마디에 반짝 눈을 뜨는 딸이다.

"진짜?"

"그래. 너 좋아하는 초밥 사 온다더라."

씻고 나온 딸이 옷을 갈아입을 때 초인종이 울렸다. 쑥스러운 미소로 인사를 건네는 세현이 볼수록 듬직해 보인다. 누가 이 앨 스물로 봐. 허구한 날 현관문을 두드리던 이웃집 꼬마가 상상도 못 할 모습으로 자라 나타났다. 가끔은 사내가 인물이 너무 좋은 게 아닌가 싶어 걱정스럽지만, 타고난 걸 어쩌겠나 싶다.

혜서와 사귀고부터는 어려서처럼 아줌마라고 부르지도, 선뜻 어머니라고 하지도 못하는 걸 알고 예전처럼 편히 부르게 했다. 아줌마면 어떻고 어머니면 또 어떤가. 두 아이가 탈 없이 좋은 인연을 이어 가기 바랄 뿐. 종이 가방을 건네받은 연희는 세현에게 방석을 내어 주며 딸을 불렀다. 뭘 하는지 금방 나와 보지도 않는다.

"앤 뭘 하느라 안 나오는 거야? 혜서야!"

방문이 열리더니 딸 목소리가 먼저 발을 내딛는다.

"엄마는. 나 귀 안 먹었어."

세 살이나 어린 남자 친구를 본 딸의 얼굴이 쑥스럽게 달아오른다. 세현 역시 말없이 혜서를 향해 씩 웃어 주었다. 연희는 그런 두 아이가 귀엽고 우습기만 했다.

'얘네 오늘따라 왜 이래. 처음 본 것도 아닌데.'

주방으로 가는 엄마를 보며 혜서는 거실 바닥에 나란히 자리 잡고 앉았다. 1년 새 소파에 익숙해진 몸이 불편하다고 아우성친다. 허벅지를 둘러싼 근육이 예민해져서 저절로 작은 신음이 토해졌다. 그런 혜서를 세현이 걱정스럽게 훑어보았다.

"불편해? 몸은 괜찮아?"

"아파 죽을 거 같…… 장난. 이따가 말해 줄게."

두 사람의 손이 자연스럽게 서로의 손을 찾는다. 와 줘서 고맙고, 평소처럼 웃어 줘서 고마웠다. 언젠가 혜서는 이런 생각을 한 적이 있었다. 남자와 하룻밤을 보낸 뒤 다시 만나면 기분이 어떨까. 부끄러운 마음이 완전히 가시지 않았지만 모든 게 자연스럽게 여겨졌다.

"얘들아, 점심 먹자!"

세현은 초밥과 튀김을 보고 환호성을 지르는 혜서가 신기했다. 이렇게 쉽게 행복해하다니. 초밥 한 상자가 순식간에 사라졌다.

"내가 여태 먹어 본 초밥 중 제일 맛있는 것 같아."

"다음엔 직접 가서 먹자. 이것도 먹어 봐. 참다랑어 뱃살로 만든 거래. 일본 여행 갔을 때 보니까 한 접시에 10만 원이 넘더라."

"초밥 한 접시가 뮤지컬 관람비하고 맞먹네. 심하다."

씽긋 웃던 세현이 이번엔 생새우가 얹힌 초밥을 앞접시에 올려놓았다.

"이건 도화새우초밥. 복숭아꽃 색깔을 닮아 그렇게 부른대."

"엄마, 세현이 꼭 셰프 같지? 엄마도 어서 드세요. 초밥 좋아 하잖아."

"천천히 먹을게. 너도 얼른 먹어. 혜서만 챙기지 말고."

"전 먹다가 왔어요. 가족 모임이 있어서."

말이 끝나기 무섭게 혜서가 남자 친구 입에 도화새우초밥을 한 점 물려 주었다.

"엄마, 다음 달 월급 타면 같이 가요."

혜서만 생각한 것 같아 죄송스러워진 세현이 초밥을 씹으며 쑥스럽게 웃었다.

"다음에 제가 모시고 갈게요."

"그래. 아줌마가 사 줄게."

"이 안에 든 게 뭐야? 겉은 장어 같은데."

"우엉. 우엉에 장어 말아서 구운 거야. 많이 먹고 살 좀 쪄."

"오케이. 일식집 튀김은 만드는 방법이 다른가 봐. 튀김옷이 진짜 예술이야."

세현이 자연스러운 손짓으로 딸 입가에 묻은 튀김 가루를 털어 냈다. 그 손짓에 딸이 눈을 곱게 접으며 웃어 준다. 딸이 행복해하니 엄마도 행복했다. 세상 부러울 것 없는 한나절이다.

한 시간 뒤, 기적이 일어났다. 집 안에 두 사람만 남은 것이다. 세현은 어머니가 새삼 존경스러워졌다. 날 믿고 나가시다니. 믿음에 보답할 수 있을까.

화장실을 다녀온 혜서가 갑자기 그의 다리를 베고 드러누웠다. 도발인가? 위에서 내려다보니 원피스 사이로 가슴골이 은근히 보이는 게 1분 전의 결심이 무색해진다. 더우니 저리 가라고 내칠 수가 없다. 어제 오후 내내 혜서의 몸을 물고 빨던 그에게 그 정도의 인내심을 요구하는 건 무리다. 그래도 이 집에 방문한 목적을 잊으면 안 되겠지. 세현은 목 아래쪽을 애써 외면하며 혜서의 머리카락을 쓸어 넘겼다.

"아픈 데 다 말해 봐. 일어나지도 못할 정도였어?"

"엄살떤 거 아니야. 진짜 여기저기 아팠어. 근육통처럼. 혹시 나 잘 때 때린 건 아니지?"

"안 쓰던 근육을 갑자기 써서 그런 거겠지. 자꾸 하다 보면 익숙해질 거야."

어어? 얜 뭐 이런 말을 아무렇지도 않게 하냐. 누구 마음대로 자꾸……. 저 혼자 민망해진 혜서가 고개를 외로 꼬았다. 얼굴이 홧홧하게 달아올랐다.

"배 아직도 아파? 지금은 어때?"

어제도 아랫배가 아프다는 소리는 했었다. 마지막 걸 썼을 때 아프기만 한 게 아니라 멈췄던 출혈이 다시 시작돼서 둘 다 깜짝 놀랐다. 병원에 가야 하는 거 아니냐고 설레발치던 그를 진정시킨 건 혜서였다. 다행히 출혈은 금방 멈췄지만, 그의 죄책감은 쉬이 멈추지 않았다.

"많이 괜찮아졌어. 아침에 큰일 날 뻔했잖아."

"왜?"

"엄마가 몸살기 있어 보인다고 찜질방엘 가자는 거야."

혜서가 누운 채 손으로 가슴 부위를 가리키며 연기하듯 말했다.

"이 꼴을 하고서 어떻게 가요? 엄마 앞에서 내가 어떻게 그래요? 그럼 진세현 씨 입장이 뭐가 되는데요?"

"하아. 내 목숨을 구해 줬구나. 근데 그 대사 드라마에서 나왔던 거 아니야?"

"파리의 연인. 그래서 계속 아픈 척했어. 억지로 누워 있느라 힘들었네."

"지금도 누워 있잖아. 이건 안 힘들어?"

"전혀. 오후에 극단에 갈까 했는데 가기 싫다."

세현은 그 말을 키스해 달라는 뜻으로 판단했다. 일단 고개를 숙여 여자의 이마에 존경의 입맞춤을 했다. 성에 찰 턱이 없다. '친절한 혜서 씨'는 '친히' 남자 친구의 튼튼한 허벅지 위로 올라와 입 맞추기 편한 자세를 취해 주었다. 건전한 정신이 깃들기엔 너무나 비건전한 자세 아닌가.

"세현아, 나 보고 싶었어?"

"뭘 그렇게 당연한 걸 묻고 그래."

"지금 나랑 하고 싶은 거 있어?"

"많아. 너무 많아. 미치게 많아."

인내심은 그녀에게도 필요한 덕목이었다. 어제 본격적으로 경험한 '앞의 유희'와 '뒤의 유희'는 혜서의 심신을 정신없이 들었다 놨다 했다. 자주 생각하지만 남자들은 참 딱하다.

"너, 또 그래."

"나라고 모르겠어? 내 몸에 달린 건데."

"다음 세상엔 여자로 태어나길 바랄게."

"싫어. 난 남자가 좋아."

여자의 몸 안으로 들어가는 게 어떤 느낌인지 모르니까 이런 말을 하지. 백 번을 태어나도 남자로 태어날 거야. 만져지는 사람보다 만지는 사람이 훨씬 더 좋다는 걸 알았거든.

"정혜서, 세상에서 제일 가벼운 물건이 뭔지 알아?"

"공기……는 아닌 것 같다."

"힌트를 주자면 생각만으로도 바짝 들어 올릴 수 있는 거야."

골똘히 고민하던 혜서의 이맛살이 펴지며 짓궂은 표정으로 바뀌었다.

"전혀 가볍지 않던데?"

발랑 까진 여자가 귀엽긴 처음이다. 여자의 통통한 입술을 덥석 물었다. 그는 혜서의 입술이 좋았다. 그 안에 숨어 있는 말캉한 혀와 단단한 치아도 좋았다. 여자의 몸엔 입술 말고도 먹을 게 많았다. 아, 가볍디가벼운 나의 물건은 왜 점점 무거워지는 걸까.

맛난 별식을 먹는 것처럼 정신없이 그녀의 입 안을 빨아들이던 세현이 갑자기 어깨를 슬쩍 밀어냈다. 혜서가 고개를 갸웃하며 잔뜩 흐려진 그의 눈을 들여다보았다.

"왜?"

"옷 안으로 만지고 싶어."

"만지면 되잖아."

"그걸로 못 끝낼 거 같아."

"알았어."

미련을 툭툭 털어 내고 허벅지 위에서 내려오는 그녀에게 이 말을 꼭 해야 했다.

"근데 혜서야."

"응?"

"우리 정말 한 달에 한 번밖에 숙박업소에 못 가? 그건 너무 잔인한 거 같지 않아?"

남자 친구의 간절한 눈빛을 외면하는 건 쉬운 일이 아니었지만, 약속은 지키라고 배웠다. 혜서는 최대치의 친절을 베풀어 부드럽게 응답했다.

"진세현 씨, 잔인하다는 말은 그럴 때 쓰는 게 아니에요."

토요일 오전. 남자 친구의 엄마와 첫 데이트를 한다. 혜서는 조금은 떨리는 기분으로 집을 나섰다. 세현은 엄마와 종일 돌아다니기 불편하다는 이유를 들어 동행을 거부했다.

서연이 혜서를 처음 데리고 간 곳은 청담동에 있는 미용실이었다. 샵에 들어서자마자 직원들이 여기저기서 인사를 해 왔다. 다들 그녀가 누구인지 궁금해했다.

"우리 딸."

"교수님 따님 없으시잖아요."

"큰아들 여자 친구야. 예쁘지? 더 예쁘게 꾸며 줘요."

주샛별 원장은 궁금증을 삭이며 젊은 아가씨를 향해 환히 웃어 보였다. 큰아들이 갓 스물인 걸로 아는데 진짜 며느릿감으로 생각하는 건가? 아무나 데려오지 않는 성격인 걸 잘 아는 터라 더 의아하다. 이것저것 궁금했지만 지나친 관심은 독이 된다는 게 직업적 신조였다. 뒷말이 많으면 손님이 떠나간다.

얼떨떨해하는 아가씨를 의자에 앉히고 거울을 통해 들여다봤다. 살짝 굴곡진 이마 라인이 지적으로 보인다. 숱이 적당히 짙은 눈썹은 정리해야 할 것 같다. 윤곽이 커다란 두 눈엔 옅은 쌍꺼풀이 자리 잡고 있다. 눈동자가 유난히 크고 인중이 짧은 편이라 평생 노안으로 불릴 일은 없을 듯하다. 콧대가 적당히 높고 곧은 편이니 메이크업만 잘하면 훨씬 입체적으로 보일 것이다. 약간 작은 듯 도톰한 입술은 육감적이라기보다는 귀여운 쪽이다. 입이 컸다면 섹시한 미인으로 보일 텐데 그게 좀 아쉽다. 젖살이 남아 있어 더 어려 보이는 인상이다. 한국인 특유의 누런 피부색이 아닌 맑고 건강한 살갗이 목덜미와 긴 팔을 돋보이게 해 준다. 뛰어난 미인은 아니었지만, 숱한 미인을 상대해 온 그녀가 보기에도 탐나는 피부였다. 주 원장은 어렵게 구한 송로버섯을 마주한 요리사처럼 오랜만에 희열을 느꼈다.

"쌍꺼풀 라인만 살짝 찍어 줘도 훨씬 예쁠 것 같은데요."

"우리 아들이 절대 허락 안 할걸. 혜서 얼굴이 자기 얼굴인 줄 안다니까. 나이 들면 저절로 깊어질 눈매인데 왜 미리 칼을 대."

"그렇긴 하죠. 혜서예요, 이름이?"

"네, 정혜서요."

"목소리만큼 지적이고 예쁜 이름이네. 몇 년만 기다려요. 젖살만 빠져도 인물이 확 살아날 테니까. 내 직업을 걸고 장담합니다."

"다행이네요. 고맙습니다."

서연이 거울을 통해 혜서를 바라보았다.

"왜? 난 볼 통통한 게 그렇게 부럽던데. 젊어서도 얼굴살이 없어서 아프냐는 소리 많이 들었거든. 얼굴 탱글탱글한 게 얼마나 좋은 건데 그래."

"그 대신 교수님은 화면발을 잘 받으시잖아요. 원래도 미인이시지만. 큰아드님은 정말, 한번 왔다 가면 우리 스태프들이 며칠 내리 그 얘기만 해요. 우리 샵 다니는 연예인들보다 훨씬 낫다고."

"세현인 어디 가나 인기가 많네요. 솔직히 저도 같이 다니기 부담스러워요."

혜서의 말에 소리 내 웃던 서연이 부드럽게 대꾸했다.

"그거 다 실속 없는 거야. 천 명, 만 명이 좋아하면 뭐하니. 진짜 하나가 있으면 되지."

"둘이 같이 다니면 홍해처럼 길이 쫘악 갈라지겠는데요?"

'이 원장님 오버가 진짜 심하시네.' 그 생각을 하며 혜서는 분위기에 적응하려고 노력했다. 이렇게 화려한 미용실도 처음이거니와 상황 자체가 조금은 불편했다.

"하하하. 그러려나? 사실 나도 걔랑 같이 다니는 거 좀 부담스러워. 내 아들이지만 은근 피곤한 스타일이라. 애가 칼 같고 차가운 구석이 있지? 여기서도 그런다고 들었는데."

진세현이 얼마나 뜨겁고 부들부들한데요. 어떨 땐 바보 같아요. 세상에 그의 본색을 아는 여자는 그녀뿐인 것 같아 기분이 좋아졌다.

"남자가 그런 구석도 있어야죠. 우유부단하고 맹한 남잔 아무리 잘생겨도 매력 없어요. 여자들이 하도 들러붙어서 일부러 더 그러는 거겠죠. 아드님은 눈빛부터 다른걸요. 나중에 부모님을 넘어서는 큰 인물 될 거예요. 이것도 장담합니다. 하하."

혜서는 그녀들의 간지러운 대화에서 의도적으로 멀어졌다. 커트는 거의 끝나 간다. 거울을 통해 실내를 유심히 둘러보았다. 청담동이란 지역명과 어울리는 모습이다. 헤어디자이너들이 두 가지 색의 맞춤 의상을 입고 바지런하게 손을 놀리고 있다. 어디선가 본 듯한 사람도 몇 보였다. 연예인인가? 커트 비용만 해도 10만 원에 육박한다는 곳. 혜서는 파마조차 그 돈을 주고 한 적이 없다. 원장이 어시스턴트에게 염색약 숫자를 말하며 준비시켰다.

"저 염색도 해요?"

"진하게 바꿔 봐요. 피부가 희고 맑아서 흑발도 잘 어울릴 거예요."

분위기를 보니 일찍 끝나긴 글렀다. 이게 아닌데. 혜서는 옆자리에서 헤어 클리닉을 받고 있는 서연을 애타게 불렀다.

"왜?"

"세현이하고 의논해야 해요. 머리색."

"삭발을 하겠다는 것도 아니고 뭘 그런 걸 일일이 말하고 해. 그냥 하면 되지."

"이 머리 세현이랑 같이 가서 한 거예요."

"내가 잘 말해 줄게. 전화하지 마. 깜짝 놀라게 해 주자. 원장님, 혜서 손톱에 매니큐어도 해 줘요. 페디큐어도."

"안 그래도 다 하려고 했어요. 몸매가 길쭉길쭉한 게 곧고 예쁘네. 이 정도 외모면 손 좀 봐서 미인 대회 나가도 될 것 같은데요. 키가 3~4센티만 더 컸어도 좋았겠다."

167센티미터의 키는 일반인치곤 제법 큰 키지만 미인 대회를 꿈꾸는 사람에겐 작은 키였다. 이젠 더 자라지 않은 걸 다행이라고 여긴다. 키가 커 봤자 옷 사기만 어려워진다.

"우리 아들이 난리 칠걸. 나하고 다니는 것도 불안해하는데. 혜서야, 끝나면 점심 먹고 여름옷 사러 가자. 몸매가 그렇게 예쁜데 왜 가리고 다녀. 날도 더운데."

"저도 이런 말 자꾸 하는 거 싫은데요, 세현이가 질색해요. 제가 미성년자 딸인 줄 아나 봐요."

중년의 두 여자가 그녀의 말에 한참을 웃어 댔다. 겨우 웃음을 거둔 서연이 거울을 통해 말을 건넸다.

"걔 말 듣지 말라니까. 오늘은 아줌마 말 들어."

오후 5시 15분. 늦어질 것 같다는 연락이 와서 백화점으로 데리러 왔다. 3층 매장으로 올라간 세현은 엄마를 발견하고 혜서부터 찾았다. 도대체 내 여잔 어디 간 거야?

"옷 입으러 들어갔어. 금방 나올 거야. 너도 옷 살래?"

"아뇨."

엄마가 앉은 소파 옆에 쇼핑백이 몇 개 놓여 있었다. 저걸 산다고 내 소중한 하루를 빼앗으신 건가? 옷은 나도 사 줄 수 있는데. 상자를 슬쩍 열어 보니 여름 샌들이 들어 있다. 이건 잘하신 것 같다. 신발 사 주면 여자가 도망간다는 미신 같은 건 믿지 않는 그였지만 괜히 불안해서 사 줄 수가 없었다.

"어머, 예뻐라!"

저 여자는 누구야? 내가 아는 그 여자 맞아?

"혜서야, 이건 꼭 사야 해. 딱 네 옷이야!"

머리끝부터 발끝까지 빈틈없이 꾸며진 여자가 그를 바라보며 어색하게 웃었다.

"왔어?"

오긴 왔는데, 너 누구야? 당신이 봐도 어색하지? 치마 길이 봐라. 엎드리면 속옷 확인시켜 줄 기세네. 분명 예쁜 건 맞는데 기분이 이상했다. 풀 메이크업에 포니테일 스타일로 묶은 머리. 여자 친구가 아니라 화면으로 한껏 꾸며진 여배우를 보는 느낌이랄까. 큰일 났다. 자기가 이렇게 예쁜 걸 알면 기고만장일 텐데. 역시 엄마한테 이 여자를 맡기는 게 아니었다.

"다 산 거야?"

"난 그만 사고 싶은데."

혜서가 그를 향해 간절한 눈빛을 건넸다. 구해 달라는 듯. 쇼핑을 즐기는 엄마의 성격을 보건대 이게 끝이 아닐지도 모른다.

"너 오늘부터 내 딸 할래?"

'헉, 어머니! 저한테 왜 이러시는 거예요.'

"어쩜 이래. 진짜 인형 놀이 하는 것 같네. 입히는 대로 달라 보이고, 꾸미는 대로 바뀌고. 그 원피스 아예 입고 가자."

"아까도 많이 사 주셨잖아요. 이 옷 너무 비싸요."

"아줌마가 봄에 낸 책이 잘 팔려서 인세를 많이 받았어. 내가 좋아서 사 주는 거니까 신경 쓰지 마. 딸이 없어서 이런 거 정말 해 보고 싶었거든."

그에겐 옷이나 구두, 엄마의 기분보다 더 중요한 게 있었다.

"저 옷 안 돼요. 상체가 너무 파였잖아요."

"얘는. 여름이잖아. 귀티 나고 예쁘기만 하구먼. 넌 꼭 막힌 노인네처럼 왜 그러니?"

"파인 건 사실이잖아요. 염색했지? 몇 센티 자른 것 같다?"

"머리 묶었는데 그게 보여?"

"그럼 안 보여?"

"우리 아들 눈썰미 무섭네. 놓치는 게 하나도 없어요."

결국 모자母子는 혜서가 짧은 반소매 카디건을 걸치는 것으로 합의를 봤다. 세현은 아버지와 동생이 애타게 기다린다는 이유를 들어 엄마를 보내고 겨우 여자 친구를 되찾았다. 다니는 곳마다 그냥 지나치는 사람이 없을 정도로 두 사람을 몇 번씩 돌아보곤 했다. 혜서가 어딘지 달라 보이는 눈매로 올려다볼 때마다 가슴이 쿵쿵거렸다. 아무리 전문가의 손길이 닿았다지만 사람이 이렇게 달라질 수가 있나?

"도대체 눈에 무슨 짓을 한 거야?"

"이상해?"

"아니, 좀 달라 보여서. 쌍꺼풀도 진해지고 눈매도 깊어진 것 같고. 그냥 화장만 한 건 아니지?"

"속눈썹 연장술이라고 알아? 최고 비싼 거로 붙인 거야. 오늘 한 것 중 이게 제일 마음에 들어. 감쪽같지?"

혜서가 그를 올려다보더니 두 눈을 인형처럼 깜빡였다. 의도적인 그 행동에 심장박동이 더 빨라졌다.

"밥이나 먹자."

"배고파? 난 점심 늦게 먹어서 아직⋯⋯."

"그래도 먹어. 배라도 채워야지 못 살겠다."

"왜 그래?"

"안고 싶어."

그의 눈빛이 단순한 포옹이 아님을 말해 준다. 필름을 빠르게 되돌리는 것처럼 지난번 그날이 떠올랐다.

"풀 메이크업한 거 엄마한테 보여 주기로 했는데? 한 달 채우려면 아직 멀었잖아."

"밥도 한 달에 한 번만 먹지그래?"

"내가 음식이야?"

세상엔 함부로 맛보아선 안 되는 게 있다. 술, 담배, 향정신성의약품, 마약 같은 것. 개인적으로 하나 더 추가하자면 정혜서. 한 번도 안 했을 땐 한 번만 하면 살 것 같았다. 한 번 하고 나자 두 번만 하면 만족할 것 같았다. 턱도 없는 생각이었다. 하루에도 몇 번씩, 눈을 뜨고 잠드는 순간까지 그날이 수시로 떠올랐다. 잠들기 직전이면 아랫도리가 저 혼자 미친 듯 껄떡거렸다.

딱 하루 안았을 뿐인데 10년 된 습관처럼 잊히지 않는다. 날은 더워 죽겠는데, 방학이라 시간도 많은데, 성질 한번 안 내면서 운전까지 가르쳐 주는데 너무하는 거 아니야? 뮤지컬 사랑하듯 날 사랑하면 안 돼? 극단은 허구한 날 드나들면서 숙박업소는 왜 피하는데? 물론 그에게도 깃털 무게만큼의 지성이 있으므로 그렇게까지 노골적으로 묻는 어리석음은 범하지 않았다.

"정혜서."

"응?"

"이 시간 이후로 나랑 같이 하고 싶은 거 없어?"

"연극 보긴 좀 늦었고 영화라도 볼까?"

"아니, 그런 거 말고. 둘이서만 해야 하는 거. 둘 아니면 못 하는 거."

"……실뜨기?"

"아아, 누나! 혜서야, 응? 응? 가자. 얼굴하고 머리엔 절대 손 안 댈게."

"그게 더 이상하다는 생각은 안 들어?"

남자 친구의 속내를 얼추 짐작했지만 원하는 족족 들어줄 수는 없다. 네 살 때부터 하자는 대로 따라가면 끝이 없는 성격이다. 아마, 그 부분은 더하면 더했지 덜하진 않으리라. 게다가 결정적으로 생리 중이었다. 아직 이런 얘기까지 꺼내기는 쑥스러운 사이 아닌가. 혜서는 운전 중인 남자 친구의 볼에 입을 맞추며 살살 꼬드겼다. 내가 너를 좀 아는데 이건 정말 거부하기 힘들 거다.

"우리 할머니, 할아버지 뵈러 가자. 거기서 저녁 먹고 밤에 춤추러 갈래?

"하여간 약았어. 근데 어떡하냐? 두 분 다 여행 가셨는데."

"핑계가 아니라 진짜 안 돼. 자세히 말하기 좀 그런데, 정말 안 된다고."

이 정도 말했으면 알아들어야 하는 거 아니야?

"혹시 몸 불편해? 여자들만 하는?"

혜서가 얼굴을 붉히며 고개를 끄덕였다.

"미안. 진짜 미안해."

세현은 혜서의 볼을 어루만지며 머릿속에 날짜를 입력했다. 피해야 할 기간과 피하지 않아도 되는 기간이 자연스럽게 계산됐다. 보건 시간에 열심히 들었던 보람이 있다.

"늘 이때쯤이야? 아픈 덴 없어? 배 아파?"

쑥스러운 한편 이런 걸 묻고 걱정해 주는 세현이 좋았다. 조금 더 가까워진 것 같아서.

"아픈 덴 없는데 요 몇 달 좀 왔다 갔다 해. 살이 빠져서 그런가?"

"그럼 안 되잖아. 오늘 저녁은 3인분 먹어. 명령이야."

"알았어. 주는 대로 먹을게. 그러니까 우리 밥 먹고 클럽 가자?"

어려서부터 혜서는 타인과 나누는 삶이 좋은 거라고 배웠다. 그런 그녀에게 남과 나누기 싫은 게 생겼다. 사거나 팔 수 없는 것. 세상에 오직 하나밖에 없는 그것. 내 남자. 힙합에 맞춰 리듬을 타는 진세현은 글자 그대로 멋있다.

조도가 낮은 조명. 클럽 안은 들숨과 날숨이 섞인 질척한 열기로 부풀어 오른다. 스테이지 위의 뭇 여성들이 그녀의 남자를 노골적으로 주시했다. 얼마든지 보세요. 내게도 그 정도의 너그러움은 있답니다. 가진 자의 여유죠.

혜서는 세현이 대놓고 끼를 부리지 않아서 좋았다. 헐벗고 아리따운 여자가 이렇게 많은데 여자라곤 그녀밖에 없는 것처럼 바라봐 주니 양심이 있다면 이 정도 오버는 해 줘야 한다.

"춤출 때 넌 진짜, 최고로 완벽해. 베스트 오브 더 베스트야. 난 전생에 도대체 뭘 구한 걸까? 대륙? 지구? 설마, 태양계?"

"집에 갈 때가 된 것 같네. 나가자."

"안 할게, 안 할게. 진짜 안 할게!"

여름이니 하다못해 야외 수영장이라도 가 줘야 한다는 게 그의 의견이었다. 사람 많은 워터파크를 싫어하는 세현은 그녀를 호텔 수영장으로 데려갔다. 수영복 차림의 혜서가 궁금했다. 다 벗은 것도 봤으면서 굳이 수영복 입은 걸 보고 싶어 하는 이유가 뭐냐고 묻는다면 이런 대답을 할 수밖에. 그건 그거고 이건 이거지.

수영복에 대해 미리 의논할 걸 그랬다. 아, 이게 아닌데. 풀에서 나온 혜서는 막 다리가 돋아난 인어 같다. 가느다란 발목과 종아리에 비해 도톰하고 탱탱한 허벅지 위로 물기가 줄줄 흐른다. 지금 19금 화보 찍어? 태닝 베드에 털썩 드러눕는 혜서에게 아이스커피를 건네며 조심스럽게 입을 열었다.

"다른 수영복은 없어?"

"왜 그 말 안 하나 했다. 얼마나 더 가리고 다녀야 하는데? 저 여자들 봐. 이 많은 사람 중 원피스 수영복 입은 사람 몇이나 되는지 세어 보라고. 아줌마들도 손바닥만 한 비키니 입고 다니잖아."

"이렇게 입은 게 더 야해. 알아? 이게 무슨 원피스 수영복이야? 옆구리는 다 파여 가지고."

"속살이 하얘서 그래. 일종의 콘트라스트 효과지."

"효과 같은 소리. 검정 수영복 입지 마! 갖다 버려."

"나 수영복 이거밖에 없는데? 벗고 다녀?"

"새로 사 줄게."

"이상한 거 사 줄 거지? 포피스 수영복이나 사각 수영복 같은 거. 싫어."

"가슴은 도대체 어떻게 한 거야? 왜 그렇게 커 보여?"

"그냥 패드 하나 넣었을 뿐인데! 수영복 사니까 무료로 주더라. 역시 뽕은 진리야."

흥분하면 지는 거다. 참는 자에게 복이 온다. 마인드 컨트롤

하며 그는 목소리를 낮췄다.

"남자들이 니 가슴만 보잖아."

"다리도 보던데?"

혜서가 일부러 다리를 쭉 펴 보이며 장난쳤다. 그 다리를 보는데 다른 다리가 반응하는 이유는 단순하다. 남자는 지극히 시각적인 동물이라는 것. 이젠 인정해야 했다. 늘 인간답게 살 수는 없다는 걸.

"정혜서야, 그만 가자."

"벌써? 온 지 두 시간도 안 됐는데? 나 호텔 수영장 처음이라고. 더 놀 거야. 우리 풀에 같이 들어갈래?"

"조금만 더 있다가."

가운을 여미는 그에게 한껏 몸을 기울이며 혜서가 장난스럽게 속삭였다.

"또 몸이 말을 안 들어? 그거 불치병은 아니겠지? 나이 들면 좀 나아지려나?"

"몰라! 저리 가. 책임질 거 아니면 말 시키지 마."

만나기만 하면 강아지처럼 낑낑거리는 증세가 심해진다. 그런 세현이 귀엽지만 알고도 모른 체한다. 열에 아홉은. 남은 하나가 문제다. 먼저 호텔에 가자고 한 게 본인인지라 혜서는 약간의 책임감을 느꼈다. 수시로 뽀뽀도 해 주고, 틈틈이 가슴도 만지게 해 주고, 아주 가끔은 속옷 안을 더듬는 집요한 손길도 묵인하지만 그녀도 인간인지라 무너지고 싶을 때가 있다. 사실 좀 많다. 그러니 잠이나 자야겠다.

"잘래. 30분 뒤에 깨워 줘."

"감기 걸려."

수영복에 묻은 물기를 꼼꼼히 닦아 낸 뒤 두툼한 타월을 덮어 주는 그를 보며 혜서가 나긋하게 웃어 보였다.

"계속 옆에 있을 거지?"

"그럼."

그녀의 이마에 입을 맞춘 세현은 옆자리를 지키며 가져온 책을 읽었다. 새근새근 잠든 모습이 아무 걱정도 없는 소녀 같다. 내 것이라고 주장하고 싶은 유일한 존재. 이 순간의 모든 것이 만족스럽다.

수영장에서 얼마나 놀았는지 온몸이 녹신녹신 흘러내리는 것 같다. 시트 등받이에 몸을 기댄 혜서는 운전 중인 세현을 흘긋 바라보았다. 어떤 각도에서 봐도 각이 사는 남자다.

"이 차 종합보험 들었어?"

"어. 들어 있어."

"피곤하지? 다음부턴 번갈아 운전할까?"

"우리의 소중한 생명을 당신한테 맡기라고? 누나 너 운전 거칠게 하는 거 알아?"

무슨 호칭이 이래. 당신이랬다, 누나랬다, 너랬다.

"아닌데. 조심스럽게 하는데."

"아니. 너무 터프해. 앞으로도 차는 다른 사람이 운전하는 것만 타고 다녀. 불안해서 내가 제 명에 못 살 것 같아."

"안전 운전할게. 어? 여기 집 방향 아니잖아. 어디 가?"

"드라이브하자."

"온리 드라이브?"

그럴 리가.

묻고 싶다. 20대 초반 남성의 성적 욕망에 관한 글을 읽어 본 적 있는지. 하지만 그건 너무 이기적인 질문 같아서 참는다.

말하고 싶다. 너 안고 싶어 돌아 버릴 것 같아. 사실이지만 너무 질 낮은 자극이다. 결국, 경제학 교수의 2세답게 접근하기로 했다.

"내가 꽃피는 5월에 CD를 한 통 샀어. 한 통에 열 개가 들어 있더라고. 그걸 처음 쓴 게 7월이야. 지금은 8월. 아직도 일곱 개나 남아 있네? 그 셋 중 하나도 쓰다 말았지. 이게 말이 된다고 생각해? 이래서야 내수 경기가 돌아가겠어?"

터지려는 웃음을 꾹 참고 혜서가 시큰둥하게 되물었다.

"그래서 뭐?"

"남자는 여자보다 시각에 약한 거 알지? 오늘 정혜서가 수영복 입은 모습을 다섯 시간이나 봤네. 난 어떡해야 하는 걸까?"

"시간이 해결해 줄 거야."

"하, 난 성자도 고자도 아니라고. 날 평범한 인간의 범주 안에서 생각해 주면 안 돼?"

"너희 부모님은 너 이러고 다니는 거 아셔?"

"알아야 해? 이런 것까지?"

"진세현, 혹시나 해서 하는 말인데, 다른 여자들한테는 안 그러지?"

아무한테나 이러면 미친놈이지. 어쩌다 이런 처지가 됐는지 자존심 상하지만, 그보다 위에 존재하는 게 있었다. 본능. 이 죽일 놈의 본능. 더럽고 치사해서 오늘도 포기. 인간다운 삶을 영위하기가 갈수록 어려워진다.

"내가 개야? 아무한테나 그러게? 유턴하는 데 나오면 돌아갈게. 오해하지 마. 화내는 거 아니야."

"알아. 세현아, 너한테 튕기고 밀당 하고 그런 거 아니야. 그냥 이런 게 습관이 되는 게 싫어서……."

습관으로 굳어질 만큼 해 보기나 했으면 억울하지나 않지. 도서관, 집, 서점, 쇼핑센터, 공연장, 공원, 길거리를 맴돌았던 건전한 스케줄이 내심 억울했으나 묵묵히 받아들이기로 했다.

"알았어. 싫다고 말할 권리 있어. 미안해하지 마."

"그건 있어?"

왜 이래, 갑자기. 병 주고 약 줄 거야? 사실 표현은 못 했지만 지난번 그는 충격을 받았었다. 어떻게 손으로 해 줄 때보다 덜 좋아할 수가 있지? 그의 몸을 자꾸 밀어내던 혜서가 떠올랐다. 절정의 쾌감에 못 이겨 등짝을 피가 나도록 할퀸다거나, 죽은 듯 혼절하는 것까지는 바라지도 않는다. 그래도 그깟 손가락에 질 줄은 몰랐다.

"가방에 느으으을 넣고 다녀. 썩을 지경이야."

진세현, 오버 작렬. 유기농 두부도 아니고 그게 그렇게 쉽게 썩겠니. 하지만 하자는 대로 해 주고 싶다. 탄탄하게 자리 잡혀

가는 젊은 남자의 몸을 너무 오래 봐서일까. 은근한 눈빛과 마주치니 영혼까지 털릴 기세다.

"……모텔 그런 덴 싫은데."

그놈의 모텔 트라우마. 술 취한 혜서를 모텔로 데려갔다던 그 개자식을 당장에라도 찾아서!

"호텔 가면 되지. 깨끗한 데로."

"돈 아깝잖아. 낮에도 많이 썼는데."

"내수 경기를 살려야 한다니까."

"그걸 왜 우리가 살려야 하는데? 몇 개 쓸 건데?"

"딱 두 개만 쓸게. 세 개는 내가 무서워서 못 쓸 것 같아. 살살 할게. 하고 싶은 거에서 10분의 1만 할게. 유턴 안 해도 돼?"

"약속 안 지키면 다음은 두 달 뒤로 넘어간다?"

"나만 좋자고 이러는 것도 아니고 좀 치사하다고 생각하지 않…… 알았어! 알았다고."

호텔방 문을 발로 닫으며 혜서의 허리를 끌어안고 키스부터 했다. 들고 있던 가방은 멀찍이 던졌다. 얇은 니트 카디건을 벗기고 브래지어 끈을 끌어 내리자 찾는 게 보였다. 심장 쪽 가슴을 덥석 문 세현은 현관에 바로 눕히고 싶은 걸 겨우 참고 치마를 들췄다. 곧바로 원하는 부위로 직진했다. 아, 앙큼한 여자 같으니라고. 신발을 벗어 던진 그는 혜서를 달싹 안아 들었다.

"씻고 온다고 하지 마. 수영장에서 씻었잖아."

늘 생각하지만, 입은 것보다 벗은 게 훨씬 아름답다. 세현은 혜서의 얼굴을 바라보며 거추장스러운 옷을 벗어 던졌다. 드로

어즈에 손을 댄 순간 혜서가 눈을 감았다. 도저히 익숙해지지 않는다고 선뜻 만지지 못하는 그것이 제 모습을 노골적으로 드러냈다. 징그럽다고 하지 않는 게 어딘가. 뭐든 익숙해지는 데는 시간이 필요한 법이다. 순간, 짓궂은 장난을 치고 싶었지만 행여나 이 행운을 망칠까 봐 바로 포기했다.

"혜서야, 눈떠 봐."

하얀 시트 위에 부챗살처럼 펼쳐진 검은 머리카락. 가는 붓으로 그린 것 같은 목과 어깨선. 고운 물감을 찍어 놓은 것 같은 두 개의 정점. 아름답다. 하얗고 붉고 검다. 둥글고 부드럽고 촉촉하다. 만지고 싶고 핥고 싶고 빨고 싶다. 열흘 굶은 거지가 잔칫상을 독차지한 것처럼 어디서부터 손을 대야 할지 모르겠다.

"지금부터 나갈 때까지 부정적인 단어는 금지야. 특히 '그만해, 싫어.'는 절대 안 돼."

빙긋 웃던 혜서가 그에게 팔을 뻗었다.

"키스해 줘."

당연히 해 주지. 해 달라는 거 다 해 주지. 세현은 혜서의 입술이 좋았다. 모양도 촉감도 향기도 좋았지만, 그 입술에서 흘러나오는 신음은 천상의 아리아처럼 들렸다. 가슴은 말해 뭐 할까. 설명은 사족이다. 배는? 등은? 다리는? 엉덩이는? 엉덩이 반대쪽은? 아주 미친다. 오늘은 그만하라는 말 대신 제발 더 해 달라고 졸라 줬으면. 저번처럼 아프게 할까 봐 걱정도 됐다.

그나저나 이걸 왜 입어야 해? 꼴도 보기 싫은 콘돔을 뜯어냈다. 최고급 좋아하시네. 그래 봤자 넌 비호감이야!

"잠깐만. 세현아, 나 그거 싫은데."

그걸 말이라고. 내가 백배는 더 싫을 거다. 세현이 얼른 되물었다.

"안 해도 돼? 괜찮아?"

"아니. 안 괜찮아. 그것 때문에 더 아픈 거 같아서."

"알았어. 조심할게."

혜서가 무엇을 좋아하는지 이젠 좀 안다. 어디를 만지면 반응하는지도 알게 됐다. 한참을 달래고 적신 후 천천히 파고들었다. 내밀한 여자의 속살이 부드럽게 감싸 온다. 또 하나의 유기체가 숨어 있는 것처럼 한 번도 같지 않다. 모든 여자가 그런 건지, 이 여자가 특별한 건지 모르겠지만 넋이 나가게 좋다. 세현은 검게 흐려지는 여자의 눈을 바라보며 받은 감탄사를 토해냈다. 얇은 피막을 통해 느껴지는 여성이 그를 서서히 조여 왔다. 거추장스러운 걸 벗겨 버리고 맨살로 느껴 보고 싶다. 얼마나 다른지. 갑자기 혜서의 이맛살이 찡그려졌다. 저도 모르게 깊숙이 파고든 걸 미처 몰랐다.

"미안. 아파?"

"응. 참아 보려고 했는데……."

"내 위에 올라올래?"

"내가?"

"해 봐. 하고 싶은 대로."

창피하다. 그래도 되나 갈등하는 사이 강제로 포지션이 바

새우깡과 추파 춥스 2   313

꿰었다. 그새 침대 헤드에 기댄 세현이 그녀의 허리를 감싸 안고 자신의 배에 앉혔다. 세상엔 배우지 않아도 알게 되는 게 몇 가지 있다. 혜서는 한껏 치켜 오른 가슴을 보이며 남자의 단단한 배에 흥건히 젖은 부분을 문질렀다. 누가 더 좋은지는 모르겠지만, 그의 표정을 보니 적잖이 안심됐다. 허벅지로 내려와 걸터앉은 혜서가 앞뒤로 천천히 상체를 움직였다. 그녀로선 급할 게 전혀 없었다. 아니, 이게 더 좋다.

"기분 좋아."

좋다니까 좋긴 한데 인내심이 한계에 다다른 것 같다. 긴 팔을 뻗어 여자의 허벅지를 어루만지던 그가 까칠해진 목소리로 애원했다.

"나 좀 막 다뤄 주면 안 돼?"

"어떻게?"

정작 하고 싶은 말은 그게 아니지만, 염치없는 짓 같아 이렇게밖에 말 못 한다.

"혜서야, 얼른."

여자의 몸이 우뚝 선 곳에 조심스럽게 내려앉았다. 잠시 떨어졌던 두 개의 시선이 다시 얽혔다. 동시에 두 사람의 입술에서 감탄사가 흘러나왔다. 혜서의 허리를 살짝 끌어안은 그가 시범 보이듯 그녀의 몸을 원하는 만큼 움직였다. 남자의 가르침은 짧았지만, 워낙에 똑똑한 여자였다. 혜서가 리듬을 타듯 왕복하며 그를 자극해 왔다. 참을 수 없이 급했지만 조금은 느긋해진 기분으로 여자의 젖가슴에 손을 뻗었다. 느긋함은 오래

가지 않았다. 본능은 더한 걸 요구했다. 더 빨리, 더 세게 아래에서 힘껏 치받아 올리고 싶었다. 그는 제 여자 안에 더 깊이 안착하길 원했다.

"이건 좀 무리인 것 같아. 그만할래. 니가 너무……."

뭔가 거대한 것이 그녀 안에 깊이 침범한 느낌이다. 작은 것보다 천 배는 좋은 거라고 생각하고 싶지만 예민한 하체가 고통을 호소했다.

"조금만 참아 봐. 지금 잘하고 있어."

"미안한데 힘들어."

혜서를 잡아당겨 그의 가슴에 엎드리게 했다. 그 상태에서 다시 옆으로 몸을 돌렸다. 혜서가 편해하는 게 바로 느껴진다. 세현은 두 손으로 그녀의 등과 엉덩이를 골고루 애무하며 입맞춤을 건넸다. 아직 맞물려 있는 상태다.

"이제 괜찮아?"

고개를 끄덕인 혜서가 그의 목을 끌어안으며 턱을 살짝 깨물었다. 이 여자, 사람 미치게 하는 재주가 있다. 세현은 걷잡을 수 없이 커지는 소유욕을 발산하며 순간순간 변하는 여체를 제 것처럼 삼았다. 살아 있는 무언가가 그를 잡고 놓아주지 않는다. 아, 내 여자 정말 끝내준다.

"하아, 하. 세현아, 이상해. 화장실 가고 싶어."

살다 살다 화장실이란 단어에 자극받을 줄은 몰랐다.

"그래. 조금만 더."

조심스럽게 몸을 일으킨 그는 여자의 두 가슴을 그러쥐며 깊이 파고들었다. 더는 자제할 자신이 없었다. 자맥질은 힘찼고 혜서는 그 모든 몸짓을 기꺼이 견뎌 냈다.

열기가 식어 가는 호텔방. 혜서는 벌거벗은 그대로 남자의 몸을 요 삼아 엎드려 있다. 이따금 가슴팍도 어루만지고, 형편 없이 작은 젖꼭지도 꼬집어 보고, 처음 보는 음식 맛보듯 그걸 핥기도 한다. 그동안 그는 뭘 하느냐고? 여자가 하는 짓을 하염 없이 즐기고 있다.

"세현아, 나하고 같이 있는 거 좋아?"

"가끔 지적장애가 있는 사람 같아. 안 그러면 내가 왜 이러는데?"

"넌 성질부릴 때도 커지나 봐. 압도적이다."

"책임져라, 응?"

"30분 안에 나가야 돼. 걷지도 못할 것 같아."

"난 이제 시작인데."

"도대체 뭘 먹고 사는 거야? 해구신? 웅담? 설마 배앰?"

"내가 그런 거 먹을 나이야? 줘도 못 먹어."

"너 진짜 힘센 거 같아."

"자랑은 아닌데, 반의반도 못 썼어. 다칠까 봐."

한약은 싫다고 했지만, 아무래도 조만간 한의원을 데리고 가야겠다. 여성에게 좋은 약을 부탁해야 하나, 체력 보강하는 약을 지어야 하나? 새벽마다 헬스클럽을 데리고 가서 근력운동을 시킬까? 조깅이라도 같이 할까? 무슨 수로 이 여자의 성욕을 키우지? 세현은 탱글탱글한 혜서의 엉덩이를 욕심껏 주무르며 폭신한 가슴골에 얼굴을 묻었다. 나갈 시간이 급하지만 더 급한 게 있었다.

"살 냄새 진짜 좋아. 깨물고 싶다."

목덜미에서 한참 머물던 그의 입술이 쇄골로 내려와 움푹한 곳을 핥았다. 반응하고 싶지 않았지만 뜻대로 되지 않는다. 옅은 신음에 자극받은 남자가 '여기 정말 예뻐.' 하며 대뜸 한쪽 유두를 건드렸다. 반쯤 솟아 있던 부드러운 정점이 뜨거운 입김을 받아 바로 꼿꼿해진다. 문득 추위를 느낀 혜서는 그의 머리를 끌어안았다. 기다렸다는 듯 남자의 입에서 달콤한 한숨이 흘러나왔다.

"세현아……."

"으응?"

다른 쪽 가슴으로 옮겨 가는 입술을 느끼며 혜서는 그의 풍성한 머리카락을 가만히 빗어 내렸다. 아이 같고 사내 같은 이 남자에게 모든 걸 내어 주고 싶다. 누구에게도, 한순간도 뺏기기 싫다. 이런 제 생각이 당황스러울 정도다.

"우리 이러다 나중에 헤어지면 어떡해?"

모든 몸짓을 멈춘 남자가 고개를 들어 그녀의 눈을 가만히 응시했다. 묘하게 일그러진 표정이다.

"무슨 말도 안 되는 소리야. 아무 데도 못 가."

사랑에 빠진 남자는 바보 같고, 영웅 같고, 돈키호테 같다. 어떤 식으로든 변한다. 이렇게 사랑받고 있지만, 다시 한 번 확인하고 싶다. 누가 말했더라? 꽃이 지고 나서야 봄이었음을 알 때가 있다고. 그렇다면 지금은 꽃이 한창일 때일까, 꽃이 피기 전일까?

"넌 내 거야. 머리끝부터 발톱 끝까지, 몸 안의 장기까지 전부 내 거야."

잔뜩 가라앉은 남자의 목소리가 자기애와 소유욕으로 점철된 밀어를 속삭인다. 꿀 같은 속삭임에 취한 여자의 나신은 물기를 내뿜으며 나른하게 흐드러진다. 달궈진 남자의 입술이 향기를 맡은 나비처럼 꽃잎에 내려앉는다. 때가 되면 누가 가르쳐 주지 않아도 꽃은 저절로 벌어진다.

지금이, 그때인 것 같다.

18 마지막 1분 1초까지

    2학기 설계 수업의 주제는 '빛과 공간'이다. 어떤 공간을 만들어 내든 빛을 주제로 표현하면 된다는 다소 추상적인 과제다. 대충 만들어 놓고 썰만 잘 풀어도 학점이 잘 나온다지만 제대로 하고 싶었다.

    설계 수업엔 보통 두 분의 교수님이 들어온다. 한 사람의 의견이 편견을 만들 수도 있고, 많은 수의 학생을 혼자 이끄는 게 부담이 되기 때문이다. 1학년을 담당하는 교수님들은 자기 회사를 가지고 강사처럼 수업을 진행하는 겸임 교수가 많다. 설계는 창작이기 때문에 나이 들수록 매너리즘에 빠지기 쉽다. 말하자면 어린 학생들로부터 자극을 받으며 신선한 아이디어를 얻기 위해 적은 강사료를 감수하는 것이다.

    최소한의 빛으로 감동을 주는 공간.

교수님이 햇빛만으로 모든 채광을 해결한다는 '롱샹성당'과 '빛의 교회'를 슬라이드로 보여 줬다. 롱샹성당 내부엔 인공적인 조명이 하나도 없었다. 빛과 콘크리트의 건축가로 불리던 르 코르뷔지에. 이전까지는 누구도 그런 시도를 하지 않았다. 프로 복서 출신의 고졸 건축가 안도 다다오가 설계한 빛의 교회도 마찬가지. 빛은 자연이 준 최고의 건축 재료가 될 수 있다.

슬라이드의 영향인지 동기들이 종교 건축물을 떠올릴 때 세현은 며칠 전 혜서와 나눴던 대화를 반추했다. 몇 달 전 인기를 끌었던 드라마의 남자 주인공 인터뷰를 보면서였다. 요샌 채널을 돌릴 때마다 그 남자가 나오는 광고가 보였다.

"세현아, 저 남자 어때?"

"뭐가?"

"얼굴."

한마디로 정의할 수 없는 외모라 짧게 대답했다.

"잘생겼네."

"그치? 내가 웬만한 남자 외모엔 아무 감흥도 없거든. 저 남잔 남잔데도 아름답다는 말이 어울리는 것 같아. 요새 꽤 핫한 배우야."

"가수 아니었어?"

"맞아. 연기도 하더라고. 그 노래 알지? 디퍼런트 페이스."

"그런 노래도 있어? 노래 제목에까지 얼굴이 들어가는구먼. 내세울 게 얼굴밖에 없나 보지?"

"설마 내가 서재유 칭찬해서 삐친 거 아니지?"

설마가 사람을 잡았다. 무조건 아니라고 잡아뗐다.

"근데 표정이 왜 저래? 살기 싫은 사람처럼."

"나도 그 생각 했는데. 입으론 행복하다고 하는데 눈은 전혀 안 행복해 보이지? 슬픔이 뚝뚝 묻어나는 얼굴 같아. 스타로 산다는 건 유리로 만들어진 집에서 사는 것과 비슷할까……."

빛은 가득하나 감추고 싶은 모습까지 공개되는 '유리화장실' 같은 공간에 사는 스타에겐 최소한의 빛으로 안정감을 주는 침실이 더 필요할지 모른다. 그 대상이 서재유가 아니라도 상관없었다. 세현은 '스타의 침실'을 꾸며 보기로 했다.

희수가 그를 처음 본 건 복학을 앞두고 학교에 왔던 3월 초였다. 과 사무실에 들렀다가 교수님과 마주친 희수는 점심이나 먹고 가라는 말에 발목을 잡혔다. 아빠의 대학 후배이기도 한 분이라 적당한 핑계를 대고 빠져나오기가 어려웠다.

그 남자를 먼저 발견한 건 그녀였지만, 그를 부른 건 교수님이었다. 가죽 배낭을 메고 성큼성큼 걷던 그는 교수님이 몇 번을 불러서야 겨우 발걸음을 멈추고 뒤돌아섰다. 앞모습은 더 근사했다. 그대로 뉴욕 거리에 데려다 놔도 전혀 이질감이 느껴지지 않을 외모. 같은 과 1학년이라는 말에 내심 쾌재를 불렀다. 등록금만 내고 한 달을 어영부영 다니다, 1년간 이모와 오빠가 있는 미국에서 어학연수 겸 여행을 즐기고 온 터라 마음이 붕 떠 있을 때였다.

가까이 다가온 그 남잔 그녀를 흘깃 스쳐보더니 교수님께

꾸벅 인사했다. 가로수나 낡은 건물을 보는 것 같은 시선 처리에 당황스러웠다. 교수님이 서로를 소개해 주셨다.

"여기 겁나게 예쁜 여학생은 장희수. 너한테 한 학년 선배인데, 어학연수 갔다가 얼마 전에 돌아왔어."

교수님의 소개에 그 남잔 표정 변화 없이 고개만 끄덕였다. 배 속에서부터 온갖 관심을 받고 살아온 희수는 낯선 반응에 기가 막혀 그를 뚫어질 듯 응시했다. 그녀를 처음 본 사람들은 대개 모델 같은 체형과 배우 같은 외모에 감탄의 시선부터 바친다. 마음만 먹으면 배우든 모델이든 할 수도 있었지만, 대중에게 웃음을 팔아 먹고사는 천박한 인생은 싫었다.

"여기 겁나게 잘생긴 남학생은 진세현. 재수 안 한 스무 살. 믿어지냐? 하하."

희수도 딱히 관심 없는 척했다. 그 남잔 점심이나 먹고 가라는 말을 마다하고 휑하니 돌아서서 가던 길을 갔다. 식사를 하면서 몇 가지 정보를 수집했다. 이미 오리엔테이션 때부터 그 앨 모르면 간첩이라고 소문이 자자했다는 것.

"그걸 브레이크댄스라고 하나, 비보잉이라고 하나. 아무튼, 고등학교 때부터 비보이로도 날렸던 애라네. 수학 천재였고. 잘난 얼굴은 옵션이야. 애가, 애가 아니야."

애초에 건축엔 큰 뜻이 없었다. 하지만 온 집안사람이 그녀에게 어떤 기대를 품고 있는지 잘 알고 있었다. 지난 1년간의 방황은 눈감아 주셨지만, 아버지도 더는 양보하지 않을 거라는 것도 알았다. 진세현 같은 아이와 경쟁한다면 즐겁지 않을까.

기꺼이 복학할 이유가 생겼다.

돌이켜 보면 꿈도 야무졌다. 솔직히 그렇게 어려운 상대일 줄 몰랐다. 한 학기를 같이 보내면서 그녀의 얼굴을 그토록 빤히 보는 남잔 진세현이 유일했다. 조금도 눈부셔하지 않고, 조금도 감탄하지 않는 눈길로 저 할 말만 하고 사라지는 아이. 사실 이해되는 부분도 있다. 어려서부터 예쁘다는 칭찬을 밥 먹듯 듣고 자란 그녀 역시 타인의 외모엔 야박하니까.

잘난 남자는 연애세포도 고고한 법인지, 어떤 여자에게도 헤픈 정을 흘리고 다니는 걸 본 적이 없다. 은근슬쩍 말을 놓으며 실없는 웃음을 날리지도 않았고, 뭔가를 먼저 베푸는 법도 없었다. 늘 너그러운 남자들 사이에서 살아온 희수로선 화가 날 지경이었다. 한번은 자존심 접고 밥 좀 사 달랬더니 이렇게 되묻는 게 아닌가.

"선배 돈 없어요? 부잣집 딸이라며?"

"나도 너 사 주면 되잖아."

"복잡하게 뭘 그래요. 각자 먹고 싶은 거 사 먹으면 되지."

그렇다고 돈 한 푼에 벌벌 떠는 짠돌이는 아니었다. 형편이 안 좋은 친구한테는 밥도 잘 사고 비싼 물건도 턱턱 빌려주곤 했다. 진세현은 다른 남학생들과는 달리 희수를 꼬박꼬박 선배라고 불렀다. 이젠 그 선배 소리를 듣기만 해도 짜증이 난다.

여자에 아예 관심이 없는 부류인가 싶었지만 여자 친구가 있다는 소문이 파다했다. 마치 오래된 전설처럼. 실제로 본 애들도 몇 있었는데, 둘이 같이 있는 모습에 충격을 받았다고 한 목소리로 전했다.

"그게 무슨 소리야?"

"세현이가 그렇게 웃는 거 그날 처음 봤잖아. 꼭 아이스크림을 처음 맛본 아이 같더라고. 그냥 녹아, 녹아. 국보를 모시고 다녀도 그것보단 덜할걸. 다칠까, 깨질까, 먼지라도 묻을까 벌벌 떠는 것 같은 느낌? 자세히는 말 안 하는데, 둘이 아주 어려서부터 알고 지낸 사이라던데? 그럼 질릴 만도 하지 않나? 여동생 같은 여자한테 매력이 느껴지나?"

희수는 여동생 같다는 여자를 밀어내고 그 자리를 차지하고 싶었다.

혜서's Diary

지난 몇 달 동안 내게 중편소설 한 권 분량의 일들이 일어났다. 무대 밖 인생까지 극적으로 진행할 생각은 전혀 없지만, 그게 내 의지대로만 되는 건 아닌 것 같다.

여름방학이 끝나기 직전 창작 뮤지컬의 조연으로 발탁될 뻔한 일이 생겼다. 장해인 대표의 추천이었다. 결과는 기다려 봐야겠지만 내정된 거나 마찬가지라고. 며칠 동안 날 선생님이라고 불러 주는 아이들과 개성적인 캐릭터를 저울에 올려 두고 갈등했다. 말하자면 공무원과 비정규직의 대결 구도였다.

어느 쪽이든 빨리 결정을 내려야 했을 때, 베테랑 배우다운 자세로 내게 추파를 던지던 선배의 강력한 입김이 작용했음을 알게 됐다. 장 대표님은 경험 삼아 봤던 오디션을 잘 치른 데다 나의 가능성을 믿어서라고 설명했지만, 난 그 배역을 포기했다. 그런 식으로 새 인생을 시작하고 싶진 않았다.

아이러니하게도 세현인 나보다 먼저 유명해졌다. 대학 홍보용으로 만들어진 영상 덕분이다. 이미 고등학생 때부터 널리 알려진 데다, 뛰어난 외모에 부모의 유명세가 덧씌워져 반응이 폭발적이었다. 화면으로 보는 진세현은 자유롭고 기민하고 현실의 그에 못지않게 매력적이었다. 취미로 비보잉을 하는 건축학도. 그것도 프로에 버금가는 솜씨로. 자세히 말은 안 하지만 기획사에서의 러브콜도 많았을 것이다. 이런 걸 보면 운명이란 게 있다는 생각도 든다.

같이 다니면 전보다 알아보는 사람이 많아졌다. 누군가 우리가 쇼핑하는 사진을 찍어 인터넷에 올린 일도 있었다. 네티즌들은 미니스커트에 모자를 눌러쓴 내 뒷모습을 보며 친척이니, 여자 친구니, 그냥 친구니 하는 말들을 만들어 냈다. 누군가 이런 댓글을 달아 놓았다. 빙신아, 넌 친척을 저렇게 쳐다보냐? 사촌 어깨를 저런 식으로 끌어안고 다녀? 성적인 의도가 다분히 담긴 댓글을 본 세현은 아이피를 추적해 고소하니 마니 난리를 피웠다.

"일 크게 만들지 마. 그냥 내가 짧은 치마 안 입고 다닐게."

물론 그와 만날 때 한해서다. 그는 전처럼 내 손을 잡고, 어깨를 감싸 안고, 수시로 백허그를 하고 싶어 하지만 기분 좋던 애정 표현이 이젠 부담이다. 내가 가장 걱정하는 건 진세현이 한때 내 제자였다는 사실이 밝혀지는 것이다. 나 역시 '동안 얼짱 교사' 같은 타이틀로 알음알음 소문이 나 있는 상태였다. 이 보잘것없는 유명세도 이렇게 피곤한데 하물며. 그는 걱정하는 내게 앞으로도 연예인이 되는 일은 절대 없을 거라고 못을 박았다.

극단 사람들은 내게 따로 직업이 있다는 건 알고 있지만 그 이상은 모른다. 하지만 내 남자 친구가 누군지는 얼추 알아챈 것 같다. 난 세현이가 극단으로 찾아오는 걸 그다지 반가워하지 않는다. 그런 식으로 주목받고 싶지 않기 때문에. 정말 재미있는 건 그가 내 남자 친구인 걸 알게 된 극단 여배우들이 내게 부쩍 관심을 가진다는 거다. 심지어 날 싫어하던 사람들까지.

보통 사람 사이에서 난 끼와 예술적 재능이 넘치는 사람으로 분류된다. 하지만 그런 사람들만 모아 놓은 집단에 들어가면 평균치를 살짝 웃도는 뮤지컬 배우 지망생일 뿐이다. 내가 가진 끼는 정말 끼 많은 사람 앞에선 어설픈 애교고, 내 실력은 우사인 볼트를 선망하는 국가대표 예비 선수 수준이다. 내가 주로 듣는 칭찬은 외모 쪽이다. 특히 몸매. 그게 나의 가장 큰 무기가 될 줄은 몰랐다.

오디션 프로그램에 나가면 분명 뜰 거라는 조언을 해 주는 사람도 있지만 마냥 칭찬으로 들리지 않는다. 내가 원하는 건 무대 위에서 살아 움직이는 예술가지 태엽 감긴 인형이 아니다. 장해인 대표의 은근한 편애는 여전히 나를 이방인으로 내돌린다. 현재 나는 깍두기 신세다.

지난여름부터 엄마는 밑반찬을 잔뜩 만들어 놓고 청양의 한의

원에 일하러 내려가신다. 평균 잡아 일주일에 사흘 정도. 가끔은 그곳에 더 오래 머물 때도 있다. 처음엔 엄마가 일하는 게 못마땅했는데, 워낙 즐거워하시는데다 얼굴도 밝아져서 말리지 못하고 있다. 아직은 빠듯한 교사 연봉에 갚아야 할 빚이 있는 내게 엄마는 기대 살고 싶지 않아 하신다. 반전세로 들어온 집의 월세 역시 적지 않은 부담이긴 했다.

국어 교사인 친구 영진은 세현과 셋이 만난 뒤 불공평한 세상에 회의를 느끼고 돈이나 모으겠다며 주식 공부를 시작했다. 내 남자 친구가 나보다 세 살이나 어리다는 걸 밝힌 순간, 영진은 일언반구도 없이 112를 누르려고 했다. 죄명은 보나 마나 미성년자 약취유인. 충분히 그럴 수도 있는 애였기 때문에 난 사색이 돼 세현을 바라보았고, 그는 순발력 있게 영진의 팔을 잡았다. 그 순간은 내 남자가 다른 여자의 몸을 만진다는 생각조차 들지 않았다.

"누나, 한 번만 봐주세요. 절대 안 된다는 걸 제가 1년 내내 따라다녔어요. 차라리 절 신고하시든가요."

약간의 과장이 섞인 설득이었지만, 영진은 그 세 마디에 휴대폰을 스르르 내려놓았다. 마술 같은 순간이었다.

입덧으로 고생이 심하다던 이주영 선생님은 뜻밖에도 20대 이후 가장 적은 몸무게를 달성했다며 행복해했다. 우리의 진도를 궁금해하던 그녀는 조금은 서글픈 어조로 '걔는 머리털 많지?' 그렇게 되물었다. 머리털만 많은 게 아니에요. 그렇게 생각할 때 이 선생님은 탈모인의 아내로 사는 건 참을 수 있지만, 탈모인의 엄마로 살고 싶지는 않다며 배 안의 아이가 딸이길 간절히 바란다고 했다. 난 잠시 민머리가 된 진세현을 그려 보았다. 그래도 여전히 잘생긴 모습이었다.

지금도 가끔 김민재 선생님과 연락을 주고받는다. 세현은 이런 나를 이해하지 못한다. 심지어 내게 자기를 사랑하는 게 맞는지 물을 때도 있다.

"난 한 번에 한 사람만 사랑해. 지금은 그게 너고……."

그의 얼굴에서 표정이 사라졌다. 화났다는 뜻이다. 재빨리 덧붙여 말했다.

"앞으로도 널 거야. 나한테 진짜 남자는 자기 하나뿐이야."

나도 내가 이렇게 간지러운 말까지 하게 될 줄 몰랐다. '자기'라는 말에 감격한 세현은 다음엔 셋이 같이 만나자는 말을 남기고 돌아갔다. 두뇌가 명석하다는 게 도대체 어느 부분까지인지 분석하고 싶은 순간이 있다.

그의 휴대폰에 저장된 내 이름은 'MW혜서'다. 설마 하고 물어봤더니 정말 'My Wife'의 약자였다. 제 나이에 어울리는 단순함과 유치함이 날 은근 설레게 했다. '미친 소유욕'을 '아름다운 집착'으로 미화하는 걸 못마땅해하는 나지만, 그의 조건 없는 애정 앞에서 감동할 때가 많다. 그는 여전히 나를 데리고 다니지 못해 안달이다. 솔직히 나는 세현이 다니는 대학 교정을 다정히 거닐며 그의 여자 친구임을 만천하에 드러내는 짓 따윈 하고 싶지 않다. 무엇보다 내가 가르치는 학생들한테 들키는 게 제일 두렵다.

이제 나는 비 오는 날을 싫어하지 않는다. 비가 오면 전화를 하고 찾아와 주는 사람이 있기에. 그는 요새 욕구불만 상태다. 우리의 데이트가 너무 성인답지 않다는 게 이유였다. 뒤늦은 후회지만 애초에 맛을 들이는 게 아니었다.

마침 차에 있던 우리는 긴 입맞춤을 나눈 뒤였고, 내가 원하기만 하면 그다음 진도가 일사천리로 진행될 조짐이었다. 몇 가지 문제가 있었는데 그중 가장 큰 건 집 앞이라는 거였다. 호기심 많고 입 싼 이웃이 엄마한테 '어제 그 집 딸이 잘생긴 젊은 남자랑 차 안에서 부둥켜안고…….' 여기에 아줌마 특유의 과장을 섞어 '엎치락뒤치락 아주 별짓을 다 하던데요?' 이래 버리면 난 내 손으로 깊게 땅을 파고 내 발로 걸어 들어가야 할지도 모른다. 안 그래도 엄마가 안 계신 날 세현을 데리고 왔다가 지나가는 말처럼 한 소리 들었던 전력이 있다.

"이 동네 여자들 입이 가볍더라. 엄마 없을 땐 세현이 밖에서 만나."

"누가 뭐래? 우리 그냥 밥만 같이 해 먹었는데. 세현이가 교양 수업 리포트 있대서 그거 봐주고. 12시 전에 갔어."

물론 엄마의 얼굴을 똑바로 보기는 어려웠다. 밥 먹고 후식 먹고 리포트 쓰는 사이사이 뽀뽀도 하고 포옹도 하며 약소한 스킨십을 나눴기 때문에. 하지만 그 이상은 허락하지 않았다. 보이지 않는 눈이 감시하는 것 같다면 말도 안 된다고 생각하는가? 그런 일이 우리 집에선 일어난다.

"콩알 한 개가 달덩이처럼 불어나는 게 동네 소문이야. 매사에 조심해. 세현이 고작 스무 살인 거 잊지 말고."

내가 그 앨 애아버지로 만들까 봐 걱정이신 건가. 그래도 딸인데 나부터 걱정해야 하는 거 아닌가. 누나로 태어난 게 억울했다. 내가 늦게 태어났다면 그런 말은 '진세현 오빠'가 들었을 텐데. 그나저나 남자가 아니어서 얼마나 급한지는 모르겠지만, 상황을 보아하니 어떤 식으로든 진정시켜야 할 것 같았다.

"다음 주에 애들 데리고 수련회 다녀오잖아. 그다음 날 종일 같이 있자. 레지던스 호텔 예약해 놓을게."

"그땐 그때고."

다리 사이로 파고드는 손길을 억지로 빼내며 한 가지 약속을 더 했다.

"그날 니가 원했던 거 하나 들어줄게."

그다음 말은 귓속말로 했다. 잠시 후 그는 내게 '진짜? 정말? 거짓말 아니지?' 따위의 말을 두서없이 뱉어 냈다. 속고만 살았나. 우린 어린아이처럼 새끼손가락을 걸고 헤어졌다. 연애는 정말 피곤하다.

내 생일을 이틀 앞둔 날이 디데이였다. 세현은 하루가 천 일처럼 느리다고 했다. 시간은 늘 상대적이니까. 대학 친구들과 몇 번 가서 놀아 본 레지던스 호텔을 생각해 낸 건 나였다. 예약만 하면 따로 들어가서 만나도 되고, 드나들기도 편해서 숙박업소가 질색인 내겐 그나마 최적의 장소였다.

수련회와 생리 기간이 겹친 나는 생전 처음 피임약이란 걸 처방받아 복용하고 있었다. 작고 하얀 알약을 하루 한 알씩 먹어야 했다. 내 말을 듣던 그는 약에 부작용이 있을까 봐 걱정했고, 나는 과학의 '과' 자도 모르는 사람처럼 임신을 걱정했다.

어쨌거나 우린 처음으로 순수한 자연 그대로의 모습으로 사랑을 나누었다. 그날 세현은 신대륙을 발견한 콜럼버스처럼 흥분해서 감탄사를 남발했다. 솔직히 말하면 나도 좋았다. 그저 좋은 정도가 아니라 태어나서 그런 기분은 처음이었다. 마치 인류가 처음으로 칫솔을 사용한 직후의 느낌이랄까. 내 비유를 듣던 세현은 날 끌어안고 뒹굴며 입맞춤을 퍼부었다.

오전에 들어간 우리는 밤에 나올 때까지 자석처럼 붙어 지냈다. 그는 틈틈이 모이를 나르는 어미 새처럼 내게 먹을 것을 갖다 바쳤다. 우리는 침대 위에서 피자를 나눠 먹으며 9시뉴스를 봤다.

집으로 오는 길. 난 기가 쭉 빨린 상태로 차 시트에 기대 음악을 들었다. 멜로디에 맞춰 휘파람 부는 그를 보는데 괜히 심술이 났다.

"생각해 보니까 내 생일인데 니가 선물 받은 것 같다?"

"나도 그 생각 했는데. 우리 같이 살자."

어린 게 정말 못 하는 말이 없다. 그래도 20대 중반은 돼야 '이 남자가 내 신랑이에요.' 하지.

"내가 널 타락시킨 건 아니지? 둘이 있을 땐 자꾸 니 나이를 까먹어."

"도대체 언제까지 나한테 죄책감을 느낄 건데? 우리 성별이 바뀐 것 같지 않아?"

"내가 먼저 태어났으니까."

"그래 봤자 같이 늙어 가는 처지에."

"세현아, 오늘 내가 종일 뭘 했는지 얼굴에 쓰여 있진 않지?"

"너어무 말개서 아무것도 모르는 순진한 소녀 같아."

그는 벌써 크리스마스 계획을 짜 두었다. 올겨울엔 내게 보드를 가르쳐 준다고 한다. 스키는 아주 어려서 몇 번 타 본 게 전부라 다시 배워야 할 것 같다. 내 몸이 그걸 기억할까? 지난해 이맘때가 생각났다.

"작년엔 너 피해 다니느라 되게 힘들었는데. 날은 추운데 갈 데도 없고 돈도 없고."

그날이 생각나는지 세현이 빙그레 웃었다. 한 번에 너무 많은 걸 보여 준 날. 코 꿰인 날.

"그땐 찾아다니고 싶은 거 참느라 힘들었어. 이젠 도망가지 마. 그래 봤자 내 손바닥 위야."

"네, 부처님."

"부처님은 됐고, '자기야.' 해 봐. 아까처럼."

아까라면 침대에 있을 때를 말하는 건가? 사람이 미칠 땐 헛소리도 나오는 법이다. 이런 내가 창피해 죽겠다.

"잘게. 도착하면 깨워 줘."

나는 볼에 남자 친구의 입술을 느끼며 바로 잠에 빠져들었다.

여기부터가 내가 진짜 하고 싶은 얘기다. 한동안 나는 나처럼 사랑받는 여자도 드물 거라고 자만했다. 일방적인 착각이라기엔 나를 향한 그의 애정이 지극한 것도 사실이었다.

그즈음 내가 세현에게 못마땅해하는 게 하나 있었는데 술 문제였다. 안 그래도 건축하는 사람은 술과 너무 친해서 문제라는 말을 여기저기서 들은 데다, 하나같이 말술인 과 선배들과 자주 어울리는 걸 알게 돼 내심 걱정이 많았다. 아빠가 돌아가시기 전에 술을 자주 마셨던 게 내겐 나쁜 기억으로 남아 있었다.

그는 술만 마시면 내게 전화를 걸었고, 술에 취한 채 날 보러 오기도 했다. 그 정신에 꽃다발까지 사 들고 온 걸 보면 화를 내야 하는지 말아야 하는지 판단이 안 섰다. 음주운전은 절대 안 한다고 했지만 그것도 걱정됐다. 정말이지 남자는 '애물愛物'이 아니라 '애물단지'다.

좀 심한 것 같아서 할머니 집에 놀러 갔을 때 슬쩍 그 얘기를 흘렸다. 그다음은 내 예상대로 흘러갔다.

"모자란 사내들이 술만 마시면 여자한테 전화하고 그러지. 취해서 여자 집 찾아가고. 그 꼴 보기 싫은 짓을 우리 손자가 하고 다닌다고? 술 센 거 자랑 아니다. 우리 집안에 그런 남자가 없는데……."

그날 세현은 내게 술과 관련된 몇 가지 약속을 했다. 그가 변하지 않는다면 내게도 생각이 있었다. 진세현이 질색하는 걸 하면 된다. 잘난 척하는 걸로 들리겠지만 나와 술 마시고 싶어 하는 남자들은 늘 줄을 서 있다.

학교 회식이 있던 날. 2차로 동료 교사들과 대학가 근처로 자리를 옮겼다. 500cc 한 잔을 비우고 화장실에 다녀오는데 어디선가 익숙한 이름이 들려왔다. 계단 입구 쪽이었다.

"그럼 세현이가 제 발로 굴러 들어온 복을 차는 거지, 뭐."

"미치지 않은 다음에야 장희수를?"

"정확힌 모르는데 희수가 진세현 좋아하는 건 사실이잖아. 세현이도 방학하면 장 교수님 회사에서 인턴 할 것 같던데? 교수님이 직접 불렀다는 말도 있더라. 왜 그러겠냐? 키워 보고 싶은 거지. 희수하고도 미리 엮어 놓는 거고."

"나 같으면 장희수로 갈아탄다. 장희수만 잡으면 앞날이 탄탄대로일 텐데."

"계산적인 놈. 그래도 그건 좀 그렇지 않냐? 여자 친구도 있다는데."

"이제 와서 착한 척은. 원래 연애는 좋아하는 여자랑 하고, 결혼은 인생 활짝 피게 해 줄 여자랑 하는 거야. 희수는 얼굴도 예쁘잖아. 키도 크고. 열라 부러운 자식. 도대체 부족한 게 뭐야?"

장희수? 세현은 지나가는 말로도 그 이름을 거론한 적이 없었다. 그사이 두 남자가 내 앞을 가로질러 갔고, 그들의 종착지엔 잘 아는 남자가 앉아 있었다. 등을 돌리고 있던 터라 그는 날 보지 못했지만 그가 분명했다. 세 시간 전쯤 마지막 통화를 할 때도 집에 일찍 들어갈 거라고 했는데. 이른 시간이라고 우기기엔 너무 늦은 밤이었다.

'이래서 문자도 없었던 거군.'

생맥주에 알딸딸해진 머리를 굴려 봤다. 다른 이유가 있을 수도 있으니 확인 절차가 필요했다. 휴대폰을 꺼낸 나는 기둥 뒤에 몸을 숨기고 '이긴 세현'이라고 저장된 번호를 눌렀다. 그는 내 전화를 받지 않았다. 분명 신호가 간 후 휴대폰 액정을 한참 들여다봤음에도. 충격받은 나는 적당한 핑계를 대고 먼저 술집을 나왔다.

집에 와서도 혹시 전화를 걸어 주지 않을까 기다렸다. 보통 때 같으면 뭘 하느라 못 받았다는 식의 부연 설명을 하며 내게 연락했을 것이다. 새벽까지 기다려 봤지만 역시 아무 연락이 없었다.

어쩌면 별일 아닐 수도 있다. 여자를 끼고 논 술자리도 아니고, 술에 절어 몸을 못 가눈 것도 아니었으니. 나는 그를 특별하다고 여겼던 것 같다. 문제를 회피하거나 거짓말 따윈 절대 하지 않을 거라고. 그날 밤 내가 받은 충격은 상상 이상이었다. 다음 날 난 종일 그의 전화를 받지 않았다.

또 하루가 지나고 출근 준비를 하는데 초인종 소리가 들렸다. 안 봐도 누군지 빤했다. 이 이른 아침에 우리 집에 올 사람이 누가 있겠는가.

"혜서 출근 안 했죠? 전화를 계속 안 받아서요."

"어제 너한테 연락 왔다고 말했는데? 들어와. 밥은 먹었어?"

"누나는요?"

그놈의 누나 타령. 이젠 누나란 말에 마음 약해지지 않을 거다. 가방을 챙긴 나는 밖으로 나와 대충 알은체를 하고 식탁에 앉았다.

"왜 전화 안 받아? 걱정했잖아."

"피곤해서 일찍 잤어."

나는 엄마가 차려 놓은 밥상을 훑어보다가 사과 한 조각을 입에 넣었다. 바람 든 무를 씹는 것 같았다. 이번엔 배를 억지로 집어넣고 우물거렸다. 아침부터 싸울 순 없지. 사실 우리는 싸움이나 갈등에 익숙하지 않았다. 주로 세현이 져 주는 쪽이었기 때문에.

숟가락으로 국을 뜨던 세현이 내게 아침밥은 안 먹느냐고 물어 왔다. 엄마만 없으면 발로 정강이를 차 버렸을지도 모른다. 너나 배 터지게 먹어!

"엄마, 미안한데 못 먹겠어."

"아침을 거르면 어떻게 수업을 해. 몇 숟가락이라도 뜨고 가."

"학교 가면 먹을 거 많아요. 넌 마저 먹고 가."

내가 현관문을 열 때 세현이 잽싸게 따라 나왔다.

"데려다줄게."

"난 오늘부터 카풀 할 거니까 신경 쓰지 마."

"카풀? 누구랑?"

"우리 학교 선생님."

궁금해 죽으라고 거기까지만 말했다. 엄마만 없으면 그 선생이 남자인지 여자인지 밝히라고 캐물었을 거라는 데 남은 인생을 걸 수도 있다. 밖으로 따라 나온 그가 금세 본색을 드러냈다.

"나한텐 그런 말 없었잖아."

"그게 그렇게 중요해? 어차피 매일 하는 출근인데. 그제 결정 돼서 말할 틈도 없었어."

다시 말하면 니가 내 전화를 쌩깐 날이지.

"남자야, 여자야?"

내 카풀 상대는 문학 담당 선생님이다. 지금 같아선 남자였어도 상관없지만 30대 초반의 미혼 여성이다. 지난주 근처 아파트로 이사 오셨다. 못 들은 척 큰길 쪽으로 걸어갔다. 세현이 따라오며 내 팔을 붙잡았다. 난 그 팔을 뿌리치지 않으려고 속으로 심호흡을 했다.

"자꾸 왜 그래? 나한테 화났어?"

"화는 무슨. 꿈에서 깬 거지."

"그게 무슨 말이야? 알아듣기 쉽게 말해."

"잠깐, 전화 좀 받고. ……네, 선생님. 저 지금 그쪽으로 가고 있어요. 아, 이제 출발하신다고요? 괜찮아요. 제가 일찍 나온걸요. 네, 금방 봬요."

전화를 끊자마자 세현이 내 앞을 가로막았다.

"진짜였어, 카풀?"

"진짜지, 그럼. 내가 왜 거짓말을 해? 그 피곤한 걸."

"……."

아직 감이 안 오냐?

"이따가 학교로 데리러 갈게."

"오지 마. 학교에 소문나는 거 싫다고 했잖아."

"그럼 중간에서 만나. 우리 학교 앞으로 올래? 같이 저녁 먹을까?"

"극단 가야 해. 넌 너 좋아하는 거나 실컷 해. 전화 안 할 테니까 걱정하지 말고."

그의 표정이 바뀌었다. 이제 좀 감이 오냐? 넌 하나를 지키려다 다섯을 잃었어.

"그저께 내가 전화 못 받아서 그래?"

"바쁘면 못 받을 수도 있지."

그런데 넌 '안' 받더라. 내 번호 뜨는 거 빤히 보면서도.

"저기, 그저께 밤에 사실……."

"뭐 했는지 알아. 나도 그 시간, 그 술집에 있었거든."

우리에겐 긴 대화가 필요했다. 하지만 난 듣고 싶지 않았고 만사가 귀찮았다. 심장이 펄떡펄떡 뛰는 스무 살인데 하고 싶은 게 왜 없을까. 난 누구 보란 듯이 술에 취해 늦게 다니거나, 다른 남자에게 친절을 베푸는 식으로 어설픈 복수를 하고 싶지 않았다. 이만한 일로 헤어지면 세상에 만날 남자가 없다는 것도 안다. 사랑하는 사람을 두고 이런 표현 미안하지만, 진세현은 버리기엔 정말 아까운 패다. 다만 나는 우리의 관계를 리모델링할 필요를 느꼈다.

요새 난 장기 프로젝트를 진행 중이다. 연하의 남자 친구를 만나는 데 장점이 있다면, 어린 만큼 개조의 가능성이 많다는 게 아닐까. 난 그를 조이는 대신 느슨하게 풀어 주는 방식으로 길들이고 있다. 조르지도 않고 재촉하지도 않는다. 매달리지도 않고 내치지도 않는다. 나 자신에게 집중하는 시간이 많아진 건 뜻밖의 덤이었다.

오랜만에 영화를 보고 온 길이다. 자정이 지났지만 토요일이라 조금은 느긋했다. 날이 제법 추워졌다. 엄마는 친구들하고 2박 3일 일정으로 여행을 가셨다. 어두컴컴한 집 창문을 쳐다보던 세현이 내게 물어 왔다.

"어머닌 주무셔?"

"아마도."

설악산 콘도에서 주무시겠지.

"들어갈게. 잘 가."

"나한테 언제까지 이럴 거야?"

기분 탓일까. 툭 건드리면 울 것 같은 모습이다. 야윈 얼굴을 보니 빳빳이 고개를 쳐들던 독기가 스르르 수그러든다. 난 그의 볼을 확인하듯 만지며 대답했다.

"살이 좀 빠진 것 같네? 자기 전에 영양 크림이라도 바르고 자. 피부가 까칠해졌어."

이 정도 말에 감동한 표정이라니. 한동안 내가 너무 소홀하긴 했다. 장기 프로젝트고 뭐고 다 때려치우고 안아 주고 싶었다.

"사람이 왜 이렇게 뒤끝이 길어? 다신 안 그래. 그때가 처음이자 마지막이었어. 진짜 후회하고 있어."

"알았어."

너그러운 목소리로 한 문장 덧붙였다.

"살다 보면 그럴 수도 있지, 뭐."

그 말은 나도 그럴 수 있다는 뜻이다. 사람 일은 모르니까.

"예전처럼 막 대해 주면 안 돼?"

이 남자는 어휘를 특이하게 사용한다. 침대에서 내가 짓궂은 장난을 칠 때도 이렇게 말하곤 했다. 더 막 하면 안 돼? 기억은 일종의 경험이고, 경험은 몸에도 흔적을 남긴다. 흔적이 내게 말을 걸었다. 마음의 소리를 들으라고.

"세현아, 현관 앞까지 데려다줘. 무서워."

"미치겠네. 내 말에 대답 좀 해."

"지금, 키스하고 싶어?"

"무슨 말 같잖은 소리야. 언제나 하고 싶지."

이 말을 이 순간, 이렇게 써먹을 줄 몰랐다. 나도 갈 데까지 간 것 같다.

"라면 먹고 갈래?"

"아니. 배 안…… 먹을게! 먹을래!"

운 좋게 남아 있는 자리를 찾아 주차한 뒤, 나는 그의 손을 잡고 집으로 올라왔다. 빈집의 어둠이 우리를 반겼다. 거실 등을 켜며 나는 이 생각을 했다.

'집에 라면이 있던가?'

이 겨울은 잔인하다. 생각해 보니 올해는 내내 그랬던 것 같다. 민재는 지금 혜서를 기다리고 있다. 오늘은 그녀의 남자 친구도 같이 만난다. 며칠 전 혜서에게서 짧은 카톡 메시지를 받았다.

김 쌤, 세현이가 같이 만나고 싶다는데 괜찮아요? 불편하면 거절해도 돼요.

그에겐 싫다고 할 권리가 없었다. 한 번 정도는 만나야 할 것 같은 의무감도 있었다. 깍지 낀 남녀의 손을 찍어 올린 프로필 사진을 보며 괜한 만용을 부린 게 아닐까 후회도 했다. 그역시 혜서를 상대로 비슷한 꿈을 꾸었었다. 같은 직업을 가지고, 같은 곳을 바라보며, 같은 길을 걸어 준다면 그가 줄 수 있는 모든 걸 주겠다고.

정식 교사가 된 뒤 꿈의 방향이 바뀌었다. 서울에서 가장 낙후된 지역에 발령받은 그는 무너져 가는 공교육에 충격을 받았다. 청소년 시기를 보낸 반포나 교생실습을 한 잠실과 같은 도시의 학교라고는 믿을 수 없을 정도였다. 그가 맡은 학생이라고 해 봐야 두 학년 정도. 5년마다 학교를 옮겨 다니며 제자를 기른다 해도 기껏해야 수천 명이다.

지난번 통화 중, 학교 얘기를 하던 끝에 혜서가 이런 말을 했다.

— 난 세상에 이렇게 꼰대가 많은 줄 몰랐어.

"어떤 꼰대가 네 심기를 불편하게 했는데?"

학교 선생님들을 지칭하는 말인지, 세상 남자들을 통칭하는 말인지 궁금해하는 그에게 혜서는 길지 않게 대답했다.

— 김 쌤은 그렇게 늙지 마요. 난 학교가 너무 답답해. 애들은 좋은데.

학교는 우물 안이었다. 그 안에 머무는 건 썩어 가는 연못에 생수를 사다 붓는 꼴일 것이다. 민재는 죽어 가는 연못에 깨끗한 물을 끌어오는 대신 아예 연못을 바꾸는 꿈을 꾸고 있다. 그 길에 동행해 줄 여자로 다른 여자는 떠오르지 않는다.

며칠 전 그는 집 근처에서 한 가족을 보았다. 노부부는 앞장서 걷고 있고, 손을 맞잡은 젊은 남녀가 그 뒤를 따랐다. 멀리서도 수려해 보이는 남자가 갑자기 걸음을 멈추더니 여자의 목도리와 옷깃을 새로 여며 주었다. 여자가 남자를 올려다보며 몇 마디 조잘댔다. 자연스럽게 여자의 이마에 입을 맞춘 남자는 그녀의 어깨를 끌어안고 늘어진 발걸음을 재촉했다. 노부부와 젊은 커플은 사이좋은 가족처럼 근처 한식당으로 들어갔다. 세상 모든 곳에서 시린 바람이 부는 것 같은 날이었다.

아직은 늦지 않았다고 위안해 본다. 혜서도 어리지만 세현은 더 어리다. 인연은 사람의 힘만으로는 엮일 수 없는 것. 군대도 다녀오지 않은 갓 스물을 경쟁자로 삼을 줄은 몰랐지만 이 모든 현실을 인정해야 했다. 더 괜찮은 남자가 되어 기다릴 것이다. 둘이 어떤 사이가 됐다 해도, 먼 길을 돌아서라도 와 주기만 한다면 받아들일 수 있다. 용서나 이해, 관용, 그런 차원이 아니다. 그런 오만은 사랑 앞에선 아무것도 아님을 깨달았다.

혜서가 문을 열고 들어온다. 민재는 쓰린 감정을 감추고 두리번대는 여자에게 손을 흔들었다.

"일찍 왔나 봐요? 내가 늦은 것 같네."

"집에 있기 답답해서 서둘렀어."

"독립한다더니 언제 해요?"

"다음 달 초에 학교 근처로 가. 작은 오피스텔 한 채 얻었어."

"좋은 집 놔두고 고생을 사서 하네. 집 나가면 개고생인데."

그 집에서 안주하면 부모와 똑같은 모습으로 늙어 갈지도 모른다. 현실과 타협하고 시스템에 적응하며 상류사회 진입을 위해 몸부림치는 삶. 형이나 누나처럼 체제에 순응해 편히 살라는 게 부모의 간절한 바람이다.

그의 독립을 반대하던 부모는 모든 경제적 지원을 끊겠다고 선언했다. 네가 이 집을 나가는 순간 널 위해 준비한 모든 게 사라질 거야. 일시 납부한 고액의 종신보험이나 대출 없이 사둔 중형 아파트 같은 것. 그로선 딱히 미련이 없는 것들이다. 엄마는 그에게 철이 없다고 했다. 부모 말 잘 들으면 자다가도 떡이 생긴다는데 너는 왜 그리 엇나가기만 하느냐고. 그리고 수십 번도 더 들었던 말.

"의사가 싫으면 공부 더 해서 수학과 교수라도 해. 고작 고등학교 선생 시키려고 널 힘들게 키운 줄 알아? 무슨 생각을 하는지 엄마가 모를 것 같아? 너 혼자 발버둥 친다고 달라질 세상이 아니야."

그래서 더더욱 엄마 같은 여자는 만나지 않을 생각이다. 그건 엄마를 사랑하는 것과는 별개의 문제다. 돈을 아껴야 한다. 대학원도 마저 마쳐야 하고, 다른 공부도 병행할 계획이다. 혼자 먹고사는 데 부족한 월급은 아니지만, 차부터 처분하는 게 맞는 것 같다고 생각하고 있다.

"차 주문할래?"

"내가 할게요. 세현인 과외가 있어서 좀 늦을 거야. 늦어도 한 시간 안엔 도착한대."

더 늦어도 된다. 그만큼 이 여자를 독점할 수 있으니까.

"쌤 커피도 리필해 올까요?"

"앉아 있어. 내가 갔다 올게. 뭐 마실래?"

코코아를 주문하면서 혜서가 좋아하는 녹차케이크도 같이

시켰다. 뒤돌아보니 그가 읽던 책을 넘기며 보고 있다. 한국 근현대사에 관한 책이다. 엄마는 그런 책을 읽는다는 것만으로도 그를 이단아 취급한다. 어려서부터 어른들의 단어를 빌려 쓸 때 알아봤어야 했다며.

그가 존경했던 아버진 변절한 지식인이 됐다. 금단의 열매를 맛본 사람은 이전의 삶으로 돌아가기 힘든 걸까. 문득 언젠가 그녀와 나누었던 대화가 떠올랐다.

'넌 무슨 책을 주로 읽어?'

'왜? 내가 읽는 책으로 나를 판단해 보려고? 난 만화책도 가끔 읽고 로맨스, 추리물도 좋아해. 인문학 서적, 역사책, 일반 소설, 닥치는 대로 다 읽어요. 김 쌤, 평가해 봐. 난 어떤 사람인데?'

그의 대답은 그때와 같다. 여전히 매력적인 애. 태어나 처음 맞닥뜨린 소유욕 앞에서 막막할 뿐이다. 이렇게 간절히 갖고 싶은데 뺏어 올 수가 없다. 강제에 의해 누군가의 것이 될 여자도 아닐뿐더러 영혼까지 자유로운 혜서를, 그의 집안에 맞춰 살라고 할 수도 없다. 이제 부모는 그의 인생에 걸림돌이 되고 있다.

"손님, 커피 리필 됐습니다. 손님?"

친절한 웃음을 가득 담은 아르바이트생이 그를 바라보며 주문한 것들을 내밀었다. 눈웃음이 과하군. 돌아서며 그는 어린 여자의 얼굴을 바로 잊어버렸다.

술을 마시게 될지 몰라서 차를 갖고 나오지 않았다. 기다리게 하는 게 싫어서 뛰다시피 걸었다. 두 사람 지금 어떤 대화를 나누고 있을까? 살면서 누군가와 처지를 바꿔 생각해 본 적이 거의 없는 그지만, 김민재 선배만 생각하면 저절로 그렇게 된다.

'날 죽이고 싶겠지. 내가 꼴도 보기 싫겠지.'

지하철에서 내리는데 전화가 왔다. 정욱이다. 한동안 조용하더니 방학을 한 뒤로 연락이 자주 온다. 가끔 영양가 있는 소식을 물어다 줄 때도 있지만 대개 받아도 그만 안 받아도 그만인 전화다.

"오늘은 또 뭐?"

— 인사성 하고는. 지금 같이 있어?

아직 안 만났으니 거짓말은 아니겠지.

"아니. 왜?"

— 오늘은 안 만나?

무슨 질문이 이렇게 도돌이표 같아. 우리가 만나든 말든.

"그건 니가 내가 혜서랑 같이 있을 때만 전화를 해서 그런 거고. 우린 댁처럼 한가하지가 않아요."

— 천금 같은 시간을 베풀었더니 날 백수 취급하네? 누나 불러서 같이 저녁 먹자. 내가 쏠게. 외식상품권 생겼어.

짜고 느끼하고 건강 따윈 개나 줘 버린 메뉴로 가득한 그곳에 단지 너한테 내 여자 얼굴을 보여 주려고 갈 것 같으냐? 누굴 천치로 아나.

"난 거기 음식은 공짜로 줘도 안 먹어. 누나도 싫어하고."

혜서와 만날 땐 누구의 방해도 받고 싶지 않다. 심지어 가족의 전화도 반기지 않는다. 오늘 같은 날 깜도 안 되는 한정욱까지 보탤 생각은 없다. 스승과 제자 사이로 만족하라고 그렇게 말했건만. 약속 장소가 코앞이다. '내가 진짜 포털 사이트마다 배너 광고를 띄우든지 해야지.' 세현은 고개를 절레절레 저으며 하던 말을 마저 했다.

"넌 그냥 우리가 결혼할 때까지 입 꾸욱 다물고 있다가 결혼식 날 와서 축하나 해 줘. 축의금은 안 받을 테니까."

— 이젠 혼자 막 나가네. 합의된 생각이야?

"그럼 내가 누구하고 결혼하겠냐? 너랑 하겠냐? 한 번 더 말하는데, 소문내면 평생 발기불능……."

— 제대로 한번 써 보지도 못했는데 초 치고 있어!"

아직 어른이 못 됐구나. 넌 천천히 돼. 알면 힘들어진다.

"그러니까 넌 스무 살의 비망록이나 쓰라고. 아! 여자 하나 소개해 줄까? 우리 과에 복학한 누나가 있는데, 키 크고 늘씬하고 미인이고 공부도 제법 잘하는데다 성격도 밝아. 어때?"

— 그 여자가 너 좋아하지?

이럴 때 보면 눈치가 전혀 없는 건 아닌데.

"만날 거야, 말 거야?"

— 혜서 쌤 매력을 능가해?

"아, 자식. 그런 어휘 좀 쓰지 말라니까."

— 진세현, 솔직히 말해 봐. 키스해 봤어?

아우, 이 머리와 추리력으로 무슨 언론인을 한다고. 절대 이 정도로 순진할 놈이 아닌데. 설마 '복상사'를 어디 산 중턱에 있는 절쯤으로 아는 건 아니겠지?

"그건 니가 신경 쓸 부분이 아니지. 소개팅 생각 있으면 연락해라. 후회하지 말고."

— 생각 좀 해 보고.

"니가 그래서 여자가 없는 거야. 현실적으로 살아, 좀."

— 다 가진 새끼가 할 말은 아니지.

"미안하다. 나중에 좋은 일 많이 하면서 살게."

— 난 그저 혜서 쌤하고 노래방 한번 같이 가면 된다고.

아, 이 소박한 놈. 제자와는 같이 가기 싫다는 걸 난들 어쩌겠냐. 나도 데리고 다니면서 사방팔방 소문내고 싶다고.

"아까 그 누나도 노래 잘해. 오래 생각하지 마라. 끊는다."

한동안 너무 힘들었다. 혜서의 전화를 피한 게 시작이었다. 그럴 만한 사정이 있었지만, 술에 예민한 혜서에게 구구절절 설명하기가 번거롭고 귀찮았다. 그 모습을 다 지켜봤으리라곤. 우선은 현행범으로 붙잡아 동아리 선배들 앞에서 개망신을 주지 않은 건 고마웠다. 나중엔 차라리 그날 당하는 게 나았겠다 싶어졌다. 가장 힘든 건 이런 반응이었다.

"뭐 해?"

— 책 읽어.

"잠깐 얼굴만 보고 갈게. 그쪽으로 가고 있어."

— 오지 마. 나가기 귀찮아. 금방 잘 거야.

귀찮다니! 이성에게 그런 취급을 받은 건 태어나 처음이었다. 빈말이 아니라 정말 귀찮은 목소리였다. 일에 밀리고, 책에

밀리고, 잠에 밀리는 신세라니.

"그럼 집으로 올라갈게."

— 엄마 집에 안 계셔. 우리 엄마가 너랑 둘이서만 집에 있는 거 못마땅해해."

한집안의 두 여자에게 동시에 버림받은 기분이었다. 다음에 와라. 내일 보자. 미안하다. 일언반구도 없이 전화는 끊기곤 했다. 어딜 가면 간다, 오면 온다 보고했더니 그것도 마다했다. 차라리 크게 화를 내고 끝냈으면 좋겠는데 화조차 내지 않았다.

그게 끝이 아니다. 그동안은 억지로 시간을 내 만나 준 것처럼 바쁘게 지내는 게 아닌가. 인기 아이돌 스케줄이 따로 없었다. 혜서는 분위기를 반전시킬 어떤 빌미도 제공하지 않았다. 커플 반지는 검지에 얌전히 끼워져 있었고, 카풀 상대는 미혼의 여교사였다. 심지어 바로 옆에서 그가 여자임이 분명한 목소리와 통화를 해도 아무렇지 않아 했다. 심장박동 수조차 변하지 않는 얼굴 그대로. 질투라도 좀 하라고!

예전의 웃음이 아니었고, 예전의 입맞춤이 아니었고, 예전의 반응이 아니었다. 맨살은 손과 얼굴 외엔 건드릴 수도 없었다. 땀 난다며 그의 손을 뿌리쳤을 땐 진심 상처받았지만, 속살을 만지게 해 준다면 20년간 고고히 지켜 온 자존심 따윈 버릴 수도 있었다. 밤이면 조갈증 걸린 사람처럼 깊은 숲 속 작고 뜨거운 옹달샘이 생각났다. 살에도 중독될 수 있나. 금단현상은 점점 심해져 입맛을 잃을 정도였다. 세상에서 가장 불쌍한 여자는 잊힌 여자라더니 딱 그 짝이었다.

무생물도 생물도 아닌 어정쩡한 존재로 버틴 3주. 일상은 물론 그의 인생까지 쥐고 흔드는 혜서가 무서울 정도다. '계속 이럴 거면 차라리 헤어지자고 할까?' 도저히 못 참겠어서 그 생각도 해 봤는데 말간 눈으로 그를 보며 '그러자.' 할 것 같아 상상만으로도 몸서리가 쳐졌다. 다른 남자는 정혜서 그림자도 밟아선 안 된다. 마지막 1분 1초까지 그의 것이어야 한다.

　할 수 없다. 울자. 눈물의 호소라도 해야겠다고 생각했던 날, 딱해 보였던지 까칠해진 그의 얼굴을 만지며 혜서가 물어왔다.

　"라면 먹고 갈래?"

　그깟 라면이 문제야? 내가 지금 라면이 넘어갈 것 같아? 그 순간 라면 뒤에 뭔가가 더 있을 것 같다는 예감이 퍼뜩 들었다. 청산가리를 탔다 해도 먹어야 한다. 그날 밤, 라면은 먹지 못했지만 기나긴 집행유예는 끝났다.

　세현은 주머니 속에서 한 손을 빼 차가운 바람 속에 방치했다. 얼른 차가워져라!

　"넌 역사에 은근 관심 많다?"

　"시험 본다고 한국사 공부 많이 했잖아요. 읽다 보니 재미있더라고. 이주영 선생님한테 이 책 저 책 물어서 가끔 읽어요. 역사가 돌고 돈다는 말은 진리야."

　"정말 그런 것 같아. 한심하지 않냐? 1000년 전, 600년 전, 100년 전 일들이 지금도 비슷하게 되풀이되는 거 보면."

"우리가 생각하는 것만큼 인류가 빨리 진화하는 건 아닌가 봐요. 천재는 오히려 예전에 더 많았던 것 같아. 세상이 너무 분업화돼서 그런가? 레오나르도 다 빈치나 정약용 같은 인물 어디 없나? 그런 사람 실제로 보고 싶어요."

예전의 여자 친구와는 이런 식의 대화를 나눈 적이 없다. 눈에 보이는 것, 손에 만져지는 것, 더 잘살고 더 편하게 사는 데 필요한 것들이 화두였고, 그런 것에 특별한 가치를 두지 않는 민재를 수인은 자주 답답해했다. 마음이 맞지 않으니 몸도 삐걱댔다. 본능적으로 여자가 그리울 때조차 그는 수인을 떠올려 본 적이 없다.

혜서가 목이 뻐근한지 근육을 풀어 주듯 고개를 좌우로 돌렸다. 등 뒤로 가서 마사지하듯 주물러 주고 싶다. 가방에서 고무줄을 꺼낸 혜서가 긴 머리를 동그랗게 올려 묶는다. 까만 귀밑머리 아래로 보이는 하얀 목덜미가 못 견디게 만지고 싶다. 민재는 손으로 이마를 문지르며 두 눈을 감았다. 이웃집 여인을 정신적으로 간음하는 사내가 된 기분이다. 더없이 한심하다.

"앗, 차가워!"

고개를 들어 보니 세현이 씨익 웃으며 혜서의 목덜미에서 손을 떼고 있다. 손이 발갛게 얼어 있다. 혜서가 고개를 뒤로 잔뜩 젖히고 서 있는 남자를 흘겨봤다.

"오자마자 장난이야."

"선배님, 오랜만이에요."

"앉아."

가방을 들어 자리를 내준 혜서가 그의 두 손을 잡아 온도 차를 확인했다.

"이거 봐, 이거. 이쪽만 차갑네. 넌 나 놀리는 재미로 살지?"

세현이 여자의 가방을 되가져가 자기 허벅지에 올리며 빙그레 웃었다.

"그걸 이제야 안 거야?"

둘의 대화는 잘 짜인 대본처럼 자연스러웠다. 그땐 왜 몰랐을까? 너무 어린애라고 생각했던 걸까, 아님 진실을 확인하는 게 두려웠던 걸까? 눈부신 스무 살에게 맹렬한 질투가 인다.

"춥지? 레모네이드 마실래?"

"앉아 있어. 내가 주문할게. 뭐 더 필요해?"

"물 한 잔만. 적당히 따뜻한 걸로."

"그래. 선배님은요?"

"난 됐어."

30분 뒤, 혜서가 제자와 통화한다며 자리를 비웠다. 그 30분조차 세 시간처럼 길었다. 어차피 어색할 수밖에 없는 만남이다. 두 남자 다 하고 싶은 말을 감추고 있다. 세현이 먼저 입을 열었다.

"누나가 선배님 만나는 거 전 억지로 못 말려요. 선배님이 괜찮은 사람인 건 인정해요. 하지만 이건 알아 두세요. 아무리 기다려도 바라는 결과는 오지 않을 거라는 거."

예의는 갖췄지만 거침없는 말투였다.

"인생에 그렇게 자신 있나?"

"인생이 뭔지 잘 모르고요. 거창한 자신감도 없어요. 하지만 내 건 꼭 지켜요."

"사람은 니 거, 내 거 그렇게 구분하는 물건이 아니야. 감정은 잡히지 않는 물 같은 거고. 누구든, 언제든 변할 수 있어."

꺼내 놓은 말이 하나같이 마음에 들지 않는다. 뜬구름 같고 관용구 같은 대화에 무슨 의미가 있을까.

"끝날 때까진 끝난 게 아니다. 그런 말을 하고 싶은 건가요?"

입이 썼다. 민재는 식어 버린 차를 한 모금 마시고 찻잔을 내려놓았다. 그 말을 하고 싶었다. 아직은 끝이 아니라고. 어쩌면 긴 시작이라고. 대답을 기다리던 세현이 그의 눈을 뚫어져라 응시했다. 스무 살의 눈이라기엔 너무나 많은 게 담겨 있었다. 못 본 사이 부쩍 어른이 된 느낌이다.

"선배님이 누굴 얼마나 좋아하는지는 알고 싶지 않아요. 그건 법으로 금할 수 있는 영역이 아니니까. 중요한 건 정혜서의 선택이겠죠."

평소의 민재라면 이런 복잡한 신경전 따윈 시작조차 하지 않았을 것이다. 처음부터 밀리는 경기였다. 핸들을 먼저 꺾으면 살지만 결과적으로 지는 치킨게임 같은 것. 양보해야 할 사람은 결국 그일 가능성이 높다. 양보라니. 분에 넘치는 말이다. 세현이 이어 말했다.

"선배님은 제게 좋은 선배가 될 수도 있었어요. 어쩌면 존경받는 선배가. 저도 보고 듣는 게 있어요. 아무것도 몰라서 가만히 있는 게 아니에요. 절 치사한 사람으로 만들지 말아 주세요."

어디서 무슨 말을 들은 걸까? 진세현의 아버지와 그의 아버지 대학 선후배이자 동문이다. 두 분 다 경제학계에선 꽤 알아주는 교수 출신이라는 공통점이 있다. 시작은 비슷했으나 한 사람은 권력과 손을 잡는 쪽을 택했고, 다른 한 사람은 소신을 굽히지 않는 학자의 삶을 묵묵히 걷고 있다. 어린 시절 그의 기억 속 아버지는 적어도 불의와 타협하는 쪽은 아니었다. 10여 년 전 대학을 떠난 아버진 경제연구소의 소장이 되어 가진 자들의 대변인 노릇을 해 왔다.

"……."

"누군가가 날 싫어하는 것까지 신경 쓰고 싶진 않아요. 하지만 다른 사람을 미워하면서 살 생각은 없어요. 그건 내가…… 너무 힘드니까요."

언젠가 혜서가 이런 말을 했다. 세현을 처음 봤을 때 그 앤 고작 네 살이었고, 알에서 막 깨어난 새끼 거위처럼 그녀를 따랐다고. 각인. 이 아이 머릿속에 들어찬 정혜서의 기억을 싹 지울 순 없는 걸까. 버려지지 않는 욕심이 그를 자꾸 몰아세운다.

"널 돌봐 주던 누나 같고 엄마 같은 고마운 존재. 그런 감정을 사랑으로 착각하는 건 아니겠지?"

"저 그 정도로 둔한 사람 아니에요. 그렇다 쳐도 그게 나쁜 거예요? 그래서 더, 내가 정혜서한테 느끼는 감정은 사랑 이상이에요. 어떤 대단한 남자도 그 마음을 이길 순 없어요."

스무 살 때나 스물일곱이 된 지금이나 한 번도 이런 확신을 갖고 누굴 좋아해 본 기억이 없다. 민재는 그게 미치게 부러웠다. 혜서가 이 아이에게 끌린 이유. 알 것 같지만 인정하고 싶지 않다.

"너무 자만하지 마. 네가 보는 세상이 전부가 아니야."

"충고 감사히 받아들일게요."

혜서가 돌아오는 바람에 대화는 거기에서 끊겼다. 자리에 앉기 직전 혜서가 두 손으로 세현의 목덜미를 잽싸게 감쌌다. 그녀의 갑작스러운 행동에 놀란 건 민재였다.

"들어오면서 보는데 둘이 또래 같네? 진세현 노안."

"왜 이렇게 늦었어?"

태연한 목소리로 묻는 세현에게 혜서가 장난스러운 표정을 지었다.

"손 얼리느라고. 차갑지? 차갑잖아. 그치? 얼른 인정해."

피식 웃던 세현이 너그러운 오빠처럼 대답했다.

"감기 걸리게 그런 짓을 왜 해? 레몬티 마실래?"

"차는 그만. 배고파. 난 왜 너만 보면 배가 고프지?"

온기 가득한 눈길로 혜서의 두 손을 감싸 쥐는 젊은 남자를 민재는 무기력하게 바라보았다. 이젠 인정해야 할 것 같다. 완패했음을.

"여보, 사랑해."

출장 가방을 챙긴다며 분주하게 움직이던 아내 입에서 뜬금없이 나온 소리다. 그런 아내를 보며 경훈은 의아한 눈빛을 던졌다. 서연은 사랑한다는 말에 늘 인색했다. 마음은 그렇지 않다는 걸 알기에 이해하고 살았지만.

"내가 아는 남자들은 다들 변하고, 변해 가던데 당신은 참 한결같아."

"반이나 덮인 흰 머릴 보고도 그런 말이 나와?"

"자기한테 잘 어울려. 겉모습은 누구나 변하기 쉽잖아."

아내가 나이 들어 보이지 않으려고 늘 애쓴다는 걸 그는 안다. 이 나이에 30대 때의 몸무게를 유지하는 건 보통 노력으로 할 수 없는 일이니. 아름다운 아내를 둔 그를 부러워하는 사람은 많았다. 그 역시 그게 좋았지만, 이젠 타인의 눈으로부터 편해질 나이가 됐다.

"내가 살면서 정말 잘했다고 생각한 일이 두 가지 있는데, 자기랑 결혼한 거하고 세현일 낳은 거야."

"우현인?"

"우현이한텐 그나마 미안한 게 많지 않아서. 우리 세현이한텐 너무 미안해. 부모 노릇도 제대로 못 했는데 잘 커 줘서 고맙고."

큰아들 세현은 그의 모교 건축학과에 합격하고도 입학을 포기했다. 학교보다 학과를 선택한 아들의 선택이 옳다고 생각하지만 명문대 타이틀을 안타까워한 사람도 많다. 이유를 묻는 그에게 아들은 이런 대답을 내놓았다.

"처음부터 갈 마음은 별로 없었어요. 엄마하고 같은 학교 다니면서 내내 입에 오르내리는 거 불편하거든요. 괜한 구설수가 생기는 것도 싫고, 특혜를 받고 싶지도 않아요. 그래도 부모님

모교에 합격할 실력은 된다는 걸 보여 드리고 싶었어요. 혹시라도 엄마가 저 때문에 창피해할까 봐서요."

아들의 말을 들은 아내는 감격스러워하며 눈시울까지 붉혔었다.

"학교 사람들은 지금까지도 아쉬워해. 잘생긴 아들 구경시켜 달라고 얼마나 조르는지. 특히 우리 과 여학생들. 내가 어떻게 그런 아들을 낳았나 몰라."

"당신 닮았으니 그렇게 태어났지."

"자기 닮아서 머리가 좋잖아. 아버님 닮아서 키도 크고, 어머니 닮아서 배포도 크고."

부모덕을 크게 보고 살았다. 지지리 가난한 부모 아래 태어났다면 지금의 그는 없었으리라. 자랄 땐 마음 편히 공부할 여건을 만들어 주셨고, 결혼을 앞두곤 든든한 남편, 듬직한 사위가 될 수 있도록 물심양면으로 도와주셨다. 어떤 회유와 억압에도 굴하지 않고 지켜 온 학자로서의 소신 역시 든든한 부모가 있어 가능한 일이었는지 모른다. 평생의 울타리가 돼 주신 부모님께 경훈은 늘 감사해하며 살고 있다.

"여보, 엊그제 혜서한테 전화했었어."

"무슨 일 있어?"

"그건 아니고, 세현이 한동안 이상하지 않았어? 혜서 좀 데리고 오라니까 알았다고 말로만 하고, 집에선 통 웃지도 않았잖아. 아무래도 무슨 일이 생긴 것 같아 불안하더라고. 헤어진건 아닌 것 같은데 크게 싸웠나 싶기도 한 게, 솔직히 별생각이다 들었어. ……임신이라도 시킨 게 아닌가 싶어서."

경훈은 자세를 고쳐 앉으며 맞은편의 아내를 바라보았다. 자식이 자랄수록 걱정도 커진다더니 그 말이 실감 나는 순간이다.

"설마, 아니지?"

"아닌 것 같아. 아니어야 하고. 근데 세현이한테는 못 묻겠더라고. 내가 낳은 자식인데 왜 갈수록 어려워지는지 모르겠네. 괜히 둘 사이만 멀어지게 하는 거 아닌가 걱정도 됐는데 도저히 못 참겠는 거야. 그래서 전화했잖아. 이젠 혜서가 더 편한 거 있지? 우습지 않아?"

"아들이 다 그렇지 뭐. 싸웠대? 세현이가 뭘 잘못했나?"

"자세히는 말 안 하는데 술 때문에 그런 것 같아. 그건 우리 아버지 닮은 건가? 아니, 나도 잘 마시니 나 닮았나? 혜서한테 아줌만 무조건 네 편이다. 그러니 세현이가 힘들게 하면 언제든 말하라고 했어. 예를 들면 여자 문제 같은 거. 그랬더니 뭐라는 줄 알아? 내가 그 말 듣는데 우리 아들이 왜 꼼짝을 못하는지 알겠더라고."

"빨리 말해 봐."

"여자 문제로는 안 싸울 거래. 그건 싸울 문제가 아니라 헤어질 문제라면서."

"하하하. 내가 그랬지? 보통 애가 아니라고."

아내가 수긍하듯 고개를 끄덕였다.

"그 말 듣는데 이상하게 안심이 되더라고. 그러라고 했어. 대신 그냥은 헤어지지 말고 피해보상은 꼭 받으라고."

"그랬더니?"

"자긴 세현이한텐 그렇게 못 한대. 더 좋아하는 사람이 생기면 언제든 보내 줄 거래. 그 말 듣는데 이상하게 눈물 나올 것 같더라."

언젠가 아들에게 이런 말을 했던 기억이 있다. 누구나 실수를 하고 살지만 너는 돌이킬 수 있는 실수만 하라고. 순간의 욕망을 참지 못해 제 여자의 사랑을 저버리는 남자는 흔하다. 하나를 얻고 열을 잃는 짓임을 빤히 알면서도 스스로 벼랑에 몸을 던지는 사람은 예나 지금이나 늘 있어 왔다.

아직도 장인어른 문제는 해결되지 않았다. 아내는 어머니와 아버지가 만나는 건 묵인하지만, 구리 집으로 모시고 오는 건 반대하고 있다. 아이들에게 외할아버지를 보여 주려 하지도 않는다. 설득하는 그에게 아내는 드물게 화를 냈다.

"난 열두 살 때부터 아버지가 있는데도 없는 것처럼 컸어. 진우는 기저귀 막 뗐을 때부터 아버지 얼굴도 못 보고 자랐고. 다른 남자애들은 아버지가 해 주는 일을 고작 중학생이었던 내가 해 줘야 했다고. 나 혼자 가는 것도 창피할 나이였는데 남동생까지 달고 목욕탕에 다녔어. 엄마는 바쁘고 너무 힘들어하셨으니까."

제법 자란 남동생이 여탕 입구에서 거부당한 날, 아내는 막내의 손을 잡고 울면서 집으로 돌아왔다고 한다. 일곱 살이던 막내처남은 큰누나를 달래려 혼자서도 다닐 수 있으니 제발 울지 말라며 울먹였다고. 처남은 아직도 큰누나를 엄마처럼 여긴

다. 제 살림도 빠듯하면서 누나가 좋아하는 걸 철마다 따로 챙길 정도다.

"당신은 죽었다 깨도 내 마음 몰라. 반포 부모님 같은 분들 아래서 자란 사람이 어떻게 날 이해해? 임신한 엄마 때문에 발목이 잡혀 결혼했든, 하는 일마다 잘 안 풀렸든 그게 자식 탓은 아니잖아. 나하고 내 동생들, 우리 엄마는 단지 누구의 자식, 누구의 아내였다는 이유만으로 욕먹고, 동정받고, 눈총받아야 했어. 난 아버지가 늙는 모습을 화면이나 사진으로 보고 살았다고. 공부를 잘하면 아버지가 돌아올까 봐 미친 듯이 공부만 했어. 그래도 전화 한번 없더라. 제 자식 자라는 것도 안 보고 산 양반이 이제 와서 손자는 왜 찾아? 새 여자 비위 맞추느라 친자식도 안 보고 산 사람이."

말끝에 흐느낌이 묻어 나왔다. 아내는 아직도 수십 년 전 아버지가 사 준 생일 선물을 간직하고 있다. 사랑이 컸던 만큼 미움도 컸던 걸까. 어릴 적 아내의 사진을 보면 장난스럽고 웃음이 많은 아이였다. 예쁘긴 또 얼마나 예쁜지. 그런 딸을 버리고 떠난 장인어른이 이해가 안 되긴 그 역시 마찬가지다. 그것도 모자라 살아 있는 부모를 모른 체한다는 죄책감까지 얹어 주었으니. 하지만 반포 부모님도 내내 걱정하시는데다 하루가 다르게 자라는 자식 앞에 부끄러운 면도 있었다.

"당신 마음 알아. 몰라서가 아니야. 우리가 미처 모르는 사정도 있었겠지. 어머니도 같이 살고 싶어 하시잖아. 아버님 많이 후회하셔. 오래전부터. 이젠 건강도 안 좋으신데 살면 얼마나 사시겠어."

"늙고 병들고 돈 떨어지니까 본처가 생각난대? 그 많던 여자들은 다 어쩌고? 그래, 부부는 헤어지면 남이니까 그렇다 쳐. 자기는 우리 세현이, 우현이 20년, 30년씩 안 보고 살 수 있어? 장애를 갖고 태어난 아이를 제 목숨처럼 돌보는 부모들이 얼마나 많은지 알아? 아무리 이해해 보려고 해도 난 그게 안 돼. 사람이 어떻게 그래, 응? 난 내가 아버지 자식인 게 끔찍했던 사람이야. 그 피가 나한테도 흐를까 봐 피를 싹 빼 버리고 싶을 때도 있었다고. 엄마가 혼자 고생하는 거 보면 몸이라도 팔고 싶었어. 누가 날 비싸게 사 준다면……."

어린애처럼 눈물을 뚝뚝 떨어뜨리는 아내를 품에 안으며 생각했다. 그때가 그와 처음 만났을 때일까, 아니면 그전의 남자와 만나던 때일까? 아내의 첫 남자는 두 해 전 회사 자금 횡령, 주가 조작, 탈세, 배임 혐의 등으로 한동안 사회면 뉴스에 등장했었다. 젊었을 때와 달리 피둥피둥 살이 오른 그 남잔 아직도 실형을 살고 있다. 워낙에 떠들썩했던 사건이라 아내도 보고 들은 말이 있을 것이다. 경훈은 맺어지지 않은 두 사람의 인연에 다시금 안도했다.

그새 커피를 만들어 온 아내가 그 앞에 찻잔을 내려놓으며 끊긴 말을 이었다.

"내가 그 또래 여자애들을 많이 보고 살잖아. 혜서는 요새 애들 같으면서도 요새 아이 같지 않아서 마음에 들어."

경훈은 아내의 말이 무슨 뜻인지 알 것 같아 고개를 끄덕였다. 좋은 학점을 얻기 위해 헤픈 아양을 떠는 애들이 얼마나 많은가. 부모 등골 휘는 거 모르고 써 젖히는 애들은 또 얼마나 흔한가. 허구한 날 술에 취해 영웅이 된 양 떠들지만 정작 세상일엔 무관심한 학생들에게 너희들 투표는 하면서 이러는 거냐고 따지고 싶어진다. 그가 본 혜서는 그런 부류에 속하지 않는 아이였다. 아들의 혜안이 새삼 고맙다.

"아들만 가진 친구들은 내가 이해 안 된다는데, 난 혜서가 진짜 예쁘거든. 솔직하고 가식 없고 당당해서 좋아. 그 나이 때 난 그렇게 못 살았던 것 같은데. 그 애한텐 꿋꿋하고 강한 엄마가 계셔서 그런 걸까."

아내의 어머니는 그를 어려워했다. 처음 뵈러 갔던 날. 죄지은 사람처럼 미안해하며 말도 편히 놓지 못하는 모습에 너무나 마음 아팠다. 오랜 외국 생활로 자주 못 보고 지낸 터라 손자들이 꽤 자라서야 그를 편히 대하셨다. 가끔 아내 없이도 아이들을 데리고 들르는 그를 장모님은 언제나 큰아들처럼 반겨 주신다.

"당신 아니었으면 난 아직도 비슷하게 살았을지 몰라. 듣기 좋으라고 하는 말 아니야. 누구나 살아가는 데 중심이 되는 사람이 있잖아. 나한텐 자기가 그런 존재였어. 난 이제 장사꾼이 다 된 느낌인데, 당신은 진짜 학자인 것 같아 존경스러워. 경훈 씨는 계속 그렇게 살아 줘."

으쓱한 기분에 피식 미소가 지어졌다. 친구들끼리 우스갯소리로 하는 말이지만, 남편이 오래 산 배우자에게 존경받는 건 하늘의 별을 따 오는 것만큼이나 어려운 일 아닌가.

"세현인 입대를 또 미루려나? 군대가 걱정이네."

그의 말에 아내의 얼굴이 금세 침울해졌다. 지금도 도서관에서 처음 봤을 때 모습이 눈에 선하다. 아름다운 얼굴에 깃든 고요한 슬픔. 창가에 기대서서 책을 읽던 여학생은 오래지 않아 눈물을 뚝뚝 떨어뜨리더니 결국 책장을 덮었다. 그 모습을 훔쳐 보던 그는 주머니 속 손수건을 건넬까 말까 한참을 망설였다. 여자가 도로 꽂아 두고 간 책은 하와이의 풍경이 컬러풀하게 펼쳐진 얇은 여행 책자였다. 그땐 운 이유를 도저히 짐작할 수 없었다.

"늙는 건 싫지만 세현이만 생각하면 한 5년쯤 후딱 지나가 버렸으면 좋겠어. 우현이처럼 세현이도 미국에서 낳을 걸 왜 굳이 한국에 와서 낳았나 후회도 돼."

"그게 무슨 소리야. 둘 다 보내야지."

"다칠까 봐 그러지. 군대에서 사고 나는 애들이 그렇게 많다는데."

"우리만 아들 키우는 거 아니야. 행여나 우현이한테 군대 안 가도 된다는 기대감 주지 마."

"하여간 애국자라니까."

"남들 다 하는 게 무슨 애국이라고."

아내의 걱정이 다시 늘어진다. 그 역시 내색은 안 해도 입대를 앞둔 큰아들이 신경 쓰이긴 마찬가지였다.

"자주 못 보면 마음 변할 수도 있잖아. 우리 과 제자들 보니까 남자 친구 군대 보내 놓고 고무신 거꾸로 신는 애들 많더라. 혜서는 볼 때마다 예뻐지는데 나 같아도 가기 싫겠다. 군대."

깊은 한숨을 내쉰 아내가 진지하게 한마디 덧붙였다.

"도대체 우리나란 언제 통일이 되는 거야?"

— 혜서야, 지금 나올래?

오랜만에 일찍 누웠는데 세현에게서 연락이 왔다. 혜서는 침대에 모로 누워 남자 친구의 목소리에 귀 기울였다. 오늘따라 목소리가 살살 녹는다.

"동기들하고 모임 있다며?"

— 우리 과 애들이 보고 싶대. 나와 주라, 응?

"막 씻었는데. 화장하기 귀찮아."

— 안 해도 예뻐. 안 나오면 쳐들어간다?

애교스러운 남자 친구의 말투에 그녀는 웃음으로 화답했다. 이러면 나가고 싶어지잖아.

— 코트 안에 저번에 입었던 가죽 바지하고 보라색 니트 티 입고 와."

"어머? 너무 딱 붙는다고 뭐라 하더니. 다신 입고 다니지 말라며?"

— 나 혼자 보고 싶어서 그랬지. 오면서 전화해. 아, 어머니껜 내가 말씀드릴게.

"도대체 왜 그래? 내일 보면 되지."

— 내일까지 못 기다려. 추우니까 택시 타고 후딱 와. 택시

비 줄게.

학교 정문에서 직진해서 5분쯤 내려와 오른쪽으로 꺾은 뒤 100미터쯤 걷다 보면 주점이 모여 있는 먹자골목이 나타난다. 지하철에서 보면 거꾸로다. 민속주점 입구에 남자 친구가 나와 기다리고 있었다. 바람이 꽤 사나운 날이다.

"추운데 왜 나와 있어?"

"빨리 보고 싶어서."

"이젠 간지러운 말이 입에 착착 붙는구나?"

"뽀뽀하고 들어갈래?"

뽀뽀를 뽀뽀로 끝낼 줄 모르는 남자 아닌가. 못 들은 척하고 손바닥을 내밀었다.

"만 5000원."

혜서는 반올림해서 받은 택시비를 지갑에 곱게 집어넣었다. 세현이 그 모습을 웃으며 지켜본다. 돈 많은 여자만 상대했는지 500원, 1000원도 아끼는 그녀를 늘 신기해하는 남자다. 이렇게 소소히 챙긴 돈은 공동 명의 통장을 만들어 모으고 있다.

"안에 몇이나 있어?"

"한 다스에서 네 명 빠져."

'여자도 있다고는 안 했잖아.'

두 명의 여학생이 약간의 경계심을 품고 혜서를 바라본다. 한 명은 보이시한 매력이 있는 여자고, 다른 하나는 배우라고 해도 손색없는 미인이다. 굽 높은 신을 신지 않았다면 170센티미터는 훌쩍 넘을 것 같다. 언젠가 들어 봤던 이름이었다. 키도 크고 예쁘다는 그 여자.

세현을 제외한 남자는 다섯. 세 명은 그녀에게 구면이라 주장했고 두 명은 초면이었다. 그러고 보니 축제 때 봤던 기억이 난다. 그중 한 남자가 그녀에게 말을 걸었다.

"그새 더 예뻐졌네요? 그동안 뭔 일 있었어요?"

'당신들의 친구하고 그렇고 그런 사이가 된 뒤 그런 말 많이 들어요.' 이럴 수가 없어서 혜서는 그냥 웃었다. 올해는 태어나서 예쁘다는 말을 가장 많이 들었던 해로 기록될 것 같다. 겸손해지려고 무지 노력 중이다.

"세 분 다 많이 변했어요. 살 빠지고, 피부도 좋아지고, 머리 스타일도 바뀐 건가요? 그쪽은 안경 벗은 거 맞죠?"

그새 자기를 잊었느냐고 맘 상해하던 세 남자가 감격해하며 고개를 끄덕였다. 막 도착한 막걸리 주전자를 보던 혜서가 세현의 귀에 입술을 바짝 갖다 댔다.

"나 오늘 달린다? 버리고 가면 안 돼."

그의 몸이 미묘하게 경직되는 게 느껴졌다. 어떤 증상인지 빤히 아는 혜서는 남자 친구의 귓불을 살짝 깨물려다가 참았다. 때와 장소를 가려 까불어야 한다. 세현이 씨익 웃으며 그녀의 볼을 두드리듯 어루만졌다. 갑자기 주위에 정적이 흘렀다. 근처 누군가 짧게 외쳤다.

"헐. 진세현!"

희수는 겨울이 좋았다. 아무리 먹어도 찌지 않는 마른 몸을 가리기엔 겨울만 한 계절이 없다. 얼굴은 작아도 볼살이 있는 터라 괜찮은데, 그로테스크하게 보일 정도로 긴 팔다리와 빈약한 볼륨은 숨길 방법이 마땅치 않았다. 그게 유일한 콤플렉스였다. 유학 중인 오빠는 기아 체험 중이냐며 그녀를 놀리곤 했다.

"한국이니까 그런 몸매가 먹히지 이 나라에선 찬밥 취급이야. 넌 최소 10킬로그램은 더 쪄야 해."

멜론만 한 가슴을 달고 다니는 여자에 푹 빠진 남자 입에서 나올 만한 잡소리라고 애써 무시했다. 두어 달 전 콤플렉스에 불을 지핀 일이 있었다. 조별 과제 때문에 친구 집에 모였다가 휴식을 핑계로 영화를 보게 됐다. 야식으로 주문한 치킨엔 손도 안 대고 캔맥주만 마시던 세현이 갑자기 이런 말을 꺼냈다.

"무슨 여자가 저렇게 막대기 같으냐. 감독이 여자 보는 눈이 없네."

그의 입에서 여자 얘기가 나오는 건 극히 드문 일이라 다들 귀를 쫑긋 세우고 다음 말을 기다렸다. 그러나 그새 영화는 관심 없다는 듯 잡지만 뒤적일 뿐이었다. 답답해진 오피스텔 주인 진언이 세현에게 되물었다.

"왜, 옷발 잘 받고 좋잖아. 모델 같지 않냐?"

영화 속 여주인공은 희수보다 키만 좀 작았을 뿐 몸매는 거의 흡사한 배우였다.

"저게 예뻐? 건축한다는 놈 심미안이 그 모양이니. 눈 좀 높여라, 자식아."

"나 눈 높거든? 그것도 상당히 높거든? 이래 봬도 내가 1등급 한 번 안 놓치면서 대전 바닥 20대 전후 여자들을 두루 섭렵한…….”

“눈으로만 한 거지?”

피식 웃던 세현이 취향이니 존중한다며 한발 물러섰다. 다들 소문만 무성한 그의 여자 친구가 관심사였다. 그러는 넌 무엇으로 섭렵했니? 설마, 몸으로? 묻고 싶었다. 저 아인 여자를 아는 걸까? 학교에서의 모습만 생각하면 도저히 짐작이 가질 않는다. 진언이 그 앞에 다가가 얼굴을 치켜들고 되지도 않는 애교를 부렸다.

“세현아, 니 여인의 자태 좀 보여 주라. 딱 한 번 스치듯 봤더니 가물가물하다. 다리가 끝내주게 예뻤던 것 같은데. 얼굴은 베이비 페이스, 목소린 성우 필…….”

읽던 건축 잡지를 가볍게 집어 던진 세현이 짧고 강하게 토를 달았다.

“남의 여자한테 관심 꺼라.”

늘 궁금했던 그 여자가 온다니 은근 신경 쓰인다. 시계를 몇 번이나 들여다보던 세현이 코트를 챙겨 들고 나갔다. 그의 뒷모습이 시야에서 사라지자마자 동석한 아이들 모두가 뒷담화를 시작했다.

“아까 세현이 통화하는 목소리 들었어?”

“들었지. 근데 쟤 저런 애였어? 그거 애교였지?”

“그 정도가 무슨 애교냐?”

“야, 진세현한텐 어마어마한 애교지. 미묘하게 혀가 짧아졌다고."

"봄에 왔을 때도 좋아하는 게 딱 티 나더라. 어째 증상이 더 심해진 것 같네."

"사촌으로 소문난 사진 속 여자가 여자 친구 아니었어?"

"그 여자 맞대. 내가 물어봤더니 자기 사촌 중엔 그렇게 예쁜 여자 없다던데? 표정 하나 안 바뀌고 그러더라고."

"진짜 예뻐?"

"뭐, 희수 누나처럼 눈에 확 띄는 스타일은 아닌데 괜찮았어. 나도 잠깐 인사 정도만 나눈 거라."

"세현이 무진장 까다롭잖아. 천하의 장희수도 돌 쳐다보듯 하는 게 걔잖아."

이런 식으로 이름이 거론되는 게 기분 상했지만 희수 역시 뒷이야기가 궁금했다. 갑자기 우경이 끼어들었다.

"내가 얼마 전에 물어봤거든. 어쩌다 좋아하게 됐느냐고. 뭐라는 줄 알아?"

평소 극적 효과를 즐기는 편인 우경이 막걸리를 쭉 들이켜더니 술잔을 내려놓았다. 희수는 오래된 것처럼 보이도록 인위적으로 찌그러뜨린 양은 주전자를 바라보며 무심한 척했다. 동기 하나가 그새를 못 참고 재촉했다.

"속 터져 죽겠네. 세현이가 뭐랬는데?"

"츄파춥스 사탕 한 알에 넘어갔대. 초코맛."

"헐. 진세현!"

10분쯤 뒤 세현이 여자를 데리고 들어왔다. 둘둘 싸매 입은 옷 때문에 끝내주게 예쁘다는 다리는 확인 불가였지만 베이비 페이스란 말은 과장이 아니었다. 도톰하고 앙증맞은 입술을 열어 첫인사를 하는데 언밸런스한 음성이 흘러나왔다. 외모보다 5년쯤 들어 보이는 목소리다.

"오! 그때 그분은 맞는 것 같은데 좀 달라졌네요?"

빙긋이 웃던 여자가 재치 있게 대꾸했다. 넘치지도 모자라지도 않는 대답. 잘난 척하지도, 애써 겸손 떨지도 않는 어투. 희수는 괜히 움츠러드는 낯선 자신을 다독였다. 그래도 얼굴은 내가 훨씬 예뻐.

여자가 덥다며 코트를 벗자 세현이 자연스럽게 받아 의자 등받이에 걸쳐 놓았다. 눌러쓴 니트 모자가 답답해 보였는지 모자까지 슬쩍 벗겨 준다. 여자가 길쭉한 손가락으로 눌린 머리카락을 부풀리듯 빗어 넘겼다. 이마를 드러내니 인상이 또 달라졌다. 어른 같으면서 아이 같고, 소녀 같으면서 여인 같다. 두 사람 손가락엔 같은 디자인의 반지가 끼워져 있었다.

말이 없는 편인 세현도 꽤나 수다스러워졌다. 틈틈이 여자 친구에게 안주를 덜어 주고 물과 냅킨을 챙겨 주기도 했다. 희수는 그의 친절이 왜 자기에게로 향하지 않는지 이해할 수가 없다. 이렇게 예쁘고, 이렇게 똑똑하고, 이렇게 재능 많은 나를 두고 왜?

더 황당한 건 자신에게 호감 이상의 감정을 드러내던 나머지 남학생들까지도 그 여자의 관심을 끌려는 게 훤히 보인다는 거다. 남자들에게 가장 예쁜 여자는 처음 본 여자라더니 하나

같이 유치원 선생님의 사랑을 독차지하려는 꼬마들 같다.

　보통의 여자들은 그녀를 부러워하지만 좋아하지는 않는다. 어려서부터 그랬다. 친구들이 자길 좋아하지 않는다고 투덜댈 때면 그녀의 엄마는 샘나서 그런다는 식으로 달래곤 했다. 희수는 동성에게 사랑받지 못하는 원인을 늘 밖에서만 찾아 왔다. 우경이 세현의 여자 친구에게 술을 따라 주며 말을 걸었다.

　"솔직히 말하면 세현이한테 여자 친구가 진짜 있을까 하는 생각을 몇 번 했었어요. 쟤네들이 분명 봤다는데 왠지 없을 것 같더라고요."

　여자가 전혀 기분 나쁘지 않은 어투로 되물었다.

　"왜요?"

　"여자한테 관심 없는 앤 줄 알았거든요."

　"어머, 남자를 따라다니던가요?"

　그녀의 농담에 다들 소리 내 웃었다. 웃지 않은 사람은 희수뿐이다. 같이 웃을 수 없는 자신에 짜증이 나는 동시에 처음 본 여자에게 심술이 났다. 이름과 성별 외엔 드러난 게 없는 여자. 약점을 찾아내고 말리라.

　"어느 대학 다녀요?"

　잠시 멈칫하던 여자가 희수 쪽을 보며 천천히 대답했다.

　"대학 안 다녀요."

　벌써 찾다니, 너무 쉽잖아!

　"아! 재수?"

　"아뇨."

이건 뭐지? 학교도 안 다니고 재수도 안 하면? 고등학생이라기엔 사람들을 너무 능숙하게 다루는데? 사실 그 정도로 어려 보이진 않잖아.

"대학 안 가요? 재수도 안 하고?"

설마 연상인가? 그 생각을 할 때 옆에서 조용히 듣고 있던 세현이 입을 열었다.

"선배는 그게 왜 궁금한데요?"

"당연한 거 아니야? 처음 만난 사람이면 뭐 하는 사람인지 알고 싶잖아. 너희는 안 그래?"

좀 치사한 것 같지만 나머지 아이들까지 끌어들이는 데 성공했다.

"솔직히 나도 그게 궁금했어."

"그럼 직장 다녀요? 알바?"

"뭐, 그런 셈이죠."

여자가 떨떠름하게 대답했다. 이래서 떳떳이 못 데리고 다닌 거니? 내세울 것 없는 여자 친구라? 세현이 그녀의 얼굴을 가만히 응시했다. 속내는 알 수 없지만 유쾌한 표정은 아니었다. 희수는 그 눈길을 무시하고 다시 질문했다.

"그럼 직업이 뭐예요? 구체적으로."

"그냥 돈 벌러 다녀요. 빚이 좀 있어서."

픕. 세현이 웃음을 터뜨렸다. 이건 또 뭐지? 희수는 당황스러웠다. 빚이란 말에 다들 입을 꾹 다물었다. 빙그레 웃던 여자가 상냥한 어조로 어마어마한 말을 시작했다.

"내가 너무 무시무시한 단어를 발설했나 보다. 대출이요, 대출. 아, 어둠의 경로로 생긴 빚은 아니고요."

살벌한 농담쯤으로 받아들였는지 분위기는 금세 와자지껄해졌다. 테이블 반대쪽에 앉은 동기 남자애가 혹시 연예인 지망생이나 연습생이냐고 물어 왔다.

"에이, 그런 건 여기 희수 씨 같은 사람이 해야죠. 말로만 듣던 주먹만 한 얼굴이 여기 있었네. 살아 움직이는 인형 같아요. 이런 얼굴 실물로는 처음 보는데 진짜 신기하다."

칭찬인 것 같은데 기분이 좋아지지 않는다. 묘하게 거슬리는 느낌. 여자가 너무나 편안한 목소리로 세현에게 말을 걸었다.

"나 한 잔 더 마실래."

"오, 진짜 달리는데?"

놀랄 만큼 다정한 음성이다. 막걸리를 따라 준 세현이 다시 표정을 바꿔 희수 쪽을 바라보았다. 잘못돼 가는 느낌을 떨칠 수가 없다. 화가 난 것 같은데 그 와중에도 목소린 침착했다.

"선배, 내 여자 친구한테 왜 이렇게 관심이 많아요?"

기분 나쁘게도 여자는 여전히 담담한 얼굴이었다. 희수가 대꾸하기 전 여자가 한발 앞서 입을 열었다.

"궁금할 수도 있지 뭘. 저 공무원이에요. 이젠 호기심 채워졌어요?"

그때 테이블 한쪽 끝에서 2차로 노래방에 가자는 제안이 나왔다. 그녀로선 거절할 이유가 없었다. 노래는 제일 자신 있는 것 중 하나였기 때문에.

"말 나온 김에 지금 가자."

뜻밖에도 세현이었다.

노래방에 들어간 지 얼마 안 돼 세현은 바로 후회했다. 두툼한 목도리를 걷어 낸 순간 동기 녀석들의 시선이 일제히 혜서의 몸에 꽂혔다. 가슴이 유난히 도드라져 보이는 니트 티, 엉덩이의 볼륨을 한껏 살려 주는 가죽 바지……를 입고 오라고 한건 그였다. 장희수를 떼어 낼 생각만 했지 나머지 수컷들은 미처 생각 못 했다. 전적으로 그의 불찰이었다.

세상의 반은 여자였고, 그의 주변에는 늘 관심을 끌지 못해 안달하는 여자가 득실거렸다. 치대지만 않으면 얼마든지 인간적으로 대할 수 있다. 하지만 세상이 그의 바람대로 돌아갈 리가 없었다. 동기 녀석들이 아무리 임자 있는 몸이라고 떠들어도 장희수는 경을 듣는 소처럼 웃어넘기곤 했다. 예를 들면 이런 식이다. '난 내 눈으로 봐도 잘 안 믿어.'

센 척. 세현은 딱 질색이었다. 갖고 싶은 건 다 가져야 하고, 하고 싶은 건 다 해야 직성이 풀리는 성격. 성장 과정까지 따지고 싶진 않지만 다른 남자들처럼 오냐오냐 떠받들 마음은 전혀 없다. 친구처럼 트고 지내자는 걸 꼬박꼬박 선배 대접을 해 주고 있다.

한동안 전공 수업 조별 프로젝트를 진행하면서 어울렸다. 아버지의 영향 때문인지 과연 도움되는 부분이 많았다. 하지만 그건 공公이고 이건 사私다. 객관적으로 보면 '건축대 여신'이라는 찬사에 모자람이 없는 사람이지만, 그에겐 의미 없는 수식어일 뿐이다. 여신은 정혜서 하나로 충분하다.

잠시 뜸을 들이던 장희수가 마이크를 잡고 일어섰다. 평소 노래에 자신 있어 한다는 건 알고 있다. 하지만 이 선배도 뛰는 놈 위에 나는 놈이 있다는 것 정도는 의식하고 살았으면 좋겠다. 그는 이 여자의 끝없는 자신감이 처음부터 질렸었다. 손가락 하나만 까딱하면 세상 남자들이 다 제 발아래 벌벌 길 거라고 생각한다면 오산이다.

동기 녀석들이 혜서의 노래를 듣고 싶어 하는 건 너무나 당연했다. 춤은 제발 참아 달라고 부탁한 게 효과가 있었는지 제법 얌전한 노래만 부른다. 바로 앞의 여자에 비해 담백한 창법이지만 울림은 더 컸다. 희수 선배의 표정이 싸늘하게 식는 걸 보는데 미안한 생각마저 들 정도였다.

제자리로 돌아온 혜서가 목이 마른지 맥주를 벌컥벌컥 들이켰다. 동기 녀석들이 앞다투어 안주로 나온 새우깡을 권했다.

'받지 마, 받지 마!'

"고마워요."

알뜰히도 받아먹는다. 세현은 그중 혜서에게 제일 관심을 보이는 녀석에게 임재범의 '고해'를 부르라고 부추겼다. 넌 이제 새 됐어. 뜻밖에도 혜서는 목이 터져라 고해를 부르며 몸부림치는 친구를 도와 끝까지 노래를 불러 줬다. 어린애가 너무 가엾다나 뭐라나. 〈정혜서 사용 설명서〉란 지침서가 발행됐으면 좋겠다.

우경의 씩씩한 노래가 끝나고 희수가 다시 일어났다. 기교가 잔뜩 들어간 장희수의 노래를 듣던 혜서가 그의 귓가에 대고 말했다.

"같은 과에 저렇게 예쁜 애가 있다는 건 왜 말 안 해 줬어?"

"어디가 예뻐. 생기다 만 서양 인형 같구먼."

"저 애 제거해 달라고 나 부른 거야?"

예리한 여자다. 이래서 엉뚱한 짓을 못 한다.

"신경 안 써도 돼. 저기 머리 짧고 덩치 큰 여자애 있지? 쟤는 기억해 둬."

"왜?"

"디자인 감각이 탁월해. 타고났어. 언제가 될지는 모르지만 꽤 좋은 작가가 될 것 같아."

"그래? 그럼 쟤랑 친하게 지내. 나중에 건축사 사무소 열면 같이 일해도 되지 않나? 서로 윈윈 하면 좋잖아."

이 여자 심장은 플라스틱으로 만들어졌나. 질투심 유전자가 아예 없는 거야? 남자처럼 보여도 쟤도 가슴 달린 여자라고.

"유학 가서 그 나라에 눌러앉을 수도 있지. 우리나라 건축물이 왜 하나같이 네모반듯하고 그게 그거 같은지 알아? 건축주들이 설계에는 돈을 투자하려고 하지 않거든. 면적만 넓게 뽑아 주길 원해. 면적이 곧 돈이니까. 간혹 의식이 깬 건축주를 만나 설계를 근사하게 해도 그걸 받쳐 줄 구조 기술사를 만나기 어려워. 그래서 아예 다른 나라 구조 기술사를 쓰거나 시공에 맞춰 설계를 바꾸는 일도 비일비재해."

"우리나란 왜 이러냐. 어느 구석 하나 제대로 돌아가는 데가 없는 것 같아."

"우리 혜서 또 조국의 안녕을 고민하네."

"진짜 걱정돼. 나도 먹고살기 힘들어 죽겠는데 내가 나라 걱정까지 해야 해? 그런 의미에서 노래 한 곡만 더 하고 올게. '아름다운 강산' 부를까?"

방금까지 범사회적 고민을 하던 혜서가 노래한다. 손잡고 가 보자. 달려 보자. 저 광야로. 우리들 모여서 말해 보자. 새 희망을. 흥을 타고난 여자다.

20분 뒤 노래방 앞 계단. 혜서가 그의 어깨에 팔을 두르며 큰형님처럼 얘기했다.

"다음에 나 필요하면 또 불러. 오늘 재미있었어."

"그럴 일 없을 거야. 솔직히 말해 봐. 나 없는 데서도 그러고 놀아?"

"어우, 너 없으면 더하지."

노래방에서 나온 희수는 머리가 깨질 것처럼 아팠다. 지난 한 시간 30분이 악몽 같았다. 시작은 괜찮았다. 성악을 전공한 엄마의 유전자를 고스란히 물려받지는 못했지만, 대중가요만큼은 웬만한 가수 못지않게 부를 자신이 있었다. 환호는 늘 그녀를 위해 준비된 것이었다. 정혜서란 여자가 마이크를 잡기 전까지는.

인간 주크박스. 어떤 노래가 나와도 연습한 것처럼 부르는 모습에 벌어지는 입을 앙다무느라 턱이 아플 지경이었다. 일인자의 자리에서 내려와 이인자가 된 기분이 이럴까. 처음부터 박수 쳐 주는 위치였다면 그렇게까지 비참하진 않았으리라.

노래방 앞에서 뿔뿔이 흩어졌다. 3차를 가자는 말이 나왔지만 세현은 늦었다며 여자 친구의 어깨를 감싸 안고 제일 먼저 떠났다. 남자애들이 둘의 뒷모습을 보며 부러움 가득한 한탄을 한마디씩 토해 냈다.

"나도 저런 여자가 있었으면!"

"저러니 다른 여자가 눈에 안 들어오지."

"여자 친구의 완결판."

"세상의 끝 여자 친구."

"열라 부러운 자식!"

남자들은 한 잔 더 하자며 술집을 찾아갔고 그녀와 우경만 남았다. 바로 집에 가기가 싫어 찻집을 찾았다. 커피잔을 껴안듯 들고 마시던 우경과 눈이 마주쳤다. 하고 싶은 말이 있는 눈치다. 왠지 듣고 싶지 않았다.

"희수 언니, 포기해."

"뭘?"

"알면서 왜 물어?"

"……."

"걔 언니한테 안 넘어와. 열 번, 스무 번 찍어도 안 넘어가는 나무 있어. 진세현은 그런 나무야."

"이젠 기분 나빠서라도 포기 안 해."

일부러 보란 듯 그 여자를 부른 게 아닌가 하는 생각이 든다. 그것도 관심이라고 우기고 싶다. 내가 신경 쓰인다는 거잖아. 무시할 수도 있는데.

"진심으로 충고하는데, 포기하면 편해져."

우경이 1학기 때 세현에게 관심을 뒀었다는 건 알고 있다. 하긴 안 그런 여학생이 드물었다. 심지어 남자 친구가 있는 애들까지도 떡 줄 생각조차 없는 진세현과 비교하며 김칫국을 들이켜곤 했다.

"얼굴은 내가 더 예쁘잖아. 내가 스펙도 더 좋을걸."

"진세현 얼굴은 안 완벽해? 걔 프로필은 안 화려해? 잘생긴 남자들 의외로 여자 얼굴 많이 안 따져. 그 여자, 완벽한 미인은 아니지만 안 질리게 예쁜 얼굴이야. 눈 초롱초롱한 거 봤지? 성형이나 돈으로 만들 수 있는 게 아니라고. 세현이가 설마 얼굴만 보고 좋아했겠어? 말하는 거 듣다 보면 내 속까지 다 털어놓고 싶더라. 아름다운 강산 부를 땐 일어나서 기립 박수 칠 뻔했네."

"그만해. 나도 그 자리에 있었거든."

"솔직히 언니 오늘 좀 치사했어. 다니는 학교 물어보고, 어디 사는지 물어보고. 왜, 그 애 아빠 직업도 물어보지 그랬어?"

"나도 그건 후회하고 있어."

차가운 아이인 줄 알았다. 도에 넘치는 행동을 하는 걸 본적이 없다. 여자 친구가 먹다 남긴 술과 안주를 아무렇지도 않게 먹는 그는 너무 낯설었다.

"세현이가 그 여자 노래 부르는 모습 촬영하는 거 봤지? 딱 아씨한테 꽂힌 돌쇠 같더라."

표현을 해도 꼭. 여자가 노래를 시작한 순간, 프로를 앞에 두고 잘난 척한 아마추어가 된 것 같아서 얼굴이 홧홧하게 달아올랐었다.

"노래방에서 알바하나? 어떻게 모르는 노래가 없어. 날라리도 아니고. 공무원 맞아?"

"그렇다잖아."

"9급 공무원인가?"

"몇 급이든. 언니가 진세현이라면 자기한테도 있는 완벽한 얼굴을 갖고 싶겠어, 자기한테 없는 빵빵한 가슴하고 엉덩이를 갖고 싶겠어?"

"그까짓 가슴, 수술이라도 하면 되지."

"자연산을 무슨 수로 이겨? 실리콘이. 그것도 꽉 찬 B컵을."

"C컵 아니었어?"

그녀의 말에 우경이 웃음을 터뜨렸다.

"그건 옷 때문에 일어난 착시고. 내 눈은 정확해. 알지? 나 데생하고 드로잉만 10년 넘게 한 사람이야."

우경은 오랜 기간 미대를 준비하다 성적이 아까워 건축학과로 진로를 바꾼 케이스였다. 미술 관련 전공 수업 때면 훨훨 날아다녔다. 같은 과 여학생 중 거의 유일하게 진세현과 편하게 지내는 아이이기도 했다.

"그 정도가 남자라면 누구나 선호하는 사이즈야. 호불호가 안 갈리는 크기라고. 이쪽이든 저쪽이든. 아마 살 좀 붙으면 바로 C컵 될걸."

희수는 몸집에 비해 형편없이 납작한 우경의 가슴을 쳐다보았다. 너나 나나 참.

"하나 더 할까? 그 여자 골반 봤지?"

"어."

"안 보고 싶어도 자꾸 눈이 가지?"

"⋯⋯어."

"여자인 우리도 이런데 남자들 눈엔 어떨 것 같아?"

더 막막해진 그녀에게 우경이 쐐기를 박았다.

"포기하면 나처럼 밥이라도 편히 먹을 수 있어."

19 우리, 신혼부부 놀이 할까?

어려서도 이토록 크리스마스를 기다려 본 적이 없다. 세현에겐 원대한 계획이 있었다. 물론 혜서와 함께다. 그즈음이면 호텔 예약하기가 하늘의 별 따는 것보다 한 단계 쉬울 것이라는 그녀의 조언에 따라 두 달 전 예약까지 해 놓았다.

그날의 스케줄은 단순했다. 아침 일찍 만나 같이 장을 보고 호텔로 들어가 밤 11시까지는 문밖으로 절대 나오지 않는다. 어떤 책을 가져갈까, 어떤 메뉴의 음식을 만들어 먹을까, 어떤 음악을 들을까 하는 것부터 시작해서 은밀하고 달착지근한 고민까지. 프런트에 부탁하면 영화 DVD도 빌릴 수 있다. 숙박업소엔 거부감이 심한 혜서도 레지던스 호텔은 싫어하지 않았다. 얼마나 다행인지. 사실은 3박 4일 일정으로 여행하고 싶다는 생각을 구체적으로 해 봤다.

"만약 우리 둘이 여행 간다면 가족들 반응이 어떨까?"

"현서 형이 날 죽이려고 하겠지."

"설마."

"설마가 사람도 잡지. 우리 나중에 결혼하면 여행 자주 다니자."

"그래. 세현아, 이 시점에서 한 번 더 강조할 게 있는데 나 진짜 아기 안 낳아도 돼?"

그랬다. 조부모에겐 2남 2녀를 낳아 드리겠다고 선언했고, 절친에겐 1남 2녀를 낳고 싶다고 강조했지만, 정작 그의 아이를 낳아 줄 여자에겐 그렇게 싫으면 안 낳아도 된다고 허락했다. 결혼만 해 준다면. 그 생각만 하면 어떻게 설득을 해야 할지 막막하다.

"내가 낳을 수만 있다면 대신 낳겠지만, 내가 낳는 게 아니니 그렇게 싫으면 할 수 없지 뭐."

"또 모호하게 말한다. 나중에 딴말하면 안 된다?"

"알았어. 우울한 얘기 그만하고 그날 뭐 하고 놀지 생각하자."

"우리, 신혼부부 놀이 할까? 아침부터 밤까지 진짜 신혼부부처럼 지내는 거야. 둘이서만."

역시 우리 혜서다. 밥 먹다가도 눈이 마주치면 밥상을 팽개치고⋯⋯. 그가 아는 신혼은 그런 것이었다.

"어쩜 이렇게 기특한 생각을 했어?"

아무도 안 믿겠지만, 그조차도 믿기지 않지만 봄에 산 콘돔 한 박스를 아직 다 못 썼다. 한 개가 남은 건 다 쓴 거나 마찬가지라는 건 정혜서 생각이고, 0과 1의 차이는 어마어마하게 크다. 수학을 좋아하는 사람이라면 무슨 뜻인지 잘 알 것이다. 사실 혹시 몰라 몇 달 전에 한 박스를 더 사 두었었다. 초박형 신제품으로. 꿈도 야무졌다. 그사이 신제품이 또 나왔겠지. 저번 제품 테스트도 아직 못 했는데.

"그날은 너한테 자기라고 불러 줄게. 온종일."

으아, 사람 미치게 하는 재주까지 골고루 갖췄다. 돈 빼고 다 가진 여자다. 그에겐 아주 절실한 희망 사항이 하나 있었다.

"결혼하면 매일 할 거야. 아침, 저녁, 밤, 새벽으로 할 거야. 봐주는 거 없어."

"으아, 너 진짜 그럴 거 같아."

내일이면 크리스마스이브. 세현은 들뜬 마음을 티 내지 않으려고 노력하며 긴 하루를 보냈다. 오전에 성탄 선물을 사러 백화점에 들렀을 때부터 배가 살살 아프긴 했다. 드물게 있는 일이지만 약도 병원도 좋아하지 않는 터라 버텨 보기로 했다.

본격적으로 아프기 시작한 건 동생의 과외가 끝나 갈 시점이었다. 저녁으로 특별한 음식을 먹지 않았으니 배탈이 난 건 분명 아니었다. 나중엔 체한 것처럼 명치 아래가 답답하고 헛구역질까지 나왔다. 소화제를 먹고 방으로 들어온 세현은 아픈 티를 내지 않고 혜서와 마지막 통화를 했다. 내일의 신혼부부 놀이 일정에 문제가 생기면 안 되니까. 뭔지는 잘 모르겠지만, 특별한 성탄 선물을 주겠다고 해서 기대가 컸다. 설마 죽기야 하겠어? 낼 아침이면 감쪽같이 나아 있을 거야. 그래야만 해.

그는 생크림 같은 혜서의 몸을 떠올리며 억지로 잠을 청했다.

밤을 거의 새운 것 같다. 그렇게까지 아픈 건 태어나서 처음이었다. 견디다 못한 그는 맞은편 방에서 쿨쿨 자고 있을 동생에게 전화를 걸었다. 방으로 얼른 와 보라고.

침대 시트가 축축해지도록 식은땀을 흘리고 있는 형을 발견한 우현은 바로 꽉 닫힌 부모님 방의 문을 두드렸다. 형이 많이 아픈 것 같다는 작은아들의 말에 놀란 경훈은 오랜만에 큰아들 방을 찾았다. 배가 아프다기에 아픈 부위를 찾고 몇 가지 물어본 뒤 다리를 들어 보게 했다. 세현은 다리를 들어 올리지도 못할 정도로 힘들어했다. 경훈은 잠옷 위에 카디건을 걸치고 온 아내를 바라보았다.

"아무래도 충수염 같은데? 당신 보기엔 어때?"

미국 유학 시절 맹장이 터져 수술한 경험이 있었기에 가능한 해석이었다. 서연이 보기에도 그때의 증상과 거의 흡사했다. 새신랑이었던 경훈은 미련스럽게 이틀이나 그 고통을 참았었다. 남편이 아픈 아들을 부축해 집을 나설 동안 서연은 종합병원 의사로 일하고 있는 친구에게 연락을 해 두었다.

한 시간 뒤. 피검사와 복부 CT 촬영을 마친 세현에게 급성충수염이라는 진단이 내려졌다. 백혈구 수치가 만이 넘었다. 모두가 집안의 장남을 걱정하고 있을 때, 그는 혜서와의 약속을 걱정했다. 하필이면 이때. 하필이면 이런 식으로.

혜서가 남자 친구의 전화를 받은 건 막 씻고 나와 화장을 시작할 때였다. 통화를 마친 혜서는 주방으로 엄마를 찾아갔다.

설거지를 마친 연희가 소리 나는 쪽으로 돌아봤을 때 딸의 눈에서 눈물이 주르르 흘러내렸다.

"왜 그래! 혜서야, 왜?"

"엄마, 세현이 입원했대. 수술해야 한대."

"갑자기 무슨 수술? 다친 거야?"

"아니. 맹장 수술. 어떡해?"

그나마 다행이다 싶어 연희는 덜컥 내려앉은 심장부터 끌어올렸다. 딸이 병원을 얼마나 싫어하는지 익히 알고 있다. 아직도 아빠의 죽음에서 완전히 벗어나지 못한 딸이다. 연희는 눈물이 그렁그렁한 혜서를 달랬다.

"괜찮아. 맹장 수술은 수술도 아냐. 요샌 복강경으로 해서 사흘이면 퇴원할 수 있어. 걱정하지 마."

지갑과 휴대폰만 챙겨 들고 나간 혜서는 5분도 안 돼서 택시를 잡았다. 가면서 세현의 엄마와 다시 전화 통화를 했다. 서연도 아들의 여자 친구를 다독였다. 큰 수술 아니니 너무 걱정하지 말라고.

"세현이하고 통화할 수 있어요?"

— 기다려. 바꿔 줄게.

"네."

— ······나야.

"많이 아파?"

— 미안.

"뭐가 미안해. 늦어도 20분 안에 도착할 거야. 차가······ 막

히네. 아파도 조금만 참아."

— 왜 울어. 울지 마.

"……금방 갈게."

지하 식당에서 아침을 먹고 온 우현은 병원을 배경으로 드라마를 찍는 줄 알았다. 주연배우는 진세현과 정혜서. 누가 보면 말기 암 환자가 개복수술이라도 하러 들어가는 줄 알겠다. 지난달 같은 반 친구가 맹장 수술을 한 적이 있다. 친구는 일주일이나 학교에 나오지 않아도 된다면서 엄청 신나 했다. 애들도 하는 수술인데 왜 저러는 거지?

혜서 누나는 연기파 배우처럼 눈물을 줄줄 흘렸다. 형은 주위에 아무도 없는 것처럼 누나의 얼굴에 흐르는 눈물을 연신 닦아 냈다. 와, 메디컬 드라마도 로맨틱 코미디도 아니고 저건 그냥 신파잖아! 부끄럽다. 그러나 둘 사이엔 함부로 웃어넘길 수 없는 뭔가가 있었다. 우현은 잠시 자신의 충수돌기에 문제가 생겼을 때 저렇게 울어 줄 여자가 있을까 하는 생각에 빠졌다. 아직은 엄마 외엔 없어 보인다. 엄마조차 확실하지 않다. 엄만 은근 냉정하니까.

곧 수술이 시작된다. 간호사가 다들 비켜 달라고 부탁했다. 세현은 그 순간 한 가지 바람밖에 없었다.

"마취에서 깨면 바로 얼굴 보이게 옆에 있어."

혜서는 말도 못 하고 고개만 끄덕였다. 다시 큰 눈에 눈물이 그득 차올랐다. 엄마가 혜서를 데리고 어디론가 사라졌다. 아버지가 옆으로 오셔서 손을 잡아 주셨으나 눈 마주칠 기운도 없었다. 전신마취를 한다고 들었다. 설마 다시 안 깨어나는 불상사는 없겠지. 그럼 나의 정혜서는 어쩌라고. 혜서보다 한 시간이라도 늦게 죽어야 하는 게 그의 의무였다. 빌어먹을 총수돌기. 죽은 듯이 살 것이지 왜 하필 이 중요한 날에 말썽이냐고.

이동식 침대에 누운 그는 얼른 수술이 시작되기만을 기다렸다. 갑자기 등장한 간호사가 그가 입은 환자복 바지를 끌어 내리려고 했다. 세현은 재빨리 바지를 움켜잡으며 버럭 소리 질렀다.

"지금 뭐 하시는 거예요!"

"저기, 수술 전에 제모를 해야 하는데요. 윗부분만 밀면 되는……."

"알겠는데, 그쪽이 하겠다는 건가요?"

"네. 제가 담당인데요."

"남자 불러 주세요. ……남자분이 하게 해 달라고요."

세현은 거웃이 나기 시작한 이후로 혜서 외엔 어떤 여자에게도 그 부분을 보여 준 적이 없다. 앞으로도 다른 여자에겐 절대 보여 주지 않을 생각이다. 그게 아무리 의학적인 조치라 하더라도. 젊은 의사가 와서 그의 얼굴을 힐끔 내려다보더니 바지를 엉거주춤하게 끌어내렸다. 아무나 하면 어때서. 여자가 해 주면 더 좋지. 이런 기회가 흔하냐고. 의사가 중얼거리는 소리를 들으며 그는 짜증스레 눈을 감았다. 성인이 되고 처음 맞이하는 크리스마스이브는 그렇게 시작됐다.

눈을 떴을 때 혜서가 옆에 있었다. 부기는 거의 가라앉았지만 여전히 걱정이 가득한 눈이다. 무사히 깨어나서 다행이었다. 무슨 일이 있어도 혜서를 두고 죽을 순 없다.

"약속 지켰네."

"아프지? 내일부턴 차츰 괜찮아질 거래."

"참을 만해. 지금 몇 시야?"

점심시간이 훌쩍 지나 있었다.

"밥은 먹었어?"

"배 안 고파. 너도 가스 나오기 전엔 못 먹는대. 아줌마, 아저씨는 일이 있어서 가셨고, 우현인 집에 가 있으라고 했어. 좀 있으면 할머니 오실 거야."

반대쪽에 빈 침대가 하나 보이는 걸 보니 2인용 병실인 모양이다. 전신마취 후유증인지 목이 좀 아팠다.

"메리 크리스마스. 미안해. 병원에서 성탄절 이브를 보내게 해서."

"괜찮아. 너만 말짱하게 회복되면 돼. 몸 안에 수술할 때 주입한 가스가 남아 있어서 배가 좀 거북할 거래."

안 그래도 아랫배가 개구리처럼 부푼 느낌이었다.

"선물 사 놓은 거 집에 있는데, 우현이한테 가져오라고 할까?"

"다음에 줘."

"혹시 내 선물도 있어?"

"응. 두 가지 준비했는데 하나는 집에 있고 나머지 하나는 여기 있어."

"뭔데? 지금 주면 안 돼?"

"그게, 지금은 곤란한데."

궁금한 게 당연했고 곤란하다는 대답도 당연했다. 그녀가 준비한 두 번째 선물은 그가 '스물한 살이 되기 전에 꼭 하고 싶은 버킷리스트' 1순위였다.

"퇴원할래. 간호사 불러 줘."

진짜 일어날 기세였다. 혜서는 그의 상체를 슬며시 누르며 조곤조곤 이야길 시작했다.

"한 달은 조심해야 한대. 운동도 심하게 하면 안 되고 뭐든 살살. 방학이라 그나마 다행이다."

한 달이라니! 진세현 부처 만들기 프로젝트도 아니고 이게 뭔가. 산타 할아버지가 원망스럽다. 세상의 신들은 다 어디서 뭘 한단 말인가.

"성탄절 지나면 선물 유효기간 끝나?"

"다 나을 때까지 미뤄 줄게. 그러니까 얼른 회복이나 해."

혜서가 너그러운 미소를 지으며 그의 볼에 입을 맞췄다. 평소 같았으면 목을 확 끌어안고 뜨겁게 입맞춤을 해 댔을 텐데 상황이 허락지 않았다.

"할머니 오시면 난 집에 갈게."

"내일 또 올 거야?"

"그건 좀 힘들 것 같아."

정말 서운했지만 내색하지 않고 고개를 끄덕였다. 병원이 편할 까닭이 없다. 혜서가 병원을 유난히 싫어하는 것도 안다.

'그래도 성탄절인데 내일도 와 주지.'

"아깐 급히 오느라 지갑만 들고 왔어. 가서 짐 챙겨 올게. 오늘 여기서 자고 가도 돼?"

"그걸 말이라고."

"필요한 거 없어? 만화책이라도 빌려 올까?"

"아니. 너만 있으면 돼."

손자가 수술실에 들어갔다는 소식을 전해 들은 인희는 하루 전 제주도로 골프 여행을 떠난 남편에게 연락부터 했다. 날도 추운데 집에 있지 굳이 이 겨울에 골프를 하는 용민이 못마땅해 한바탕 잔소리를 퍼부었다. 괜한 심술이었다. 온천을 겸해 오키나와까지 가서 라운딩하자는 걸 마다한 건 그나마 다행이었고. 남편은 라운딩이 끝나는 대로 짐을 꾸려 올라오겠다며 전화를 끊었다.

막 깨어났다는 손자는 걱정한 것보다 괜찮아 보였다. 조바심에 1년은 늙어 버린 기분이다. 집에 다녀온다는 혜서를 붙잡고 준비해 간 도시락을 풀었다.

"세현 어미가 너 점심도 안 먹고 이러고 있다고 해서 밥만 얼른 해서 가져온 거야. 찬은 집에 있는 거라 별거 없지만 식당 밥보다야 낫겠지."

"죄송한데 나중에 먹을게요."

아무래도 쫄쫄 굶고 있는 세현 때문인 것 같았다. 손자도 그렇게 느꼈는지 링거를 가리키며 말했다.

"난 이거 먹고 있잖아. 밥부터 먹고 갔다 와."

"할머닌 드셨어요?"

"너하고 같이 먹으려고 그냥 왔다. 너 안 먹으면 나도 안 먹으련다."

입맛이 없는지 먹는 시늉만 하던 혜서가 금방 자리를 떴다. 간호사가 몇 번 드나들 동안 내내 조용하던 손자는 혜서가 다시 와서야 낯을 밝혔다.

저녁나절 온 가족이 다시 모였다. 옆 침대에 새 환자까지 들어온 터라 병실 안이 더 어수선했다. 아예 1인실로 옮겨 줄까 생각하며 인희는 까칠해진 손자의 얼굴을 바라보았다. 손자에게 당장 필요한 건 안정과 혜서뿐인 것 같다. 서운하게도 큰손자는 빈말로도 더 계시다 가라는 말이 없다. 병실 문을 나서자마자 우현이 떠들기 시작했다.

"그럼 누나가 여기서 자는 거야? 밤새? 직계가족도 아닌데?"

"혜서 어머니가 뭐라 하시지 않을까요?"

아들 경훈이다. 당연히 걱정할 만한 소리였다.

"혜서가 아까 말하고 왔단다. 예서 잔다고. 나도 통화했으니 너무 신경 쓰지 마라. 성탄절인데 같이 있고 싶을 테지."

"아빠, 둘이 결혼도 안 했는데 같이 자게 해도 돼?"

능청맞은 손자의 물음에 며느리가 어이없는지 웃음을 터뜨렸다.

"아들, 간호해 주는 거잖아."

"그래도 같이 자는 건 맞잖아."

"뭐가 맞아? 옆에 다른 환자도 있고, 누난 간이침대에서 잘 건데. 중학생, 신경 *끄셔*."

밤 10시가 넘어가니 병원 안이 조용해진다. 병실 가운데 커튼을 쳐서 반대편 침대와 거리감이 느껴지게 했다. 따뜻한 물수건을 만들어 온 혜서가 그의 얼굴과 손을 어린아이 다루듯 조심스럽게 닦아 냈다. 손가락 사이까지 꼼꼼히 살핀 혜서가 핸드크림을 바른 뒤 약지에 반지를 끼워 줬다. 수술실에 들어가기 전에 맡겼던 것이다.

"이러니까 진짜 결혼한 것 같다."

"그래?"

"어. 어머니가 여기서 잔다고 뭐라 안 하셔?"

"내가 병원에서 잔다고 우겼어. 자긴 어서 낫기나 해."

자기래, 자기! 드디어 혜서가 맨정신으로 자기라고 불렀다. 이래저래 기념비적인 날이다.

"또 해 봐, 자기."

"연달아는 못 하겠다. 좀 쉬었다가."

닷새만 지나면 스물한 살이 된다. 남들 눈엔 그래도 어려 보이겠지만 그에겐 의미가 큰 숫자였다. 건너편 침대 쪽에서 코고는 소리가 점점 커진다. 두 개의 소리가 번갈아 들리는 걸 보니 환자와 보호자 둘 다 숙면 중인 것 같다.

"혹시 '부부수'라는 말 들어 봤어?"

"처음 들어. 숫자야?"

"응. 부부수라는 게 있어. 예를 들어 48의 약수 중 1과 자기 자신을 제외한 약수 2, 3, 4, 6, 8, 12, 16, 24를 모두 더하면 75고, 75의 1과 자기 자신을 제외한 약수 3, 5, 15, 25를 모두 더하면 48이 되지? 이런 게 부부수야. 140과 195, 1575와 1648, 2024와 2295도. 친화수와 다른 점은 약수의 합을 구할 때 1을 제외한다는 것과 모두 짝수와 홀수의 쌍으로 짝지어져 있다는 점이야. 남성을 의미하는 짝수와 여성을 의미하는 홀수의 결합을 상징해서 그런 이름을 붙였대."

세현의 차분한 설명을 들으며 혜서는 수학이 생각보다 아름다운 학문이라는 생각을 했다. 그녀가 놓친 아름다움을 그는 이미 오래전부터 알고 있었다. 이렇게 서로가 모르던 분야를 공유하는 기쁨이 의외로 컸다.

"만약 니가 우리 학교 수학 선생님이었다면 나도 수학을 좋아했을지 몰라. 미친 듯이 공부했을 거야."

세현은 존경심이 깃든 여자의 눈을 향해 손을 뻗었다. 편히 만질 수 있도록 혜서가 다가와 주었다.

"손 좀 줘 봐."

혜서가 의심 없이 두 손을 내밀었다. 세현은 그녀의 검지에 끼워져 있는 반지를 빼내 그 안을 들여다보았다. 반지 안엔 그의 이름이 새겨져 있다. 쓰고 싶은 말이 너무 많아서 서로의 이름 세 글자만 새겨 넣었다. 혜서의 하얀 손가락에 다시 반지를 끼워 주며 처음인 듯 물었다.

"나하고 결혼해 줄 거지?"

"응."

이렇게 예쁜 여자를 두고 가야 한다. 한없이 그날을 미루고 싶다.

"조만간 입대해야 해."

"알아."

"얼른 갔다 올게."

얼른이라니. 그도 안다. 그게 얼마나 긴 시간인지. 그래서 정말 기다려 줄 건지 되물을 수가 없다. 혜서의 검은 눈동자에 물기가 어른거렸다. 또 이 여자를 울린 건가.

"아프지 말고, 다치지도 마. 어디 안 가고 기다릴게."

혜서의 손등에 입을 맞춘 세현은 손의 주인을 바라보며 느리게 고백했다.

"지금 이 기분, 이 마음, 평생 잊지 않을게."

사랑한다 말하지 않아도 알아주는 여자가 있다. 나의 누이, 나의 연인. 어른의 모습으로, 남자의 가슴으로 사랑할 것이다. 50년, 100년이 지나도 이 여자만.

"이리 올라와. 같이 자자."

"간호사 오면 어떡해?"

"그럼 나 잠들 때까지만 옆에 누워 있어."

"내가 먼저 잠들 것 같아서. 책 읽어 줄게. 들으면서 자."

혜서가 책을 펼쳐 읽기 시작했다.

인연이란 얼마나 대단한 말인가. 한 사람의 인생을 송두리째 바꿀 수도 있는 단어. 지금 내 손을 잡고 있는 남자가…….

안정제를 맞은 것처럼 영혼까지 평온해진다. 이 예쁜 얼굴을 더 오래 보고 싶은데 자꾸 눈이 감긴다. 내일은 눈이 올까? 눈 쌓인 아침 풍경을 보면 강아지처럼 좋아할 텐데.

"……그러니 걱정 마세요. 나는 언제나 곁에 있습니다. 당신이 느끼든, 느끼지 못하든……."

이건 꿈일까? 잠든 그의 이마 위로 여자의 입술이 내려앉는다. 따뜻한 눈송이 같다. 세상의 소음으로부터 닫힌 그의 귓가에 여자가 달콤한 속삭임을 흘려 넣는다.

"자기야, 사랑해."

세현's Diary

입대하기 전 2개월은 짧은 내 인생에서 가장 파란만장한 시기가 아니었나 싶다. 혜서는 사흘 내내 병실에서 잤다. 첫날은 어영부영 넘어갔지만, 둘째 날은 다들 말리는 분위기였고, 마지막 날엔 아예 포기한 눈치였다. 아버진 혜서를 친딸인 양 바라보시며 내게 눈치를 주셨다. 난 꿋꿋이 버텼다. 그 순간만 넘기면 같이 밤을 보낼 수 있으니까.

간호사가 소중한 내 엉덩이를 반쯤 까고 주사를 놓는 건 여전히 불쾌했으나, 병원 안에 우리 커플 얘기가 파다하게 소문난 건 나쁘지 않았다. 어디서 시작된 말인지 모르겠는데 우리가 약혼한 사이라는 소문이 공공연히 퍼져 내 여자를 심란하게 했다. 난 즐거운 티를 내지 않으려고 얼굴 근육을 자주 경직시켰다.

병실의 하루는 길었다. 특히나 혜서가 극단으로 출근한 낮 시간은. 인턴으로 일하는 건축사 사무소 외엔 아무에게도 알리지 않아 가족 말고는 병문안 오는 사람도 없었다. 늦은 밤 그녀가 돌아오면 난 두 번째 성탄 선물이 여전히 유효한지 확인하며 어리광을 부렸다.

"속고만 살았어? 공증이라도 받아 줘?"

"그래도 돼? 법무사 부를까?"

"거기에다 뭐라고 쓸 건데?"

"이날 하루는 하고 싶은 만큼 원 없이 하게 해 준다."

혜서가 내 몸에서 때릴 곳을 찾다가 이내 포기하고 한 글자씩 꾹꾹 눌러 말했다. 환자복한테 고마워해. 뭐래도 상관없었다. 난 내 한계치를 시험하고 싶었다.

"난 건강하니까 2주면 완벽하게 회복하지 않을까? 한 달까지 기다릴 필요 없어."

이번엔 꼬집을 곳을 찾는 눈치였다. 팔뚝을 내밀며 자진 납부했다. 차마 못 건드리겠던지 혜서가 누그러진 목소리로 뜻밖의 선물을 안겨 줬다.

"군대 갈 때까지 쿠폰도 발급해 줄게. 어서 낫기나 해."

"무슨 쿠폰?"

"눈 오는 날 쿠폰."

"그게 뭐야?"

눈 오는 날은 무조건 만나서 내가 하고 싶은 걸 하게 해 준다는 비정기 쿠폰이었다. 입대 전까지 한시적으로 발행하는 거였다.

갑자기 왜 이렇게 친절해졌지? 불안한 마음을 품고 조심스럽게 물었다.

"그 쿠폰, 딱 1회만 사용 가능한 거야?"

"3회까지 가능."

그쯤에서 감지덕지해야하는 건 잘 알지만 또 묻고 싶었다. 환자니까 이 정돈 이해해 주겠지.

"겨울 다 지날 때까지 눈 한 번도 안 오면?"

"설마. 그래도 겨울인데 눈이 안 오겠어?"

"아주 불가능한 일은 아니야. 겨울비는? 비가 얼면 눈 되는 거잖아. 성분은 그게 그거야."

혜서가 너그럽게 웃으며 내 머리카락을 빗어 넘겼다. 어쩌다 한번쯤은 아플 만한 것 같다.

"알았어. 비 오는 날 겸용 눈 오는 날 쿠폰. 대신 비나 눈 안 온다고 나한테 짜증 내기 없기."

"당연하지. 밥 먹을래."

"또? 저녁 먹은 지 두 시간도 안 됐어."

"아까 어머니가 가져오신 거 있잖아. 그거 먹고 병원 세 바퀴만 돌자."

입대가 두 달도 안 남은 시점이었다. 무조건 빨리 나아야 했다.

한글을 몰랐던 때도 난 떡국을 세 그릇씩 먹는다고 해서 그만 큼 나이를 먹는 건 아니라는 걸 알았다. 그래도 고작 스물한 살이라는 게 가끔은 화가 났다. 스무 살이 되기만을 바랐던 열아홉은 까맣게 잊고.

더 화나는 일은 그즈음 유난히 눈이 자주 왔다는 사실이다. 혜서는 병원에서 말한 한 달을 철저히 지킬 태세였다. 내 몸은 내가 제일 잘 안다. 수술한 다음 날 새벽에도 평소와 다름없던 몸인데. 아기를 낳은 것도 아닌데 뭣 때문에 한 달을 채워야 하는 건지 나로선 이해 불가였다. 또 눈이 온다. 제기랄.

인생은 고민의 연속이라지만 가끔은 옆에서 살짝만 도와줘도 해결될 만한 일이 생기기 마련이다. 새해가 된 지 며칠 안 돼서 혜서는 창작 뮤지컬 오디션을 앞두고 갈팡질팡했다. 고민한다고 인생이 달라질 것 같으면 매일 고민만 하고 있게? 난 혜서 모르게 어머니와 긴 통화를 나눴다. 어머닌 내 말을 조용히 경청하셨다.

며칠 뒤 혜서는 오디션을 봤고 1월 셋째 주에 합격을 통보받았다. 조연인데다 더블 캐스팅도 아니고 얼터네이트(Alternate: 더블 캐스팅의 경우 비슷한 회차의 무대에 오르지만 얼터네이트는 평일 공연이나 더 적은 회차를 소화함)라지만 그건 문제 되지 않았다. 오히려 그녀는 앙상블(주연배우, 조연배우들 말고 뒤에서 화음을 넣는 배우)도 같이 할 수 있다며 좋아했다. 특이하게도 인형에서 사람으로 변하는 역할이었다.

일이 되려니까 일사천리로 흘러갔다. 딸을 혼자 둘 수 없어 지방을 오가던 그녀의 어머니는 아예 서울 집을 정리하고 청양에 내려가기로 결정하셨다. 어른들끼리 따로 얘기가 오간 눈치였다. 며칠 뒤 어머니가 할 말이 있다며 나를 불러내셨다. 잔뜩 긴장해서 약속 장소로 갔다. 언젠가 내가 초밥을 사 갔던 그 일식집이었다.

"이렇게 둘이서만 만나는 건 처음이지? 군대 가기 전에 밥 한 끼 사 주고 싶어서."

나를 보는 눈길이 입대를 앞둔 막내아들을 대하는 것처럼 애잔했다. 이분이 아니었다면 혜서가 그렇게 곱게 자라지 못했을 테고, 우리가 다시 만날 일도 없었을 것이다. 두 모녀에 대한 책임감에 가슴이 먹먹해졌다. 주문한 음식을 다 먹어 갈 즈음 어머니가 나를 가만히 바라보셨다. 언제나처럼 푸근했지만 생각이 많이 담긴 눈이었다.

"세현아, 너한테 부담 주기 싫어서 오래 고민했는데 정말 결혼할 거니?"

"네. 전 누나가 안 해 줄까 봐 그게 걱정이에요. 지금이라도 결혼하고 군대 가고 싶어요."

"결혼은 급하게 하는 거 아니야. 둘 다 서두를 나이도 아니고. 혜서를 다시 네 할머니 집에 맡기는 게 잘하는 건지 모르겠다."

"다들 얼마나 좋아하시는데요. 저도 혜서가 거기에 있어야 안심하고 입대할 것 같아요."

"그래. 무사히 잘 다녀와. 둘이 괜한 일로 싸우지 말고. 싸워도 금방 풀고 지내."

헤어질 때 어머니가 내 손에 흰 봉투 하나를 쥐여 주셨다. 그 안엔 빳빳한 만 원권 지폐 열 장이 들어 있었다. 돈에서 애정을 느낀 건 그때가 처음이다.

대개의 젊은 남자들처럼 나 역시 군대 문제로 고민이 많았다.

아예 안 갈 수는 없으니 가긴 가야 하는데 시기나 방법이 문제였다. 병역특례를 받을까 생각해 봤는데 쉽지도 않을뿐더러 두고 두고 내 발목을 잡을까 봐 피했다. 심지어 아무도 모르게 카투사 시험까지 봤다. 성적순이 아니라 복불복이라더니 떨어지고 말았다. 대학 졸업 때까지 미뤘다가 결혼한 뒤에 갈까 하는 생각도 잠깐 했지만, 예비역 선배들이 하는 말을 듣고 마음을 바꿨다. 바람난 애인보다 더 끔찍한 건 바람난 부인이다.

최선의 선택은 공군이었다. 복무 기간이 몇 개월 길다는 단점이 있지만 그걸 상쇄하고도 남는 큰 장점이 있었다. 시험 성적만 좋으면 원하는 보직과 지역에 자대 배치를 받을 수 있다는 점. 그것도 수도권 안에서. 공군 훈련소에서 몇 번의 시험을 치르게 되는데 무조건 잘 볼 생각이다.

그해 2월, 혜서는 사표를 냈다. 원래는 휴직계를 내고 싶어 했지만 어떤 것도 해당사항이 안 됐다. 그게 얼마나 힘든 결정인지 나로선 짐작조차 되지 않았다. 그녀는 자신을 헨젤과 그레텔을 깊은 숲 속에 버리고 온 계모 같다고 표현했다.

눈이 하도 안 와서 하늘하고 맞장 뜨고 싶던 나날이었지만 운 좋게 쿠폰도 몇 장 썼다. 쿠폰은 눈이 오지 않는 날에도 엿장수 마음대로 발급되곤 했다. 정말 안타까운 일은 우리가 마지막 쿠폰을 썼던 날, 내가 그토록 듣고 싶어 했던 말을 혜서가 처음 했다는 거다. 더, 더 해 줘.

난 내 차와 오래된 피아노, 4500만 원이 든 저금통장을 그녀에게 주고 왔다. 떨떠름하게 통장을 바라보는 혜서에게 쓰든 안 쓰든 자유지만 안 받으면 화낼 거라고 목소리를 깔았다. 할 수 있는 모든 걸 다 해 주고 싶었다. 두고 올 수 있는 모든 걸 전부 맡기고 싶었다. 혜서는 입대하는 날까지 내 앞에서 눈물을 보이지 않았다. 하지만 난 그녀가 내가 없는 시간에 운다는 걸 알았다. 나 역시 그랬으므로.

군대는 어쩌면 인간을 획일화시키는 시공간인지도 모르겠다. 6주간의 훈련소 기간 동안 나는 초코파이 한 개에 초조해지는 인간임을 깨닫고 충격을 받았다. 집에서는 굴러다녀도 안 먹는 그깟 초코파이 따위에. 밤이면 혜서를 떠올리며 피곤한 잠을 청했다. 그 시간이 온전히 나만을 위한 휴식이었다.

훈련소와 특기 학교에서의 시험을 잘 치러 낸 나는 성남에 자리한 공군 부대에서 긴 군 생활을 시작했다. 차로 한 시간 거리에 내 여자가 있다는 게 큰 위안이 됐다. 주말이면 공연 때문에 더 바쁜 혜서는 주로 평일에 면회를 왔다. 혜서는 내무반 동료들에게도 인기가 많았다. 그들 몫의 간식까지 넉넉히 챙겨 왔으므로.

휴가를 나오면 대부분 할머니 집에서 지냈다. 혜서는 볼 때마다 예뻐졌고 난 그 사실을 불안하게 지켜봐야 했다. 그래서 더 아껴 주고 사랑하려고 노력했다. 나는 그녀의 몸 안에서 남자로 자랐고, 그녀는 내 품 안에서 무르익어 갔다. 동기들의 여자 친구가 차례차례 고무신을 바꿔 신을 때도 혜서는 한결같이 날 대했다. 나 역시 결혼만 안 했지 정혜서의 남편이라는 생각으로 살았다.

제대를 5개월 앞둔 시점에 혜서가 갑작스럽게 유명세를 타기 시작했다. 시작은 엉뚱하게도 디즈니에서 만든 애니메이션의 주인공 목소리 역을 맡으면서였다. 입대 전 나는 그녀에게 뮤지컬 외에는 상업적 활동을 일절 하지 않겠다는 약속을 받아 냈다. 내 겐 그럴 자격이 있었다. 나 역시 혜서가 싫어한다는 이유만으로 수많은 유혹을 뿌리쳤으니까.

몸은 따로 있었지만 우린 늘 서로의 일을 의논했다. 내가 그 일을 선뜻 응원한 것은 그녀의 착한 마음 때문이다. 혜서가 전문 성우가 아님에도 선택된 건 캐릭터 특성상 새로운 목소리가 필요한 데다 노래 부르는 장면이 많았기에 가능한 결과였다. 꼬박 사흘 동안 더빙판을 녹음했고, 그녀는 입금된 목소리 출연료 전액을 돈 때문에 재능을 접는 아이들을 위해 기부했다. 그 애니메이션 은 수백만 관객을 끌어들이며 크게 히트했다. 대중이 주인공 '캐 리'의 목소리와 아름다운 노래를 부른 성우가 누군지 궁금해한 건 지극히 당연했다.

이름이 알려지면서 찾는 곳이 많아졌지만 그녀는 다시 뮤지컬 무대로 돌아왔다. 뮤지컬 배우들까지 기획사에 몸을 담고 다양 한 활동을 하는 시대이니 쉽지 않은 선택이었을 것이다. 그건 돈 과 유명세를 포기한다는 것과 같은 의미니까.

인형2 역할을 하면서 처음 이름을 알린 혜서는 실력보다 몸매 가 먼저 부각된 것을 늘 속상해했다. 그다음 그녀를 알린 건 고 등학교 교사 출신이라는 경력이었다. 그다음은 애니메이션 주인 공 목소리. 혜서는 뮤지컬 배우로 온전히 인정받지 못하는 것에 이를 갈며 연습에 연습을 거듭했다. 심지어 제 손으로 한약을 지 어 먹어 가며 체력을 보강하기까지 했다. 준비하는 자에게 기회가 온다던가. 스물다섯 나이에 대규모 창작 뮤지컬 오디션에 덜컥 붙었다. 더블 캐스팅이긴 하지만 처음 맡게 된 주연이었다.

입대 전후가 가장 파란만장했다는 말은 정정해야 할 것 같다. 또 다른 복병이 기다리고 있었다. 부대 안 PC방에 들른 나는 습관처럼 '정혜서'를 검색했다. 새로 뜬 기사가 보였다. 인터뷰의 주인공은 그녀가 아니었다. 그러나 상대역을 맡은 30대 남자의 인터뷰와 연습 장면 영상은 나를 미치게 하기에 충분했다. 그는 까다로운 혜서가 가수 출신 뮤지컬 배우 중 인정하는 몇 안 되는 사람이었다. 인터뷰는 진지했다.

— 라이선스 뮤지컬이 완성도가 담보돼 있어 캐릭터를 재해석하는 데 치중한다면, 창작 뮤지컬은 작품 전체에 대한 해석부터 각각의 신과 캐릭터까지 내가 처음으로 만들어 간다는 재미가 있어요. 90년대 노래를 시대에 맞춰 다시 부르는 것도 큰 의미가 있고요. 연습실에서 연습할 때도 진짜 사랑하는 여자라는 생각이 들 정도로 이 역할에 푹 빠져 있습니다. 배우들과 만나면 서로의 본명 대신 극 중 이름으로 통일해 부를 정도죠.

기사에 첨부된 영상 속의 파트너는 정혜서였다. 나는 내 여자가 다른 남자 품에 안겨 사랑 고백을 받는 걸 맨정신으로 봐야 했다. 그게 과연 100퍼센트 연기일까 싶을 정도로 절절했다. 빡빡한 연습 일정 때문에 혜서를 못 본 게 거의 한 달이었다. 휴가가 절실했다. 잠자리에 누워서도 인터뷰의 한 대목이 머릿속에서 지워지지 않았다.

— 어떨 땐 파트너 얼굴만 봐도 눈물이 핑 돌아요. 사랑하면서
도 억지로 헤어졌던 옛 여자를 보는 것처럼.

혜서's Diary

흔히 뮤지컬을 프로페셔널리즘이 만들어 내는 하모니라고 하지
만 그건 무대 위의 얘기다. 무대 아래는 오히려 배역 하나를 따내
기 위해 다른 배우들과 경쟁하고 그 사이에서 사람을 잃어 가는 아
이러니한 구도였다. 경쟁하면서도 공생해야 하는 관계. 제일 부담
스러운 게 오디션이었고 그다음이 첫 공연이다. 배우 입장에서 오
디션은 평생을 같이해야 할 친구 같은 존재다. 첫 공연 역시 피할
수 없는 과정이고. 나는 그 순간을 즐기자고 수없이 마음먹었다.

뮤지컬 배우가 되기 전 나는 클래식한 드레스를 입고 무대를
누비는 상상을 종종 했다. 현실에서는 싸구려 미니 드레스 한 벌
조차 없는 처지지만 상상 속에선 공주도 왕비도 아름다운 마녀
도 가능했으니까. 상상을 벗어난 내 삶은 평범했다. 내 인생의 드
레스는 웨딩드레스 한 벌 뿐일까? 그건 가장 입고 싶지 않은 드
레스인데. 그 생각이 날 초조하게 했던 것 같다.

첫 뮤지컬 배역은 사람이 아닌 인형이었다. 난 풍성한 드레스
대신 몸의 선이 한껏 드러나는 짧은 무대의상을 입고 캐릭터에
맞는 목소리를 만들어 내야 했다. 사람들은 내 연기와 노래보다

는 몸매 칭찬을 더 많이 했다. 두 번째로 한 역할은 소울 티 컴퍼니에서 만든 창작극의 조연이었다. 언더스터디(Understudy: 하나 또는 그 이상의 배역을 커버하는 사람을 가리키는 총칭으로 일반적으로 커버하지 않을 때는 공연에서 다른 배역을 담당함)를 겸한 얼터네이트에서 더블 캐스팅으로 승격된 셈이었으나 규모가 작은 공연이라 대중의 관심을 받는 데는 한계가 있었다. 그래도 스탠바이(한 공연에서 자신만의 다른 배역을 가지지 않은 언더스터디를 의미한다. 평소에는 해당 공연에 투입되지 않으며 오직 한 배역만을 커버함)나 스윙(일반적으로 공연에서 정해진 한 배역을 담당하지는 않지만 한 개 이상의 코러스 역을 커버하는 언더스터디를 말함)을 전전하는 배우들에 비하면 운이 따른 출발이었다.

생애 첫 무대에선 큰 실수는 없었지만 막이 내린 뒤 나는 업혀 내려와야 했다. 너무 긴장해서 어금니까지 아플 정도였다. 그날그날의 컨디션에 따라 지옥과 천국을 오가는 무대가 반복됐다. 그럼에도 무대 인사를 할 때면 그간의 힘든 일들은 백치처럼 잊을 수 있었다. 마치 그 순간만을 위해 살아온 사람처럼. 동료 교사들과 제자들은 나의 첫 팬이 돼 주었다.

실전 경험이 약한 건 나의 가장 큰 핸디캡이었다. 운 좋게 조연으로 시작했지만 앙상블도 마다치 않았다. 3~4년씩 앙상블만 하는 배우도 천지인 걸 생각하면 더욱더 겸손해야 했다. 안무가, 보컬 코치, 작가, 음악감독, 무대감독, 분장 디자이너 할 것 없이 뮤지컬에 관련된 스태프에게 하나라도 더 배우려고 질문을 던졌다. 그들 모두가 입을 모아 말하는 게 있었다. 다양한 분야의 책을 읽으라는 것. 철학이 없는 배우는 수명이 짧을 수밖에 없다.

런 스루(Run Through: 카메라를 작동시키지 않고 행하는 마지막 예행연습)를 앞두면 평소보다 긴장하게 된다. 밖에서 볼 땐 막연히 부럽고 좋아 보이기만 하던 것들이 막상 들어와 보니 물 위를 헤엄치는 백조의 인생과 다름없었다. 수면 아래는 늘 치열했다. 쉼 없이 레슨을 받고 틈틈이 오디션을 보러 다녔다. 가끔은 공부만 열심히 해도 칭찬받던 시절이, 꼬박꼬박 나오던 월급이 그립기도 했다. 하지만 내가 부러운 사람도 많을 것이다. 그걸 잊지 않으려고 노력했다.

애니메이션 목소리 연기로 유명해진 뒤 거부하기 어려운 제안이 잇따랐다. 돈만 생각했다면 흔들렸을 것이다. 초심을 지킨다는 게 그토록 힘든 일인지 몰랐다. 장해인 대표는 나를 자유롭게 거두어 주셨고, 난 그분에게 도움이 되는 존재가 되고 싶었다.

뮤지컬 배우는 싱어(Singer)가 아니라 액터(Actor)다. 무대의상은 예쁘게 보이려고 입는 옷이 아니라 캐릭터를 표현하는 수단일 뿐이다. 그걸 깨닫는 데는 오랜 시간이 걸리지 않았다. 배우에겐 보이는 것 이상의 플러스알파가 있어야 한다. 손에 잡히지 않는 그걸 난 찾아 헤맸다. 극도로 예민해진 날이면 간식을 잔뜩 사 들고 성남으로 면회를 갔다. 거기에 가면 무조건 나를 좋아해 주는 사람이 있다. 세상은 넓었고 매력적인 남자는 많았다. 그러나 한도 없는 카드 같은 애정을 베푸는 남자는 그가 유일했다. 면회 신청을 해 놓고 면회실에서 그를 기다릴 때면 가슴이 두근거렸다.

스물다섯 살의 생일 즈음 창작 뮤지컬 오디션을 봤다. 평소 즐겨 부르던 노래들을 모티브로 만든 작품이라 그런지 오디션 때부터 느낌이 좋았다. 천운이 따랐는지 주인공으로 발탁됐다. 남자 주인공이 이끄는 작품이라 여주인공의 역할은 크지 않았지만 분에 넘치는 행운이었다.

뮤지컬 〈동경憧憬〉은 내겐 첫 주연 이상의 의미가 있었다. 평소 좋아하던 대선배와 같은 무대에 선다는 이유 하나만으로도. 그때까지의 출연작들이 역할이나 분량에 상관없이 밥값을 하기 위해 몸부림친 것이었다면 〈동경〉은 특별했다. MR이 아닌 오케스트라 라이브 연주로 진행할 만큼 규모가 큰 공연이었다. 작품 자체가 내 감수성과 맞아떨어져서 몸에 익은 소파처럼 배역에 금방 빠져들 수 있었다. 그게 문제였다. 무대 위의 나와 현실의 나를 구분하지 못하게 된 것이.

배우 출신의 프로듀서와 연출가는 욕심이 많았고 늘 100퍼센트 이상을 요구했다. 그럴 수밖에 없는 것이 뮤지컬만큼 위험한 투자도 드물었다. 한 명의 스태프가 실수를 하면 그날의 공연은 도미노처럼 무너진다. 경험이 일천한 나는 연출가의 기준에 턱없이 부족했고 감정적으로 이리저리 채이곤 했다. 뒤에서 울지언정 웬만한 일은 웃어넘기는 나지만 내 한계에 너무 자주 부딪혀 괴로웠다. 그런 내게 위로가 된 것은 파트너의 노래와 세심한 배려였다. 트리플 캐스팅이라 파트너는 셋이었는데 유독 한 사람에게만 그랬다. 그걸 깨달았을 때 나는 충격을 받았다.

나는 그의 오랜 팬이었으나 남자로 좋아한 건 아니었다. 그는 내게 범접할 수 없는 곳에 떠 있는 별이었다. 실제로 겪은 그는 수줍은 성격이었고 나무랄 데 없는 인성의 소유자였다. 두 번째 회식 자리에서 나는 안 하던 짓을 하고 말았다.

"선배님이 영국이나 미국에서 태어났으면 벌써 세계적인 스타가 됐을 텐데. 안타깝게도 조국을 잘못 타고난 것 같아요. 목이 어쩜 이렇게 굵어요? 얼굴은 작은데. 그 안에 얼마나 대단한 성대가 숨어 있는 거야. 선배님 성대는 아인슈타인의 뇌처럼 길이길이 보존해야 해요."

그는 술주정 같은 내 말에 대답 없이 웃어 보였다. 같은 무대에서 연습을 한다는 사실만으로도 내겐 영광이었다. 선배가 극 중 내 이름을 다정히 불러 줄 때면 몸 안에서 작은 불꽃이 튀는 것 같았다. 이별 장면에서 부르는 애절한 넘버는 날 번번이 눈물짓게 했다. 배역에 녹아든 건지, 사람 자체에 녹아든 건지 구분이 되지 않았다. 아이러니하게도 연출가의 칭찬이 잦아졌다.

혼란스러운 감정을 추스르기 위해 세현에게 손편지를 쓰고, 세 치수나 큰 그의 옷을 입고 다녔다. 통화도 자주 했지만 그 이상의 것이 필요했다. 선배는 내가 펑퍼짐한 후드 티나 점퍼를 입고 오면 귀엽다는 듯 웃곤 했다. 한참 어린 후배를 보는 눈이라기엔 너무 많은 감정이 깃들어 있었다.

프리뷰(먼저 보여 준다는 뜻으로 완성되지 않은 공연을 할인된 가격으로 관객에게 보여 주는 것. 공식 오프닝 공연이 시작되기 전에 진행하는 리허설 개념임) 공연이 한 달 앞으로 다가왔다. 늦은 밤 연습을 마쳤을 때 연습실이 술렁이기 시작했다. 그 선배가 한턱낸다는 소문이 모터를 단 듯 연습실 안을 휘저었다. 술이고 뭐고 피곤해 집으로 가고만 싶었다. 슬쩍 빠져나갈 생각이었는데 선배가 나를 불렀다. 한잔하고 가라고. 당장 내게 간절한 건 잔뜩 곤두선 신경을 어루만져 줄 내 남자의 손길이었다. 훈련소 기간을 제외하면 그렇게 오래 만나지 못한 건 그때가 처음이었다.

"혜서야, 피곤해도 잠깐 들렀다 가."

선배가 내 이름을 불러 준 것도 처음이었다. 왜 이렇게 다정할까. 그즈음 그와 눈길이 부딪치는 순간이 많아졌다. 그건 내가 바라는 결론이 아니었다. 그는 내게 늘 스타여야 한다.

주위 사람들이 그냥 집에 가겠다는 날 잡아 연습실 밖으로 끌어냈다. 후드 티의 모자를 뒤집어쓰고 일행에 묻혀 나왔다. 이대로 성남에 갈까? 가서 부대 건물이라도 보고 올까? 오늘 밤은 세현이 방에서 잘까? 멍하니 앞을 보고 걷는데 건물 입구에 거짓말처럼 그가 서 있었다. 사복으로 갈아입고 모자를 쓴 그는 군인티가 하나도 나지 않았다. 나는 사람들이 보든 말든 그에게 달려가 안겼다. 한참을 기다렸는지 손과 얼굴이 얼음처럼 차가웠다. 뒤쪽에서 휘파람 소리가 길게 울려 퍼졌다.

"잘 지냈어?"

그를 위해 난 늘 안녕해야 한다. 위험해서도 안 되고, 아파서도 안 되고, 다쳐서도 안 된다. 그게 입대 전 그와 한 약속이었다. 그리고 하나 더.

"세현아, 정말 정말 보고 싶었어."

내가 사랑하는 남자는 언제나 진세현이어야 한다. 그게 내가, 우리가 바라는 결론이다.

켁. 켁켁. 쿨럭.

"힘들면, 하, 그만해."

"……싫어."

"이렇게 안 해도…… 헉, 난 충분히…… 좋다니까. ……허!"

말은 그렇게 하지만 그는 이걸 좋아한다. 맨 처음 시도할 땐 구역질이 치밀었는데 이젠 할 만해졌다. 사실 그가 그녀에게 해 주는 것에 비하면 질로 따져 보나 양으로 따져 보나 새 발의 피 수준이다.

"내가 하고 싶어서 그래."

제대 후 바로 복학한 세현은 학교 근처에 오피스텔을 얻어 독립했다. 학과 특성상 밤샘 작업이 많다는 게 명목이었지만 그는 다른 이유로 들떠 있었다. 세현은 신혼살림을 장만하는 사람처럼 물건을 사들이기 시작했다. 싱글이면 충분한 침대를 더블 사이즈로 장만하는 식으로.

"사실은 킹사이즈 사고 싶었는데 참았어. 투매트리스야."

〈동경〉은 국내 뮤지컬 관람객의 연령을 50대까지 넓혔다는 호평을 받으며 시즌1을 마쳤다. 앙코르 공연까지 포함하면 장장 5개월에 걸친 긴 여정이었다. 프레스콜(정식 공연 전에 신문, 방송, 잡지 등 언론 및 방송 관계자들에게 먼저 보여 주는 홍보용 언론 시연회) 이후 입소문을 타기 시작한 〈동경〉은 주연배우의 바쁜 스케줄과 오픈 런(Open Run: 공연이 끝나는 날을 정해 놓지 않고 계속 공연하는 것) 할 극장을 찾지 못한 이유로 아쉽게 막을 내려야 했다. 혜서는 〈동경〉 시즌2에도 출연해 달라는 제안을 받아 놓은 상태다. 마지막 지방 공연을 마친 게 며칠 전이다.

오랜만에 한가해진 혜서는 그를 놀라게 해 줄 생각이었다. 오피스텔에 도착하자마자 환기를 시키고 가져온 반찬과 장 본 것들을 냉장고에 정리해 넣었다. 침대에 던져진 옷가지를 걸고 시트를 정리하니 방 안은 더 치울 것도 없었다. 작업실로 쓰는 거실 가운데엔 지름 2미터 크기의 입식 책상이 자리 잡고 있다. 그 위가 투룸 오피스텔 안에서 제일 어지러웠다. 싱크대 안을 보니 아침을 우유와 시리얼로 때운 모양이다.

저녁 준비를 하고 있을 때 문자가 왔지만 일부러 답장하지 않았다. 메인 요리가 다 돼 갈 즈음 세현에게서 전화가 왔다.

— 이젠 막 나가자는 거지? 문자도 씹고.

"미안. 바빴어. 자기 어디야?"

세현은 이 호칭에 약했다. 웬만한 일은 넘어가 줄 정도로.

— 도서관. 저녁은 먹었어?

"아직. 자기는?"

— 학교 앞에서 대충 때우려고.

"제대로 먹어야지. 나 안 보고 싶어?"

— 보고 싶지. 먹고 싶고.

역시 예비역은 뭐가 달라도 다르다. 다른 데서도 이럴까 봐 걱정이다.

"와서 저녁 먹고 갈래? 거의 다 차려 가는데."

— 반포까지 가기엔 시간이 애매한데. 차가 막힐 시간이라. 잠깐만.

"여기 오피스텔이야. 오이냉국하고 단호박오리찜 하고 있어. 할머니한테 배웠는데 먹을 만해."

15분도 안 돼 집주인이 나타났다. 뛰어왔는지 얼굴에 땀이 줄줄 흘렀다. 냉장고에서 냉국을 꺼내려는데 말리는 손이 있었다. 그는 식사 대신 다른 걸 원했다. 꼼짝 말고 어디든 누워 있으라고 명령을 내린 세현이 주스를 벌컥벌컥 들이켜더니 욕실로 들어갔다. 5분도 안 돼 그는 수건 하나 안 걸친 모습으로 돌아왔다. 혜서는 남자 친구를 향해 두 팔을 벌렸다. 침대 시트가 흘러내리며 기대감에 부푼 하얀 가슴이 드러났다.

사람의 욕심은 끝이 없다더니, 그에겐 불만이 하나 있었다.

"내가 왜 이걸 신어야 해? 비도 안 오는데."

"어쩔 수 없잖아. 약도 못 먹게 하면서."

"조심할게. 조절할 수 있어. 지금 가임기도 아니잖아."

그는 그녀에 대해 별걸 다 알고 있다. 가끔은 의사처럼 그녀의 몸을 진단할 정도다.

"그래도 불안해. 임신시키면 경찰에 신고할 거야."

"그게 남편 같은 애인한테 할 소리야?"

말이 그렇다는 거지. 혜서가 그를 향해 장난스럽게 웃어 보였다. 세현은 그녀의 통통한 입술을 다시 빨았다. 온몸에 달콤한 물기가 가득하다. 이렇게 맛있는데 왜 음식으로 분류되지 않는 거지?

"자기야, 그거 아직 하지 마."

둘에겐 오랜 애정을 토대로 한 그들만의 방식이 있었다. 세상의 온갖 잡설과 사전 정보는 큰 의미가 없었다. 감정을 속이거나 과장하지 않는 그들만의 언어는 몇 배의 만족과 기쁨을 돌려주곤 했다. 혜서의 가느다란 손이 그를 부드럽게 움켜잡았다.

"자기 벌써 다 자랐네. 완전 어른이세요."

"협박은 아닌데, 저녁은 밤에 먹게 될 거야."

"오늘은 내가 풀 서비스 할게. 나 기운 많아."

혜서가 그의 탄탄한 허벅지 위에 올라탔다. 조금 마른 듯하지만 근육이 골고루 잡힌 상체가 보였다. 규칙적인 군 생활은 그에게 밭고랑 같은 근육을 선사했고, 제대 5개월이 넘어가는데도 제법 유지되고 있었다. 힘이 얼마나 센지 그의 품 안에서 혜서는 종이 인형처럼 다루어지곤 했다. 웃을 듯 말 듯 그녀를 지켜보던 세현이 입을 열었다.

"네 시작은 늘 창대하나 그 끝은 미약하리라."

혜서는 그의 느긋함이 못마땅했다.

"자긴 날 좀 무시하는 경향이 있어."

"용두사미의 전형이지. 보약 먹을 때가 된 것 같네."

"그딴 거 필요 없어. 오늘은 진짜 끝까지 혼자 할 거야."

"그냥 눕지그래. 이리 와."

너그럽게 내미는 두 손을 뿌리치며 혜서는 움푹 들어간 그의 배꼽에 살그머니 혀를 넣었다. 세현이 간지럼을 참지 못하고 웃음을 터뜨렸다. 지금 신음을 흘려도 시원치 않은데 웃었어? 자존심 상한 혜서가 다짜고짜 그를 물어 삼킨 게 한 시간 전이다. 이래저래 기운을 뺐더니 잠이 솔솔 온다. 밥 먹어야 하는데. 그 전에 씻어야 하나? 세현은 그녀와 샤워하는 걸 아주 좋아했다. 근사한 후식 같다나 뭐라나.

"땀나는 거 봐. 에어컨 세게 틀까?"

"아니. 뭔가 열심히 한 거 같잖아. 티 내고 싶어."

그녀의 엉뚱한 대답은 그를 늘 웃게 한다. 같이 있으면 늙을 틈이 없다. 혜서가 그의 단단한 아랫배에 원을 그리며 나긋하게 입을 열었다.

"거북이 등짝도 은근 괜찮네. 배가 돌덩이 같아."

"난 불만 있어. 누가 맘대로 뱃살 빼래? 만질 게 점점 없어지잖아."

뮤지컬 배우는 체력이 좋아야 한다. 무대 위에서 노래와 춤을 동시에 소화하는 건 물론 긴 공연에도 한결같은 컨디션을 유지해야 하니까. 프로의 세계에선 철저한 자기관리가 기본일 수밖에 없다. 3년째 근력운동을 해 온 혜서의 몸엔 군살이 거의 남아 있지 않았다.

"나도 운동하기 싫어. 먹고살려고 억지로 하는 거야. 자기 학교 안 가도 돼?"

"자고 가라, 응? 11시까지 올 테니까 쉬고 있어. 맥주 마시면서 영화 보자. 할머니한테 친구 집에서 잔다고 해."

"안 돼. 오늘 여기 온 거 뻔히 아시는데. 저녁 차려 줄 테니까 얼른 먹고 가. 단호박 축 늘어졌겠다."

그의 소원은 소박했다. 밤에 같이 잠들고 아침까지 옆에 있어 주는 것. 이 작은 소원 하나를 이루는 데 몇 년이 걸려야 하는 건지.

"우린 언제 같이 살아? 군대 갔다 오면 결혼한다며? 휴가철에 남들처럼 여행도 같이 못 가고 이게 뭐야? 애들처럼 워터파크나 다니고."

스물셋밖에 안 된 이 남자가 그리는 결혼 생활은 뭘까? 혜서는 세현을 사랑했지만 결혼은 여전히 먼일처럼 느껴졌다. 지금처럼 지내는 것에 불만도 없었다. 일에 재미가 붙은 터라 당분간 뮤지컬에 집중하고 싶은 마음도 컸다.

"한 작품만 더 하고."

"오디션, 연습, 공연. 1년은 걸리겠네. 공연 시작하면 난 거들떠보지도 않겠지."

무대에 한 번 올라가면 체력 소모가 엄청났다. 자칫 체력 관리에 소홀하면 그날의 무대를 망칠 수도 있다. 더 이상 혼자만의 문제가 아닌 것이다. '거들떠보지도 않는다.'는 말은 공연 기간 중엔 그를 멀리한다는 의미였다.

"무슨 말을 그렇게 해. 내 머릿속엔 진세현 코너가 따로 있다니까."

"그걸로 부족하다고, 난. 이게 뭐야. 불륜처럼."

혜서가 아는 유부녀들 중 열에 여덟은 되도록 결혼을 늦추라고 조언했다. 얼마 전 만났던 이주영 선생님도 마찬가지. 세 살배기 아들이 딸린 4년 차 유부녀가 표현한 결혼 생활은 이러했다. 결혼은 재미있는 지옥, 솔로는 외로운 천국. 그래도 한 번 정도는 할 만하다나. 하라는 거야, 말라는 거야?

"아, 허기져. 잠깐만 기다려. 구첩반상 차려 줄게."

"지금 밥이 문제야? 군대만 다녀오면 바로 결혼할 것처럼 말하더니. 이건 사기 연애야!"

"누가 안 한대? 조금만 미루자는 거지. 예비역에 결혼까지 하면 진짜 아저씨 되는 거야. 그러고 싶어?"

"누가 날 아저씨로 봐? 내가 아저씨로 보여?"

세현은 묘한 얼굴을 갖고 있다. 어려 보이지 않으면서도 나이 들어 보이지 않는다. 스무 살에도 스물다섯처럼 보였고, 지금도 스물다섯처럼 보인다. 서른에도 스물다섯으로 보일까 봐 걱정이다. 친구 영진의 표현을 빌리면 아주 단순했다. 니 남잔 그냥 잘생긴 거야.

"정혜서, 둘 중 하나 골라."

"뭘 또 고르래."

벌거벗고 침대에 폭 파묻혀 이게 무슨 짓인지 모르겠다.

"1번, 나하고 올해 안에 결혼한다. 할아버지가 아주 반기실 거야."

할아버지만 생각하면 할 말이 없는 게 그분은 탄탄한 재력을 바탕으로 그녀를 물심양면 후원해 오셨다. 어떻게 아셨는지 아이돌스타의 팬들이 조공하듯 도시락이나 간식을 보내 주실 때도 있다. 기죽지 말라며. 그녀가 출연하는 회차의 티켓을 다량 구매해 주시는 건 물론, 분장실로 꽃다발까지 보내 주신다. 정혜서 뒤엔 든든한 백이 있다는 소문까지 잠깐 돌았었다.

"2번, 결혼을 미루는 대신 아이를 낳는다. 나야 셋 낳고 싶지만 당신이 싫어하니까 더도 말고 하나만."

당신이래. 30분 전의 그 녹아들던 목소린 어디 가고 입에 고드름을 문 것 같다. 아드득 빠드득. 이 남자, 살벌한 분위기 조장하는 데도 일가견 있다.

"3번도 해?"

"아니."

"대답하기 전엔 못 일어나."

"사람을 그렇게 부려 먹고 밥도 못 먹게 하냐. 아프리카 빈민국도 아니고 21세기 대도시에서 굶어 죽게 생겼네. 자기야, 먹으면서 얘기하자. 응?"

"대답하는 데 10초도 안 걸려. 몇 번?"

엄살도 애교도 통하지 않는다. 몸으로 덤벼 봐? 효과가 있으려나? 있을 것도 같은데.

"씻으면서 생각할래."

'머리 굴리는 소리 들린다?'

세현은 이 앙큼한 여자를 욕실에 던져 놓고 나올까, 평소처럼 씻겨 줄까 고민하다 혜서를 번쩍 안아 들었다. 솔직히 샤워를 포기하는 건 너무 아까웠다. 그래, 살살 구슬려야지. 보디클렌저 거품을 잔뜩 만들어 여자의 목덜미와 등을 부드럽게 문질렀다. 혜서가 두 팔로 그의 목을 끌어안더니 바짝 안겨 왔다. 이러면 곤란해지지. 속으로 냉정하게 목소릴 가다듬은 그는 엉덩이 쪽으로 손을 내렸다. 두 손 가득 잡히는 탱탱한 속살이 흡족하다.

"유부녀 되는 게 싫어? 그래서 그래?"

'그걸 말이라고.'

혜서는 그새 단단히 성이 나서 부딪쳐 오는 아랫도리를 의식하며 그것의 주인을 쳐다보았다. 다행히 얼굴은 화나지 않은 것 같다.

"그게, 세현아. 내 발로 직접 환상에서 현실로 걸어 들어가는 느낌이야. 난 지금이 정말 좋고 행복한데, 여기서 점점 덜 행복해질까 봐 걱정돼."

"겪어 보지도 않았잖아. 뭣 때문에 미리 걱정해?"

세현은 샤워기의 물줄기를 가리며 혜서의 얼굴을 감싸 안았다. 젖살이 빠져서인지 이목구비가 한결 또렷해져 애 같은 느낌이 많이 사라졌다. 붉게 부푼 입술에 입 맞추고 싶은 걸 참으며 검은 눈동자를 향해 입을 열었다.

"어차피 우리 결혼할 거잖아. 난 시간이 부족해. 마음도 급하고. 졸업하고 건축사 자격증도 최대한 빨리 딸 거야. 공부는 대신 안 해 줘도 되는데 내가 공부에 전념할 수 있게 도와줘. 지금처럼 어디서 뭘 하나, 집엔 들어왔나, 누굴 만나나, 그런 걱정으로 감정 낭비하는 거 싫어. 사랑만 하자, 우리. 응?"

막 겨드랑이를 지난 세현의 손이 가슴으로 와서 둥근 원을 그리듯 거품을 씻어 냈다. 교묘하게 정점을 피해 움직이는 손길을 느끼며 혜서는 더 단단해진 그를 향해 손을 뻗었다.

"안아 줘."

"대답부터 해."

"자기야, 얼른."

지금 세현은 최대치의 인내심을 발휘하고 있다. 상체의 거품을 모두 닦아 낸 그의 손이 하체로 내려왔다. 우선은 한계를 시험하는 여자의 손길부터 뿌리쳐야 했다. 혜서의 몸을 돌려 그의 가슴에 등이 붙게 했다. 한쪽 팔로 그녀의 두 팔을 꼼짝 못하게 가둔 뒤 거품이 모여든 곳을 찾아 천천히 움직였다. 온도와 점도가 다른 물기가 느껴졌지만 죽을힘을 다해 외면했다. 아직은 때가 아니다.

"1번? 2번? 둘 다 같이 할까?"

"아니!"

버틸 만한가 보네? 자존심 상한 세현은 미처 못 씻어 낸 비누기를 찾아낸 양 물줄기를 세게 조절했다. 다리 힘이 풀린 혜서는 그의 품에 기댄 채 눈을 감았다. 서 있을 기운이 없다. 그렇다고 드러누울 수도 없었다. 안 그래도 버거워 죽겠는데 세현이 그녀의 귓가에 나른하게 속삭였다.

"다리 벌려 봐."

"어? 왜?"

"비누기 남아 있을까 봐."

"씻었잖아. 괜찮을 것 같은데. 내가 할게."

"왜 이래, 갑자기. 하던 대로 하지?"

"세현아, 배고파."

"나도 고파. 미안한데 대답 듣기 전엔 아무것도 못 먹어."

"너도?"

"까불지 말고."

"난 서 있는 것도 너무 힘든데. 자기도 잘 알다시피 오늘 내가 기운을 많이 썼잖아."

"그럼 누워."

세현이 찬 타일 바닥에 그녀를 날름 눕혔다. 아무래도 오늘 끝을 볼 모양이다. 물줄기가 허리께로 쏟아져 내렸다. 갑자기 냉장고 안의 오이냉국이 생각났다. 식초 맛 다 날아갔겠네. 심혈을 기울여 만든 건데. 혜서는 온기를 찾아 남자의 가슴으로 기어들었다. 다리에 털이 많아서 가슴팍에도 털이 무성하면 어떡하나 걱정한 적이 있는데 조물주는 좋은 분이셨다. 심심해진 혜서는 반들반들한 피부에 자리 잡은 남자의 왼쪽 유두를 살짝 깨물었다.

"이러지 마."

얼른 입을 뗐다. 좋아서 그러는 줄 알겠지만 작아서 별로다. 씹는 맛이 없잖아. 이번엔 그의 겨드랑이 사이로 손을 끼워 넣어 등과 어깨를 느리게 훑었다. 역시 남자의 매력은 넓은 등과 어깨지.

"자기야, 추워."

"대답하면 나갈 수 있어. 빨리 말해. 감기 걸리기 전에."

욕조도 없는 좁아터진 욕실에서 이게 뭐 하는 짓인지. 어차피 그가 원하는 대답 중 하나를 할 생각이지만 순순히 들어줄 그녀가 아니었다.

"키스해 줘. 마음에 들게 하면 5분 안에 대답할게."

"한 입으로 두말하기 없기다?"

혜서는 평소 이 남자의 애정 표현을 열렬히 사랑했다. 뭘 해도 대충 하는 법이 없다. 더 좋은 건 나날이 발전하는 스타일이라는 거다. 일신우일신日新又日新. 창의력은 또 얼마나 남다른지 매너리즘에 빠질 틈을 주지 않는다. 아, 이 신음은 내 입에서 나온 건가? 그래. 키스는 300년 묵은 포도주보다, 100그램에 100만 원을 호가하는 커피보다 위에 존재하는 것이야. 이런 남자의 유전자를 세상에 남기는 것도 애국이지. 널리 인간세계를 이롭게 하는 일이고. 하나로는 부족할까? 둘은 많은 것 같은데. 이러다 셋 낳자고 하면 어떡하지? 그나저나 5분은 벌써 지나지 않았나? 숨이 이마까지 차올랐을 때 세현이 입술을 뗐다.

"몇 번?"

혜서가 참았던 숨을 쌕쌕 몰아쉬며 대답했다.

"2번."

벌떡 일어난 세현이 큰 타월을 가져와 그녀를 감싸 안았다. 30초도 안 돼 혜서는 침대로 고이 옮겨졌다. 이내 드라이어를 가져온 그가 그녀의 긴 머리를 말리기 시작했다. 보통 때와는 사뭇 다른 진행이다. 거울에 비친 그의 얼굴은 5000의 군사로 10만 대군을 물리친 개선장군 같다.

"그렇게 좋아?"

"당연하지. 그건 내가 아무리 노력해도 못 하는 거잖아. 내 아이의 엄마는 무조건 정혜서여야 해."

"자긴 좀 이상해. 요새 젊은 남자들은 애 낳자고 할까 봐 무서워한다는데."

혜서가 거울 안의 남자를 향해 빙그레 웃어 주었다. 세현이 '내 마누라.' 하더니 그녀의 뒤통수에 입을 맞췄다.

'마누라란 말도 좋으니 나도 완전히 맛이 갔구나.'

"거의 다 말렸어. 졸려?"

식욕이 물러가니 수면욕이 고개를 들었다. 누가 공깃돌 옮기듯 집까지 한 손에 들어 날라 줬으면. 정작 하고 싶은 건 이 남자 품에 안겨 잠드는 거지만.

"응. 이대로 잠들면 완벽한데. 이럴 땐 결혼 안 한 게 후회돼."

"잠 깨면 생각 바뀌어서 문제지? 데려다줄게. 밥부터 먹자."

"맛없어졌을 것 같아. 밥이 떡 됐겠다."

"괜찮아. 떡이나 밥이나 다 쌀로 만든 음식이잖아."

9시가 다 돼서야 식탁에 마주 앉을 수 있었다. 세현은 신선도가 떨어진 음식을 맛있다며 골고루 먹어 주었다. 사랑해서 착해진 걸까, 원래 착한 사람이 사랑에 빠진 걸까? 세현이 그녀의 밥그릇에 코다리찜을 올려 주며 말했다.

"부담 가지라고 하는 소린 아닌데 난 딸이 좋아. 아들도 나쁘진 않지만."

막 돌이 지난 조카가 절로 떠올랐다. 오빠 현서와 새언니의 얼굴을 골고루 물려받은 조카는 혀 짧은 소리로 '곰오, 곰오. 쪼아.' 하며 그녀를 살살 녹였다. 백화점에 들르면 아동복 코너에 눈길이 먼저 가곤 한다. 한동안 드레스와 구두를 어지간히 사다 날랐다.

"나도 딸 낳고 싶어. 아들딸 낳는 건 집안 내력도 무시 못 하던데. 너희 집은 아들이 훨씬 많⋯⋯."

아! 지금 이게 문제가 아니다! 어떡하지! 세현이 의문을 담은 눈으로 그녀를 바라보았다.

"왜 그래?"

'내가 왜 이 생각을 못 했지?'

"뭔데 그래?"

울상이 된 혜서가 그를 보며 입을 열었다. 입술까지 떨린다.

"너보다 못생긴 아이 낳으면 어떡해?"

"난 또. 그게 무슨 문제가 돼? 우리 앤데."

"왜 문제가 안 돼? 아빠만 못하면 내가 다 뒤집어쓸 거 아냐!"

세현이 한참을 웃을 동안 혜서가 낸 결론은 이랬다. 무조건 딸을 낳아야 해. 딸이 더 승산 있어.

20 배움엔 끝이 없다

혜서가 벼르고 벼르던 오디션에서 떨어진 건 그로부터 한 달 보름 뒤였다. 그로선 내색은 못 하지만 쾌재를 부를 결과였다. 혜서가 얼마나 그 역할을 하고 싶어 했는지 잘 안다. 세현이 탈락을 반긴 이유는 오직 한 가지였다. 키스신.

맨 처음 뮤지컬 배우가 되길 응원할 때만 해도 키스신을 염두에 둔 적은 없었다. 그런 건 탤런트나 영화배우들이 스크린 속에서 하는 거라고 생각했으니까. 그가 본 뮤지컬은 몇 편 되지 않았고 그나마도 스킨십 따윈 거의 없는 것이었다. 혜서와 함께 그 뮤지컬을 본 적이 있다. 두 주연배우가 그 많은 관객 앞에서 키스를 나누는데 머리를 망치로 두들겨 맞는 것 같았다. 남의 일이라고 생각하면 아무것도 아니다. 그러나 내 여자 일이 되면 얘기가 달라진다.

원피스 수영복과 크게 다름없는 의상을 입고 인형 노릇 하는 것도 참았다. 다른 남자 품에 안겨 연기하는 것도 이해했다. 까짓거, 그런 게 인사인 나라도 있으니까. 차마 혀가 오가느냐는 식으로 물을 순 없었으나 그런 역할은 무조건 하지 않길 바랐다. 하고많은 배역 중에 왜 하필.

"떨어질 줄은 알았는데 아쉽네. 배역 오디션 때 분위기가 좋아서 혹시나 했거든. 서른 넘으면 뽑힐까?"

"그걸 꼭 해야 해? 다른 오디션 보면 되잖아."

"정혜서표 넘버를 남기고 싶어. 라이선스 뮤지컬이라 우리나라에선 언제 그만둘지 모른단 말이야. 그냥 〈동경〉 시즌2에 출연할까?"

이거나 그거나 못마땅하긴 마찬가지. 오래전 현서 형이 했던 말이 떠올랐다. '그런 일 하면 이 남자 저 남자 엮이는데⋯⋯.' 그때의 그는 그 문제는 알아서 하겠다고 자신 있게 대답했었다. 세상 물정 모를 때였다. 지난겨울 휴가 나왔던 때가 생각났다. 연습실이 있는 건물 입구에서 혜서를 두 시간 넘게 기다렸다. 반기지 않으면 어떡하나 초조해하며.

"〈동경〉은 작년 멤버들 그대로 출연한대? 주연진들."

"잘은 모르겠는데, 반 정도는 하고 반은 못 한다는 것 같아. 나도 아직 확답 안 드렸고."

다 그만두고 살림이나 하라고 하고 싶다. 살림은 안 해도 되니 아는 남자나 더 늘리지 않았으면 좋겠다. 나무꾼이 괜히 선녀 옷을 감춘 게 아니었다.

"소울 티에선 새 뮤지컬 준비 안 해?"

"제작비 때문에 당분간 새로 들어가는 건 없을 거야. 요새 문 닫는 제작사 많아. 연습까지 다 해 놓고 무대에 못 올리는 경우도 있고."

어쨌든 그렇게 끝난 줄 알았다. 보름 뒤 그 뮤지컬의 연출가가 혜서에게 직접 연락해 오기 전까진. 첫 공연은 아직 석 달이나 남았는데 캐스팅된 여배우 중 하나가 뒤늦게 임신한 걸 알게 됐다. 오랜 불임으로 고생하던 배우라 축복해 줘야 마땅했다. 혜서는 냉큼 그 제안을 받아들였다.

기뻐하는 그녀의 목소릴 들으며 그는 검색창에 뮤지컬 제목을 쳤다. 파트너는 세 명. 전화를 끊자마자 뒷조사에 들어갔다. 한 명은 이혼남이었고, 한 명은 바람둥이로 소문난 남자, 마지막은 최고의 주가를 달리는 아이돌 출신 가수였다. 마음에 드는 인간이 하나도 없었다.

'이럴 줄 알았다면 나야말로 임신시킬걸!'

세현은 당장 그날 밤에 만나기로 혜서와 약속을 잡았다. 무조건 못 하게 해야 한다.

카페 '오후의 칼디' 여사장 미령은 여전히 싱글이다. 아르바이트생이었던 보린은 전문대를 졸업하고 새로 낸 '오후의 칼디' 2호점 매니저로 가 있다. 어딘지 모르게 팽팽해진 얼굴의 미령을 마주한 혜서는 카푸치노를 홀짝였다.

"언닌 더 젊어진 것 같네요."

"요새 피부과랑 친하게 지내."

"뭘 하면 그렇게 돼요? 자세히 좀 말해 주세요."

"네가 할 데가 어디 있어? 일찍 손대지 마. 최대한 늦춰."

"아니, 우리 엄마 해 드리려고요."

얼마 전 세현과 함께 청양에 내려갔었다. 엄마는 3년 전보다 한결 편해진 얼굴이었지만 텃밭을 가꾸느라 햇볕을 자주 쬐는지 잡티가 제법 보였다. 한의원 사택에 딸린 텃밭엔 온갖 채소들이 싱싱하게 자라고 있었다. 전국 각지에서 종종 놀러 온다는 원장님의 친구분들과 막 뜯어 온 푸성귀에 삼겹살을 구워 먹으며 재미있는 시간을 보냈다. 엄마는 그녀가 어릴 때 좋아했던 모습의 엄마로 돌아와 있었다. 혜서는 그게 가장 기뻤다.

하룻밤 자고 올라오는 차 안에서 세현이 그녀에게 뜻밖의 말을 꺼냈다.

"왜, 보통 키에 인상 좋으신 한의사 아저씨 있잖아. 서초동에서 한의원 하신다는."

"아, 김인경 아저씨?"

"응. 그분 어때?"

"괜찮던데. 나를 알고 계시더라? 〈동경〉을 몇 번이나 보셨대. 깜짝 놀랐어."

"이건 전적으로 내 추측인데, 그 아저씨가 어머니 좋아하는 것 같지 않았어? 은근 챙기시던데?"

"그분 유부남 아니야?"

"어젯밤에 아저씨들하고 같이 잤잖아. 다른 아저씨가 그분한테 왜 재혼 안 하느냐고 묻더라고. 몇 년 전 상처하셨나 봐."

"뭐라고 대답하셔?"

"그게 한 사람 마음으로 되는 거냐고. 혜서야, 어머니 재혼하시는 거 어때?"

"난 반대 안 해. 좋은 분과 하는 거라면 언제든 괜찮아. 정욱이 아빠가 사당 근처에서 한의원 한다고 했지? 뒷조사 좀 해봐. 숨겨 둔 여자가 있진 않은지, 빚이 많진 않은지, 도박을 즐기는 건 아닌지, 평판이 나쁘진 않은지 두루두루."

"진짜 해?"

"어. 티 안 나게."

엄마가 재혼을 하든 안 하든 사랑받는 여자로 살았으면 하는 게 그녀의 바람이다. 엄마에겐 그럴 자격이 있다. 세현은 일주일도 안 돼 기대 이상의 결과를 물어 왔다. 객관적으로 보면 넘치게 훌륭한 조건이었다.

"미령 언니, 나도 금방 주름 생기겠죠? 최대한 늦추고 싶다."

스무 살 땐 스물여섯이 까맣게 멀어 보였다. 다들 그런다. 서른은 그보다 더 빨리 온다고.

"피부 미용엔 연애가 최고야. 생기가 다른걸. 난 연애를 안하니 관리라도 받는 거고. 넌 얼굴이 미끄러지려고 한다."

"언니한테도 결혼하자는 남자 많을 것 같은데요?"

"돈 좀 버는 것 같은지 어중이떠중이, 연상 연하 다 덤비는데 지겹다, 얘. 말했잖아. 난 남자보다 커피가 더 좋다고. 남자 친구하곤 여전히 잘 지내지?"

"네. 내년이나 늦어도 후년쯤엔 결혼할 것 같아요. 애가 좀 특이해요. 그 또래 남자들은 결혼하는 거 싫어하지 않나?"

"얼마나 순수하고 사내다워. 요새 젊은 남자애들 이기적이고 약은 애들 너무 많아. 우리 때하고 또 다르더라."

"알아요. 그래서 더 좋아요."

"나도 네 나이 때 결혼하자고 졸라 대던 남자가 있었거든. 일한다고 자꾸 미루다가 헤어졌지만. 어릴 때부터 만났던 사람이라 가끔 생각나."

"다시 만나면 안 돼요?"

"유부남 됐어. 나하고 헤어지고 6개월도 안 돼서 결혼하더라. 애도 둘이나 있대."

"지금도 연락해요?"

"아니. 얼마 전에 마트 갔다가 우연히 마주쳤어. 9년 만인가. 둘째 생일 선물 사러 왔다는데 안 본 것만 못하더라. 많이 늙었더라고. 연애 너무 오래 하는 거 안 좋아. 좀 빠르긴 하지만 나 같으면 그런 남자 얼른 잡는다."

"좋은 애예요. 저한텐 분에 넘치죠."

"네가 어디가 모자라서? 아직도 너 찾는 손님 있는 거 알아? 네 남친, 양반은 못 되겠다. 밖에 왔네."

돌아보니 커피숍 입구에서 세현이 누군가와 통화하고 있었다. 모르는 사람이 보면 꽤나 차가운 인상으로 보일 것 같다. 어울렁더울렁 유순하게 좀 살라니까.

"얼굴은 그대론데?"

"저만 늙는 것 같죠?"

"넌 더 예뻐졌고. 저 친구 아직도 레모네이드 좋아해?"

"하하. 네."

"그걸로 준비할게. 내가 쏘는 거야."

차가운 레모네이드를 벌컥 들이켠 세현이 그녀의 얼굴을 가만히 쳐다보았다. 입을 뗄 듯 말 듯 한다. 왠지 '하지 마. 하지 마.' 하고 싶다.

"할 얘기가 뭔데 그래?"

"나가자."

"집으로 갈까? 할머니가 좋아하시겠다. 나도 준비할 게 많아서 마음이 바빠."

"그래서 왔어."

"뮤지컬 때문에?"

"어. 차에 가서 얘기하자."

"여기서 말하면 안 되는 거야?"

"그리 반가운 말이 아닐 것 같아서."

"그냥 해."

남은 레모네이드를 마저 털어 마신 세현이 비장한 표정으로 입을 열었다. 혜서는 귀를 막고 밖으로 뛰어나가고 싶었다.

"이번 뮤지컬 안 하면 안 돼? 도장 안 찍었으니까 번복할 수 있잖아."

"이유가 뭐야?"

"싫어. 이번엔 진짜 싫어."

"파트너들 때문에 그래?"

"그것도 그렇고."

"파트너 없는 뮤지컬이 어디 있어? 처음도 아닌데 왜 그래?"

"나하고 그 뮤지컬 봤던 거 기억해?"

"휴가 나왔을 때 같이 봤잖아."

"거의 그대로 하겠지?"

"아마도. 대사나 넘버가 좀 바뀔 순 있는데 크게 바뀌는 건 없을 거야."

"키스신도 그대로 가겠네."

"중요한 장면인데 뺄 수가 없지."

"그래서 싫어."

"세현아, 그건 그냥 일이야."

"나한텐 그렇게 안 느껴져."

"더 심한 연기를 하는 배우도 많아."

"다른 사람이 뭘 하든 상관없어. 그거 아니어도 할 거 많잖아."

"많다고? 나가서 얘기하는 게 낫겠다. 차 어디에 뒀어?"

차 안이라고 상황이 나아지진 않았다. 어느 정도 짐작은 했지만 이 정도로 싫어할 줄은 몰랐다.

"그 장면 자기가 생각하는 것처럼 리얼한 게 아니야. 그냥 입술만 마주치는 정도라고."

"하는 척이든 뭐든. 넌 내가 다른 여자 부둥켜안고 키스하면 좋아? 사람들 다 보는 데서? 내가 그동안 아무렇지도 않아서 가만히 있는 거라고 생각했어?"

"싫은 거 이해해. 이해하는데, 내가 하는 건 그냥 연기잖아."

"나한텐 똑같아. 내가 이해할 수 있는 선을 넘었어. 하나도 아니고 셋이라며? 공연할 때마다……. 무조건 하지 마."

이래서 같은 직업을 가진 사람이 편하다고 하는 건가. 어린 애처럼 고집부리는 세현을 이해 못 하는 건 아니다. 처지를 바꿔 생각해 봐도 반길 이유가 없다. 하지만 이런 식은 아니어야 한다. 이해를 시키든가 설득을 해야지 무조건 하지 말라니.

"우리나라에서 1년에 만들어지는 뮤지컬이 몇 작품인지 알아? 너도 그랬지? 널린 게 학벌 좋은 건축사라고. 여기도 마찬가지야. 일이 없어 노는 사람이 태반이라고. 작품성에 흥행성까지 갖춘 뮤지컬 만나는 거 쉽지 않아. 이거 거절하면 난 또라이 되는 거야. 행운을 내 발로 차는 거라고. 20대 여배우 중 이역할 하는 건 내가 처음이라고 했잖아. 나한테 모험을 걸고 맡겨 주셨는데, 단지 남자 친구가 싫어한다는 이유로 포기해? 너 같으면 그럴 수 있어?"

한 치의 망설임도 없는 대답이 바로 돌아왔다.

"그럴 수 있어. 난 니가 조금이라도 싫어하면 안 해."

거절도 아무나 할 수 있는 게 아니다. 뭘 우선순위에 둘지는 개인의 선택이겠지만 혜서는 뮤지컬과 남자를 같은 선상에서 고르고 싶지 않았다. 두 개는 별개의 문제였다.

"난 너하고 상황이 달라. 넌 그게 가능하지만 나는 아니야."

"그 뮤지컬 하면, 헤어질 거야."

"……진심이야?"

"어."

"내가 지금 좀 당황해서 그러는데, 한 번만 더 물어볼게. 그 작품 하면 나하곤…… 끝이라는 거지?"

"……어."

오늘, 두 개의 기적이 일어났다. 남자한테 먼저 이별을 통보받은 건 태어나 처음이었다. 그것도 가장 축하받고 싶던 사람에게. 혜서는 가능한 한 빨리 결정하겠다는 말을 남기고 차 문을 열었다.

연락을 기다린 지 나흘째. 시간이 지날수록 그의 초조함은 커져만 갔다. 중간고사도 겨우 치러 냈다. 막연히 기다리다간 지레 말라 죽을 것 같아서 먼저 연락했다. 혜서는 담담한 목소리로 전화를 받았다.

— 안 그래도 오늘 연락하려고 했어. 니 생각은 여전해?

"같아."

— 그동안 나도 니 의사 충분히 들어 왔다고 생각해. 드라마 제의 온 것도 안 했고, 음반도 거절했고, CF도 안 찍었어. 주변에서 이상하다고 수군댈 정도로 돈 되는 건 다 피했어. 자기가 싫어하니까.

"알아. 고마워하고 있어. 내가 그것 이상으로 보상해 줄게."

— 보상을 바라고 한 행동 아니야. 약속이니까 지킨 거지.

근데 세현아, 넌 지금 뮤지컬도 못 하게 하고 있잖아. 그건 건드리지 말았어야지.

"다른 작품 하면 되지. 〈동경〉 시즌2를 하든 다른 오디션을 보든. 나도 기획사에서 온 제의 모두 거절했잖아. 기억하지? 예전에 나한테 뭐라고 했는지?"

— 그거하곤 경우가 달라. 이제 와서 왜 이래?

"그땐, 이런 것까진 예상하지 못했어. 이번엔 양보 못 해."

— 이거 거절하면 나 정말 우스운 사람 돼. 왜 싫어하는지는 아는데, 그냥 일하는 거로 생각해 주면 안 돼? 마지막으로 묻는 거야.

머릿속에 세 남자의 느끼한 입술이 둥둥 떠다녔다. 그 입술로 얼마나 많은 여자를 탐했을까. 혜서에게만 예외였던 결벽증이 도진 느낌이다. 치밀어 오르는 구역질이 순식간에 그의 이성을 마비시켰다.

"생각만으로도…… 더러워."

정욱은 눈앞의 친구를 심란하게 바라보았다. 군바리 때도 고고한 자태를 유지하던 녀석이 세상 다 산 얼굴로 앉아 있다. 최악의 열흘을 보낸 세현 앞에 빈 소주병이 죽 늘어서 있다.

"니가 아주 돌았구나? 대안을 찾았어야지, 어디서 객기를 부려?"

"대안이 어디 있냐? 너 같으면 잘하라고 응원해 줄 수 있어?"

"직업이 그런 걸 어떡해. 그래서 니가 뭘 얻었는데? 4년 만난 여친하고 헤어져, 집에선 천하의 죽일 놈 돼. 혜서 쌤 집에선 뭐라는데?"

차라리 멱살이라도 잡아 흔들며 끝까지 책임지라고 했으면 좋으련만, 현서 형이나 어머니는 그를 몰아세우지 않았다. 두 분은 그들의 이별이 합의된 것으로 알고 있었다. 오히려 그를 비난하는 건 식구들이었다. 가장 화를 낸 건 엄마.

"야, 이 나쁜 놈아! 평생 다른 여잔 쳐다보지도 않을 것처럼 굴더니 네 입으로 먼저 헤어지자고 해?"

"여보, 진정해. 세현이가 여자 때문에 이러는 게 아니잖아. 나 같아도 싫겠다. 어떤 남자가 그 상황을 반겨?"

"싫은 건 싫은 거고. 그렇다고 그만 만나? 어린 거 티 내니? 왜 이렇게 무책임해?"

외할아버지를 아직 용서하지 않은 엄마는 그를 같은 수준의 남자로 취급했다. 아버지가 그만하라고 말릴 정도였다. 아버진 그의 마음을 이해한다고 하셨지만 그의 행동은 이해하지 못했다. 할아버진 그를 예술의 '예' 자도 모르는 인간 보듯 하셨다.

"건축도 일종의 예술 아니냐? 건축설계를 공부한다는 녀석이 어째 대중예술을 몰라. 난 혜서가 자랑스럽기만 하더구먼. 나이 먹어 봐라. 그거 별것도 아니야. 몇 년을 제 여자처럼 끼고 다니더니 이제 와서. 쯧쯧. 벌 받아, 이놈아! 어휴, 사람들한테 뭐라 그러나. 손자며느리 될 아이라고 동네방네 소문 다 내 놨는데."

"인연이 거기까지인가 보죠. 살면서 제 복 제 발로 차는 이들 많이 봐 왔지만 내 손자가 그럴 줄은 미처 몰랐네. 나중에 얼마나 고분고분한 앨 데려오나 봅시다."

"할머니까지 왜 그러세요?"

"너야말로 왜 그러냐? 어디 가서 혜서 같은 앨 또 만날래? 사람이 잠시 잠깐은 속여도 몇 년을 내리 속일 수는 없는 법이란다. 얼굴 반반한 애들이야 널렸지. 저만 알고 제 몸 꾸밀 줄만 아는 여자 데리고 살아 봐라. 지옥이 죽어서만 가는 덴 줄 알아? 내가 4년을 밥해 먹여 가며 데리고 있었어. 나한테도 손녀 같은 애야. 네 말에 뭐든 '네네.' 하는 여자 만나면 퍽이나 즐겁겠다. 혜서는 싹싹하고 야무져서 누가 데려가도 잘살 거다. 에이그, 애먼 놈한테 좋은 일 시키게 생겼네. 이제 혜서 엄마 얼굴을 어떻게 봐."

"……."

"당신 내 친구 두진이 알지? 똑똑한 변호사 며느리 얻었다고 좋아하더니만 요새 얼굴이 아주 썩었어."

"아니, 왜요? 그렇게 떠들썩하게 결혼을 시키더니?"

"글쎄 며느리가 집에서 밥도 일절 안 해 먹고, 애도 입주 육아도우미한테 맡겨 재운다네. 모유는커녕 제 손으론 분유 한 번을 안 먹인대. 제 자식을 그림처럼 가끔 쳐다만 보고 산다더구먼. 어찌 그리 정이 없는지 몰라."

"아우, 몸서리야. 듣기만 해도 끔찍하네. 요샌 사방팔방 이상한 여자들이 너무 많아."

그의 편이 돼 준 건 뜻밖에도 고등학생이 된 우현이었다. 동생은 방 안에 우두커니 앉아 있는 그에게 라면을 끓여다 주며 위로했다.

"형, 이거라도 먹어. 난 형 마음 1000퍼센트 이해해. 누나도 형 못 잊을 거야. 형 같은 남자를 어떻게 잊어. 내가 친구들한 테 캐리 목소리 연기한 뮤지컬 배우 정혜서가 우리 형수 될 사람이라고 말했거든. 입 싼 애들이라 소문 퍼지는 거 금방이야. 둘이 다시 만난다에 5만 원 건다."

정욱은 친구의 손가락에 끼워져 있는 커플링을 흘깃 쳐다보고 빈 잔에 소주를 따랐다. 그러고는 안주엔 손도 안 대고 깡소주만 마시는 세현을 걱정스러워했다.

"국물이라도 좀 떠먹어."

그제 할머니 집에 들렀을 때, 할머니가 그에게 작은 종이가방을 내밀었다. 그 안엔 반지와 차 키, 메모지가 들어 있었다. 혜서의 손글씨로 써진 메모는 길지 않았다.

> 뭘 남기고 뭘 가져가야 할지 모르겠다.
> 세현아, 너랑고 한 연애 좋았어.

멍하게 서 있다가 옆방 문을 열어 보았다. 방 안엔 피아노와 공기청정기만 덩그러니 남아 있었다. 그의 얼굴에 커플링을 집어 던지지 않은 걸 한줄기 희망처럼 붙잡고 있었던 것 같다. 남기고 간 것엔 마음도 포함된 걸까? 혜서는 그동안 모아 왔던 공동 명의의 통장까지 해지해서 그의 계좌에 입금했다. 이별의 시작은 그였지만 결별의 과정을 착착 밟은 건 혜서였다.

"니 전화도 안 받아?"

"아니. 받아 줘."

"완전 쿨하네. 진짜 누난 내 스타일이다."

"쿨? 얼어 죽는 줄 알았다. 연락 그만하고 오빠라고 불러 줄 귀여운 여자애 만나라고 하더라."

"그것도 괜찮을 것 같은데? 원래 지난 사랑은 새로운 사랑으로 잊는 법이지. 아무렴."

"내가 넌 줄 알아?"

모태솔로의 길을 꿋꿋이 걸었던 정욱은 첫사랑에 실패한 뒤 수시로 여자를 갈아 치우는 저력을 발휘하고 있다. 과거의 한정욱이 아니다.

"이번 일은 니가 크게 실수한 거야. 순전히 니 감정만 내세운 거라고."

"알아."

"제대한 지 얼마 안 돼서 현실감각이 너무 떨어진 모양인데, 객관적으로 보면 넌 그냥 잘생긴 복학생일 뿐이야. 그것도 고작 2학년. 한 10년이나 15년쯤 뒤라면 분명 잘나가고 있겠지. 하지만 아직은 별거 없잖아. 우리 같은 대학생들하고 비교하지 말고 넓게 봐. 누나가 상대하는 사람들은 다들 프로일 텐데, 그깟 이유로 하지 말라니 얼마나 애처럼 보였겠냐?"

그깟 이유? 니가 정혜서 입술을 알아?

"니가 말하는 출세의 기준이 뭔지 모르겠는데, 난 못 한 게

438

새파란상상

상상의 경계를 허문다
야기의 힘을 믿는다

PARAN
IMAGINATION

파란
미디어

스트 : 링월드 프리퀄 1권 세계 선단

펠루시다(전 6권 발간예정)
에드거 라이스 버로스 지음 | 박들비 옮김 | 각 권 8,500원

《타잔》의 작가 에드거 라이스 버로스, 그의 숨겨진 걸작이 찾아온다!

지구의 중심에 있는 또 다른 세계 – 펠루시다
언제나 정오의 태양이 빛나는 그곳은 멸종된 공룡이 지배하는 원시와 야만의 공간!
시간이 없는 세계에서 벌어지는 기이하고 불가사의한 모험담!

드림 컬렉터(전 2권)
이혜원 지음 | 값 12,000원

소버린은 우리를 계속 꿈속에서 살게 해줄 수 있다!
"꿈속으로 도피하는 것이 뭐가 나쁘지?"

자면서 꾸는 꿈을 다른 사람이 그 꿈을 즐길 수 있게 수집하는 사람들이 바로
드림 컬렉터. 그 앞에 나타난 전능한 마야의 신 – 소버린!

문이 열렸다
정보라 지음 | 값 11,000원

'원래' 어디가 조금씩 이상한 사람들의 세계
문이 열리면 사랑이 시작된다.
기이하고 따뜻한

당신이 모르는 곳에서 일어난
당신이 알지 못하는 이야기
일그러진 현실의 뒤에서
당신의 일상은 안녕하십니까?

죽은 자의 꿈
정보라 지음 | 값 11,000원

삶의 비밀을 가진 여자.
죽음의 비밀을 가진 남자.
그들 앞에 어느 날 죽은 남자가 찾아온다.

죽은 자들의 표식을 묻혀 오는 남자.
죽은 채로 태어나 되살아난 여자.
인간답지 않은 짓을 저지르다
정말로 인간이 아닌 것을 만난 사람들 이야기!

새파란상상

새파란상상은 파란미디어의 중간 문학middlebrow literature 브랜드입니다.

cafe cafe.naver.com/paranmedia **e-mail** paranbook@gmail.com
twitter @paranmedia **tel** 02. 3141. 5589 **fax** 02. 3141. 5590

링월드
고호관 옮김 | 값 15,000원

고도의 지성과 첨단 과학기술,
연륜의 노회함과 극강의 전투력에 무
시무시한 확률의 운으로 무장한 그들
의 여행이 시작된다!

링월드2 링월드의 건설자들
김창규 옮김 | 값 16,000원

휴고, 네뷸러, 디트머, 로커스 상을 휩쓴
하드 SF 걸작 『링월드』
믿을 수 없이 낯설고 놀라운 세계
링월드의 미스터리가 베일을 벗는다!
링월드는 누가, 왜 만들었는가?

출간예정작 | 링월드 3 **링월드의 왕좌** | 김창규 옮김
링월드 4 **링월드의 아이들** | 김창규 옮김
링월드 파이널 **세계의 운명** | 에드워드 M. 러너 공저 | 김성훈 옮김

**링월드 프리퀄
세계 선단 시리즈**

**에드워드 M. 러너
공저**

세계 선단 고호관 옮김 | 값 14,000원
우주적 규모의 적자생존 서사시, 세계 선단 시리즈의 서막!

세계의 배후자 고호관 옮김 | 값 15,000원
은폐되고 삭제되고 망각된 진실을 찾아서

세계의 파괴자 고호관 옮김 | 값 15,000원
잃어버린 고향과 새로 찾은 고향, 지켜야 할 사람들을 위해서!

세계의 배신자 김성훈 옮김 | 값 15,000원
『링월드』는 루이스 우의 첫 번째 모험이 아니었다!

아니라 안 한 거야. 혜서도 싫어하고 나도 크게 마음 없어서. 계약금만 10억 준다는 기획사도 있었어. 하려고 마음먹었으면 뭐가 돼도 됐을 거야. 난, 혜서가 닳고 닳은 남자들 틈에서 일하는 게 싫을 뿐이야."

정욱은 잔뜩 충혈된 친구의 눈을 가만히 들여다보았다. 왕으로 태어났어야 좋았을 놈. 그랬다면 구중궁궐에 숨겨 두고, 한 떨기 꽃처럼 저만 보며 살라 했겠지.

"아는데, 누나가 집에서 키우는 강아지는 아니잖아. 왜 안 하던 짓을 해서 이 사달을 만들어? 내가 그랬지? 군대 2년 기다려 준 여자는 열녀문을 세워 줘도 시원치 않다고. 아이, 자식. 안주 좀 먹으라니까!"

정욱이 잔뜩 취한 그를 오피스텔에 던져두고 갔다. 어기적어기적 기어서 욕실로 들어간 세현은 저녁내 마신 것들을 전부 게워 냈다. 위액까지 쏟아 내니 체온이 3도쯤 내려간 기분이다. 샤워기를 틀고 그 아래 주저앉았다. 얼굴 위로 뜨거운 물줄기가 쏟아져 내렸다.

'자기가 씻겨 주는 게 좋아. 결혼해도 해 줄 거야?'

'더 잘해 줄게. 시집이나 와.'

'믿어도 될까? 털 없는 원숭이를? 근데, 원숭이치곤 너무 잘났다.'

혜서는 차돌처럼 단단해지는 그의 몸을 만지며 장난스러운 저주를 걸곤 했다.

'내가 여기에 저주 내릴 거야. 나 외엔 어떤 여자가 만져도

커지지 말라고. 다른 여자 앞에선 말랑말랑 찹쌀떡, 흐물흐물 상한 토란, 맛이 간 개불이 돼라!'

보이는 곳마다 혜서의 목소리, 혜서의 흔적이다.

"혜서는 잘 있대?"

"잘 지낸다고 걱정 말래요."

"아우, 우리 세현인 밥은 제대로 먹나 몰라. 신경 쓰여서 소화가 안 되네."

"된통 당해야 다신 그런 말 함부로 안 하죠. 결혼해서 애 낳고 살면서도 이혼하자고 덤비면 그 꼴을 어떻게 봐."

"우리끼리니까 하는 말인데 세현이 입장에서 보면 화날 만도 하지. 어떤 사내가 그걸 기분 좋게 받아들여."

"어쩌겠어요. 일이 그런걸. 그동안도 세현이가 싫어해서 못한 게 한둘이 아니라잖아요. 들어 보니 돈벌이 될 만한 건 다 못 하게 막은 것 같습디다. 이젠 돈이나 벌겠대요."

"혜서 엄마는 뭐래?"

"죽고 사는 문제 아니니 괜찮다고, 물 흐르듯 가게 놔두래요. 오히려 세현일 걱정하더라고요. 마음에도 없는 말 한 걸 알던데 뭘. 세현이가 혜서 엄마한테까지 찾아갔었나 봐요."

인희는 심란해하는 용민을 슬쩍 보곤 쪽파를 마저 다듬었다. 며칠 전 큰일 치르는 줄 알았다. 혜서가 남긴 가방을 들고 제 방으로 들어간 손자가 잠시 뒤 미친 듯이 그녀를 불러 댔던 것이다.

"할머니! 할머니! 혜서 어디 갔어요? 혜서요! 네?"

초조하게 번들거리는 손자의 두 눈을 차마 마주 보기 어려웠다.

"같은 일 하는 선배가 집을 알아봐 줘서 어제 오후에 짐 싸서 나갔어."

"거기가 어딘데요? 그냥 보내면 어떡해요!"

"나도 몰라, 어딘지. 그거 알아서 뭐하게?"

"할머니라도 말렸어야죠. 이사한다고 그냥 가게 하면…….
하아……."

"너 같으면 예서 계속 살고 싶겠어? 사람이 인연을 끊는 게
그런 거란다."

붉어지는 손자의 눈을 더는 볼 수 없어서 등을 돌리고 나왔다. 세현은 저녁도 거르고 밤이 이슥해질 때까지 그 방에서 나오지 않았다.

"이사한 집은 어때? 위험해 보이진 않아?"

"역 가까운 데라 외지진 않았는데 오피스텔이라고 원 콧구멍만 합디다. 밥도 안 해 먹는 모양이에요. 밖에서 사 먹고 들어간다네요."

"그런 데서 사는 거 세현이가 알면 난리일 텐데. 어디 사는지 아직 모르지?"

"혜서도 얼굴살이 쪽 빠졌더라고. 뮤지컬 연습 시작해서 그런다지만 어디 그뿐이겠어요? 당신한텐 말 안 했는데, 사실 내가 본때를 보여 주라고 부추겼어요."

"뭐라고? 자네 때문에 집 나가게 된 거야?"

"아니, 그건 아니고."

지난주 아침, 설거지를 마친 혜서가 할 말이 있다며 인희를 찾았다. 혜서가 차근차근 전날 밤에 일어난 일을 털어놓았다. 손자의 속을 모르는 건 아니나 그 방법이 잘못된 건 분명했다.

"이놈의 자식! 할 말이 있고 못 할 말이 있지. 그래, 넌 어떡하고 싶어?"

"무조건 못 하게 하면 다른 방법이 없을 것 같아요. 정말 하고 싶었던 작품이거든요. 세현이 말 진심 아니라는 거 알아요. 그만큼 싫다는 뜻이라는 거. 근데 할머니, 생색내는 게 아니라 저도 할 만큼 했어요."

말하는 내내 혜서는 손가락에 낀 반지를 어루만졌다. 반지 안에 손자의 이름이 쓰여 있다고 우현이 넌지시 귀띔해 주던 것이 생각났다. 둘 사이가 남다른 건 따로 물어보지 않아도 빤했다. 새벽에 혜서 방에서 나오는 걸 못 본 척한 게 한두 번이 아니니. 집에 오면 손자의 눈길은 해바라기처럼 혜서만 따라다녔다. 둘이 헤어지게 된다면 누가 더 힘들어할지 눈에 훤했다.

"그래서 이사하라고 했어?"

"나가는 게 맞겠다고 하더라고요. 혜서는 헤어져도 할 수 없다고 생각하는 것 같아요. 원래도 결혼 생각 없다던 애 아니유. 그렇게 꼬드겨 놓고 제 입으로 그걸 끝냈으니 누굴 원망해. 둘이 내년 겨울쯤 결혼하기로 약속한 모양이던데."

"아유, 이걸 어째. 저러다 영영 남 되는 거 아니야? 난 다른 손자며느리는 싫어. 100명을 데리고 와 봐라. 내가 쳐다보나."

귀찮은 내색 없이 살갑게 구는 혜서를 용민은 늦둥이 딸처럼 예뻐했다. 평생 보지도 않던 뮤지컬에 푹 빠지게 된 것도 그 아이 덕분이다. 그걸 잘 아는 혜서는 등 떠밀리듯 나가면서도 내내 죄송스러워했다. 수북이 쌓인 쪽파를 그러모은 인희는 어린애처럼 토라진 용민을 보고 빙긋이 웃었다.

"너무 걱정하지 마요. 그렇게 쉽게 끊어질 인연이 아니니."

경훈이 집에 들어온 건 자정이 한참 지난 시각. 아내 서연은 잠을 이루지 못하고 있었다. 책을 읽고 있던 아내가 안경을 벗어 책과 함께 협탁 위에 올려놓으며 그를 바라보았다.

"피곤하다더니 여태 안 잤어?"

"잠이 안 오네. 세현인 지금 뭐 할까? 술이나 퍼마시고 있는 거 아닌지 몰라."

"그렇게 애를 잡더니. 당신 말이야, 아버님하고 세현이 일 분리해 생각할 수 없어? 세현이 아직 어려. 그런 실수 할 수 있는 나이야."

처가 식구 중 장인어른을 보지 않고 사는 건 서연이 유일하다. 누구도 그녀의 고집을 꺾지 못했다. 아내는 아버지가 어떤 노력을 했다고 제 손으로 버린 모든 걸 되찾아야 하느냐고 되물었다. 하다못해 세 살 때 헤어진 아들까지 아버지 대접을 해주는데 그걸로 부족하냐면서. 아버지가 그녀를 버린 시간만큼 그녀도 아버질 버릴 거라고 한 적도 있다.

"정말 인생은 끝이 없네. 뭐 하나 겨우 지나갔다 싶으면 또 하나가 오고. 또 오고. 전화 좀 해 보지 그랬어?"

"아까 통화했어. 너무 걱정하지 마."

"어떻게 걱정을 안 해. 우리 아들 성격을 아는데."

"혜서는 뭐래? 오늘 만났지?"

출근 전, 아내로부터 오후에 혜서를 만나기로 했다는 말을 들었다. 동료 교수들과 어울리면서도 내내 궁금했던 터였다.

"자긴 괜찮다고, 뮤지컬 준비하느라 바빠서 잡생각 안 들어서 좋대. 생각보다 담담하더라."

"다행이라고 해야 하나, 서운하다고 해야 하나."

일부러 학교로 불렀다. 서연은 교수실로 찾아온 혜서를 앞히고 조교에게 차를 부탁했다. 대학원생인 조교는 혜서가 누군지 잘 알고 있었다. 뮤지컬 〈동경〉을 좋아해서 몇 번이나 봤다며 사인까지 부탁했다. 교정을 거닐 때도, 주차장까지 걸어가는 동안에도 혜서를 알아보는 학생들이 제법 있었다. 다들 둘 사이를 궁금해하는 눈치였다.

"여보, 혜서 우리 집에 처음 놀러 왔을 때 내가 가방 준 적 있었잖아. 기억나?"

"작고 검은 가방?"

"응. 혜서가 그건 돌려줘야 할지 말아야 할지 모르겠다면서 가져도 되냐고 묻더라. 며느리 될 아이한테 주는 거라고 했었거든. 그때도 욕심 안 부리고 딱 그거 하나 고르더니. 내가 일부러 세현이 욕을 막 하면서 안 밉냐고 물었거든? 그러는 거 이해한대. 세현이 덕분에 뮤지컬 시작하게 된 셈이니 그걸로 퉁치겠다고 하더라. 혜서는 헤어져도 할 수 없다고 생각하는 것 같아."

"아주 제대로 걸렸네. 마음고생 좀 더 하게 놔둬."

"길게 가면 안 돼. 우리 과 조교 애가 그러는데, 이번에 하는 뮤지컬 파트너 중 스물여덟 살짜리 가수가 있는데 걔가 그렇게 여자들한테 인기가 많대. 인물도 좋고 성격도 좋다더라. 그 나이에 벌어 둔 재산도 어마어마하다고 입에 침이 마르게 칭찬하던데? 설마, 홀라당 넘어가진 않겠지?"

"별걱정을 다 하네. 군대 2년도 기다려 준 애야. 당신 아들 그렇게 시시한 남자 아니야."

"세현이 다른 애 못 만나. 만난다 해도 혜서 못 잊어. 여보, 이러다 안 좋은 마음이라도 먹으면 어떡해?"

"절대 그럴 일 없어. 자기 거 남한테 뺏길 녀석이 아니라고. 조바심 내지 말고 기다려 봐. 세현이가 원래대로 돌려놓을 테니까."

짧은 휴식 시간. 연습실 빈 의자에 앉은 혜서는 생수를 마시며 생각에 잠겨 있다. 이별이 이혼만큼이나 어려울 수 있다는 걸 처음 알았다. 너무나 많은 것이 깊숙이 연관돼 있어서 어디서부터 손을 대야 할지 막막할 정도였다. 우선은 엄마와 오빠에게 연락해 상황을 이해시켰다. 길길이 날뛸 줄 알았던 오빠는 뜻밖에도 세현의 편을 들었다. 어떤 골빈 놈이 그걸 좋아하느냐면서. 오빠는 하루 뒤 다시 전화를 걸어와선 그녀를 설득하려 했다.

— 어젯밤 세현이한테 전화 왔었어. 내가 헤어지길 잘했다니까 울려고 하더라. 너, 오빠 결혼식 때 찍은 가족사진은 어쩔 거야? 미하 돌 때 찍은 사진들은 또 어쩔 거고. 세현이 얼굴만 도려낼래?

부득불 우겨 가족사진에 사위처럼 얼굴을 들이밀 때 알아봤어야 했다. 용의주도한 진세현. 먼 친척이라고 해 버릴까.

"오빤 이제 진세현 형처럼 구네."

— 지구를 열 바퀴 돌아 봐라. 그런 애 없다. 나중에 후회하지 말고 적당히 튕겨.

혜서가 마음을 굳힌 건 엄마와 통화를 하고 나서였다.

"엄마, 난 내가 속물근성이 많지 않다고 생각했는데 아닌가 봐. 세현이 집에 잘 보이고 싶었어. 평소의 나보다 더 착한 사람처럼 살려고 했던 것 같아. 아니, 모든 게 충족되니까 화낼 일도 없고 짜증 날 일도 없는 거 있지. 내 것도 아닌데 그 집안의 모든 게 좋았어. 배려심 많은 가족, 좋은 직업, 넓은 집, 화수분 같은 돈도. 헤어지자고 할 정도로 싫어하는데, 그 역할 포기할까? 그냥 그 애가 가진 걸 나눠 쓰면서 편히 살까? 그런 생각도 잠깐 했어."

엄마는 그녀의 마음을 이해한다고 했다. 그러나 엄마의 입에서 나온 대답은 사뭇 달랐다.

— 혜서야, 네 아빠가 정말 미웠을 때가 언제인 줄 아니? 아

빠는 엄마를 너무 품 안에만 가둬 놓고 살았어. 다 해 주지도 못할 거면서. 어려선 그게 사랑인 줄 알았는데, 아빠 돌아가시고 남은 건 무능력한 중년의 아줌마뿐이더라. 남자 하나 믿고 살기엔 인생은 너무 길고 변수가 많다. 엄만 내 딸이 남편 얼굴만 바라보고, 남편 처분만 기다리는 여자로 사는 거 싫어. 아무리 힘들어도 넌 네 일을 붙잡고 살아. 세현이가 가진 것, 그 집안이 가진 걸 네 거라고 착각하지 마. 그건, 미련이고 욕심이야. 네 힘으로 성취한 게 아니면 잠시 네 손을 스쳐 가는 것일 뿐…….

"엄마, 우리 진짜 헤어져도 괜찮아?"

— 엄마가 안 괜찮다면 다시 만날 거야? 너 하고 싶은 거, 네가 좋아하는 거 하고 살아. 엄마가 가장 바라는 건 그거야. 헤어질 땐 헤어지더라도 일부러 상처 주는 말 하지 말고. 세현이 고작 스물셋이야.

친구 영진은 그녀의 빈 손가락을 보고 황당해했다. 작은 오피스텔로 이사한 걸 알고는 미쳤다고 했다.

"다 좋아. 그래, 그 뮤지컬 니가 평생에 한 번이라도 하고 싶다고 노래 불렀던 거 나도 기억해. 그건 그거고, 여자가 왜 여자냐? 살살 구슬려 너 하고 싶은 것도 하고 남자도 놓치지 말았어야지. 아주 배가 불렀구나?"

"그래서 요새 배가 안 고픈가."

"어라? 아직 살 만한가 보네. 세현 씨가 너한테……."

"그 세현 씨라는 말 좀 안 하면 안 돼? 징그러워 죽겠네."

영진은 세현에게 누나라고 불리며 팔목이 붙잡혔던 날부터 그를 '세현 씨'라고 불러 왔다.

"나한텐 무조건 세현 씨야. 내 제자는 아니잖아? 세현 씨가 다른 여자 어깨 끌어안고 다니는 꼴을 못 봐서 여유인 거 같은데, 실제로 겪어 봐라. 속이 확 뒤집어질 거다. 이래서 인간은 너무 잘해 주면 안 된다니까. 세상에 여자가 너뿐인 줄 알아?"

"너 내 친구야, 진세현 지인이야?"

"둘 다지. 너희 커플만이라도 무사히 결혼에 골인하면 안 되냐? 요새 하도 깨지는 커플만 봐서 인생관이 바뀌려고 한다. 우리 둘째 언니 얼마 전에 5년 만난 애인하고 헤어졌잖아. 그 인간 바람피워서."

다들 자기 기준대로 충고하려 들었다. 혜서는 엄마의 조언을 따르기로 했다. 세현은 하루에 한 번은 전화를 걸어왔다. 먼저 헤어지자고 한 사람이 그녀인 양.

"벌써 잊었나 본데, 니가 나 찼잖아. 그래 놓고 왜 이래?"

— 다른 놈 만나지 마.

매일 만난다, 다른 놈! 연습실에 다른 놈투성이다! 20대 초반부터 50대까지 아주 골고루 있다!

"남녀가 헤어진다는 건 다른 이성을 만나도 된다는 뜻이 내포된 거야. 너도 잘 알 텐데."

— ······다른 남자하고도······ 나하고 한 거 다 할 거야?

"아직 생각 안 해 봤는데, 평생 수절할 순 없잖아. 너도 알다시피 내가 춘향이 스타일은 아니라서."

짧은 침묵이 요단강처럼 흘렀다. 혜서는 괜한 대답을 한 것 같아 뜨끔했다.

— 어떻게 그런 말을 아무렇지도 않게 해?

"현실적으로 말한 거야. 끊을게."

— 연습실 가?

"어. 더러운 짓 하러 가."

— 그 말, 해서는 안 되는 말인 거 알아. 다신 안 그럴게.

"그래. 알았으니까 다신 전화하지 마."

— 나 없이 살 수 있어?

아빠가 눈앞에서 죽어 가는 걸 보고도 살았고, 이젠 그마저도 거의 잊고 산다. 사람은 그런 존재다. 정인을 잊지 못해서 후생까지 따라가는 건 소설에서나 가능한 일이다.

"세현아, 난 니가 생각하는 것보다 강해."

— 나, 잊고 살 수 있냐고!

이 커다란 어린애는 그녀를 잊지 못할 것이다. 혜서는 그 사실에 약간의 쾌감을 느꼈고, 그런 자신에 실망했다. 너도 어쩔 수 없이 보통 여자구나. 솔직하게 대답했다.

"잊을 순 없을 것 같고, 살 수는 있을 것 같아."

울음기 섞인 남자의 목소리가 그녀를 괴롭혔다.

— 정혜서, 왜 안 매달려? 왜 화도 안 내? 책임지라는 말, 왜 안 하는 거야?

"서로 사랑하다 헤어졌는데 니가 왜 날 책임져야 해? 괜찮아. 미안해할 거 없어."

— 그럼 나 좀 책임져 줘. 우리 다시 만나자.

"아니. 난 헤어진 사람하곤 다시 안 만나. 한 번 찬 남자가 또 그러지 말란 법은 없으니까."

처음엔 홀가분한 마음이 더 컸는데 요샌 매일 뒤죽박죽이다. 어떻게 알았는지 이사한 집 앞에서 그녀를 기다릴 때도 있다. 세현은 그녀가 무사히 귀가하는 걸 확인하고서야 돌아갔다. 눈에 띄게 여위었지만 여전히 뜯어 먹을 게 많아 보이는 그를 보며 혜서는 한숨을 삼키곤 했다. 뭘 위해 이러는지 스스로 반문할 때도 있다. 어쩌면 의미 없는 힘겨루기를 하는 게 아닐까.

"혜서 씨, 누가 찾아왔네."

스태프 중 한 사람이 '와우!' 하더니 엄지손가락을 치켜들며 바깥을 가리켰다. 설마, 진세현은 아니겠지? 곧 돌아오겠다고 양해를 구한 뒤 연습실 밖으로 나왔다.

생각지도 못한 사람이다. 거의 3년 만에 본 얼굴이지만 쉽게 잊힐 얼굴이 아니었다. 나와 이니셜이 같았는데. 뭐였더라? 아, 장희수. 지금은 5학년 졸업반이려나.

"갑자기 찾아와서 미안해요. 연락처를 몰라서. 시간 좀 내줄래요?"

여전히 깎은 듯 아름답고 여전히 도도한 모습이다. 이 아인 단 한 번이라도 누군가에게 고개를 숙여 본 적이 있을까?

"왜 찾아온 건지 모르겠지만, 희수 씨하고 내가 따로 만나야 할 이유가 있던가요?"

"난 있는데. 연습 끝나려면 멀었나요? 요 앞 건물 2층 찻집에서 기다릴 테니 거기로 오세요. 세현이와 관련된 얘기예요."

여자가 온 건 한 시간쯤 뒤였다. 옷을 갈아입었는지 넉넉한 후드 티에 청바지 차림이다. 찻집 안의 사람들이 테이블을 힐끔거리는 게 느껴졌지만 희수는 그런 것에 익숙했다. 주문한 허브티를 한 모금 마신 여자가 그녀를 바라보았다.

"희수 씬 이런 상황이 좋아요? 뭐 하는 짓인지 모르겠네."

"나도 처음이에요. 이러는 거."

세현은 아직 커플링을 끼고 다닌다. 이 여자 손가락엔 아무것도 없다. 당사자는 부정하지만, 둘이 헤어진 것 같다는 과 후배의 말이 맞는 모양이다. 요새 진세현은 그녀가 알아 온 이래 가장 피폐한 모습을 보이고 있다. 얼마 전엔 수염도 깎지 않은 초췌한 몰골로 학교에 나타났다. 지각하는 날도 잦고, 아예 결석하는 날도 있다. 하루하루 망가져 가는 게 눈에 보였다.

희수는 처음부터 이 여자가 싫었다. 지금도 마찬가지다. 어딘지 달라 보이는 얼굴은 성형이나 시술이 아닌 자연적인 변화인 것 같다. 반짝이는 눈동자는 여전했지만, 세상을 조금은 알아 버린 사람 특유의 담담함이 그 안에 자리 잡고 있었다.

길게 마주하고 싶지 않았다. 상대도 마찬가지이리라. 단도직입적으로 물었다.

"둘이 헤어진 거 맞죠?"

맞은편의 여자가 피식 웃어 보였다. 졸업반인 희수에겐 이번이 마지막 기회인지도 모른다. 파다하게 소문난 애인이 있는 남자를 뺏어 왔다는 오명을 쓰고 싶진 않았다. 그건 자존심 문제였다. 가난한 9급 공무원 정도로 알았던 여자는 뜻밖에도 고등학교 교사 출신이었고, 몇 년 사이 유망한 신인 뮤지컬 배우로 자리 잡았다. 그거 외엔 내세울 게 없는 여자였다. 나이도 세 살이나 많았다. 더 황당한 건 둘이 교생과 학생으로 재회했다는 거다. 알면 알수록 불쾌한 인연이다.

진세현 얘기를 먼저 꺼낸 건 아빠였다. 탐나는 아이이니 친하게 지내라고. 그게 무슨 의미인지 희수는 바로 알아들었다. 딸이 태어나 처음 마음에 둔 남자가 동일인인 걸 알고 아빠는 드러내 놓고 기뻐하셨다.

입대 전 세현이 아빠 회사에서 인턴을 할 때만 해도 희망이 있었다. 건축 쪽은 자격증이나 실력으로만 평가받는 곳이 아니다. 인맥이 반 이상 먹고 들어가는 바닥이라는 걸 그 애라고 모르진 않을 것이다. 더군다나 그녀의 부친 장오성은 대한민국 최고 수준의 건축사 사무소 대표이사다. 그 아래에서 배우고 일했다는 것만으로도 영광으로 아는 사람이 많았다.

세현은 마치 그녀와 더 학교에 다니기 싫은 것처럼 서둘러 입대해 버렸다. 그 2년 사이 그녀의 눈에 차는 남자는 나타나지 않았다. 이런저런 인맥으로 잘나간다는 연예인이나 재벌가의 3세, 4세들, 여러 저명인사 집안의 자제들과 소소한 만남을 가져 봤지만 하나같이 바닥이 금방 드러났다. 잘생겼지만 머리가 비었거나, 똑똑하지만 마음이 비었거나, 돈은 많지만 자만심도 그 이상 많다거나. 부모가 짜 놓은 프로그램대로 움직이는 남자는 또 얼마나 많은지. 운 좋게 두루 갖췄다 해도 진세현을 능가하는 남자는 찾지 못했다. 만약 찾았다면 이쪽을 포기했을 것이다.

아빠는 그런 희수를 보며 안타까워했다. 스스로 차지하지 못한 남자를 억지로 맺어 줘 봤자 그 인연이 길지 않으리라는 걸 걱정하는 것이리라. 더군다나 상대의 벽이 너무 견고했다. 어떤 방법으로도 허물어지지 않는 성 같은 남자. 그 성벽을 무너뜨릴 수 있는 건 이 여자뿐일까.

24개월의 군 복무 기간 동안 두 사람은 변하지 않았다. 제대한 뒤에도 둘 사이는 여전해 보였다. 아니, 부부라 해도 믿을 정도로 더 가까워졌다. '세현이 오피스텔에 칫솔이 두 개 있대. 여자 옷도 본 것 같다는데? 가끔 와서 자고 가나 봐. 둘이 올해 약혼할지도 모른다더라.' 그런 말을 들을 때마다 오장육부가 뒤섞이는 느낌이었다.

이 여자는 그녀가 모르는, 너무나 알고 싶은 진세현을 안다. 잠자리에서 그 앤 어떤 밀어를 속삭일까? 어떤 모습으로 사랑을 나눌까? 어떤 짓까지 해 보았을까? 깊게 상상할수록 머리가 아팠다.

"세현이가 나하고 헤어졌대요? 그거 확인하려고 온 거예요?"

아니요, 맞아요. 동시에 대답할 수 없는 질문이다.

"놔줄 거면 확실히 놔주세요. 지지부진하게 끌지 말고."

"블로그에 공개 포스팅이라도 해요? 헤어졌으니 어떤 여자든 마음껏 차지하라고? 아, 내가 다른 남자를 만나는 게 더 빠르려나?"

"그게 제일 좋겠네요."

여자가 또 웃었다. 파르르 떨며 흥분하거나 화를 내야 일이 쉬워지는데, 최악의 반응이다.

"희수 씨, 여기서 이러지 말고 가서 진세현하고 해결해요. 나는 도와줄 마음도 없고 도와줄 이유도 없는 사람이에요. 거기서 안 돼서 여기 와서 징징대는 모양인데, 내가 해 줄 수 있는 게 없어요."

치사한 행동이라는 걸 희수도 잘 안다. 하지만 최후의 보루처럼 남겨 놓았던 얘길 꺼낼 수밖에 없었다.

"정혜서 씨가 세현이한테 해 줄 수 있는 게 뭐가 있어요? 돈이 있어요, 백이 있어요, 아님 대단한 인맥이 있어요? 이름 알려진 건축가들이 다들 실력이 쟁쟁해서 유명해진 건 줄 알아요? 그쪽, 아무것도 없잖아요. 그깟 쥐꼬리만 한 유명세? 세상에 넘치는 게 당신 같은 부류예요. 언제 사그라질지 모르는 인기 안고 사는 게 뭐 그리 대단한 거라고."

"내가 그렇게 보였어요? 어차피 오해받을 거 거절하지 말고 다 할 걸 그랬나. 혹시, 돈 벌어 본 적 있어요? 그게 얼마나 더럽고 치사한 건지 아직 잘 모르죠?"

모른다. 몇 푼 벌기 위해 싫은 소리를 들은 적도, 하기 싫은 걸 억지로 해 본 적도 없다. 그럴 이유도 없었다. 그녀는 늘 하고 싶은 일을 하기 위해 살아왔다.

"아빠 건축사 사무소 내가 물려받을 거예요. 그게 어떤 건지 알아요?"

"자랑하는 거 보니 대단한 건가 보네. 참 부러운 인생이다. 예쁘지, 머리 좋지, 집안 좋지, 돈 많지. 그런데요, 세현이가 희수 씨 도움 없이는 아무것도 못 할 사람으로 보여요? 돈은 세현이 집에도 많아요."

"그래서 좋아한 거예요?"

"은근 단순하네. 똑똑한 줄 알았는데. 난 세현이가 없는 집 출신이라도 좋아했을 거예요. 그건 희수 씨도 마찬가지 아닌가요. 어떡하나. 진세현이 지지리 가난한 집 아들이었으면 유혹하기가 훨씬 쉬웠을 텐데. 그죠?"

정곡을 찌르는 말에 이가 갈린다. 엄마가 자주 하던 말이 떠올랐다. '가진 게 없는 사람들은 두 부류다. 겁이 아주 많거나, 겁이 아예 없거나.' 이 여잔 후자 쪽일까? 희수는 이 끔찍한 자리를 얼른 벗어나고 싶었다.

"대한민국 좁아요. 건축 쪽은 더 좁고. 쥐뿔도 없으면서 잘난 척하지 마요."

"쥐뿔? 그런 게 정말 있어요? 한 번도 본 적이 없어서. 세현인 세현이고 나는 나예요. 그쪽처럼 대단한 탯줄을 타고나진 못했지만 이런 나한테 만족해요. 지금의 나는 모두 내 힘으로 만든 거니까. 그러니까 탯줄 자랑은 그만하고 가서 진세현을 꼬시든 만나 달라고 애원하든 알아서 해요. 여기 와서 치대지 말고."

"그러니까 세미나 끝나고 세현일 설득해 달라고?"

희수는 퇴근한 아버지를 붙잡고 옷 갈아입을 틈도 없이 조르는 중이다.

"한 번만 더 도와줘. 걔가 어떤 애인지 아빠도 잘 알잖아. 놓치기 아깝단 말이야."

"그런 애가 내 아들이면 얼마나 좋을까 하는 생각, 아빠라고 안 해 봤겠니?"

"사위 삼으면 되지. 나하고 같이 부부 건축가로 아빠 회사에서 일하면 얼마나 좋겠어?"

집안에서 그녀에게 거는 기대가 크다는 건 익히 알고 있다. 몇 년 전 도피성 유학을 떠난 오빠는 엄마마저도 포기한 상태다. 희수는 긴 시간을 부모의 기대에 부응하기 위해 살아왔다. 그러니 이 정돈 요구해도 된다고 생각한다.

며칠 뒤 오성건축에서 새로운 지하 구조 공법을 설명하는 세미나가 열린다. 그동안 세현은 큰 사무실에서 하는 공개 세미나에 빠지지 않고 참석해 왔다. 이번 세미나에도 참석할 가능성이 높다.

"우리 딸이 아직 진세현을 잘 모르는 것 같구나. 그 앤 그런 문제에 설득당할 녀석이 아니야."

"설득도 안 해 봤잖아. 아빠가 겁 좀 주면 안 돼? 아주 살짝만. 저 혼자 아무리 잘해 봐야 이 바닥에선······."

아빠의 얼굴에 그늘이 지는 걸 보며 희수는 애교스럽게 웃어 보였다. 언제나처럼 그 미소가 통할 거라 여겼다.

"너, 세현이 아버지가 어떤 분인지 알아?"

"경제학과 교수라던데?"

"직업 말고. 호랑이 아래 고양이 안 태어난다는 말이 있어. 제 아버지를 닮았으면 누가 어떤 말을 해도 통하지 않을 거다. 아빠가 무슨 수로 해결해 주겠니. 더군다나 애정 문제를. 세현이한테 오래 사귄 여자 친구도 있다던데."

"아빠도 애인하고 헤어지고 엄마랑 결혼한 거잖아. 그래도 잘만 살았으면서."

오성은 부부 싸움만 하면 케케묵은 과거의 일까지 까발리는 아내에게 진저리가 쳐졌다. 버리고 오기만 하면 가진 모든 걸 준다 했다. 그때의 아내는 눈부시게 아름다웠고, 성공에 목마른 그에겐 오아시스 같았다. 긴 망설임 끝에 제 아이를 두 번이나 품었던 여자를 내쳤다. 덕분에 가난한 건축학도였던 그는 결혼과 함께 이사가 되었고, 30대 후반의 나이에 큰 건축사 사무소의 대표이사가 될 수 있었다.

딸은 외모도 성격도 제 엄마를 닮았다. 그를 닮은 건 지능뿐이다. 하나밖에 없는 아들놈은 아예 없는 셈 치기로 했고 똑똑한 딸에게 기대를 걸고 있는데, 그마저도 위태롭게 느껴지는 요즈음이다.

건축 경기는 갈수록 나빠져만 간다. 이게 어떻게 다져 온 회사인가. 10년을 한결같이 뒷바라지해 준 첫 여자를 버리고 선택한 길이다. 식만 안 올렸지 부부나 마찬가지였다. 돈이 없어 생긴 아이를 번번이 지우게 했다. 그때의 그는 가장 소중한 것을 구분하는 눈이 없었다. 아직도 가끔 가정부의 손을 거쳐 떡 벌어지게 차린 밥상보다는 옛 여자가 소꿉장난하듯 끓인 된장찌개와 열무김치로 늦은 저녁을 먹던 시절이 그립다. 오성은 그의 사위가 자신 같은 인생을 반복하길 바라지 않는다. 딸이 평생 진실한 애정을 받지 못할 것임을 알기에.

"희수야. 너 좋다는 남자 만나. 네가 좋아하는 남자한테 목매지 말고. 아빠 말 들어. 세현인 아빠가 두고두고 지켜보면서 키울 거야. 제자이자 후배로. 그 애한테는 그걸로 만족해. 널 위해 하는 말이야."

딸의 큰 눈에 눈물이 차오른다. 실패를 모르고 자라 온 희수가 감당하기엔 버거운 고통일 것이다. 하지만 이건 실패가 아니다. 그저 인연이 아니었을 뿐.

연습실 근처 지하 바에서 왁자지껄한 술자리가 벌어졌다. 뮤지컬의 주조연급 출연진들과 주요 스태프들이 다 모인 자리였다. 노래에 미친 사람이 많은 직업이라 작은 무대는 마이크를 차지하려는 인간들로 붐볐다. 주연급 출연진 중 가장 어린 혜서는 관심도 많이 받고 술잔도 많이 받았다. 적정 주량을 넘어선 지 오래다.

"취했나 보네? 자?"

이 남잔 누구지? 아! 바람둥이로 소문났다는 서른다섯 살의 선배. 뮤지컬 배우로 잔뼈가 굵은 사람이다. 여자에게 두루두루 친절한 그는 그녀에게도 친절했다. 이 친절함은 타고난 걸까, 길러진 걸까? 알게 뭐야.

"아뇨. 생각해요."

두어 시간 전, 제법 굵은 빗줄기가 흩뿌리는 걸 보며 바 안으로 들어왔다. 예전엔 비가 오면 아빠가 생각났는데 이젠 다른 사람이 떠오른다. 그제 밤, 장희수와의 설전은 너무도 싱겁게 끝났다. 사실 더 퍼부을 수도 있었지만, 혹시나 공연 리뷰에 악평이라도 남길까 봐 그 정도에서 자제했다.

'장희수, 세상에 여자가 하나뿐이라도 진세현은 너하고 안 엮일 거다.'

며칠 뒤면 생일이다. 요 몇 년 그녀의 생일은 외롭지 않았다. 군대에 있을 때도 세현은 날짜를 얼추 맞춰 휴가를 나오곤 했다. 이번 생일은 누구와 보내야 할까.

"너도 노래 한 곡 해라. 난 네 목소리 정말 마음에 든다."

"고맙습니다. 조금 있다가 할게요."

어서 가 줬으면. 연애세포가 전멸했는지 요샌 어떤 남자를 봐도 관심 밖이다. 예쁘게 보이고 싶은 사람이 하나도 없다. 일터에서만큼은 불필요한 감정을 드러내지 않는 그녀였지만, 문득문득 멍해지는 자신을 발견하게 된다.

끊임없이 누군가 다가와 말을 걸었다.

"집에 갈래?"

'이 남잔 또 누구야? 아!'

주변 사람들은 국내 여성 팬만 수십만 명이라는 가수 출신 이여훈과 공연하는 그녀를 부러워하지만 왜 그렇게 열광하는지 이해 불가다. 카리스마 있는 무대 위 모습에 비해 실제 모습은 평범한 편이었다. 워낙에 비범한 남자를 몇 년 상대해 온 혜서는 그를 동네 오빠처럼 편하게 대했다. 상대가 그걸 굉장히 신선하게 받아들인다는 부작용이 생겨서 문제지만.

"가야죠. 언제 왔어요? 아까 못 본 것 같은데."

"취했구나. 아까도 똑같이 말했어."

"내가요?"

"그래, 니가. 매니저 부를 테니까 내 밴 타고 집에 갈래? 집, 여기서 멀어?"

"아, 아, 싫어요. 선배 팬들한테 찍히고 싶지 않아요. 저리 가세요. 훠이!"

지금 웃는 건가? 얼굴이 두 개로 보이더니 바로 하나가 더는다. 이 얼굴이 잘생겼다고? 다들 눈이 너무 낮네. 메이크업을 하지 않은 그의 얼굴은 관리 잘 받은 20대 후반 남자로 보일 뿐이다. 하품이 쩍쩍 나온다. 화장실도 가고 싶고 집에도 가고 싶다. 끝없이 하품이 쏟아지는 와중에도 내일 하루는 쉴 수 있다는 게 작은 위안이 됐다.

지난 3주는 너무 힘들었다. 글래머러스한 황후의 모습을 연출하고 싶었던 연출가는 말라 가는 그녀에게 5킬로그램 정도의 증량을 요구했고, 덕분에 도무지 생기지 않는 식욕을 달래가며 밤마다 살찔 만한 것들을 꾸역꾸역 먹어 왔다. 먹고 싶은 걸 못 먹는 것도 고역이지만, 먹기 싫은 걸 먹는 건 더 고역이었다. 그나저나 이 전화벨 소린 누구 걸까? 왜 전활 안 받는데?

"정혜서, 전화 오잖아."

같은 배역에 캐스팅된 30대 중반의 유부녀 선배다. 초연 멤버라 그런지 연습 때도 여유가 넘쳤다. 도대체 휴대폰은 어디 있는데?

"얘 진짜 취했네. 가방 안에 있는 거 아니야?"

가방을 부스럭대는 사이 전화가 끊겼다. 이젠 머리가 깨질 것처럼 아프다. 다시 벨소리가 울린 건 겨우 일어나 화장실에 다녀온 뒤였다.

[이긴 세현]

이걸 왜 안 바꿨을까? 혜서는 액정의 글씨를 바라보다가 전화를 받았다.

"진, 세현."

— 술 많이 마셨어?

"나 술 마신 거 어떻게 알아?"

— 그냥 알아. 많이 취했네? 집엔 언제 가?

"몰라."

— 밖에 비 와.

"아직도 오는구나."

— 데리러 가도 돼?

숨어 있던 그리움이 속수무책으로 그녀를 덮쳤다. 혜서는 누구에게도 득이 없는 게임을 끝내고 싶었다. 더불어 장희수란 여자가 찾아오게끔 한 그에게도 화가 났다.

"너한테 할 말 있어."

— 그래. 만나서 얘기해. 내가 갈게.

"여기 어디냐면…… 어디더라?"

— 어딘지 알아. 금방 갈게.

"근처에 와서 전화해."

어느 틈엔가 졸았던 모양이다. 누군가 익숙한 손길로 머리를 쓰다듬었다. 이건 꿈일까? 갑자기 주위가 웅성대는 느낌에 억지로 눈을 치켜떴다. 그리웠던 얼굴 뒤로 빙 둘러싸인 사람들을 보니 꿈은 아닌 것 같다. 세현이 그녀에게 손을 내밀었다.

"집에 가자."

"아는 분이야? 너 데리러 왔다고 해서."

공연 연습을 하면서 친해진 선배가 뒤에서 조심스레 물어왔다.

"네."

더는 소개할 말이 없었다. 이젠 당당히 남자 친구라고도, 아예 모르는 사람이라고도 할 수 없으니. 그녀의 귓가에 이런 말이 들려왔다. '맞잖아. 혜서 남자 친구로 소문난 그 남자…….'

"먼저 데리고 가겠습니다."

'가방 안아.' 하더니 세현이 두 팔로 그녀를 달싹 들어 안았다. 그래도 이건 아니지. 지금 신혼여행 온 게 아니잖아! 창피해진 혜서는 가방으로 얼굴을 가렸고, 그는 사람들 사이를 유유히 걸어 나왔다.

"거기서 그렇게 안고 나오면 어떡해! 너, 나 매장시키려고 작정하고 왔지?"

그녀를 조수석에 앉힌 세현은 안전벨트를 단단히 매 주곤 운전석으로 가서 앉았다. 귀가 막혔는지 도통 반응이 없다.

"진세현, 내 말 안 들려?"

"소리 좀 낮춰. 잘 들리니까. 출발할게."

"미치겠네! 이제 사람들 얼굴을 어떻게 봐."

"왜 못 봐? 죄지은 것도 아닌데."

"죄야."

무대 아닌 곳에서 그런 짓 하면 큰 죄지. 무기징역감이지. 100년은 너끈히 씹힐 짓거리지.

"할 말 있다며."

"아! 장희수가 날 왜 찾아와?"

"……뭐라고?"

"안 들리는 척할래?"

"언제 왔었어? 왜 왔는데?"

"여자 친구하고 헤어졌다고 학교에 대자보라도 붙였냐? 놔 줄 거면 확실히 놔주라고 하더라. 질질 끌지 말고. 이건 뭐, 진세현하고 아무 사이도 아니라고 대국민 담화라도 해야 하나."

어떤 표정일지 궁금했지만 혜서는 무심을 가장하며 앞만 바라보았다. 짐작건대 죽을 맛일 거다.

"미안해. 몰랐어. 다신 그런 일 없도록 할게. ……머리털을

다 뽑아 버리든가 해야지."

"가서 따지라고 하는 소린 아니야. 장희수가 너 좋아하는 게 어제오늘 일도 아니니까. 걔 너희 과 대학원 교수님 딸이라며? 괜히 건드려서 일 크게 만들지 마. 내가 할 만큼 했어. 그리고 이건 너하고 일곱 살 때부터 알고 지낸 정으로 말해 주는 건데, 여자가 아무리 급해도 그런 애하곤 엮이지 마. 객관적으로 아주 훌륭한 조건을 가진 애인 건 확실한데, 좋은 여잔 아니야. 더 좋은 여자 만나."

이게 무슨 어쭙잖은 조언이야? 누가 누굴 걱정해? 바보처럼 눈물이 쏟아질 것 같아서 혜서는 눈을 감았다. 이 차는 어디로 가는 걸까? 집은 멀지 않은데. 조금 더 같이 있고 싶다는 생각이 그녀를 잡고 늘어졌다. 갑자기 세현이 그녀의 손을 잡더니 어린애처럼 꼭 움켜쥐었다.

"그런 여자, 만났어. 난 가장 좋은 건 남한테 안 넘겨."

듣기 좋은 말이었지만 딱히 대답할 말이 없었다. 잠시 잊고 있던 취기가 오르며 머리가 아파 왔다.

"우리 집 알지? 도착하면 깨워 줘."

"그래. 자."

"아, 하나 더. 너 같은 레어템은 꽃뱀들의 영순위 타깃이야. 앞으로도 여자 조심해. 집안 말아먹지 않으려면."

"다 왔어."

잠에 취한 혜서의 눈꺼풀이 힘겹게 떠졌다. 차 안인 줄 알았는데 집 안이다. 그녀는 그의 팔에 안겨 있는 상태였다.

"우리 집 아닌데."

"우리 집 맞아. 사방에 니 물건이잖아."

그녀가 쓰던 앞치마, 그녀가 마시던 머그잔, 그녀가 읽던 책들. 헤어지기 전과 똑같다. 욕실엔 칫솔이 그대로 있을까?

"술 냄새부터 지우자."

"졸려."

"자. 내가 알아서 할 테니까."

"다신 양주 안 마실 거야."

"잘 생각했어."

겉옷을 벗기고 양치질부터 시켰다. 속옷 차림의 혜서는 그가 하라는 대로 입을 벌리고, 혓바닥을 내밀고, 입에 고인 양칫물을 뱉었다. 여전히 눈을 감은 채.

"옷, 마저 벗긴다."

깨끗이 씻긴 혜서를 침대에 눕히고 이불을 덮어 준 뒤, 세현은 샤워를 한 번 더 했다. 그녀의 몸은 그의 손이 기억하는 것보다 훨씬 풍만해져 있었다. 한껏 차오른 열기를 어떻게든 식혀야 했다. 20분 뒤, 세현은 입 안 가득 얼음을 넣고 씹으며 방으로 들어왔다. 도무지 식지 않는 열기가 있다.

이부자리로 들어오는 그의 기척에 혜서가 눈을 떴다. 잠에 취해 몽롱한 눈이다. 그래, 곱게 재우자. 재워. 취했잖아.

"머릿속으로 심장이 들어간 것 같아. 자꾸 울려."

"양주가 원래 그래. 내일 연습실 가?"

"내일은 쉬고 모레."

"그럼 푹 자. 재워 줄게. 이리 와."

혜서가 어제까지 그랬던 것처럼 그의 품에 안겨 들었다. 세현은 여자의 등을 부드럽게 어루만지며 이마에 몇 번이고 입을 맞췄다. 지금은 이걸로 만족해야 한다. 5분도 안 돼서 그는 깊은 잠에 빠졌다. 몇 주 만의 단잠이었다.

초인종 소리에 눈을 뜬 세현은 급히 반바지를 꿰입고 방에서 나왔다. 혜서가 깰까 봐 신경 쓰여 누군지 확인도 안 하고 현관문을 열었다. 같은 과 후배 여학생이 애매한 미소를 지으며 서 있었다. 시간을 확인해 보니 8시 10분. 짜증이 확 올라왔다.

"아침부터 뭐야?"

한껏 꾸민 후배의 얼굴이 금방이라도 울 것처럼 달아올랐다.

"저, 저번에 제 물건을 놓고 가서요. 그거 찾으려고요."

"문자로 연락하면 되지 뭐하러 여기까지. 니 물건이 뭔데?"

"보라색 필통이요. 작은 수첩하고."

2학기 조별 프로젝트 작업 때문에 일주일에 한두 번은 그의 오피스텔에서 모이곤 했다. 문제는 일부러 놓고 간 건지, 실수로 남겨 두고 간 건지 알 수 없다는 것. 세현은 이렇게 사소한 것까지 신경 쓰게 하는 주변 여자들이 징글징글했다. 가끔은 세상에 여자가 이렇게 많다는 게 화가 날 지경이다.

"그게 니 거야? 기다려."

"오빠, 저 수업 시간 많이 남아서 그러는데 커피 한 잔 주시면 안 돼요?"

테이블 구석에서 필통과 수첩을 찾아온 세현은 무뚝뚝한 얼굴로 후배를 쳐다보았다. 조금만 친절해져도 멋대로 추측하고 오해하는 여자들 때문에 마음껏 웃을 수도 없다.

"밖에 나가면 일찍 문 연 커피숍 많아. 가라."

"오빠 진짜 너무하는 것 같아요. 제가 뭐 잘못했어요?"

"내가 왜 니 오빠야? 나 그 말 되게 싫어한다고 했지? 앞으론 혼자 오는 일 없었으면 좋겠다. 여자 친구한테 괜한 오해 받고 싶지 않아."

그제야 현관에 놓인 굽 낮은 여성용 구두가 눈에 들어오는 모양이다.

"안에서 자니까 깨우지 말고 얼른 가."

현관문을 닫은 지 1분도 안 돼 방문이 열렸다. 그의 반소매 티를 입은 혜서가 고개를 삐쭉 내밀었다.

"그 여자 갔어?"

"여자 아니고 후배야. 같은 학년. 조별 프로젝트 때문에 요새 자주 모이는데, 뭘 두고 갔대서. 잠만 깨우고 갔네."

"씻고 나올게."

'이 여잔 질투도 안 하네. 뭐 이런 여자가 다 있어?'

샤워기 아래에 선 혜서는 두통을 물리치며 익명의 후배를 상상했다. 예쁠까? 어릴까? 어떤 여잘까? 이 여자 치우면 저 여자가, 저 여자 치우면 또 다른 여자가. 이젠 무시하는 것도 지친다. 화장실이 급해 눈을 떴는데 문밖에서 말소리가 들렸다. 혼자 떠들 리는 없고 상대가 있을 텐데 애석하게도 여자 같았다. 방문에 귀를 바짝 대고 어떤 대화가 오가는지 몇 마디 엿들었다. 그녀가 처음 들은 말은 '커피 한 잔 주시면 안 돼요?'였다. 그다음은 '오빠 진짜 너무하는 것 같아요.'였고.

'쳇! 오빠? 난 한 번도 못 해 본 오빠? 쳇!'

휴화산처럼 잠자던 질투심이 맹렬히 끓어올랐다. 나도 오빠라고 불러 봐? 생각만으로도 닭털이 돋아날 것 같다. 세현은 그녀 앞에서 다른 여자 얘기를 꺼낸 적이 거의 없었다. 기껏해야 할머니나 엄마, 친척 누나 정도. 여학생이 별로 없는 과라더니 알고 보니 반이 여자였다.

갑자기 그가 불쌍해졌다. 나 같은 여잘 만나서 화도 마음대로 못 내고, 다른 놈 끌어안고 입 맞추는 것까지 봐야 하니. 저러다 암 걸리면 어떡하지? 제 명대로 못 살면? 인간이라면 마땅히 응분의 보상을 해 줘야 한다. 혜서는 파우더 향이 물씬 나는 샤워젤로 거품을 만들어 가슴에 문지르기 시작했다.

해장국이 든 비닐봉지를 들고 현관문을 열었을 때 혜서가 막 방에서 나왔다. 머리까지 말렸는지 긴 머리가 찰랑거렸다. 파란색 반소매 면 티가 엉덩이를 아슬아슬하게 가린 모습이다. 그가 늘 신기해하는 솜털이 보송보송한 하얀 다리가 손에 잡힐 듯 들어왔다.

"어디 갔었어?"

세현이 해장국이 든 플라스틱 그릇을 식탁에 내려놓으며 말했다.

"해장하셔야죠. 약주 드셨는데."

"미안. 어제 나 주정 부리고 그러진 않았지?"

"결혼해 달라고 울면서 매달리던데? 밤새 사람을 들들 볶더라."

한마디 토 달 줄 알았더니 배시시 웃으며 그의 목에 팔을 감아 온다. 이게 꿈인가 생시인가? 설마, 알코올의 부작용인가? 혜서가 한결 유순해진 눈길로 그를 올려다보았다.

"세현아, 보고 싶었어."

"더 해 봐."

밤새 까칠해진 그의 턱을 느리게 어루만지던 혜서가 다시 입을 열었다.

"니가 나 찬 거 한 번만 봐줄게. 딱 한 번만."

"다신, 절대, 그런 말 안 할 거야."

"어제 내가 술 마신 거 어떻게 알았어?"

"매일 밤 퇴근하는 거 확인했으니까."

"말로만 듣던 스토커구나. 신고는 안 할게."

"다른 놈한테 시집가면 천벌 받아. 지옥 간다."

"……그냥 너랑 결혼할래."

"……술 다 깬 거 맞지?"

"해장국 먹으면서 다시 생각할까?"

"아니! 나중에 딴말하기 없기다? 녹음하자."

지구를 백 바퀴 돌아도 이런 남자는 찾지 못할 것이다. 다른 여자가 채 가기 전에 잡아야 한다. 진세현은 처음부터 내

거니까.

"아직도 술 냄새 나?"

지구를 천 바퀴 돌아도 이런 여자는 찾지 못할 것이다. 다른 놈이 채 가기 전에 되찾아야 한다. 정혜서는 언제나 내 거니까.

"키스해 보면 알지."

이게 얼마 만인가. 뭍으로 던져졌다가 겨우 물속으로 돌아온 물고기처럼 숨이 쉬어진다. 세현은 혜서의 달콤한 혀를 허겁지겁 빨아들였다. 고맙게도 티셔츠 안의 상체는 맨살이었다. 몽글몽글 탱탱한 여자의 가슴을 맘껏 주무르며 심술을 부렸다.

"나 버리고 속이 편했어?"

"말은 바로 해. 헤어지자고 한 건 너야."

"난 살이 5킬로나 빠졌는데 통통해진 거 봐."

"연출가가 찌우라고 해서 억지로 불린 거야. 그래서 싫어?"

"그럴 리가. 하아, 진짜 끝내준다. 근데, 아랜 뭘 입은 거야?"

"자기 거 찾아 입었어. 이거 되게 편한데? 입고 갈래."

티셔츠를 들추니 움푹 파인 배꼽 아래 그가 애용하는 드로어즈가 보였다. 여자가 입으니 확실히 입체감이 덜하군. 해장국은 점점 식어 가는데 다른 일이 하고 싶어졌다.

"배고파?"

혜서는 질문의 의미를 금방 알아들었다.

"괜찮아. 오전에 수업 없어?"

"10시부터 있는데 오늘은 빠져도 돼."

"안 돼. 지금 8시 50분이니까 서두르면 밥도 먹고 자기 하고 싶은 것도 할 수 있을 거야."

"지금 나 무시하는 거야?"

빙긋이 웃던 혜서가 그의 입술에 입을 살짝 맞췄다.

"안 가고 기다리고 있을게. 수업 다 하고 와. 나, 하룻밤 더 자도 돼?"

흐뭇해진 세현은 고개를 끄덕이며 제 여자를 둘러멨다. 오전엔 워밍업만 하지 뭐, 생각하며.

"형, 뭐 해? 안 들어오고."

"나 도저히 못 보겠다. 밖에서 기다릴게."

"안에서 어른들이 기다리시잖아. 작품은 작품으로만 봐. 의미 부여하지 말고. 약혼까지 해 놓고 왜 이래?"

공연을 앞두고 약혼을 강행한 건 그였다. 혜서는 돈 아깝게 그런 절차를 왜 밟느냐고 하면서도 그의 말에 따라 주었다.

"형이 안 들어가면 누나가 얼마나 신경 쓰이겠어? 무대가 빤히 보이는 좌석인데."

'형아, 형아.' 하던 녀석이 언제 이렇게 자란 거지? 드디어 180센티미터를 넘겼다며 기뻐한 게 두 달 전이다. 수많은 장래 희망을 전전하던 동생은 얼마 전 경영학과로 진로를 결정했다.

공연 전 대기실로 찾아가 꽃다발을 건네고 왔다. 평소답지 않게 긴장한 혜서를 한참을 안아 달래고 풀어 줘야 했다. 그녀는 그가 이 말을 한 뒤에야 겨우 웃어 보였다.

"무대가 나라고 생각해. 얼마나 만만해 보이겠어."

스물일곱의 뮤지컬 배우 정혜서는 공연 전부터 화제의 인물이 됐다. 기대에 부응하지 못할까 봐 걱정하는 게 당연했다. 어차피 한 번은 부딪혀야 할 공연이다. 세현은 사형장에 들어가는 죄수의 심정으로 공연장 문을 열었다.

워낙에 관록이 붙은 뮤지컬이라 공연은 매끄러웠다. 무대 위의 그녀와 눈이 마주쳤다고 생각한 순간도 있었지만 그의 착각일지도 모른다. 동생이 그의 귓가에 슬그머니 속삭였다.

"진짜 사랑하는 사이 같네. 누나 연기력이 저렇게 뛰어났나."

"그 입 다물어라."

극의 클라이맥스. 남자 배우의 품에 안긴 혜서가 애원하듯 노래 불렀다. 두 사람의 입술이 가까이 다가간 순간 동생이 잔뜩 힘이 들어간 그의 손을 잡았다.

"형, 흥분하지 마. 비즈니스야."

비즈니스는 성공적으로 끝났다. 무대가 넓어서인지 실제로 보니 상상한 만큼 리얼하진 않았다. 공연이 끝나고 무대 인사를 할 때면 그녀에게선 늘 경건한 기운이 흘러나온다. 90도로 허리를 굽히고 객석을 향해 고마움을 표하던 혜서가 감정이 북받치는지 눈물을 쏟기 시작했다. 배우들이 무대 뒤로 들어갔어도 박수 소리가 끊이지 않았다. 커튼콜. 다시 인사를 하러 나온 혜서의 얼굴엔 여전히 물기가 가득했다. 그 순간 세현은 무대 위의 정혜서를 온전히 인정할 때가 왔음을 깨달았다.

곧 사인회가 있을 예정이다. 티켓 부스 옆에 사인회 무대가 꾸며져 있었다. 배우들이 나오는지 뒤쪽에서부터 웅성대는 소리가 들렸다. 다들 분장한 그대로 나왔는데 혜서만 분장을 지운 모습이다. 미안하게도 아직 눈이 부어 있었다. 가까이서 보니 더 예쁘다고 호들갑 떨던 여성 팬 다음이 그의 순서였다. 옆자리의 배우가 세현을 알아보고 슬쩍 알은체해 왔다. 남자 친구에서 약혼자로 업그레이드된 걸 이 남자도 알까? 소문은 더 멀리멀리 퍼져야 한다.

"공연 잘 봤어요. 원조 팬입니다."

혜서와 눈을 맞추며 프로그램북을 내밀었다. 공연 전 받아 맡아 두었던 두 개의 반지와 함께. 여우 같은 여자가 시침 뚝 떼며 낭창한 목소리로 대꾸했다.

"어쩐지 낯이 많이 익네요. 뭐라고 써 드릴까요?"

"정혜서 씨가 쓰고 싶은 대로요."

잠시 생각하던 그녀는 필기체에 가까운 글씨로 짧은 문구를 써서 건넸다.

세현 씨, 사랑해 줘서 고마워.

우리 인생의 한 프레임이 그렇게 찍혔다.

"할머니가 만든 고추장아찌는 팔아도 될 것 같아요. 집들이 때 온 손님들도 다들 잘 먹더라고요."

"다 먹었어? 갈 때 한 통 싸 주랴?"

"네. 몇 개 안 남았어요. 연근조림도 맛있다. 제가 하면 이 색이 안 나요. 윤기도 자르르 안 흐르고. 할머니 레시피 그대로 따라 했는데."

"은근한 불에 오래오래 조려야 해. 넉넉히 했으니 그것도 가져가."

인희는 맛있다는 찬사를 남발하며 반찬을 골고루 맛보는 손자며느리의 아랫배를 슬쩍 곁눈질했다. 그새 애가 생겼나? 혈색은 좋아도 결혼 전보다는 야윈 모습이다. 겉모습만으로 알 수가 없으니 답답했지만 애써 궁금증을 눌렀다. 언제 생겨도 생길 아이다. 오늘만 해도 결혼 한 달 뒤부터 조바심 내던 남편을 미리 단속해 두었던 터다.

"둘 다 아직 어리니 부담 주지 마요. 그것도 우리 욕심이니."

"우린 늙었잖아. 조금이라도 젊을 때 증손자들 봐 줘야 할 거 아니야."

"애 보는 게 쉬워요? 세현이 키울 때만 해도 젊어서 키운 거지."

"사람 하나 들여서 힘든 일 맡기고 우린 예뻐만 하면 되지. 어차피 둘 다 바쁘니 누구한테라도 맡기지 않겠어. 애 키울 걱정 말고 낳기나 하라고 해. 요샌 위험한 일이 많아서 눈앞에 두고 봐야 돼. 시설에 보낼 생각 아예 하지도 말라고 해. 뉴스 안 봤는감? 말도 못 하는 애들 상대로……."

생기지도 않은 증손자 걱정으로 벌써 태산을 쌓는 남편이다. 거실에선 조손祖孫이 마주 앉아 두 시간째 바둑을 두고 있다. 30분 전쯤 출출하다며 용민이 부침개를 주문해 왔다. 남편의 입맛은 두 아이가 화해하고 다시 만나게 된 걸 안 순간 거짓말처럼 돌아왔다.

고추장아찌를 잘게 썬 혜서가 장아찌 국물을 베이스로 양념간장을 만든다. 아직 어설픈 구석이 있지만 영리한 아이라 임기응변에 강했다. 손도 야무져 넓은 철판에 부침개 반죽을 얇게 펴 바싹하게 부쳐 냈다. 쑥갓에 쪽파, 해산물이 듬뿍 들어간 메밀파전이다. 그걸 또 큰 접시에 날름 옮기더니 가위를 들고 먹기 좋은 크기로 썩썩 자른다. 뭘 시켜도 재발라서 좋다.

"거실로 가져갈까요?"

"그래라. 막걸리도 한 병 꺼내고."

"좋아요, 좋아. 나도 한 잔 마셔야지!"

세현은 집에 가고 싶어 좀이 쑤셨다. 아침까지만 해도 종일 집 안에서 뒹굴 생각에 느긋했었다. 할아버지의 호출이 있기 전까지는. 같은 단지 안의 신혼집에서 할머니 집까지는 천천히 걸어도 5분 거리다.

일요일의 첫 끼는 죽이 되든 밥이 되든 늘 그가 준비한다. 토스트와 베이컨으로 아침 겸 점심을 때운 터라 냄새만으로 침이 고였다. 막걸리와 파전, 동치미에 파김치로 금세 푸짐한 상이 차려졌다.

"할아버지, 누가 이겼어요?"

"네 신랑이 두 판 다 이겨 10만 원이나 땄다."

혜서가 할아버지 모르게 그의 궁둥이를 몇 차례 토닥였다. 딴 돈은 언제나처럼 그녀의 지갑 안으로 들어갈 것이니 칭찬받을 만했다. 50평형 아파트는 내키지 않아 하면서 10만 원은 반기는 특이한 여자다.

애초에 그의 조부모가 부모님 몫으로 마련해 둔 아파트는 어쩌다 보니 그들의 신혼집이 됐다. 혜서는 그 집에 들어가길 꺼렸다. 이유는 많았다. 얼마 전 부모님이 평수를 넓혀 논현동으로 이사하신 터라 시부모보다 더 큰 집에 살 수 없다는 핑계는 먹히지 않았다. 그녀는 그 넓은 집의 살림을 무엇으로 채우고, 어떻게 치우느냐며 거듭 마다했다. 도우미 운운하는 그를 나라 살림이라도 말아먹을 위인인 양 한심해한 건 물론이다. 살 집이 아예 없다면 모를까, 있는 집을 가지고 승강이 벌일 줄은 미처 몰랐다. 심지어 세현이 작업실 겸해 살던 오피스텔에서 신혼을 시작해도 된다고 할 정도였다. 오피스텔을 정리한다는 조건으로 겨우 그 집에 입주할 수 있었다.

"……결혼 전보다 다섯 배를 올리더니 아주 작정을 하고 왔구먼."

"할아버지, 저도 먹고살아야죠. 집값 갚으려면 부지런히 모아야 해요."

혜서는 공짜로 생기는 것들을 경계했고 자기 것으로 여기지 않았다. 세상에 공짜는 없다는 게 그녀의 믿음이다.

"허허, 어이구. 우리 세현이가 먹고살 걱정을 다 하고. 장가 가더니 철이 단단히 들었네."

용민은 손자 내외가 기특해 자다가도 웃음이 나왔다. 행여나 손자가 기죽을까 봐 매달 생활비를 챙겨 줄 요량이었건만, 둘 사이에 무슨 얘기가 오갔는지 도움을 일절 거절하는 게 아닌가. 분에 넘치는 아파트까지 마련해 주셨으니 알아서 꾸려 가겠다면서. 신혼살림은 집에 비해 단출했고 사치스러운 구석이 한 군데도 없었다. 큰손자 집에 다녀올 때면 아내는 소꿉장난하는 애들 같다며 마냥 신기해했다.

"난 바둑판 보기만 해도 어지럽던데 이걸 어떻게 둬? 세현이가 할아버지 닮아서 머리가 좋은가 봐요."

진씨 집안 두 남자를 골고루 칭찬한 혜서가 그의 입에 파전을 넣어 주었다. 넙죽넙죽 잘도 받아먹는다. 파전을 한 장 더 부쳐 온 할머니까지 합세해 거실이 제법 복작댔다. 이렇게 좋아하시니 오길 잘했다고 생각하며 세현은 아내가 된 여자를 향해 웃어 주었다.

겨울방학에 맞춰 결혼식을 올린 두 사람은 3주 일정의 긴 신혼여행을 다녀왔다. 르 코르뷔지에와 안토니오 가우디의 근대 건축물부터 MVRDV(네덜란드 현대 디자인에 가장 큰 영향을 준 젊은 건축가 그룹 중 하나)와 산티아고 칼라트라바의 현대 건축물을 돌아보고, 영국의 대표 뮤지컬 〈레 미제라블〉과 프랑스의 대표 뮤지컬 〈로미오와 줄리엣〉을 본토에서 감상하는 복잡한 일정이었다. 영국, 프랑스는 물론 네덜란드에서 스페인까지 돌아보느라 신혼여행이라기보다는 배낭여행에 가까웠다. 재미있는 건 영국을 대표하는 뮤지컬이 프랑스 작가의 원작인 〈레 미제라블〉이고, 프랑스를 대표하는 뮤지컬이 영국의 대문호 셰익스피어의 원작이라는 점이다.

다녀와선 바로 새해를 맞이해야 했고 몇 번의 집들이로 정신없었다. 이젠 누가 오는 것도 싫고 가는 것도 귀찮았다. 밤엔 아내를 독점하고, 낮엔 도서관과 학원에서 보내는 생활을 한 지 겨우 보름째다. 집에선 도무지 공부가 되지 않았다. 로봇청소기를 따라다니며 걸레질하는 모습조차 유혹으로 느껴질 정도였으니.

"어? 마시지 마!"

할아버지께 막걸릿잔을 내미는 혜서를 세현이 급히 막았다.

"왜? 난 낮술 마셔도 어른 알아봐."

세현이 넌지시 그녀의 아랫배를 바라보았다. 당황한 혜서가 고개를 젓자 이번엔 귀에 대고 짓궂게 속닥거렸다. '어젯밤에 임신했으면 어떡할래?' 오늘 오전만 해도 침대 밖으로 나가지도 못하게 하고 욕심껏 지분거리다 정오가 다 돼서야 놓아준 그였다.

"파전만 먹어."

"딱 한 잔만, 응?"

"먹게 놔둬라. 여자도 술 마실 줄 알아야 하는 세상인데."

상황을 오해한 할아버지가 아내의 역성을 들어주신다.

"이젠 저보다도 더 잘 마셔요. 뮤지컬 하랬더니 술만 늘었어."

"북한산 호랑이 양담배 피우는 소리 하고 있네. 너보다 잘마시면 그게 여자냐? 고래지!"

"전 할아버지 닮아서 센 거잖아요."

"어디다 핑계를 갖다 붙여?"

궁금증을 참지 못한 인희가 두 사람에게 반 바퀴 둘러 물어왔다.

"혹시 술 마시면 안 되는 거야?"

"아니에요. 괜히 그러는 거예요. 아! 눈 온다!"

흩날리는 눈송이를 발견한 혜서가 막걸릿잔을 내려놓고 강아지처럼 창가로 달려갔다. 슬쩍 일어난 세현이 그 뒤를 따랐다. 제법 굵은 눈발이다. 이 기세로 내리면 밤새 10센티미터는 쌓일 것 같다.

"우리 내일 아침 먹고 눈싸움하자. 도서관 오전만 쉬어."

"좋아! 눈뭉치 맞고 울지나 마. 손수건 꼭 준비하고."

익숙한 그의 말장난에 혜서가 생긋 웃는다. 아내는 결혼하고 웃음이 많아졌다. 더 행복하게 해 주겠다는 약속을 지킨 것 같아 내심 뿌듯하다.

"세현아, 어렸을 때 우리 둘이 눈사람 만들던 거 기억나? 눈 올 때마다 동네 돌아다니면서 몇 개씩 만들었잖아."

"나하고 같이 눈사람 만들어 준 사람, 딱 한 명밖에 없었어. 우리 앞집 누나."

언젠가 그의 여자가 인연의 붉은 실에 대해 말해 준 적이 있다. 그땐 과연 그런 게 있을까 싶었는데, 이젠 꼭 있어야 할 것 같다. 운명의 붉은 실이든 청실홍실이든.

"그럼 열 살 뒤로 한 번도 못 만들어 봤어?"

"어."

"난 왜 이런 말 들을 때마다 미안하지?"

혜서의 하얀 미간에 옅은 주름이 잡힌다. 이래서 이 여자한테 무슨 말을 못 한다. 세현은 검지를 들어 아내의 미간을 부드럽게 폈다.

"미안해할 거 없어. 내가 싫어서 안 만든 거니까."

눈발이 점점 거세진다. 잔뜩 껴 입은 동네 아이들이 하나둘 나와 작은 동물처럼 뛰어다녔다. 혜서가 놀이터를 가리켰다.

"쟤네들 봐. 귀엽다!"

머지않아 그들에게도 그들을 닮은 아이가 찾아올 것이다.

아이와 함께 눈사람을 만드는 아빠가 되겠다고 생각하며 세현은 아내의 어깨를 폭 감싸 안았다.

　반쯤 비워진 접시로 어지러운 테이블을 앞에 두고 네 여자가 수다 삼매경이다. 낮 공연을 관람한 뒤 이른 저녁을 먹으러 근처 식당으로 자리를 옮겼다. 무대 위의 모습과 비슷한 사람도 있고 전혀 다른 사람도 있다. 혜서는 다른 편에 속했다. 옅은 화장에 단아한 옷차림. 결혼 4개월 차 남편이 골라 준 옷을 입고 나왔다.

　"넌 집들이 때보다 뽀얗게 폈다? 살도 좀 붙은 거 같고."

　"그때가 제일 힘들었을 때예요. 신혼여행도 너무 길었고. 결혼 준비 할 때도 안 빠진 살이 쭉쭉 빠지더라고요."

　"신랑이 밤마다 괴롭혀서 그런 건 아니고?"

　"으유, 이 언니는. 밤에만 괴롭혔겠어요? 알면서."

　"알 만한 사람들이 왜 이래? 그건 괴로운 게 아니지."

　입담만으론 도저히 유부녀와 미혼녀를 구분할 수 없다. 워낙에 자유분방한 사람들과 어울리다 보니 이 정도 말엔 눈 하나 깜짝하지 않을 내공이 생긴 지 오래다. 딱히 틀린 말도 아닌지라 혜서는 피식 웃고 말았다. 진세현은 결혼 전 약속을 철저히 지키는 남자였다. 무서울 정도로.

　"오늘도 서방님이 데리러 와?"

　"아뇨. 설계실에서 그래픽 작업 하고 있을걸요. 콘셉트 회의 중이려나. 학교도 5년이나 다니는데 툭하면 밤샘이야. 그냥 수학과 가랄 걸 그랬어요."

"아쉽네. 미용실까지 들렀다 왔는데. 괜히 돈만 버렸잖아!"

"이 언니 진짜. 막상 오면 눈도 못 마주칠 거면서 이래."

혜서는 프리패스처럼 오가는 대화를 들으며 가만히 웃었다. 섣불리 끼어들었다간 본전도 못 찾을 수 있다.

"내가 못 마주치는 게 아니고 그분이 눈길도 안 주더라. 솔직히 내가 어디 가도 빠지는 인물은 아니잖아? 정혜서, 네 남자 너어어무 비싸, 얘."

세현은 그녀의 지인들을 성(性)에 따라 구분했는데 여자는 대부분 잘 기억하지 못했다. 결혼 2년 차 선배가 조금 전의 선배에게 물었다.

"언니는 결혼 왜 안 하는데? 나이가 어린 것도 아니고."

10년 차 뮤지컬 배우인 선배에겐 오래 사귄 애인이 있었다.

"아직은 자신 없단다. 그 자신감은 도대체 언제 생기는데? 칠순 잔치 할 때쯤 생기려나."

자조 섞인 푸념을 하던 선배가 금세 표정을 바꾸어 그녀를 바라보았다.

"혜서처럼 좋은 남자 있을 때 후딱 가는 것도 현명한 거야. 어차피 할 결혼이라면."

"그건 맞아. 괜찮은 남자는 서른 전에 다 채 가더라. 마음에 든다 싶으면 하나같이 유부남이야. 짜증 나게."

술에 취한 그녀를 바에서 데리고 간 날부터 본의 아니게 유명세를 탄 세현은 뮤지컬이 끝날 때까지 화제의 인물이 되었다. 다양한 방법으로 정혜서에게 특별한 남자가 있음을 주지시켰음은 물론이다. 결혼식 날이 정점이었다. 축가를 부르러 온 동료 배우들은 그녀의 남편이 입장하는 순간 잊힌 존재가 됐다. 얼굴 보고 결혼하느냐는 오해까지 받았던 그녀다.

"사실, 외모는 우리 신랑이 가진 매력 중 제일 아래 거예요."

세 여자가 황당하다는 얼굴로 그녀를 쳐다보았다. 애인도 없고 남편도 없는 동료가 짧은 정적을 깼다.

"하, 나 방금 생애 최초로 살의를 느꼈어. 뭐가 어째?"

"이 말만 하면 날 을사오적 취급하더라. 외모는 내 이상형에서 살짝 비껴가는데. 진짜예요. 키도 너무 크고, 스물다섯 되더니 얼굴 골격이 좀 변하는 것……."

"이제 그만. 그만해. 언니들, 와인 한 병 시켜야겠죠?"

"비싼 걸로 시켜. 계산서는 혜서한테 주고."

와인을 주문하고 얼마 안 돼 세현에게서 문자가 왔다. 재미있게 놀되 술은 마시지 말라는 메시지를 읽으며 혜서는 팔에 돋은 소름을 쓸어내렸다. 이 남자, 설계실에 있는 거 맞아?

"나 자랄 때 우리 앞집엔 온통 흉악한 것들만 살았는데, 넌 무슨 복에. 평생 마음을 곱게 안 쓰고 산 게 후회되더라."

"언니, 난 곱게 쓰고 살았거든? 결과는 똑같아. 복 많은 년은 무슨 짓을 해도 이길 수가 없어."

졸지에 복 많은 년이 된 혜서는 아무래도 오늘 밥값을 계산해야겠다며 머릿속으로 가계부를 정리했다. 아닌 게 아니라 10년 전과 비교할 수 없는 풍요로운 일상을 누리고 있다. 일주일에 한 번쯤 풍성한 꽃다발을 사는 게 사치가 아닌 삶이 됐으니까. 혜서는 자신이 꽃을 얼마나 좋아하는지 얼마 전에야 알았다. 가끔은 누군가가 그녀의 행복을 되찾아갈 것 같아 두려울 정도다.

"아직 소식 없어? 올해 안에 낳는다고 했잖아."

"금방 생길 줄 알았는데 안 생기네요. 병원에선 아무 문제없다는데."

"내 애도 아직 안 낳았는데 너희 부부가 낳을 애는 왜 그렇게 궁금한지 모르겠다. 누굴 더 닮으려나."

아빠보다 인물이 못한 아이를 낳을까 봐 걱정했던 건 어쩌면 배부른 고민이었다. 세현도 은근 신경 쓰는 눈치였다. 그때, 애인도 없고 남편도 없고 목소리까지 큰 동료 배우가 눈 하나 깜짝 안 하며 말했다.

"너무 자주 해도 안 생긴대. 작작 해."

그의 대학 첫 수업 때 교수님은 이렇게 말씀하셨다.

"너희가 만든 공간이 세상을 바꿀 수 있다. 그게 건축의 힘이다."

힘겨운 현실에 앞서 꿈을 심어 주고 싶어 한 의도이리라. 좀 더 솔직한 교수님은 이런 말을 덧붙이셨다.

"건축주한테 휘둘리지 않고 제대로 된 건축을 하려면 돈 있는 부모를 만나든가, 능력 있는 배우자를 만나라. 아니라면 지금 그만두는 게 좋을 거다."

그가 제일 좋아하는 학교 선배의 집들이 때 형수님은 이렇게 한탄하셨다.

"건축설계 하는 남자랑 결혼한다는 여자 있으면 난 도시락 싸 들고 다니면서 말릴 거야. 건축이 멋져 보이는 건 연애할 때뿐이야. 연봉은 바닥이고 툭하면 야근 철야. 과부가 따로 없다니까. 후배님들은 결혼 신중히 고민하세요. 사랑하는 사람 인생 지켜 주고 싶으면."

그날, 혜서를 데려가지 않은 게 천만다행이었다. 이제 세현은 그녀를 보물처럼 숨겨 두고 웬만하면 내보이지 않는다. 소중한 건 함부로 내돌리는 게 아니다.

보통의 사람들은 건축학과와 건축공학과를 구분하지 않는다. 차이점을 잘 모른다는 말이다. 건축학과는 밤샘이 가장 많은 학과로 유명하다. 굉장히 불규칙한 생활을 규칙적으로 한다는 뜻이다. 방학 땐 그나마 일정한 패턴으로 살 수 있었는데, 개강 이후 밤샘이 시작됐다. 아직은 학기 초라 잦은 편은 아니지만 중간고사가 가까울수록 밤샘 작업이 늘어날 게 뻔했다. 아내를 혼자 재우기 싫어도 조별로 이루어지는 활동이 워낙 많은지라 그의 의지만으론 불가능했다.

건축은 기술과 예술의 만남이다. 대지가 가진 상황에 콘셉트를 담아 기술적인 문제와 법적인 문제를 해결하면서 예술적인 동시에 용도에 부합하는 건물을 지어내는 것. 이과생들이 많이 진학하지만, 의외로 문과적 소양이 필요한 학문이기도 하다.

스트레스도 만만치 않고 체력도 강해야 한다. 밖에서 지내는 시간이 많다 보니 움직이면 돈이고, 돈이 없으면 더 힘든 게이 공부다. 고성능 노트북에 현장 답사나 모형 사진 촬영 등을 위한 DSLR 카메라는 기본. 모형 제작비도 꾸준히 든다. 학년이 올라갈수록 더더욱. 사실상 복수 전공이 불가능할 정도로 만만치 않은 분야다. 1학년 때만 해도 건축설계를 전공한다던 동기들이 2학년이 되자 실내건축으로 진로를 바꾼 경우가 꽤 됐다.

이번 학기 조별 프로젝트는 '동대문 패션 타운의 미래'다. 열명씩 분반해서 프로젝트를 진행하는데, 현장 답사를 끝낸 뒤 대지에 대해 분석하고 있다. 분석을 마치면 대지 모형을 만들고 그에 맞는 콘셉트를 담아 설계해야 한다. 40여 개의 쇼핑몰과 3만 5000여 개의 매장이 입주해 있는 곳. 연간 250만 명 이상이 찾고 연매출이 15조 정도로 추정되는 곳이 동대문 패션타운의 현주소다. 얼마 전 동대문운동장 자리에 유명 해외 건축가의 건물이 들어서면서 큰 이슈가 되었다. 아마 이번 과제는 한국 건축의 자존심과 관련되어 있는 듯하다.

어차피 수업 시간에 까이겠지만 가능한 한 덜 까일 아이디어가 필요했다. 벌써 10시 15분. 아내는 아직 귀가 전이다.

"형, 시간 좀 그만 확인해. 아예 형수를 모시고 오든가."

열 평 남짓한 설계실은 건축학도의 필수품인 노트북, 데스크톱, 커터기와 각종 접착제, 참고 자료로 잔뜩 쌓아 놓은 작품집들로 어지러운 책상과 조잡한 책꽂이에 대충 꽂은 전공서적, 언제 적 프로젝트인지 알 길 없는 먼지 쌓인 모형들로 정신없었다. 그의 기준으로 보면 깡그리 갖다 버릴 물건투성이다. 먹다 남긴 음료수 캔, 쓰다 버린 온갖 모형 재료, 담배꽁초가 가득 담긴 반 컵라면 그릇이 만들어 내는 기묘한 냄새 역시 그의 후각을 괴롭혔다.

"여기 온들 어디 계시라고 할까? 니가 술 처먹고 자다가 오줌 싼 라꾸라꾸에 앉으시라고 할까?"

"새끼 진짜. 유언비어 퍼뜨릴래?"

"유언비어가 아닐 텐데? 과연 저 매트리스 위 누리끼리한 얼룩의 정체는 뭘까?"

"김윤택, 준혁이 말 진짜야?"

"아니야! 저 미친놈이 사람 앞날을 막네. 진아야, 진짜 아니야. 노상 방뇨하다 걸린 놈이 얻다 대고!"

밤샘을 자주 하고 설계실에서 지내는 시간이 많다 보니 과내 커플도 유난히 많이 생기는 과다. A와 B가 사귀다가 깨지면 A는 도피성 입대를 하고, 그사이 B와 C가 커플이 되는 경우도 허다하다. 황당한 건 5년제다 보니 A가 제대한 뒤에도 B와 C는 졸업 전일 가능성이 크다는 거다. 싫어도 마주칠 수밖에 없다. 그가 제대한 뒤에도 장희수 선배와 2년을 같이 다녀야 했던 것처럼.

별 볼 일 없는 줄 알았던 그의 여자 친구가 사실은 교사 출신에 뮤지컬 배우라는 걸 알게 된 장희수는 혜서를 미성년자를 꼬신 여자로 취급하며 분개했다. 그가 매달렸다는 걸 믿어 주는 여자는 많지 않았다. 세상엔 이해할 수 없는 여자가 너무 많다.

아무리 힘들어도 설계실에서는 절대 자지 않는다. 딱 한 번 너무 피곤해 기절하듯 매트리스에서 잠든 적이 있었다. 새벽에 눈을 떴는데 한 학년 선배 여학생이 그의 가슴팍에 팔을 두르고 자고 있는 게 아닌가. 거대한 송충이가 맨가슴에 올라온 느낌이었다. 그걸 또 사진으로 찍어서 그의 포토메일로 전송한 동기까지 있다. 세현이 결혼을 서두른 데는 불필요한 관심을 차단하고 싶은 마음도 한몫했다.

"형, 그렇게 걱정되면 집에 얼른 들어가시라고 해요."

"오랜만에 나갔는데 놀고 싶겠지."

말은 그렇게 했어도 신경 쓰이는 건 어쩔 수 없다. 지난달에도 클럽으로 데리러 간 적이 있다. 그 역시 춤을 좋아하는지라 이해 못 하는 건 아니지만 혜서는 도가 지나치다. 문서화된 유부녀임을 잊고 무대만 올라가면 정신 못 차리는 여자가 그의 아내다.

"형수가 그렇게 좋아요? 오래 사귀었다면서."

후배가 이름만 들어도 알 만한 여배우들을 죽 나열하더니 그 여자들보다 더 예쁘냐고 물어 왔다. 이런 식상한 질문 그만 받을 수 없나.

"내 와이프가 왜 그 여자들하고 비교당해야 하는데? 뭐가 부족해서?"

"와, 진짜 초강력 콩깍지다. 선배는 형수 얘기할 땐 다른 사람 되는 거 알아요?"

'나 원래 이런 사람이야.' 그러려다 말았다. 둘 다 그의 모습이건만 사람들은 굳이 나누어 구분하려 든다. 술김에 매트리스에 오줌을 싼 김윤택의 여자 친구 이진아가 성준혁에게 말을 걸었다.

"내가 세현 선배 여자 친구인 거 알기 전부터 혜서 언니 팬이거든. 너 뮤지컬 〈동경〉 봤어?"

"아니."

"그럼 말을 하지 마. 인기상을 괜히 탄 게 아니야."

세현은 혼자 힘으로 하나하나 이루어 가는 혜서가 자랑스러웠다. 하지만 그가 가장 사랑하는 건 휴식기를 가지는 뮤지컬 배우 정혜서다. 아무래도 안 되겠어서 설계실 밖 복도로 나와 연락했다. 아내가 쌕쌕거리며 그의 전화를 받았다.

"왜 이렇게 숨이 차? 클럽 화장실로 뛰어가서 전화 받는 건 아니지? 소리가 울린다?"

— 하하하. 아니야. 어디 좀 걸어가느라고.

오늘 차는 그가 가지고 나왔다. 혜서는 쓸데없는 혼수를 줄이는 대신 일시불로 새 차를 뽑아 그에게 선물했다. 중고차라도 한 대 더 사야겠다고 생각하며 다시 입을 열었다.

"택시 타고 다니라니까. 집엔 언제 가?"

— 새벽에나 들어갈 것 같은데. 자기하고 비슷하게.

이 여자가 진짜!

"정혜서야, 세상이 얼마나 무서운지 누누이 말했지? 오늘은 데리러 갈 시간 없어. 어서 집에 들어가. 나 일 좀 하자."

— 싫어.

고집, 고집, 정 고집. 내 팔자야.

"자꾸 이러면 손끝도 안 건드린다?"

— 그건 안 되지. 남편의 의무인데.

"신랑! 자기야!"

느닷없는 익숙한 호칭에 고개를 들었을 때 마술처럼 아내가 나타났다. 혜서가 간식이 든 비닐봉지를 들어 보이며 그를 향해 환히 웃었다.

"누나라고 불러도 되죠? 제가 공부만 파다 보니까 뮤지컬도 못 보고 무미건조하게 살았는데, 다음에 누나 나오는 공연은 꼭 보러 갈게요. 초대권은 안 주셔도 돼요."

한 시간 전만 해도 다른 여자와 비교하던 후배 준혁이 혜서에게 애교를 부리고 있다. 가관이다.

"꼭 니 돈으로 표 사서 봐라. 공짜 티켓은 안 돌리니까."

"형은. 당연하지. 그게 아티스트에 대한 기본 예의지."

"고마워요. 근데 회의 안 해요? 저 때문에 흐름 깨진 거 아니에요?"

"흐름은 벌써부터 깨져 있었어. 피곤하면 차 갖고 먼저 가. 난 택시 타고 갈게."

"기다릴게. 나 신경 쓰지 말고 천천히 해요."

그의 말에 혜서가 부드럽게 웃어 보였다. 생전 안 쓰던 존댓말까지. 1분이라도 빨리 집에 가고 싶다는 욕구가 솟구치면서 최소한의 기능만 하던 뇌가 움직이기 시작했다. 막다른 코너에 몰려야 아이디어가 떠오르는 건 건축학과 학생들의 특징이다. 그를 시작으로 다들 각자의 의견을 내기 시작했다.

건축학도로서 그는 장단점이 뚜렷했다. 매시간 발표 수업으로 진행되기 때문에 눈길을 끄는 외모와 목소린 절대적인 장점으로 작용했다. 다들 그가 입을 열면 내용에 상관없이 주목했고 자연스럽게 설득당했다. 그건 사회에 나가서도 마찬가지일 터다. 알음알음 알려진 조부모의 재력과 부모의 배경을 부러워하는 사람도 많다.

건축학과는 선후배 관계가 다른 학과에 비해 끈끈한 편이다. 교수한테만 설계를 배우는 것이 아니라 선배를 통해서도 배운다. 디자인 감각이 뛰어난 후배는 여러 선배가 탐내고, 능력이 뛰어난 선배에게는 후배들이 도우미를 자청한다. 공모전이나 졸업 작품전을 하는 동안 후배는 선배의 작품을 도와 가며 수업 시간에 다루지 않는 것들을 알게 된다. 그렇게 맺어진 선후배 관계는 사회에 나가서도 유지되고, 때로는 평생 의형제가 되기도 한다.

인간관계에 실패하면 군대 생활을 5년 연장하는 것과 맞먹는 악몽이 재현된다. 원수 사이가 된다 해도 밤낮으로 얼굴을 마주치고 살아야 하는 불상사가 생긴다는 뜻이다. 호불호가 강한데다 철저히 선을 긋는 그의 성격은 협업이 주를 이루는 건축 일에선 단점으로 작용할 만했다. 그래도 예전에 비하면 많이 유해졌다.

세현은 졸업 후 진로를 계획해 놨고 그에 맞춰 움직이고 있다. 장기적으론 건축설계 사무소를 내서 키우는 게 꿈이지만, 그 전에 거쳐야 할 관문이 몇 개 있다. 처음엔 메이저 설계 회사에 들어가려 했는데, 입사 후 3년 동안 디자인은 한 번도 못해 보고 턴키 보고서(Turn Key는 열쇠를 돌리면 모든 설비가 가동되는 상태로 인도한다는 뜻으로, 공사를 따낼 때 도면과 함께 제출하는 일괄수주 입찰 설계 설명서를 뜻함)만 작성했다는 선배 말을 들은 뒤 마음을 바꿨다. 실무를 빨리 익힐 수 있는 중소 규모의 사무실을 몇 곳 생각하고 있다. 꾸준히 작품을 만들어 내는 사무실들은 메이저 못지않게 경쟁이 치열하다.

다들 유학 여부를 묻는데 가능한 한 국내에서 해결할 생각이다. 그건 아내의 직업과 유관한 결정이었다. 무조건 같은 집에서 살아야 한다.

"동대문 패션 타운이 관광특구로 지정된 게 2002년이잖아. 한류의 영향으로 외국인들의 방문이 꾸준히 늘어난다고는 하지만…… 어! 형, 형수 저 라꾸라꾸에서!"

준혁의 말에 돌아보니 혜서가 때에 찌든 매트리스에서 새우처럼 구부리고 잠들어 있었다. 하필 윤택이 취해 자다 오줌을 쌌다고 알려진 매트리스다. 속이 좋은 거야, 모자란 거야? 저런 데서 잠이 와?

회의가 끝나려면 아직 멀었다. 가장 중요한 과정인 콘셉트에 대한 팀 구성원의 이견 조율이 필요했다. 그래픽으로 작업 중이던 대지 모형도 끝내야 하고.

"차 갖고 온 사람 손들어 봐."

그의 차를 포함해 차는 세 대였다.

"나머지 회의는 우리 집에 가서 할래?"

여학생들까지 반색하며 일어섰다. 말로만 듣던 그의 신혼집을 구경한다는 생각에 잠이 싹 가신 얼굴이다. 팬은 이래서 팬인가 보다. 이진아가 그를 걱정스럽게 쳐다보았다.

"선배, 언니가 싫어하지 않을까요? 말도 없이 우르르 가도 돼요? 이 밤중에?"

"집에 누구 오는 거 좋아해. 걱정하지 마. 윤택이 너 우리 집 알지? 우린 따로 갈 테니까 애들 데리고 와라. 아, 집 안에선 절대 금연이다."

세현은 이맛살을 찌푸리며 아내를 안아 들었다. 매트리스에 손을 안 대고 안는 게 불가능했다. 놀란 혜서가 반짝 눈을 떴다.

"집에 갈 거야. 그냥 자."

아내가 '응.' 하더니 안심한 듯 눈을 감았다. 잠결에도 제 가방을 끌어안으며.

"애들 다 데리고 가는데 괜찮아?"

"응. 괜…… 으응?"

그의 팔에서 버둥거리던 아내가 주위를 둘러봤다. 다들 두 사람을 흥미롭게 주시하고 있었다.

"내려 줘."

"그럼 업힐래?"

목소리를 낮춘 혜서가 그에게만 들리도록 속삭였다.

"우리 드라마 찍지 말자. 그런 건 한 번으로 충분해."

아침 국거리 준비를 마친 혜서는 버릇처럼 방문을 하나하나 열어 보았다. 처음엔 네 개의 방을 무엇으로 채우나 걱정했는데 다 제 몫이 있었다. 꼭 필요한 살림살이만 갖춘 집 안은 평수보다 훨씬 넓어 보인다.

신혼살림을 장만하면서 가장 신경 쓴 것은 거실 소파와 서재. 기분이 상해 들어온 날도 드러눕기 맞춤인 소파와 가지런히 정리된 책장을 보면 스르르 화가 풀린다. 현관에서 바로 보이는 큰 방이 남편의 작업실이고 그 앞이 서재다. 마주 보게 배치한 두 개의 책상에 앉아 공부도 하고 책도 읽는다. 시험 기간엔 가능한 한 얼쩡거리지 않으려고 한다. 눈에 안 띄는 게 도와주는 거다.

서재를 노크했다. 대답이 없다. 잠든 게 아니라 못 들었을 가능성이 더 높다. 두어 번 더 노크하다가 문을 열었다. 세현은 간식 접시를 코앞에 들이밀어서야 고개를 들었다.

"아직 안 잤어?"

"잠이 안 와서. 먹으면서 해."

"고마워. 잘 먹을게."

책상 위는 전공책과 프린트물로 빼곡했다. 남편이 공부하는 책들은 여전히 어려워 보였고, 매학기 장학금을 타 오는 남편이 그만큼 대단해 보였다. 혜서는 머리 좋은 남자와 사는 보람을 자주 느꼈다.

"이게 도대체 무슨 말이야? 난 돈 줘도 못 할 것 같아."

"건축구조하고 관련된 거라 어려워 보이는 거야. 돈 주면 할 것 같은데?"

"아니. 이건 못 해. 세 시간짜리 뮤지컬 대본 외우는 게 훨씬 쉽겠다."

작은 세모꼴로 자른 샌드위치와 방울토마토가 든 접시를 내려다보던 세현이 쟁반을 들고 일어났다.

"주방에서 먹자. 스트레칭 좀 해야겠다."

앤티크한 디자인의 6인용 식탁은 시어머니가, 냄비와 그릇들은 남편의 이모님이 결혼 선물로 준 것이다. 그릇에 특별한 관심이 없는 그녀는 그저 예쁘다고만 생각했는데 집에 온 유부녀들마다 탐내는 것을 보고 좋은 거라는 걸 알게 됐다. 덩치 큰 가전제품들은 오빠와 엄마가 사 주셨다. 집안 살림 대부분을 결혼 선물로 장만한 셈이다. 그렇게 아낀 돈으로 남편에게 중형차를 선물하며 즐겁게 생색냈었다.

남편의 의자 뒤로 간 혜서는 잔뜩 굳은 그의 뒷목과 뒷머리를 익숙하게 주물렀다. 그녀의 손길에 맞춰 감탄사가 터져 나온다.

"아, 시원하다. 어, 거기. 아니, 그 옆. ……이젠 전문가가 다 됐는데?"

"쉬엄쉬엄해. 장학금 안 타도 되니까. 우리 2~3년은 돈 안 벌어도 될 만큼 모아 놨어. 나도 계속 벌 테고. 할머니가 이것저것 잘 챙겨 주셔서 식비도 거의 안 들어. 공부하다가 건강 해칠까 봐 걱정돼."

혜서는 그의 건강 상태에 지나칠 정도로 예민했다. 그걸 잘 아는 세현은 가능한 한 규칙적으로 운동을 해 왔다. 시간이 맞으면 아내와 같이 단지 내 피트니스센터에 들르기도 한다.

"알았어. 내가 알아서 조절할게."

"나 또 일거리 생길 것 같아."

"그냥 쉬라니까 왜 자꾸 일을 만들어. 생활비가 없는 것도 아닌데."

"놀면 뭐해. 시간도 많은데. 이게 은근 좋은 직업이야. 목소리만 들려주면 되니까 임신해서도 얼마든지 할 수 있을 것 같아. 나중에 우리 아이 태어나면 들려주려고 진짜 열심히 했어."

아내는 얼마 전 전집으로 나오는 창작 동화 오디오 CD 녹음에 참여했다. 전문 성우도 아닐뿐더러 큰돈이 되는 일도 아니건만 즐겁게 그 일을 마쳤다. 손만 벌리면 언제든 도와줄 준비가 돼 있는 시조부모가 있음에도 끊임없이 일거리를 찾는 혜서다. 솔직히 아내의 노동력을 착취하는 남편이 된 것 같아 속상할 때가 많다. 통장에 돈이 떨어지는 걸 두려워하는 그녀지만 그에게 돈을 벌어 오라고 요구하지도 않는다. 세현은 얼른 졸업하고 돈 벌 날만 기다리고 있다.

"자꾸 일하면 나도 돈 벌러 나간다?"

"안 돼. 나중에 졸업하면 많이 벌어 줘. 돈 없어서 일하는 거 아니잖아. 재미있어서 하는 거지. 샌드위치 안 먹을 거야?"

"이제 그만해도 돼. 여기 앉아."

세현이 옆자리를 가리키며 그녀를 앉혔다. 혜서가 그의 입에 탱글탱글한 토마토를 물려 주었다. 가끔은 아기 취급받는 것도 나쁘지 않다.

"이거 뭐 넣고 한 거야? 맛있네."

"단호박. 진짜 맛있어? 솔직하게 말해 봐."

"맛있어. ……저번보다는."

"그럼 됐어."

"왜 안 먹어? 샌드위치 좋아하잖아."

"체중 조절 좀 하려고. 좀 편하게 지냈다고 살이 붙네. 터질 것 같지?"

그의 은근한 눈길이 그녀의 가슴께로 내려왔다. 얇은 카디건 안엔 더 얇은 슬립 한 벌뿐이다. 도톰한 가슴 윤곽이 불투명하게 비치는 걸 잘 알고 있다. 이 남자에겐 겉옷은 사 줘도 속옷은 안 사 주는 고집이 있다. 벗은 게 제일 예쁜데 굳이 집에서까지 입을 필요가 있느냐는 게 그의 견해였다.

"내가 평생 본 정혜서 중에 요즘이 제일 예뻐. 1그램의 거짓 없이."

"나 진짜 믿는다?"

그녀의 남자가 빙그레 웃으며 고개를 끄덕였다. 이곳은 안전하고 따뜻하다. 집 안의 모든 문을 꼭꼭 걸어 잠가도 불안하던 예전의 집들이 아니다. 이 남자 품도 안전하고 따뜻하다. 싱글 침대에 3인용 소파까지 들어갈 크기의 서재는 아직 없지만, 이것으로 충분하다. 언젠가 그가 말했던 것처럼 뮤지컬 전용 극장 따윈 지어 주지 않아도 된다. 그건 너무 큰 꿈이라는 걸 그도 알게 됐고, 그녀도 잘 안다. 지금처럼 살 수 있다면 가능성이 희박한 희망 사항에 목맬 이유가 없다. 사랑하는 이의 눈길 안에서 그녀는 마음껏 행복했다.

"재워 줄까?"

"아니. 얼른 먹고 들어가서 공부해. 난 책 읽다가 잘게."

"날 읽어 보는 건 어때? 고품격 25금으로 준비했어. 흔해 빠진 19금이 아니야."

"시험이 코앞이야."

"그게 시험하고 무슨 상관인데? 그럴수록 스트레스를 풀어야지. 스트레칭은 침대에서 해야겠다."

"자기 잠들면 어떡해?"

"잠은 늘 누가 더 빨리 들더라? 들어가서 울지 말고 얼른 결정해."

에라, 모르겠다! 혜서는 남편의 허벅지로 살그머니 올라가 입술을 뾰족이 내밀었다. 그녀의 이목구비에 뜨끈한 입맞춤이 내려앉았다. 마음이 급해진 세현이 그녀를 가뿐히 안아 들고 일어났다. 혜서는 그의 허리에 긴 다리를 감으며 그녀가 할 수 있는 최대의 찬사를 던졌다.

"자기가 세상에서 최고로 좋아."

밖은 벚꽃이 한창이다. 그녀가 좋아하는 계절. 봄밤은 제법 길고 남편의 사랑은 그보다 깊다. 이제부턴 부작용 없는 수면제에 취해 걱정 없이 잠들면 된다. 오늘 밤, 예쁜 아가가 와 주길 기대하며.

텃밭에 상추를 심고 있을 때 딸 내외의 차가 마당 안으로 들어섰다. 시원스럽게 인사를 건넨 사위가 트렁크를 열어 가져온 것들을 주섬주섬 꺼냈다. 빈손으로 와도 된다고 해도 도무지 말을 듣지 않는 아이들이다.

"생각보다 일찍 도착했네. 세현이 공부하느라 힘들 텐데 쉬게 하지."

"저 안 힘들어요. 여행 삼아 온 거예요."

"엄만 모자 쓰고 일하라니까. 선크림은 발랐어?"

"금방 끝나는 걸 뭘."

"봄볕엔 며느리 내보내고 가을볕엔 딸 내보낸다잖아요. 울 엄마 진짜 말 안 듣는다."

"알았어. 이제부턴 꼭 바를게. 요것만 마저 심으면 끝이야."

혜서가 밭고랑 사이에 앉아 상추 모종을 건넸다. 볼이 발그레한 게 막 멍울을 터뜨린 복사꽃 같다.

"난 엄마가 보내 준 상추가 제일 맛있더라. 야들야들한 게. 사 먹는 것하고 왜 그렇게 다르지?"

"얼른 키워서 많이 보내 줄게. 다른 채소도 골고루 심을 거야."

"어머니, 제가 할까요?"

연희는 딸 옆으로 와서 나란히 쭈그려 앉은 사위를 바라보았다. 두 아이 다 혈색이 좋아 보였다. 이른 결혼이라 내심 걱정이 많았는데 잘사는 걸 보니 대견하다.

"할 줄은 알고?"

"가르쳐 주시면 그대로 따라 할게요. 아마 혜서보단 제가 나을걸요."

"그건 맞아. 세현이 손 되게 야무져. 김밥도 나보다 잘 만다니까."

"우리 사위야 못 하는 게 없지. 모종에 물 줘야 하는데 그거 할래?"

"네. 물뿌리개 찾아서 하면 되죠?"

"집 앞 화단 옆에 있어. 밥만 하면 되니까 시장해도 좀 참아."

"천천히 하셔도 돼요. 아침 먹자마자 바로 출발했어요."

부지런히 손을 놀려 일을 끝낸 연희는 물 주는 방법을 알려 주고 일어났다. 가스 불에 밥솥을 올리고 다시 나와 보니 두 아이가 모종에 물을 주고 있었다. 무슨 할 말이 그리 많은지 사람이 온 줄도 모르고 쉼 없이 떠든다.

"상추가 쌍떡잎식물이게, 외떡잎식물이게?"

"누굴 바보로 아나. 딱 봐도 쌍떡잎이구먼."

"쌍떡잎식물하고 외떡잎식물의 공통점은 알아?"

"그걸 내가 왜 알아야 해?"

"이거 초등학교 5학년 때 배우는 거야. 와, 그땐 세상에서 제일 공부 잘하는 누나인 줄 알았는데."

"그거 몰라도 여태 잘살았거든. 자긴 콩잎하고 깻잎 구별할 수 있어?"

동생 같은 애한테 자기라는 말을 어떻게 하느냐며 오징어 운운하던 게 떠올라 웃음이 난다. 사위는 느긋하고 딸은 번번이 발끈하는 게 판세가 이미 기울었다.

"당연하지. 그동안 먹은 게 얼만데. 깻잎에선 향이 나잖아."

"콩 자랄 때 다시 와서 확인해 볼 거야. 모르기만 해."

"또 흥분한다. 아기 놀라겠다."

이게 무슨 소리야?

"세현아, 누가 놀란다고?"

그녀를 발견한 사위가 쑥스러운 미소를 짓더니 혜서에게 눈으로 뭔가를 물었다.

"엄마, 원장님은 어디 가셨어?"

"집안에 일이 있어서 서울 올라가셨어. 내일 오실 거야."

"온 김에 진맥 좀 받아 보려고 했는데. 세현아, 니가 말해."

"어머니, 혜서 아이 가졌어요. 5주 3일 됐대요."

아무리 생각해도 신기하다. 며느리가 아이를 가졌다고 했을 때와는 느낌이 또 달랐다. 잔치국수가 먹고 싶대서 솔치를 넣고 푹 끓인 육수에 한 그릇 가득 말아 주었더니 배추겉절이를 척척 걸쳐 뚝딱 먹어 치운다. 평소보다 이른 저녁이다.

"아직 입덧은 없지?"

"밥맛만 좋은데. 이러다 20킬로쯤 찔까 봐 걱정돼."

"찌면 어때? 애 낳고 빼면 되지. 먹고 싶은 거 다 먹어."

사위가 딸에게 물컵을 내밀며 마음껏 먹으라고 부추겼다.

"몸이 너무 불으면 애 낳을 때 힘들어져. 임신성 당뇨가 올 수도 있고."

"그래요? 달고 기름진 건 안 좋아하니까 괜찮을 것 같은데. 제가 옆에서 잘 챙길게요."

딸 나이만 생각하면 이른 나이는 아니지만, 20대 중반의 사위가 아빠 노릇을 잘할까 신경 쓰였다. 내내 싱글벙글하는 걸 보니 이 또한 괜한 걱정이었나 싶다.

"엄마 닮으면 입덧 심할 텐데. 먹고 싶은 거 있으면 전화해. 해서 보내 줄 테니."

"네. 우리 애는 태어나자마자 바로 두 살 되게 생겼어."

"예정일에 딱 맞춰 태어나는 거 아니야. 넌 3주나 일찍 나왔는걸."

사위가 빙그레 웃으며 한마디 한다.

"배 속에서부터 성격이 급했나 봐?"

"느려 터진 것보단 낫잖아. 엄만 내가 아들 낳았으면 좋겠어, 딸 낳았으면 좋겠어?"

"아들이면 어떻고 딸이면 어때. 무사히 건강하게만 낳아."

좁은 방 안에 이부자리 두 채를 나란히 펴고 셋이 누웠다. 사위는 손님방에 가서 편히 자라는 걸 마다하고 기어이 딸 옆에 눕더니 금세 잠이 들었다. 어버이날이 며칠 뒤니 큰 선물을 미리 받은 셈이다.

"엄마, 혼자 자면 안 무서워?"

"뭐가 무서워. 사방이 집인걸. 평소엔 원장님도 계시고. 임신한 건 언제 알았어?"

"밤에 자꾸 깨서 화장실에 가게 되길래 혹시나 해서 검사해 봤어. 생리하는 것 같아서 이번에도 안 됐나 보다 했는데 그게 착상혈이었대. 세현이가 엄청 좋아해. 자기한테 혹시 문제가 있나 은근 걱정했었나 봐."

"아고, 고마워라. 아직 나이도 어린데. 어른들이 얼마나 좋아하실까. 말씀드렸지?"

"논현동 부모님껜 전화드렸고 할머니 댁엔 어제 갔었어. 할아버지가 당장 친구들 불러 잔치 벌인다는 걸 할머니가 말리시더라고. 안정기에 접어들면 하라면서. 할아버진 할머니 말이라면 꼼짝을 못해. 두 분이 되게 귀여우셔."

남편이 살아 있었으면 두 팔 벌려 반겼을 소식이다. 이 소식이 거기까지 전해지려나.

"여기 왔다 가면 한동안 속상해. 난 정말 행복한데 엄만 외로운 것 같아서."

"누가 그래? 엄마가 이웃이 얼마나 많은데."

서울 살 때부터 딸이 만들어 준 블로그에 생각날 때마다 일기처럼 글을 올렸다. 집에 자주 놀러 오던 세현이 사진과 동영상 올리는 법부터 차근차근 알려 주어 웬만한 젊은이 못지않게 블로그를 꾸밀 수 있게 됐다. 여기 내려와서는 쓸거리가 더 많아졌다. 소소히 텃밭 가꾸는 얘기부터 한의원에서 일어나는 일상, 가족 이야기를 공유하면서 늘어난 이웃이 수백 명을 웃돈다.

"그런 이웃 말고 진짜 엄마 옆에 있어 줄 사람. 예를 들면 서초동 한맥한의원 아저씨 같은."

"어디서 무슨 소릴 듣고 이래?"

"난 그 아저씨 마음에 들어."

"어이구, 우리 딸 성격도 좋지. 오지랖도 넓고. 엄마는 지금이 제일 좋고 제일 편해. 여기서 더 좋을 필요도 없고 더 편하지 않아도 돼. 그냥 딱 좋아. 어서 잠이나 자. 늦게 자 버릇하면 배 속 아기도 버릇돼."

더는 누군가를 돌보거나 책임지고 싶지 않다. 그게 연희의 거짓 없는 마음이었다. 사람들은 묻는다. 먼저 간 남편을 잊지 못해 혼자 사는 게 아니냐고. 그 남자도 그렇게 물었다.

"혜서 아버님 많이 사랑하셨나 봐요."

"아주 사랑한 때도 있었고, 그저 그렇게 남들처럼 살 때도 있었고, 미웠던 때도 있었죠. 같이 산 세월이 있는데 쉽게 잊히나요. 선생님은 돌아가신 사모님이 한순간 까맣게 잊히던가요?"

쉽게 대답할 수 없었으리라.

"애 아빠가 갑자기 가고 몇 년을 한 시간 거리 밖으론 절대 나가지 않았어요. 혹시 교통사고 같은 걸로 죽게 될까 봐서요. 무슨 일이 있어도 우리 혜서 스무 살까진 살아야 했으니까요. 멀리 가야 할 일이 생기면 딸을 데리고 다녔어요. 우습죠? 그 땐 그렇게밖에 하지 못했어요."

"이해합니다. 나도 비슷했으니까."

"난 지금처럼 사는 게 좋아요. 내 성격에 재혼하면 새로 생긴 가족을 돌보고 싶을 테고, 어떤 식으로든 책임져야 할 테고, 언젠간 또 다른 이별을 맞이할 날이 오겠죠. 그런 게 너무 힘들어요. 이젠 오롯이 나만을 위해 살고 싶어요. 평생 처음으로 자유로운 시간을 보내는 것 같아요. 그래도 고마워요. 다 늙은 여자를 좋아해 줘서. 언제 또 이런 말을 들어 보겠어요."

"아직 곱습니다. 돌아보고 싶게 고와요."

고마운 말이었지만, 연희가 되돌려줄 말은 길지 않았다.

"가끔 친구분들하고 내려오시면 밥이나 따뜻하게 차려 드릴게요. 제가 한식은 먹을 만하게 해요."

새벽 6시. 알람을 맞춰 놓지 않아도 이 시간이면 늘 눈이 떠진다. 일어나 보니 혜서가 이불을 다 끌어가 돌돌 말고 있고, 사위는 딸 등에 매미처럼 붙어 잔다. 잠결에도 사위의 커다란 손은 아직 부풀지 않은 딸아이의 배를 보호하듯 감싸고 있었다. 두 아이에게 이불을 덮어 주면서 연희는 감사의 기도를 드렸다.

아빠가 죽은 뒤, 혜서는 학교에 가서도 하루에 두세 번은 전화를 걸었다. '엄마, 오늘은 무슨 반찬 할 거야? 난 김치찌개 먹고 싶은데. 내일 아침은 떡국 끓여 줘.' 어떤 날은 조심스럽게 물어 오곤 했다. '돈가스 먹고 싶은데 해 줄 수 있어요?' 뭐 그리 대단한 음식이라고 어렵게 물었을까. 딸이 먹고 싶어 하는 음식을 만들면서 살아갈 힘을 얻었다.

이제, 더 오래 살고픈 이유가 생겼다.

세현's Diary

결혼을 앞두고 엄마와 둘이 만난 적이 있다. 엄마는 내게 같이 있어 주지 못해서 미안하다고 사과부터 하셨다. 부모와 함께 살지 못한 슬픔을 안고 자란 건 맞지만, 그로 인해 난 평생의 반려를 만나게 되었다. 물론 그건 일대일의 물물교환처럼 쉽게 매듭지을 수 있는 문제가 아니다. 내 아이는 절대 그렇게 키우지 않을 것이다. 하지만 나도 이젠 어린애가 아니다. 그럴 수밖에 없었던 엄마의 인생을 이해하려 한다. 엄마는 내가 배 속에서부터 사랑한 여자니까.

그날 엄마가 날 부른 가장 큰 이유는 이것이었다.

"세현아, 혜서처럼 널 순수하게 사랑하고, 조건 없이 위해 줄 여자는 세상 어디에도 없어. 네가 그걸 부정하는 날이 오면 넌 인생에서 가장 소중한 걸 놓치게 되는 거야. 만약 대충 봉인된다 해도 예전처럼 맹목적이고 조건 없는 애정은 다시 받을 수 없을 거야. 평생. 네 아내와 네 아이들에게 상처를 주는 사람은 되지 마. 이건 누구보다 널 위해서 하는 말이야."

나는 혜서와 함께 찾아뵀던 외할아버지를 떠올리며 그러겠다고 약속했고, 한 가지 부탁을 드렸다.

"이런 말 죄송한데요, 만약 저한테 무슨 일이 생기면 혜서 끝까지 돌봐 주세요. 힘들게 살지 않게."

엄마는 아주 오랜만에 나를 안아 주시며 아무 걱정하지 말라고 대답하셨다.

눈을 떴을 때 아내의 자리가 비어 있었다. 아침밥을 차리는가 싶어서 주방으로 가 봤더니 거기엔 없었다. 내가 싫어하는 옷들이 여전히 걸려 있는 드레스 룸도, 서재도 텅 비어 있었다. 설마 작업실에? 그렇지만 그 방엔 거의 들어가지 않는다. 발코니에 있나 싶어 거실을 가로지를 때 평소엔 쓰지 않는 화장실에서 혜서가 나왔다.

"찾았잖아. 여기서 뭐 해?"

"자기 내기에 졌어. 10만 원 준비해 둬."

"우리가 무슨 내기를 했지?"

내 말이 끝나자마자 아내가 하얀 스틱을 들어 보였다. 난 그게 뭔지 잘 알고 있다. 처음 본 게 아니니까. 두 개의 옅은 분홍색 선을 본 건 그때가 처음이다. 우리의 인생이 달라진 순간이었다.

"병원부터 가자."

"학교 가야지."

"지금 수업이 문제야?"

"치. 난 자기가 안아 주면서 사랑한다고 할 줄 알았어."

나는 사랑한다는 말보다 더 근사한 표현을 찾고 있었다. 뭐가 있지? 뭐가 있더라? 갑자기 아이큐가 한 자릿수로 떨어진 것처럼 멍해졌다. 혜서를 끌어안으며 나는 고작 이따위 말을 지껄였다.

"100만 원 줄게."

사실 처음부터 아이를 기다린 건 아니다. 조부모님을 생각하면 하루가 급했지만, 내 생각만 하면 급할 이유가 전혀 없었다. 혜서는 어차피 낳기로 한 거 얼른 낳고 일에 몰두하고 싶어 했다. 내 계획표에 맞춰 아내의 인생을 재단할 순 없었다. 인생은 한정된 시간 위를 걷는 여정이니까.

내심 첫 달에 바로 생기면 어떡하나 자만했던 것 같다. 넉 달째에 들어서자 초조해지기 시작했다. 침대 옆 협탁 안엔 결혼 전 쓰다 남은 콘돔이 그대로인데 혜서에겐 아무 기미가 없었다. 산전검사를 받을 때도 아내의 자궁은 건강하고 깨끗했다. 피임을 철저히 하긴 했지만, 혜서는 임신한 적이 없었다. 단 한 번도. 도대체 뭐가 문제지? 설마, 내가 문제인가? 남성 불임, 무정자증, 희소정자증 같은 검색어를 쳐 보며 비뇨기과에 가 볼 때가 됐다는 생각을 하기에 이르렀다.

나의 1남 2녀는 꿈으로 그칠 것인가. 언제든 가질 수 있다고 여겼던 것이 어쩌면 아닐지도 모른다고 생각하니 더 간절해졌다. 그즈음 혜서는 사랑을 나눌 때마다 내 아이를 갖고 싶다고 속삭이곤 했다. 절정에 이를 때면 나를 끌어안으며 마음껏 신음했고, 난 끝없이 자맥질하며 내 여자 깊이 파고들었다. 무슨 수를 써서라도 아내의 소원을 이루어 주고 싶었다.

중간고사만 마치고 병원에 가 봐야지 했는데, 동대문 프로젝트로 바빠서 차일피일 미루게 됐고, 그날 아침을 맞이했다. 정신을 차린 나는 아내가 입은 보라색 슬립을 걷어 올리고 납작한 배에 부드럽게 입 맞췄다. 혜서가 꿈을 꾸듯 말했다.

"상상하던 것보다 훨씬 더 행복해."

오전 수업을 빼먹고 엄마가 소개해 준 병원에 가서 진단을 받았다. 임신 5주 2일. 심장 소리조차 들을 수 없는 태아였다. 저 작고 둥근 게 자라서 인간의 모습을 갖춘다는 게 신기했다. 벚꽃이 흩날리던 어느 봄밤에 생긴 아이일까.

생색이 아니라 그동안 나는 건강한 아이를 잉태시키기 위해 최선을 다했다. 설계실 벽에 '담배 피우면 벌금 만 원!'이라고 써 놓은 사람도 나다. 술을 최소한으로 줄였고 아무리 피곤해도 주 3회 이상 운동하려고 노력했다. 몸에 좋다는 음식만 찾아 먹었음은 물론이다. 코피가 나도록 노력한 사람은 나인데 칭찬은 그녀가 거의 독차지했다. 이건 어디서부터 잘못된 건가.

좋을 줄만 알았던 아내의 임신엔 한 가지 결정적인 문제가 있었다. 엄마의 대학 친구인 여의사가 내 얼굴을 들여다보며 이렇게 말씀하셨다. 결혼식 때 와서 축하해 주셨던 분이다.

"애기 아빠, 첫 임신이니 더 조심해야 해. 당분간 절대 안정하고. 무슨 말인지 알지?"

"네, 그러겠습니다."

대답은 찰떡같이 했지만 나는 아직 너무 젊었다. 결혼 후 몇 달 사이 버릇이 더럽게 잘못 들었다. 게다가 정혜서는 얼마나 섹시한가. 밤이면 세 배는 더 섹시해진다. 아기가 혹시라도 잘못될까 봐 벌벌 떠는 아내는 배꼽 아래는 절대 건드리지도 못하게 했다. 왜 엉덩이까지 못 만지게 하는데? 그렇다면 적어도 상체는 개방해야 하는 거 아닌가. 가슴을 만지면 예민해져서 아프다고 하고, 허리를 끌어안으려면 '이러다 또 못 참고 조르지 졸라. 애처럼.' 이런 말로 내 기를 팍 죽인다. 그런데 딱 '기'만 죽는다. 내 몸뚱이는 염치도 눈치도 없었다. 죽을 노릇이다.

입덧이 시작된 뒤 공동경비구역이었던 우리의 주방은 수컷만의 장소가 되어 버렸다. 냄새에 예민해진 그녀는 냉장고를 열 때마다 괴로워했고, 식사 시간이면 나는 홀아비처럼 혼자 끼니를 때워야 했다. 그렇게 밥알이 모래알 같다는 말을 체득했다. 혜서는 내가 있으면 입덧을 덜하는 거라며 심술을 부렸다.

"아니, 왜 자기가 없을 때만 토하는 거지? 나 오늘도 세 번이나 토했어. 의심스러우면 할머니한테 여쭤 봐."

증거물을 남기라고 할 수도 없고. 남자도 임신이 가능하다면 내가 했을 것이다. 아무리 억울해도 원인 제공자는 나이니 그 정돈 감수해야 했다.

"그래, 알았어. 조금만 참아. 여름방학 하면 종일 같이 있으면서 토하는 거 봐 줄게."

"허, 그때까지 토하라고? 그만 토하길 바라야 정상 아니야? 어떤 남자는 입덧도 대신 한다는데. 진짜 나 사랑하는 거 맞아?"

신이시여, 저한테 왜 이런 시련을. 지금 어디서 무엇을 하십니까?

"나도 대신 입덧하고 싶어. 내가 대신 토하고 싶다고."

아내의 심술이 날로 늘었다. 변덕도 심해져서 방금까진 웃었다가 5분 뒤엔 울기도 했다. 그래 놓곤 짜증 내서 미안하다고 눈물을 글썽이며 사과했다. 한 달 새 5킬로나 빠진 혜서는 볼이 홀쭉해져 있었다.

"새우볶음밥 해 줄까?"

아내는 내가 만든 볶음밥만 먹었고, 나와 함께 있을 때 그나마 잘 넘겼다. 약간의 과일 외엔 산해진미도 그림의 떡이었다. 세상 어떤 책에도 소개된 적 없는 입덧. 집안 어른들이 다들 안쓰러워했지만 넘기지 못하는 데는 도리가 없었다. 아침이면 난 두 끼 분량의 볶음밥을 준비해 놓고 집을 나왔다. 혜서는 너무 배가 고프면 학교로 찾아오기도 했다. 나와 같이 밥을 먹기 위해.

고달픈 끼니를 해결하기 위해 혜서가 학교에 온 날의 일이다. 원피스 차림의 아내는 임산부티가 전혀 나지 않았다. 정문에서 마주친 후배 놈은 형수가 모델처럼 날씬해졌다는 헛소리까지 하고 갔다. 혜서는 임신이 엠바고(일정 시점까지의 보도 금지를 뜻하는 매스컴 용어)라도 되는 것처럼 밝히길 꺼렸다. 그동안 우리의 결혼과 관련된 소문은 아주 다채로웠다. 그중 가장 파급력이 컸던 건 혼전 임신이다. 사람들은 스물넷밖에 안 된 남자의 결혼에서 다른 이유를 찾지 못했다.

학교 근처에 즐비한 식당도 무용지물이었다. 도시락을 준비해 온 혜서와 함께 구내식당으로 갔다. 아내가 가져온 도시락엔 몇 가지 과일과 샌드위치, 볶음밥이 들어 있었다. 남들 눈엔 소박한 데이트 정도로 비쳤을지 모르겠다. 혹시 몰라 볶음밥을 주문해 봤다. 혜서는 식당 볶음밥은 넘기질 못했다.

"희한하네. 이것도 볶음밥인데 왜 못 먹지?"

"나도 그게 이상해."

"안 질려?"

"자기가 재료 바꿔 가면서 만들어 주잖아. 아침마다 고생시켜서 미안해. 공부하기도 힘들 텐데."

"뭐가 미안해. 나 때문에 그런 건데. 많이 먹어."

"사람들이 너무 쳐다본다. 그냥 차에서 먹을 걸 그랬어."

뮤지컬 배우인 혜서를 알아보고 사인을 요구하는 사람도 있었다. 가져온 밥을 반 넘게 남긴 걸 보니 화가 날 지경이었다. 그걸로 끝났으면 좋으련만 하필 대학원생이 된 장희수가 우리 부부를 발견했다. 졸업 후 미국으로 유학 간다는 말이 파다했는데 의외의 선택이었다.

"앉아도 돼요?"

딸기를 먹던 혜서가 포크를 내려놓으며 고개를 끄덕였다. 피차 껄끄러운 만남이었다. 내 옆자리에 앉으려던 희수 선배는 생각을 바꿨는지 혜서 옆으로 가서 앉았다. 나 역시 이런 유치한 짓을 한 적이 있으므로 그녀의 의도가 쉽게 읽혔다. 정혜서는 언제나 아름답다. 장희수가 예쁘다는 말엔 죽을 때까지 동의할 수 없을 것 같다.

"어디 아파요? 얼굴이 안 좋아 보이네요?"

"아픈 데 없어요."

"요샌 공연 안 하나 봐요?"

하나같이 부정적인 질문뿐이다. 장희수가 우리의 결혼을 앞두고 혜서를 찾아갔었다는 걸 알고 있다. 내가 세상 여자들을 얼마나 지긋지긋하게 여기는지 사람들은 모를 것이다. 학교 선배이고, 존경하는 분의 딸이기 때문에 참은 게 많았지만 난 부처님 가운데 토막이 아니다. 적당한 기회를 찾지 못했을 뿐.

"해야죠."

"하도 프로인 척하길래 사시사철 공연만 할 줄 알았죠."

여전히 유치한 공격이다. 혜서가 빙그레 웃더니 장희수에게 딸기를 내밀었다. 난 어떡하나 보려고 두 여자를 물끄러미 지켜보았다.

"안 먹어요."

"이래 봬도 유기농이에요. 자기도 더 먹어."

혜서가 내 입에 딸기를 물려 주었다. 나는 그걸 세상에서 제일 맛있는 음식처럼 받아먹었다. 장희수가 보는 앞에서 혜서의 손가락에 묻은 딸기즙을 빨아먹을까 하다 참았다.

"신랑한테 들었는데 희수 씨 아버님이 아주 훌륭한 건축가시더라고요. 아버님이 설계한 건물들 찾아봤어요. 정말 대단하세요."

"아, 네."

"예전에 내가 태줄 운운한 거 지나쳤던 것 같아요. 자랑할 만해요. 사과할게요."

장희수가 황당하다는 표정으로 혜서를 쳐다보았다. 상황이 묘하게 재미있어졌다. 둘러보지 않아도 식당 안의 많은 학생이 이 테이블을 주목할 게 빤했다. 연극의 한 장을 관람하는 기분마저 들었다.

"딸기 진짜 안 먹을 거예요?"

"별로 안 좋아해요."

"이 딸기는 맛있는데. 자기 또 줄까?"

나는 딸기를 받아 입에 넣고 잽싸게 그녀의 입가에 묻은 딸기즙을 손가락으로 닦아 냈다. 혜서가 내 얼굴을 보며 부드럽게 미소 지었다. 남들이 우릴 어떻게 보든, 뭐라 하든 그게 본질은 아니다. 아내는 내 몸의 절반이 됐다. 우린, 서로를 그 어느 때보다 사랑했다.

"더 안 먹어? 그걸로 배가 차겠어?"

"이제 괜찮아졌어. 금방 수업 들어가야겠네."

짧은 점심시간이 끝나 간다. 테이블 위의 도시락을 정리하며 아내를 바라보았다.

"집으로 바로 갈 거지?"

"응. 할머니 댁에 잠깐 들렀다가."

"나도 저녁 전에 갈 거야. 오늘은 무슨 볶음밥 해 줄까?"

"세현이 니가 밥까지 하니?"

나한테 묻는 말인 것 같지만, 얼굴은 혜서를 향하고 있었다. 내가 밥까지 해다 바치는 게 불만인 모양이다. 정혜서의 임신 엠바고를 처음 깬 건 결국 나였다.

"선배, 우리 혜서 지금 입덧 중이라 아무거나 못 먹어요. 축하해 줄 거 아니면 그냥 가세요."

장희수가 멍해진 눈으로 혜서의 아랫배를 쳐다보았다. 아내의 얼굴이 순식간에 빨개졌다. 난 내 여자의 어깨를 감싸 안고 식당을 나왔다.

신기하게도 여름방학 닷새째 입덧이 사라졌다. 감쪽같이.

"내가 그렇게 좋아?"

순해진 아내가 순순히 대답했다.

"응."

입덧이 멈추고 절대 안정 기간도 지나자 세상이 달라 보였다. 나는 전보다 더 행복해졌다. 요새 읽는 책은 〈임신한 아내를 위한 좋은 남편 프로젝트〉다. 이런 책에서까지 '프로젝트'라는 말을 써야 하는지는 모르겠지만.

서재에서 뭔가를 쓰는 그녀 옆을 알짱거리며 책장을 구경하거나, 책을 읽는 그녀에게 장난을 치기도 한다. 그러다가 그녀를 날름 안고 나와 소파에 앉히거나 슬슬 눕힐 때도 있다. 어쨌든 나는 소파가 좋다. 내가 혼수품을 준비하는 그녀에게 유일하게 주문한 것도 '넓고 편안한 동시에 마음껏 뒹굴 수 있는 소파'였다. 소파는 소파다. 누가 아니래? 소파를 소파로만 쓰지 말자는 거지.

"자기야, 잠깐만. 5분만 줘. 금방 올게."

나를 두고 가 버린 혜서는 무엇을 하는지 방에 들어가 나올 생각을 안 한다. 눈치 없기는! 기다림에 지쳐 일어나려는데 편한 원피스로 갈아입은 그녀가 다시 나왔다. 도대체 뭘 한 건지 모르겠지만 온몸에서 물기가 자르르 흐른다. 아우, 사랑스러운 나의 복숭아! 그래서 그 복숭아 살점을 베어 먹었느냐고? 당연하지 않은가.

다만, 나에게 문제가 좀 있었다. 우사인 볼트의 100미터 세계 기록은 9.58초다. 임신한 아내와 사랑을 나누는 건 우사인 볼트에게 100미터를 20초에 맞춰 완주하라고 요구하는 것과 같다. 습관적으로 최고 속력을 내려는 내 육체를 진정시키며 가능한 한 살살 아내를 안았다. 그게 다섯 배는 더 어렵다.

어쩌면 결혼이란, 혼자서는 10초대에 뛸 수 있는 거리를 둘이서는 20초대에 맞춰 뛰어야 할 때도 있다는 걸 알아 가는 과정인지도 모른다. 젖과 꿀이 흐른다는 가나안이 여기였던가. 나는 아내의 허리를 끌어안고 오랜만에 행복한 옹알이를 하며 낮잠에 빠져들었다.

"내 옆에 있어. 어디 가지 마."

"알았어. 푹 자."

아내가 내 머리카락을 부드럽게 어루만지며 대답했다. 아, 진짜 결혼 생활은 이런 거다.

우리의 첫아이가 태어나던 날을 떠올리는 건 행복하면서도 괴롭다. 그날 나는 두 가지 결심을 했다. 내 인생에 둘째는 절대 없다는 것과 평생 내 아이를 낳아 준 아내에게 충성을 다하겠다는 것.

해가 지나고 예정일을 열흘 가까이 넘겼는데도 태어날 기미가 안 보이더니 느지막한 오후, 거실에서 노닥거릴 때 진통이 시작됐다. 진통이 심해지면 오라는 말을 들은 터라 이른 저녁밥을 챙겨 주었는데 혜서는 밥을 넘기지 못했다. 출산의 두려움은 식욕과 웃음까지 앗아 갔다.

"세현아, 무서워. 아기도 크다는데 잘 낳을 수 있을까?"

"내가 계속 옆에 있을게."

솔직히 말하면 아기는 둘째 문제였다. 다들 그 정도면 순산이라고 했지만 내게 다른 여자의 출산은 의미가 없다. 원래부터 참을성이 강한 여자다. 진통이 길어지면서 미쳐 버리려고 하는 나 때문에 산모가 소리 내 아파하지도 못한다고 엄마한테 등짝을 몇 번이나 맞았다. 담당 의사는 타들어 가는 내 속도 모르고 아기가 아빠를 닮아서 어깨가 넓은 것 같다며 칭찬 같지도 않은 칭찬을 했다.

"수술해 달라고 할까?"

지친 혜서가 고개를 저었다. 땀에 젖은 머리카락을 쓸어 올리며 아내의 안쓰러운 얼굴을 내려다보았다. 왜 남자는 아이를 못 낳는가. 정말이지 목 놓아 울고 싶었다.

"너무 참지 마. 내 머리카락 다 뽑아도 돼."

"웃기지 좀 마. 기운 없어."

그 뒤의 30분은 내 인생 최악의 시간이었다. 다시는 그런 시간을 겪고 싶지 않다. 출산 후 첫 미역국을 앞에 두고 혜서는 불안감에 휩싸였다. 산고에 지쳐 퉁퉁 부은 얼굴로 막 엄마가 된 아내가 나를 바라보았다.

"우리 아기 바뀌면 어떡해? 자기가 가서 잘 보고 있어. 아기들 병원에서 바뀌고 그런대."

어릴 때 같이 본 드라마 '가을동화'의 충격이 너무 컸던 걸까.

"바뀔 수가 없는 게, 이 병원 통틀어 제일 잘생긴 아기야. 눈에 확 들어와."

"그래도 가서 보고 있어. 누가 데리고 갈 수도 있잖아."

간호사들이 허수아비도 아니고……. 아무래도 내가 신생아실로 가기 전엔 미역국에 입도 안 댈 기세였다. 잠시 뒤 나는 신생아실의 간호사를 설득해 세상에 나온 지 30분쯤 된 아들을 데리고 왔다. 우리 아들은 딸이라고 해도 믿을 정도로 예뻤다. 기대했던 딸은 아니지만 집안 식구 모두가 피부가 빨갛고 눈매가 또렷한 아기에게 푹 빠져 버렸다. 짧은 시간에 모성애가 충만해진 혜서는 그제야 안심하고 미역국을 먹기 시작했다.

"아! 엄마 아파. 그만 깨물어."

또 젖꼭지를 깨문 모양이다. 이서가 앙증맞게 돋아난 앞니를 내보이며 미안한 듯 웃는다. 지금 웃음이 나오냐? 이젠 그만 먹이래도 고집쟁이 아들을 당할 재주가 없다. 밥도 잘 먹고 못 먹는 게 거의 없는 녀석이 왜 엄마 젖을 놓지 못하는지 짐작은 한다. 나라고 그 감촉을 모르겠는가. 하지만 그건 원래부터 내 거다. 빌려 쓰는 주제에 처음부터 제 것인 양 아빠 건드리지도 못하게 하는 녀석. 너도 이젠 소유의 개념을 알 때가 됐다.

"진이서, 엄마는 아빠 거야."

이서의 토실토실한 손가락은 탱탱하게 부푼 반대쪽 젖꼭지를 쥐고 있었다. 거기에서도 젖이 흘렀다. 가제 손수건으로 그걸 닦아 내며 다시 경고했다.

"이것도 아빠 거야. 내일부턴 그만 먹어."

똑똑한 이서는 말은 잘 못해도 말귀는 잘 알아듣는다. '엄마 젖은 절대 안 돼!' 하는 순간 울먹울먹하더니 '으앙.' 하며 울음을 터뜨렸다. 이서의 입에서 뽀얀 젖이 흘러나왔다. 나라고 그 맛을 모르겠는가. 뜨뜻미지근하고 밍밍한 저걸 무슨 맛으로 먹을까. 이서가 엄마 품에 파고들며 앙앙 울었다. 눈물은 그새 그쳤다. 어린 녀석이 벌써 연기를 한다. 유전자를 아주 골고루 물려받았다.

"먹을 땐 개도 안 건드린다는데. 다 먹고 얘기하지."

"당신도 노선 확실히 해. 아예 평생 안 만지는 수가 있어."

말하면서도 나의 허풍에 놀랐다. 가능하지 않다. 절대 불가능한 호언이다.

"이제 겨우 돌 지났잖아. 이렇게 좋아하는 걸 어떻게 끊어."

"난 더 좋아해. 그래도 끊으라면 끊었어. 거울 좀 봐. 남편이 밥도 굶기는 줄 알겠어."

모유에 대한 집착과 에너지가 넘치는 이서를 돌보느라 혜서는 살이 쪽 빠져 있었다. 보는 사람마다 아팠느냐고 물을 정도로 얼굴이 야위었다.

"한 달만 더 먹일게. ……보름. ……알았어. 딱 열흘만. 응?"

"약속했다? 이리 와, 아들. 아빠랑 밖에 나가자. 산책하자고."

이서가 자존심도 접고 '파파 좋아.' 하더니 내 품에 안겨 왔다. 도저히 미워할 수 없는 녀석이다.

"우리 없을 때 좀 쉬어. 집안일 하지 말고. 저녁은 나가서 먹자."

"고마워요. 아, 이서 기저귀 갈아야 해. 옷도 갈아입히고."

"알았어. 어서 누워."

지난해 국제청년건축공모전(Young Architects Competitions)에서 가작(Honorable Mentions) 수상자 열 명 중 하나로 뽑히면서 프랑스의 거장 장 루벨(Jean Nouvel)의 건축사 사무소에서 인턴 생활을 할 기회를 얻었다. 인턴 중엔 아시아인이 많았는데 불어보다는 주로 영어로 의사소통을 한다. 다음 달이면 9개월의 인턴 과정을 마치고 한국으로 돌아간다. 프랑스로 오기 전 아내는 준비 중이던 배역 오디션을 포기했다. 나와 내 아들을 떨어져 살게 하지 않으려고.

기저귀라는 말을 들은 이서가 바구니에서 새 기저귀를 꺼내 왔다. 세 개 가져오라면 세 개 가져오고 열 개 가져오라면 눈으로 세어서 열 개를 가져온다. 두 개씩, 다섯 개씩 분류해 가면서 탑을 쌓고 놀 때도 있다. 얼마 전엔 기저귀 한 팩의 숫자를 말해서 제 엄마를 놀라게 했다. 돌잔치 하느라 한국에 갔을 때 엄마는 이서가 어릴 적 내 행동을 보고 배운 듯 따라 한다며 눈물을 보이셨다.

제 손으로 바지에, 차고 있던 기저귀까지 벗고 드러누워 있는 걸 보면 어이가 없다. 이렇게 멀쩡한 녀석이 기저귀를 왜 못 떼는지 이해 불가다.

"자기는. 큰 게 있잖아. 밖에 나가서 갑자기 응가 급하다고 하면 감당할 수 있어?"

"그렇긴 하네. 이 나라 아기들 보니까 우리나라 애들보다 늦게 떼더라."

기저귀를 갈기 전 다리를 쭉쭉 펴며 마사지해 주었다. 그게 좋은지 이서가 벙글벙글 웃는다. 아이고, 실하다. 토실토실 튼튼한 허벅지 하며 쭉쭉 뻗은 다리까지. 될 성싶은 나무 떡잎부터 알아본다고 우리 아들도 날 닮아 와이프의 사랑을 독차지하게 생겼다.

"파파, 아빠. 나가. 나가요."

존댓말 하는 스킬은 또 언제 배운 거래.

"진이서."

"네."

"우리 아들."

"아빠."

발육이 또래보다 서너 달 빠른 이서는 내가 현관문을 열고 들어오면 '파파, 아빠.' 하면서 뛰어와 내 얼굴에 침을 바르며 뽀뽀를 해 댄다. 꼭 아빠가 아프다는 말 같아서 들을 때마다 웃음이 난다.

"이서야, 아빠가 아주 많이많이 사랑해."

피곤했던지 아내는 그새 잠들었다. 옷을 갖춰 입은 이서가 잠든 엄마의 볼과 손등에 입을 맞추더니 살금살금 까치발을 하고 나간다. 갑자기 눈물이 핑 돌았다.

나약한 인간 둘이 만나 작은 가정을 꾸렸다. 우린 처음부터 서로에게 기대는 걸 부끄러워하지 않았다. 집은 하우스(House)가 아니라 홈(Home)이다. 나는 그걸 한시도 잊지 않으려 한다. 아내의 희생으로 우리 가족은 함께할 수 있었고, 더 단단하게 맺어져 돌아가게 됐다. 세상 어디에 던져져도 셋이라면 살아갈 수 있다. 그곳이 사막이나 아마존이라도.

신은 바쁘다. 그분이 계속 바빴으면 좋겠다. 우린 우리 방식대로 살아갈 테니까.

"아빠, 엄마 보고 싶어요."

"지금 엄마 데리러 가잖아. 이서야, 아빠가 엄마 사진 보여 줬지?"

"엄마 이상해요."

평소와 다른 분장을 하고 무대의상을 입은 엄마를 네 살배기 이서가 이해 못 하는 건 당연하다. 둥글둥글한 성격의 아들은 증조할아버지 댁에서 잘 놀다가도 밤만 되면 엄마를 찾았다. 이서는 엄마의 목소리로 녹음된 동화책을 한참 듣고서야 억지로 잠을 청하곤 했다.

"엄마가 이서 기다린대. 자면 안 돼. 알았지?"

"네. 졸려요."

꼬박꼬박 존댓말을 하는 아들이 기특하다. 한창 말을 배울 시기에 한국에 돌아온 이서는 한동안 짧은 프랑스어와 영어, 한국말을 섞어 쓰면서 혼란스러워했다. 다행히 막 제대한 삼촌도 무서워하지 않고 증조할머니, 증조할아버지에게도 잘 안겼다. 외할머니가 며칠 다니러 왔다가 돌아갈 때면 가지 말라고 울면서 매달릴 줄도 안다. 얼마나 순진한지 아빠가 세상에서 제일 힘이 세다고 믿는 녀석이다. 묘하게도 그 사실이 그에게 힘을 주곤 했다.

"거의 다 왔어. 엄마 보고 자야지."

주차장에 빈자리가 없어서 밖에다 대고 이서를 안고 뛰었다. 공연은 이미 끝났을 시간이다. 나오는데 갑자기 똥이 마렵대서 지체됐고 길까지 막혔다.

공연장 건물 입구에서 한때 아내를 사랑했던 남자와 마주쳤다. 달갑지 않은 우연이다. 그는 혼자였다. 10미터 거리에서 서로를 알아본 두 남자는 선뜻 거리를 좁히지 못했다. 먼저 다가간 건 세현이었다.

"오랜만입니다, 선배님."

"그러게."

"공연 보러 오셨나 봐요."

"좋아하는 배우가 출연하는 날이라서."

"혼자세요?"

30대 중반인 그는 여전히 제 나이보다 젊어 보였지만 어딘지 피곤한 표정이었다. 이건 기분 탓인지도 모른다.

"공연은 혼자 보는 게 좋지."

아예 결혼했느냐고 물어볼 걸 그랬나. 그러나 이젠 그가 신경 쓸 사람이 아니다. 민재가 이서의 작은 얼굴을 들여다보며 부드럽게 미소 지었다.

"엄마, 아빠를 골고루 닮았네. 건강하고 똑똑해 보인다."

세현은 아들을 더 끌어안으며 민재에게 인사시켰다. 그의 품에 안겨 있던 이서가 엄마가 연습시킨 대로 또박또박 자기소개를 했다.

"저는 진이서예요. 네 살이에요."

"이서야, 안녕? 나는 네 엄마하고 예전에 같이 일했던 아저씨야."

"아저씨 내 엄마 알아요?"

"응. 엄마 닮아 말도 잘하네. 우리 악수 한번 할까?"

민재가 내민 손을 이서의 작은 손이 잡았다. 그의 눈이 붉어지는 걸 세현은 모른 체했다. 그 마음을 조금은 이해할 수 있었다. 이서가 잡혀 있던 손을 빼며 제 아빠의 목을 끌어안았다. 그래, 넌 내 아들이지.

"들어가 보겠습니다. 이서 엄마가 기다려요."

"혜서, 행복해 보이더라."

"만나 보셨어요?"

"아니. 난 먼발치에서 지켜보는 팬일 뿐이야. 이서야, 만나서 반가웠어. ……안녕."

먼저 발걸음을 뗀 것도 세현이었다. 이서가 멀어지는 아저씨를 보며 손을 흔들었다. 그는 그 자리에 우두커니 서 있었다.

"아빠, 아저씨가 엄마 안대요."

"엄마는 저 아저씨 까맣게 잊어버렸을 거야. 아들, 너도 잊어."

"왜요?"

왜긴. 아빠가 싫으니까 그렇지.

"이서야, 엄마 보인다!"

대기실에 있으라고 말했건만 혜서는 그새를 못 참고 로비에 나와 있었다. 언젠가 아내의 파트너였던 유명 아이돌 출신 이여훈이 그 앞에 서 있고 주변은 사진을 찍어 대는 팬들로 득실거렸다. 그가 제일 싫어하는 상황 중 하나다. 아무래도 오늘 과거의 남자들이 날을 잡은 모양이다.

"엄마 안 보여요."

"저기 머리 길고 짧은 치마 입은 아줌마!"

자알한다! 아줌마가 총각하고 말 섞으니까 좋아? 어라? 팬들의 요구인지는 모르나 둘이 어깨를 마주하고 나란히 포즈를 취해 준다. 유부녀면 유부녀다워야 하는 거 아닌가. 애를 낳았으면 조금이라도 삭아 보여야 정상 아닌가 말이다. 오늘은 분장도 지우지 않은 모습이다.

"이서야, 엄마 불러."

분장한 모습이 낯설어서인지 이서는 선뜻 엄마를 부르지 못했다. 그럼 아비가 하마.

"여보!"

그의 목소리가 넓은 로비에 울려 퍼졌다. 팬과 함께 포즈를 취해 주던 혜서가 그를 발견하고 반갑게 손을 흔들었다. 거의 동시에 주변 사람들의 시선이 그들 부자에게로 향했다. 사람들이 그와 이서를 보며 쑥덕거렸다. 진씨 부자는 뮤지컬계에서 꽤나 유명 인사다. 아내가 아들에게 두 팔을 흔들며 오라고 손짓했다.

"이서야! 우리 아들!"

그제야 안심하고 이서가 그의 품에서 버둥거렸다. 내려서 엄마한테 뛰어가고 싶은 것이리라. 세현은 아들을 개처럼 풀어 주었다. 마치 '물어!' 하듯.

"엄마! 내 엄마!"

이서는 엄마를 꼭 저렇게 부른다. 그래, 얼른 가서 네 엄마 찾아와라. 이제부턴 우리가 독점하자. 그를 알아본 남자가 다가와 악수를 청했다. 어색하게 서서 인사를 나눴다. 길게 하고 싶은 말도 없었다. 스무 살 전부터 돈을 벌었다는 이 남잔 팬도 많지만 재력도 어마어마하다고 들었다. 몇 년 전 아끼는 후배라며 혜서와 함께 찍은 연습실 사진을 SNS에 올린 적이 있다. 그 사진 한 장으로 정혜서는 검색어 1위까지 오르며 순식간에 유명세를 탔었다. 작품 몇 개를 한 것보다 사진 한 장의 위력이 더 컸다. 세상은 요지경이다.

남자가 제 엄마한테 안긴 이서를 보며 빙그레 웃더니 저한 테 오라는 듯 두 팔을 내밀었다.

'가지 마! 이서야, 가지…….'

"어머, 이서 낯 좀 가리는데 오빠한테는 잘 가네?"

'오빠? 나도 한 번 못 들어 본 오빠!'

이서가 제법 반드르르하게 생긴 그 '오빠'의 얼굴을 멀뚱멀 뚱 쳐다보다가 '아저씨.' 했다. 세현은 아들이 대견해 죽을 지 경이다. 역시 넌 내 아들이다. 혜서가 빙그레 웃더니 젊은 아저 씨에게서 이서를 되찾아왔다.

매니저로 보이는 사람이 사람들에게 양해를 구하고 그들을 대기실 안쪽으로 이끌었다. 얼마나 사진을 찍어 대는지 보기만 해도 피곤했다. 어쩌면 그도 이 남자처럼 살 수 있었다. 후회 없는 선택이었다.

"이서라고 했지? 아빠의 이목구비에 뽀얀 피부는 엄마를 닮 았네. 난 아직 결혼도 못 했는데 넌 이렇게 잘생긴 아들까지 있 고. 세현 씨, 부럽습니다."

"고맙습니다. 여보, 가자."

"자기야, 잠깐만. 그럼 다음 달 오빠 생일에 멤버들 다 같이 부르는 거지?"

"너 술 좀 늘었어?"

"그때보단 잘 마시지. 알잖아요. 나 맨정신에도 잘 노는 거. 이젠 폭탄주도 잘 말아."

'자랑이다, 정혜서.'

기분 좋게 웃던 남자가 그를 향해 얼굴을 돌렸다.

"혜서가 저한테 영업을 하더라고요. 세현 씨 몸값 더 비싸지기 전에 모셔 가서 일 맡기라고."

'없어 보이게 왜 이래? 내 일은 내가 알아서 한다고.'

얼마 전 할아버지는 그에게 10년 안에 신림동 빌딩의 재건축이나 리모델링을 맡기고 싶다고 하셨다. 나이에 비해 빠른 출세의 길을 달리는 그를 걱정하시는 것도 안다. '인생은 기니 한꺼번에 다 가지려 하지 말고 천천히 걸어. 젊어서 성공하는 것만큼 위험한 게 없단다.' 세현은 조부의 조언을 가슴 깊이 새겨들었다.

"오빠! 그건 그냥 우리 신랑 자랑하려고 한 말이에요. 하여간 눈치도 없어."

"또 구박 시작된 거냐? 나 구박하는 여자 너밖에 없다."

'드라마 찍고 있네. 나를 푸대접하는 건 오직 너뿐이야! 그런 거야?'

"팬들한테만 둘러싸여 사니까 그렇지. 세상 여자가 다 오빠 팬들처럼 너그러울 거라는 생각은 하지 마요. 큰코다쳐."

"알았다, 알았어. 다음엔 나하고 작품 꼭 같이 하자."

'정혜서, 얼른 대답해. 절대 안 한다고.'

"좋은 작품이면 당연히 하지. 뽑아만 주시면."

이서가 제 엄마의 얼굴이 신기한지 몸을 한껏 뒤로 젖히고 고개를 갸웃했다. 저러다 엄마 허리 부러지겠네. 네 엄마 이전에 내 여자란 말이다!

"이서야, 엄마 힘들어. 아빠한테 와. 목말 태워 줄게."

목말이라는 말에 혹한 이서가 그에게 바로 안겨 왔다. 내일은 공연이 없다. 빌딩만 두 채라는 남자와 헤어져 넓은 로비를 걸어 나오면서 세현은 날짜를 계산했다. 운이 좋으면 올해 안에도 낳겠군.

"고생했어. 목욕물 받아 줄 테니 가자마자 씻어."

"응. 이서 가다가 자겠다."

"그럼 고맙지. 차까지 걸어가야 하는데 괜찮겠어? 안 추워?"

"이젠 봄인데 뭘. 내가 할머니 집에 처음 갔던 날 기억나? 그때도 벚꽃이 한창이었는데."

"기억나. 좋아하는 티 안 내려고 무지 애썼다."

혜서가 애교스럽게 눈웃음 지으며 그를 바라보았다.

"난 봄이 제일 좋더라."

"내가 좋아, 봄이 좋아?"

"어우, 감히 계절 따위는 명함도 못 내밀지."

"그렇게 좋으면 소원 하나만 들어주라."

"뭐?"

급한 대로 목 위에 편안히 걸터앉은 아들을 끌어들였다.

"이서야, 너도 동생 있으면 좋겠지? 같이 놀 수 있으니까 심심하지도 않고."

"네! 동생 좋아요. 지혁이도 동생 있어. 나만 없어."

"부자가 진짜 똑같다. 뭘 너만 없어? 혼자 자라는 애들이 얼마나 많은데."

"남 애긴 할 거 없고, 난 진짜 더도 말고 딸 하나만."

"집안이 온통 아들 천지인데 그게 내 마음대로 돼? 이서로 만족한다며? 다신 그 고생 안 하게 한다며?"

그땐 그랬다. 그건 그때의 진심이었다.

"그럼 날 임신시켜 줘. 내가 낳을게."

"미쳐, 진짜. 상상했잖아!"

"나도 내가 이렇게 변할 줄 몰랐어. 당신 닮은 딸 키워 보는 게 소원이야."

넘어온다.

"딸하고 똑같은 원피스 입고 다니고 싶지 않아? 머리도 묶어 주고 구두도 맞춰 신고……."

넘어온다.

"할아버지, 우리 아버지, 나, 우현이. 우리 집 남자들의 소원. 딸 낳으면 무조건 가문의 영광이야. 열녀문 세워 줄게."

넘어왔다!

"그럼 딱 한 번만 시도해 보고 안 되면 포기해. 난 일하는 게 좋아. 내 주변 여자들도 다들 애 하나 겨우 키운다고. 이서도 혼자 못 키워서 할머니께 맡기는데. 어머, 이서 잔다."

세현은 떨떠름하게 허락했다. 더 젊었을 때도 몇 달에 걸쳐 겨우 생겼는데. 만약 한 번에 성공하면 태명은 무조건 '로또'다.

"이서야, 천기를 누설하면 어떡해?"

"엄마, 그게 무슨 말이에요?"

"다른 사람은 절대 알면 안 되는 비밀이라고. 그런 건 우리 식구끼리만 알아야 하는 거야."

"아빠가 목욕할 때 그랬어요. 꼬추에 털 많이 나면 힘도 세진다고."

혜서가 남편을 째려보았다. 아빠 따라 피트니스센터에 놀러 갔던 이서가 동네 아줌마들 앞에서 그 얘길 한 모양이다. 이서는 단지 내 피트니스센터 여성 회원들에게 인기가 많았다. 이 남자 어려워서 눈길도 못 주는 대신 성격 좋은 아들을 마음껏 보는지도 모르겠지만. 오전에 마트에서 마주친 동네 엄마한테 그 얘길 전해 들었다. 글쎄, 자기 아들이 바벨을 번쩍 드는 아빠를 보면서 그러더래. 자기도 아빠처럼 얼른 꼬추에…….

"이런, 우리 아들이 아직 농담을 구분 못 하는구나. 아주 틀린 말은 아니지만. 그래도 이젠 고구마라고 하진 않네. 예전엔 긴 고구마…….'

"자기야!"

"흥분하지 마. 우리 로또 놀라겠다."

"그 말 좀 하지 말라니까. 예쁜 이름 놔두고 로또가 뭐야!"

임신 8개월 차에 접어든 그녀의 배는 아담한 박처럼 부풀어 있었다. 사귀는 동안에도, 결혼해서도 쉽게 생기지 않던 아기가 딱 한 번에 들어설 줄 정말 몰랐다. 임신을 확인한 날 아내는 종일 밥도 거르며 울어서 그를 안절부절못하게 했었다. 혜서는 임신 초기임을 숨기고 남은 2개월의 공연을 무사히 마쳤다.

다행히 둘째는 입덧도 짧고 순하게 자라고 있다. 배 안의 아이가 딸이라는 걸 알게 된 날, 세현은 1000억짜리 로또라도 당첨된 기분이었다. 이름도 벌써 지어 놨다. 진이안. 이젠 온 가족이 둘째의 탄생을 기다린다. 이 집안에서 70년 만에 태어나는 딸이다.

"저럴 때 보면 꼭 자기 네 살 때 모습 같아."

이서가 레고로 놀이터를 만들고 있다. 뭔가에 집중하면 옆에서 아무리 불러도 들리지 않는 아이다. 그 모습에서 어릴 적 남편이 자주 겹쳐 보였고 그만큼 애정도 깊어졌다.

'우리 아들은 커서 어떤 사랑을 할까? 제 아빠만큼만 자라 주면 좋을 텐데.'

작은 담요를 가져온 남편이 그녀를 소파 위로 이끌어 눕혔다. 그의 손이 눈가를 부드럽게 어루만진다. 큰아이를 임신했을 때는 없던 기미가 양쪽 눈 아래 옅게 자리 잡았다. 병원에선 출산하면 대부분 사라진다고 했지만 거울을 볼 때마다 속상하다.

"이안이 낳고 피부과 다니면서 치료받자."

"보기 흉하지?"

"난 괜찮은데 당신이 신경 쓰니까."

"이번엔 진짜 20킬로쯤 찔 것 같아. 어떻게 빼?"

"무슨 수를 써서라도 빼 줄 테니까 너무 스트레스 받지 마."

배가 한쪽으로 불룩해졌다. 얼른 밖으로 나오고 싶어서 머리를 내밀어 보는 걸까. 딸인데도 불구하고 태동이 꽤나 힘차다. 남편의 손이 임부복 안으로 들어와 마사지하듯 둥글게 원을 그렸다. 아빠의 손길이 반가운 듯 아이의 움직임이 활발해졌다.

"아무래도 우리 로또는 엄마를 닮은 것 같아."

"오빠보다 인물 못하다고 놀림당하는 거 아니야?"

"별걱정을 다 하네. 난 당신이 낳은 아이는 다 예뻐. 미안해. 일 좀 할 만하면 임신시켜서."

"내 인생에 셋째는 진짜 없어."

"이 예쁜 모습을 다신 못 보네. 실컷 봐 둬야겠다. 사진도 많이 찍어 두고."

침실 붙박이장 안 그들의 비밀 서랍엔 혜서의 비밀스러운 사진이 아주 많다. 남편만 찍을 수 있는 모습이고, 부부끼리만 공유할 수 있는 사진들이다. 그는 임신한 여자만큼 섹시한 여자는 없다고 생각했다. 임신 주수에 맞춰 변해 가는 아내의 몸은 그만이 느낄 수 있는 귀한 아름다움이다.

"둘째 낳으면 다시 춤 배우러 다니자. 전부 마스터해야지."

프랑스에서 돌아와 부부가 같이 일주일에 한 번씩 춤을 배우러 다녔다. 춤을 추고 온 날 밤이면 낮에 한껏 고조시킨 열기를 뜨겁게 풀곤 했다. 예전엔 세현이 그녀를 더 사랑한다고 생각했는데 이젠 누가 더 사랑하는지 모르겠다.

남편이 배에 대고 무언가를 속삭인다. 나의 다정한 수면제.

나른하게 눈이 감긴다. 걱정할 건 아무것도 없다. 이서의 간식은 남편이 챙겨 줄 테고, 이서의 안전도 살펴 줄 테니. 그녀가 깰 때까지 그는 근처에서 맴돌 것이다. 언제나처럼.

"와, 우리 남편 갈수록 업그레이드되네?"

"그만해."

"난 자기 외모가 20대 때가 절정기인 줄 알았다? 아니네. 아니었어. 30대 남자의 연륜과 관록이 슬슬 묻어……."

"이서야, 너희 엄마 오늘따라 왜 이러냐."

아들 이서는 그의 말을 못 들었는지 읽던 책에서 눈을 떼지 않는다. 다섯 살 때 유치원 친구들의 이름을 적어 가며 혼자 한글을 뗀 이서는 틈만 나면 책을 읽는다. 오늘도 아침밥을 먹자마자 책을 가져오더니 소파에 앉아 내내 넘겨 보고 있다. 블랙홀에 관한 그림책인데 이해하면서 보는지 모르겠다. 신기한 건 내용을 물어보면 제법 야무지게 대답한다는 거다. 업그레이드된 걸로 치면 이 집안에서 이서를 따라올 사람이 없다.

"아빠, 가지 마요. 싫어요."

이게 누군가. 이안을 번쩍 들어 안은 세현은 딸의 작은 몸을 눕혀 공중에 휙 던졌다가 아슬아슬하게 받았다. 아내는 위험하다고 질색하지만 겁 없는 딸이 즐기는 놀이다. 까르르 웃던 이안이 그의 얼굴을 부둥켜안고 여기저기에 뽀뽀를 해 댄다. 제 엄마를 닮아 애정 표현이 과격하다.

"이안아, 엄마한테 와. 아빠 나가셔야 해."

엄마 말을 알아들은 딸의 얼굴이 시무룩해지더니 금세 눈물
이 뚝 떨어졌다. 그 모든 과정에 5초도 걸리지 않는 게 그는 늘
신기하다. 이안이 고개를 도리질하더니 통통한 팔을 내밀어 그
의 목에 매달렸다. 아내가 잽싸게 휴지를 가져와 딸의 얼굴에
흥건한 눈물과 콧물을 닦아 냈다. 이러다가 옷을 버려 갈아입
은 게 한두 번이 아니다.

"아고, 우리 딸. 뚝 그쳐, 뚝. 아빠도 나가기 싫어요. 종일 이
안이랑 놀았으면 좋겠어."

아닌 게 아니라 회사에 나가서도 딸의 얼굴이 아른거릴 때
가 많다. 태어나서 처음 한 말이 '아빠'일 정도로 이안은 그를
따랐다. 엉금엉금 길 때부터 출근할 때면 그의 다리에 매달려
눈물 콧물을 뿌려 대더니, 걷기 시작하면서부터는 눈만 뜨면
거실로 나와 그의 등에 매달리는 걸로 아침 인사를 한다. 딸이
혀 짧은 목소리로 종알종알 떠들 때면 팔푼이처럼 입을 헤벌리
고 듣게 된다. 아들 이서는 젖 먹는 것도 질투가 났었는데, 이
안은 그렇게 좋아하는 걸 억지로 떼는 게 안쓰러워 계속 먹이
라고 부추겼었다. 아내가 너무 티 나게 예뻐한다며 이서 서운
하지 않게 하라고 얘기할 정도다.

"이서는 유치원 안 가? 가기 싫대?"

아들은 몇 달 전부터 유치원을 거부하며 초등학교에 들어가
고 싶다고 졸라 댔다. 1월생인데다 영특한 아이라 굳이 여덟
살을 채워 보낼 이유를 찾지 못했고, 결국 조기 입학을 결정했
다. 지루한 유치원의 하루를 생생하게 기억하는 그는 이서의

고집을 충분히 이해했다.

"토요일이잖아. 자기 정말 정신없나 보다. 오늘 인터뷰 정욱이가 한다며? 저번에 내 인터뷰할 땐 문화부 소속이었는데."

"얼마 전에 경제부로 옮겼대. 나하고 동창인 걸 알고 직속 부장님이 인터뷰를 맡겼다네. 계열사 월간지에도 같이 나갈 거라 좀 길어질 것 같아."

얼마 전 올해의 대한민국건축대상을 받은 개인 미술관의 구조설계를 한 것이 보도된 뒤 그에게 인터뷰 요청이 잇따르고 있다. 구조설계는 보이지 않는 부분이라 부각되는 경우가 드문데 수상 소감 중 오성건축 장오성 대표가 그를 언급하는 바람에 뜻하지 않은 유명세를 타게 됐다. 그날 세현은 시상식에 동석했고, 배우 못지않은 외모의 그를 기자들이 놓칠 이유가 없었다.

"아우, 우리 남편 여기서 더 유명해지면 피곤할 텐데. 연예기획사에서 또 연락 오는 거 아니야?"

"아직 안 끝난 거야? 밖에선 이러지 말자."

말은 이렇게 하지만 이 맛에 사는 세현이다.

"가능한 한 빨리 끝내고 저녁은 같이 먹도록 할게. 필요한 거 있으면 문자 보내."

"응. 자기 뭐 먹고 싶어? 준비해 놓을게."

"정혜서표 스틱 돈가스. 하나 더 해도 돼?"

"당연하지. 뭐?"

"쫄면."

"아유, 우리 남편 소박하긴. 알았어요."

"아, 오전 안에 1000만 원 입금될 거야."

"무슨 돈인데?"

"아르바이트 하나 했어. 저금하지 말고 다 써. 어머니한테도 보내 드리고."

"난 진짜 속물인가 봐. 자기가 돈 벌어 주면 왜 이리 좋지? 미안. 근데 진짜 좋아."

"하하. 내가 왜 돈을 벌겠냐. 다 당신 주려고 버는 거지."

"세현 씨, 그래도 과욕은 안 돼. 천천히, 천천히. 알았지?"

"그래. 걱정 마. 급한 일 있으면 전화해."

사무실은 차로 5분 거리지만, 늘 집이 신경 쓰인다. 아내가 집에 있는 날은 출근길이 가볍다. 아무래도 연로하신 조부모님 댁에 두 아이를 맡기는 것보다 안심이 되니까. 혜서는 한 달 전에야 공연을 끝냈다. 일부러 적은 회차를 소화하긴 했어도 아내의 부재로 온 가족이 고생했다. 그라도 한가한 직업이면 좋으련만, 프로젝트가 시작되면 야근과 철야를 밥 먹듯 해야 하는 직업을 선택한 것이 후회될 정도였다. 특히 올해는 설계 사무실을 열자마자 맡게 된 미술관 구조설계 때문에 내내 바빴다. 한 해의 마무리는 근사했지만. 솔직한 마음으론 이안이 유치원 갈 때까지만이라도 아내가 집에 있어 주었으면 하는 바람이다.

이안이 아빠가 나가지 않는 걸로 알고 안심했는지 그의 품에 가만히 기댔다. 어린아이 특유의 살 냄새가 코끝에 감돈다.

딸의 향기로운 정수리에 입을 맞추며 아내에게 물었다.

"오늘은 뭐 하고 지낼 거야?"

"애들하고 집에서 굴러다닐 거야. 오전에 이주영 선생님하고 영진이 놀러 오기로 했어. 둘이 이젠 나보다 더 친해. 직업이 같아서 그런가. 이주영 쌤 아들이 벌써 초등학교 4학년이래. 신기하지?"

"난 우리 정혜서가 두 아이 엄마 된 게 더 신기하다. 아직도 대학생 같은데."

"진세현 씨 사회성 좋아진 거 봐. 이젠 빈말도 정말 잘한다. 여기, 눈가에 주름 안 보여?"

"그게 무슨 주름이야. 애교살이지."

세현은 아내의 입술에 입을 맞추고 낑낑대는 딸을 내려 주었다. 거실 구석에서 장난감을 가져온 이안이 상자를 거꾸로 들더니 한복판에 와르르 쏟았다. 이럴 때 보면 하는 짓이 꼭 남자애 같다. 아들은 이 모든 소음과 무관한 사람처럼 고요히 앉아 책장만 넘기고 있다. 이서에게로 다가가서 머리를 어루만지며 말을 걸었다.

"이서야, 아빠 출근한다. 엄마 말씀 잘 듣고, 엄마 일할 때 이안이 위험하지 않나 잘 봐."

고개를 끄덕인 이서가 총명한 눈을 들어 그를 보았다. 눈동자에 호기심이 가득하다.

"아빠, 블랙홀에 들어가 보고 싶어요. 그 안이 궁금해."

"들어가면 다신 못 나올지도 모르는데?"

"거기 들어가면 진짜 죽어요?"

"그렇대. 블랙홀은 빛까지 빨아들이기 때문에 그 안은 눈으로 볼 수가 없어. 아빠 우리 이서가 블랙홀에 안 들어갔으면 좋겠다."

"화이트홀이나 웜홀은요? 그건 없는 거예요? 아직 발견 못한 거예요?"

"그 두 가지는 과학자들의 생각일 뿐 실제론 없을 가능성이 더 높대. 정확히 밝혀진 건 아직 없어."

"세상에 과학자가 그렇게 많은데 왜 아직 몰라요?"

이서야, 인간은 수백만 년 동안 2제곱미터 크기도 안 되는 '여자'조차 제대로 밝혀내지 못했단다. 우주가 더 넓은지 여자의 머릿속이 더 넓은지 아빠도 잘 모르겠다.

"지구보다 큰 별도 블랙홀에 들어가면 부피가 0에 가깝게 부서진대. 아주 작아져서 사라지는 거야. 지금은 출근해야 하니까 저녁에 와서 같이 책 보면서 설명해 줄게."

이서는 어려서부터 질문이 많았다. 이 꼬마가 아는 모든 사람은 질문의 대상이 되는데 특히 할아버지와 아빠에게 질문하는 걸 좋아했다. 이서는 무슨 질문이든 턱턱 답해 주는 할아버지와 그를 천재로 여겼다.

"네. 아빠, 나는 알고 싶은 게 무지 많은데 모르는 게 너무 많아서 답답해 죽겠어요. 난 언제 어른 돼요?"

어른이라고 해서 세상 모든 것을 아는 건 아니야. 완벽해서 어른인 건 아니거든. 세현은 빙그레 웃으며 아들의 숱 많은 머리를 쓰다듬었다.

"이서야, 우주 말고도 세상엔 공부할 게 아주 많아. 시간 많으니까 천천히 배우고 천천히 자라."

그때 이안의 목소리가 들렸다. 양손에 나무 블록을 들고 오빠를 부른다.

"오빠, 도와줘. 집 만드는 거 도와줘."

집을 만들다가 막힌 모양이다. 책을 내려놓은 이서가 동생에게 달려가 능숙하게 설명하며 이층집을 짓는다. 이안이 그런 오빠를 신기한 듯 바라보며 '오빠, 최고!'라고 말해 준다. 동생이 귀여운지 이서가 이안의 볼을 톡톡 두드렸다. 일도 좋지만, 이런 순간이면 바깥세상과 담을 쌓고 식구들과 뒹굴고 싶다. 아내에게 아이들의 하루를 전해 듣는 것만으로는 성에 차지 않는다.

두 아이가 집짓기에 빠져 있는 틈을 타 살그머니 현관으로 나왔다. 그가 로퍼를 신을 동안 혜서는 차 키와 가방을 들고 기다렸다. 세현은 왠지 아쉬운 마음에 아내의 머리를 끌어당겨 키스를 나누었다. 언제나처럼 금방 끝낼 수가 없다. 옷 안으로 손을 넣어 한결 탐스러워진 가슴을 더듬었다. 두 아이를 낳은 아내의 몸은 말 그대로 한껏 물이 올랐다. 예전에도 좋았지만 지금은 더 좋을 수 있을까 싶을 정도로 합이 맞았다.

"오늘은 하늘이 네 쪽 나도 그냥 못 자. 각오하고 있어."

요 며칠 바쁘기도 했고, 같은 집에 살면서도 좀처럼 시간을 내지 못했다. 어제도 이안을 재우다 같이 잠든 아내를 차마 깨우지 못해 혼자 잠들었었다. 거의 일주일째. 있을 수 없는 일이다. 혜서가 반쯤 부푼 그의 바지 앞섶을 장난스레 쓰다듬으며 두 눈을 반짝였다.

"애들 낮잠도 안 재우고 빡세게 놀릴게. 저녁 8시부터 곯아 떨어지게."

"낮잠은 재워. 그거 아동 학대야."

"크크. 알았어."

"애들 잘 때 같이 자 둬. 오늘 밤은 아주 길 거야."

"앗싸!"

쓰리고에 피박, 광박에 흔들기까지 동시에 한 얼굴로 기뻐하던 아내가 다시 조신하게 말한다.

"인터뷰 잘하고 와요. 너무 겸손 떨지 말고. 자칫 오만으로 비칠 수도 있어."

"그럴게. 아, 가기 싫다."

"나도 자기 보내기 싫어."

"혜서야, 1월 중순쯤 우리 둘이 1박 2일로 여행 갈까?"

"이안이 걱정돼서 갈 수 있겠어?"

"이서가 잘 돌보겠지 뭐. 엄마도 방학이니까 할머니 노릇 좀 하시라고 해. 여보, 나 30분만 늦게 나갈까?"

그새 탱탱하게 부풀어 오른 아내의 젖가슴이 발목을 잡는다. 잘 익은 앵두알 같은 유두가 한결 단단해졌다. 인터뷰고 뭐고 다 때려치우고 침대로 직행하고 싶다. 아내가 들으면 기함할 일이겠지만, 요즘 들어 셋째를 갖고 싶다는 생각이 부쩍 든다. 아마 그의 속내를 안다면 단칼에 별거를 선언할지도 모른다. 혜서는 내년 6월 〈동경〉 10주년 기념 공연에 출연할 예정이다.

"얼른 가요. 늦겠다. 오전에도 일 있다며. 나도 씻어야 해."

"나도 없는데 샤워는 왜 해? 누구 좋으라고?"

"으유, 진짜. 그만 만져."

"알았어. 갈게. 그 전에 딱 한 번만 빨아 보자. 내 츄파춥스……."

"애들 봐."

"뭐 어때. 내가 내 것 좀 맛 보겠……."

언제 왔는지 이안이 똘망똘망한 눈으로 그를 빤히 올려다보고 있었다. 엄마의 가슴팍 안에 들어간 아빠의 손을 발견한 이안이 '내 거야, 내 거야.' 하더니 그의 팔을 탁탁 쳐 내며 끌어내렸다. 도대체 이 집 어린이들은 소유의 개념을 모른다. 네 엄마 가슴은 공공재가 아니란 말이다. 오직 아빠 거라고. 이젠 암만 빨아도 네가 좋아하는 건 안 나온다고.

"아빠, 가지 마요."

딸아이의 표정이 금세 바뀌더니 울먹이기 시작한다. 조금 전에 그렇게 쌀쌀맞게 뿌리쳐 놓고.

"아빠, 나랑 놀아요. 이안이랑."

이 집엔 여자도 둘이고 배우도 둘이다. 어디서 이렇게 예쁜 여자들이 나타난 걸까. 세현은 두 여자를 동시에 안아 번갈아 입맞춤하며 말했다.

"사랑해, 우리 공주님들. 세상에서 제일 사랑해."

이서는 지금 기분이 별로다. 온 가족이 여동생 이안에게 푹
빠졌다. 증조할아버지부터 삼촌까지 그 꼬마 하나가 독차지하
고 있다. 이안의 혀 짧은 말 한마디면 약속이나 한 것처럼 온
가족이 웃어젖힌다. 기저귀 뗐다고 칭찬받고, 밥 잘 먹는다고
칭찬받고, 잘 웃는다고 칭찬받고. 심지어 똥까지 예쁘게 싼다
고 칭찬받는다.

진짜 예쁘기나 하면 말도 안 한다. 얼굴은 막 쪄 낸 찐빵처
럼 오동통하고, 대머리 할아버지처럼 머리카락도 뒤통수에만
나 있는데. 한번은 너무 걱정스러워 아빠한테 그 얘기를 한 적
이 있다.

"아빠, 이안이 계속 저러면 어떡해요? 애들이 못생겼다고 놀
릴 것 같은데."

이서는 태어나서 그런 말을 한 번도 들어 본 적이 없다. 아빠
만큼 잘생겼으면서 아빠보다 아름답게 클 거라는 말을 숱하고
듣고 자랐으니까. 아빠가 그의 걱정에 껄껄 웃으며 대답했다.

"이안인 미래 지향적 외모라서 괜찮아."

"그게 무슨 뜻이에요? 미래 지향적?"

"지금은 별로인 것 같아 보여도 나중에 크면 아주 예뻐진다
는 뜻이야. 대기만성이라고도 하지."

"그건 또 뭔데요?"

"점점 더 예뻐질 일만 남았다는 말이야. 네 엄마처럼. 걱정

마. 엄마도 서너 살까지 앞머리가 별로 없었대. 아빠가 엄마 어렸을 때 사진 봤는데 이안이가 훨씬 예뻐."

이 배신감. 아빠는 늘 엄마가 세상에서 제일 예쁘다고 말해 왔다. 이서 역시 그렇게 생각했고. 아빠와 엄마는 사이가 아주 좋다. 오늘도 할머니 집에 남매를 맡기고 영화를 보러 갔다. 대학생인 삼촌 말에 의하면 눈꼴시어서 봐 줄 수가 없을 정도란다. 그게 무슨 말이냐고 묻자 말하자면 14년째 로맨스 영화 같은 사랑을 하는 거라고 대답했다. 그건 또 무슨 말인지. 하루에도 열 번 넘게 뽀뽀를 한다는 뜻인가? 엄마와 아빠는 틈만 나면 껴안고 뽀뽀를 한다.

배신감은 그것뿐이 아니다. 아빤 이안이 먹다 남긴 건 다 먹는다. 입에서 뱉어 낸 것까지 아무렇지도 않게 받아먹는다. 내가 남긴 밥은 버리는 거 봤다고! 이걸 엄마가 알아야 할 텐데. 일러, 말아?

어쨌거나 엄마가 있어야 이안의 버릇을 길들이는데. 어떻게된 게 이 집안의 어른들은 저 꼬맹이 하나를 감당 못 한다. 동생이 눈물을 뚝 떨어뜨리는 순간, 모든 게 오케이다. 동생이 혀 짧은 소리로 노래를 부르면 다들 손뼉 칠 자세로 앉아 흐뭇하게 지켜본다. 더는 볼 수가 없어서 슬쩍 일어났다. 심지어 밖으로 나오는 것도 아무도 눈치 못 챘다. 그렇게 티를 냈는데도! 인생이 이런 건 줄 미처 몰랐다.

이서는 터벅터벅 걸어서 빌라 앞 작은 놀이터로 갔다. 머리가 구불구불하고 긴 여자애가 벤치에 앉아 울고 있었다. 그렇게 예쁜 여자앤 태어나 처음 봤다. 코를 줄줄 흘리며 입을 현관 문만 하게 벌리고 우는 동생과는 차원이 달랐다. 아빠가 남자는 아무 여자한테나 예쁘다는 말을 하면 안 된다고 했다. 진짜 예쁘다고 생각하는 여자한테도.

모른 척할 수도 있었지만 도저히 참아지지 않았다. 날도 추운데 울면 얼굴 얼지 않나?

"왜 울어?"

"흑. 흐흑. ……너 누구야?"

"나, 진이서. 넌?"

"……서해나."

"서해나? 꼭 서해안 같네. 근데 왜 울어?"

"말하기 싫어."

아빠도 그랬다. 엄마가 말하기 싫어하면 기다려야 한다고. 위로해 주고 싶었다. 이서는 주머니에서 꺼낸 츄파춥스 사탕 두 개를 내밀었다.

"골라. 먹고 싶은 걸로."

"먹으면 안 돼."

"왜? 사탕 싫어해?"

"아니. 엄마가 이 썩는다고 안 된댔어."

"이거 무설탕이야. 슈거 프리. 그 광고 못 봤어? 개미들이 이 사탕 막 피해 가는 거?"

여자앤 사탕 껍질도 잘 못 깠다. 여자애가 그가 까 준 포도 맛 사탕을 쪽쪽 빨며 물기 가득한 눈으로 그를 바라보았다. 눈동자가 까맣고 아주 컸다. 왜인지는 모르겠는데 머릿속에 얼마 전 책에서 본 블랙홀 사진이 떠올랐다.

"맛있지?"

"응. 너 몇 살이야?"

"일곱 살 됐어."

"근데 왜 이렇게 커?"

"우리 엄마, 아빠가 다 크거든. 우리 아빤 진짜 커. 큰 나무 같아. 넌 몇 살인데?"

"너가 아니라 누나야. 여덟 살. 봄에 학교 들어가."

"나도 초등학생 되는데. 그럼 친구나 마찬가지네. 근데 왜 이렇게 작아?"

"나 안 작거든? 니가 큰 거지."

아빠는 여자와 말로 싸워 이길 생각은 아예 하지도 말라고 했다. 여자 이겨서 뭐할 거냐면서. 그래도 작아 보이는데.

"아까 왜 울었어?"

"엄마가…… 내가 하고 싶은 걸 못 하게 해서."

"하고 싶은 게 뭔데?"

"모델. 모델이 뭔지 알아?"

이서의 머릿속에 '프라모델'과 동네 아줌마들이 아빠를 보며 하던 말이 동시에 떠올랐다.

'모델이 좋으니 뭘 입어도 옷발이 사네. 저 남잔 거적때기를 걸쳐도 빛이 날 거야.'

"사람들 눈에 멋있게 보이고 그러는 거?"

"비슷해. 텔레비전 보면 방송하기 전에 광고 나오잖아. 물건 팔려고……."

"아! 그거 알아. 그걸 누나가 한다고?"

"응. 우리 아빠 아는 아저씨가 모델 시켜 준댔는데 엄마가 절대 안 된대. 아빠도 힘들다고 하지 말래. 엄마, 아빤 하면서 난 못 하게 해."

"누나네 엄마, 아빠도 모델이야?"

"그건 아니고, 비슷한 거."

그게 뭔지는 잘 모르겠지만, 이서는 이 예쁜 누나를 오래 보고 싶었다.

"누나, 우리 할머니 집에 놀러 갈래? 103동 302호야."

"우리 할머니 집은 102동인데!"

여기서 헤어지면 언제 또 만나게 될지 모른다. 저번에 찜질방에서 만났던 친구도 돌아오는 일요일에 폭포수가 떨어지는 냉탕에서 보자고 약속했는데 결국 만나지 못했다.

"누나네 진짜 집은 어딘데?"

"여기서 좀 멀어. 조금 있으면 아빠가 데리러 오실 거야. 동생이 팔을 다쳐서 병원에 갔거든."

"그럼 내가 누나네 할머니 집에 가서 놀까? 춥지 않아?"

"추워. 너 피아노 칠 줄 알아?"

"조금. 배운 지 얼마 안 됐어."

"우리 삼촌이 작곡가인데 나한테 노래 만들어 줬거든. 내가 피아노로 쳐 줄게."

어느새 사탕이 흔적도 없이 사라졌다. 이서는 하나 남은 사탕을 안 먹기 잘했다고 생각하며 이름이 특이한 여자애에게 건넸다.

"이것도 먹어. 딸기맛도 맛있어."

"괜찮아. 너도 먹어야지. 가자."

벌떡 일어난 누나가 이서에게 손을 내밀었다. 짧은 겨울 햇살이 그에게로 쏟아져 눈이 부셨다. 별도 안 떴는데 하늘이 반짝거린다.

혜서's Diary

아빠, 혜서예요. 한동안 일기 쓸 틈도 없이 바쁘게 지냈어요. 다음 달 초부터 새 작품에 들어가거든요. 믿겨져요? 아빠 딸이 벌써 서른여섯이 됐어요. 사진 속의 아빠는 그대로인데.

거긴 어때요? 아무리 좋은 곳이라도 여기보단 못하겠죠. 혼자니까.

전 잘 지내요. 주위 사람들이 전생에 나라를 수백 번 구한 여자라고 부러워하면 만 번이고 수긍할 정도로. 아마 엄마, 아빠가 좋은 일을 많이 하고 살아서 그 복을 내가 대신 받나 봐요. 행복하게 사는 모습을 보여 주고 싶은데……. 정말 볼 수 있는 거예요? 왜 난 아닌 것 같지.

엄마는 늘 잘 지내신대요. 재혼은 앞으로도 안 하실 것 같아요. 좋아요? 그래도 걱정돼요? 아빠 성에 차진 않겠지만 오빠하고 내가 늘 신경 쓰고 있어요. 얼마 전엔 엄마가 살 집을 지었어요. 알뜰한 엄마가 모은 돈으로 산 땅 위에. 아담하고 예쁘고 백 년은 살아도 될 만큼 튼튼한 집이에요. 설계부터 마무리 공사까지 세현 씨가 일일이 다 챙겼어요. 그이가 건축사 자격증을 따고 처음 직접 지은 집이에요. 자격증을 딱지 따듯 모아서 신기할 정도예요.

이서는 벌써 여덟 살이 됐어요. 그제 새집 거실에 걸 가족사진을 찍는데 외할아버지가 보고 싶다고 해서 결국 엄마를 울렸어요. 제 아빠를 닮아서 얼마나 똑똑하고 의젓한지 몰라요. 나한테는 자꾸 아니라는데 '해나'라는 이름의 예쁜 여자 친구도 있어요. 두 아일 보면 인연이란 게 어디서부터 시작되는 걸까, 그 생각이 들곤 해요. 그날 엄마한테 처음 들은 소린데, 아빠가 새 아파트를 사자는 엄마를 설득해 반포로 이사한 거라면서요?

다들 우리 딸이 어렸을 때의 나와 그렇게 비슷하대요. 아빠도 그이가 이안이를 보는 눈길로 나를 봤겠죠. 가끔 이안일 보며 기억나지 않는 내 어린 날을 상상하곤 해요. 우리 딸만큼 귀엽진 않았겠지만, 그래도 아빠 딸은 나밖에 없으니까.

이안인 지난해보다 훨씬 예뻐졌어요. 젖살도 빠지고 머리숱도 많아져서 데리고 다니면 못 알아보는 사람이 있을 정도예요. 솔직히 요샌 세현 씨가 나보다 이안일 더 예뻐하는 것 같지만 괜찮아요. 그이는 여전히 내가 우는 걸 못 보니까요.

얼마 전 그이가 몸살을 앓은 적이 있었는데 이안이가 그 작은 손을 모으고 마치 그림에 나오는 어린 소녀처럼 기도하더라고요. 아빠 아프지 않게 해 달라고. 나중엔 눈물까지 뚝뚝 흘리면서 아빠 없이는 못 산다고 해서 세현 씨를 울렸어요.

그날 밤 그이가 그러더라고요. 아버님이 마지막 순간까지 생각한 사람은 나와 어머니였을 거라고. 아빠의 외로운 마지막을 상상하는 건 여전히 괴롭지만, 좋았던 기억만 가져가셨으면 해요.

세현 씨는 어디 멀리 가게 되면 아직 여덟 살밖에 안 된 이서에게 날 부탁해요. 그이가 그럴 때마다 어린 애한테 왜 부담을 주느냐고 타박하지만, 사실은 기분 좋아요. 종종 나와 이안일 자매처럼 취급하는데 그것도 좋아요. 어쩌다 삐걱거릴 때도 있지만, 우리는 서로가 싫어하는 걸 하지 않으려고 노력해요.

요샌 그이가 셋째를 갖고 싶다고 자꾸 졸라요. 정 안 되면 늦둥이라도 낳자면서. 팔이 두 개밖에 없는데 그럼 한 아이는 누가 안아 주느냐고 물으니 이서는 다 컸으니 혼자 걷게 하면 된대요. 그럼 나는? 내 어리광에 그이가 대답하더라고요.

"당신은 늘 내 머리 꼭대기에 앉아 있잖아."

그 사람을 닮은 아이라면 하나 더 낳아도 좋을 것 같아요. 큰일이에요. 자꾸 마음이 바뀌어서.

아빠, 종종 엄마 꿈에 웃으며 나타나 주세요. 난, 외롭지 않다는 엄마의 대답을 믿을 수가 없어요. 가끔 상상해요. 우리 아홉 식구가 새집에 모여 하루만이라도 같이 지낼 수 있다면 얼마나 좋을까. 만약 내게 열여섯 살 봄으로 돌아갈 기적이 주어진다면 아빠의 손을 잡고 말하고 싶어요.

많이, 아주 많이 사랑한다고. 아빠의 인생을 더 일찍 이해해 주지 못해서 미안하다고.

전 그 어느 때보다 열심히 살고 있어요. 지금의 나는 엄마의 인생을 거름 삼아 꽃피운 거라는 걸 잊지 않으면서. 아빠 생각을 예전만큼 하지 않는다고 너무 서운해하지 마세요. 그건, 아빠 딸이 아주 많이 행복하다는 증거이기도 하니까요.

노크 소리가 들리더니 곧이어 남편의 얼굴이 보였다.

"안 자? 낼 소풍 도시락 싼다면서."

"이제 자야지. 이안이 잠들었어?"

"겨우 재웠네. 서른 권 넘게 읽어 줬어. 한 권만 더, 한 권만 더. 제 엄마 닮아서 끝이 없어요."

남편의 은근한 농담에 나는 피식 웃어 버렸다. 이 사람도 안다. 이안이의 집요함은 아빠에게서 물려받았다는 걸. 갸웃이 기우는 그의 눈길을 피하며 괜히 책상 위를 정리하는 척했다.

"눈이 왜 그래? 울었어?"

"아니야."

"아닌 게 아닌데?"

"자기가 아무리 기다려도 안 오니까 슬퍼서 그러지."

"이리 와."

그렇게 말해 놓고 먼저 다가오는 사람이다. 의자를 제자리에 집어넣은 나는 내 오랜 연인의 목에 두 팔을 감았다. 그의 온화한 눈동자 안에 내 얼굴이 오롯이 담겨 있다.

"이서가 내일 소풍 도시락 예쁘게 싸 달라고 했는데. 소시지

하고 어묵으로 문어랑 고래도 만들어 달래."

"아쿠아리움 도시락이야?"

"하하. 그런가 봐. 근데 해파리는 어떻게 만들어야 할지 모르겠다. 유부초밥도 싸야 하는데. 자기야, 자지 말고 지금부터 준비할까?"

"밤엔 자야지. 아침에 내가 같이 만들어 줄게."

"그럴래요? 그게 낫겠지? 나 혼자 하는 것보다?"

남편이 나지막이 웃으며 이마를 살짝 부딪쳐 왔다. 그의 온기가 내게로 고스란히 전해졌다. 내 등을 부드럽게 쓰다듬던 그의 두 손이 허리께로 내려왔다. 내가 사랑하는 남자의 크고 따뜻한 손이다.

"여보, 자자."

"응."

THE END

자문자답 인터뷰 형식으로 작가의 말을 대신합니다.

Q 무협 작가나 남성 지향 만화의 남자 주인공 같은 필명은 본명이 맞나?

A 본명에서 한 글자 뺀 이름이에요. 남자라고 생각하셔도 괜찮습니다.

Q 제목이 왜 그 모양인가?

A '깡'과 '추파'가 이 소설의 모토예요. 그래서 나온 제목이 〈새우깡과 추파 츕스〉고요. 몇 년 전 처음 초고를 썼을 때도 이 제목이었고 출판도 결국 이걸로 하게 됐는데, 사실 제목에 대한 고민이 꽤 있었어요. 수십 개의 제목을 새로 생각해 봤지만 마땅한 걸 찾지 못했습니다. 원고를 한창 교정 중일 때 상영한 영화 예고편에 새우깡 운운하는 장면이 나와서 잠시 심각해지기도 했고요. 더 좋은 제목을 찾지 못한 결과지만, 마트에서 '새우깡'이나 '츄파츕스' 사탕을 보시거든 한 번쯤은 이 책을 기억해 주시길.

Q 두 번째 작품이 이렇게 늦어진 이유는?

A 애초에 저 즐겁자고 취미 삼아 써 내려간 글인데다 완성도에 대한 회의가 많았습니다. 한 편의 소설 안에 너무 많은 걸 담으려는 게 아닌가 하는 걱정도 있었고요. 오래 붙잡고 있다고 좋은 글이 나오는 건 아니겠지만, 묵혀 두면서 틈틈이 고쳐 왔습니다.

Q 이 소설을 쓰게 된 계기는?

A 세상에 이런 아이들이 있어서 이런 사랑을 하고 이렇게 살아 준다면 좋겠다. 그런 생각에서 출발한 글입니다. 누구나 미래를 꿈꾸지만 꿈을 이루는 사람은 드물잖아요. 살다 보면 수많은 선택의 갈림길에 서게 마련이고요. '선택'과 '꿈'에 대한 이야기를 하고 싶었나 봐요. 평소 뮤지컬을 좋아해서 종종 관람하는데, 출연진이 모두 나와서 마지막 인사를 할 때면 여지없이 눈물이 핑 돌곤 합니다. 그게 여주인공 직업이 뮤지컬 배우가 된 가장 큰 이유예요. 글을 쓰는 내내 행복했습니다.

Q 책을 내면서 고마운 분이 있다면?

A 먼저 보잘것없는 글을 재미있다고 해 주신 독자들에게 가장 감사합니다. 두 권짜리 책을 선뜻 출판해 주시고 예쁘게 만들어 주신 파란미디어의 모든 분, 그 고단한 길을 함께 걸어 주셔서 고맙습니다. 건축 부분에 대한 질문을 일일이 답해

주고 잘못된 부분을 수정해 준 양승효 씨에게 각별한 고마움을 전합니다. 한결같은 애정을 주시는 부모님, 사랑해요.

Q 이 소설에 대해 꼭 하고 싶은 말이 있다면?
A 오롯이 두 주인공에게만 집중할 수 있는 글이라 마음이 편했습니다. 다만, 여주인공 아버지 이야기를 썼던 날엔 자면서도 흐느껴 울 정도로 힘들었어요. 더 아프게, 더 고통스럽게 할 수도 있었겠죠. 소설이니까. 하지만 제가 두 아이에게 줄 수 있는 시련은 거기까지였습니다. 전, 행복해지고 싶어서 글을 쓰는 사람이니까요.

고맙습니다. 당신이 옆에 있어 행복합니다.

2015년 봄 남규현